ACTES NOIRS
série dirigée par Marc de Gouvenain

LA REINE DANS LE PALAIS
DES COURANTS D'AIR

DU MÊME AUTEUR

LES HOMMES QUI N'AIMAIENT PAS LES FEMMES. *Millénium 1*, Actes Sud, 2006.
LA FILLE QUI RÊVAIT D'UN BIDON D'ESSENCE ET D'UNE ALLUMETTE. *Millénium 2*, Actes
Sud, 2006.

Titre original :
Luftslottett som sprängdes
Editeur original :
Norstedts Forlag, Stockholm
Publié avec l'accord de Norstedts Agency
© Stieg Larsson, 2007

© ACTES SUD, 2007
pour la traduction française
ISBN 978-2-7427-7031-1

Illustration de couverture :
© John John Jesse

STIEG LARSSON

La reine dans le palais des courants d'air

MILLÉNIUM 3

roman traduit du suédois
par Lena Grumbach et Marc de Gouvenain

ACTES SUD

I

RENCONTRE DANS UN COULOIR

8 au 12 avril

On évalue à six cents le nombre des femmes soldats qui combattirent dans la guerre de Sécession. Elles s'étaient engagées déguisées en hommes. Hollywood a raté là tout un pan d'histoire culturelle – à moins que celui-ci ne dérange d'un point de vue idéologique ? Les livres d'histoire ont toujours eu du mal à parler des femmes qui ne respectent pas le cadre des sexes et nulle part cette limite n'est aussi marquée qu'en matière de guerre et de maniement des armes.

De l'Antiquité aux Temps modernes, l'histoire abonde cependant en récits mettant en scène des guerrières – les amazones. Les exemples les plus connus figurent dans les livres d'histoire où ces femmes ont le statut de "reines", c'est-à-dire de représentantes de la classe au pouvoir. La succession politique, fût-ce une vérité désagréable à entendre, place en effet régulièrement une femme sur le trône. Les guerres étant insensibles au genre et se déroulant même lorsqu'une femme dirige le pays, le résultat est que les livres d'histoire sont obligés de répertorier un certain nombre de reines guerrières, amenées par conséquent à se comporter comme n'importe quel Churchill, Staline ou Roosevelt. Sémiramis de Ninive, fondatrice de l'Empire assyrien, et Boadicée, qui mena une des révoltes les plus sanglantes contre les Romains, en sont deux exemples. Cette dernière a d'ailleurs sa statue au bord de la Tamise, en face de Big Ben. On ne manquera pas de la saluer si l'on passe par là.

En revanche, les livres d'histoire sont globalement assez discrets sur les guerrières sous forme de simples soldats qui s'entraînaient au maniement des armes, faisaient partie des régiments et participaient aux batailles contre les armées ennemies aux mêmes conditions que les hommes. Ces femmes ont pourtant toujours existé. Pratiquement aucune guerre ne s'est déroulée sans une participation féminine.

1

VENDREDI 8 AVRIL

PEU AVANT 1 H 30, le Dr Anders Jonasson fut réveillé par une infirmière, Hanna Nicander.

— Que se passe-t-il ? demanda-t-il à moitié dans les vapes.

— Hélicoptère entrant. Deux patients. Un homme âgé et une jeune femme. Elle est blessée par balle.

— On y va, on y va, fit Anders Jonasson, fatigué.

Il se sentait mal réveillé alors même qu'il n'avait pas véritablement dormi, seulement sommeillé une demi-heure. Il était de garde aux urgences de l'hôpital Sahlgrenska à Göteborg. La soirée avait été particulièrement éreintante. Dès 18 heures, quand il avait pris la garde, l'hôpital avait reçu quatre personnes à la suite d'une collision frontale près de Lindome. Une d'elles était grièvement blessée et une autre avait été déclarée morte peu après son arrivée. Il avait aussi soigné une serveuse d'un restaurant d'Avenyn qui avait eu les jambes ébouillantées dans les cuisines, puis il avait sauvé la vie d'un garçon de quatre ans, admis à l'hôpital en arrêt respiratoire après avoir avalé une roue de voiture miniature. De plus, il avait eu le temps de rafistoler une adolescente qui était tombée dans un trou avec son vélo. Les Ponts et Chaussées avaient astucieusement choisi de placer ce trou près de la sortie d'une piste cyclable et quelqu'un avait évidemment aussi balancé les barrières de protection dans le trou. Elle avait eu droit à quatorze points de suture sur la figure et elle allait avoir besoin de deux incisives neuves. Jonasson avait également recousu un bout de pouce qu'un menuisier du dimanche plein d'enthousiasme s'était raboté par inadvertance.

Vers 23 heures, le nombre de patients aux urgences avait diminué. Il avait fait sa visite et contrôlé l'état des patients hospitalisés, puis il s'était retiré dans une pièce de repos pour essayer de se détendre un moment. Il était de garde jusqu'à 6 heures. Il dormait rarement quand il était de service, même s'il n'y avait pas d'admission, mais cette nuit, justement, il s'était assoupi presque immédiatement.

Hanna Nicander lui tendit un mug de thé. Elle n'avait pas encore de détails concernant les entrées.

Anders Jonasson jeta un coup d'œil par la fenêtre et vit de gros éclairs zébrer le ciel au-dessus de la mer. Ça allait être limite pour l'hélicoptère. Soudain une pluie violente se mit à tomber. La tempête s'était abattue sur Göteborg.

Il était toujours devant la fenêtre quand il entendit le bruit de moteur et vit l'hélicoptère ballotté par les rafales s'approcher de l'aire d'atterrissage. Il retint sa respiration quand il vit que le pilote semblait avoir du mal à maîtriser son approche. Puis l'appareil disparut de son champ de vision et il entendit la turbine passer au ralenti. Il but une gorgée et reposa le mug.

ANDERS JONASSON ACCUEILLIT les brancardiers à l'entrée des urgences. Sa collègue de garde, Katarina Holm, prit en charge le premier patient qui arriva sur une civière, un homme âgé avec une importante blessure au visage. Il échut au Dr Jonasson de s'occuper de l'autre patient, la femme avec des blessures par balle. Une rapide évaluation lui permit de constater qu'il s'agissait d'une adolescente, grièvement blessée et entièrement couverte de terre et de sang. Il souleva la couverture dont les Services de secours l'avaient entourée et nota que quelqu'un avait refermé les plaies à la hanche et à l'épaule avec du ruban adhésif argenté large, ce qu'il estima être une initiative particulièrement futée. Le ruban barrait l'entrée aux bactéries et la sortie au sang. Une balle l'avait atteinte sur l'extérieur de la hanche et avait traversé le tissu musculaire de part en part. Il souleva son épaule et localisa le trou d'entrée dans le dos. Il n'y avait pas de trou de sortie, ce qui signifiait que la balle était fichée quelque part dans l'épaule. Restait à espérer qu'elle n'avait pas perforé le poumon et, comme il ne voyait pas de sang dans la bouche de la fille, il tira la conclusion que ce ne devait pas être le cas.

— Radio, dit-il à l'infirmière qui l'assistait. Et cela suffisait comme indication.

Pour finir, il découpa le pansement que les secouristes avaient enroulé autour du crâne de la fille. Un frisson le parcourut quand il tâta le trou d'entrée du bout des doigts et qu'il comprit qu'elle avait pris une balle dans la tête. Là non plus il n'y avait pas de trou de sortie.

Anders Jonasson s'arrêta une seconde et contempla la fille. Il se sentit pessimiste, tout d'un coup. Il avait souvent comparé son travail à celui d'un gardien de but. Tous les jours arrivaient à son lieu de travail des gens dans des états divers et variés mais avec une seule intention – obtenir de l'aide. Parmi eux, cette dame de soixante-quatorze ans qui avait fait un arrêt cardiaque dans la galerie marchande de Nordstan et s'était effondrée, le garçon de quatorze ans qui avait eu le poumon gauche perforé par un tournevis et la fille de seize ans qui avait bouffé de l'ecstasy et dansé pendant dix-huit heures d'affilée pour s'écrouler ensuite, le visage tout bleu. Il y avait des victimes d'accidents du travail et de mauvais traitements. Il y avait de petits enfants qui avaient été attaqués par des chiens de combat sur la place Vasa et des hommes habiles de leurs mains dont le projet se limitait à couper quelques planches avec leur scie sauteuse et qui s'étaient tranché le poignet jusqu'à l'os.

Anders Jonasson était le gardien de but entre les patients et les pompes funèbres. Son boulot consistait à être l'individu qui décidait des mesures appropriées. S'il prenait la mauvaise décision, le patient mourrait ou peut-être se réveillerait avec une invalidité permanente. Le plus souvent, il prenait la bonne décision, et ce parce que la majorité des blessés avait un problème spécifique et compréhensible. Un coup de couteau dans un poumon ou une contusion après un accident de voiture étaient des blessures intelligibles et claires. La survie du patient dépendant de la nature de la blessure et de l'habileté de Jonasson.

Il existait deux types de blessures qu'Anders Jonasson détestait entre toutes. D'une part certaines brûlures, qui dans presque tous les cas, indépendamment des moyens qu'il mettait en œuvre, mèneraient à une vie de souffrance. D'autre part, les blessures à la tête.

Cette fille qu'il avait devant lui pouvait vivre avec une balle dans la hanche et une balle dans l'épaule. Mais une balle quelque part dans son cerveau était un problème d'un tout autre gabarit. Soudain, il réalisa que l'infirmière disait quelque chose.

— Pardon ?

— C'est elle.

— Qu'est-ce que tu veux dire ?

— Lisbeth Salander. La fille qu'ils traquent depuis des semaines pour le triple meurtre à Stockholm.

Anders Jonasson regarda le visage de la patiente. Hanna avait bien vu. C'était la photo d'identité de cette fille que lui-même et quasiment tous les Suédois avaient vue placardée depuis Pâques sur les devantures des marchands de journaux. Et à présent, la meurtrière était blessée elle-même, ce qui constituait sans doute une forme de justice saisissante.

Mais cela ne le concernait pas. Son boulot était de sauver la vie de sa patiente, fût-elle triple meurtrière ou lauréate du prix Nobel. Ou les deux à la fois.

PUIS CE FUT LE RAMDAM SOUS CONTRÔLE qui caractérise un service d'urgences. Le personnel qui travaillait avec Jonasson était chevronné et savait ce qu'il devait faire. Les vêtements que portait encore Lisbeth Salander furent découpés. Une infirmière rapporta la tension artérielle – 100/70 – pendant qu'il posait le stéthoscope sur la poitrine de la patiente et écoutait les battements du cœur qui semblaient relativement réguliers, et la respiration qui ne l'était pas autant.

Le Dr Jonasson n'hésita pas à qualifier d'emblée l'état de Lisbeth Salander de critique. Les plaies de l'épaule et de la hanche pouvaient attendre pour l'instant, en appliquant quelques compresses ou même en laissant les bouts de ruban adhésif qu'une âme inspirée avait collés. Le primordial était la tête. Jonasson ordonna qu'on la passe au scanner dans lequel l'hôpital avait investi les sous du contribuable.

Anders Jonasson était un homme blond aux yeux bleus, originaire du Nord de la Suède, d'Umeå plus précisément. Cela faisait vingt ans qu'il travaillait aux hôpitaux Sahlgrenska et Östra, en alternant les fonctions de chercheur, pathologiste et urgentiste. Il était doté d'une particularité qui troublait ses collègues et qui rendait le personnel fier de travailler avec lui ; il avait pour principe qu'aucun patient ne devait mourir pendant ses gardes, et d'une façon miraculeuse il avait réussi à conserver son score de zéro. Quelques-uns de ses patients étaient décédés, certes, mais cela s'était passé au cours des soins ultérieurs ou pour de tout autres raisons que son intervention.

Par moments, Jonasson avait aussi une vision de la médecine peu orthodoxe. Selon lui, les médecins avaient tendance à tirer des conclusions qu'ils ne pouvaient absolument pas justifier et de ce fait à déclarer forfait franchement trop vite, ou alors à consacrer trop de temps à essayer de définir exactement le problème pour pouvoir prescrire le traitement approprié à leur patient. C'était effectivement la méthode que préconisait le manuel, le seul hic était que le patient risquait de mourir alors que le corps médical en était encore à ses réflexions. Au pire, le médecin arriverait à la conclusion que le cas était désespéré, et il interromprait le traitement.

C'était cependant la première fois qu'Anders Jonasson avait un patient avec une balle dans le crâne. L'intervention d'un neurochirurgien allait probablement s'imposer. Il se sentait insuffisant, mais réalisa tout à coup qu'il avait probablement plus de chance qu'il ne le méritait. Avant de se laver les mains et d'enfiler sa casaque stérile, il cria à Hanna Nicander :

— Il y a un professeur américain qui s'appelle Frank Ellis, il travaille au Karolinska à Stockholm mais en ce moment il se trouve à Göteborg. C'est un neurologue célèbre et de surcroît un bon ami à moi. Il loge à l'hôtel Radisson sur Avenyn. Essaie de trouver le numéro de téléphone.

Alors qu'Anders Jonasson attendait toujours les radios, Hanna Nicander revint avec le numéro de téléphone de l'hôtel Radisson. Anders Jonasson jeta un coup d'œil à sa montre – 1 h 42 – et souleva le combiné. Le gardien de nuit du Radisson fut très hostile à l'idée de passer une communication à cette heure de la nuit et le docteur dut avoir recours à quelques formulations extrêmement vives pour expliquer le sérieux de la situation avant que la communication soit établie.

— Salut Frank, dit Anders Jonasson lorsque enfin on décrocha. C'est Anders. J'ai appris que tu es à Göteborg. Ça te dirait de faire un saut à Sahlgrenska et de m'assister pour une opération du cerveau ?

— *Are you bullshitting me* ? fit une voix sceptique à l'autre bout du fil. Frank Ellis avait beau habiter en Suède depuis de nombreuses années et parler couramment suédois – avec un accent américain, certes –, sa langue de base restait l'anglais. Anders Jonasson parla en suédois et Ellis répondit en anglais.

— Frank, je suis désolé d'avoir loupé ta conférence, mais je me suis dit que tu pourrais donner des cours particuliers. J'ai ici une jeune femme qui a reçu une balle dans la tête. Trou d'entrée juste au-dessus de l'oreille gauche. Je ne t'aurais pas appelé si je n'avais pas besoin d'un avis complémentaire. Et j'ai du mal à imaginer quelqu'un de plus compétent que toi pour ce genre de choses.

— Ce n'est pas une blague ? demanda Frank Ellis.

— Elle a dans les vingt-cinq ans, cette fille.

— Et comment se présente la blessure ?

— Trou d'entrée, aucun trou de sortie.

— Mais elle vit ?

— Pouls faible mais régulier, respiration moins régulière, tension 100/70. Elle a aussi une balle dans l'épaule et une blessure par balle à la hanche. Je saurai me charger de ces deux problèmes-là.

— Voilà qui me paraît prometteur, dit le professeur Ellis.

— Prometteur ?

— Quand quelqu'un a une blessure par balle dans la tête et qu'il est encore en vie, la situation doit être considérée comme pleine d'espoir.

— Est-ce que tu peux m'assister ?

— Je dois t'avouer que j'ai passé la soirée en compagnie de quelques amis. Je me suis couché à 1 heure et j'ai probablement un taux d'alcool impressionnant dans le sang…

— C'est moi qui prendrai les décisions et qui opérerai. Mais j'ai besoin de quelqu'un pour m'assister et me dire si je fais un truc aberrant. Et, très franchement, un professeur Ellis, même complètement bourré, est certainement mieux placé que moi pour évaluer des dommages au cerveau.

— D'accord. J'arrive. Mais tu me devras un service.

— Il y a un taxi qui t'attend devant l'hôtel.

LE PROFESSEUR FRANK ELLIS REPOUSSA SES LUNETTES sur le front et se gratta la nuque. Il concentra son regard sur l'écran du moniteur affichant tous les coins et recoins du cerveau de Lisbeth Salander. Ellis avait cinquante-trois ans, des cheveux aile de corbeau avec çà et là un cheveu blanc, une barbe naissante sombre et il ressemblait à un second rôle dans *Urgences*. Son corps laissait entendre qu'il passait un certain nombre d'heures par semaine dans une salle de sport.

Frank Ellis se plaisait en Suède. Il était arrivé comme jeune chercheur d'un protocole d'échange à la fin des années 1970 et était resté deux ans. Par la suite, il était revenu à de nombreuses occasions jusqu'à ce qu'on lui offre un poste de professeur à l'institut Karolinska. Son nom était alors déjà respecté dans le monde entier.

Anders Jonasson connaissait Frank Ellis depuis quatorze ans. Ils s'étaient rencontrés la première fois lors d'un séminaire à Stockholm et avaient découvert leur enthousiasme commun pour la pêche à la mouche. Anders l'avait invité à une partie de pêche en Norvège. Ils avaient gardé le contact au fil des ans et il y avait eu d'autres parties de pêche. En revanche, ils n'avaient jamais travaillé ensemble.

— C'est un mystère, le cerveau, dit le professeur Ellis. Ça fait vingt ans que je fais de la recherche dessus. Plus que ça même.

— Je sais. Pardon de t'avoir bousculé, mais…

— Laisse tomber. Frank Ellis agita une main dédramatisante. Ça va te coûter une bouteille de Cragganmore la prochaine fois qu'on ira à la pêche.

— D'accord. Tu ne prends pas cher.

— Ton affaire me rappelle un cas il y a quelques années quand je travaillais à Boston – je l'ai décrit dans le *New England Journal of Medicine*. C'était une fille du même âge que ta patiente. Elle se rendait à l'université lorsque quelqu'un lui a tiré dessus avec une arbalète. La flèche est entrée par le bord de son sourcil gauche et a traversé toute la tête pour sortir presque au milieu de la nuque.

— Et elle a survécu ? demanda Jonasson sidéré.

— C'était un merdier pas possible quand elle est arrivée aux urgences. On a coupé la flèche et enfourné son crâne dans un scanner. La flèche traversait le cerveau de part en part. La logique et le bon sens auraient voulu qu'elle soit morte ou en tout cas dans le coma, vu l'étendue du traumatisme.

— Et elle était dans quel état ?

— Elle est restée consciente tout le temps. Et ce n'est pas tout ; elle avait naturellement une trouille épouvantable, mais elle était totalement cohérente. Son seul problème, c'était qu'elle avait une flèche à travers le cerveau.

— Qu'est-ce que tu as fait ?

— Eh ben, j'ai pris une pince et j'ai sorti la flèche, puis j'ai mis un pansement. A peu de choses près.

— Elle s'en est sortie ?

— Son état est évidemment resté critique pendant une longue période avant qu'elle puisse quitter l'hôpital mais, très franchement, on aurait pu la renvoyer chez elle le jour où elle avait été admise chez nous. Je n'ai jamais eu un patient en meilleure santé.

Anders Jonasson se demanda si le professeur Ellis se payait sa tête.

— D'un autre côté, poursuivit Ellis, j'ai eu un patient de quarante-deux ans à Stockholm il y a quelques années qui s'était cogné la tête sur un rebord de fenêtre, un petit coup sur le crâne. Il avait des nausées et son état a empiré tellement vite qu'on l'a transporté en ambulance aux urgences. Il était sans connaissance quand je l'ai reçu. Il présentait une petite bosse et une toute petite hémorragie. Mais il ne s'est jamais réveillé et il est mort au bout de neuf jours aux soins intensifs. Aujourd'hui encore, je ne sais pas pourquoi il est mort. Dans le rapport d'autopsie, nous avons indiqué "hémorragie cérébrale à la suite d'un accident", mais aucun de nous n'était satisfait de cette analyse-là. L'hémorragie était extrêmement petite et située de telle sorte qu'elle n'aurait pas dû nuire à quoi que ce soit. Pourtant le foie, les reins, le cœur et les poumons ont cessé de fonctionner, à tour de rôle. Plus je vieillis et plus je me dis que ça ressemble à une loterie. Pour ma part, je crois que nous ne trouverons jamais exactement comment le cerveau fonctionne. Qu'est-ce que tu comptes faire ?

Il tapota sur l'écran avec un stylo.

— J'espérais que tu me le dirais.

— Dis d'abord comment tu vois les choses.

— Bon, premièrement on dirait une balle de petit calibre. Elle est entrée par la tempe et s'est fichée à environ quatre centimètres dans le cerveau. Elle repose contre le ventricule latéral et il y a une hémorragie.

— Dispositions à prendre ?

— Pour utiliser la même terminologie que toi : aller chercher une pince et sortir la balle par où elle est entrée.

— Excellente proposition. Mais je te conseille d'utiliser la pince la plus fine que vous ayez.

— Ça sera aussi simple que ça ?

— Dans un cas pareil, que peut-on faire d'autre ? On peut laisser la balle là où elle est, et la fille vivra peut-être jusqu'à cent ans, mais ce n'est qu'un pari. Elle peut devenir sujette à l'épilepsie, souffrir de migraines atroces, toutes sortes de saloperies. Et on n'a pas très envie de lui ouvrir le crâne pour l'opérer dans un an, quand la plaie proprement dite sera déjà guérie. La balle se situe un peu à l'écart des grandes veines. Je te conseille de l'enlever, mais…

— Mais quoi ?

— Ce n'est pas la balle qui m'inquiète le plus. C'est ça qui est fascinant avec les traumatismes au cerveau – si elle a survécu à l'entrée de la balle dans son crâne, c'est un signe qu'elle survivra aussi à sa sortie. Le problème se situe plutôt ici. Frank Ellis posa le doigt sur l'écran. Autour du trou d'entrée, tu as un tas d'éclats d'os. Je vois au moins une douzaine de fragments de quelques millimètres de long. Certains se sont enfoncés dans le tissu cérébral. Voilà ce qui la tuera si tu ne fais pas attention.

— Cette partie-là du cerveau est associée à la parole et à l'aptitude aux chiffres.

Ellis haussa les épaules.

— Du baratin, tout ça. Je n'ai pas la moindre idée de ce à quoi peuvent bien servir ces cellules grises. Toi, tu ne peux que faire de ton mieux. C'est toi qui opères. Je serai derrière ton dos. Est-ce que je peux passer une tenue et où est-ce que je peux me laver les mains ?

MIKAEL BLOMKVIST LORGNA SUR LA MONTRE et constata qu'il était 3 heures et des poussières. Il avait des menottes aux poignets. Il ferma les yeux pendant une seconde. Il était exténué mais l'adrénaline lui faisait tenir le coup. Il rouvrit les yeux et regarda hargneusement le commissaire Thomas

Paulsson qui lui rendit un regard embêté. Ils étaient assis autour d'une table de cuisine dans une ferme d'un patelin qui s'appelait Gosseberga, quelque part près de Nossebro, et dont Mikael avait entendu parler pour la première fois de sa vie moins de douze heures auparavant.

La catastrophe venait d'être confirmée.

— Imbécile, dit Mikael.

— Ecoutez-moi…

— Imbécile, répéta Mikael. Je l'ai dit, putain de merde, qu'il était un danger de mort ambulant. J'ai dit qu'il fallait le manier comme une grenade dégoupillée. Il a tué au moins trois personnes, il est bâti comme un char d'assaut et il tue à mains nues. Et vous, vous envoyez deux gardiens de la paix pour le cueillir comme s'il était un simple poivrot à la fête du village.

Mikael ferma les yeux de nouveau. Il se demanda ce qui allait bien pouvoir encore foirer au cours de cette nuit.

Il avait trouvé Lisbeth Salander peu après minuit, grièvement blessée. Il avait appelé la police et réussi à persuader les Services de secours d'envoyer un hélicoptère pour évacuer Lisbeth à l'hôpital Sahlgrenska. Il avait décrit en détail ses blessures et le trou que la balle avait laissé dans son crâne, et il avait trouvé un appui auprès d'une personne intelligente et sensée qui avait compris que Lisbeth avait besoin de soins immédiats.

Il avait pourtant fallu une demi-heure à l'hélicoptère pour arriver. Mikael était allé sortir deux voitures de la grange, qui faisait aussi fonction de garage, et avait allumé les phares pour indiquer une zone d'atterrissage en éclairant le champ devant la maison.

Le pilote de l'hélico et les deux secouristes avaient agi en professionnels avisés. L'un des secouristes avait prodigué des soins d'urgence à Lisbeth Salander tandis que l'autre s'occupait de Karl Axel Bodin, de son vrai nom Zalachenko, père de Lisbeth Salander et son pire ennemi. Il avait voulu la tuer, mais avait échoué. Mikael avait trouvé le type grièvement blessé dans la remise à bois attenante à cette ferme isolée, avec un coup de hache de mauvais augure en travers de la figure et une blessure à la jambe.

En attendant l'hélicoptère, Mikael avait fait ce qu'il pouvait pour Lisbeth. Il était allé chercher un drap propre dans l'armoire à linge, l'avait découpé et s'en était servi pour un bandage de fortune. Il avait constaté que le sang avait coagulé pour former un bouchon dans le trou d'entrée à la tête et il n'avait pas très bien su s'il oserait poser un pansement ou pas. Pour finir, il avait noué le drap très souplement autour de sa tête, surtout pour éviter que la plaie ne soit exposée aux bactéries et aux saletés. En revanche, il avait arrêté l'hémorragie causée par les balles à la hanche et à l'épaule de la manière la plus simple qui soit. Dans un placard, il avait trouvé un gros rouleau de ruban adhésif argenté et il avait tout simplement scotché les plaies. Il avait tamponné son visage avec une serviette humide et essayé de nettoyer la saleté de son mieux.

Il n'était pas allé dans la remise à bois donner de soins à Zalachenko. En son for intérieur, il constatait que, très franchement, il se fichait complètement de cet homme.

En attendant les Services de secours, il avait également appelé Erika Berger pour expliquer la situation.

— Tu es indemne ? demanda Erika.

— Moi, ça va, répondit Mikael. C'est Lisbeth qui est blessée.

— Pauvre fille, dit Erika Berger. J'ai lu le rapport de Björck à la Säpo ce soir. Comment est-ce que tu vas gérer tout ça ?

— Je n'ai même pas la force d'y penser, dit Mikael.

Tout en parlant avec Erika, assis par terre à côté de la banquette, il gardait un œil attentif sur Lisbeth. Il lui avait enlevé chaussures et pantalon pour pouvoir panser la blessure de sa hanche et, un moment, sa main rencontra le vêtement qu'il avait lancé par terre au pied de la banquette. Il sentit un objet dans une des poches et en tira un Palm Tungsten T3.

Il fronça les sourcils et contempla pensivement l'ordinateur de poche. En entendant le bruit de l'hélicoptère, il glissa le Palm dans la poche intérieure de sa veste. Ensuite – pendant qu'il était encore seul –, il se pencha et fouilla toutes les poches de Lisbeth. Il trouva un autre trousseau de clés pour l'appartement à Mosebacke et un passeport au nom d'Irene Nesser. Sans tarder, il les rangea dans la poche extérieure de sa sacoche d'ordinateur.

LA PREMIÈRE VOITURE DE POLICE, avec Fredrik Torstensson et Gunnar Andersson de la police de Trollhättan, était arrivée quelques minutes après que l'hélicoptère des secours avait atterri. Ils étaient accompagnés du commissaire délégué Thomas Paulsson, qui avait immédiatement pris la direction des opérations. Mikael s'était avancé et avait commencé à expliquer ce qui s'était passé. Le commissaire lui fit l'impression d'un adjudant obtus et imbu de lui-même. Avec l'arrivée de Paulsson, les choses allèrent tout de suite de travers.

Paulsson ne comprenait manifestement rien de ce que Mikael expliquait. Il semblait curieusement affolé et la seule donnée qu'il avait captée était que la fille en piteux état, couchée par terre devant la banquette de cuisine, était Lisbeth Salander, triple meurtrière recherchée par la police, et que c'était une capture de taille. A trois reprises, Paulsson demanda au secouriste débordé si la fille était en état d'être appréhendée tout de suite. Pour finir, le secouriste se leva et hurla à Paulsson de se tenir à l'écart.

Ensuite, Paulsson avait focalisé sur Alexander Zalachenko, bien amoché dans la remise à bois, et Mikael avait entendu Paulsson annoncer à la radio que Salander avait de toute évidence essayé de tuer une autre personne.

A ce stade, Mikael était si irrité contre Paulsson, qui manifestement n'écoutait pas un traître mot de ce qu'il essayait de dire, qu'il avait haussé le ton et conseillé à Paulsson d'appeler immédiatement l'inspecteur Jan Bublanski à Stockholm. Il avait sorti son téléphone portable et proposé de composer le numéro. Paulsson n'était pas intéressé.

Là-dessus, Mikael avait commis deux erreurs.

Il avait résolument déclaré que le véritable triple meurtrier était un homme nommé Ronald Niedermann, bâti comme un robot antichar et souffrant d'analgésie congénitale, et qui pour l'heure se trouvait empaqueté et ficelé dans un fossé sur la route de Nossebro. Mikael indiqua où Niedermann se trouvait et recommanda à la police de mobiliser un bataillon d'infanterie avec armement renforcé pour le cueillir. Paulsson demanda comment Niedermann s'était retrouvé dans ce fossé et Mikael reconnut le cœur sur la main que c'était lui qui, en le menaçant d'une arme, l'avait mis dans cette situation.

— Menace d'une arme, renchérit le commissaire Paulsson.

A ce moment, Mikael aurait dû comprendre que Paulsson était un crétin. Il aurait dû prendre son portable et appeler lui-même Jan Bublanski pour lui demander d'intervenir et de dissiper le brouillard dans lequel Paulsson semblait nager. Au lieu de cela, Mikael avait commis sa deuxième erreur en essayant de lui remettre l'arme qu'il avait dans sa poche – le Colt 1911 Government qu'il avait trouvé dans l'appartement de Lisbeth Salander à Stockholm plus tôt dans la journée et dont lui-même s'était servi pour maîtriser Ronald Niedermann.

Geste malencontreux qui avait amené Paulsson à arrêter Mikael Blomkvist séance tenante pour détention illégale d'arme. Là-dessus, Paulsson avait ordonné aux agents Torstensson et Andersson de se rendre à l'endroit indiqué par Mikael sur la route de Nossebro afin de déterminer s'il y avait une once de vérité dans l'histoire de cet individu qui leur racontait qu'un homme se trouvait là, attaché à un panneau de la route signalant un passage d'élans. Si tel était le cas, les policiers devaient menotter cette personne et l'emmener à la ferme de Gosseberga.

Mikael avait immédiatement protesté en expliquant que Ronald Niedermann n'était pas quelqu'un qu'on pouvait simplement arrêter comme ça en lui passant des menottes mais un redoutable assassin. Paulsson ayant choisi d'ignorer les protestations de Mikael, la fatigue reprit ses droits. Mikael traita Paulsson de couillon incompétent et hurla à Torstensson et Andersson de bien se garder de détacher Ronald Niedermann avant d'avoir fait venir des renforts.

Le résultat de son coup de gueule fut qu'on le menotta et le fourra sur le siège arrière de la voiture du commissaire Paulsson, d'où il put assister, en fulminant, au départ de Torstensson et Andersson dans leur voiture. La seule lueur dans ce noir total était que Lisbeth Salander avait été transportée dans l'hélicoptère qui disparaissait au-dessus des cimes des arbres en direction de Sahlgrenska. Mikael se sentit totalement impuissant et à l'écart du flot d'informations. Il ne lui restait plus qu'à espérer que Lisbeth serait mise entre des mains compétentes.

LE DR ANDERS JONASSON PRATIQUA deux profondes incisions jusqu'à l'os du crâne et replia la peau autour du trou d'entrée. Il maintint l'ouverture avec des pinces. Une infirmière inséra un aspirateur pour vider le sang. Ensuite vint l'étape désagréable où le Dr Jonasson utilisa une perceuse pour élargir le trou dans l'os. La manœuvre progressa avec une lenteur exaspérante.

Ayant finalement obtenu un trou assez large pour avoir accès au cerveau de Lisbeth Salander, il y introduisit doucement une sonde et élargit la trouée de la plaie de quelques millimètres. Ensuite, il introduisit une sonde plus fine et localisa la balle. Grâce à la radio du crâne, il put voir que la balle avait tourné pour se placer dans un angle de quarante-cinq degrés par rapport à la trouée de la lésion. Il utilisa la sonde pour toucher doucement le bord de la balle et, après une série de tentatives ratées, il put la soulever suffisamment pour la remettre à sa place initiale.

Finalement, il introduisit une longue pince très fine, réussit à attraper la base de la balle et serra fort. Il tira la pince droit vers lui. La balle suivit presque sans la moindre résistance. Il la tint face à la lumière pendant une seconde et constata qu'elle semblait intacte, puis il la laissa tomber dans un bol.

— Eponge, dit-il et son ordre fut immédiatement suivi d'effet.

Il jeta un regard sur l'électrocardiogramme qui indiquait que sa patiente bénéficiait encore d'une activité cardiaque régulière.

— Pince.

Il tira à lui une loupe puissante suspendue et focalisa sur la région dénudée.

— Doucement, dit le professeur Frank Ellis.

Au cours des trois quarts d'heure suivants, Anders Jonasson ne retira pas moins de trente-deux petits éclats d'os fichés autour du trou d'entrée. Le plus petit de ces éclats était invisible à l'œil nu.

TANDIS QUE, FRUSTRÉ, MIKAEL BLOMKVIST essayait d'extirper son téléphone portable de la poche de poitrine de sa veste – tâche qui se révéla impossible avec les mains menottées –, plusieurs véhicules arrivèrent à Gosseberga, avec des policiers et du personnel technique. Briefés par le commissaire Paulsson, ils furent chargés de récolter des preuves techniques irréfutables dans la remise à bois et de procéder à un examen approfondi de la maison d'habitation où plusieurs armes avaient été saisies. Résigné, Mikael suivit leurs agissements depuis son point d'observation à l'arrière de la voiture de Paulsson.

Au bout d'une bonne heure seulement, Paulsson sembla prendre conscience que les agents Torstensson et Andersson n'étaient pas encore revenus de leur mission d'arrêter Ronald Niedermann. Il eut soudain l'air soucieux et fit amener Mikael Blomkvist dans la cuisine où il lui demanda de nouveau de décrire la route.

Mikael ferma les yeux.

Il était toujours dans la cuisine avec Paulsson au retour des renforts qui avaient été envoyés pour secourir les deux policiers. L'agent de police Gunnar Andersson avait été retrouvé mort, la nuque brisée. Son collègue Fredrik Torstensson était encore en vie, mais il était grièvement blessé. Tous deux avaient été retrouvés dans le fossé à côté du panneau signalant un passage d'élans. Leurs armes de service et le véhicule de police manquaient.

Si, au départ, le commissaire Thomas Paulsson avait eu à gérer une situation relativement claire, il se retrouvait maintenant avec sur les bras un homicide de policier et un desperado armé en fuite.

— Imbécile, répéta Mikael Blomkvist.

— Injurier la police ne sert à rien.

— Nous sommes d'accord là-dessus. Mais j'ai l'intention de vous épingler pour faute professionnelle, et ça va saigner. Avant que j'en aie terminé avec vous, toutes les manchettes du pays vous auront désigné policier le plus stupide de la Suède.

La menace d'être jeté en pâture aux médias était apparemment la seule chose qui pouvait impressionner Thomas Paulsson. Il eut l'air inquiet.

— Qu'est-ce que vous proposez ?

— J'exige que vous appeliez l'inspecteur Jan Bublanski à Stockholm. Tout de suite.

L'INSPECTRICE SONJA MODIG se réveilla en sursaut quand son portable, qu'elle avait mis à charger à l'autre bout de la chambre, sonna. Elle tourna les yeux vers le réveil sur la table de chevet et constata avec désespoir qu'il n'était qu'un peu plus de 4 heures. Elle regarda son mari qui ronflait toujours paisiblement. Subiraient-ils une attaque d'artillerie qu'il continuerait à dormir. Elle tituba hors du lit et trouva le bouton sur son portable pour répondre.

Jan Bublanski, pensa-t-elle, *qui d'autre ?*

— C'est la cata totale du côté de Trollhättan, lui annonça son chef sans autre forme de politesse. Le X2000 pour Göteborg part à 5 h 10.

— Qu'est-ce qui s'est passé ?

— Blomkvist a trouvé Salander et Niedermann et Zalachenko. Il est arrêté pour insulte à policier, résistance et détention illégale d'arme. Salander a été transportée à l'hôpital Sahlgrenska avec une balle dans la tête. Zalachenko est à Sahlgrenska avec une hache dans le crâne. Niedermann se balade dans la nature. Il a tué un policier cette nuit.

Sonja Modig cilla deux fois et sentit la fatigue. Elle avait surtout envie de retourner dans son lit et de prendre un mois de vacances.

— X2000 à 5 h 10. D'accord. Qu'est-ce que je dois faire ?

— Tu prends un taxi pour la gare. Tu seras accompagnée de Jerker Holmberg. Vous allez prendre contact avec un dénommé Thomas Paulsson, commissaire à Trollhättan, qui est apparemment responsable du bordel de cette nuit et qui selon Blomkvist est un, je cite, connard d'envergure, fin de citation.

— Tu as parlé avec Blomkvist ?

— Manifestement, ils l'ont mis aux fers. J'ai réussi à convaincre Paulsson de me le passer un court instant. Je suis en route pour Kungsholmen et, du centre des opérations, je vais essayer de savoir ce qui se trame. On reste en contact sur le portable.

Sonja Modig regarda l'heure encore une fois. Puis elle appela un taxi et alla se mettre sous la douche pendant une minute. Elle se lava les dents, tira un peigne à travers ses cheveux, enfila un pantalon noir, un tee-shirt noir et une veste grise. Elle glissa son arme de service dans sa sacoche et choisit un trois-quarts en cuir rouge sombre comme pardessus.

Puis elle secoua son mari et expliqua où elle se rendait et qu'il devait s'occuper des enfants le matin venu. Elle franchit la porte de l'immeuble au moment même où le taxi s'arrêtait dans la rue.

Elle n'eut pas à chercher son collègue, Jerker Holmberg, sachant qu'il se trouvait probablement dans le wagon-restaurant, et elle ne s'était pas trompée. Il lui avait déjà acheté un sandwich et du café. Ils se turent pendant cinq minutes pendant lesquelles ils prirent leur petit-déjeuner. Finalement, Holmberg repoussa sa tasse de café.

— On devrait peut-être changer de métier, dit-il.

A 4 HEURES, l'inspecteur Marcus Ackerman de la brigade criminelle de Göteborg arriva enfin à Gosseberga et reprit l'enquête de Thomas Paulsson, croulant sous la tâche. Ackerman était un quinquagénaire grisonnant et replet. Une de ses premières mesures fut de débarrasser Mikael Blomkvist de ses menottes et de lui offrir des brioches et du café d'un thermos. Ils s'installèrent dans le séjour pour un entretien particulier.

— J'ai parlé avec Bublanski à Stockholm, dit Ackerman. On se connaît depuis des années. Lui comme moi, nous regrettons le comportement de Paulsson.

— Il a réussi à faire tuer un policier cette nuit, dit Mikael.

Ackerman hocha la tête.

— Je connaissais personnellement l'agent Gunnar Andersson. Il avait servi à Göteborg avant de déménager à Trollhättan. Il était le père d'une fillette de trois ans.

— Je suis désolé. J'ai essayé de les prévenir…

— Je l'ai compris. Vous avez parlé trop fort à son goût et c'est pour ça qu'il vous a menotté. C'est vous qui avez coincé Wennerström. Bublanski dit que vous êtes un fichu fouineur de journaliste et un investigateur privé complètement azimuté, mais que vous savez probablement de quoi vous parlez. Vous pourriez me faire un topo compréhensible ?

— Nous en sommes au dénouement des meurtres de mes amis Dag Svensson et Mia Bergman à Enskede, et du meurtre d'une personne qui n'était pas mon ami… l'avocat Nils Bjurman, le tuteur de Lisbeth Salander.

Ackerman fit oui de la tête.

— Comme vous le savez, la police traque Lisbeth Salander depuis Pâques. On l'a soupçonnée de triple homicide. Pour commencer, il faut que vous admettiez que Lisbeth Salander n'est pas coupable de ces meurtres. Si elle est quelque chose dans cette affaire, c'est une victime.

— Je n'ai pas été mis sur le cas Salander, mais après tout ce que les médias ont écrit, j'ai un peu de mal à digérer qu'elle serait totalement innocente.

— C'est pourtant la vérité. Elle est innocente. Point final. Le véritable meurtrier est Ronald Niedermann, celui qui a tué votre collègue Gunnar Andersson cette nuit. Il travaille pour Karl Axel Bodin.

— Le Bodin donc qui se trouve à Sahlgrenska avec une hache dans le crâne.

— D'un point de vue purement technique, la hache n'est plus dans son crâne. J'imagine que c'est Lisbeth qui l'a agressé. Son véritable nom est Alexander Zalachenko. Il est le père de Lisbeth, c'est un ex-agent des services secrets militaires russes. Il a déserté dans les années 1970 et a ensuite travaillé pour la Säpo jusqu'à la chute de l'Union soviétique. Depuis, il opère en free-lance comme gangster.

Ackerman contempla pensivement le gars qui était assis en face de lui sur la banquette. Mikael Blomkvist était luisant de sueur et avait l'air à la fois gelé et épuisé. Jusque-là, il avait argumenté de façon rationnelle et cohérente mais le commissaire Thomas Paulsson – à qui Ackerman n'accordait pas grande confiance – l'avait prévenu que Blomkvist délirait au sujet d'agents russes et d'assassins allemands, ce qui ne faisait guère partie du lot quotidien de la police suédoise. Blomkvist était apparemment arrivé au point dans son histoire que Paulsson avait préféré rejeter. Mais il y avait un policier mort et un autre grièvement blessé sur le bas-côté de la route de Nossebro, et Ackerman était prêt à écouter. Il ne put cependant pas empêcher une touche d'incrédulité d'apparaître dans sa voix.

— Bon, d'accord. Un agent russe.

Blomkvist afficha un sourire pâle, de toute évidence conscient que son histoire paraissait farfelue.

— Un ancien agent russe. Je peux prouver toutes mes affirmations.

— Continuez.

— Zalachenko était au sommet de sa carrière d'espion dans les années 1970. Il a quitté le navire et la Säpo lui a accordé l'asile. Pour autant que j'ai compris, ce n'est pas une situation unique dans le sillage du démantèlement de l'Union soviétique.

— D'accord.

— Je ne sais pas exactement ce qui s'est passé ici cette nuit, mais apparemment Lisbeth a traqué son père qu'elle n'avait pas vu depuis quinze ans. Il avait maltraité la mère de Lisbeth au point qu'elle en est morte. Il a essayé de tuer Lisbeth, c'est lui qui, par l'intermédiaire de Ronald Niedermann, est derrière les meurtres de Dag Svensson et de Mia Bergman. De plus, il est responsable de l'enlèvement de Miriam Wu, l'amie de Lisbeth – c'est le fameux match pour le titre que Paolo Roberto a livré à Nykvarn.

— Si Lisbeth Salander a planté une hache dans la tête de son père, on ne peut pas vraiment dire qu'elle soit innocente.

— Lisbeth Salander, pour sa part, a pris trois balles dans le corps. Je crois qu'on va pouvoir faire valoir un certain degré de légitime défense. Je me demande…

— Oui ?

— Lisbeth était tellement couverte de terre et de boue que ses cheveux n'étaient qu'une seule croûte d'argile durcie. Elle avait plein de sable dans ses vêtements. On aurait dit qu'elle avait été enterrée. Et Niedermann a manifestement une certaine tendance à enterrer les gens. La police de Södertälje a trouvé deux tombes dans l'entrepôt près de Nykvarn dont le MC Svavelsjö est propriétaire.

— Trois, en fait. Ils en ont trouvé une autre tard hier soir. Mais si on a tiré sur Lisbeth Salander et qu'on l'a enterrée ensuite, comment ça se fait qu'elle vadrouillait avec une hache à la main ?

— Je l'ai dit, je ne sais pas ce qui s'est passé, mais Lisbeth est remarquablement riche en ressources. J'ai essayé de convaincre Paulsson de faire venir ici une patrouille de chiens…

— Ils arrivent.

— Bien.

— Paulsson vous a arrêté pour insulte à agent de police.

— Je conteste. Je l'ai appelé imbécile, couillon incompétent et crétin. Dans la situation présente, aucune de ces épithètes n'est insultante.

— Mais vous êtes arrêté aussi pour détention illégale d'arme.

— J'ai commis l'erreur de vouloir lui remettre une arme. Pour le reste, je n'ai pas de déclaration à faire avant d'avoir pu parler à mon avocat.

— OK. On laisse tomber ça pour l'instant. On a des choses plus sérieuses à débattre. Qu'est-ce que vous savez sur ce Niedermann ?

— C'est un assassin. Il a quelque chose qui cloche : il mesure plus de deux mètres et il est bâti comme un char d'assaut. Demandez à Paolo Roberto qui l'a affronté. Il souffre d'analgésie congénitale. C'est une maladie qui signifie que la transmission dans ce qu'ils appellent les fibres C ne fonctionne pas et il est incapable de ressentir de la douleur. Il est allemand, né à Hambourg et il était skinhead dans sa jeunesse. Il est extrêmement dangereux et il est en liberté.

— Est-ce que vous avez idée de l'endroit où il pourrait se réfugier ?

— Non. Je sais seulement que je l'avais ficelé comme il faut, il n'y avait qu'à le cueillir lorsque ce crétin de Trollhättan a pris la situation en main.

PEU AVANT 5 HEURES, Anders Jonasson retira ses gants en latex souillés et les jeta dans la poubelle. Une infirmière appliqua des compresses sur la plaie à la hanche. L'opération avait duré trois heures. Il regarda la tête rasée et malmenée de Lisbeth Salander, déjà empaquetée dans des bandages.

Il ressentit une tendresse soudaine, la même qu'il ressentait souvent pour les patients qu'il avait opérés. Selon les journaux, Lisbeth Salander était une tueuse en série psychopathe, mais à ses yeux elle ressemblait surtout à un moineau meurtri. Il secoua la tête puis regarda Frank Ellis qui le contempla d'un œil amusé.

— Tu es un excellent chirurgien, dit Ellis.

— Je t'offre un petit-déjeuner ?

— C'est possible d'avoir des pancakes avec de la confiture ici ?

— Des gaufres, dit Anders Jonasson. Chez moi. Je vais prévenir ma femme, puis on prend un taxi. Il s'arrêta et regarda l'heure. Réflexion faite, je crois qu'on va s'abstenir d'appeler.

MAÎTRE ANNIKA GIANNINI, AVOCATE, se réveilla en sursaut. Elle tourna la tête à droite et constata qu'il était 5 h 58. Elle avait un premier rendez-vous avec un client dès 8 heures. Elle tourna la tête à gauche et regarda son mari Enrico Giannini qui dormait paisiblement et qui, dans le meilleur des cas, se réveillerait vers 8 heures. Elle cligna résolument des paupières à plusieurs reprises, sortit du lit et alla brancher la cafetière avant de se mettre sous la douche. Elle prit son temps dans la salle de bains et s'habilla ensuite d'un pantalon noir, d'un col roulé blanc et d'une veste rouge. Elle fit griller deux tranches de pain qu'elle garnit de marmelade d'oranges, de fromage et de quelques morceaux de pomme, porta son petit-déjeuner dans le séjour juste à temps pour les informations de 6 h 30 à la télé. Elle but une gorgée de café et elle venait d'ouvrir la bouche pour croquer une tartine lorsqu'elle entendit le titre.

Un policier tué et un autre grièvement blessé. Nuit dramatique lors de l'arrestation de la triple meurtrière Lisbeth Salander.

Elle eut tout d'abord du mal à faire la part des choses, puisque sa première impression fut que Lisbeth Salander avait tué un policier. Les informations étaient sporadiques, mais elle finit par comprendre que c'était un homme qu'on recherchait pour le meurtre du policier. Un avis de recherche national avait été lancé pour un homme de trente-sept ans dont on ne connaissait pas encore l'identité. Lisbeth Salander se trouvait apparemment grièvement blessée à l'hôpital Sahlgrenska à Göteborg.

Annika passa sur l'autre chaîne mais elle n'y comprit pas plus pour autant. Elle attrapa son téléphone portable et pianota le numéro de son frère, Mikael Blomkvist. Un message lui répondit que l'abonné était injoignable. Elle ressentit une pique de crainte. Mikael l'avait appelée la veille au soir, en route pour Göteborg. Il était à la recherche de Lisbeth Salander. Et d'un meurtrier du nom de Ronald Niedermann.

AU LEVER DU JOUR, un policier observateur repéra des traces de sang sur le terrain derrière la remise à bois. Un chien policier suivit la trace jusqu'à un trou creusé dans une clairière à environ quatre cents mètres au nord-est de la ferme de Gosseberga.

Mikael accompagna l'inspecteur Ackerman. Ils examinèrent pensivement l'endroit. Ils n'eurent aucun mal à découvrir une grande quantité de sang dans le trou et tout autour.

Ils trouvèrent également un étui à cigarettes cabossé qui avait manifestement été utilisé comme pelle. Ackerman plaça l'étui à cigarettes dans un sac à preuves et étiqueta sa trouvaille. Il ramassa aussi des échantillons de mottes de terre teintées de sang. Un policier en uniforme attira son attention sur un mégot sans filtre de la marque Pall Mall à quelques mètres du trou. Celui-ci fut aussi placé dans un sac à preuves étiqueté. Mikael se rappela avoir vu un paquet de Pall Mall sur le plan de travail dans la cuisine de Zalachenko.

Ackerman jeta un coup d'œil sur le ciel et vit de lourds nuages de pluie. La tempête qui avait sévi à Göteborg au cours de la nuit passait manifestement au sud de la région de Nossebro, et d'ici peu la pluie allait tomber. Il se tourna vers un agent de police et lui demanda de trouver une bâche pour couvrir le trou.

— Je crois que vous avez raison, dit finalement Ackerman à Mikael. Une analyse du sang va probablement établir que Lisbeth Salander a été enterrée ici et je parie que nous trouverons ses empreintes sur l'étui. On lui a tiré dessus, on l'a enterrée, mais d'une façon ou d'une autre elle a survécu et réussi à se sortir de la tombe et…

— … et est retournée à la ferme et a balancé la hache à la tête de Zalachenko, termina Mikael. Dans le genre obstiné, elle se pose là.

— Mais comment a-t-elle fait pour Niedermann ?

Mikael haussa les épaules. Sur ce point, il était tout aussi perplexe qu'Ackerman.

2

VENDREDI 8 AVRIL

SONJA MODIG ET JERKER HOLMBERG arrivèrent à la gare centrale de Göteborg peu après 8 heures. Bublanski avait appelé et donné de nouvelles instructions ; ils devaient laisser tomber Gosseberga et prendre un taxi pour l'hôtel de police à Nya Ullevi, le siège de la police criminelle départementale du Västra Götaland. Ils attendirent presque une heure avant que l'inspecteur Ackerman arrive de Gosseberga accompagné de Mikael Blomkvist. Mikael salua Sonja Modig qu'il avait déjà rencontrée et serra la main de Jerker Holmberg. Puis vint se joindre à eux un collègue d'Ackerman avec une mise à jour dans la chasse à Ronald Niedermann. Le rapport était bref.

— Nous disposons d'un groupe d'investigation sous la direction de la Crim départementale. Un avis de recherche national a été lancé, évidemment. Nous avons retrouvé la voiture de police à Alingsås à 6 heures. La piste s'arrête là, pour le moment. Nous soupçonnons qu'il a changé de véhicule, mais nous n'avons enregistré aucune plainte pour vol de voiture.

— Les médias ? demanda Modig avec un coup d'œil d'excuse à Mikael Blomkvist.

— Il s'agit du meurtre d'un policier et la mobilisation est totale. Il y aura une conférence de presse à 10 heures.

— Est-ce que quelqu'un sait quelque chose sur l'état de Lisbeth Salander ? demanda Mikael. Il se sentait étrangement peu concerné par tout ce qui relevait de la chasse à Niedermann.

— On l'a opérée au cours de la nuit. Ils lui ont sorti une balle de la tête. Elle ne s'est pas encore réveillée.

— Y a-t-il un pronostic ?

— J'ai cru comprendre que nous ne saurons rien avant qu'elle soit réveillée. Mais le médecin qui l'a opérée dit qu'il a bon espoir qu'elle survive s'il n'y a pas de complications en cours de route.

— Et Zalachenko ?

— Qui ? demanda le collègue d'Ackerman, qui n'était pas encore au courant de toutes les ramifications embrouillées de l'histoire.

— Karl Axel Bodin.

— Ah oui, lui aussi a été opéré cette nuit. Il a reçu un vilain coup de hache dans la figure et un autre juste sous la rotule. Il est mal en point, mais les blessures ne mettent pas sa vie en danger.

Mikael hocha la tête.

— Vous avez l'air fatigué, dit Sonja Modig.

— On peut le dire. J'entame ma troisième journée sans pratiquement aucun sommeil.

— Il s'est endormi dans la voiture en revenant de Nossebro, dit Ackerman.

— Vous auriez la force de nous raconter toute l'histoire depuis le début ? demanda Holmberg. On dirait que les investigateurs privés mènent trois à zéro contre la police.

Mikael tenta de sourire.

— Ça, c'est une réplique que je voudrais entendre Bublanski prononcer, dit-il.

Ils s'installèrent dans la cafétéria de l'hôtel de police pour prendre le petit-déjeuner. Mikael passa une demi-heure à expliquer, pas à pas, comment il avait reconstitué l'histoire complexe de Zalachenko. Quand il eut terminé, les policiers observèrent un silence pensif.

— Il y a quelques blancs dans votre histoire, finit par dire Jerker Holmberg.

— Fort possible, dit Mikael.

— Vous n'expliquez pas comment vous êtes entré en possession du rapport secret de la Säpo concernant Zalachenko.

Mikael hocha la tête.

— Je l'ai trouvé hier chez Lisbeth Salander après avoir enfin déniché sa cachette. Pour sa part, elle l'avait sans doute trouvé dans la maison de campagne de maître Nils Bjurman.

— Vous avez donc découvert la cachette de Salander, dit Sonja Modig.

Mikael acquiesça de la tête.

— Et ?

— Je vous laisse le soin de trouver cette adresse-là par vos propres moyens. Lisbeth s'était donné beaucoup de peine pour se procurer une adresse secrète et je n'ai pas l'intention d'être à l'origine de fuites.

Modig et Holmberg se rembrunirent un peu.

— Mikael… il s'agit d'une enquête sur un homicide, dit Sonja Modig.

— Et vous, vous n'avez pas encore pigé que Lisbeth Salander est innocente et que la police a empiété sur sa vie privée d'une façon qui dépasse l'entendement. Des lesbiennes satanistes, où est-ce que vous allez pêcher tout ça ? Si elle a envie de vous raconter où elle habite, je suis persuadé qu'elle le fera.

— Mais il y a autre chose que j'ai du mal à comprendre, insista Holmberg. Comment est-ce que Bjurman intervient dans cette histoire ? Vous nous dites que c'est lui qui a tout mis en branle en contactant Zalachenko et en lui demandant de tuer Salander… mais pourquoi faire une chose pareille ?

Mikael hésita longuement.

— Je me dis qu'il a engagé Zalachenko pour se débarrasser de Lisbeth Salander. Le but était qu'elle se retrouve dans l'entrepôt à Nykvarn.

— Il était son tuteur. Quel motif aurait-il de se débarrasser d'elle ?

— C'est compliqué.

— Expliquez-vous.

— Il avait un putain de bon motif. Il avait fait quelque chose dont Lisbeth était au courant. Elle était une menace pour tout son avenir et sa prospérité.

— Qu'est-ce qu'il avait fait ?

— Je crois qu'il vaut mieux que Lisbeth elle-même explique cela.

Il croisa le regard de Holmberg.

— Laissez-moi deviner, dit Sonja Modig. Bjurman avait mal agi envers votre protégée.

Mikael hocha la tête.

— Dois-je penser qu'il l'avait exposée à une forme de violence sexuelle ?

Mikael haussa les épaules et s'abstint de tout commentaire.

— Vous êtes au courant du tatouage sur le ventre de Bjurman ?

— Tatouage ?

— Un tatouage réalisé par un amateur et dont le texte s'étale sur tout le ventre… *Je suis un porc sadique, un salaud et un violeur.* Nous nous sommes posé des questions sur la signification de tout ça.

Mikael éclata soudain de rire.

— Qu'est-ce qu'il y a ?

— Je me suis demandé ce que Lisbeth avait fait pour se venger. Mais je vous le dis, je ne veux pas discuter de ça avec vous, pour la même raison que tout à l'heure. Il s'agit de sa vie privée. C'est Lisbeth qui a été l'objet d'un crime. C'est elle, la victime. C'est à elle de déterminer ce qu'elle veut vous raconter. Désolé.

Il eut presque l'air de s'excuser.

— On doit porter plainte quand il y a eu viol, dit Sonja Modig.

— Je suis d'accord. Mais ce viol a eu lieu il y a deux ans et Lisbeth n'en a pas encore parlé à la police. Ce qui indique qu'elle n'a pas l'intention de le faire. Je ne partage peut-être pas son avis sur le principe, mais c'est elle qui décide. De plus…

— Oui ?

— Elle n'a pas de raison particulière de se confier à la police. La dernière fois qu'elle a essayé d'expliquer à quel point Zalachenko était un salaud, on l'a enfermée dans un hôpital psychiatrique.

RICHARD EKSTRÖM, le responsable de l'enquête préliminaire, avait des papillons dans le ventre ce vendredi matin lorsque, peu avant 9 heures, il demanda au chef des investigations, Jan Bublanski, de s'asseoir de l'autre côté du bureau. Ekström ajusta ses lunettes et frotta sa barbe bien entretenue. Il vivait la situation comme chaotique et menaçante. Un mois durant, il avait été le responsable de l'enquête préliminaire, l'homme qui chassait Lisbeth Salander. Il l'avait décrite en long et en large comme une psychopathe malade mentale et dangereuse pour la population. Il avait laissé fuir des informations qui auraient été à son propre avantage dans un futur procès. Tout semblait aller pour le mieux.

Dans son esprit, il ne faisait pas le moindre doute que Lisbeth Salander était réellement coupable du triple homicide et que le procès allait devenir une victoire facile, une pure représentation de propagande avec lui-même dans le rôle principal. Ensuite, tout avait foiré et soudain il se retrouvait avec un tout autre meurtrier et un chaos qui paraissait sans fin. *Saloperie de Salander.*

— C'est un véritable foutoir qu'on a sur les bras, dit-il. Qu'est-ce que tu as trouvé ce matin ?

— On a lancé un avis de recherche national de Ronald Niedermann, mais il court toujours. Pour l'instant il n'est recherché que pour le meurtre de l'agent de police Gunnar Andersson, mais je suppose que nous devrions aussi inclure les trois meurtres ici à Stockholm. Tu pourras peut-être organiser une conférence de presse ?

Si Bublanski ajoutait cette proposition d'une conférence de presse, c'était uniquement pour emmerder Ekström qui les détestait.

— Je crois que pour ça on va attendre un moment, dit Ekström rapidement.

Bublanski s'efforça à ne pas sourire.

— Ce qui se passe concerne en premier lieu la police de Göteborg, reprit Ekström pour plus de clarté.

— Oui, mais on a Sonja Modig et Jerker Holmberg sur place à Göteborg et on a entamé une collaboration…

— On attendra d'en savoir un peu plus avant de faire une conférence de presse, trancha Ekström d'une voix autoritaire. Ce que je voudrais savoir, c'est à quel point tu es sûr que c'est réellement Niedermann qui est mêlé aux meurtres ici à Stockholm.

— En tant que policier, j'en suis convaincu. Mais, effectivement, on n'est pas très bien placé en matière de preuves. On n'a aucun témoin des meurtres et il n'y a pas de preuves techniques imparables. Magge Lundin et Benny Nieminen du MC Svavelsjö refusent de se prononcer et prétendent ne jamais avoir entendu parler de Niedermann. Ce qui est sûr, par contre, c'est qu'il sera condamné pour l'homicide de Gunnar Andersson.

— C'est ça, dit Ekström. C'est le meurtre du policier qui nous intéresse en ce moment. Mais, dis-moi… y a-t-il quoi que ce soit qui indique que Salander serait malgré tout mêlée aux meurtres ? Peut-on imaginer qu'elle et Niedermann les aient commis ensemble ?

— J'en doute. Et je me garderais bien de diffuser une telle théorie.

— Mais alors quel est son rôle dans tout ça ?

— C'est une histoire extrêmement compliquée. Comme Mikael Blomkvist l'a dit dès le début, il s'agit de ce type, Zala… Alexander Zalachenko.

Au nom de Mikael Blomkvist, le procureur Ekström fut visiblement parcouru d'un frisson.

— Zala est un espion russe retiré des affaires, manifestement dénué de scrupules, qui opérait du temps de la guerre froide, poursuivit Bublanski. Il est arrivé ici dans les années 1970, et il est le géniteur de Lisbeth Salander. Il a été épaulé par une fraction de la Säpo qui le couvrait quand il enfreignait la loi. Un policier de la Säpo a également veillé à ce que Lisbeth Salander soit enfermée dans une clinique de pédopsychiatrie à l'âge de treize ans quand elle menaçait de révéler la vérité sur Zalachenko.

— Admets que tout cela est un peu difficile à gober. On ne peut pas rendre publique une histoire pareille. Si j'ai bien compris, tout ce qui concerne Zalachenko est frappé du secret défense.

— Et pourtant c'est la vérité. J'ai des documents qui le prouvent.

— Est-ce que je peux les voir ?

Bublanski poussa vers lui le classeur avec le rapport de police datant de 1991. Ekström contempla pensivement le tampon indiquant que ce document était qualifié secret-défense, et le numéro d'archivage qu'il identifia immédiatement comme provenant de la Säpo. Il feuilleta rapidement la centaine de pages et en lut quelques-unes au hasard. Il finit par poser le rapport.

— Il faut qu'on essaie de calmer le jeu pour que la situation ne nous échappe pas. Lisbeth Salander a donc été enfermée chez les fous parce qu'elle avait essayé de tuer son père… ce Zalachenko. Et ce coup-ci elle lui a planté une hache dans la tête. Il faut quand même ranger ça dans la rubrique tentative d'homicide. Et il faut l'inculper pour avoir tiré sur Magge Lundin à Stallarholmen.

— Inculpe qui tu veux, mais à ta place, j'avancerais sur des œufs.

— Il y aura un scandale du feu de Dieu si toute cette histoire impliquant la Säpo est divulguée.

Bublanski haussa les épaules. Sa mission était d'élucider des crimes, pas de gérer des scandales.

— Ce salopard de la Säpo, Gunnar Björck. Qu'est-ce qu'on sait sur le rôle qu'il a joué ?

— Il est l'un des acteurs principaux. Il est actuellement en arrêt maladie pour une hernie discale, il passe quelque temps à Smådalarö.

— OK… on ne dit rien sur la Säpo pour l'instant. Il est question d'un policier tué et de rien d'autre. Notre tâche n'est pas de créer de la confusion.

— Je pense que ça sera difficile à étouffer.

— Comment ça ?

— J'ai envoyé Curt Bolinder cueillir Björck pour interrogatoire. Bublanski consulta sa montre. Je pense qu'il est en pleine action à l'heure qu'il est.

— Quoi ?

— En fait j'avais projeté d'avoir le plaisir moi-même de me rendre à Smådalarö, mais cet assassinat d'un policier m'en a empêché.

— Je n'ai délivré aucune autorisation d'arrêter Björck.

— Exact. Mais ce n'est pas une arrestation. Je le fais venir pour l'interroger.

— Je n'aime pas du tout ça.

Bublanski se pencha en avant et prit un air confidentiel.

— Richard… voici les faits. Lisbeth Salander a été victime d'une série d'abus judiciaires qui ont commencé quand elle était enfant. Je n'ai pas l'intention de laisser cela se poursuivre. Tu peux choisir de m'écarter des investigations, mais alors je serai obligé d'écrire un mémo incisif là-dessus.

Richard Ekström eut l'air d'avoir avalé un citron.

GUNNAR BJÖRCK, EN ARRÊT MALADIE de son poste de chef adjoint à la brigade des étrangers à la Säpo, ouvrit la porte de sa maison de campagne à Smådalarö et se trouva face à un homme robuste aux cheveux blonds coupés court, en blouson de cuir noir.

— Je cherche Gunnar Björck.

— C'est moi.

— Curt Bolinder, des Affaires criminelles.

L'homme montra sa carte.

— Oui ?

— Vous êtes prié de me suivre à l'hôtel de police à Kungsholmen pour assister la police dans l'enquête sur Lisbeth Salander.

— Euh… il doit y avoir une erreur.

— Il n'y a pas d'erreur, dit Curt Bolinder.

— Vous ne comprenez pas. Moi aussi je suis policier. Je pense que vous devriez vérifier avec votre chef.

— C'est mon chef qui veut vous parler.

— Il faut que je passe un coup de fil et…

— Vous pourrez téléphoner de Kungsholmen.

Gunnar Björck sentit tout à coup qu'il abandonnait. Putain de saloperie de Blomkvist. Saloperie de Salander.

— Vous m'arrêtez ? demanda-t-il.

— Pas pour l'instant. Mais je pense que ça peut s'arranger si vous y tenez.

— Non… non, je vais vous suivre, bien sûr. Il est évident que je tiens à aider mes collègues.

— Tant mieux, dit Curt Bolinder en entrant dans la maison. Il garda un œil attentif sur Gunnar Björck pendant que celui-ci allait chercher son manteau et arrêter la cafetière.

A 11 HEURES, Mikael Blomkvist pouvait constater que sa voiture de location se trouvait toujours garée derrière une grange à l'entrée de Gosseberga, mais dans l'état d'épuisement où il se trouvait, il n'avait pas la force d'aller la chercher, et encore moins de la conduire sur une certaine distance sans représenter un danger pour la circulation. Il demanda conseil à l'inspecteur Marcus Ackerman et celui-ci proposa généreusement de faire en sorte qu'un technicien de la Crim de Göteborg passe chercher la voiture.

— Considère ça comme une contrepartie de la façon dont tu as été traité cette nuit.

Mikael hocha la tête et prit un taxi pour le City Hotel dans Lorensbergsgatan près d'Avenyn. Il réserva une chambre simple à 800 couronnes pour une nuit et monta immédiatement. Il se déshabilla, s'assit tout nu sur le lit, sortit le Palm Tungsten T3 de Lisbeth Salander de sa poche intérieure et le soupesa dans la main. Il était toujours stupéfait que l'ordinateur de poche n'ait pas été saisi lorsque le commissaire Thomas Paulsson l'avait fouillé, mais Paulsson était parti du principe que c'était l'ordinateur de Mikael, et il n'avait jamais été formellement inculpé et dépouillé de ses affaires. Il réfléchit brièvement et plaça ensuite le Palm dans le compartiment de sa sacoche d'ordinateur où il gardait le DVD de Lisbeth marqué *Bjurman*, que Paulsson avait loupé aussi. Il avait bien conscience que, d'un point de vue légal, c'était de la rétention de preuves, mais il s'agissait d'objets que Lisbeth ne voulait vraisemblablement pas voir atterrir entre de mauvaises mains.

Il ouvrit son téléphone portable, constata que la batterie était presque à plat et le mit à charger. Il passa un coup de fil à sa sœur, maître Annika Giannini.

— Salut, frangine.

— Quel est ton rapport avec le meurtre du policier de cette nuit ? demanda-t-elle immédiatement.

Il expliqua brièvement ce qui s'était passé.

— Bon. Salander se trouve donc aux soins intensifs.

— Exact. On ne connaîtra pas la gravité de ses blessures avant qu'elle se réveille, mais elle aura besoin d'un avocat.

Annika Giannini réfléchit un instant.

— Tu penses qu'elle voudra de moi ?

— Il est probable qu'elle ne voudra pas d'avocat du tout. Ce n'est pas son genre de demander de l'aide.

— Tout indique que c'est un avocat pénal qu'il lui faudra. Laisse-moi jeter un coup d'œil sur les documents dont tu disposes.

— Adresse-toi à Erika Berger pour lui en demander une copie.

Dès la conversation avec sa sœur terminée, Mikael appela Erika Berger. Comme elle ne répondait pas sur son portable, il composa son numéro à la rédaction de *Millénium*. Ce fut Henry Cortez qui décrocha.

— Erika est sortie, dit Henry.

Mikael résuma la situation et demanda à Henry Cortez de transmettre l'information à la directrice de *Millénium*.

— OK. Qu'est-ce qu'on fait ? dit Henry.

— Rien aujourd'hui, dit Mikael. Il faut que je dorme. Je retourne à Stockholm demain si rien d'imprévu n'intervient. *Millénium* donnera sa version dans le prochain numéro, ce qui veut dire dans presque un mois.

Il raccrocha, se glissa dans le lit et s'endormit en moins de trente secondes.

L'ADJOINTE AU PRÉFET DE POLICE du département, Monica Spångberg, tapota le bord de son verre d'eau minérale avec un stylo pour réclamer le silence. Dix personnes – trois femmes et sept hommes – étaient rassemblées autour de la table de conférence dans son bureau à l'hôtel de police. L'assemblée était composée du directeur de la brigade criminelle, de l'adjoint au directeur de la brigade criminelle, de trois inspecteurs criminels dont Marcus Ackerman, ainsi que du chargé de communication de la police de Göteborg. A cette réunion avaient aussi été convoqués la responsable de l'enquête préliminaire, Agneta Jervas du ministère public, et les inspecteurs criminels Sonja Modig et Jerker Holmberg de Stockholm. Ces derniers étaient là pour afficher la bonne volonté que les collègues de Stockholm avaient de collaborer et peut-être aussi pour montrer comment se mène une véritable enquête.

Spångberg, souvent seule femme dans un entourage masculin, n'avait pas la réputation de gaspiller du temps en formalités et propos de complaisance. Elle expliqua que le préfet de police du département était en déplacement professionnel, une conférence d'Europol à Madrid, qu'il avait interrompu son voyage lorsqu'il avait été prévenu du meurtre d'un policier, mais qu'on ne l'attendait que tard dans la soirée. Puis, se tournant directement vers le directeur de la brigade criminelle, Arne Pehrzon, elle lui demanda de résumer la situation.

— Cela fait maintenant un peu plus de dix heures que notre collègue Gunnar Andersson a été tué sur la route de Nossebro. Nous connaissons le nom du meurtrier, Ronald Niedermann, mais nous n'avons pas de photo de cet individu.

— A Stockholm, nous avons une photo de lui, qui date d'il y a vingt ans. C'est Paolo Roberto qui nous l'a procurée, mais elle est quasi inutilisable, dit Jerker Holmberg.

— Bon. La voiture de police qu'il a volée a été retrouvée à Alingsås ce matin. Elle était garée dans une rue latérale à environ trois cent cinquante mètres de la gare. Nous n'avons aucune plainte pour vol de voiture dans le secteur ce matin.

— La situation des investigations ?

— Nous vérifions les trains qui arrivent à Stockholm et Malmö. Nous avons lancé un avis de recherche national et nous avons informé la police en Norvège et au Danemark. Nous avons en ce moment environ trente policiers qui travaillent directement sur cette enquête et tous nos agents gardent évidemment les yeux ouverts.

— Aucune piste ?

— Non. Pas encore. Mais il ne devrait pas être impossible de repérer quelqu'un de doté du physique particulier de Niedermann.

— Est-ce que quelqu'un a des nouvelles de Fredrik Torstensson ? demanda l'un des inspecteurs de la Crim.

— Il est hospitalisé à Sahlgrenska. Il est très amoché, un peu comme s'il sortait d'un accident de voiture. On a du mal à croire qu'un être humain ait pu causer de telles blessures rien qu'avec ses mains. Outre des fractures et des côtes cassées, il a une vertèbre abîmée et il risque de se retrouver avec une paralysie partielle.

Tout le monde médita la situation du collègue pendant quelques secondes avant que Spångberg reprenne la parole. Elle se tourna vers Ackerman.

— Que s'est-il réellement passé à Gosseberga ?

— A Gosseberga ? Il s'est passé Thomas Paulsson.

Un gémissement monta à l'unisson de la part de plusieurs participants à la réunion.

— Pourquoi personne ne le fout à la retraite ? Ce type est une putain de catastrophe ambulante.

— Je connais très bien Paulsson, dit Monica Spångberg sur un ton cassant. Mais personne ne s'est plaint de lui pendant… disons ces deux dernières années.

— Le préfet là-bas est une vieille connaissance de Paulsson et il a dû vouloir bien faire en le gardant sous son aile. Ça part d'un bon sentiment, bien entendu, et ce n'est pas une critique envers lui. Mais cette nuit, Paulsson a eu un comportement tellement bizarre que plusieurs collègues ont rapporté la chose.

— Qu'est-ce qu'il a fait ?

Marcus Ackerman jeta un regard en coin vers Sonja Modig et Jerker Holmberg. Il était apparemment gêné d'afficher des imperfections dans son organisation devant les collègues de Stockholm.

— Le plus bizarre est sans doute qu'il a détaché un agent du département technique pour procéder à un inventaire de la remise à bois où on a trouvé Zalachenko.

— Un inventaire de la remise à bois ? s'étonna Spångberg.

— Oui… c'est-à-dire… il voulait savoir exactement combien de bûches il y avait. Pour que le rapport soit exact.

Un silence parlant s'installa autour de la table de conférence avant qu'Ackerman poursuive :

— Ce matin, nous avons appris que Paulsson carbure à au moins deux psychotropes, du Xanor et de l'Efexor. Il aurait en fait dû se trouver en arrêt maladie, mais il a caché son état à ses collègues.

— Quel état ? demanda Spångberg vertement.

— Je ne sais évidemment pas exactement de quoi il souffre – le secret professionnel des médecins, vous savez – mais ces psychotropes qu'il prend sont un puissant anxiolytique d'un côté et un excitant de l'autre. Il était tout simplement chargé cette nuit.

— Mon Dieu, dit Spångberg en appuyant sur les mots. Elle ressemblait à l'orage qui était passé au-dessus de Göteborg dans la matinée. Je veux Paulsson ici pour un entretien. Maintenant.

— Ça sera un peu difficile. Il s'est effondré ce matin et il est hospitalisé pour surmenage. Vraiment dommage pour nous qu'il ait été de service.

— Une question, dit le directeur de la brigade criminelle. Paulsson a donc demandé l'inculpation de Mikael Blomkvist au cours de la nuit ?

— Il a laissé un rapport où il fait état d'insulte, résistance violente envers fonctionnaire et détention illégale d'arme.

— Blomkvist reconnaît quelque chose ?

— Il reconnaît l'insulte, mais soutient que c'était de la légitime défense. D'après lui, la résistance consistait en une tentative verbale un peu poussée d'empêcher Torstensson et Andersson d'aller coffrer Niedermann tout seuls et sans renforts.

— Des témoins ?

— Seulement les agents Torstensson et Andersson. Laissez-moi dire que je ne crois pas un instant au rapport de Paulsson mentionnant une résistance violente. C'est de toute évidence une manière de parer à d'éventuelles futures plaintes de la part de Blomkvist.

— Mais Blomkvist, lui, avait réussi à maîtriser Niedermann tout seul ? demanda la procureur Agneta Jervas.

— En le menaçant d'une arme.

— Blomkvist avait donc une arme. Alors l'inculpation de Blomkvist serait quand même fondée. D'où tenait-il cette arme ?

— Blomkvist ne veut pas se prononcer là-dessus avant d'avoir parlé à un avocat. Mais Paulsson a inculpé Blomkvist alors que celui-ci essayait de lui *remettre* l'arme.

— Puis-je faire une proposition informelle ? dit Sonja Modig avec précaution.

Tout le monde la regarda.

— J'ai rencontré Mikael Blomkvist à plusieurs occasions au cours de l'enquête, et j'estime que c'est une personne assez sensée bien qu'il soit journaliste. Je suppose que c'est vous qui allez prendre la décision d'une mise en examen… Elle regarda Agneta Jervas qui hocha la tête. Dans ce cas, cette histoire d'insulte et de résistance, c'est des bêtises, et j'imagine que vous allez les classer automatiquement.

— Probablement. Mais détention illégale d'arme, c'est un peu plus sérieux.

— Je propose que vous attendiez avant d'appuyer sur la détente. Blomkvist a reconstitué cette histoire tout seul et il a beaucoup d'avance sur la police. On ferait mieux de rester en bons termes avec lui et de coopérer, ce serait plus utile que de lui ouvrir un boulevard pour exécuter la police tout entière dans les médias.

Elle se tut. Après quelques secondes, Marcus Ackerman s'éclaircit la gorge. Si Sonja Modig pouvait pointer le menton, lui ne voulait pas être en reste.

— Je suis d'accord. Moi aussi je vois Blomkvist comme une personne sensée. Je lui ai présenté nos excuses pour le traitement qu'il a subi cette nuit. Il semble prêt à en rester là. De plus, il est intègre. Il a trouvé le domicile de Lisbeth Salander, mais refuse de nous donner l'adresse. Il n'a pas peur d'affronter une discussion ouverte avec la police... et il se trouve dans une position où sa voix pèsera autant dans les médias que n'importe quelle dénonciation de Paulsson.

— Mais il refuse de donner des informations sur Salander à la police ?

— Il dit que nous n'avons qu'à demander à Lisbeth.

— C'est quoi comme arme ? demanda Jervas.

— C'est un Colt 1911 Government. Numéro de série inconnu. Je l'ai envoyé au labo et nous ne savons pas encore s'il a été utilisé dans un contexte criminel en Suède. Si tel est le cas, il faudra reconsidérer les choses.

Monica Spångberg leva son stylo.

— Agneta, à toi de voir si tu veux entamer une enquête préliminaire sur Blomkvist. Je propose que tu attendes d'avoir le rapport du labo. Poursuivons. Ce type, là, Zalachenko... vous qui venez de Stockholm, qu'est-ce que vous pouvez nous dire sur lui ?

— Il se trouve que, aussi tard qu'hier après-midi encore, nous n'avions jamais entendu parler ni de Zalachenko ni de Niedermann, répondit Sonja Modig.

— Je croyais qu'à Stockholm vous étiez aux trousses d'une bande de lesbiennes satanistes, dit l'un des policiers de Göteborg. Quelques-uns esquissèrent un sourire. Jerker Holmberg inspecta ses ongles. A Sonja Modig de répondre à cette question.

— Entre nous, je peux vous dire que nous avons notre "Thomas Paulsson" à la brigade aussi, et cette histoire d'une bande de lesbiennes satanistes est plutôt une impasse que nous lui devons.

Sonja Modig et Jerker Holmberg consacrèrent ensuite une bonne demi-heure à rendre compte de leurs percées dans l'enquête.

Quand ils eurent terminé, un long silence s'installa autour de la table.

— Si l'information concernant Gunnar Björck est correcte, c'est la Säpo qui va avoir les oreilles qui chauffent, précisa finalement l'adjoint au directeur de la brigade criminelle.

Tout le monde opina du chef. Agneta Jervas leva la main.

— Si j'ai bien compris, vos soupçons reposent en grande partie sur des suppositions et des présomptions. En tant que procureur, je m'inquiète un peu pour l'absence de preuves réelles.

— On en a conscience, dit Jerker Holmberg. On pense savoir ce qui s'est passé en gros, mais il y a pas mal de points d'interrogation à résoudre.

— J'ai cru comprendre que vous vous occupez des fouilles à Nykvarn près de Södertälje, dit Spångberg. Combien d'homicides y a-t-il donc dans cette affaire ?

Jerker Holmberg cilla, fatigué.

— On a commencé avec trois meurtres à Stockholm – ce sont les meurtres pour lesquels Lisbeth Salander a été recherchée, ceux de maître Bjurman, du journaliste Dag Svensson et de la thésarde Mia Bergman. A l'entrepôt de Nykvarn, on a trouvé trois tombes jusque-là. On a identifié un receleur et petit malfrat notoire découpé en morceaux dans une des tombes. On a trouvé une femme non identifiée dans la deuxième. Et on n'a pas encore eu le temps de dégager entièrement la troisième tombe. Elle semble être plus ancienne. De plus, Mikael Blomkvist a établi le lien avec le meurtre d'une prostituée à Södertälje il y a quelques mois.

— Si bien qu'avec l'agent Gunnar Andersson à Gosseberga, il s'agit au moins de huit homicides… le nombre fait froid dans le dos. Est-ce que nous soupçonnons ce Niedermann pour l'ensemble des meurtres ? Ça voudrait dire que c'est un fou furieux et un tueur en série.

Sonja Modig et Jerker Holmberg échangèrent un regard. Maintenant il fallait déterminer jusqu'où ils étaient prêts à aller dans leurs affirmations. Sonja Modig finit par prendre la parole.

— Même si les preuves réelles nous font défaut, mon chef, l'inspecteur Jan Bublanski donc, et moi-même, nous sommes prêts à croire Mikael Blomkvist quand il affirme que les trois premiers meurtres sont l'œuvre de Niedermann. Cela signifierait l'innocence de Salander. Pour ce qui concerne les tombes à Nykvarn, Niedermann est lié à l'endroit par l'enlèvement de l'amie de Salander, Miriam Wu. De toute évidence elle était la quatrième sur la liste et une tombe l'attendait, elle aussi. Mais l'entrepôt en question est la propriété d'un parent du président du MC Svavelsjö et tant que nous n'aurons pas identifié les restes, il nous faudra attendre pour tirer des conclusions.

— Et ce malfrat que vous avez identifié…

— Kenneth Gustafsson, quarante-quatre ans, receleur notoire et délinquant dès l'adolescence. Spontanément, je dirais qu'il s'agit d'un règlement de comptes interne. Le MC Svavelsjö est associé à diverses formes de criminalité, y compris la distribution de métamphétamine. L'endroit peut donc être considéré comme un cimetière sauvage pour des gens qui se seraient brouillés avec le MC Svavelsjö. Mais…

— Oui ?

— Cette prostituée qui a été tuée à Södertälje… elle s'appelle Irina Petrova, vingt-deux ans.

— Oui.

— L'autopsie montre qu'elle a été victime de coups particulièrement sauvages. Même type de blessures que celles qu'on trouverait chez quelqu'un de tué à coups de batte de baseball ou ce genre d'outil. Les traumatismes étaient difficiles à interpréter et le médecin légiste n'a pas été en mesure d'indiquer quel outil en particulier avait été utilisé. Blomkvist nous l'a bien fait remarquer : les blessures d'Irina Petrova auraient parfaitement pu être causées par des mains nues…

— Niedermann ?

— C'est une supposition plausible. Les preuves manquent encore.

— Qu'est-ce qu'on fait maintenant ? demanda Spångberg.

— Il faut que je voie avec Bublanski, mais la prochaine étape logique serait d'interroger Zalachenko. De notre côté, on est intéressé par ce qu'il a à dire sur les homicides de Stockholm et, de votre côté, l'enjeu est de coincer Niedermann.

Un des inspecteurs de Göteborg leva l'index.

— J'ai une question… qu'avons-nous trouvé dans cette ferme à Gosseberga ?

— Très peu de choses. Quatre armes de poing. Un Sig Sauer qui était démonté et en cours de graissage sur la table de la cuisine. Un Wanad P-83 polonais par terre à côté de la banquette. Un Colt 1911 Government – c'est le pistolet que

Blomkvist essayait de remettre à Paulsson. Et pour finir un Browning calibre 22, qui a plutôt l'air d'un joujou au milieu des autres. On soupçonne que c'est cette arme-là qui a été utilisée contre Salander, puisqu'elle est encore en vie avec une balle dans le cerveau.

— Autre chose ?

— On a saisi un sac contenant un peu plus de 200 000 couronnes. Le sac se trouvait dans une chambre à l'étage qu'utilisait Niedermann.

— Comment vous savez que c'est sa chambre ?

— Ben, il s'habille en XXL. Zalachenko prend à la rigueur du M.

— Y a-t-il quoi que ce soit qui relie Zalachenko à une activité criminelle ? demanda Jerker Holmberg.

Ackerman secoua la tête.

— Tout dépend de notre manière d'interpréter les saisies d'armes. Mais à part les armes et le fait que Zalachenko dispose d'une surveillance électronique très pointue de son domicile, nous n'avons rien trouvé qui distingue la ferme de Gosseberga de n'importe quelle maison paysanne. Il y a très peu de meubles.

Peu avant midi, un policier en uniforme frappa à la porte et tendit un papier à l'adjointe au préfet de police, Monica Spångberg. Elle leva un doigt.

— Nous avons reçu un appel concernant une disparition à Alingsås. Une assistante dentaire de vingt-sept ans, Anita Kaspersson, a quitté son domicile à 7 h 30. Elle a déposé son enfant à la crèche et aurait dû arriver ensuite à son travail avant 8 heures. Elle n'est pas arrivée. Elle travaille chez un dentiste dont le cabinet est à environ cent cinquante mètres de l'endroit où on a trouvé la voiture de police volée.

Ackerman et Sonja Modig regardèrent leurs montres, tous les deux en même temps.

— Alors il a quatre heures d'avance. Qu'est-ce qu'elle a comme voiture ?

— Une vieille Renault bleu sombre. Voici le numéro d'immatriculation.

— Lancez immédiatement un avis de recherche du véhicule. A cette heure-ci, il peut se trouver n'importe où entre Oslo, Malmö et Stockholm.

Quelques échanges de paroles plus tard, ils terminèrent la conférence en décidant que Sonja Modig et Marcus Ackerman allaient interroger Zalachenko ensemble.

HENRY CORTEZ FRONÇA LES SOURCILS et suivit Erika Berger du regard quand elle sortit de son bureau pour s'engouffrer dans la kitchenette. Elle en ressortit quelques secondes après avec un mug de café et retourna dans son bureau. Elle ferma la porte derrière elle.

Henry Cortez n'arrivait pas vraiment à mettre le doigt sur ce qui clochait. *Millénium* était un petit lieu de travail où les différents employés devenaient très proches. Il travaillait à mi-temps à ce journal depuis quatre ans et il avait vécu quelques tempêtes phénoménales, surtout la période où Mikael Blomkvist purgeait trois mois de prison pour diffamation, et où le journal avait failli sombrer. Il avait aussi vécu les meurtres de leur collaborateur Dag Svensson et de sa compagne Mia Bergman.

Durant toutes les tempêtes, Erika Berger avait été un pilier que rien ne semblait pouvoir ébranler. Il n'était pas surpris qu'elle les ait appelés si tôt le matin pour les mettre au boulot, lui et Lottie Karim. L'affaire Salander avait implosé et Mikael Blomkvist était mêlé au meurtre d'un policier à Göteborg. Jusque-là, tout était clair. Lottie Karim avait fait du sit-in à l'hôtel de police pour essayer d'obtenir des renseignements sensés. Henry avait passé la matinée au téléphone pour tenter de reconstituer les événements de la nuit. Blomkvist ne répondait pas à son portable mais, grâce à plusieurs sources, Henry avait une image relativement bonne de ce qui s'était déroulé pendant la nuit.

Erika Berger, par contre, avait été mentalement absente tout au long de la matinée. C'était extrêmement rare qu'elle ferme la porte de son bureau. Cela arrivait presque uniquement lorsqu'elle avait de la visite ou qu'elle travaillait intensément sur un problème. Ce matin, elle n'avait pas eu de visites et elle ne travaillait pas. Henry avait frappé à sa porte deux-trois fois pour lui apporter des nouvelles, et il l'avait trouvée dans le fauteuil devant la fenêtre, plongée dans ses pensées et fixant le flot de gens en bas dans Götgatan d'un regard absent.

Quelque chose n'allait pas.

La sonnette de la porte interrompit ses réflexions. Il alla ouvrir et se trouva devant Annika Giannini. Henry Cortez avait rencontré la sœur de Mikael Blomkvist à plusieurs reprises, mais il ne la connaissait pas particulièrement bien.

— Bonjour Annika, dit-il. Mikael n'est pas là aujourd'hui.

— Je sais. C'est Erika que je viens voir.

Dans son fauteuil devant la fenêtre, Erika Berger leva les yeux et se ressaisit rapidement lorsque Henry fit entrer Annika. Les deux femmes se retrouvèrent seules.

— Bonjour, dit Erika. Mikael n'est pas là aujourd'hui.

Annika sourit. Mais elle avait très vite perçu le malaise.

— Oui, je sais. Je suis ici pour le rapport de Björck à la Säpo. Micke m'a demandé d'y jeter un coup d'œil, dans l'idée de pouvoir éventuellement représenter Salander.

Erika hocha la tête. Elle se leva et prit un dossier sur le bureau.

Annika le prit, hésita un instant, sur le point de quitter la pièce. Puis elle changea d'avis et s'assit en face d'Erika.

— Bon, à part ça, qu'est-ce qui ne va pas ?

— J'arrête de travailler à *Millénium*. Et je n'ai pas pu le dire à Mikael. Il a été tellement empêtré dans cette histoire de Salander que je n'ai jamais trouvé le moment de le faire et je ne peux pas le dire aux autres avant lui. Et voilà pourquoi je me sens comme une merde.

Annika Giannini se mordit la lèvre inférieure.

— Alors à la place, c'est à moi que tu le dis. Qu'est-ce que tu as en projet ?

— Je vais devenir rédactrice en chef de *Svenska Morgon-Posten*.

— Rien que ça ! Dans ce cas, les félicitations seraient plus appropriées que les pleurs et les lamentations.

— Mais ce n'était pas comme ça que j'avais imaginé mon départ de *Millénium*. Au milieu d'un tourbillon pas possible. Ça m'est tombé dessus comme un coup de foudre et je n'ai pas pu dire non. Je veux dire, c'est une opportunité qui ne reviendra jamais. Mais j'ai eu cette offre juste avant que Dag et Mia soient tués, et ça a été un tel bazar ici que je n'ai rien dit. Et maintenant j'ai mauvaise conscience, tu ne peux pas savoir.

— Si, je comprends. Et tu as peur de le raconter à Micke.

— Je ne l'ai dit à personne. Je croyais que je n'allais prendre mon poste à *SMP* qu'une fois l'été passé, et que j'avais tout mon temps pour l'annoncer. Mais maintenant ils veulent que je commence dès que possible.

Elle se tut et regarda Annika, elle était au bord des larmes.

— Très concrètement, cela veut dire que j'en suis à ma dernière semaine à *Millénium*. La semaine prochaine, je suis en voyage et ensuite... il me faudra une semaine de vacances pour recharger les batteries. Mais je commence à *SMP* le 1ᵉʳ Mai.

— Et qu'est-ce qui serait arrivé si tu t'étais fait écraser par une voiture ? En moins d'une minute ils se seraient retrouvés sans rédacteur en chef.

Erika leva les yeux.

— Mais je n'ai pas été écrasée par une voiture. J'ai sciemment caché la chose pendant des semaines.

— Je comprends qu'il s'agit d'une situation difficile mais j'ai le sentiment que Micke et Christer et les autres sauront faire face. Cela dit, je trouve que tu devrais le leur annoncer tout de suite.

— Oui, mais ton fichu frère est à Göteborg aujourd'hui. Il dort et ne répond pas au téléphone.

— Je sais. Peu de gens sont aussi doués que Mikael pour ne pas répondre au téléphone. Mais ça ne concerne pas que toi et Micke. Je sais que vous travaillez ensemble depuis vingt ans et que vous avez fricoté et tout ça, mais tu dois penser à Christer et aux autres de la rédaction.

— Mais Mikael va...

— Mikael va sauter au plafond. Bien sûr. Mais s'il ne sait pas digérer que toi, au bout de vingt ans, tu aies envie de mener ta propre barque, alors il ne vaut pas tout ce temps que tu lui as consacré.

Erika soupira.

— Allez, du courage. Demande à Christer et aux autres de venir. Maintenant.

CHRISTER MALM RESTA ÉBRANLÉ quelques secondes après qu'Erika eut rassemblé les collaborateurs dans la petite salle de réunion de *Millénium*. Elle les avait appelés sur leurs postes l'un après l'autre, au moment où il se préparait à partir tôt, vu qu'on était vendredi. Il échangea des regards avec Henry Cortez et Lottie Karim tout aussi surpris que lui. La secrétaire de rédaction, Malou Eriksson, ne comprenait pas trop, elle non plus, tout comme la journaliste Monika Nilsson et le responsable pub Sonny Magnusson. Le seul qui manquait au tableau était Mikael Blomkvist, en déplacement à Göteborg.

Mon Dieu. Mikael n'est pas au courant, pensa Christer Malm. *Je me demande comment il va réagir.*

Puis il réalisa qu'Erika Berger avait fini de parler et qu'un ange passait dans la salle. Il secoua la tête, se leva, serra Erika dans ses bras et lui planta une bise sur la joue.

— Félicitations, Ricky, dit-il. Rédactrice en chef de *SMP*. Pas mal comme grimpette à partir de notre petit navire.

Henry Cortez se réveilla et entama une ovation spontanée. Erika leva les mains.

— Stop, dit-elle. Je ne mérite pas d'applaudissements aujourd'hui.

Elle fit une courte pause et observa ses collaborateurs de cette petite rédaction.

— Ecoutez... je suis terriblement désolée de la tournure qu'ont pris les événements. J'avais l'intention de vous le dire il y a plusieurs semaines, mais ça a été noyé dans le cataclysme après les meurtres. Mikael et Malou ont travaillé comme des fous et l'occasion ne s'est simplement pas présentée. Voilà pourquoi on se retrouve ainsi.

Malou Eriksson comprit avec une terrible lucidité à quel point la rédaction était en manque d'effectifs et à quel point le départ d'Erika allait laisser un vide. Quoi qu'il arrive et quel que soit le chaos environnant, elle avait toujours été le roc sur lequel Malou avait pu s'appuyer, toujours inébranlable dans la tempête. Eh oui... rien d'étonnant à ce que l'honorable journal du matin l'ait recrutée. Mais comment allait-on s'en sortir maintenant ? Erika avait toujours été une personne-clé à *Millénium*.

— Il y a quelques petits points qu'on doit mettre au clair. Je comprends parfaitement que mon départ soit susceptible d'entraîner un climat de désarroi à la rédaction. Ce n'était vraiment pas mon intention, mais bon, c'est comme ça. Premièrement : je n'abandonnerai pas totalement *Millénium*. Je resterai en tant qu'associée et je participerai aux réunions du CA. En revanche, je n'aurai naturellement aucune influence sur le travail rédactionnel – ce serait source de conflits d'intérêts.

Christer Malm hocha pensivement la tête.

— Deuxièmement : formellement, je m'arrête le 30 avril. Mais en réalité, mon dernier jour de travail c'est aujourd'hui. Je pars en voyage la semaine prochaine, vous le savez, la chose est décidée depuis un bon moment. Et je ne vais pas revenir prendre les commandes juste pour assurer quelques jours de jonction.

Elle se tut un bref moment.

— Le prochain numéro est prêt dans ma bécane. Il ne reste que des broutilles à régler. Ce sera mon dernier numéro. Ensuite, il faut que quelqu'un d'autre reprenne les rênes. Je fais le ménage sur mon bureau ce soir.

Le silence était compact.

— Le mieux serait que le conseil d'administration décide d'engager un rédacteur en chef. Mais c'est une chose qui doit être discutée parmi vous à la rédaction aussi.

— Mikael, dit Christer Malm.

— Non. Surtout pas Mikael. Il est indéniablement le pire rédacteur en chef que vous puissiez choisir. Il est parfait comme gérant responsable de la publication et il est génial pour mettre à plat et rafistoler des textes impossibles qu'il faut publier. Mais il retient le mouvement, aussi. Le rédacteur en chef doit être une personne qui mise sur l'offensif. De plus, Mikael a tendance à s'enterrer dans ses propres histoires et à rester absent parfois des semaines entières. Il est parfait en période de chauffe, mais il est absolument nul pour le travail routinier. Vous le savez tous.

Christer Malm hocha la tête.

— Si *Millénium* a si bien fonctionné, c'est parce que toi et Mikael vous vous complétez.

— Mais pas seulement. Rappelez-vous quand Mikael est resté à bouder dans ce bled de Hedestad pendant près d'un an. Alors *Millénium* fonctionnait sans lui, tout comme le journal doit fonctionner sans moi à présent.

— OK. C'est quoi, ton plan ?

— Moi, je te choisirais comme rédacteur en chef, Christer…

— Jamais de la vie. Christer Malm freina des deux mains.

— … mais comme je savais que tu allais dire non, j'ai une autre solution. Malou. Tu deviens rédactrice en chef temporaire à partir d'aujourd'hui.

— Moi ?! dit Malou.

— Oui, toi. Exactement. Tu as fait un putain de bon boulot comme secrétaire de rédaction.

— Mais je…

— Fais un essai. Je nettoie mon bureau ce soir. Tu peux emménager dès lundi matin. Le numéro de mai est quasiment prêt – voilà une corvée de réglée. En juin, c'est un numéro double et ensuite on a un mois de vacances. Si ça ne marche pas, le bureau devra trouver quelqu'un d'autre en août. Henry, tu passeras à temps plein et tu remplaceras Malou comme SR. Ensuite il vous faut recruter un *nouveau* collaborateur. Mais ce sera à vous de choisir, à vous et au CA.

Elle se tut un instant et contempla pensivement l'assemblée.

— Encore une chose. Je vais travailler pour un autre journal. *SMP* et *Millénium* ne se font pas concurrence à proprement parler mais cela signifie que je ne veux pas savoir plus que ce que je sais déjà sur le contenu du prochain numéro. Vous vous adresserez à Malou pour ça à partir de maintenant.

— Qu'est-ce qu'on fait pour l'affaire Salander ? demanda Henry Cortez.

— Tu verras ça avec Mikael. J'ai des infos sur Salander, mais je mettrai l'histoire sous scellés. Elle ne sera pas transmise à *SMP*.

Erika ressentit tout à coup un immense soulagement.

— Voilà, c'est tout, dit-elle en mettant ainsi fin à la réunion, puis elle se leva et retourna dans son bureau sans autres commentaires.

La rédaction de *Millénium* resta abasourdie. Une heure plus tard, Malou Eriksson vint frapper à la porte du bureau d'Erika.

— Coucou.

— Oui ? fit Erika.

— Le personnel a quelque chose à dire.

— Quoi ?

— Il faut que tu viennes.

Erika se leva et vint la rejoindre. Le café était servi, avec un gros gâteau sur la table.

— J'ai pensé qu'on allait attendre quelque temps pour la véritable fête d'adieu, dit Christer Malm. Pour l'instant, un gâteau avec du café fera l'affaire.

Pour la première fois ce jour-là, Erika Berger sourit.

3

VENDREDI 8 AVRIL – SAMEDI 9 AVRIL

ALEXANDER ZALACHENKO ÉTAIT RÉVEILLÉ depuis huit heures quand Sonja Modig et Marcus Ackerman vinrent le voir vers 19 heures. Il avait subi une opération relativement importante, impliquant que l'os malaire avait été ajusté et fixé avec des vis de titane. Sa tête était tellement empaquetée que seul son œil gauche était visible. Un médecin leur avait expliqué que le coup de hache avait brisé l'os malaire et endommagé le frontal, fendu une grande partie de la chair du côté droit du visage et déplacé l'orbite. Ses blessures étaient très douloureuses. Zalachenko avait reçu de fortes doses d'antalgiques mais était malgré tout à peu près cohérent et il pouvait parler. La police ne devait cependant pas le fatiguer.

— Bonsoir, monsieur Zalachenko, salua Sonja Modig. Elle se présenta, puis présenta son collègue Ackerman.

— Je m'appelle Karl Axel Bodin, dit Zalachenko péniblement entre des dents serrées. Sa voix était calme.

— Je sais très bien qui vous êtes. J'ai lu votre palmarès à la Säpo.

Ce qui n'était pas tout à fait vrai, puisque la Säpo n'avait pas encore livré le moindre papier concernant Zalachenko.

— C'était il y a très longtemps, dit Zalachenko. Aujourd'hui, je suis Karl Axel Bodin.

— Comment ça va ? poursuivit Modig. Etes-vous en état de mener une conversation ?

— Je voudrais porter plainte contre ma fille. Elle a essayé de me tuer.

— Nous le savons. Cela fera l'objet d'une enquête en son temps, dit Ackerman. En ce moment, nous avons des choses plus urgentes à discuter.

— Qu'y a-t-il de plus urgent qu'une tentative de meurtre ?

— Nous voudrions vous interroger au sujet de trois homicides à Stockholm, d'au moins trois homicides à Nykvarn ainsi que d'un enlèvement.

— Je ne sais rien là-dessus. Qui a été tué ?

— Monsieur Bodin, nous avons de bonnes raisons de soupçonner que votre associé, Ronald Niedermann, trente-sept ans, est coupable de ces actes, dit Ackerman. De plus, la nuit dernière, Niedermann a tué un policier de Trollhättan.

Sonja Modig fut un peu surprise qu'Ackerman se conforme aux volontés de Zalachenko et utilise le nom de Bodin. Zalachenko tourna un peu la tête de manière à voir Ackerman. Sa voix s'adoucit.

— J'en suis… désolé. Je ne sais rien sur les occupations de Niedermann. Pour ma part, je n'ai tué aucun policier. En revanche, on a essayé de me tuer cette nuit.

— Ronald Niedermann est actuellement recherché. Avez-vous une idée d'où il pourrait se cacher ?

— Je ne sais pas dans quels cercles il a ses habitudes. Je… Zalachenko hésita quelques secondes. Sa voix se fit confidentielle. Je dois reconnaître… entre nous… que parfois je me suis fait du souci pour Niedermann.

Ackerman se pencha un peu vers lui.

— Comment cela ?

— J'ai découvert qu'il pouvait être violent. Oui, j'ai peur de lui.

— Vous voulez dire que vous vous sentiez menacé par Niedermann ? demanda Ackerman.

— Exactement. Je suis un homme âgé. Je ne peux pas me défendre.

— Pouvez-vous expliquer votre relation avec Niedermann ?

— Je suis handicapé. Zalachenko montra son pied. C'est la deuxième fois que ma fille essaie de me tuer. J'ai engagé Niedermann comme aide il y a de nombreuses années. Je croyais qu'il pourrait me protéger… mais en réalité, il a pris possession de ma vie. Il va et vient à sa guise, je n'ai aucune voix au chapitre.

— Et il vous aide à quoi ? coupa Sonja Modig. A faire les choses que vous n'arrivez pas à faire vous-même ?

Zalachenko jeta un long regard sur Sonja Modig avec son seul œil visible.

— J'ai cru comprendre qu'elle a jeté une bombe incendiaire dans votre voiture il y a plus de dix ans, dit Sonja Modig. Pourriez-vous m'expliquer ce qui l'a incitée à commettre un acte pareil ?

— Vous feriez mieux de poser la question à ma fille. C'est une malade mentale.

Sa voix était de nouveau hostile.

— Vous voulez dire que vous ne voyez aucune raison pour laquelle Lisbeth Salander vous aurait attaqué en 1991 ?

— Ma fille est une malade mentale. Il y a des documents qui l'attestent.

Sonja Modig inclina la tête. Elle nota que Zalachenko répondait de façon beaucoup plus agressive et négative lorsque c'était elle qui posait les questions. Elle comprit qu'Ackerman lui aussi l'avait remarqué. *OK... le bon flic, le mauvais flic.* Sonja Modig haussa la voix.

— Vous ne pensez pas que son geste ait pu avoir un rapport quelconque avec le fait que vous aviez maltraité sa mère au point qu'elle s'est retrouvée avec des lésions cérébrales irréversibles ?

Zalachenko regarda calmement Sonja Modig.

— Des conneries, tout ça. Sa mère était une pute. C'est probablement des clients à elle qui l'ont tabassée. Moi, je passais juste par là.

Sonja Modig leva les sourcils.

— Vous êtes donc totalement innocent ?

— Naturellement.

— Zalachenko... voyons voir si je vous ai bien compris. Vous niez donc avoir maltraité votre amie de l'époque, Agneta Sofia Salander, la mère de Lisbeth Salander, bien que cela ait fait l'objet d'un long rapport secret de la part de votre mentor à la Säpo, Gunnar Björck.

— Je n'ai jamais été condamné pour quoi que ce soit. Je n'ai même pas été mis en examen. Je ne suis pas responsable des délires d'un charlot à la police secrète. Si j'avais été soupçonné, j'aurais au moins eu droit à un interrogatoire.

Sonja Modig était abasourdie. Zalachenko avait l'air de sourire derrière son bandage.

— Je voudrais donc faire une déposition concernant ma fille. Elle a essayé de me tuer.

Sonja Modig soupira.

— Je commence à comprendre pourquoi Lisbeth Salander a ressenti le besoin de vous planter une hache dans la tête.

Ackerman s'éclaircit la gorge.

— Pardon, monsieur Bodin… on pourrait peut-être revenir vers ce que vous savez des activités de Ronald Niedermann.

SONJA MODIG APPELA L'INSPECTEUR Jan Bublanski du couloir de l'hôpital, devant la chambre de Zalachenko.

— Rien, dit-elle.

— Rien ? répéta Bublanski.

— Il a déposé une plainte contre Lisbeth Salander pour coups et blessures aggravés et tentative d'assassinat. Il prétend qu'il n'a rien à voir avec les meurtres à Stockholm.

— Et comment explique-t-il que Lisbeth Salander ait été enterrée sur son terrain à Gosseberga ?

— Il dit qu'il avait un rhume et qu'il a dormi presque toute la journée. Si on a tiré sur Salander à Gosseberga, ça doit être une initiative de Ronald Niedermann.

— OK. De quoi on dispose ?

— Elle a été touchée par un Browning calibre 22. C'est pour ça qu'elle est en vie. Nous avons retrouvé l'arme. Zalachenko reconnaît que c'est la sienne.

— Aha. Il sait donc que nous allons y trouver ses empreintes digitales.

— Exactement. Mais il dit que la dernière fois qu'il l'a vue, elle était rangée dans un tiroir de son bureau.

— Donc, l'excellent Ronald Niedermann a dû prendre l'arme pendant que Zalachenko dormait et il a tiré sur Salander. Pouvons-nous prouver le contraire ?

Sonja Modig réfléchit quelques secondes avant de répondre.

— Il est probablement au courant de la législation suédoise et des méthodes de la police. Il ne reconnaît que dalle et il a Niedermann comme bouc émissaire. Je ne sais pas trop ce que nous pouvons prouver. J'ai demandé à Ackerman d'envoyer ses vêtements au labo pour vérifier s'il y a des traces de poudre, mais il va probablement soutenir qu'il s'est entraîné à tirer avec cette arme-là justement deux jours auparavant.

LISBETH SALANDER SENTIT UNE ODEUR d'amandes et d'éthanol. Comme si elle avait de l'alcool dans la bouche, et elle essaya d'avaler mais sa langue paraissait engourdie et paralysée. Elle essaya d'ouvrir les yeux, mais sans y arriver. Elle entendit une voix lointaine qui semblait lui parler, mais elle était incapable de saisir les mots. Puis la voix devint claire et nette.

— Je crois qu'elle est en train de se réveiller.

Elle sentit quelqu'un toucher son front et elle voulut éloigner la main importune. Au même moment, une douleur fulgurante lui transperça l'épaule gauche. Elle se détendit.

— Tu m'entends ?

Casse-toi.

— Est-ce que tu peux ouvrir les yeux ?

C'est quoi, ce connard qui me harcèle ?

Finalement, elle ouvrit les yeux. Tout d'abord elle ne vit que d'étranges points lumineux, puis une silhouette se dessina au milieu de son champ de vision. Elle essaya de mettre au point son regard, mais la silhouette se dérobait sans cesse. Elle avait l'impression d'avoir une gueule de bois monumentale et que le lit n'arrêtait pas de basculer en arrière.

— Grmlml, dit-elle.

— Qu'est-ce que tu as dit ?

— Onnard, dit-elle.

— Ça me va. Peux-tu ouvrir les yeux encore une fois ?

Elle afficha deux minces fentes. Elle vit un visage inconnu et mémorisa chaque détail. Un homme blond avec des yeux bleus intenses et un visage anguleux et de traviole à quelques dizaines de centimètres du sien.

— Salut. Je m'appelle Anders Jonasson. Je suis médecin. Tu te trouves dans un hôpital. Tu as été gravement blessée et tu es en train de te réveiller après une opération. Tu sais comment tu t'appelles ?

— Pschalandr, dit Lisbeth Salander.

— D'accord. Je voudrais que tu me rendes un service. Compte jusqu'à dix.

61

— Un deux quatre… non… trois quatre cinq six…

Puis elle se rendormit.

Le Dr Anders Jonasson était cependant satisfait de la réaction qu'il avait rencontrée. Elle avait dit son nom et commencé à compter. Cela indiquait que son intellect était à peu près intact et qu'elle n'allait pas se réveiller comme un yucca. Il nota l'heure de son réveil, 21 h 06, un peu plus de seize heures après qu'il avait fini de l'opérer. Il avait dormi la plus grande partie de la journée et était retourné à Sahlgrenska vers 19 heures. En réalité, il était en congé, mais il avait plein de paperasse à rattraper.

Et il n'avait pas pu s'empêcher de passer aux soins intensifs pour voir la patiente dont il avait trifouillé le cerveau tôt dans la matinée.

— Laissez-la dormir encore, mais gardez un œil sur son électro-encéphalogramme. Il pourrait y avoir apparition d'œdèmes ou d'hémorragies dans le cerveau. J'ai eu l'impression qu'elle avait très mal à l'épaule quand elle essayait de bouger son bras. Si elle se réveille, vous pouvez lui donner deux milligrammes de morphine par heure.

Il se sentit bizarrement optimiste en sortant par l'entrée principale de Sahlgrenska.

PEU AVANT 2 HEURES, Lisbeth Salander se réveilla de nouveau. Elle ouvrit lentement les yeux et vit un cône de lumière au plafond. Après plusieurs minutes, elle tourna la tête et se rendit compte qu'elle portait une minerve. Elle avait mal à la tête et ressentit une vive douleur à l'épaule quand elle essaya de déplacer le poids de son corps. Elle ferma les yeux.

Hôpital. Qu'est-ce que je fous ici ?

Elle se sentait totalement épuisée.

Tout d'abord, elle eut du mal à centrer ses pensées. Puis des souvenirs épars revinrent.

L'espace de quelques secondes, elle fut prise de panique lorsque des fragments de souvenirs affluèrent, elle se voyait en train de creuser pour sortir d'une tombe. Puis elle serra fort les dents et se concentra sur sa respiration.

Elle constata qu'elle était en vie. Elle ne savait pas vraiment si c'était une bonne chose, ou une mauvaise.

Lisbeth Salander ne se souvenait pas très bien de ce qui s'était passé, mais elle avait en tête une mosaïque floue d'images de la remise à bois. Elle se voyait soulever une hache avec rage et frapper son père au visage. Zalachenko. Elle ne savait pas s'il était mort ou vivant.

Elle n'arrivait pas à se souvenir de ce qui s'était passé avec Niedermann. Elle avait un vague sentiment d'avoir été étonnée de le voir détaler à toutes jambes et elle ne comprenait pas pourquoi.

Soudain, elle se rappela avoir vu Foutu Super Blomkvist. Elle avait peut-être rêvé, mais elle se souvenait d'une cuisine – probablement la cuisine de Gosseberga – et elle avait l'impression qu'il s'était avancé vers elle. *J'ai dû halluciner.*

Les événements de Gosseberga semblaient déjà très lointains ou à la rigueur comme un rêve insensé. Elle se concentra sur le présent.

Elle était blessée. Personne n'avait besoin de l'en informer. Elle leva la main droite et tâta sa tête, qui était entièrement couverte de bandages. Puis tout à coup elle se souvint. Niedermann. Zalachenko. Le vieux con avait eu un pistolet, lui aussi. Un Browning, calibre 22. Qui en comparaison de presque n'importe quelle autre arme de poing était à considérer comme relativement inoffensif. Voilà pourquoi elle était encore en vie.

J'ai été touchée à la tête. Je pouvais mettre le doigt dans le trou d'entrée de la balle et toucher mon cerveau.

Elle était étonnée d'être en vie. Elle nota qu'elle se sentait étrangement peu concernée, qu'en fait elle s'en foutait. Si la mort était le vide noir d'où elle venait juste d'émerger, alors la mort n'avait rien d'inquiétant. Elle ne remarquerait jamais de différence.

Sur cette réflexion ésotérique, elle ferma les yeux et se rendormit.

ELLE N'AVAIT SOMNOLÉ QUE QUELQUES MINUTES quand elle entendit un mouvement et entrouvrit les paupières en une mince fente. Elle vit une infirmière en tenue blanche se pencher sur elle. Elle ferma les yeux et fit semblant de dormir.

— Je crois bien que tu es réveillée, dit l'infirmière.

— Mmm, dit Lisbeth Salander.

— Salut, je m'appelle Marianne. Tu comprends ce que je dis ?

Lisbeth essaya de hocher la tête mais réalisa que sa nuque était bloquée par la minerve.

— Non, n'essaie pas de bouger. Tu n'as rien à craindre. Tu as été blessée et on t'a opérée.

— Je voudrais de l'eau.

Marianne lui donna de l'eau à boire avec une paille. En buvant, elle enregistra qu'une autre personne surgissait à sa gauche.

— Salut Lisbeth. Est-ce que tu m'entends ?

— Mmm, répondit Lisbeth.

— Je suis le Dr Helena Endrin. Tu sais où tu te trouves ?

— Hôpital.

— Tu te trouves à l'hôpital Sahlgrenska à Göteborg. Tu viens d'être opérée et tu es maintenant dans le service des soins intensifs.

— Mm.

— N'aie pas peur.

— J'ai été touchée à la tête.

Le Dr Endrin hésita une seconde.

— C'est exact. Tu te rappelles ce qui s'est passé ?

— Le vieux con avait un pistolet.

— Euh… oui, c'est ça.

— Calibre 22.

— Ah bon. Ça, je ne savais pas.

— Je suis très amochée ?

— Ton pronostic est bon. Tu as été très mal en point mais on pense que tu as de grandes chances d'être entièrement rétablie.

Lisbeth médita l'information. Puis elle fixa son regard sur le Dr Endrin. Elle nota qu'elle voyait flou.

— Qu'est-ce qu'il s'est passé pour Zalachenko ?

— Qui ?

— Le vieux con. Il vit ?

— Tu veux dire Karl Axel Bodin.

— Non. Je veux dire Alexander Zalachenko. C'est son véritable nom.

— Je ne suis pas au courant. Mais l'homme âgé qui a été admis en même temps que toi est en assez mauvais état mais hors de danger.

Le cœur de Lisbeth ralentit un peu. Elle réfléchit aux paroles du médecin.

— Où il est ?

— Il se trouve dans la chambre voisine. Mais ne t'occupe pas de lui maintenant. Tout ce que tu dois faire, c'est te concentrer sur ton rétablissement à toi.

Lisbeth ferma les yeux. Elle se demanda un instant si elle aurait la force de sortir du lit, de trouver quelque chose qui pourrait servir d'arme et de terminer ce qu'elle avait commencé. Puis elle écarta ces idées. Elle avait à peine la force de garder les paupières ouvertes. Autrement dit, elle avait échoué dans sa résolution de tuer Zalachenko. *Il va m'échapper de nouveau.*

— Je voudrais t'examiner un petit peu. Ensuite tu pourras te rendormir, dit le Dr Endrin.

MIKAEL BLOMKVIST SE RÉVEILLA subitement et sans raison apparente. Pendant quelques secondes, il ne sut pas où il se trouvait, puis il se rappela qu'il avait pris une chambre au City Hotel. Il faisait nuit noire dans la chambre. Il alluma la lampe de chevet et regarda l'heure. 2 h 30. Il avait dormi quinze heures sans interruption.

Il se leva, alla aux toilettes uriner. Puis il réfléchit un instant. Il savait qu'il ne pourrait pas se rendormir et il se mit sous la douche. Puis il enfila un jean et un sweat-shirt bordeaux qui avaient grand besoin de passer dans un lave-linge. Il avait une faim de loup et il appela la réception pour savoir s'il était possible de trouver du café et des sandwiches à cette heure matinale. C'était possible.

Il mit ses mocassins et sa veste et descendit à la réception acheter un café et un sandwich sous plastique, et remonta ensuite dans sa chambre. Pendant qu'il mangeait le pâté de foie-salade, il démarra son iBook et se connecta au câble. Il ouvrit l'édition Web d'*Aftonbladet*. L'arrestation de Lisbeth Salander était, comme prévu, leur info principale. L'article de une était confus au possible, mais prenait désormais la bonne direction. Ronald Niedermann, trente-sept ans, était traqué pour le meurtre du policier et la police désirait aussi l'entendre pour les homicides à Stockholm. La police ne s'était pas encore prononcée sur la situation de

Lisbeth Salander, et Zalachenko n'était pas nommé. On le mentionnait comme un propriétaire terrien de soixante-six ans domicilié à Gosseberga et apparemment les médias le considéraient encore comme une possible victime.

Quand Mikael eut fini de lire, il ouvrit son téléphone portable et constata qu'il avait vingt messages. Trois lui demandaient de rappeler Erika Berger. Deux émanaient d'Annika Giannini. Quatorze étaient des messages laissés par des journalistes de différents journaux. Un était de Christer Malm qui lui envoyait un SMS vigoureux : *Il vaudrait mieux que tu rentres avec le premier train*.

Mikael fronça les sourcils. C'était étrange comme message, venant de Christer Malm. Le SMS avait été envoyé à 19 heures la veille. Il étouffa une impulsion de téléphoner et réveiller quelqu'un à 3 heures. Au lieu de cela, il vérifia les horaires de train sur le Net et vit que le premier train pour Stockholm partait à 5 h 20.

Il ouvrit un nouveau fichier sous Word. Puis il alluma une cigarette et resta immobile pendant trois minutes en fixant l'écran blanc. Il finit par lever les doigts et commença à écrire.

[Son nom est Lisbeth Salander et la Suède a appris à la connaître par l'intermédiaire des conférences de presse de la police et par les titres des journaux du soir. Elle a vingt-sept ans et elle mesure un mètre cinquante. On l'a décrite comme étant une psychopathe, une meurtrière et une lesbienne sataniste. Il n'y a guère eu de limites aux élucubrations qu'on a formulées sur son dos. Dans ce numéro, *Millénium* raconte l'histoire de Lisbeth Salander, victime des machinations de fonctionnaires de l'Etat pour protéger un assassin pathologique.]

Il écrivit lentement et corrigea peu son premier jet. Il travailla avec concentration pendant cinquante minutes et réalisa pendant ce laps de temps deux pages A4, essentiellement centrées sur une récapitulation de la nuit où il avait trouvé Dag Svensson et Mia Bergman, et une explication de pourquoi la police avait focalisé sur Lisbeth Salander comme meurtrier possible. Il citait les titres des journaux du soir évoquant des lesbiennes satanistes, et leurs espoirs que les meurtres soient teintés de sadomaso croustillant.

Finalement il jeta un regard sur sa montre et ferma rapidement son iBook. Il fit son sac et descendit à la réception.

Il paya avec sa carte de crédit et prit un taxi pour la gare centrale de Göteborg.

MIKAEL BLOMKVIST SE DIRIGEA immédiatement vers le wagon-restaurant et commanda un petit-déjeuner. Puis il ouvrit son iBook de nouveau et relut le texte qu'il avait eu le temps d'écrire aux toutes premières heures de la matinée. Il était à tel point plongé dans la formulation de l'histoire Zalachenko qu'il ne remarqua l'inspectrice Sonja Modig que quand elle s'éclaircit la gorge et demanda si elle pouvait se joindre à lui. Il leva les yeux et ferma son ordinateur.

— Tu rentres ? demanda Modig.

Il fit oui de la tête. Il avait noté le tutoiement employé, mais à cette heure, il n'allait pas en faire un plat.

— Toi aussi, j'imagine.

Elle fit oui de la tête.

— Mon collègue reste un jour de plus.

— Est-ce que tu sais quelque chose sur l'état de Lisbeth Salander ? J'ai dormi depuis qu'on a été séparés.

— Elle s'est réveillée hier soir seulement. Mais les médecins estiment qu'elle va s'en sortir et se rétablir. Elle a eu une chance incroyable.

Mikael hocha la tête. Il réalisa soudain qu'il ne s'était pas inquiété pour elle. Il était parti du principe qu'elle allait survivre. Toute autre possibilité était inimaginable.

— Est-ce qu'il y a eu autre chose ? demanda-t-il.

Sonja Modig le contempla en hésitant. Elle se demandait jusqu'où elle pourrait se confier au journaliste, qui en vérité en savait plus sur l'histoire qu'elle-même. D'un autre côté, c'était elle qui était venue s'asseoir à sa table, et une bonne centaine de journalistes avaient probablement déjà compris ce qui se passait dans l'hôtel de police.

— Je ne tiens pas à ce que tu me cites, dit-elle.

— Je pose la question par intérêt personnel.

Elle hocha la tête et expliqua que la police traquait Ronald Niedermann dans tout le pays en ratissant large, mais surtout dans la région de Malmö.

— Et Zalachenko ? Vous l'avez interrogé ?

— Oui, nous l'avons interrogé.

— Et ?

— Je ne peux pas raconter.

— A d'autres, Sonja. Je saurai exactement de quoi vous avez parlé dans l'heure qui suivra mon retour à la rédaction à Stockholm. Et je ne vais pas écrire un mot de ce que tu me raconteras.

Elle hésita un long moment avant de croiser son regard.

— Il a porté plainte contre Lisbeth Salander parce qu'elle aurait essayé de le tuer. Elle sera peut-être mise en examen pour coups et blessures aggravés assortis de tentative d'homicide.

— Et elle invoquera selon toute vraisemblance la légitime défense.

— J'espère bien, dit Sonja Modig.

Mikael lui jeta un regard brusque.

— Ce n'est pas une remarque qu'on attend d'un policier, dit-il sur un ton neutre.

— Bodin… Zalachenko nous glisse entre les mains et il a réponse à toutes les questions. Je suis entièrement convaincue que ce que tu nous as raconté hier est vrai, grosso modo. Cela signifie que Salander a été victime d'abus judiciaires constants depuis l'âge de douze ans.

Mikael hocha la tête.

— C'est cette histoire-là que je vais publier, dit-il.

— Et ça ne va pas plaire dans certains milieux.

Elle hésita encore un moment. Mikael attendit.

— J'ai parlé à Bublanski il y a une demi-heure. Il ne dit pas grand-chose, mais l'enquête préliminaire à l'encontre de Salander pour les meurtres de tes amis semble abandonnée. Ils focalisent sur Niedermann à présent.

— Ce qui veut dire…

Il laissa la question en suspens entre eux. Sonja Modig haussa les épaules.

— Qui sera chargé de l'enquête sur Salander ?

— Je ne sais pas. L'affaire de Gosseberga revient probablement à Göteborg en priorité. Mais je dirais que quelqu'un à Stockholm va recevoir pour mission de rassembler tout le matériel en vue d'une mise en examen.

— Je vois. Tu veux qu'on parie que l'enquête sera transférée à la Säpo ?

Elle secoua la tête.

Peu avant Alingsås, Mikael se pencha vers elle.

— Sonja… je crois que tu comprends ce qui nous pend au nez. Si l'histoire de Zalachenko devient publique, ça signifie un énorme scandale. Des activistes de la Säpo ont collaboré avec un psychiatre pour enfermer Salander chez les fous. La seule chose qu'ils peuvent faire, c'est soutenir mordicus que Lisbeth Salander est réellement malade mentale et que l'internement d'office en 1991 était justifié.

Sonja Modig acquiesça.

— Je vais tout faire pour mettre des bâtons dans les roues à ce genre de projets. Je veux dire, Lisbeth Salander est tout aussi sensée que toi et moi. Bizarre, certes, mais on ne peut pas mettre en question ses facultés intellectuelles.

Sonja Modig hocha la tête. Mikael fit une pause et laissa ses paroles faire leur chemin.

— J'aurais besoin de quelqu'un de confiance à l'intérieur, dit-il.

Elle croisa son regard.

— Je n'ai pas la compétence pour déterminer si Lisbeth Salander est psychiquement malade, répondit-elle.

— Non, mais tu as la compétence pour juger si elle est victime d'un abus judiciaire ou pas.

— Qu'est-ce que tu proposes ?

— Je ne te demande pas de cafter tes collègues, mais je voudrais que tu m'informes si tu te rends compte qu'on se prépare à exposer Salander à de nouveaux abus judiciaires.

Sonja Modig resta silencieuse.

— Je ne veux pas que tu révèles quoi que ce soit concernant des détails techniques de l'enquête. A toi d'en juger. Mais j'ai besoin de savoir où en est l'action judiciaire contre Lisbeth Salander.

— Ça m'a tout l'air d'un bon moyen de se faire virer.

— Tu es une source. Je ne te nommerai jamais et je ne te mettrai pas dans le pétrin.

Il sortit un carnet et nota une adresse mail.

— Ça, c'est une adresse anonyme sur hotmail. Si tu veux me raconter quelque chose, tu peux l'utiliser. De préférence, ne te sers pas de ton adresse habituelle que tout le monde connaît. Crée une adresse temporaire sur hotmail.

Elle prit le bout de papier et le fourra dans la poche intérieure de sa veste. Elle ne promit rien.

À 7 HEURES LE SAMEDI, l'inspecteur Marcus Ackerman fut réveillé par la sonnerie du téléphone. Il entendit des voix à la télé et sentit l'odeur de café dans la cuisine où sa femme s'affairait déjà. Il était rentré chez lui à Mölndal à 1 heure et il avait dormi cinq heures. Avant cela, il avait fonctionné à plein régime pendant presque exactement vingt-deux heures. Il était donc loin d'avoir eu son quota de sommeil quand il se tendit pour répondre.

— Salut, c'est Lundqvist, du bureau des investigations, garde de nuit. Tu es réveillé ?

— Non, répondit Ackerman. J'ai à peine eu le temps de m'endormir. Qu'est-ce qu'il se passe ?

— Du nouveau. On a retrouvé Anita Kaspersson.

— Où ?

— Tout près de Seglora au sud de Borås.

Ackerman visualisa une carte dans son esprit.

— Vers le sud, dit-il. Il choisit des routes secondaires. Il a dû prendre la nationale 180 par Borås, puis il a bifurqué vers le sud. Est-ce qu'on a averti Malmö ?

— Et Helsingborg, Landskrona et Trelleborg. Et Karlskrona. Je pense aux ferries de la Baltique.

Ackerman se dressa et se frotta la nuque.

— Il a presque vingt-quatre heures d'avance maintenant. Si ça se trouve, il a déjà quitté le pays. Comment a-t-on retrouvé Kaspersson ?

— Elle est venue frapper à la porte d'une villa à l'entrée de Seglora.

— Quoi ?

— Elle a frappé…

— J'ai entendu. Tu veux dire qu'elle est vivante ?

— Pardon. Je suis fatigué et sans doute un peu flou dans mes formulations. Anita Kaspersson a réussi à rejoindre Seglora à 3 h 10. Elle a réveillé et affolé une famille avec des petits enfants en cognant contre leur porte. Elle était pieds nus, en hypothermie avancée et elle avait les mains attachées dans le dos. Elle se trouve actuellement à l'hôpital de Borås où son mari l'a rejointe.

— Eh ben, ça alors. Je crois que personne ici n'imaginait qu'elle serait encore en vie.

— Parfois on a des surprises.

— Et des bonnes, qui plus est.

— Alors c'est le moment de te livrer les mauvaises nouvelles. L'adjointe au préfet de police, Mme Spångberg, est ici depuis 5 heures. Elle te prie de te réveiller dare-dare pour aller à Borås prendre la déposition de Kaspersson.

COMME ON ÉTAIT SAMEDI MATIN, Mikael supposa que la rédaction de *Millénium* serait vide. Il appela Christer Malm alors que le X2000 franchissait le pont d'Årsta et lui demanda ce qui se cachait derrière son SMS.

— Tu as pris ton petit-déjeuner ? demanda Christer Malm.

— Dans le train.

— OK. Viens chez moi, je te donnerai quelque chose de plus consistant.

— Il s'agit de quoi ?

— Je te raconterai quand tu seras ici.

Mikael prit le métro jusqu'à Medborgarplatsen et rejoignit ensuite Allhelgonagatan à pied. Le compagnon de Christer, Arnold Magnusson, ouvrit la porte. Mikael avait beau essayer, il n'arrivait jamais à se défaire du sentiment de regarder une pub quand il le voyait. Arnold Magnusson était passé par le théâtre Dramaten, et il était un des comédiens les plus demandés en Suède. C'était toujours aussi dérangeant de le rencontrer en vrai. En général, Mikael n'était pas impressionné par les stars, mais Arnold Magnusson avait un physique vraiment particulier et il était tellement associé à certains rôles au cinéma et à la télé, surtout le rôle de Gunnar Frisk, commissaire coléreux dans une série télévisée immensément populaire, que Mikael s'attendait toujours à ce qu'il se comporte comme Gunnar Frisk justement.

— Salut Micke, dit Arnold.

— Salut, dit Mikael.

— Dans la cuisine, dit Arnold en le faisant entrer.

Christer Malm servit des gaufres chaudes avec de la confiture de mûres jaunes et du café. Mikael en avait l'eau à la bouche avant même d'avoir eu le temps de s'asseoir et il se jeta sur son assiette. Christer Malm le questionna sur ce qui s'était passé à Gosseberga, et Mikael récapitula les détails. Il en était à sa troisième gaufre quand il demanda ce qui se tramait.

— On a eu un petit problème à *Millénium* pendant que tu étais à Göteborg, dit-il.

Mikael haussa les sourcils.

— Quoi donc ?

— Rien de grave. Mais Erika Berger est devenue rédactrice en chef à *Svenska Morgon-Posten*. Hier était son dernier jour de travail à *Millénium*.

Mikael resta figé, une gaufre à la main à vingt centimètres de sa bouche. Il lui fallut plusieurs secondes avant que l'étendue du message fasse son chemin en lui.

— Pourquoi est-ce qu'elle ne l'a pas dit avant ? finit-il par demander.

— Parce qu'elle voulait te le dire à toi en premier, et ça fait plusieurs semaines maintenant que tu te balades dans la nature sans qu'on puisse te joindre. Elle estimait sans doute que tu avais suffisamment de problèmes avec l'histoire Salander. Et comme elle voulait te le dire à toi en premier, elle ne nous a donc rien dit à nous autres non plus et les jours sont venus s'additionner aux jours... Et voilà. Tout à coup elle s'est retrouvée avec une putain de mauvaise conscience et elle n'avait vraiment pas le moral. Et nous, on n'a strictement rien vu venir.

Mikael ferma les yeux.

— Merde, dit-il.

— Je sais. Pour finir, tu es le dernier de la rédaction à l'apprendre. Je tenais à te le dire pour pouvoir t'expliquer comment ça s'est passé et que tu n'ailles pas penser qu'on a voulu agir dans ton dos.

— Je ne pense pas ça une seconde. Mais alors, dis donc ! C'est chouette pour elle d'avoir eu ce boulot, du moins si elle tient à travailler pour *SMP*... mais nous, comment on va se sortir de ce bazar à la rédaction ?

— On nomme Malou rédactrice en chef temporaire à partir du prochain numéro.

— Malou ?

— Si tu n'as pas envie, toi, d'être rédacteur en chef...

— Oh que non !

— C'est bien ce que je pensais. Donc, Malou prendra le poste.

— Et qui sera secrétaire de rédaction ?

— Henry Cortez. Ça fait quatre ans qu'il travaille pour nous et il n'est plus exactement un stagiaire balbutiant.

Mikael considéra les propositions.

— Est-ce que j'ai mon mot à dire ? demanda-t-il.

— Non, dit Christer Malm.

— OK. On fait comme vous avez décidé. Malou n'a pas froid aux yeux mais elle n'est pas très sûre d'elle. Henry tire au hasard sur tout ce qui bouge un peu trop souvent. Il faudra qu'on les ait à l'œil.

— C'est ça.

Mikael se taisait. Il pensa au vide qu'allait laisser Erika et se dit qu'il ignorait tout de l'avenir du journal.

— Il faut que j'appelle Erika et…

— Non, ce n'est pas une bonne idée.

— Pourquoi pas ?

— Elle dort à la rédaction. Tu ferais mieux d'y aller la réveiller.

MIKAEL TROUVA ERIKA BERGER profondément endormie sur le canapé-lit de son bureau à la rédaction. Elle avait passé la nuit à vider les étagères et les tiroirs de ses affaires personnelles et à trier des papiers qu'elle voulait conserver. Elle avait rempli cinq cartons de déménagement. Mikael la contempla un long moment depuis la porte avant d'entrer et d'aller s'asseoir au bord du lit pour la réveiller.

— Tu peux m'expliquer pourquoi tu ne vas pas dormir chez moi, c'est juste à côté, si tu dois à tout prix passer la nuit au boulot, dit-il.

— Salut Mikael, dit-elle.

— Christer m'a expliqué.

Elle commença à dire quelque chose mais il se pencha en avant et lui fit une bise sur la joue.

— Tu es fâché ?

— Prodigieusement, dit-il sèchement.

— Je suis désolée. Je ne pouvais tout simplement pas dire non à cette offre. Mais ça ne me paraît pas juste, j'ai l'impression de vous laisser dans un merdier pas possible, ici à *Millénium*.

— Je ne pense pas être la bonne personne pour te critiquer d'abandonner le navire. Il y a deux ans, je suis parti en te laissant dans une merde autrement plus corsée que celle d'aujourd'hui.

— Ce sont deux situations complètement différentes. Toi, tu as fait une pause. Moi, je démissionne pour de bon et je vous l'ai caché. Je suis plus que désolée.

Mikael garda le silence un moment. Puis il afficha un pâle sourire.

— Quand c'est l'heure, c'est l'heure. Quand une femme a une mission, il faut qu'elle la remplisse, et à vos ordres, mon colonel !

Erika sourit. A un mot près, elle lui avait dit ça quand il était allé vivre à Hedeby. Il tendit la main et lui ébouriffa amicalement les cheveux.

— Que tu veuilles arrêter de travailler dans cette maison de cinglés, je le comprends, mais que tu veuilles devenir chef au journal de vieux schnocks le plus ringard de Suède, il me faudra quelque temps pour le digérer.

— Il y a pas mal de nanas qui y travaillent.

— Conneries. Regarde l'éditorial. Ça date, tout ça, ça date. Tu es complètement maso, ou quoi ? On va prendre un café ?

Erika s'assit.

— Tu dois me dire ce qui s'est passé à Göteborg cette nuit.

— Je suis en train d'écrire l'histoire, dit Mikael. Et ça va déclencher la guerre, une fois qu'on aura publié.

— Quand *vous* aurez publié. Pas nous.

— Je sais. On va la publier au moment du procès. Mais je suppose que tu n'emporteras pas le sujet à *SMP*. Le fait est que je voudrais que tu écrives un truc sur l'histoire Zalachenko avant d'arrêter à *Millénium*.

— Micke, je…

— Ton dernier éditorial. Tu peux l'écrire quand tu veux. Il ne sera probablement pas publié avant le procès, et Dieu sait quand ça sera.

— Ce n'est peut-être pas une très bonne idée. Il devrait traiter de quoi ?

— De morale, dit Mikael Blomkvist. Et du fait que l'un de nos collaborateurs a été tué parce que l'Etat n'a pas fait son boulot il y a quinze ans.

Il n'avait pas besoin d'expliquer davantage. Erika Berger savait exactement quel éditorial il voulait. Elle réfléchit un court instant. Après tout, elle s'était trouvée aux commandes le jour où Dag Svensson avait été tué. Brusquement, elle se sentit beaucoup mieux.

— D'accord, dit-elle. Le dernier éditorial.

4

SAMEDI 9 AVRIL – DIMANCHE 10 AVRIL

A 13 HEURES LE SAMEDI, la procureur Martina Fransson à Södertälje avait terminé ses réflexions. Le cimetière sauvage dans la forêt de Nykvarn était un méchant sac de nœuds et la section criminelle avait cumulé une quantité incroyable d'heures supplémentaires depuis le mercredi où Paolo Roberto avait livré son match de boxe contre Ronald Niedermann dans le hangar. Ils avaient sur les bras au moins trois homicides de personnes qui avaient été enterrées sur le terrain, un enlèvement avec violence et des coups et blessures aggravés à l'encontre de l'amie de Lisbeth Salander, Miriam Wu, et, pour finir, un incendie criminel. Il leur fallait aussi associer Nykvarn avec l'incident à Stallarholmen, qui n'était pas situé dans le même district de police, mais où Carl-Magnus Lundin du MC Svavelsjö était un personnage-clé. Pour l'instant, Lundin était à l'hôpital de Södertälje, un pied dans le plâtre et une plaque d'acier dans la mâchoire. Et quoi qu'il en soit, tous ces crimes tombaient sous l'autorité de la police départementale, ce qui signifiait que Stockholm aurait le dernier mot.

Au cours du vendredi, ils avaient délibéré pour les lancements de mandats d'arrêt. Lundin était lié à Nykvarn, avec certitude. Avec un peu de retard, on avait pu établir que l'entrepôt était la propriété d'une Anneli Karlsson, cinquante-deux ans, domiciliée à Puerto Banus en Espagne. C'était une cousine de Magge Lundin, elle n'était pas fichée et dans ce contexte elle semblait surtout faire office de prête-nom.

Martina Fransson referma le dossier de l'enquête préliminaire. L'instruction n'en était encore qu'au stade initial et serait complétée de plusieurs centaines de pages avant de pouvoir aboutir à un procès. Mais Martina Fransson devait dès maintenant prendre une décision concernant certains points. Elle regarda ses collègues policiers.

— Nous avons assez de matériel pour entamer une action judiciaire contre Lundin pour complicité d'enlèvement de Miriam Wu. Paolo Roberto l'a identifié comme étant le chauffeur de la fourgonnette. Je vais également l'arrêter pour complicité probable d'incendie criminel. Nous attendrons avec les poursuites pour complicité de meurtre des trois personnes que nous avons déterrées sur le terrain, en tout cas jusqu'à ce que toutes soient identifiées.

Les policiers hochèrent la tête. Ils ne s'étaient pas attendus à autre chose.

— Qu'est-ce qu'on fait pour Benny Nieminen ?

Martina Fransson feuilleta les documents sur son bureau jusqu'à ce qu'elle trouve Nieminen.

— Ce monsieur a un palmarès impressionnant. Vol à main armée, détention illégale d'arme, coups et blessures aggravés ou non, homicide et infractions liées à la drogue. Il a donc été arrêté en même temps que Lundin à Stallarholmen. Je suis absolument convaincue qu'il est mêlé à tout ça – le contraire serait invraisemblable. Mais le problème est que nous n'avons rien contre lui.

— Il dit qu'il n'est jamais allé à l'entrepôt à Nykvarn et qu'il est seulement venu faire un tour de moto avec Lundin, dit l'inspecteur criminel qui était chargé de Stallarholmen pour le compte de Södertälje. Il prétend qu'il ignorait tout de ce que Lundin devait faire à Stallarholmen.

Martina Fransson se demanda s'il y avait un moyen de refiler l'affaire au procureur Richard Ekström à Stockholm.

— Nieminen refuse de dire ce qui s'est passé, mais nie farouchement être complice d'un crime, poursuivit l'inspecteur criminel.

— Effectivement, on en arriverait à dire que lui et Lundin sont les victimes à Stallarholmen, dit Martina Fransson en tambourinant, agacée, du bout des doigts. Lisbeth Salander, ajouta-t-elle d'une voix dans laquelle perçait un doute manifeste. Nous parlons donc d'une fille qui a l'air d'être tout juste pubère, qui mesure un mètre cinquante et qui n'a certainement pas la force physique exigée pour maîtriser Nieminen et Lundin.

76

— A moins d'être armée. Avec un pistolet, elle peut compenser les défauts de son physique de moineau.

— Mais ça ne colle pas tout à fait avec la reconstitution.

— Non. Elle a utilisé du gaz lacrymogène et elle a donné des coups de pied à l'entrejambe et au visage de Lundin avec une telle rage qu'elle lui a éclaté un testicule et brisé la mâchoire. La balle dans le pied a dû être tirée après les coups. Mais j'ai dû mal à croire que c'était elle qui était armée.

— Le labo a identifié l'arme qui a tiré sur Lundin. C'est un Wanad P-83 polonais avec des munitions Makarov. Il a été retrouvé à Gosseberga près de Göteborg et il porte les empreintes de Salander. On peut se permettre de supposer qu'elle a emporté le pistolet à Gosseberga.

— Oui. Mais le numéro de série démontre qu'il a été volé il y a quatre ans dans le cambriolage d'une armurerie à Örebro. Le cambrioleur a fini par se faire coincer, mais il s'était débarrassé des armes. Il s'agissait d'un talent local avec des problèmes de drogue, qui évoluait dans les cercles proches du MC Svavelsjö. J'ai plutôt envie de caser le pistolet soit chez Lundin, soit chez Nieminen.

— Ça peut être simplement que Lundin portait le pistolet et que Salander l'a désarmé et qu'un coup est parti qui l'a touché au pied. Je veux dire, l'intention n'a en aucun cas pu être de le tuer, puisqu'il est en vie.

— Ou alors elle lui a tiré dans le pied par sadisme. Qu'est-ce que j'en sais ? Mais comment est-elle venue à bout de Nieminen ? Il n'a aucune blessure apparente.

— Si, il a quelque chose. Deux petites brûlures sur la poitrine.

— Et ?

— Je dirais une matraque électrique.

— Salander aurait donc été armée d'une matraque électrique, de gaz lacrymogène et d'un pistolet. Combien est-ce que ça pèse, tout ça ? Non, je suis plutôt d'avis que c'est soit Lundin, soit Nieminen qui a apporté l'arme et qu'elle les a désarmés. Nous ne saurons exactement comment Lundin a reçu la balle que lorsque l'un des protagonistes se mettra à table.

— OK.

— La situation est donc la suivante : Lundin est mis en détention provisoire sous les chefs d'accusation que j'ai déjà mentionnés. En revanche, nous n'avons strictement rien contre Nieminen. Je vais être obligée de le libérer cet après-midi.

BENNY NIEMINEN ÉTAIT d'une humeur exécrable en quittant la cellule de dépôt de l'hôtel de police de Stockholm. Il avait soif aussi, au point qu'il s'arrêta tout de suite dans un tabac acheter un Pepsi qu'il siffla directement. Il acheta aussi un paquet de Lucky Strike et une boîte de tabac à priser. Il ouvrit son téléphone portable, vérifia l'état de la batterie et composa ensuite le numéro de Hans-Åke Waltari, trente-trois ans et numéro trois dans la hiérarchie interne du MC Svavelsjö. Il entendit quatre sonneries avant que Waltari réponde.

— Nieminen. Je suis sorti.

— Félicitations.

— T'es où ?

— A Nyköping.

— Et qu'est-ce que tu fous à Nyköping ?

— On a décidé de se faire tout petits quand vous avez été arrêtés, toi et Magge, jusqu'à ce qu'on connaisse les positions.

— Maintenant tu les connais, les positions. Où ils sont, tous ?

Hans-Åke Waltari expliqua où se trouvaient les cinq membres restants du MC Svavelsjö. L'explication ne suffit pas à calmer ni à satisfaire Benny Nieminen.

— Et qui mène la barque pendant que vous vous plan-quez comme des foutues gonzesses ?

— C'est pas juste. Toi et Magge, vous vous tirez pour un putain de boulot dont on ignore tout et puis brusquement vous êtes impliqués dans une fusillade avec cette salope qui a tous les flics de Suède au cul, et Magge se ramasse une bastos et toi tu te fais coffrer. Et pour couronner le tout, les flics déterrent des macchabs dans l'entrepôt à Nykvarn.

— Oui, et alors ?

— Alors on a commencé à se demander si toi et Magge, vous nous cachez pas quelque chose.

— Et ça serait quoi d'après toi ? C'est nous qui amenons le business à la boîte, non ?

— Mais je n'ai jamais entendu dire que l'entrepôt serait aussi un cimetière planqué dans les bois. C'est qui, ces macchabées ?

Benny Nieminen avait une réplique tranchante au bout de la langue, mais il se retint. Hans-Åke Waltari était un connard fini, mais la situation n'était pas la mieux choisie pour démarrer une dispute. Il fallait agir vite pour consolider les forces. Après s'être sorti de cinq interrogatoires en niant tout en bloc, ce ne serait pas très malin de claironner qu'il possédait malgré tout des connaissances en la matière dans un téléphone portable à deux cents mètres du commissariat.

— J'en sais rien, moi, dit-il. T'occupe pas des macchabées. Mais Magge est dans la merde. Il va rester en taule pendant un moment, et pendant son absence, c'est moi le boss.

— D'accord. La suite des opérations, c'est quoi ? demanda Waltari.

— Qui s'occupe de la surveillance du local si vous vous terrez tous ?

— Danny Karlsson est resté là-bas pour garder les positions. La police a fait une descente le jour où vous avez été arrêtés. Ils n'ont rien trouvé.

— Danny K. ! s'exclama Nieminen. Danny K., mais c'est un putain de débutant, un chiard qu'a encore la morve au nez !

— T'inquiète. Il est avec le blondinos, tu sais, le mec que toi et Magge vous traînez des fois avec vous.

Benny Nieminen devint soudain tout glacé. Il jeta un rapide coup d'œil autour de lui et s'éloigna ensuite de quelques mètres de la porte du tabac.

— Qu'est-ce que t'as dit ? demanda-t-il à voix basse.

— Tu sais, cet enfoiré blond que vous voyez, toi et Magge, il s'est pointé et il voulait qu'on l'aide à trouver une planque.

— Mais bordel de merde, Waltari, il est recherché dans tout le putain de pays pour le meurtre d'un poulet.

— Oui… c'est pour ça qu'il avait besoin d'une planque. Qu'est-ce qu'on pouvait faire ? C'est votre pote, à toi et Magge.

Benny Nieminen ferma les yeux pendant dix secondes. Ronald Niedermann avait fourni au MC Svavelsjö beaucoup de boulots et de gros bénéfices pendant plusieurs années. Mais ce n'était absolument pas un ami. C'était un redoutable salopard et un psychopathe, et qui plus est un psychopathe que la police traquait au lance-flammes. Benny Nieminen ne faisait pas confiance à Ronald Niedermann une seule seconde. Le top serait qu'on le retrouve avec une balle dans le crâne. Ça calmerait en tout cas l'ardeur des flics.

— Et qu'est-ce que vous avez fait de lui ?

— Danny K. s'en occupe. Il l'a emmené chez Viktor.

Viktor Göransson était le trésorier du club et son expert-comptable, il habitait du côté de Järna. Göransson avait un bac en économie et avait débuté sa carrière comme conseiller financier d'un Yougoslave régnant sur quelques cabarets jusqu'à ce que toute la bande se fasse coincer pour criminalité économique aggravée. Il avait rencontré Magge Lundin dans la prison de Kumla au début des années 1990. Il était le seul au MC Svavelsjö à toujours se balader en costard-cravate.

— Waltari, tu prends ta caisse et tu me retrouves à Södertälje. Viens me chercher devant la gare des trains de banlieue d'ici trois quarts d'heure.

— Bon, bon. Pourquoi t'es si pressé ?

— Parce qu'il faut absolument qu'on prenne la situation en main au plus vite.

HANS-ÅKE WALTARI OBSERVAIT en douce Benny Nieminen qui gardait un silence boudeur tandis qu'ils roulaient vers Svavelsjö. Contrairement à Magge Lundin, Nieminen n'était jamais très sympa à côtoyer. Il était beau et il paraissait doux, mais en réalité il explosait vite et il pouvait être vachement redoutable, surtout quand il avait picolé. Pour l'instant il était sobre, mais Waltari ressentit une certaine inquiétude à l'idée que Nieminen allait prendre la direction. Magge avait toujours, d'une façon ou d'une autre, su calmer le jeu de Nieminen. Il se demandait de quoi serait fait l'avenir avec Nieminen comme président temporaire du club.

Danny K. n'était pas au local. Nieminen essaya deux fois de l'appeler sur son portable, mais n'obtint pas de réponse.

Ils rentrèrent chez Nieminen, à un bon kilomètre du club. La police avait opéré une perquisition là aussi, mais sans rien trouver d'utilisable dans l'enquête concernant Nykvarn. La police n'ayant trouvé aucune charge contre lui, Nieminen se retrouvait en liberté.

Il prit une douche et se changea pendant que Waltari attendait patiemment dans la cuisine. Ensuite ils marchèrent cent cinquante mètres dans la forêt derrière la maison de Nieminen et enlevèrent la terre qui couvrait un coffre superficiellement enterré, contenant six armes de poing, dont un AK-5, une grande quantité de munitions et deux bons kilos d'explosifs. C'était le petit stock personnel de Nieminen. Deux des armes dans le coffre étaient des Wanad P-83 polonais. Ils provenaient du même lot que le pistolet dont Lisbeth Salander avait délesté Nieminen à Stallarholmen.

Nieminen écarta Lisbeth Salander de son esprit. Le sujet était sensible. Dans la cellule à l'hôtel de police à Stockholm, il n'avait cessé de se rejouer mentalement la scène quand lui et Magge Lundin étaient arrivés à la maison de campagne de Nils Bjurman et avaient trouvé Salander dans la cour.

Le déroulement des événements avait été totalement inattendu. Magge Lundin et lui étaient allés là-bas pour foutre le feu à cette baraque. Ils suivaient les ordres de ce putain de géant blond. Et ils étaient tombés sur cette saloperie de Salander – toute seule, un mètre cinquante de haut et maigre comme un clou. Nieminen se demandait combien elle pesait réellement. Ensuite tout avait foiré pour partir en vrille dans une orgie de violence à laquelle aucun des deux n'avait été préparé.

D'un point de vue purement technique, il pouvait expliquer le déroulement. Salander avait vidé une cartouche de gaz lacrymogène à la gueule de Magge Lundin. Magge aurait dû s'y attendre mais ça n'avait pas été le cas. Elle lui avait balancé deux coups de tatane et il ne faut pas énormément de force musculaire pour briser une mâchoire. Elle l'avait pris par surprise. Ça pouvait s'expliquer.

Mais ensuite elle s'était attaquée aussi à lui, Benny Nieminen, l'homme que des mecs bien entraînés hésitaient à venir titiller. Elle se déplaçait tellement vite. Il avait eu du mal à sortir son arme. Elle l'avait écrasé avec une facilité aussi humiliante que si elle avait simplement écarté un moustique de la main. Elle avait une matraque électrique. Elle avait…

En se réveillant, il ne s'était souvenu de presque rien, Magge Lundin avait une balle dans le pied et la police était en route. Après des palabres entre la police de Strängnäs et celle de Södertälje, il s'était retrouvé au violon à Södertälje. Et cette meuf avait volé la Harley Davidson de Magge Lundin. Elle avait découpé dans son blouson de cuir le logo du MC Svavelsjö – le symbole même qui faisait s'écarter les gens dans les troquets et qui lui conférait un prestige que le simple Suédois de base ne pouvait pas comprendre. Elle l'avait humilié.

Benny Nieminen se mit soudain à bouillir intérieurement. Il s'était tu tout au long des interrogatoires. Jamais il ne pourrait raconter ce qui s'était passé à Stallarholmen. Jusqu'à cet instant, Lisbeth Salander n'avait signifié que dalle pour lui. Elle était un petit projet secondaire dont s'occupait Magge Lundin – encore une fois à la demande de ce foutu Niedermann. A présent, il la haïssait avec une passion qui l'étonnait. Habituellement, il restait froid et lucide, alors que maintenant il sentait qu'un de ces jours il aurait la possibilité de se venger et d'effacer la honte. Mais d'abord il devait mettre de l'ordre dans le chaos que Salander et Niedermann réunis avaient causé dans le MC Svavelsjö.

Nieminen prit les deux pistolets polonais qui restaient dans le coffre, les arma et en donna un à Waltari.

— T'as un plan particulier ?

— On va aller bavarder un peu avec ce Niedermann. Il n'est pas des nôtres et il n'a jamais été arrêté avant. Je ne sais pas comment il va réagir s'ils le chopent, mais s'il parle, il pourrait nous faire plonger. Alors on est tous bons pour la taule vite fait.

— Tu veux dire qu'on va…

Nieminen avait déjà décidé qu'il fallait éliminer Niedermann, mais il comprit que ce n'était pas le moment d'effrayer Waltari.

— Je ne sais pas. Il faut qu'on lui prenne le pouls. S'il a un plan et qu'il peut se casser rapidement à l'étranger, on pourra lui donner un coup de main. Mais tant qu'il risque d'être arrêté par la police, il constitue une menace pour nous.

LA FERME DE VIKTOR GÖRANSSON près de Järna était plongée dans le noir lorsque, au crépuscule, Nieminen et Waltari arrivèrent dans la cour. Rien que ça paraissait de mauvais augure. Ils attendirent un petit moment dans la voiture.

— Ils sont peut-être dehors, proposa Waltari.

— Ben voyons. Ils seraient allés boire un coup au troquet avec Niedermann, dit Nieminen et il ouvrit la portière.

La porte d'entrée n'était pas fermée à clé. Nieminen alluma le plafonnier. Ils passèrent de pièce en pièce. Tout était propre et bien rangé, probablement grâce à cette femme avec qui Göransson vivait.

Ils trouvèrent Göransson et sa compagne dans la cave, fourrés dans une buanderie.

Nieminen se pencha et contempla les cadavres. Il tendit le doigt et toucha la femme dont il ne se rappelait pas le nom. Elle était glacée et rigide. Cela voulait dire qu'ils étaient morts depuis vingt-quatre heures peut-être.

Nieminen n'avait pas besoin de l'avis d'un médecin légiste pour savoir comment ils étaient morts. Le cou de la femme avait été brisé lorsqu'on avait fait faire cent quatre-vingts degrés à sa tête. Elle était habillée d'un tee-shirt et d'un jean, et elle n'avait pas d'autres blessures visibles.

Viktor Göransson, par contre, n'était vêtu que d'un caleçon. Il avait été sérieusement passé à tabac et tout son corps était couvert de bleus et de plaies. Ses deux bras étaient cassés et pointaient dans toutes les directions comme des branches de sapin tordues. Il avait subi une maltraitance prolongée qu'il fallait bien qualifier de torture. Pour autant que Nieminen pouvait en juger, il avait finalement été tué par un coup puissant sur la gorge. Le larynx était profondément enfoncé dans le cou.

Benny Nieminen se redressa et remonta l'escalier de la cave, puis il alla dehors. Waltari le suivit. Nieminen traversa la cour jusqu'à la grange située cinquante mètres plus loin. Il défit le loquet et ouvrit la porte.

Il trouva une Renault bleu sombre.

— Qu'est-ce qu'il a comme voiture, Göransson ? demanda Nieminen.

— Il conduit une Saab.

Nieminen hocha la tête. Il sortit des clés de sa poche et ouvrit une porte tout au fond de la grange. Un simple coup d'œil lui apprit qu'il était arrivé trop tard. Une lourde armoire prévue pour des armes était grande ouverte.

Nieminen fit une grimace.

— Un peu plus de 800 000 couronnes, dit-il.

— Quoi ? demanda Waltari.

— Un peu plus de 800 000 couronnes, c'est ce que le MC Svavelsjö avait dans cette armoire. Notre fric.

Trois personnes avaient été au courant de l'endroit où le MC Svavelsjö gardait la caisse en attente d'investissements et de blanchiment. Viktor Göransson, Magge Lundin et Benny Nieminen. Niedermann était en fuite. Il avait besoin de liquide. Il savait que Göransson s'occupait des finances.

Nieminen referma la porte et sortit lentement de la grange. Il réfléchissait intensément tout en essayant d'avoir une vue d'ensemble de la catastrophe. Une partie des ressources du MC Svavelsjö était sous forme de titres auxquels il aurait accès et une autre partie pourrait être reconstituée avec l'aide de Magge Lundin. Mais une grande partie des placements ne figurait que dans la tête de Göransson, à moins qu'il n'ait donné des instructions claires à Magge Lundin. Ce dont Nieminen doutait fort – Magge n'avait jamais été un as en économie. Nieminen estima grosso modo qu'avec la mort de Göransson, le MC Svavelsjö avait perdu jusqu'à soixante pour cent de ses fonds. Le coup était terrible. C'était surtout de l'argent liquide dont ils avaient besoin pour les dépenses quotidiennes.

— Qu'est-ce qu'on fait maintenant ? demanda Waltari.

— Maintenant on va rencarder la police sur ce qui s'est passé.

— On va rencarder la police ?

— Putain, oui. Il y a mes empreintes dans la maison. Je veux qu'ils trouvent Göransson et sa meuf aussi vite que possible pour que le médecin légiste puisse établir qu'ils ont été tués pendant que j'étais en garde à vue.

— Je comprends.

— Tant mieux. Trouve Danny K. Je veux lui parler. C'est-à-dire s'il est encore vivant. Et ensuite on va retrouver Ronald Niedermann. Ordre à tous les contacts qu'on a dans les clubs partout en Scandinavie d'ouvrir l'œil. Je veux la tête de ce salopard. Il se déplace probablement dans la Saab de Göransson. Trouve le numéro d'immatriculation.

LORSQUE LISBETH SALANDER SE RÉVEILLA le samedi après-midi, il était 14 heures et un médecin était en train de la manipuler.

— Bonjour, dit-il. Je m'appelle Sven Svantesson et je suis médecin. Tu as mal ?

— Oui, dit Lisbeth Salander.

— On va te donner des antalgiques tout à l'heure. Mais je voudrais d'abord t'examiner.

Il appuya et tripota son corps meurtri. Lisbeth eut le temps de devenir franchement irritée avant qu'il ait fini, mais elle se sentait trop épuisée pour entamer le séjour à Sahlgrenska avec une dispute et elle décida de se taire.

— Je vais comment ? demanda-t-elle.

— Je pense que ça va s'arranger, dit le médecin en prenant quelques notes avant de se lever.

Ce qui n'était guère reluisant comme réponse.

Après son départ, une infirmière entra et aida Lisbeth avec le bassin. Ensuite, elle put dormir de nouveau.

ALEXANDER ZALACHENKO, alias Karl Axel Bodin, avalait un déjeuner composé d'aliments liquides. Même de tout petits mouvements des muscles faciaux causaient de violentes douleurs dans la mâchoire et dans l'os malaire, et mâcher n'était même pas envisageable.

Mais même si la douleur était terrible, il savait la gérer. Zalachenko était habitué à la douleur. Rien ne pouvait se comparer à la douleur qu'il avait ressentie pendant plusieurs semaines et mois quinze ans auparavant, après qu'il avait brûlé comme une torche dans la voiture au bord d'un trottoir de Lundagatan. Les soins n'avaient été qu'une sorte d'interminable marathon de la douleur.

Les médecins l'avaient estimé hors de danger, mais compte tenu de la gravité de ses blessures et eu égard à son âge, il resterait aux soins intensifs encore quelques jours.

Au cours de la journée du samedi, il reçut quatre visites.

Vers 10 heures, l'inspecteur Ackerman revint le voir. Cette fois, il avait laissé à la maison cette petite connasse de Sonja Modig et il était accompagné par l'inspecteur Jerker Holmberg, nettement plus sympathique. Ils posèrent à peu près les mêmes questions sur Ronald Niedermann que la veille au soir. Il avait préparé son histoire et ne commit aucune erreur. Quand ils commencèrent à l'assaillir de questions sur son éventuelle participation au trafic de femmes et à d'autres activités criminelles, il nia une nouvelle fois être au courant de quoi que ce soit. Il vivait de sa pension d'invalidité et ne savait pas de quoi ils parlaient. Il mit tout sur le compte de Ronald Niedermann et offrit toute son aide pour localiser le tueur de policier en fuite.

Hélas, concrètement, il ne pouvait pas leur être d'un grand secours. Il ignorait tout des cercles où évoluait Niedermann et il n'avait aucune idée de chez qui l'homme pouvait demander l'asile.

Vers 11 heures, il reçut la brève visite d'un représentant du ministère public, qui lui signifia formellement qu'il était soupçonné de complicité de coups et blessures aggravés voire de tentative d'homicide sur la personne de Lisbeth Salander. Zalachenko répondit patiemment en expliquant que c'était lui, la victime, et qu'en réalité c'était Lisbeth Salander qui avait essayé de le tuer. Le gars du ministère public lui proposa une aide juridique sous forme d'un avocat commis d'office. Zalachenko dit qu'il allait y réfléchir.

Ce qui n'était pas dans ses intentions. Il avait déjà un avocat et sa première mesure ce matin-là avait été de l'appeler et de lui demander de venir au plus vite. Martin Thomasson fut ainsi le troisième visiteur à son chevet. Il entra, la mine décontractée, passa la main dans sa tignasse blonde, ajusta ses lunettes et serra la main de son client. C'était un faux maigre et un vrai charmeur. On le soupçonnait certes d'avoir servi d'homme de main à la mafia yougoslave, une affaire qui était encore objet d'enquête, mais il avait aussi la réputation de gagner ses procès.

Une relation d'affaires avait tuyauté Zalachenko sur Thomasson cinq ans auparavant, quand il avait eu besoin de redispatcher certains fonds liés à une petite entreprise de financement qu'il possédait au Liechtenstein. Il ne s'agissait pas de sommes faramineuses, mais Thomasson avait agi de main de maître et Zalachenko avait fait l'économie d'une imposition d'office. Par la suite, Zalachenko avait eu recours à lui à quelques autres occasions. Thomasson comprenait que l'argent provenait d'une activité criminelle, ce qui ne semblait pas le perturber. Pour finir, Zalachenko avait décidé de refondre toute son activité dans une nouvelle entreprise, détenue par lui-même et Niedermann. Il était allé voir Thomasson en lui proposant d'en faire partie lui-même sous forme de troisième partenaire dans l'ombre et chargé de ce qui touchait aux finances. Thomasson avait accepté sans même réfléchir.

— Eh bien, monsieur Bodin, ça ne m'a pas l'air très agréable, tout ça.

— J'ai été victime de coups et blessures aggravés et de tentative de meurtre, dit Zalachenko.

— C'est ce que je vois. Une certaine Lisbeth Salander, si j'ai tout bien compris.

Zalachenko baissa la voix.

— Notre partenaire Niedermann s'est mis dans un sacré merdier, comme tu as dû t'en rendre compte.

— C'est ce que j'ai compris.

— La police me soupçonne d'être mêlé à tout ça…

— Ce qui n'est évidemment pas le cas. Tu es une victime et il est important de veiller tout de suite à ce que cette idée-là soit bien ancrée dans les médias. Mlle Salander a déjà eu pas mal de publicité négative… Je m'en occupe.

— Merci.

— Mais laisse-moi dire tout de suite que je ne suis pas un avocat pénal. Dans cette affaire, tu vas avoir besoin de l'aide d'un spécialiste. Je vais te trouver quelqu'un en qui tu pourras avoir confiance.

LE QUATRIÈME VISITEUR ARRIVA à 23 heures, et il réussit à franchir le barrage des infirmières en exhibant sa carte d'identité et en précisant qu'il venait pour une affaire urgente. On lui montra la chambre de Zalachenko. Le patient ne dormait pas encore, il était en pleine réflexion.

— Je m'appelle Jonas Sandberg, salua le visiteur et il tendit une main que Zalachenko choisit d'ignorer.

L'homme avait dans les trente-cinq ans. Ses cheveux étaient couleur sable et il était vêtu d'un jean décontracté, d'une chemise à carreaux et d'un blouson de cuir. Zalachenko le contempla en silence pendant quinze secondes.

— Je me demandais justement quand l'un de vous allait se pointer.

— Je travaille à la Säpo, dit Jonas Sandberg en montrant sa carte.

— Certainement pas, dit Zalachenko.

— Pardon ?

— Tu es peut-être employé à la Säpo, mais tu ne travailles pas pour eux.

Jonas Sandberg garda le silence un instant et regarda autour de lui dans la chambre. Il avança la chaise prévue pour les visiteurs.

— Si je viens si tard le soir, c'est pour ne pas attirer l'attention. Nous avons discuté sur la manière de vous aider et il nous faut mettre au point à peu près ce qui va se passer. Je suis tout simplement ici pour entendre votre version et comprendre vos intentions pour qu'on puisse élaborer une stratégie commune.

— Et quelle sera cette stratégie, d'après toi ?

Jonas Sandberg contempla pensivement l'homme dans le lit. Pour finir, il écarta les mains.

— Monsieur Zalachenko… J'ai bien peur qu'un processus se soit mis en branle impliquant des dégâts difficiles à évaluer. Nous avons discuté la situation. La tombe à Gosseberga et le fait que Salander ait reçu trois balles sont des faits difficiles à minimiser. Mais tout espoir n'est pas perdu. Le conflit entre vous et votre fille peut expliquer pourquoi vous la craignez tant et pourquoi vous avez pris des mesures aussi drastiques. J'ai peur cependant que cela implique quelques mois de prison.

Zalachenko se sentit tout à coup enjoué et il aurait éclaté de rire si cela n'avait pas été totalement impossible vu son état. Le seul résultat fut un faible frémissement de ses lèvres. Toute autre chose serait trop douloureuse.

— Alors c'est ça, notre stratégie commune ?

— Monsieur Zalachenko. Vous avez connaissance de la notion de contrôle des dégâts. Il est indispensable qu'on trouve une voie commune. Nous allons tout faire pour vous aider en vous fournissant un avocat et l'assistance nécessaire, mais nous avons besoin de votre collaboration et de certaines garanties.

— Je vais te donner une garantie. Vous allez veiller à faire disparaître tout ça. Il fit un geste avec la main. Niedermann est votre bouc émissaire et je garantis qu'il ne sera pas retrouvé.

— Il y a des preuves formelles qui...

— Laissez tomber les preuves formelles. Ce qui est important, c'est comment l'enquête est menée et comment les faits sont présentés. Voici ma garantie... si vous n'utilisez pas votre baguette magique pour faire disparaître tout ceci, j'inviterai les médias à une conférence de presse. Je connais des noms, des dates, des événements. Je n'ai tout de même pas besoin de te rappeler qui je suis ?

— Vous ne comprenez pas...

— Je comprends très bien. Tu n'es qu'un garçon de courses. Rapporte à ton chef ce que je viens de dire. Il comprendra. Dis-lui que j'ai des copies de... tout. Je vous torpillerai.

— Il faut qu'on essaie de se mettre d'accord.

— La conversation est terminée. Tu dégages, maintenant. Et dis-leur d'envoyer un homme la prochaine fois, un adulte avec qui je peux discuter.

Zalachenko tourna la tête de façon à couper le contact visuel avec son visiteur. Jonas Sandberg contempla Zalachenko un court moment. Puis il haussa les épaules et se releva. Il était presque arrivé à la porte lorsqu'il entendit de nouveau la voix de Zalachenko.

— Autre chose.

Sandberg se retourna.

— Salander.

— Qu'est-ce qu'elle a ?

— Elle doit disparaître.

— Qu'est-ce que vous voulez dire ?

Pendant une seconde, Sandberg eut l'air si inquiet que Zalachenko dut sourire malgré la douleur qui lui vrilla la mâchoire.

— Vous êtes tous des couilles molles et je sais que vous avez trop de scrupules pour la tuer. Je sais aussi que vous n'avez pas non plus les moyens pour le faire. Qui s'en chargerait... toi ? Mais il faut qu'elle disparaisse. Son témoignage doit être déclaré non recevable. Elle doit retourner en institution pour le restant de ses jours.

LISBETH SALANDER ENTENDIT LES PAS dans le couloir devant sa chambre. Elle n'arriva pas à distinguer le nom de Jonas Sandberg et c'était la première fois qu'elle entendait ces pas-là.

Sa porte était en effet restée ouverte tout au long de la soirée, puisque les infirmières venaient la voir environ toutes les dix minutes. Elle avait entendu l'homme arriver et expliquer à une infirmière, tout près de sa porte, qu'il devait absolument voir M. Karl Axel Bodin pour une affaire urgente. Elle avait compris qu'il montrait sa carte, mais aucune parole n'avait été échangée qui fournissait un indice quant à son nom ou à la nature de la carte.

L'infirmière lui avait demandé d'attendre qu'elle aille voir si M. Karl Axel Bodin était réveillé. Lisbeth Salander en tira la conclusion que la carte devait être très convaincante.

Elle constata que l'infirmière prit à gauche dans le couloir et qu'elle fit 17 pas avant d'arriver à destination, puis que le visiteur parcourut la même distance en seulement 14 pas. Cela donnait une valeur moyenne de 15,5 pas. Elle estima la longueur des pas à 60 centimètres, ce qui, multiplié par 15,5, signifiait que Zalachenko se trouvait dans une chambre située à 930 centimètres à gauche dans le couloir. OK, disons 10 mètres. Elle estima que sa chambre faisait environ 5 mètres de large, ce qui signifierait que Zalachenko se trouvait à deux portes d'elle.

Selon les chiffres verts du réveil digital sur sa table de chevet, la visite dura exactement neuf minutes.

ZALACHENKO RESTA ÉVEILLÉ longtemps après que Jonas Sandberg l'eut quitté. Il supposa que ce n'était pas son véritable nom, puisque l'expérience lui avait enseigné que les espions amateurs suédois faisaient une fixation sur les noms de couverture même lorsque ça ne présentait aucune nécessité. Quoi qu'il en soit, ce Jonas (ou quel que soit son nom) était la première indication que la Section avait pris acte de sa situation. Vu le ramdam médiatique, il aurait été difficile d'y échapper. Sa visite était cependant aussi une confirmation que cette situation était source d'inquiétude. A très juste titre.

Il soupesa les avantages et les inconvénients, aligna des possibilités et rejeta des alternatives. Il avait compris et intégré que les choses avaient totalement foiré. Dans un monde idéal, il se serait en cet instant trouvé chez lui à Gosseberga, Ronald Niedermann aurait été en sécurité à l'étranger et Lisbeth Salander enterrée six pieds sous terre. Même si d'un point de vue rationnel il comprenait ce qui s'était passé, il avait le plus grand mal à comprendre comment elle avait pu sortir de la tombe, revenir à la ferme et détruire son existence en deux coups de hache. Elle était dotée de ressources insensées.

Par contre, il comprenait parfaitement bien ce qui s'était passé avec Ronald Niedermann et pourquoi il était parti en courant pour sa vie au lieu d'en finir une bonne fois pour toutes avec Salander. Il savait que quelque chose clochait dans la tête de Niedermann, qu'il avait des visions, qu'il voyait des fantômes. Plus d'une fois, il avait été obligé d'intervenir quand Niedermann avait agi de façon irrationnelle et s'était roulé en boule de terreur.

Ceci l'inquiétait. Compte tenu que Ronald Niedermann n'était pas encore arrêté, Zalachenko était persuadé qu'il avait fonctionné rationnellement pendant les jours suivant la fuite de Gosseberga. Il chercherait probablement à rejoindre Tallinn, où il trouverait une protection parmi les contacts dans l'empire criminel de Zalachenko. L'inquiétant était qu'on ne pouvait jamais prévoir le moment où Niedermann serait paralysé. Si cela avait lieu pendant la fuite, il commettrait des erreurs et, s'il commettait des erreurs, il se ferait choper. Il ne se rendrait pas de son plein gré et cela entraînerait la mort de policiers et selon toute vraisemblance la mort de Niedermann aussi.

Cette pensée tracassait Zalachenko. Il ne voulait pas que Niedermann meure. Niedermann était son fils. D'un autre côté, aussi regrettable cela fût-il, c'était un fait que Niedermann ne devait pas être capturé vivant. Niedermann n'avait jamais été appréhendé par la police et Zalachenko ne pouvait pas prévoir comment il réagirait lors d'un interrogatoire. Il devinait que Niedermann ne saurait malheureusement pas garder le silence. Ce serait donc un avantage s'il était tué en se faisant arrêter. Zalachenko pleurerait son fils, mais l'autre alternative serait pire. Elle signifierait qu'il passerait lui-même le restant de ses jours en prison.

Cependant, quarante-huit heures s'étaient déroulées depuis la fuite de Niedermann, et il n'avait pas encore été coincé. C'était bon signe. Cela indiquait que Niedermann était en état de marche et un Niedermann en état de marche était imbattable.

A long terme se profilait une autre inquiétude. Il se demanda comment Niedermann s'en sortirait tout seul sans son père à ses côtés pour le guider dans la vie. Au fil des ans, il avait remarqué que s'il cessait de donner des instructions ou s'il lâchait la bride à Niedermann pour qu'il prenne ses propres initiatives, celui-ci se laissait facilement glisser dans un état passif et apathique.

Zalachenko constata encore une fois que c'était une véritable calamité que son fils soit affublé de ces particularités. Ronald Niedermann était sans hésitation un être très intelligent, doté de qualités physiques qui faisaient de lui un homme redoutable et redouté. En outre, il était un excellent organisateur qui savait garder son sang-froid. Son seul problème était l'absence d'instinct de chef. Il avait tout le temps besoin de quelqu'un pour lui dire ce qu'il devait organiser.

Tout cela restait cependant pour l'heure hors de son contrôle. Maintenant il s'agissait de lui-même. Sa situation à lui, Zalachenko, était précaire, peut-être plus précaire que jamais.

La visite de maître Thomasson plus tôt dans la journée ne lui avait pas paru particulièrement rassurante. Thomasson était et restait un spécialiste en droit des sociétés, et toute son efficacité en la matière ne pouvait lui être d'un grand secours dans le contexte actuel.

Ensuite il y avait la visite de Jonas Sandberg. Sandberg constituait une bouée de sauvetage bien plus solide. Mais une bouée qui pourrait aussi se révéler un piège. Il lui fallait jouer ses cartes habilement et prendre le contrôle de la situation. Le contrôle était primordial.

Et au bout du compte, il pouvait faire confiance à ses propres ressources. Pour le moment, il avait besoin de soins médicaux. Mais dans quelques jours, peut-être une semaine, il aurait retrouvé ses forces. Si les choses étaient poussées à l'extrême, il ne pouvait peut-être compter que sur lui-même. Cela signifiait qu'il devait disparaître, au nez et à la barbe de tous les policiers qui lui tournaient autour. Il aurait besoin d'une cachette, d'un passeport et de liquide. Thomasson allait pouvoir lui procurer tout cela. Mais d'abord il lui faudrait se rétablir suffisamment pour avoir la force de s'enfuir.

A 1 heure, l'infirmière de nuit vint le voir. Il fit semblant de dormir. Quand elle referma la porte, il se dressa laborieusement dans le lit et bascula les jambes par-dessus le bord. Il resta assis sans bouger un long moment et testa son équilibre. Puis il posa doucement son pied gauche par terre. Par chance, le coup de hache avait touché sa jambe droite qui était déjà abîmée. Il tendit le bras pour attraper la prothèse dans l'armoire à côté du lit et la fixa au moignon. Puis il se leva. Il pesa sur sa jambe gauche intacte et essaya de poser la jambe droite. Quand il appuya dessus, une douleur fulgurante la traversa.

Il serra les dents et fit un pas. Il aurait eu besoin de ses cannes, mais il était persuadé que l'hôpital n'allait pas tarder à lui en proposer. Il prit appui sur le mur et boitilla jusqu'à la porte. Il lui fallut plusieurs minutes pour y arriver et il fut obligé de s'immobiliser après chaque pas pour maîtriser la douleur.

Il se reposa sur sa jambe valide, ouvrit très légèrement la porte et inspecta le couloir. Il ne vit personne et sortit la tête un peu plus. Il entendit des voix faibles à gauche et tourna la tête. Le local des infirmières de nuit se trouvait environ vingt mètres plus loin de l'autre côté du couloir.

Il tourna la tête à droite et vit la sortie au bout du couloir.

Plus tôt dans la journée, il s'était renseigné sur l'état de Lisbeth Salander. Il était malgré tout son père. Les infirmières avaient manifestement reçu l'instruction de ne pas parler des patients. Une infirmière avait juste dit sur un ton neutre que son état était stable. Mais, par réflexe, elle avait jeté un rapide coup d'œil vers la gauche dans le couloir.

Dans une des chambres entre la sienne et la salle des infirmières se trouvait Lisbeth Salander.

Il referma doucement la porte et retourna en boitant à son lit où il enleva la prothèse. Il était couvert de sueur lorsque enfin il put se glisser sous la couverture.

L'INSPECTEUR JERKER HOLMBERG revint à Stockholm vers midi le dimanche. Il était fatigué, il avait faim et se sentait éreinté. Il prit le métro et descendit à l'hôtel de ville puis continua à pied jusqu'à l'hôtel de police dans Bergsgatan, où il monta au bureau de l'inspecteur Jan Bublanski. Sonja Modig et Curt

Bolinder étaient déjà là. Bublanski les avait convoqués pour cette réunion en plein dimanche parce qu'il savait que le chef de l'enquête préliminaire, Richard Ekström, était pris ailleurs.

— Merci d'avoir pu venir, dit Bublanski. Je crois qu'il est grand temps qu'on discute calmement entre nous pour essayer de faire la lumière sur tout ce merdier. Jerker, tu as du nouveau ?

— Rien que je n'aie pas déjà raconté au téléphone. Zalachenko ne cède pas d'un millimètre. Il est innocent sur toute la ligne et il ne peut nous aider en rien du tout. Prenez seulement…

— Oui ?

— Tu avais raison, Sonja. C'est l'un des individus les plus sinistres que j'aie jamais rencontrés. Ça fait un peu con de dire ça. Dans la police, on ne devrait pas raisonner en ces termes mais il y a quelque chose qui fait peur sous son vernis calculateur.

— OK, fit Bublanski en se raclant la gorge. Que savons-nous ? Sonja ?

Elle afficha un petit sourire.

— Les enquêteurs privés ont gagné ce round. Je ne trouve Zalachenko dans aucun registre officiel, alors qu'un Karl Axel Bodin est né en 1939 à Uddevalla. Ses parents s'appelaient Marianne et Georg Bodin. Ils ont existé, mais sont morts dans un accident en 1946. Karl Axel Bodin a grandi chez un oncle en Norvège. On n'a donc rien sur lui avant les années 1970 quand il est revenu en Suède. La version de Mikael Blomkvist comme quoi il est un ex-agent russe du GRO semble impossible à vérifier, mais je suis encline à croire qu'il a raison.

— Et ça impliquerait quoi ?

— Il a manifestement été pourvu d'une fausse identité. Cela a dû se faire avec l'assentiment des autorités.

— La Säpo, donc ?

— C'est ce qu'affirme Blomkvist. Mais je ne sais pas de quelle manière exactement ça se serait passé. Cela sous-entend que son certificat de naissance et un tas d'autres documents auraient été falsifiés et insérés dans les registres officiels suédois. Je n'ose pas me prononcer sur le côté légal de ces agissements. Tout dépend probablement de qui prend la décision. Mais pour que ça soit légal, la décision a quasiment dû être prise au niveau gouvernemental.

Un certain silence s'installa dans le bureau de Bublanski pendant que les quatre inspecteurs criminels considéraient les implications.

— OK, dit Bublanski. Nous sommes quatre flics complètement bouchés. Si le gouvernement est impliqué, ce n'est pas moi qui vais l'appeler pour interrogatoire.

— Hmm, fit Curt Bolinder. Ça pourrait carrément mener à une crise constitutionnelle. Aux Etats-Unis, on peut convoquer des membres du gouvernement pour interrogatoire devant un tribunal ordinaire. En Suède, ça doit passer par la Commission constitutionnelle.

— Ce qu'on pourrait faire, par contre, c'est demander au chef, dit Jerker Holmberg.

— Demander au chef ? dit Bublanski.

— Thorbjörn Fälldin*. C'était lui, le Premier ministre de l'époque.

— C'est ça. On va se pointer je ne sais pas où chez lui et demander à l'ancien Premier ministre s'il a trafiqué des papiers d'identité pour un espion russe transfuge. Je ne pense pas que ce soit une bonne idée.

— Fälldin habite à Ås, dans la commune de Härnösand. Je suis originaire de ce coin-là, à quelques kilomètres de chez lui. Mon père est centriste et il connaît très bien Fälldin. Je l'ai rencontré plusieurs fois, quand j'étais enfant mais adulte aussi. C'est quelqu'un de très décontracté.

Trois inspecteurs criminels fixèrent Jerker Holmberg d'un regard ahuri.

— Tu connais Fälldin, dit Bublanski avec hésitation.

Holmberg hocha la tête. Bublanski fit la moue.

— Très franchement…, dit Holmberg. Ça pourrait résoudre tout un tas de problèmes si on pouvait amener l'ancien Premier ministre à nous faire un compte rendu pour qu'on sache sur quoi se baser dans cette soupe. Je pourrais monter parler avec lui. S'il ne dit rien, il ne dit rien. Et s'il parle, cela nous épargnera peut-être pas mal de temps.

* Thorbjörn Fälldin, Premier ministre centriste d'un gouvernement tripartite de droite de 1976 à 1978, puis de 1979 à 1981. *(N.d.T.)*

Bublanski réfléchit à la proposition. Puis il secoua la tête. Du coin de l'œil, il vit aussi bien Sonja Modig que Curt Bolinder hocher pensivement les leurs.

— Holmberg... c'est bien que tu le proposes, mais je pense qu'on va remettre ça à plus tard. Revenons à l'affaire. Sonja ?

— D'après Blomkvist, Zalachenko est arrivé ici en 1976. Pour autant que je peux comprendre, il n'y a qu'une personne qui a pu lui donner cette information.

— Gunnar Björck, dit Curt Bolinder.

— Qu'est-ce que Björck nous a dit ? demanda Jerker Holmberg.

— Pas grand-chose. Il invoque le secret professionnel et il dit qu'il ne peut rien discuter sans l'autorisation de ses supérieurs.

— Et qui sont ses supérieurs ?

— Il refuse de le dire.

— Alors que va-t-il lui arriver ?

— Je l'ai inculpé pour rémunération de services sexuels. Nous disposons d'une excellente documentation grâce à Dag Svensson. Ça a fait sortir Ekström de ses gonds, mais dans la mesure où j'avais établi un rapport, il risque des problèmes s'il abandonne l'enquête, dit Curt Bolinder.

— Aha. Infraction à la loi sur la rémunération de services sexuels. Qu'est-ce que ça donne, une amende, je suppose ?

— Probablement. Mais nous l'avons dans le système et nous pouvons le rappeler pour interrogatoire.

— Mais là nous sommes en train de marcher sur les plates-bandes de la Säpo. Ça pourrait entraîner des turbulences.

— Le problème, c'est que rien de ce qui s'est passé aujourd'hui n'aurait eu lieu si la Säpo n'avait pas été impliquée, d'une façon ou d'une autre. Il est possible que Zalachenko soit réellement un espion russe qui a déclaré forfait et demandé l'asile politique. Il est possible aussi qu'il ait travaillé pour la Säpo comme agent ou source, je ne sais pas comment on peut l'appeler, et qu'il existe une bonne raison de lui fournir une fausse identité et l'anonymat. Mais il y a trois hics. Premièrement, l'enquête qui a été menée, en 1991 et qui a fait interner Lisbeth Salander est illégale. Deuxièmement, l'activité de Zalachenko depuis cette date-là n'a strictement rien à voir avec la sécurité de la nation. Zalachenko est un gangster tout à fait ordinaire et très vraisemblablement complice d'une série d'homicides et d'autres crimes. Et troisièmement, il ne fait aucun doute qu'on a tiré sur Lisbeth Salander et qu'on l'a enterrée sur le terrain de Zalachenko à Gosseberga.

— Tiens, justement, j'aimerais vraiment le lire, ce fameux rapport, dit Jerker Holmberg.

Bublanski s'assombrit.

— Ekström a mis la main dessus vendredi, et quand je lui ai demandé de me le rendre, il a dit qu'il ferait une copie, ce qu'il n'a jamais fait. Au lieu de ça, il m'a rappelé pour dire qu'il avait parlé avec le ministère public et qu'il y a un problème. Selon le procureur de la nation, le classement en secret-défense signifie que ce rapport ne doit pas circuler et être copié. Le procureur a exigé qu'on lui rende toutes les copies jusqu'à ce que l'affaire soit élucidée. Et Sonja a donc été obligée de rendre la copie qu'elle avait.

— Ça veut dire qu'on ne dispose plus de ce rapport ?

— Oui.

— Merde, dit Holmberg. Ça n'augure rien de bon.

— Non, dit Bublanski. Mais ça veut surtout dire que quelqu'un agit contre nous et qu'en plus il agit très vite et efficacement. C'est cette enquête-là qui nous avait mis sur la bonne piste.

— Alors il nous faut déterminer qui agit contre nous, dit Holmberg.

— Un instant, dit Sonja Modig. Nous avons Peter Teleborian aussi. Il a contribué à notre enquête en nous fournissant un profil de Lisbeth Salander.

— Exactement, dit Bublanski d'une voix encore plus sombre. Et qu'a-t-il dit ?

— Il était très inquiet pour sa sécurité et il voulait son bien. Mais une fois terminé son baratin, il a dit qu'elle était très dangereuse et susceptible de résister. Nous avons basé une grande partie de notre raisonnement sur ce qu'il a dit.

— Et il a aussi pas mal affolé Hans Faste, dit Holmberg. On a de ses nouvelles à celui-là, d'ailleurs ?

— Il est en congé, répondit Bublanski sèchement. La question est maintenant de savoir quoi faire.

Ils passèrent les deux heures suivantes à discuter différentes possibilités. La seule décision pratique qui fut prise était que Sonja Modig retournerait à Göteborg le lendemain pour entendre si Lisbeth Salander avait quelque chose à dire. Lorsque enfin ils mirent un terme à la réunion, Sonja Modig et Curt Bolinder descendirent ensemble dans le garage.

— J'ai pensé à un truc… Curt Bolinder s'arrêta.

— Oui ? demanda Modig.

— Simplement, quand on parlait avec Teleborian, tu étais la seule dans le groupe à poser des questions et à t'opposer.

— Oui.

— Oui… donc. Bon instinct, dit-il.

Curt Bolinder n'avait pas la réputation de distribuer des fleurs et c'était définitivement la première fois qu'il disait quelque chose de positif ou d'encourageant à Sonja Modig. Il l'abandonna avec sa surprise devant sa voiture.

5

DIMANCHE 10 AVRIL

MIKAEL BLOMKVIST AVAIT PASSÉ LA NUIT du samedi au dimanche
au lit avec Erika Berger. Ils n'avaient pas fait l'amour, mais
avaient simplement parlé. Une très grande partie de leur
conversation avait été consacrée aux détails de l'histoire
Zalachenko. La confiance entre eux était telle que Mikael
n'accordait aucune importance au fait qu'Erika commence à
travailler pour un journal concurrent. Et Erika n'avait pas la
moindre intention de lui piquer l'histoire. C'était le scoop de
Millénium et, si elle ressentait quelque chose, c'était plutôt
une certaine frustration de ne pas participer à ce numéro.
Elle aurait aimé terminer avec lui les années à *Millénium*.

Ils parlèrent également du futur et de ce que la nouvelle
situation impliquerait. Erika était fermement décidée à
conserver ses parts dans *Millénium* et à rester dans le CA. En
revanche, ils comprenaient tous deux qu'elle ne pouvait évidemment pas avoir de regard sur le travail rédactionnel courant.

— Donne-moi quelques années à SMP... et qui sait ? Je
reviendrai peut-être à *Millénium* vers l'âge de la retraite.

Et ils discutèrent leur propre relation compliquée. Ils
n'avaient aucune envie de changer leurs habitudes mais il
semblait évident qu'ils ne pourraient pas se voir aussi souvent qu'avant. Ce serait comme dans les années 1980, avant
le début de *Millénium*, quand ils travaillaient encore dans
des endroits différents.

— La seule solution, ce sera de prendre rendez-vous,
constata Erika avec un petit sourire.

LE DIMANCHE MATIN, ils se séparèrent en hâte avant qu'Erika rentre chez son mari Lars Beckman.

— Je ne sais pas quoi dire, dit Erika. Mais je reconnais tous les signes indiquant que tu es complètement absorbé par un sujet et que tout le reste passe au second plan. Est-ce que tu sais que tu te comportes comme un psychopathe quand tu travailles ?

Mikael sourit et lui fit une bise.

Après le départ d'Erika, il consacra la matinée à appeler l'hôpital Sahlgrenska pour essayer d'avoir des renseignements sur l'état de Lisbeth Salander. Personne ne voulant lui en donner, il finit par appeler l'inspecteur Marcus Ackerman qui eut pitié de lui et expliqua que l'état de Lisbeth était satisfaisant vu les circonstances et que les médecins étaient relativement optimistes. Il demanda s'il pouvait lui rendre visite. Ackerman répondit que Lisbeth Salander était en état d'arrestation sur décision du procureur de la nation et qu'elle n'était pas autorisée à avoir des visites, mais que, pour le moment, la question restait théorique. Son état était tel qu'on n'avait même pas pu l'interroger. Mikael réussit à obtenir la promesse d'Ackerman qu'il le contacte si l'état de Lisbeth empirait.

Mikael vérifia les appels qu'il avait reçus sur son portable et constata qu'il avait quarante-deux appels et SMS de différents journalistes qui cherchaient désespérément à le joindre. L'information disant que c'était lui qui avait trouvé Lisbeth Salander et alerté les Services de secours, et le fait qu'il soit ainsi intimement lié au déroulement des événements avaient fait l'objet de spéculations très poussées dans les médias au cours des dernières vingt-quatre heures.

Mikael effaça tous les messages des journalistes. Puis il appela sa sœur Annika Giannini et prit rendez-vous pour un déjeuner le jour même.

Ensuite il appela Dragan Armanskij, PDG de l'entreprise de sécurité Milton Security. Il le joignit sur son portable à son domicile à Lidingö.

— Toi, mon vieux, tu as le don de créer de gros titres, dit Armanskij sèchement.

— Excuse-moi de ne pas t'avoir appelé dans la semaine. J'ai eu le message que tu cherchais à me joindre, mais je n'ai pas eu le temps…

— On a mené notre propre enquête à Milton. Et Holger Palmgren m'a fait comprendre que tu détenais des infos. Mais on dirait que tu as des centaines de kilomètres d'avance sur nous.

Mikael hésita un instant, ne sachant pas très bien comment formuler la chose.

— Je peux te faire confiance ? demanda-t-il.

La question sembla étonner Armanskij.

— De quel point de vue ?

— Es-tu du côté de Salander ou pas ? Puis-je être sûr que tu veux son bien ?

— Elle est mon amie. Comme tu le sais, cela ne veut pas nécessairement dire que je suis son ami.

— Je sais. Mais ce que je te demande, c'est si tu es prêt à te mettre dans son coin du ring et à faire un match contre les brutes qui lui en veulent. Et il va y avoir beaucoup de reprises dans ce combat.

Armanskij réfléchit.

— Je suis de son côté, répondit-il.

— Puis-je te donner des informations et discuter des choses avec toi sans avoir à craindre des fuites vers la police ou vers quelqu'un d'autre ?

— Il est hors de question que je sois mêlé à quelque chose de criminel, dit Armanskij.

— Ce n'était pas ça, ma question.

— Tu peux avoir une confiance totale en moi tant que tu ne me révèles pas que tu mènes une activité criminelle ou des choses comme ça.

— Ça me va. Il faut qu'on se voie.

— Je descends en ville ce soir. On dîne ensemble ?

— Non, ça ne colle pas pour moi. Par contre, j'aimerais qu'on se voie demain soir. Toi et moi, et peut-être quelques autres personnes, on a besoin de discuter tranquillement.

— Ça peut se faire chez moi, à Milton. On dit 18 heures ?

— C'est bon. Autre chose… je vais voir ma sœur, Annika Giannini, dans deux heures. Elle envisage d'accepter de représenter Lisbeth, mais elle ne peut évidemment pas travailler gratuitement. Je peux payer une partie de ses honoraires de ma poche. Est-ce que Milton Security peut contribuer ?

— Lisbeth aura besoin d'un avocat extrêmement compétent. Je crois que ta sœur n'est pas un choix approprié, sauf ton respect. J'ai déjà parlé avec le premier juriste de chez Milton et il va chercher l'avocat qu'il nous faut. Je pense notamment à Peter Althin ou quelqu'un comme ça.

— Erreur. Lisbeth a besoin d'une tout autre sorte d'avocat. Tu comprendras ce que je veux dire quand on aura discuté. Mais est-ce que tu peux injecter de l'argent pour sa défense si nécessaire ?

— J'avais déjà en tête que Milton engagerait un avocat pour elle...

— Est-ce que ça signifie oui ou non ? Je sais ce qui est arrivé à Lisbeth. Je sais à peu près qui est derrière ça. Je sais pourquoi. J'ai un plan d'attaque.

Armanskij rit.

— D'accord. Je vais écouter ta proposition. Si elle ne me plaît pas, je me retirerai.

— EST-CE QUE TU AS RÉFLÉCHI à ma proposition de représenter Lisbeth Salander ? demanda Mikael dès qu'il eut fait la bise à sa sœur et que leur café et leurs sandwiches furent servis.

— Oui. Et je suis obligée de dire non. Tu sais que je ne fais pas de pénal. Même si elle est innocentée des meurtres pour lesquels on l'a pourchassée, il y aura une longue liste de points d'accusation. Elle aura besoin de quelqu'un d'un autre gabarit que moi et avec une expérience que je n'ai pas.

— Tu te trompes. Tu es avocate et ta compétence est plus que reconnue dans les questions de droits de la femme. Je dis que tu es exactement l'avocate qu'il lui faut.

— Mikael... je crois que tu ne piges pas tout à fait ce que cela signifie. Il s'agit d'une affaire criminelle complexe et pas d'un simple cas de maltraitance d'une femme ou de harcèlement sexuel. Si j'accepte de la défendre, on risque de courir droit à la catastrophe.

Mikael sourit.

— J'ai l'impression que tu n'as pas compris où je veux en venir. Si Lisbeth avait été poursuivie pour les meurtres de Dag et Mia, j'aurais engagé un avocat du type Silbersky ou un autre poids lourds des affaires criminelles. Mais ce procès traitera de tout autre chose. Et tu es l'avocate la plus parfaite que je peux imaginer pour ça.

Annika Giannini soupira.

— Alors, tu ferais bien de m'expliquer.

Ils parlèrent pendant près de deux heures. Quand Mikael eut fini d'expliquer, Annika Giannini était convaincue. Et Mikael prit son téléphone portable et rappela Marcus Ackerman à Göteborg.

— Salut. C'est encore Blomkvist.

— Je n'ai pas de nouvelles concernant Salander, dit Ackerman, irrité.

— Pas de nouvelles, bonnes nouvelles, c'est ce qu'il faut se dire dans l'état actuel des choses. Moi, en revanche, j'ai des nouvelles la concernant.

— Ah bon ?

— Oui. Elle a une avocate qui s'appelle Annika Giannini. Elle est là en face de moi et je te la passe.

Mikael tendit le portable à sa sœur.

— Bonjour. Je suis Annika Giannini et on m'a demandé de représenter Lisbeth Salander. Il me faut donc entrer en relation avec ma cliente pour qu'elle puisse m'agréer comme son défenseur. Et j'ai besoin du numéro de téléphone du procureur.

— Je vois, dit Ackerman. J'avais cru comprendre qu'un avocat avait été commis d'office.

— Hm hm. Est-ce que quelqu'un a demandé son avis à Lisbeth Salander ?

Ackerman hésita.

— Pour tout dire, on n'a pas encore eu la possibilité de communiquer avec elle. On espère pouvoir lui parler demain si son état le permet.

— Tant mieux. Alors je dis ici et maintenant que jusqu'à ce que Mlle Salander me contredise, vous pouvez me considérer comme son avocate. Vous ne pouvez pas mener d'interrogatoire avec elle sans ma présence. Vous pouvez seulement aller la voir et lui poser la question de savoir si elle m'accepte comme avocate ou pas. Vous comprenez ?

— Oui, dit Ackerman avec un soupir. Il ne savait pas très bien où il en était au niveau juridique. Il réfléchit un moment puis reprit : On aimerait avant tout demander à Salander si elle a la moindre idée de l'endroit où se trouve Ronald Niedermann, le meurtrier du policier. Est-ce que ça vous va si je lui demande ça, même si vous n'êtes pas présente ?

Annika Giannini hésita.

— D'accord... posez-lui la question si ça peut aider la police à localiser Niedermann. Mais ne lui dites rien en rapport avec d'éventuelles poursuites ou accusations contre elle. Sommes-nous d'accord ?

— Il me semble, oui.

MARCUS ACKERMAN QUITTA tout de suite son bureau et monta l'escalier pour aller frapper à la porte d'Agneta Jervas qui dirigeait l'enquête préliminaire. Il rendit compte de l'entretien qu'il venait d'avoir avec Annika Giannini.

— Je ne savais pas que Salander avait un avocat.

— Moi non plus. Mais Giannini a été engagée par Mikael Blomkvist. Il n'est pas sûr que Salander soit au courant.

— Mais Giannini ne fait pas le pénal. Elle s'occupe de questions de droits de la femme. J'ai écouté une conférence d'elle une fois, elle est pointue mais elle ne convient absolument pas dans cette affaire.

— Ça, c'est à Salander de le déterminer.

— Dans ce cas, il se peut que je sois obligée de contester ce choix devant le tribunal. Il est important pour Salander qu'elle ait un véritable défenseur et pas une star qui fait la une des journaux. Hmmm. De plus, Salander est déclarée majeure incapable. Je ne sais pas très bien ce qui s'applique.

— Qu'est-ce qu'on fait ?

Agneta Jervas réfléchit un instant.

— Quelle salade ! Je ne suis pas sûre de qui va s'occuper de cette affaire en fin de compte, elle sera peut-être transférée à Ekström à Stockholm. Mais il faut qu'elle ait un avocat. OK... demande-lui si elle veut de Giannini.

EN RENTRANT CHEZ LUI vers 17 heures, Mikael ouvrit son iBook et reprit le fil du texte qu'il avait commencé à formuler à l'hôtel. Il travailla pendant sept heures d'affilée jusqu'à ce qu'il ait identifié les plus gros trous de l'histoire. Il lui restait encore pas mal de recherches à faire. Une des questions auxquelles les documents existants ne permettaient pas de répondre était de savoir exactement quels éléments de la Säpo, à part Gunnar Björck, s'étaient ligués pour faire enfermer

Lisbeth Salander chez les fous. Il n'avait pas non plus démêlé la question de la nature des relations entre Björck et le psychiatre Peter Teleborian.

Vers minuit, il éteignit l'ordinateur et alla se coucher. Pour la première fois en plusieurs semaines, il sentit qu'il pouvait se détendre et dormir tranquillement. Il tenait son histoire. Quel que soit le nombre de points d'interrogation qui restaient, il avait déjà suffisamment de matériel pour déclencher une avalanche de gros titres.

Il ressentit l'envie subite d'appeler Erika Berger pour la mettre à jour de la situation. Puis il se rappela qu'elle n'était plus à *Millénium*. A partir de là, dormir devint difficile.

A LA GARE CENTRALE DE STOCKHOLM, l'homme au porte-documents brun descendit lentement du train de 19 h 30 en provenance de Göteborg et resta immobile un instant dans la foule pour prendre ses repères. Il avait démarré son voyage à Laholm peu après 20 heures en gagnant Göteborg, où il avait fait halte pour déjeuner avec une vieille connaissance avant de reprendre son trajet vers Stockholm. Cela faisait deux ans qu'il n'était pas venu à Stockholm, et il n'avait en réalité pas projeté d'y retourner un jour. Bien qu'il y ait habité la majeure partie de sa vie professionnelle, il se sentait toujours comme un oiseau étranger dans la capitale, un sentiment qui ne cessait d'augmenter à chaque visite depuis qu'il avait pris sa retraite.

Il traversa lentement le hall de la gare, acheta les journaux du soir et deux bananes au Point-Presse, et contempla pensivement deux musulmanes en foulard qui le dépassaient à toute vitesse. Il n'avait rien contre les femmes en foulard. Si les gens voulaient se déguiser, ce n'était pas son problème. Par contre, cela le dérangeait qu'ils dussent à tout prix le faire en plein Stockholm.

Il fit à pied les trois cents mètres jusqu'à l'hôtel Frey à côté de l'ancienne poste principale dans Vasagatan. Il descendait toujours là lors de ses désormais rares visites à Stockholm. C'était central et propre. De plus, c'était bon marché, une nécessité puisqu'il payait lui-même son voyage. Il avait réservé sa chambre la veille et se présenta sous le nom d'Evert Gullberg.

Dès qu'il fut monté dans sa chambre, il se rendit aux toilettes. Il avait maintenant atteint l'âge où il était obligé d'aller se soulager à tout bout de champ. Cela faisait plusieurs années qu'il n'avait pas dormi une nuit entière sans se réveiller pour aller uriner.

Ensuite il enleva son chapeau, un feutre anglais vert sombre aux bords minces, et il défit le nœud de sa cravate. Il mesurait un mètre quatre-vingt-quatre et pesait soixante-huit kilos, il était donc de constitution maigre, voire chétive. Il portait une veste pied-de-poule et un pantalon gris sombre. Il ouvrit le porte-documents brun et en sortit deux chemises, une cravate de rechange et des sous-vêtements, qu'il rangea dans la commode. Puis il suspendit son manteau et sa veste aux cintres dans la penderie derrière la porte.

Il était trop tôt pour se coucher. Il était trop tard pour qu'il ait le courage d'aller faire une promenade du soir, occupation que de toute façon il ne trouverait pas à son goût. Il s'assit sur l'inévitable chaise d'hôtel et regarda autour de lui. Il alluma la télé mais baissa le son pour être débarrassé de tout bruit. Il envisagea d'appeler la réception pour commander un café, mais se dit que la soirée était trop avancée. Au lieu de cela, il ouvrit le minibar et se versa une mignonnette de Johnny Walker avec quelques gouttes d'eau. Il ouvrit les journaux du soir et lut attentivement tout ce qui avait été écrit dans la journée sur la chasse à Ronald Niedermann et le cas Lisbeth Salander. Au bout d'un moment, il sortit un carnet relié en cuir et prit quelques notes.

L'ANCIEN CHEF DE CABINET à la Säpo, Evert Gullberg, avait soixante-dix-huit ans et était officiellement à la retraite depuis quatorze ans. Mais il en va ainsi des vieux espions qu'ils ne meurent jamais, ils se glissent simplement parmi les ombres.

Peu après la fin de la guerre, lorsque Gullberg avait dix-neuf ans, il avait voulu faire carrière dans la marine. Il avait effectué son service militaire comme aspirant officier de marine et avait ensuite été accepté pour la formation d'officier. Mais au lieu d'une affectation traditionnelle en mer, à laquelle il s'était attendu, il avait été affecté au service de renseignements de la marine. Il comprenait sans mal la nécessité de surveiller les transmissions ennemies, avec l'espoir de découvrir ce qui se tramait de l'autre côté de la mer Baltique, mais il vivait ce travail comme ennuyeux et sans intérêt. A l'école d'interprétariat de l'armée, il eut cependant l'occasion d'apprendre le russe et le polonais. Ses connaissances en langues furent une des raisons de son recrutement en 1950 par la police de sûreté. C'était à l'époque où Georg Thulin, un homme d'une correction irréprochable, dirigeait la 3e brigade de la police d'Etat. Quand il prit son service, le budget global de la police secrète s'élevait à 2,7 millions de couronnes et le personnel dans sa totalité comptait très exactement quatre-vingt-seize personnes.

Quand Evert Gullberg prit formellement sa retraite, le budget de la Säpo dépassait les 350 millions de couronnes et il n'aurait su dire combien d'employés exactement comptait la Firme.

Gullberg avait passé sa vie au service secret de la nation, à moins que ce ne soit au service du bon peuple social-démocrate. Ironie du sort, puisque à chaque élection il avait fidèlement opté pour les modérés, à part en 1991, quand il avait sciemment voté contre eux, puisqu'il considérait Carl Bildt comme une catastrophe de la realpolitik. Cette année-là, il s'était résigné à apporter son suffrage à Ingvar Carlsson. Les années avec le meilleur gouvernement que la Suède ait jamais eu, sous la direction des modérés pendant quatre ans, avaient également confirmé ses pires craintes. Le gouvernement modéré avait été formé à l'époque de l'effondrement de l'Union soviétique, et à son avis il n'y avait guère de régime aussi mal armé pour affronter les nouvelles possibilités politiques dans l'art de l'espionnage apparues dans l'Est et en tirer profit. Le gouvernement de Bildt avait au contraire invoqué des raisons économiques pour réduire le bureau soviétique et à la place miser sur des inepties internationales en Bosnie et en Serbie – comme si la Serbie devait un jour devenir une menace pour la Suède ! Le résultat avait été l'impossibilité d'implanter à Moscou des informateurs à long terme, et le jour où le climat se durcirait de nouveau – ce qui était inévitable, de l'avis de Gullberg –, on allait encore avoir des exigences politiques extravagantes vis-à-vis de la Säpo et du service de renseignements militaires, comme s'ils pouvaient faire surgir des agents par magie.

GULLBERG AVAIT COMMENCÉ SA CARRIÈRE au bureau russe de la 3e brigade de la police d'Etat et, après deux ans passés derrière un bureau, il avait pu faire ses premiers pas hésitants sur le terrain en tant qu'attaché militaire avec le grade de capitaine, à l'ambassade de Suède à Moscou, de 1952 à 1953. Fait étrange, il allait sur les mêmes pas qu'un autre espion célèbre. Quelques années auparavant, son poste avait été occupé par un officier pas tout à fait inconnu, le colonel Stig Wennerström.

De retour en Suède, Gullberg avait travaillé pour le contre-espionnage et, dix ans plus tard, il était l'un des plus jeunes agents de la Säpo qui en 1963, dans l'équipe menée par le directeur des interventions Otto Danielsson, avait arrêté Wennerström et l'avait conduit à une peine d'enfermement à vie à la prison de Långholmen.

Lorsque la police secrète fut restructurée sous Per Gunnar Vinge en 1964, pour devenir le département de sûreté de la direction générale de la Police nationale, la DGPN/Säpo, on avait commencé à augmenter le nombre d'employés. A ce moment-là, Gullberg travaillait à la Säpo depuis quatorze ans et il était devenu l'un des vétérans de confiance.

Gullberg évitait d'employer le terme abrégé de Säpo, auquel il préférait police de sûreté. Avec des collègues, il lui arrivait de parler de l'Entreprise ou de la Firme ou plus simplement du Département – mais jamais de Säpo. La raison en était simple. La mission la plus importante de la Firme pendant de nombreuses années avait été le contrôle du personnel, c'est-à-dire des enquêtes et le fichage de citoyens suédois qu'on pouvait soupçonner d'avoir des opinions communistes et traîtres à la patrie. A la Firme, on utilisait les notions de communiste et traître à la patrie comme des synonymes. Le mot "Säpo", qui avait finalement été adopté par tous, avait à l'origine été créé par *Clarté*, un journal communiste traître à la patrie, comme une sorte de terme péjoratif s'appliquant aux chasseurs de communistes de la police. Et Gullberg avait le plus grand mal à comprendre pourquoi son ancien chef, P. G. Vinge, avait choisi pour titre de ses Mémoires *J'ai été chef de la Säpo de 1962 à 1970*.

La restructuration de 1964 allait décider de la carrière future de Gullberg.

La transformation de la police secrète en DGPN/Säpo signifiait qu'elle devint ce que les notes du ministère de la Justice qualifiaient d'organisation policière moderne. Cela impliquait de nouveaux recrutements, d'où des problèmes d'adaptation infinis, ce qui dans une organisation en expansion eut pour conséquence que les possibilités de l'Ennemi furent franchement améliorées pour ce qui concerne la mise en place d'agents au sein du Département. Ceci à son tour entraîna que le contrôle de sécurité interne dut être renforcé – la police secrète ne pouvait plus être un club distinct composé d'anciens officiers, où tout le monde connaissait tout le monde et où le mérite le plus courant d'une nouvelle recrue était d'avoir un père officier.

En 1963, Gullberg avait été transféré du contre-espionnage au contrôle du personnel, renforcé dans le sillage du démasquage de Stig Wennerström. C'est à cette période que furent posées les fondations du registre d'opinions qui, vers la fin des années 1960, fichait plus de trois cent mille citoyens suédois nourrissant des opinions politiques peu convenables. Mais le contrôle des citoyens suédois en général était une chose – ici, il s'agissait de savoir comment concevoir le contrôle de sécurité au sein de la DGPN/Säpo.

Wennerström avait déclenché une avalanche d'embarras à la police secrète de l'Etat. Si un colonel de l'état-major de la Défense avait pu travailler pour les Russes – alors qu'en plus il était conseiller du gouvernement dans des affaires touchant aux armes nucléaires et à la politique de sûreté –, pouvait-on alors affirmer que les Russes n'avaient pas un agent placé de façon aussi centrale au sein de la police secrète ? Qui devait garantir que les directeurs et autres responsables de la Firme ne travaillaient pas en fait pour les Russes ? Bref, qui devait espionner les espions ?

En août 1964, Gullberg fut convoqué à une réunion dans l'après-midi chez le directeur adjoint de la Säpo, le chef de cabinet Hans Wilhelm Francke. A part lui, deux autres personnes des hautes sphères de la Firme participaient à cette réunion, le secrétaire général et le responsable du budget. Avant la fin de la journée, la vie de Gullberg avait pris un autre sens. Il avait été choisi. Il s'était vu attribuer la charge d'une brigade nouvellement instaurée passant sous le nom provisoire de Section spéciale, en abrégé SS. La première mesure de Gullberg fut de la rebaptiser Section d'analyse. Cela fit l'affaire pendant quelques minutes jusqu'à ce que le responsable du budget fasse remarquer que SA n'était pas franchement mieux que SS. Le nom définitif de l'organisation fut la Section d'analyse spéciale, la SAS, et dans la vie de tous les jours la Section, contrairement au Département ou à la Firme, qui s'appliquaient à la Säpo dans son ensemble.

CETTE SECTION ÉTAIT L'IDÉE de Francke. Il l'appelait la dernière ligne de défense. Un groupe ultrasecret dans des endroits stratégiques au sein de la Firme, mais demeurant invisible et qui n'apparaissait pas dans les notes internes ni dans les provisions budgétaires et qui, de ce fait, ne pouvait pas être infiltré. Sa mission : veiller sur la sûreté de la nation. Francke avait le pouvoir de rendre cela possible. Il avait besoin du responsable du budget et du secrétaire général pour créer cette structure occulte, mais ils étaient tous des soldats de la vieille école et amis depuis des dizaines d'escarmouches avec l'Ennemi.

La première année, l'organisation ne comprenait que Gullberg et trois collaborateurs triés sur le volet. Au cours des dix années suivantes, la Section augmenta jusqu'à comprendre onze personnes, dont deux étaient des secrétaires administratifs de la vieille école et le reste des chasseurs d'espions professionnels. Hiérarchie simplifiée au maximum, Gullberg était le chef, tous les autres étaient des collaborateurs qui rencontraient leur chef pratiquement tous les jours. L'efficacité était plus prisée que le prestige et la bureaucratie.

Formellement, Gullberg était le subordonné d'une longue liste de gens dans la hiérarchie sous le secrétaire général de la Säpo, à qui il devait fournir des rapports mensuels, mais en pratique Gullberg se retrouvait dans une position unique et détenteur de pouvoirs extraordinaires. Lui, et lui seul, pouvait décider d'étudier à la loupe les plus hautes instances de la Säpo. Il pouvait, si tel était son plaisir, retourner comme un gant la vie de Per Gunnar Vinge en personne. (Ce qu'il fit effectivement.) Il pouvait démarrer ses propres enquêtes ou mettre en place des écoutes téléphoniques sans avoir à expliquer son but ni même en référer en haut lieu. Son modèle était le légendaire espion américain James

Jesus Angleton, qui occupait une position similaire à la CIA, dont en outre il avait fait la connaissance personnellement.

Concrètement, la Section devint une micro-organisation au sein du Département, à l'extérieur, au-dessus et à côté de tout le reste de la police de sûreté. Ceci eut aussi des conséquences géographiques. La Section avait des bureaux sur Kungsholmen mais, pour des raisons de sécurité, toute la Section fut déplacée hors les murs, dans un appartement privé de onze pièces à Östermalm. L'appartement fut discrètement transformé en bureaux fortifiés, jamais laissés sans équipage puisque la fidèle secrétaire Eleanor Badenbrink fut logée à titre permanent dans deux pièces tout près de l'entrée. Badenbrink était une ressource inestimable en qui Gullberg avait entièrement confiance.

Dans l'organisation de leur unité, Gullberg et ses collaborateurs échappèrent à toute notoriété – ils étaient financés par un "fonds spécial" mais ils n'existaient nulle part dans la bureaucratie formelle de la police de sûreté qui relevait de la direction générale de la Police nationale ou du ministère de la Justice. Le directeur de la DGPN/Säpo lui-même ignorait l'existence de ces hommes les plus secrets parmi les secrets, qui avaient pour mission de gérer les affaires les plus secrètes parmi les secrètes.

Vers l'âge de quarante ans, Gullberg se trouvait par conséquent dans une situation où il n'avait de comptes à rendre à personne et où il pouvait engager des enquêtes sur exactement tout ce qu'il voulait.

Dès le début, Gullberg avait compris que la Section d'analyse spéciale risquerait de devenir un groupe politiquement sensible. Sa mission était pour le moins très floue et les instructions écrites extrêmement maigres. En septembre 1964, le Premier ministre Tage Erlander signait une directive stipulant que des crédits seraient alloués à la Section d'analyse spéciale, dont la mission était de gérer des enquêtes particulièrement sensibles et importantes pour la sûreté de la nation. C'est une des douze affaires de ce genre que le directeur adjoint de la DGPN/Säpo, Hans Wilhelm Francke, exposa au cours d'une réunion de l'après-midi. L'affaire fut immédiatement classée secrète et archivée dans le registre spécial et également secret de la DGPN/Säpo.

La signature du Premier ministre impliquait cependant que la Section fût une institution juridiquement agréée. Le premier budget annuel de la Section s'élevait à 52 000 couronnes. Un tout petit budget, ce que Gullberg lui-même estimait être un trait de génie. Cela laissait entendre que la création de la Section n'était qu'une affaire parmi d'autres.

Dans un sens plus large, la signature du Premier ministre signifiait qu'il avait reconnu le besoin d'un groupe qui pouvait se charger du "contrôle interne du personnel". Certains pouvaient également déduire de cette même signature que le Premier ministre avait donné son aval à la création d'un groupe qui pouvait se charger également du contrôle de "personnes particulièrement sensibles" à l'extérieur de la Säpo, par exemple du Premier ministre lui-même. C'était cette dernière éventualité qui créait des problèmes politiques potentiellement sérieux.

EVERT GULLBERG CONSTATA que son Johnny Walker était fini dans le verre. Il n'était pas particulièrement porté sur l'alcool, mais la journée avait été longue, le voyage aussi et il estimait se trouver à un stade de la vie où peu importait s'il décidait de boire un ou deux whiskys. Il n'avait pas à hésiter à remplir le verre s'il en avait envie. Il se versa une mignonnette de Glenfiddich.

Le dossier le plus sensible de tous était bien entendu Olof Palme.

Gullberg se souvenait en détail de cette journée électorale de 1976. Pour la première fois de l'histoire moderne, la Suède avait un gouvernement de droite. Malheureusement, ce fut Thorbjörn Fälldin qui devint Premier ministre, et non pas Gösta Bohman, un homme de la vieille école infiniment plus approprié. Mais avant tout, Palme était battu et Evert Gullberg pouvait respirer.

La pertinence d'avoir Palme comme Premier ministre avait fait l'objet de plus d'une conversation dans les couloirs les plus secrets de la DGPN/Säpo. En 1969, Per Gunnar Vinge avait été viré après avoir formulé son opinion, partagée par de nombreuses personnes au Département – en l'occurrence que Palme était peut-être un agent de renseignements opérant pour le KGB russe. La conviction de Vinge ne fit l'objet d'aucune controverse dans le climat qui régnait à la Firme. Malheureusement, il avait ouvertement discuté la chose avec le gouverneur de province Ragnar Lassinantti lors d'une visite dans le Norrbotten. Lassinantti avait haussé les sourcils par deux fois puis il avait informé le cabinet ministériel, avec pour résultat que Vinge fut convoqué à un entretien particulier.

A la grande indignation d'Evert Gullberg, la question des éventuels contacts russes de Palme ne reçut jamais de réponse. Malgré de constantes tentatives pour établir la vérité et trouver les preuves déterminantes – *le revolver qui fume encore* –, la Section n'avait jamais trouvé la moindre preuve que tel était le cas. Aux yeux de Gullberg, cela n'indiquait nullement que Palme était éventuellement innocent, mais au contraire qu'il était peut-être un espion particulièrement malin et intelligent, peu disposé à commettre les erreurs que d'autres espions russes avaient commises. Palme continuait à les bafouer d'année en année. En 1982, l'affaire Palme avait été réactualisée lorsqu'il était redevenu Premier ministre. Puis les coups de feu avaient claqué dans Sveavägen et la question était devenue théorique pour toujours.

1976 AVAIT ÉTÉ UNE ANNÉE PROBLÉMATIQUE pour la Section. Au sein de la DGPN/Säpo – parmi les rares personnes qui connaissaient l'existence de la Section –, une certaine critique avait vu le jour. Au cours des dix années passées, en tout soixante-cinq fonctionnaires de la Säpo avaient été licenciés de l'organisation à cause d'un manque de fiabilité politique supposé. Dans la plupart des cas, les documents étaient cependant d'une telle nature qu'on ne pouvait rien prouver, et, conséquemment, certains chefs haut placés avaient commencé à se dire que les gens de la Section étaient des paranoïaques qui voyaient des conspirations partout.

Gullberg bouillonnait encore quand il se souvenait d'une des affaires que la Section avait traitées. Il s'agissait d'une personne qui avait été recrutée par la DGPN/Säpo en 1968 et que Gullberg avait personnellement estimée particulièrement peu convenable. Son nom était Stig Bergling, inspecteur criminel et lieutenant dans l'armée suédoise, qui plus tard allait se révéler être un colonel du GRO, le service de renseignements militaires russe. A quatre reprises au cours des années suivantes, Gullberg s'efforça de faire virer Bergling mais chaque fois ses tentatives furent ignorées. Ce n'est qu'en 1977 que le vent tourna, lorsque Bergling fut l'objet de soupçons même à l'extérieur de la Section. C'était trop tard. Bergling fut le plus grand scandale de l'histoire de la police de sûreté suédoise.

La critique envers la Section s'était accrue durant la première moitié des années 1970 et, vers le milieu de la décennie, Gullberg avait plusieurs fois entendu dire que le budget serait diminué et même entendu insinuer que toute l'activité ne servait à rien.

Globalement, la critique signifiait que l'avenir de la Section était menacé. Cette année-là, la priorité à la DGPN/Säpo était les menaces terroristes, une triste histoire du point de vue espionnage et qui concernait principalement des jeunes égarés travaillant avec des éléments arabes ou propalestiniens. La grande question au sein de la Säpo était de savoir si le contrôle du personnel devait recevoir des provisions particulières pour examiner des citoyens étrangers domiciliés en Suède, ou bien si cela devait rester une question exclusivement traitée par la brigade des étrangers.

Partant de cette discussion bureaucratique quelque peu obscure, le besoin s'était fait sentir à la Section de s'attacher les services d'un collaborateur de confiance qui serait chargé de renforcer le contrôle des collaborateurs à la brigade des étrangers, oui, de les espionner.

Le choix tomba sur un jeune employé qui travaillait à la DGPN/Säpo depuis 1970 et dont le passé et la crédibilité politique étaient tels qu'on estimait qu'il pourrait avoir sa place parmi les collaborateurs de la Section. Dans sa vie privée, il était membre d'une organisation appelée Alliance démocratique mais que les médias sociaux-démocrates qualifiaient d'extrême droite. A la Section, cela ne constituait pas une tare. Trois autres collaborateurs étaient également membres de cette organisation, et la Section était pour beaucoup dans sa création. Elle contribuait aussi à une petite partie de son financement. C'était par le biais de l'Alliance démocratique que le nouveau collaborateur de la Section avait été remarqué et recruté. Son nom était Gunnar Björck.

POUR EVERT GULLBERG, ce fut une chance invraisemblable que le jour des élections de 1976, lorsque Alexander Zalachenko se réfugia en Suède et entra au commissariat de Norrmalm pour demander l'asile politique, que ce jour-là justement le jeune Gunnar Björck – instructeur d'affaires à la brigade des étrangers, un agent déjà attaché aux plus secrets des secrets – soit celui qui accueillit Zalachenko.

Björck était vif d'esprit. Il comprit immédiatement l'importance de Zalachenko et interrompit l'interrogatoire. Il fourra le déserteur dans une chambre à l'hôtel Continental. Ce fut donc Evert Gullberg et non pas son chef formel à la brigade des étrangers que Gunnar Björck appela pour donner l'alerte. L'appel arriva à une heure où les bureaux de vote avaient fermé et où tous les pronostics indiquaient que Palme allait perdre. Gullberg venait d'arriver chez lui et suivait la soirée électorale à la télé. Tout d'abord il avait douté de l'information que lui fournissait le jeune homme surexcité. Ensuite, il s'était rendu au Continental pour prendre la direction de l'affaire Zalachenko.

CE JOUR-LÀ, LA VIE D'EVERT GULLBERG avait radicalement changé. Le mot "secret" avait pris une toute nouvelle signification et un nouveau poids. Il comprit la nécessité de créer une structure autour du transfuge.

Il choisit d'emblée d'inclure Gunnar Björck dans le groupe Zalachenko. C'était une décision sage et juste puisque Björck connaissait déjà l'existence du transfuge. Il valait mieux l'avoir à l'intérieur que le laisser présenter un risque pour la sécurité à l'extérieur. Cela signifia que Björck fut transféré de son poste officiel à la brigade des étrangers à un bureau dans l'appartement d'Östermalm.

Dans l'agitation qui s'ensuivit, Gullberg avait pris le parti d'informer une seule personne au sein de la DGPN/Säpo, en l'occurrence le secrétaire général qui avait déjà accès à l'activité de la Section. Le secrétaire général avait gardé pour lui l'information pendant plusieurs jours avant d'expliquer à Gullberg que le poisson qui changeait de camp était si gros qu'il fallait informer le directeur de la DGPN/Säpo, et que le gouvernement aussi devait être mis au courant.

Le directeur de la DGPN/Säpo, qui venait de prendre son poste, avait à cette époque connaissance de la SAS, mais il n'avait qu'une vague idée de ses occupations réelles. On l'avait installé à ce poste pour nettoyer après l'affaire IB et il était déjà en route pour un poste important dans la hiérarchie policière. Lors d'entretiens confidentiels, le directeur de la DGPN/Säpo avait appris que la Section était un groupe secret formé par le gouvernement, évoluant en dehors de l'activité véritable de la Säpo et sur lequel il ne fallait poser aucune question. Le directeur étant à cette époque un homme qui se gardait bien de poser des questions susceptibles de générer des réponses désagréables, il s'était contenté de hocher la tête et d'accepter qu'existât quelque chose baptisé SAS et que cela ne le regardât pas.

Gullberg n'était pas spécialement séduit par la pensée d'avoir à parler de Zalachenko au directeur, mais il accepta la réalité. Il souligna l'importance du besoin absolu d'un secret total, ce que son interlocuteur appuya, et il décréta des mesures telles que même le directeur de la DGPN/Säpo ne pourrait discuter le sujet dans son bureau sans prendre des mesures de sécurité spécifiques. Il fut décidé que Zalachenko serait géré par la Section d'analyse spéciale.

Il était exclu d'en informer le Premier ministre sortant. Compte tenu du remue-ménage autour du changement de gouvernement, le nouveau Premier ministre était fort affairé à nommer ses ministres et à négocier avec les autres partis de droite. Ce ne fut qu'un mois après la formation du nouveau gouvernement que le directeur de la DGPN/Säpo, accompagné de Gullberg, se rendit à Rosenbad, au siège du gouvernement, pour informer Fälldin, le nouveau Premier ministre. Jusqu'au bout, Gullberg s'était opposé à ce que le gouvernement soit informé de quoi que ce soit, mais le directeur de la DGPN/Säpo avait tenu bon – constitutionnellement, il était indéfendable de ne pas informer le Premier ministre. Pendant la réunion, Gullberg avait usé de toute son éloquence pour persuader le Premier ministre de l'importance de ne pas répandre la nouvelle de l'existence de Zalachenko au-delà de son bureau – ni le ministre des Affaires étrangères, ni le ministre de la Défense, ni aucun autre membre du gouvernement ne devait en avoir connaissance.

D'apprendre qu'un agent russe de grande envergure avait cherché l'asile politique en Suède avait secoué Fälldin. Le Premier ministre avait commencé à évoquer son devoir, pour des raisons constitutionnelles, de discuter la chose avec au moins les présidents des deux autres partis du gouvernement de coalition. Gullberg s'était attendu à cette objection et il avait joué la carte la plus lourde dont il disposait. Il avait répondu en expliquant à voix basse que si cela devait se produire, il se verrait obligé de donner immédiatement sa démission. La menace avait fait son effet sur Fälldin. Cela impliquait que le Premier ministre porterait personnellement la responsabilité si l'histoire venait à être connue et que les Russes envoyaient un commando de tueurs pour liquider Zalachenko. Et si la personne qui répondait de la sécurité de Zalachenko s'était vue obligée de démissionner, une telle révélation serait une catastrophe politique et médiatique pour le Premier ministre.

Fälldin, encore tout frais et hésitant dans son rôle de chef du gouvernement, s'était incliné. Il donna son aval à une directive qui fut immédiatement consignée dans le registre secret et qui stipulait que la Section répondait de la sécurité et du débriefing de Zalachenko, et que l'information sur l'existence de Zalachenko ne devait pas quitter le bureau du Premier ministre. Fälldin signait par là même une directive démontrant clairement qu'il avait été informé, mais qui signifiait aussi qu'il n'avait pas le droit d'en parler. Bref, il devait oublier Zalachenko.

Fälldin avait cependant insisté pour qu'une autre personne de son cabinet soit informée, un secrétaire d'Etat soigneusement choisi qui fonctionnerait comme contact dans les affaires concernant le transfuge. Gullberg se laissa faire. Il n'aurait aucun problème à manipuler un secrétaire d'Etat.

Le directeur de la DGPN/Säpo était satisfait. L'affaire Zalachenko était à présent couverte d'un point de vue constitutionnel, ce qui signifiait qu'il avait assuré ses arrières. Gullberg aussi était satisfait. Il avait réussi à mettre en place une quarantaine lui permettant de contrôler le flot d'informations. Lui seul contrôlait Zalachenko.

De retour à son bureau à Östermalm, Gullberg s'installa derrière son bureau et dressa une liste manuscrite des personnes qui connaissaient l'existence de Zalachenko. A part lui-même, elle était constituée de Gunnar Björck, de Hans von Rottinger, chef des opérations à la Section, de Fredrik Clinton, directeur adjoint, d'Eleanor Badenbrink, secrétaire de la Section, ainsi que de deux collaborateurs qui avaient pour mission de réunir et d'analyser en continu les renseignements que Zalachenko pouvait leur fournir. En tout sept personnes qui, pendant les années à venir, allaient constituer une section à part au sein de la Section. Mentalement, il la baptisa Groupe intérieur.

A l'extérieur de la Section, le secret était connu par le directeur de la DGPN/Säpo, le directeur adjoint et le secrétaire général. En tout douze personnes. Jamais auparavant un secret de cette importance n'avait été connu uniquement par un cercle aussi exclusif.

Mais ensuite Gullberg se rembrunit. Le secret était connu aussi d'une treizième personne. Björck avait été accompagné par un juriste, Nils Bjurman. Il était exclu de faire de Bjurman un collaborateur de la Section. Bjurman n'était pas un véritable policier de la Säpo – il n'y était guère qu'un stagiaire – et il ne disposait pas de la connaissance et de la compétence exigées. Gullberg soupesa différentes possibilités, puis choisit de sortir Bjurman de l'histoire en douceur. Il le menaça de prison à vie pour haute trahison si Bjurman soufflait ne fût-ce qu'une syllabe au sujet de Zalachenko, il utilisa la corruption sous forme de promesses de missions futures et les flatteries qui augmentèrent le sentiment d'importance chez Bjurman. Il veilla à ce que Bjurman ait un poste dans un cabinet d'avocats renommé, puis qu'il ait une foule de missions qui le tenaient occupé. Le seul problème était que Bjurman soit si médiocre et qu'il ne sache pas utiliser ses propres capacités. Au bout de dix ans, il quitta le cabinet d'avocats et s'installa à son compte, à terme un bureau d'avocat avec un employé à Odenplan.

Au fil des ans, Gullberg maintint Bjurman sous une surveillance discrète mais constante. Ce ne fut qu'à la fin des années 1980 qu'il laissa tomber la surveillance de l'avocat, lorsque, compte tenu de l'effondrement de l'Union soviétique, Zalachenko n'était plus une affaire prioritaire.

POUR LA SAS, Zalachenko avait d'abord représenté la promesse d'une percée dans l'énigme Palme, une affaire qui préoccupait Gullberg en permanence. Palme avait ainsi été un des premiers sujets que Gullberg avait ventilés pendant le long débriefing.

Les espoirs avaient cependant vite été pulvérisés puisque Zalachenko n'avait jamais opéré en Suède et n'avait pas de véritable connaissance du pays. En revanche, Zalachenko avait entendu parler d'un "Coureur Rouge", un politicien haut placé suédois ou peut-être scandinave qui travaillait pour le KGB.

Gullberg dressa une liste de noms qu'il attachait à Palme. Il y avait Carl Lidbom, Pierre Schori, Sten Andersson, Marita Ulvskog et quelques autres personnes. Tout au long de sa vie, Gullberg n'allait cesser de retourner vers cette liste, et il n'aurait jamais de réponse.

Gullberg jouait tout à coup dans la cour des grands. On le salua avec respect dans le club exclusif de guerriers où tout le monde se connaît et où les contacts se nouent par l'intermédiaire d'amis personnels et de confiance – pas par les canaux officiels et les interventions bureaucratiques. Il rencontra James Jesus Angleton en personne et il put boire du whisky dans un club discret à Londres en compagnie du patron du MI-6. Il devint l'un des grands.

LE REVERS DU MÉTIER était qu'il ne pourrait jamais raconter ses succès, même pas dans des Mémoires posthumes. Et la crainte l'accompagnait en permanence que l'Ennemi remarque ses voyages et le mette sous surveillance – qu'involontairement il mène les Russes à Zalachenko.

De ce point de vue, Zalachenko était son pire ennemi personnel.

La première année, Zalachenko avait vécu dans un appartement neutre propriété de la Section. Il n'existait dans aucun registre ou document officiel, et au sein du groupe Zalachenko ils avaient cru avoir tout leur temps avant d'être obligés de planifier son avenir. Ce ne fut qu'au printemps 1978 qu'il reçut un passeport au nom de Karl Axel Bodin ainsi qu'une histoire laborieusement élaborée – un vrai faux passé vérifiable dans les registres suédois.

Mais alors il était déjà trop tard. Zalachenko était allé baiser cette pute de merde d'Agneta Sofia Salander, née Sjölander, et il s'était présenté avec désinvolture sous son véritable nom. Gullberg estimait qu'un truc clochait dans la tête de son protégé. Il soupçonnait le transfuge russe d'avoir envie de se faire démasquer. On aurait dit qu'il avait besoin d'apparaître sous les feux des projecteurs. Comment expliquer autrement qu'il pouvait être aussi bas de plafond ?

Il y avait les putes, il y avait des périodes de consommation exagérée d'alcool et il y avait ces prises de bec et autres bousculades avec des videurs de bars. A trois reprises, Zalachenko fut arrêté par la police suédoise pour état d'ébriété et à deux reprises à la suite d'embrouilles dans des bars. Et chaque fois, la Section devait discrètement intervenir pour le sortir de là et veiller à ce que tous les documents disparaissent et que les inscriptions dans les registres soient modifiées. Gullberg désigna Gunnar Björck comme chaperon. Son boulot consistait à servir de nounou au transfuge quasiment vingt-quatre heures sur vingt-quatre. Pas simple, mais difficile aussi d'agir autrement.

Tout aurait pu bien se passer. Au début des années 1980, Zalachenko s'était calmé et avait commencé à s'adapter. Sauf qu'il ne voulait pas laisser tomber cette pute de Salander – et, pire encore, il était devenu père de deux gamines, Camilla et Lisbeth Salander.

Lisbeth Salander.

Gullberg prononça le nom avec un sentiment de malaise.

Déjà quand les filles avaient neuf-dix ans, Gullberg avait ressenti comme une crampe dans l'estomac quand il était question de Lisbeth Salander. Pas besoin d'être psychiatre pour comprendre qu'elle n'était pas normale. Gunnar Björck lui avait rapporté qu'elle était rebelle, violente et agressive envers Zalachenko et que, de plus, elle ne semblait pas le craindre le moins du monde. Elle s'exprimait rarement, mais elle marquait de mille autres façons son mécontentement de l'état des choses. Elle était un problème en gestation, mais même dans ses plus grands délires imaginatifs, Gullberg n'aurait pu prévoir les proportions gigantesques que ce problème allait prendre. Ce qu'il craignait par-dessus tout était que la situation de la famille Salander mène à une enquête sociale qui se focaliserait sur Zalachenko. Il n'arrêtait pas de le supplier de rompre avec la famille et de disparaître de leur vie. Zalachenko promettait mais ne tenait jamais sa promesse. Il avait d'autres putes. Il avait une foule de putes. Mais au bout de quelques mois, il était toujours de retour auprès d'Agneta Sofia Salander.

Ce connard de Zalachenko. Un espion qui laissait sa bite guider sa vie sentimentale n'était évidemment pas un bon espion. Mais c'était comme si Zalachenko était au-dessus de toutes les règles normales, ou qu'il estimait se trouver au-dessus des règles. Et si au moins il avait pu sauter cette femme sans nécessairement la cogner aussi chaque fois qu'il la voyait, ça aurait pu passer, mais la tournure que prenaient les choses était qu'il la maltraitait systématiquement. On aurait même dit qu'il agissait ainsi par défi à l'égard de ses surveillants du groupe Zalachenko, qu'il la tabassait pour s'amuser et pour les mettre au supplice.

Gullberg ne doutait nullement que Zalachenko fût un fumier pervers, mais il n'avait guère le choix. Les transfuges du GRO ne couraient pas vraiment les rues. De transfuge, il n'en avait qu'un et qui était conscient de l'importance qu'il avait pour Gullberg.

Gullberg soupira. Le groupe Zalachenko avait endossé le rôle de commando de nettoyage. C'était indéniable. Zalachenko savait qu'il pouvait prendre des libertés et que les gars allaient gentiment régler les problèmes derrière lui. Et quand il s'agissait d'Agneta Sofia Salander, il utilisait ces possibilités au-delà de toutes limites.

Les signaux d'alerte n'avaient pas manqué, pourtant. Lisbeth Salander venait d'avoir douze ans quand elle avait poignardé Zalachenko. Blessures superficielles certes mais qui avaient exigé un transport à l'hôpital Sankt Göran, d'où l'obligation pour le groupe Zalachenko d'entreprendre un travail de nettoyage considérable. Cette fois-là, Gullberg avait eu un Entretien Très Sérieux avec Zalachenko. Il lui avait fait comprendre qu'il ne devait en aucun cas reprendre contact avec la famille Salander, et Zalachenko avait promis. Il avait tenu sa promesse pendant plus de six mois avant de retourner chez Agneta Sofia Salander et de la tabasser si sérieusement qu'elle s'était retrouvée dans une maison de santé pour le restant de ses jours.

Gullberg n'aurait cependant jamais pu imaginer que Lisbeth Salander était une psychopathe assoiffée de meurtre qui savait fabriquer un cocktail Molotov. Chaos total, ce jour-là. Ils pouvaient s'attendre à une multiplicité d'enquêtes et toute l'opération Zalachenko – peut-être même toute la Section – ne tenait qu'à un très mince fil. Si Lisbeth Salander parlait, Zalachenko risquait d'être dévoilé. Si Zalachenko était dévoilé, une suite d'opérations en cours en Europe depuis quinze ans risquait de capoter, d'une part, et la Section risquait d'être l'objet d'un examen officiel, d'autre part. Ce qu'il fallait empêcher à tout prix.

Gullberg était inquiet. Un examen officiel ferait paraître l'affaire IB comme une gentille série télévisée. Si l'on ouvrait les archives de la Section, un certain nombre de situations pas entièrement conciliables avec la Constitution allaient être révélées, sans parler de la surveillance de Palme et d'autres sociaux-démocrates connus qui avait duré pendant des années. Cela aurait pour résultat des enquêtes à l'encontre de Gullberg et de plusieurs autres employés au sein de la Section. Pire encore : des journalistes enragés lanceraient sans la moindre hésitation la théorie que la Section était derrière l'assassinat de Palme, ce qui à son tour mènerait à un autre labyrinthe de révélations et d'accusations. Le pire était que la direction de la Säpo avait tellement changé que même son chef suprême ne connaissait pas l'existence de la Section. Tous les contacts avec la DGPN/Säpo s'arrêtaient cette année-là sur le bureau du nouveau secrétaire général, et celui-ci était depuis dix ans un membre de la Section.

UNE ATMOSPHÈRE DE PANIQUE ET D'ANGOISSE avait régné parmi les collaborateurs du groupe Zalachenko. Ce fut Gunnar Björck qui trouva la solution sous la forme d'un psychiatre nommé Peter Teleborian.

Teleborian avait été attaché au département du contre-espionnage de la DGPN/Säpo dans une tout autre affaire, en l'occurrence pour servir de consultant quand le contre-espionnage s'était penché sur la personnalité d'un espion industriel potentiel. A un stade sensible de l'enquête, il avait été question d'essayer de déterminer comment cette personne réagirait si elle était exposée au stress. Teleborian était un jeune psychiatre prometteur qui n'utilisait pas de jargon obscur mais qui donnait des conseils concrets et solides. Ces conseils avaient permis à la Säpo d'éviter un suicide, et l'espion en question avait été converti en agent double, fournisseur de désinformation à ses commanditaires.

A la suite de l'agression de Salander contre Zalachenko, Björck avait attaché Teleborian à la Section en douceur et à titre de consultant. Et on avait plus que jamais besoin de lui.

La solution du problème avait été très simple. On pourrait faire disparaître Karl Axel Bodin quelque part au milieu du processus de rééducation. Agneta Sofia Salander disparaîtrait dans les soins de longue durée, avec d'incurables lésions cérébrales. Toutes les enquêtes de police furent réunies à la DGPN/Säpo et transmises à la Section via le secrétaire général.

Peter Teleborian venait d'obtenir un poste d'adjoint au médecin-chef à la clinique de pédopsychiatrie Sankt Stefan à Uppsala. Tout ce dont on avait besoin, c'était d'une expertise médicolégale que Björck et Teleborian rédigeraient conjointement, suivie d'une décision brève et pas trop contestable d'un tribunal d'instance. Tout était question de présentation. La Constitution n'avait rien à voir avec tout ça. Il en allait après tout de la sécurité nationale. Les gens pouvaient bien comprendre ça.

Et il était manifeste que Lisbeth Salander était une malade mentale. Quelques années d'enfermement dans une institution psychiatrique ne pouvaient que lui faire du bien. Gullberg avait hoché la tête et donné son aval à l'opération.

TOUS LES MORCEAUX DU PUZZLE étaient tombés à leur place et cela s'était passé à une époque où de toute façon le groupe Zalachenko était sur le point d'être dissous. L'Union soviétique avait cessé d'exister et la période de gloire de Zalachenko faisait définitivement partie du passé. Sa date limite de consommation était largement dépassée.

Le groupe Zalachenko avait réussi à obtenir une généreuse indemnité de départ d'un des fonds de la Säpo. Ils lui avaient fourni les meilleurs soins de rééducation qu'on puisse imaginer et six mois plus tard, avec un soupir de soulagement, ils avaient accompagné Karl Axel Bodin à l'aéroport d'Arlanda en lui donnant un billet simple pour l'Espagne. Ils lui avaient fait comprendre que, à partir de cet instant, Zalachenko et la Section prenaient des chemins séparés. Cela avait été une des toutes dernières affaires de Gullberg. Une semaine plus tard, avec l'autorité de l'âge, il prenait sa retraite et laissait sa place au dauphin Fredrik Clinton. Gullberg n'était plus sollicité que comme consultant et conseiller dans des questions sensibles. Il était resté à Stockholm pendant trois années encore et avait travaillé presque quotidiennement à la Section, mais les missions se faisaient de plus en plus rares et il se liquidait lentement lui-même. Il retourna dans sa ville natale de Laholm et exécuta quelques travaux à distance. Les premières années, il se rendait régulièrement à Stockholm, mais ces voyages-là eux-mêmes devinrent de plus en plus épisodiques.

Il avait cessé de penser à Zalachenko. Jusqu'au matin où il se réveilla et trouva la fille de Zalachenko à la une de tous les journaux, soupçonnée d'un triple meurtre.

Gullberg avait suivi les informations avec un sentiment de confusion. Il comprenait très bien que ce n'était pas un hasard si Salander avait eu Bjurman comme tuteur, mais la remontée à la surface de la vieille histoire Zalachenko ne lui apparaissait pas comme un danger imminent. Salander était une malade mentale. Qu'elle ait conçu une orgie meurtrière ne le surprenait pas. En revanche, l'idée ne lui était jamais venue que Zalachenko pouvait avoir un lien avec cette affaire avant qu'il suive les infos du matin et qu'on lui serve les événements à Gosseberga. Ce fut alors qu'il commença à passer des coups de fil et finit par prendre un billet de train pour Stockholm.

La Section se trouvait face à sa pire crise depuis le jour où il avait fondé l'organisation. Tout menaçait d'éclater.

ZALACHENKO SE TRAÎNA AUX TOILETTES et urina. Depuis que l'hôpital Sahlgrenska lui avait fourni des béquilles, il pouvait se déplacer. Il avait consacré le dimanche à de courtes séances d'entraînement. Une douleur infernale lui vrillait toujours la mâchoire et il ne pouvait manger que des aliments liquides, mais il pouvait maintenant se lever et parcourir quelques mètres.

Ayant vécu avec une prothèse pendant bientôt quinze ans, il était habitué aux cannes. Il s'entraîna à se déplacer sans bruit en arpentant la chambre en tous sens. Chaque fois que son pied droit frôlait le sol, une douleur fulgurante lui traversait la jambe.

Il serra les dents. Il pensa à Lisbeth Salander qui – s'il avait bien interprété – se trouvait dans une chambre à proximité immédiate, à gauche, deux portes plus loin.

Vers 2 heures, dix minutes après la dernière visite de l'infirmière de nuit, tout était calme et silencieux. Zalachenko se leva péniblement et tâtonna à la recherche de ses cannes. Il s'approcha de la porte et écouta, mais n'entendit rien. Il ouvrit la porte et sortit dans le couloir. Il se déplaça jusqu'à la sortie au bout du couloir, ouvrit la porte et guetta dans la cage d'escalier. Il y avait des ascenseurs. Il retourna dans le couloir. En passant devant la chambre de Lisbeth Salander, il s'arrêta et se reposa sur les cannes pendant trente secondes.

LES INFIRMIÈRES AVAIENT FERMÉ SA PORTE cette nuit-là. Lisbeth Salander ouvrit les yeux en entendant un léger raclement dans le couloir. Elle n'arrivait pas à identifier le bruit. On aurait dit que quelqu'un traînait doucement quelque chose par terre. A un moment, tout fut silencieux et elle se demanda si ce n'était pas une hallucination. Une minute plus tard, elle entendit le bruit de nouveau. Il s'éloignait. Son malaise augmenta.

Zalachenko était là, dans le couloir.

Elle se sentait entravée dans ce lit. Ça la grattait sous la minerve. Elle avait une furieuse envie de se lever. Elle finit par réussir à s'asseoir. Ce fut à peu près tout ce qu'elle eut la force de faire. Elle se laissa retomber et posa sa tête sur l'oreiller.

Un moment après, elle tâta la minerve et trouva les boutons qui la maintenaient fermée. Elle les défit et laissa tomber la minerve par terre. Brusquement, ce fut plus facile de respirer.

Elle aurait voulu avoir une arme à portée de main ou avoir assez de force pour se lever et se débarrasser de lui une fois pour toutes.

Finalement, elle prit appui sur les coudes et se redressa. Elle alluma la veilleuse et regarda autour d'elle dans la chambre. Elle ne vit rien qui pouvait servir d'arme. Puis son regard tomba sur la table des infirmières à trois mètres de son lit. Elle constata que quelqu'un y avait laissé un crayon.

Elle attendit le passage de l'infirmière, qui semblait avoir lieu une fois toutes les demi-heures cette nuit. Elle supposa que la diminution de la fréquence de surveillance voulait dire que les médecins avaient décidé que son état s'était amélioré puisque, avant, on venait la voir tous les quarts d'heure, voire plus souvent. Pour sa part, elle ne ressentait aucune différence.

Une fois seule, elle rassembla ses forces et s'assit dans le lit, bascula les jambes par-dessus le bord du lit. Collées sur elle, des électrodes enregistraient son pouls et sa respiration, mais les fils allaient dans la même direction que le crayon. Elle se mit tout doucement debout et tangua soudain, totalement déséquilibrée. Pendant une seconde, elle crut qu'elle allait s'évanouir, mais elle s'appuya sur le lit et focalisa son regard sur la table devant elle. Elle fit trois pas chancelants, tendit la main et atteignit le crayon.

Elle recula jusqu'au lit. Elle était totalement épuisée.

Au bout d'un moment, elle eut la force de tirer la couverture sur elle. Elle leva le crayon et vérifia le bout. C'était un crayon ordinaire en bois. Il venait d'être taillé et il était pointu comme une aiguille. Il ferait une arme convenable à planter dans un visage ou dans des yeux.

Elle lâcha le crayon, facilement accessible contre sa hanche, et s'endormit.

6

LUNDI 11 AVRIL

LE LUNDI MATIN, Mikael Blomkvist se leva un peu après 9 heures et appela au téléphone Malou Eriksson qui venait d'arriver à la rédaction de *Millénium*.

— Bonjour, madame la rédac-chef, dit-il.

— Je suis sous le choc du départ d'Erika, et de savoir que vous voulez bien de moi comme rédactrice en chef.

— Ah bon ?

— Elle est partie. Son bureau est vide.

— Alors ce serait une bonne idée de consacrer la journée à t'installer dans son bureau.

— Je ne sais pas comment faire. Je me sens terriblement mal à l'aise.

— Tu as tort. Tout le monde s'accorde pour penser que tu es le meilleur choix dans la situation actuelle. Et tu peux toujours faire appel à Christer ou à moi.

— Merci de ta confiance.

— Bah, dit Mikael. Continue à bosser comme d'habitude. Pendant quelque temps, on prendra les problèmes comme ils viennent.

— OK. Qu'est-ce que tu as sur le cœur ?

Il expliqua qu'il avait l'intention de rester chez lui toute la journée pour écrire. Malou prit soudain conscience qu'il était en train de l'informer de la même façon qu'il avait – probablement – rapporté à Erika Berger sur quoi il travaillait. Il attendait un commentaire de sa part. Ou elle se trompait ?

— Tu as des instructions à nous donner ?

— Niet. Au contraire, si toi tu en as pour moi, tu n'as qu'à m'appeler, je reste ici. Je tiens les rênes du sac de nœuds

Salander comme avant et décide de ce qui s'y passe, mais pour ce qui par ailleurs touche au journal, la balle est dans ton camp. Prends des décisions. Je t'épaulerai.

— Et si je prends la mauvaise décision ?

— Si je sens ou perçois quelque chose, je t'en parlerai. Mais il faudrait que ce soit un truc énorme. Normalement, il n'existe pas de décisions bonnes ou mauvaises à cent pour cent. Tu prendras tes décisions, qui ne seront peut-être pas celles qu'Erika Berger aurait prises. Et si c'était moi qui les prenais, nous aurions une troisième variante. Mais maintenant ce sont les tiennes qui prévalent.

— Bien compris.

— Si tu es un bon chef, tu vas ventiler les questions avec d'autres personnes. Premièrement avec Henry et Christer, ensuite avec moi et, pour finir, on discutera des problèmes vraiment épineux en conférence de rédaction.

— Je ferai de mon mieux.

— Bien.

Il s'assit dans le canapé du séjour avec son iBook sur les genoux et travailla sans faire de pause la moitié du lundi. Quand il eut terminé, il disposait d'un premier jet brut de deux textes de vingt et une pages en tout. Cette partie-là de son sujet était centrée sur les meurtres de son collaborateur Dag Svensson et de sa compagne Mia Bergman – ce sur quoi ils travaillaient, pourquoi ils avaient été tués et qui était le meurtrier. Il estimait grosso modo qu'il serait obligé de produire environ quarante pages de plus pour le numéro thématique de l'été. Et il devait déterminer comment décrire Lisbeth Salander dans son texte, sans porter atteinte à son intégrité. Il savait des choses sur elle qu'elle ne tenait définitivement pas à voir rendues publiques.

CE LUNDI, EVERT GULLBERG prit un petit-déjeuner composé d'une seule tranche de pain et d'une tasse de café noir à la cafétéria Frey. Ensuite, il monta dans un taxi qui l'emmena à Artillerigatan dans Östermalm. A 9 h 15, il sonna à l'interphone, se présenta et fut immédiatement admis. Il monta au cinquième étage où Birger Wadensjöö, cinquante-quatre ans, l'accueillit. L'homme était le nouveau directeur de la Section.

Wadensjöö avait été l'une des plus jeunes recrues à la Section lorsque Gullberg avait pris sa retraite. Il n'était pas sûr de ce qu'il fallait en penser.

Il aurait voulu que l'énergique Fredrik Clinton soit encore là. Clinton avait succédé à Gullberg et était resté directeur de la Section jusqu'en 2002, quand un diabète et des problèmes cardiovasculaires l'avaient plus ou moins forcé à prendre sa retraite. Gullberg n'arrivait pas vraiment à saisir de quel bois était fait Wadensjöö.

— Salut Evert, fit Wadensjöö en serrant la main de son ancien patron. Merci d'avoir pris le temps de passer nous voir.

— Le temps, c'est à peu près tout ce que j'ai, dit Gullberg.

— Tu sais ce que c'est. On est assez nul pour garder le contact avec les fidèles vieux serviteurs.

Evert Gullberg ignora cette remarque. Il prit à gauche et entra dans son ancien bureau pour s'installer à une table de conférence ronde près de la fenêtre. Wadensjöö (Gullberg supposa que c'était lui) avait accroché des reproductions de Chagall et de Mondrian sur les murs. De son temps, Gullberg avait mis des plans de navires historiques tels le *Kronan* ou le *Wasa*. Il avait toujours rêvé de la mer et il était en réalité officier de marine à la base, même s'il n'avait passé que quelques brefs mois en mer durant son service militaire. Il y avait aussi des ordinateurs dans la pièce. Pour le reste, elle était pratiquement identique à celle qu'il avait laissée en partant à la retraite. Wadensjöö servit du café.

— Les autres ne vont pas tarder, dit-il. J'ai pensé qu'on pouvait bavarder un peu d'abord.

— Combien reste-t-il de gens de mon époque à la Section ?

— A part moi, seulement Otto Hallberg et Georg Nyström ici au bureau. Hallberg prend sa retraite cette année et Nyström va avoir soixante ans. A part eux, essentiellement de nouvelles recrues. Je pense que tu en as déjà rencontré certains.

— Combien de gens travaillent pour la Section aujourd'hui ?

— Nous avons un peu réorganisé.

— Ah bon ?

— Aujourd'hui, il y a sept pleins temps ici à la Section. Diminution, par conséquent. Mais autrement, la Section dispose de trente et un collaborateurs au sein de la DGPN/Säpo. La plupart ne viennent jamais ici, ils s'occupent de leur boulot ordinaire et le travail pour nous constitue plutôt un à-côté discret.

— Trente et un collaborateurs.

— Plus sept. Il se trouve que c'est toi qui as créé ce système. Nous, on l'a simplement peaufiné, et on parle aujourd'hui d'une organisation interne et d'une autre externe. Quand on recrute quelqu'un, il est mis en disponibilité pendant une période pour faire son apprentissage chez nous. C'est Hallberg qui s'occupe de la formation. Le stage de base dure six semaines. On est installé dans l'Ecole de la marine. Ensuite il reprend son poste normal à la DGPN/ Säpo, mais avec une affectation chez nous.

— Ah oui.

— Le système est assez extraordinaire. La plupart des collaborateurs ignorent tout les uns des autres. Et ici à la Section, on fonctionne surtout comme des récepteurs de rapports. Ce sont les mêmes règles en vigueur qu'à ton époque. On est supposé être une organisation plate.

— Unité d'intervention ?

Wadensjöö fronça les sourcils. A l'époque de Gullberg, la Section avait eu une petite unité d'intervention composée de quatre personnes sous le commandement de Hans von Rottinger, un type chevronné.

— Ben, pas exactement. Rottinger est mort il y a cinq ans. On a un jeune talent qui exécute un peu de travail sur le terrain, mais en général on fait appel à quelqu'un de l'organisation externe au besoin. Sans compter qu'il est devenu plus compliqué techniquement d'organiser une écoute téléphonique, par exemple, ou d'entrer dans un appartement. De nos jours, tu as des alarmes et ce genre de saloperie partout.

Gullberg hocha la tête.

— Budget ? demanda-t-il.

— On a un peu plus de 11 millions par an. Un tiers part dans les salaires, un tiers dans l'entretien et un tiers dans l'activité.

— Le budget a diminué, donc ?

— Un peu. Mais on a moins de personnel, ce qui veut dire que le budget d'activité a augmenté.

— Je comprends. Parle-moi de notre rapport avec la Säpo, dit Gullberg sans se soucier maintenant de savoir si oui ou non il devait employer l'expression.

Wadensjöö secoua la tête.

— Le secrétaire général et le chef du budget nous appartiennent. Formellement, le secrétaire général est sans doute le seul à avoir accès à notre activité. Comme toujours, on est secret au point de ne pas exister. Mais en réalité, quelques chefs adjoints connaissent notre existence. Ils font de leur mieux pour ne pas entendre parler de nous.

— Je vois. Ce qui veut dire que s'il y a des problèmes, l'actuelle direction de la Säpo aura une désagréable surprise. Qu'en est-il de la direction à la Défense et du gouvernement ?

— On a écarté la direction à la Défense il y a environ dix ans. Et les gouvernements, tu sais, ça va, ça vient.

— Ça veut dire qu'on est entièrement seul si le vent se lève ?

Wadensjöö hocha la tête.

— C'est l'inconvénient de cet arrangement. L'avantage en revanche est évident. Mais nos tâches ont changé aussi. La realpolitik en Europe est différente depuis la chute de l'Union soviétique. Notre travail est moins axé sur le repérage des agents de renseignements. Maintenant ça tourne beaucoup autour du terrorisme, et surtout de l'opportunité politique de telle ou telle personne aux postes sensibles.

— Ça a toujours tourné autour de ça.

On frappa à la porte. Gullberg vit un homme d'une soixantaine d'années, bien mis, et un homme plus jeune en jean et veste.

— Salut, tout le monde. Et, se tournant vers Gullberg : Je te présente Jonas Sandberg. Il travaille ici depuis quatre ans, il contribue sur le front des interventions. Je t'ai déjà parlé de lui. Et Georg Nyström, vous vous êtes déjà rencontrés.

— Salut Georg, dit Gullberg.

Ils se serrèrent la main. Puis Gullberg se tourna vers Jonas Sandberg.

— Et tu viens d'où ? demanda-t-il en détaillant Jonas Sandberg.

— Présentement, de Göteborg, plaisanta Sandberg. Je lui ai rendu visite.

— Zalachenko…, dit Gullberg.

Sandberg hocha la tête.

— Installez-vous, messieurs, dit Wadensjöö.

— BJÖRCK ? DIT GULLBERG et il fronça les sourcils lorsque Wadensjöö alluma un cigarillo. Il avait enlevé sa veste et s'était renversé dans le fauteuil devant la table de conférence. Wadensjöö jeta un œil sur Gullberg et il fut frappé par l'extrême maigreur du vieux.

— Il a donc été inculpé d'infraction à la loi sur la rémunération de services sexuels vendredi dernier, dit Georg Nyström. Les poursuites judiciaires ne sont pas encore engagées mais, en principe, il a avoué et il est retourné chez lui tout penaud. Il habite à Smådalarö pendant son arrêt de travail. Les médias ne sont pas encore sur l'affaire.

— Il fut un temps où Björck était un des meilleurs que nous avions ici à la Section, dit Gullberg. Il avait un rôle-clé dans l'affaire Zalachenko. Qu'est-ce qui lui est arrivé depuis que j'ai pris ma retraite ?

— Il doit être un des très rares collaborateurs internes qui soient partis de la Section pour retourner vers l'activité externe. Mais il se baladait pas mal à ton époque, déjà.

— Oui, il avait besoin d'un peu de repos et il voulait élargir son horizon. Il a été en congé sans solde de la Section pendant deux ans dans les années 1980, et il travaillait comme attaché dans le renseignement. Il avait alors bossé comme un fou avec Zalachenko pratiquement vingt-quatre heures sur vingt-quatre depuis 1976 et je m'étais dit qu'il avait vraiment besoin de faire une pause. Il était absent de 1985 à 1987, quand il est revenu ici.

— On pourrait dire qu'il a cessé de travailler à la Section en 1994 quand il est passé à l'organisation externe. En 1996, il est devenu chef adjoint à la brigade des étrangers et s'est retrouvé à un poste difficile où il avait énormément de travail. Il a bien sûr constamment gardé le contact avec la Section et je peux sans doute vous révéler aussi qu'on s'est entretenu régulièrement au téléphone environ une fois par mois jusqu'à ces derniers temps.

— Et maintenant il est malade, alors.

— Rien de sérieux, mais très douloureux. Il a une hernie discale. Ça l'a embêté à plusieurs reprises ces dernières années. Il y a deux ans, il a été en arrêt maladie pendant quatre mois. Et ensuite il est retombé malade en août dernier. Il aurait dû reprendre son travail le 1er janvier, mais son arrêt maladie a été prolongé et maintenant il est surtout question d'attendre l'opération.

— Et il a passé son congé de maladie à courir les putes, dit Gullberg.

— Oui, il est célibataire et les visites chez les putes durent depuis de nombreuses années, si j'ai bien compris, dit Jonas Sandberg, qui n'avait pas dit un mot pendant près d'une demi-heure. J'ai lu le manuscrit de Dag Svensson.

— Hm hm. Mais est-ce que quelqu'un peut m'expliquer ce qui s'est réellement passé ?

— D'après ce qu'on a pu comprendre, ça doit être Björck qui a déclenché tout ce cirque. C'est la seule façon d'expliquer comment le rapport de 1991 a pu atterrir dans les mains de maître Bjurman.

— Qui passe aussi son temps à courir les putes ? demanda Gullberg.

— Pas à notre connaissance. Il ne figure en tout cas pas dans le matériel de Dag Svensson. Par contre, il était le tuteur de Lisbeth Salander.

Wadensjöö soupira.

— Il faut le dire, c'était ma faute. Toi et Björck, vous aviez coincé Lisbeth Salander en 1991 quand elle a été internée en psy. On avait pensé qu'elle resterait à l'ombre bien plus longtemps, mais elle avait ce gérant légal, l'avocat Holger Palmgren, qui a réussi à l'en faire sortir. Elle a été placée dans une famille d'accueil. Tu avais déjà pris ta retraite à ce moment-là.

— Et ensuite, qu'est-ce qui s'est passé ?

— On l'a maintenue sous surveillance. Sa sœur, Camilla Salander, avait entre-temps été placée dans une autre famille d'accueil, à Uppsala. Quand elles avaient dix-sept ans, Lisbeth Salander a tout à coup commencé à fouiller dans son passé. Elle recherchait Zalachenko, et elle a épluché tous les registres officiels qu'elle a pu trouver. D'une façon ou d'une autre, nous ne savons pas très bien comment, elle a eu l'information que sa sœur savait où se trouvait Zalachenko.

— Et c'est exact ?

Wadensjöö haussa les épaules.

— En fait, je n'en sais rien. Les deux sœurs ne s'étaient pas vues depuis des années quand Lisbeth a pisté Camilla pour essayer de la forcer à raconter ce qu'elle savait. Cela s'est terminé par une engueulade monstre et une formidable bagarre entre elles.

— Ah oui ?

— On a gardé Lisbeth sous étroite surveillance durant ces mois-là. On avait aussi informé Camilla Salander que sa sœur était violente et malade mentale. C'est elle qui nous a contactés après la visite soudaine de Lisbeth, ce qui a motivé un renfort de la surveillance.

— C'est donc la sœur qui était ton informateur ?

— Camilla Salander avait une peur bleue de sa sœur. Quoi qu'il en soit, Lisbeth Salander a attiré l'attention ailleurs aussi. Elle a eu plusieurs disputes avec des gens des instances sociales et nous avons estimé qu'elle constituait toujours une menace pour l'anonymat de Zalachenko. Puis il y a eu cet incident dans le métro.

— Elle s'est attaquée à un pédophile…

— Exactement. Elle avait manifestement une tendance à la violence et elle était psychiquement dérangée. Nous avons estimé qu'il serait plus tranquille pour toutes les parties si elle disparaissait de nouveau dans une maison de soins, et nous avons saisi l'occasion qui se présentait. C'est Fredrik Clinton et Rottinger qui sont intervenus. Ils ont de nouveau fait appel à Peter Teleborian et ils ont mené le combat, par personnes interposées, au tribunal d'instance pour qu'elle soit de nouveau internée. Holger Palmgren représentait Salander et contre toute attente le tribunal a choisi sa voie – à condition qu'elle soit mise sous tutelle.

— Mais comment est-ce que Bjurman a été mêlé à ça ?

— Palmgren a eu une attaque cérébrale en automne 2002. Salander est un cas qui nous est toujours signalé quand elle surgit dans une base de données, et j'ai veillé à ce que Bjurman devienne son nouveau tuteur. Note bien, il ignorait totalement qu'elle était la fille de Zalachenko. L'intention était tout simplement que si elle se mettait à délirer sur Zalachenko, il réagisse et nous alerte.

— Bjurman était un crétin. Il n'aurait jamais dû avoir quoi que ce soit à faire avec Zalachenko et encore moins avec sa fille. Gullberg regarda Wadensjöö. C'était une erreur grave.

— Je le sais, dit Wadensjöö. Mais à l'époque ça paraissait la chose à faire et jamais je n'aurais imaginé que…

— Où se trouve la sœur aujourd'hui ? Camilla Salander ?

— On ne sait pas. Quand elle a eu dix-neuf ans, elle a fait sa valise et a quitté la famille d'accueil. On n'a pas eu la moindre nouvelle depuis. Elle est disparue.

— OK, continue.

— J'ai un informateur chez les flics officiels qui a parlé avec le procureur Richard Ekström, dit Sandberg. Celui qui mène les investigations, l'inspecteur Bublanski, pense que Bjurman a violé Salander.

Gullberg fixa Sandberg avec une surprise non feinte. Puis il se frotta pensivement le menton.

— Violé ? dit-il.

— Bjurman avait un tatouage en travers du ventre disant : "Je suis un porc sadique, un salaud et un violeur."

Sandberg posa une photo couleur de l'autopsie sur la table. Gullberg observa le ventre de Bjurman, les yeux écarquillés.

— Et ce serait la fille de Zalachenko qui le lui a fait ?

— La situation est difficile à expliquer autrement. Mais apparemment, elle n'est pas inoffensive. Elle a tabassé quasiment à mort les deux hooligans du MC Svavelsjö.

— La fille de Zalachenko, répéta Gullberg. Il se tourna vers Wadensjöö. Tu sais, je trouve que tu devrais la recruter.

Wadensjöö eut l'air si surpris que Gullberg fut obligé d'ajouter que c'était une blague.

— OK. Gardons comme hypothèse de travail que Bjurman l'a violée et qu'elle s'est vengée. Quoi d'autre ?

— Le seul qui pourrait dire exactement ce qui s'est passé est évidemment Bjurman lui-même et ce serait un peu difficile, puisqu'il est mort. Mais le fait est qu'à priori il ne savait pas qu'elle était la fille de Zalachenko, ça ne figure dans aucun registre officiel. Mais quelque part en cours de route, Bjurman a découvert le lien.

— Mais bordel de merde, Wadensjöö, elle savait très bien qui était son père et elle avait pu le dire à Bjurman à n'importe quel moment.

— Je sais. Nous… je n'ai pas bien réfléchi dans cette affaire.

— C'est d'une incompétence impardonnable, dit Gullberg.

— Je sais. Et je me suis flanqué des baffes une bonne douzaine de fois. Mais Bjurman était une des rares personnes qui connaissaient l'existence de Zalachenko et mon idée était qu'il valait mieux que ce soit lui qui découvre de qui elle était la fille, plutôt qu'un autre tuteur totalement inconnu. Elle aurait pu le raconter à n'importe qui, en fait.

Gullberg se pinça le bout de l'oreille.

— Bon… continue.

— Ce ne sont que des hypothèses, dit Georg Nyström doucement. Mais nous supposons que Bjurman a abusé de Salander et qu'elle s'est vengée avec ce… Il montra le tatouage sur la photo de l'autopsie.

— La fille de son père, dit Gullberg. Il y avait une note d'admiration dans sa voix.

— Avec pour résultat que Bjurman a contacté Zalachenko pour qu'il s'occupe de sa fille. Zalachenko a de bonnes raisons de haïr Lisbeth Salander, vous le savez aussi bien que moi. Et, à son tour, Zalachenko a passé l'affaire en soustraitance au MC Svavelsjö et à ce Niedermann qu'il fréquente.

— Mais comment est-ce que Bjurman est entré en contact… Gullberg se tut. La réponse était évidente.

— Björck, dit Wadensjöö. La seule explication de comment Bjurman a pu trouver Zalachenko, c'est que Björck lui a donné l'information.

— Bordel de merde, dit Gullberg.

LISBETH SALANDER RESSENTAIT un malaise grandissant associé à une forte irritation. Le matin, deux infirmières étaient venues faire son lit. Elles avaient immédiatement trouvé le crayon.

— Hou là ! Comment est-ce qu'il est arrivé ici, celui-là ? dit l'une des infirmières en glissant le crayon dans sa poche tandis que Lisbeth la regardait, du meurtre dans les yeux.

Lisbeth était de nouveau sans armes et en outre si faible qu'elle ne put protester.

Tout le week-end, elle s'était sentie mal. Elle souffrait d'une migraine épouvantable et on lui donnait de puissants antalgiques. Elle ressentait une douleur sourde à l'épaule qui pouvait soudain prendre l'allure d'un coup de couteau quand elle bougeait sans faire attention ou qu'elle déplaçait le poids de son corps. Elle était allongée sur le dos et portait la minerve. Elle devait la garder encore plusieurs jours jusqu'à ce que la plaie du crâne commence à guérir. Le dimanche, elle avait eu de la fièvre avec un pic à 38,7 degrés. Le Dr Helena Endrin en avait conclu qu'elle avait une infection quelque part. Autrement dit, elle n'était pas en bonne santé. Lisbeth n'avait pas besoin d'un thermomètre pour s'en rendre compte.

Elle constata qu'elle se trouvait à nouveau entravée dans un lit de l'Etat, même si cette fois-ci il n'y avait pas de courroies pour la maintenir en place. Ce qui aurait été superflu. Elle n'avait même pas la force de se redresser, encore moins de partir en balade.

Vers midi le lundi, le Dr Anders Jonasson vint lui rendre visite. Il lui semblait familier.

— Salut. Tu te souviens de moi ?

Elle essaya de secouer la tête.

— Tu étais pas mal dans les vapes, mais c'est moi qui t'ai réveillée après l'opération. Et c'est moi qui t'ai opérée. Je viens simplement voir comment tu te sens et si tout va bien.

Lisbeth Salander ouvrit de grands yeux. Que tout n'aille pas bien, ça devait être manifeste.

— J'ai entendu dire que tu avais retiré ta minerve cette nuit.

Elle essaya de hocher la tête.

— Ce n'est pas pour s'amuser qu'on t'a mis ce carcan, mais pour que tu gardes la tête immobile pendant que le processus de guérison se met en route.

Il contempla la fille silencieuse.

— D'accord, finit-il par dire. Je passais seulement voir comment tu allais.

Il était arrivé à la porte quand il entendit sa voix.

— Jonasson, c'est ça ?

Il se retourna et lui adressa un sourire étonné.

— C'est ça. Si tu te souviens de mon nom, c'est que tu devais être en meilleure forme que ce que je pensais.

— Et c'est toi qui as sorti la balle ?

— C'est ça.

— Est-ce que tu peux me dire comment je vais ? Je n'obtiens de réponse sensée de personne.

Il retourna près de son lit et la regarda dans les yeux.

— Tu as eu de la chance. Tu as pris une balle dans la tête mais cela ne semble pas avoir endommagé de zones vitales.

Le risque que tu cours en ce moment, c'est d'avoir des hémorragies dans le cerveau. C'est pour ça qu'on veut que tu restes tranquille. Tu as une infection dans le corps. Il semblerait que la plaie que tu as à l'épaule en soit la responsable. Il se peut qu'on soit obligé d'opérer à nouveau si on n'arrive pas à endiguer l'infection avec des antibiotiques. Tu peux t'attendre à une période douloureuse pendant le processus de guérison. Mais comme je vois les choses actuellement, j'ai bon espoir que tu en sortes parfaitement rétablie.

— Est-ce que ça peut me laisser des séquelles au cerveau ?

Il hésita avant de hocher la tête.

— Oui, le risque existe. Mais tout indique que tu t'en es bien sortie. Ensuite il y a une possibilité que des cicatrices se forment dans le cerveau qui génèrent des problèmes, par exemple que tu développes de l'épilepsie ou ce genre de saletés. Mais très franchement, ce ne sont que des spéculations. Pour l'instant, tout semble parfait. Tu guéris. Et si des problèmes surgissent en cours de route, on les gérera. La réponse est-elle assez claire ?

Elle esquissa un semblant de hochement de tête.

— Combien de temps est-ce que je dois rester comme ça ?

— Tu veux dire à l'hôpital ? Il faudra attendre quelques semaines avant qu'on te lâche.

— Non, je veux dire combien de temps avant que je puisse me lever et commencer à marcher et bouger.

— Je ne sais pas. Ça dépend de la cicatrisation. Mais prévois au moins deux semaines avant qu'on puisse commencer une forme de rééducation.

Elle le contempla avec sérieux un long moment.

— Tu n'aurais pas une clope ? demanda-t-elle.

Anders Jonasson rit spontanément et secoua la tête.

— Désolé. Il est interdit de fumer ici. Mais je peux veiller à ce qu'on te donne des patchs ou des chewing-gums à la nicotine.

Elle réfléchit un court moment avant de signifier son acquiescement comme elle le pouvait. Puis elle le regarda de nouveau.

— Comment va le vieux con ?

— Qui ça ? Tu veux dire…

— Celui qui est entré en même temps que moi.

— Pas un de tes amis, je suppose. Ben, pas mal. Il va survivre et il s'est même levé pour se balader avec des cannes. Physiquement il est plus esquinté que toi et il a une blessure au visage qui est extrêmement douloureuse. Si j'ai tout bien compris, tu lui as balancé une hache dans la tête.

— Il a essayé de me tuer, dit Lisbeth à voix basse.

— Ce n'est pas bien, ça. Il faut que je parte. Veux-tu que je revienne te voir ?

Lisbeth Salander réfléchit un instant. Puis elle esquissa un oui. Quand il eut fermé la porte derrière lui, elle fixa pensivement le plafond. *Zalachenko a des béquilles. C'est ça, le bruit que j'ai entendu cette nuit.*

ON ENVOYA JONAS SANDBERG, le plus jeune du groupe, chercher le déjeuner. Il revint avec des sushis et de la bière qu'il servit sur la table de conférence. Evert Gullberg ressentit un frisson de nostalgie. C'était exactement comme ce qu'il avait vécu autrefois quand une opération entrait dans un stade critique et qu'ils bossaient jour et nuit.

La différence, constata-t-il, était peut-être qu'à son époque personne n'aurait eu l'idée saugrenue de commander du poisson cru pour le déjeuner. Il aurait préféré que Sandberg apporte des boulettes de viande avec de la purée de pommes de terre et des airelles. Cela dit, il n'avait pas faim et il put repousser les sushis sans états d'âme. Il mangea un bout de pain et but de l'eau minérale.

Ils continuèrent à discuter en mangeant. Ils étaient maintenant arrivés au point où il fallait résumer la situation et décider des mesures qui s'imposaient. Il y avait des décisions à prendre.

— Je n'ai jamais connu Zalachenko, dit Wadensjöö. Il était comment ?

— Exactement comme il est aujourd'hui, j'imagine, répondit Gullberg. Remarquablement intelligent et avec une mémoire presque photographique pour les détails. Mais à mon avis un enfoiré de première. Et un peu dément sur les bords, j'imagine.

— Jonas, tu l'as rencontré hier. Quelle est ta conclusion ? demanda Wadensjöö.

Jonas Sandberg posa ses couverts.

— Il garde le contrôle. J'ai déjà parlé de son ultimatum. Soit nous faisons tout disparaître comme par magie, soit il lève le voile sur la Section.

— Comment est-ce que ce fumier peut imaginer qu'on serait capable de faire disparaître un truc que les médias ont ressassé en long et en large ? demanda Georg Nyström.

— Il n'est pas question de ce que nous pouvons faire ou ne pas faire. Il est question de son besoin de nous contrôler, dit Gullberg.

— Alors, ton appréciation ? Va-t-il le faire ? s'adresser aux médias ? demanda Wadensjöö.

Gullberg répondit lentement.

— C'est pratiquement impossible d'y répondre. Zalachenko ne profère jamais de menaces en l'air, et il fera ce qui l'arrange. De ce point de vue, il est prévisible. Si ça l'avantage de parler aux médias... si ça peut lui apporter une amnistie ou une réduction de peine, il le fera. Ou s'il se sent trahi et qu'il veut nous emmerder.

— Quelles que soient les conséquences ?

— Plus particulièrement quelles que soient les conséquences. Pour lui, il s'agit de se montrer plus musclé que nous tous.

— Mais même si Zalachenko parle, il n'est pas sûr qu'il soit pris au sérieux. Pour pouvoir prouver quoi que ce soit, ils ont besoin de nos archives. Il ne connaît pas cette adresse.

— Tu veux prendre le risque ? Admettons que Zalachenko parle. Qui va s'y mettre ensuite ? Qu'est-ce qu'on fait si Björck confirme son histoire ? Et Clinton avec sa dialyse... qu'est-ce qui va se passer s'il devient croyant et amer, et se met à en vouloir au monde entier ? S'il veut se confesser ? Croyez-moi, si quelqu'un commence à parler, c'est la fin de la Section.

— Alors... qu'est-ce qu'on fait ?

Le silence s'installa autour de la table. Ce fut Gullberg qui reprit le fil.

— Le problème est multiple. Premièrement, on peut être d'accord sur les conséquences si Zalachenko parlait. Toute cette foutue Suède constitutionnelle nous tomberait sur la tête. On serait anéanti. J'imagine que plusieurs employés de la Section se retrouveraient en taule.

— L'activité est juridiquement légale, n'oublie pas qu'on travaille sur ordre du gouvernement.

— Ne dis pas de conneries, dit Gullberg. Tu sais aussi bien que moi qu'un papier aux formulations nébuleuses écrit au milieu des années 1960 ne vaut pas un clou aujourd'hui. Je dirais qu'aucun de nous n'a envie de savoir exactement ce qui se passerait si Zalachenko parlait, ajouta-t-il.

Silence de nouveau.

— Donc, le point de départ est forcément d'amener Zalachenko à garder le silence, finit par dire Georg Nyström.

Gullberg hocha la tête.

— Et pour pouvoir l'amener à garder le silence, nous devons lui offrir quelque chose de substantiel. Le problème est qu'il est imprévisible. Il pourrait tout aussi bien nous griller par pure méchanceté. Il faut qu'on réfléchisse à un moyen de le faire se tenir à carreau.

— Et ses exigences…, dit Jonas Sandberg. Qu'on fasse disparaître toute l'histoire et que Salander se retrouve en psy.

— Salander, on saura s'en occuper. C'est Zalachenko qui est le problème. Mais cela nous amène à l'autre partie – la limitation des dégâts. Le rapport de Teleborian de 1991 a fuité et il est une menace potentiellement aussi grande que Zalachenko.

Georg Nyström se racla la gorge.

— Dès que nous avons compris que le rapport s'était échappé et était entre les mains de la police, j'ai pris des mesures. Je suis passé par le juriste Forelius à la DGPN/Säpo, qui a contacté le ministère public. Le ministère public a donné l'ordre de retirer le rapport à la police – interdiction de diffusion ou de copie.

— Qu'est-ce qu'ils savaient, au ministère public ?

— Que dalle. Le procureur de la nation agit sur demande officielle de la DGPN/Säpo, cela concerne du matériel classé secret-défense et le procureur n'a pas le choix. Il ne peut pas agir autrement.

— D'accord. Qui à la police a lu le rapport ?

— Il y avait deux copies qui ont été lues par Bublanski, par sa collègue Sonja Modig et finalement par le responsable de l'enquête préliminaire, Richard Ekström. On peut sans doute supposer que deux autres policiers… Nyström feuilleta dans ses notes. Un certain Curt Bolinder et un certain Jerker Holmberg, au moins, en connaissent le contenu.

— Donc quatre policiers et un procureur. Qu'est-ce qu'on sait sur eux ?

— Le procureur Ekström, quarante-deux ans. Il est considéré comme une étoile qui monte. Il a été enquêteur au ministère de la Justice et il a géré quelques affaires remarquées. Méticuleux. Avide de publicité. Carriériste.

— Social-démocrate ? demanda Gullberg.

— Probablement. Mais pas un militant.

— Bublanski, donc, mène les investigations. Je l'ai vu à une conférence de presse à la télé. Il ne semblait pas à l'aise devant les caméras.

— Il a cinquante-deux ans et son palmarès est impressionnant mais il a aussi la réputation d'être grincheux. Il est juif et assez orthodoxe.

— Et la femme… qui est-ce ?

— Sonja Modig. Mariée, trente-neuf ans, mère de deux enfants. Elle a fait une carrière assez rapide. J'ai parlé à Peter Teleborian qui l'a qualifiée d'émotionnelle. Elle n'arrêtait pas de le remettre en question.

— OK.

— Curt Bolinder est un dur à cuire. Trente-huit ans. Il vient de l'antigang de Söderort et on a parlé de lui il y a quelques années quand il a flingué un voyou. Blanchi sur tous les points dans l'enquête. C'est d'ailleurs lui que Bublanski a envoyé pour arrêter Gunnar Björck.

— Je comprends. Garde en mémoire qu'il a tué un homme. S'il s'avère nécessaire de jeter le doute sur l'équipe Bublanski, on pourrait toujours mettre le projecteur sur un méchant flic. Je suppose qu'on a gardé des contacts convenables dans les médias… Et le dernier type ?

— Jerker Holmberg. Cinquante-cinq ans. Originaire du Norrland et plutôt spécialisé en examen de lieux de crime. On lui proposait une formation de commissaire il y a quelques années, mais il a dit non. Il semble bien aimer son boulot.

— Est-ce que l'un ou l'autre a une activité politique ?

— Non. Le père de Holmberg a été conseiller municipal centriste dans les années 1970.

— Hmm. Ça m'a tout l'air d'une brave équipe. On peut supposer qu'ils sont assez soudés entre eux. Peut-on les isoler d'une façon ou d'une autre ?

— Il y a un cinquième policier dans le groupe, dit Nyström. Hans Faste, quarante-sept ans. Je crois avoir compris qu'il y avait une sérieuse bisbille entre Faste et Bublanski. Suffisamment sérieuse pour que Faste se soit mis en arrêt maladie.

— Qu'est-ce qu'on sait sur lui ?

— J'obtiens diverses réactions quand je pose la question. Il a un long palmarès et pas de véritables blâmes dans les comptes rendus. Un pro. Mais difficile à côtoyer. Et il semblerait que le pataquès avec Bublanski concerne Lisbeth Salander.

— De quelle manière ?

— Faste aurait fait une fixation sur l'histoire d'une bande de lesbiennes satanistes dont les journaux avaient parlé. Il n'aime vraiment pas Salander et semble prendre son existence comme une insulte personnelle. C'est probablement lui qui est derrière la moitié des rumeurs. Un ancien collègue m'a confié qu'il a du mal à collaborer avec les femmes en général.

— Intéressant, dit Gullberg. Il réfléchit un instant. Vu que les journaux ont déjà mentionné une bande de lesbiennes, ça pourrait valoir le coup de continuer à broder là-dessus. Ça ne contribue pas spécialement à renforcer la crédibilité de Salander.

— Les policiers qui ont lu le rapport de Björck constituent donc un problème. Est-ce qu'on pourra les isoler ? demanda Sandberg.

Wadensjöö alluma un nouveau cigarillo.

— C'est Ekström qui dirige l'enquête préliminaire…

— Mais c'est Bublanski qui mène la barque, dit Nyström.

— Oui, mais il ne peut pas aller à l'encontre de décisions administratives. Wadensjöö eut l'air pensif. Il regarda Gullberg. Tu as plus d'expérience que moi, mais toute cette histoire a tellement de fils et de ramifications… J'ai l'impression qu'il serait sage d'éloigner Bublanski et Modig de Salander.

— C'est bien, Wadensjöö, dit Gullberg. C'est exactement ce qu'on va faire. Bublanski est le chef de l'enquête sur les meurtres de Bjurman et de ce couple à Enskede. Salander n'est plus d'actualité dans ce contexte-là. Maintenant ça tourne autour de cet Allemand, Niedermann. Donc, Bublanski et son équipe vont se concentrer sur la chasse à Niedermann.

— OK.

— Salander n'est plus leur affaire. Ensuite nous avons l'enquête sur Nykvarn... il s'agit de trois meurtres anciens. Il y a un lien avec Niedermann. L'enquête est actuellement confiée à Södertälje mais elle devrait être jointe à l'autre. Donc Bublanski devrait avoir du pain sur la planche pendant un bon moment. Qui sait... il va peut-être arrêter Niedermann.

— Hmm.

— Ce Faste... peut-on l'amener à reprendre le boulot ? Il a tout d'une personne convenable pour enquêter sur les soupçons contre Salander.

— Je comprends où tu veux en venir, dit Wadensjöö. Il s'agit d'amener Ekström à séparer les deux affaires. Mais ça suppose que nous sachions contrôler Ekström.

— Ça ne devrait pas représenter un gros problème, dit Gullberg. Il lorgna vers Nyström qui hocha la tête.

— Je peux me charger d'Ekström, dit Nyström. Quelque chose me dit qu'il aurait préféré ne jamais entendre parler de Zalachenko. Il a rendu le rapport de Björck dès que la Säpo l'a demandé et il a déjà dit qu'il se soumettrait à tout ce qui relève de la sécurité nationale.

— Qu'est-ce que tu as l'intention de faire ? demanda Wadensjöö avec méfiance.

— Laissez-moi construire un scénario, dit Nyström. J'imagine que nous allons simplement lui expliquer d'une manière élégante ce qu'il est supposé faire s'il veut éviter que sa carrière ne s'arrête brutalement.

— C'est le troisième bout qui constitue le plus gros problème, dit Gullberg. La police n'a pas trouvé le rapport de Björck toute seule... c'est un journaliste qui le leur a refilé. Et vous l'avez tous compris, les médias sont évidemment un problème pour nous. *Millénium*.

Nyström ouvrit son carnet de notes.

— Mikael Blomkvist, dit-il.

Tout le monde autour de la table avait entendu parler de l'affaire Wennerström et connaissait le nom de Mikael Blomkvist.

— Dag Svensson, le journaliste qui a été tué, travaillait pour *Millénium*. Il s'occupait d'un sujet sur la traite de femmes. C'est comme ça qu'il a zoomé sur Zalachenko.

C'est Mikael Blomkvist qui l'a trouvé après le meurtre. De plus, il connaît Lisbeth Salander et il n'a pas cessé de croire en son innocence.

— Comment peut-il connaître la fille de Zalachenko… C'est trop gros pour être un putain de hasard.

— Nous ne croyons pas que ce soit un hasard, dit Wadensjöö. Nous croyons que Salander est en quelque sorte le lien entre eux tous. Nous ne savons pas tout à fait expliquer comment, mais c'est la seule hypothèse plausible.

Gullberg se taisait et dessinait des cercles concentriques dans son carnet. Pour finir, il leva les yeux.

— Il faut que je réfléchisse à ceci un moment. Je vais faire une promenade. On se retrouve dans une heure.

L'ESCAPADE DE GULLBERG dura près de quatre heures et non une comme il l'avait annoncé. Il ne marcha qu'une dizaine de minutes avant de trouver un café qui proposait un tas de variétés bizarroïdes du breuvage. Il commanda une tasse de café noir ordinaire et s'assit à une table dans un coin près de l'entrée. Il réfléchit intensément et essaya de démêler les différents aspects du problème. Régulièrement il inscrivait une simple note pour mémoire dans un agenda.

Au bout d'une heure et demie, un plan avait commencé à prendre forme.

Ce n'était pas un bon plan, mais après avoir tourné et retourné toutes les possibilités, il réalisa que le problème exigeait des mesures drastiques.

Heureusement, les ressources humaines étaient disponibles. C'était réalisable.

Il se leva, trouva une cabine téléphonique et appela Wadensjöö.

— Il faudra repousser la réunion à plus tard, dit-il. J'ai quelque chose à faire. Peut-on se retrouver à 14 heures ?

Puis Gullberg descendit à Stureplan et fit signe à un taxi. A vrai dire, sa maigre retraite de fonctionnaire de l'Etat ne lui permettait pas un tel luxe, mais d'un autre côté il était arrivé à un âge où il n'avait plus de raisons de faire des économies pour des extravagances. Il indiqua une adresse à Bromma.

Une fois déposé là, il rejoignit à pied un quartier plus au sud et sonna à la porte d'une petite maison particulière. Une femme d'une quarantaine d'années vint ouvrir.

— Bonjour. Je cherche Fredrik Clinton.

— C'est de la part de qui ?

— Je suis un vieux collègue.

La femme hocha la tête et le fit entrer dans le séjour où Fredrik Clinton se leva lentement d'un canapé. Il n'avait que soixante-huit ans mais paraissait en avoir bien davantage. Le diabète et des problèmes de coronaires avaient laissé leurs traces.

— Gullberg ? dit Clinton stupéfait.

Ils se contemplèrent un long moment. Puis les deux vieux espions se serrèrent dans les bras l'un de l'autre.

— Je ne croyais pas que j'allais te revoir un jour, dit Clinton. Je suppose que c'est ça qui t'a fait sortir du trou.

Il montra la une d'un journal du soir qui affichait une photo de Ronald Niedermann et le titre "Le tueur de policier traqué au Danemark".

— Comment vas-tu ? demanda Gullberg.

— Je suis malade, dit Clinton.

— C'est ce que je vois.

— Si on ne me donne pas un nouveau rein, je mourrai bientôt. Et la probabilité qu'on me donne un nouveau rein n'est pas bien grande.

Gullberg hocha la tête.

La femme revint à la porte du séjour et demanda à Gullberg s'il voulait boire quelque chose.

— Je prendrai bien un café, dit-il.

Quand elle eut disparu, il se tourna vers Clinton.

— Qui est cette femme ?

— Ma fille.

Gullberg hocha la tête. Ce qui était fascinant, c'est que malgré toutes les années d'intimité à la Section, très peu de collaborateurs s'étaient fréquentés hors du travail. Gullberg connaissait le moindre trait de caractère de chacun, ses forces et ses faiblesses, mais il n'avait qu'une vague idée de sa situation familiale. Clinton avait peut-être été le collaborateur le plus proche de Gullberg pendant vingt ans. Il savait que Clinton avait été marié et qu'il avait des enfants. Mais il ne connaissait pas le nom de sa fille, le nom de son ex-femme ou l'endroit où Clinton passait en général ses vacances. C'était comme si tout à l'extérieur de la Section était sacré et ne devait pas être discuté.

— Qu'est-ce que tu veux ? demanda Clinton.

— Puis-je te demander ton opinion sur Wadensjöö ?

Clinton secoua la tête.

— Je ne veux pas me mêler de ça.

— Ce n'est pas ça que j'ai demandé. Tu le connais. Il a travaillé avec toi pendant dix ans.

Clinton secoua la tête de nouveau.

— C'est lui qui dirige la Section aujourd'hui. Ce que j'en pense n'a pas d'intérêt.

— Il s'en sort ?

— Ce n'est pas un idiot.

— Mais… ?

— C'est un analyste. Génial pour les puzzles. Il a de l'instinct. Un administrateur brillant qui a équilibré le budget, et d'une manière qu'on ne pensait pas possible.

Gullberg hocha la tête. L'important était la qualité que Clinton ne mentionnait pas.

— Est-ce que tu serais prêt à reprendre du service ?

Clinton leva les yeux vers Gullberg. Il hésita un long moment.

— Evert… je passe neuf heures tous les deux jours en dialyse à l'hôpital. Je ne peux pas emprunter le moindre escalier sans pratiquement étouffer. Je n'ai pas de forces. Plus de forces du tout.

— J'ai besoin de toi. Une dernière opération.

— Je ne peux pas.

— Tu peux. Et tu pourras passer neuf heures tous les deux jours en dialyse. Tu prendras l'ascenseur au lieu des escaliers. Je peux faire en sorte qu'on te porte sur une civière s'il le faut. J'ai besoin de ton cerveau.

Clinton soupira.

— Raconte, dit-il.

— En ce moment, nous sommes face à une situation extrêmement compliquée qui exige des opérations sur le terrain. Wadensjöö a un jeune blanc-bec, Jonas Sandberg, qui constitue à lui seul le département d'intervention, et je ne pense pas que Wadensjöö ait le culot de faire ce qui devrait être fait. Il est peut-être un putain de crack pour faire

147

des tours de passe-passe avec le budget, mais il a peur de prendre des décisions d'intervention et il a peur de mêler la Section au travail sur le terrain qui est pourtant nécessaire.

Clinton fit oui de la tête. Il afficha un pâle sourire.

— Cette opération se déroulera sur deux fronts différents. Le premier concerne Zalachenko. Je dois lui faire entendre raison et je crois savoir comment m'y prendre. L'autre front doit être établi ici à Stockholm. Le problème est qu'il n'y a personne à la Section pour s'en occuper. J'ai besoin de toi pour prendre le commandement. Une dernière contribution. J'ai un plan. Jonas Sandberg et Georg Nyström effectueront le boulot sur le terrain. Toi, tu dirigeras l'opération.

— Tu ne comprends pas ce que tu demandes.

— Si... je comprends très bien ce que je demande. Et c'est à toi de décider si tu participes ou pas. Mais soit nous, les vieux de la vieille, on se mobilise et on fait notre part, soit la Section n'existera plus dans quelques semaines.

Clinton plia son bras sur l'accoudoir et reposa sa tête dans la paume. Il réfléchit pendant deux minutes.

— Raconte ton plan, finit-il par dire.

Evert Gullberg et Fredrik Clinton parlèrent pendant deux heures.

WADENSJÖÖ OUVRIT DE GRANDS YEUX lorsque Gullberg revint à 13 h 57, traînant Fredrik Clinton à sa suite. Clinton avait l'allure d'un squelette. Il semblait avoir des difficultés pour marcher et des difficultés pour respirer, et il s'appuyait d'une main sur l'épaule de Gullberg.

— Qu'est-ce que ça signifie... ? dit Wadensjöö.

— Reprenons la réunion, dit Gullberg sur un ton bref.

Ils se rassemblèrent de nouveau autour de la table dans le bureau de Wadensjöö. Clinton se laissa tomber en silence sur la chaise qu'on lui offrait.

— Vous connaissez tous Fredrik Clinton, dit Gullberg.

— Oui, dit Wadensjöö. La question est de savoir ce qu'il fait ici.

— Clinton a décidé de reprendre du service actif. Il va diriger le secteur des interventions jusqu'à la fin de la crise actuelle.

Gullberg leva une main et interrompit la protestation de Wadensjöö avant même qu'il ait eu le temps de la formuler.

— Clinton est fatigué. Il aura besoin d'assistance. Il doit se rendre régulièrement à l'hôpital pour dialyse. Wadensjöö, tu vas recruter deux assistants personnels qui l'aideront pour toutes les tâches pratiques. Mais que ceci soit tout à fait clair : en ce qui concerne cette affaire, c'est Clinton qui prend toutes les décisions d'intervention.

Il se tut et attendit. Aucune protestation ne vint.

— J'ai un plan. Je pense qu'on arrivera à bon port si on le suit, mais il faut agir vite pour ne pas rater les occasions, dit-il. Ensuite tout dépend de votre détermination ici à la Section aujourd'hui.

Wadensjöö ressentit un défi dans les paroles de Gullberg.

— Dis-nous tout.

— Premièrement : nous avons déjà passé en revue la police. On fera exactement comme on a dit. On essaiera de les isoler dans leur enquête en les menant sur une piste secondaire dans la chasse à Niedermann. Ce sera le boulot de Georg Nyström. Quoi qu'il arrive, Niedermann n'a aucune importance. On veillera à ce que ce soit Faste qui ait pour tâche d'enquêter sur Salander.

— Ça ne devrait pas être trop difficile, dit Nyström. J'irai tout simplement discuter discrètement avec le procureur Ekström.

— Et s'il renâcle…

— Je ne pense pas qu'il le fera. C'est un carriériste et il veille à ses intérêts. Mais je saurai sans doute trouver un levier s'il le faut. Il détesterait être mêlé à un scandale.

— Bien. Le deuxième point, c'est *Millénium* et Mikael Blomkvist. C'est pour ça que Clinton a repris du service. Ce point exige des mesures hors normes.

— J'ai l'impression que je ne vais pas aimer ça, dit Wadensjöö.

— Probablement pas, mais *Millénium* ne peut pas être manipulé de la même manière simple. Par contre, la menace venant d'eux ne repose que sur une seule chose, en l'occurrence le rapport de police de Björck de 1991. Dans l'état actuel des choses, je suppose que ce rapport existe à deux endroits, peut-être trois. C'est Lisbeth Salander qui l'a trouvé, mais d'une façon ou d'une autre Mikael Blomkvist a aussi mis la main dessus. Cela veut dire qu'il y avait une sorte de contact entre Blomkvist et Salander pendant qu'elle était en cavale.

Clinton leva un doigt et prononça ses premiers mots depuis son arrivée.

— Cela nous renseigne aussi sur le caractère de notre adversaire. Blomkvist n'a pas peur de prendre des risques. Pensez à l'affaire Wennerström.

Gullberg hocha la tête.

— Blomkvist a donné le rapport à sa directrice, Erika Berger, qui à son tour l'a envoyé à Bublanski. Elle l'a donc lu, elle aussi. On peut supposer qu'ils ont fait une copie de sécurité. Je dirais que Blomkvist a une copie et qu'il y en a une autre à la rédaction.

— Ça semble plausible, dit Wadensjöö.

— *Millénium* est un mensuel, ce qui veut dire qu'ils ne publieront rien demain. Nous avons du temps devant nous. Mais il nous faut mettre la main sur ces deux exemplaires du rapport. Et pour ça, nous ne pouvons pas passer par le procureur général de la nation.

— Je comprends.

— Nous allons donc lancer une phase d'intervention, et entrer par effraction chez Blomkvist et à la rédaction de *Millénium*. Sauras-tu organiser ça, Jonas ?

Jonas Sandberg lorgna vers Wadensjöö.

— Evert, il faut que tu comprennes… nous ne faisons plus ce genre de choses, dit Wadensjöö. Les temps ont changé, maintenant on s'occupe de piratage informatique et de surveillance électronique, si tu vois ce que je veux dire. Nous n'avons pas assez de ressources pour entretenir une branche d'intervention.

Gullberg se pencha en avant sur la table.

— Wadensjöö. Il te reste alors à dégoter des ressources pour ça, et en vitesse. Prends des gens de l'extérieur. Loue une bande de balèzes de la mafia yougoslave pour cogner sur Blomkvist au besoin. Mais il faut à tout prix récolter ces deux copies. Sans les copies, ils n'ont plus de documents et ils ne pourront prouver que dalle. Si tu ne sais pas régler un truc de ce genre, je te laisse ici avec le pouce dans le cul à attendre que la Commission constitutionnelle vienne frapper à la porte.

Les regards de Gullberg et de Wadensjöö se croisèrent un long moment.

— Je peux m'en occuper, dit soudain Jonas Sandberg.

Gullberg jeta un regard en coin sur le junior.

— Es-tu sûr de savoir organiser un truc pareil ?

Sandberg hocha la tête.

— Bien. A partir de maintenant, Clinton est ton chef. Tu prends tes ordres de lui.

Sandberg fit oui de la tête.

— Il sera question en grande partie de surveillance. Cette branche d'intervention doit être renforcée, dit Nyström. J'ai quelques propositions de noms. On a un mec dans l'organisation externe – il travaille à la protection des personnalités à la Säpo et il s'appelle Mårtensson. Il n'a pas froid aux yeux et il est prometteur. Ça fait longtemps que j'envisage de le transférer ici dans l'organisation interne. Je me suis même dit qu'il pourrait devenir mon successeur.

— Ça me semble très bien, dit Gullberg. Clinton tranchera.

— J'ai une autre nouvelle, dit Georg Nyström. Je crains qu'il y ait une troisième copie.

— Où ça ?

— J'ai appris cet après-midi que Lisbeth Salander a maintenant un avocat. Son nom est Annika Giannini. C'est la sœur de Mikael Blomkvist.

Gullberg hocha la tête.

— Bien vu. Blomkvist a dû donner une copie à sa sœur. Sinon, ça serait aberrant. Autrement dit, il faut qu'on les surveille de très près tous les trois – Berger, Blomkvist et Giannini – pendant quelque temps.

— Je ne pense pas qu'on ait du souci à se faire pour Berger. La presse annonce aujourd'hui qu'elle devient la nouvelle rédactrice en chef de *Svenska Morgon-Posten*. Elle n'a plus rien à faire avec *Millénium*.

— D'accord. Mais on garde quand même un œil sur elle. Pour ce qui est de *Millénium*, il faut les mettre sur table d'écoute, écoute à leur domicile et à la rédaction, bien entendu. Et contrôle du courrier électronique. On doit apprendre qui ils rencontrent et avec qui ils parlent. Et on a très, très envie de connaître le montage de leurs révélations. Et avant tout, il faut qu'on mette la main sur le rapport. Autrement dit, du pain sur la planche.

Wadensjöö parut hésiter.

— Evert, tu nous demandes de mener une action d'intervention contre la rédaction d'un journal. On s'aventure sur un terrain très dangereux.

— Tu n'as pas le choix. Soit tu te retrousses les manches, soit tu laisses la place de chef à quelqu'un d'autre.

Le défi planait comme un nuage au-dessus de la table.

— Je crois que je peux gérer *Millénium*, finit par dire Jonas Sandberg. Mais rien de tout ça ne résout le problème de base. Qu'est-ce qu'on fait de ton Zalachenko ? S'il parle, tous nos efforts n'auront servi à rien.

Gullberg hocha lentement la tête.

— Je le sais. Ça sera ma part de l'opération. Je crois que j'ai un argument qui va persuader Zalachenko de la fermer. Mais ça demande pas mal de préparation. Je descends à Göteborg dès cet après-midi.

Il se tut et parcourut la pièce du regard. Puis il darda ses yeux sur Wadensjöö.

— Clinton prendra les décisions d'intervention en mon absence, décréta-t-il.

Au bout d'un moment, Wadensjöö fit oui de la tête.

IL FALLUT ATTENDRE LE LUNDI SOIR pour que le Dr Helena Endrin, en accord avec son collègue Anders Jonasson, décide que l'état de Lisbeth Salander s'était suffisamment stabilisé pour qu'elle puisse recevoir des visites. Ses premiers visiteurs furent deux inspecteurs criminels à qui on accordait quinze minutes pour lui poser des questions. Elle contempla les deux policiers en silence lorsqu'ils entrèrent dans sa chambre et s'assirent.

— Bonjour. Je suis l'inspecteur criminel Marcus Ackerman. Je travaille à la brigade criminelle ici à Göteborg. Voici ma collègue Sonja Modig de la police de Stockholm.

Lisbeth Salander ne dit pas bonjour. Elle resta totalement impassible. Elle reconnut Modig comme l'un des flics du groupe de Bublanski. Ackerman lui adressa un sourire frais.

— J'ai compris qu'il n'était pas dans tes habitudes de parler volontiers aux autorités. Et si je peux me permettre, il n'est pas nécessaire que tu dises quoi que ce soit. En revanche, je te serais reconnaissant de bien vouloir prendre le temps de nous écouter. Nous avons plusieurs affaires à traiter et on ne nous accorde pas beaucoup de temps aujourd'hui. Il y aura d'autres occasions plus tard.

Lisbeth Salander ne dit rien.

— Alors pour commencer je voudrais te faire savoir que ton ami Mikael Blomkvist nous a signalé qu'une avocate du nom d'Annika Giannini est disposée à te représenter et qu'elle est au courant de l'affaire. Il dit qu'il t'a déjà parlé d'elle. J'ai besoin d'une confirmation de ta part si c'est bien le cas, et je voudrais savoir si tu souhaites que maître Giannini vienne ici à Göteborg pour t'assister.

Lisbeth Salander continua à garder le silence.

Annika Giannini. La sœur de Mikael Blomkvist. Il avait mentionné son nom dans un message. Lisbeth n'avait pas pensé au fait qu'elle avait besoin d'un avocat.

— Je suis désolé, mais je dois te demander de répondre à la question. Un oui ou un non suffit. Si tu dis oui, le procureur d'ici, à Göteborg, entrera en contact avec maître Giannini. Si tu dis non, un tribunal te désignera un avocat d'office. Qu'est-ce que tu préfères ?

Lisbeth Salander réfléchit à la proposition. Elle se dit qu'il lui fallait effectivement un avocat, mais avoir la sœur de ce Foutu Super Blomkvist comme défenseur était quand même assez difficile à avaler. Il serait aux anges. D'un autre côté, un avocat d'office inconnu ne serait guère mieux. Elle finit par ouvrir la bouche et croassa un seul mot rauque.

— Giannini.

— Bien. Je te remercie. Alors j'ai une question à te poser. Tu n'es pas obligée de dire quoi que ce soit avant que ton avocate soit ici, mais cette question ne te concerne pas, toi, directement, ni ton bien-être pour autant que je peux comprendre. La police recherche le citoyen allemand Ronald Niedermann, trente-sept ans, qui est soupçonné d'avoir tué un policier.

Lisbeth fronça les sourcils. Ça, c'était nouveau pour elle. Elle ignorait tout de ce qui s'était passé après qu'elle avait planté la hache dans la tête de Zalachenko.

— Nous ici à Göteborg, nous aimerions le coincer le plus vite possible. Ma collègue ici présente, de Stockholm, voudrait aussi l'entendre au sujet des trois meurtres dont tu étais soupçonnée au départ. Nous te demandons ton aide. Nous voudrions savoir si tu as la moindre idée... si tu pouvais nous donner la moindre indication pour le localiser.

Le regard de Lisbeth passa avec méfiance d'Ackerman à Modig.

Ils ne savent pas qu'il est mon frère.

Ensuite elle se demanda si elle avait envie de voir Niedermann arrêté ou pas. Elle avait surtout envie de l'emmener devant un trou creusé dans la terre à Gosseberga et de l'y enterrer. Pour finir, elle haussa les épaules. Ce qu'elle n'aurait pas dû, puisqu'une douleur fulgurante traversa immédiatement son épaule gauche.

— On est quel jour ? demanda-t-elle.

— Lundi.

Elle réfléchit.

— La première fois que j'ai entendu le nom de Ronald Niedermann, c'était jeudi de la semaine dernière. Je l'ai pisté jusqu'à Gosseberga. Je n'ai aucune idée de l'endroit où il se trouve ni où il pourrait aller. Mais je parierais qu'il va rapidement essayer de se mettre en sécurité à l'étranger.

— Pourquoi est-ce que tu penses qu'il va s'enfuir à l'étranger ?

Lisbeth réfléchit.

— Parce que, quand Niedermann était sorti creuser une tombe pour moi, Zalachenko a dit qu'il y avait eu trop de publicité et qu'ils avaient déjà planifié que Niedermann parte à l'étranger pour quelque temps.

Lisbeth Salander n'avait pas échangé autant de mots avec un policier depuis l'âge de douze ans.

— Zalachenko... c'est ton père, donc.

Au moins, ils ont réussi à trouver ça. Foutu Super Blomkvist, probablement.

— Je dois aussi t'informer que ton père a porté plainte contre toi pour tentative d'homicide. Le dossier se trouve en ce moment chez le procureur qui doit prendre position pour ou contre une action judiciaire. En revanche, ce qui est d'ores et déjà sur la table, c'est que tu es mise en examen pour coups et blessures aggravés. Tu as planté une hache dans le crâne de Zalachenko.

Lisbeth ne dit rien. Le silence fut très long. Ensuite Sonja Modig se pencha en avant et parla à voix basse.

— Je voudrais seulement te dire qu'au sein de la police, nous n'accordons pas grande confiance à l'histoire de Zalachenko. Adresse-toi à ton avocate, pour un entretien approfondi, et de notre côté, on attendra un peu.

Ackerman hocha la tête. Les policiers se levèrent.

— Merci de nous avoir aidés pour Niedermann.

Lisbeth fut surprise de constater que les policiers avaient été très corrects et presque aimables. Elle s'étonna un peu de la réplique de Sonja Modig. Il doit y avoir une arrière-pensée, se dit-elle.

7

LUNDI 11 AVRIL – MARDI 12 AVRIL

A 17 H 45 LE LUNDI, Mikael Blomkvist ferma le couvercle de son iBook et quitta sa place à la table de cuisine dans son appartement de Bellmansgatan. Il mit une veste et se rendit à pied aux bureaux de Milton Security près de Slussen. Il prit l'ascenseur pour monter à la réception au deuxième étage et fut immédiatement introduit dans une salle de réunion.

— Salut Dragan, dit-il en tendant la main. Merci d'avoir accepté d'accueillir cette réunion informelle.

Il regarda autour de lui dans la pièce. A part lui et Dragan Armanskij, il y avait là Annika Giannini, Holger Palmgren et Malou Eriksson. L'ex-inspecteur criminel Steve Bohman, de chez Milton, qui sur ordre d'Armanskij avait suivi l'enquête sur Salander depuis le premier jour, participait également à la réunion.

Holger Palmgren faisait sa première sortie depuis plus de deux ans. Son médecin, le Dr A. Sivarnandan, n'avait pas été spécialement enthousiaste à l'idée de le laisser quitter le centre de rééducation d'Ersta, mais Palmgren avait insisté. Il avait effectué le trajet en voiture particulière, accompagné de son aide-soignante personnelle Johanna Karolina Oskarsson, trente-neuf ans, dont le salaire était payé par un fonds créé par un mystérieux donateur pour offrir à Palmgren les meilleurs soins imaginables. Karolina Oskarsson attendait dans un coin détente devant la salle de réunion. Elle avait apporté un livre. Mikael ferma la porte.

— Pour ceux qui ne la connaissent pas : Malou Eriksson est notre toute nouvelle rédactrice en chef à *Millénium*. Je lui ai demandé d'assister à cette réunion puisque ce qu'on va discuter ici affectera son boulot.

— OK, dit Armanskij. Nous sommes tous là. On t'écoute.

Mikael s'approcha du tableau blanc d'Armanskij et prit un marqueur. Il parcourut l'assemblée du regard.

— Je crois que je n'ai jamais rien vécu de plus délirant, dit-il. Quand ça sera fini, je pourrai fonder une association de bienfaisance. Je l'appellerai Les Chevaliers de la Table Dingue, et son but sera d'organiser un dîner annuel où on dira du mal de Lisbeth Salander. Vous êtes tous membres.

Il fit une pause.

— Voici à quoi ressemble la réalité, dit-il en commençant à tracer des colonnes sur le tableau d'Armanskij. Il parla pendant une bonne demi-heure. La discussion qui s'ensuivit dura près de trois heures.

UNE FOIS LA CONFÉRENCE FORMELLEMENT TERMINÉE, Evert Gullberg s'installa en tête-à-tête avec Fredrik Clinton. Ils parlèrent à voix basse pendant quelques minutes avant que Gullberg se lève. Les deux anciens frères d'armes se serrèrent la main.

Gullberg rentra en taxi à l'hôtel Frey chercher ses vêtements, il paya la note et prit un train qui partait dans l'aprèsmidi pour Göteborg. Il choisit la première classe et eut tout un compartiment pour lui tout seul. Quand le train eut dépassé le pont d'Årsta, il sortit un stylo à bille et un bloc de papier à lettres. Il réfléchit un instant, puis se mit à écrire. Il remplit d'écriture environ la moitié de la page avant de s'arrêter et d'arracher celle-ci du bloc.

Les documents falsifiés n'étaient pas de son ressort, il n'était pas expert en la matière, mais dans le cas présent, la tâche était simplifiée par le fait que les lettres qu'il était en train d'écrire devaient être signées par lui-même. La difficulté était que pas un mot ne devait être vrai.

En passant Nyköping, il avait rejeté encore un grand nombre de brouillons, mais il commençait à avoir une petite idée de la manière dont les lettres seraient formulées. En arrivant à Göteborg, il disposait de douze lettres dont il était satisfait. Il veilla soigneusement à ce que ses empreintes digitales soient claires et nettes sur le papier.

A la gare centrale de Göteborg, il réussit à trouver une photocopieuse et fit des copies. Puis il acheta des enveloppes et des timbres, et posta le courrier dans la boîte aux lettres qui serait relevée à 21 heures.

Gullberg prit un taxi pour rejoindre le City Hotel dans Lorensbergsgatan, où Clinton lui avait réservé une chambre. Il logea de ce fait dans l'hôtel où Mikael Blomkvist avait passé la nuit quelques jours auparavant. Il monta tout de suite à sa chambre et s'affala sur le lit. Il était profondément fatigué et réalisa qu'il n'avait mangé que deux tartines de toute la journée. Il n'avait toujours pas faim. Il se déshabilla et s'allongea dans le lit, et il s'endormit presque immédiatement.

LISBETH SALANDER SE RÉVEILLA en sursaut en entendant la porte s'ouvrir. Elle sut immédiatement que ce n'était pas l'infirmière de nuit. Elle ouvrit les yeux en deux minces fentes et vit la silhouette avec les cannes à la porte. Zalachenko ne bougeait pas et la contemplait dans le rai de lumière du couloir entrant par l'ouverture de la porte.

Sans bouger, elle tourna les yeux vers le réveil et vit affiché 3 h 10.

Elle décala le regard de quelques millimètres et vit le verre d'eau au bord de la table de chevet. Elle pourrait l'atteindre pile-poil sans avoir à déplacer son corps.

Il lui faudrait une fraction de seconde pour tendre le bras et d'un geste résolu casser le haut du verre contre le bord dur de la table de chevet. Il faudrait une demi-seconde pour planter le bord tranchant dans la gorge de Zalachenko s'il se penchait sur elle. Elle calcula d'autres alternatives mais finit par comprendre que c'était sa seule arme possible.

Elle se détendit et attendit.

Zalachenko resta sans bouger à la porte pendant deux minutes.

Puis il referma doucement la porte. Elle entendit le faible raclement des cannes lorsqu'il s'éloigna tranquillement de la chambre.

Au bout de cinq minutes, elle se dressa sur les coudes, prit le verre et but une grande gorgée. Elle bascula les jambes par-dessus le bord du lit et défit les électrodes de son bras et de sa poitrine. Elle se leva et resta debout à chanceler. Il lui fallut une bonne minute pour prendre le contrôle sur son corps. Elle boita jusqu'à la porte, s'appuya contre le mur et chercha son souffle. Elle avait des sueurs froides. Ensuite elle piqua une colère froide.

Fuck you, *Zalachenko. Qu'on en finisse !*

Elle avait besoin d'une arme.

L'instant après, elle entendit des talons rapides dans le couloir.

Merde. Les électrodes.

— Mais qu'est-ce que tu fais debout, bon sang ? s'exclama l'infirmière.

— Je dois… aller… aux toilettes, dit Lisbeth Salander hors d'haleine.

— Retourne immédiatement te coucher.

Elle saisit la main de Lisbeth et l'aida à revenir à son lit. Puis elle alla chercher un bassin.

— Quand tu as besoin d'aller aux toilettes, tu nous sonnes. C'est pour ça que tu as ce bouton-là, dit l'infirmière.

Lisbeth ne dit rien. Elle se concentra pour essayer de produire quelques gouttes.

LE MARDI, MIKAEL BLOMKVIST se réveilla à 10 h 30, se doucha, lança le café et s'installa ensuite devant son iBook. Après la réunion à Milton Security la veille au soir, il était rentré et avait travaillé jusqu'à 5 heures. Il sentait enfin que son sujet commençait à prendre forme. La biographie de Zalachenko restait floue – tout ce dont il disposait pour s'orienter était les informations qu'il avait extorquées à Björck et les détails que Holger Palmgren avait ajoutés. L'histoire de Lisbeth Salander était pratiquement terminée. Il expliquait en détail comment elle avait été confrontée à une bande de guerriers froids de la DGPN/Säpo et enfermée en pédopsychiatrie pour que n'éclate pas le secret entourant Zalachenko.

Il était satisfait de son texte. Il tenait une histoire du tonnerre qui allait renverser les kiosques à journaux et qui en outre allait créer des problèmes très haut dans la bureaucratie de l'Etat.

Il alluma une cigarette tout en réfléchissant.

Il lui restait deux grands trous à combler. L'un était gérable. Il lui fallait s'attaquer à Peter Teleborian et il se réjouissait de cette tâche. Quand il en aurait terminé avec lui, le célèbre pédopsychiatre serait un des hommes les plus détestés de Suède.

L'autre problème était considérablement plus compliqué.

La machination contre Lisbeth Salander – il avait baptisé ces conspirateurs le club Zalachenko – se trouvait au sein de la Säpo. Il connaissait un nom, Gunnar Björck, mais Gunnar Björck ne pouvait en aucun cas être le seul responsable. Il y avait forcément un groupe, une sorte d'équipe. Il y avait forcément des chefs, des responsables et un budget. Le problème était qu'il n'avait aucune idée de comment s'y prendre pour identifier ces gens. Il ne savait pas par où commencer. Il n'avait qu'une connaissance rudimentaire de l'organisation de la Säpo.

Le lundi, il avait commencé ses recherches en envoyant Henry Cortez chez plusieurs bouquinistes de Södermalm avec ordre d'acheter tous les livres qui d'une façon ou d'une autre parlaient de la Säpo. Cortez était arrivé chez Mikael Blomkvist vers 16 heures le lundi avec six livres. Mikael contempla la pile sur la table.

Espionnage en Suède de Mikael Rosquist (Tempus, 1988) ; *J'ai été chef de la Säpo de 1962 à 1970* de Per Gunnar Vinge (W&W, 1988) ; *Pouvoirs secrets* de Jan Ottosson et Lars Magnusson (Tiden, 1991) ; *Lutte pour le contrôle de la Säpo* d'Erik Magnusson (Corona, 1989) ; *Une mission* de Carl Lidbom (W&W, 1990) ainsi que – un peu surprenant – *An Agent in Place* de Thomas Whiteside (Ballantine, 1966) qui parlait de l'affaire Wennerström. Celle des années 1960 donc, pas celle de Mikael Blomkvist au début du XXIe siècle.

Il avait passé la plus grande partie de la nuit du mardi à lire ou au moins à parcourir les livres que Henry Cortez avait trouvés. Sa lecture terminée, il fit quelques constatations. Premièrement, la plupart des livres sur la Säpo qui avaient jamais été écrits semblaient avoir été édités à la fin des années 1980. Une recherche sur Internet démontra qu'il n'existait aucune littérature récente en la matière.

Deuxièmement, il ne semblait pas exister de résumé compréhensible de l'activité de la police secrète suédoise au fil des ans. Ça pouvait à la rigueur se concevoir en songeant au nombre d'affaires classées secret-défense et donc difficiles à traiter, mais il n'existait apparemment pas la moindre institution, le moindre chercheur ou le moindre média qui étudiaient la Säpo d'un œil critique.

Il nota aussi le fait étrange qu'il n'existait aucune référence à d'autres ouvrages dans les livres rapportés par Henry Cortez. Les notes en bas de page renvoyaient souvent à des articles dans la presse du soir ou des interviews personnelles avec un gars de la Säpo à la retraite.

Pouvoirs secrets était fascinant mais traitait principalement de l'époque avant et pendant la Seconde Guerre mondiale. Mikael considérait les Mémoires de P. G. Vinge plus comme un livre de propagande écrit pour sa défense par un directeur de la Säpo durement critiqué et démis de son poste. *An Agent in Place* contenait tant de bizarreries sur la Suède dès le premier chapitre qu'il jeta carrément le livre à la poubelle. Les seuls livres ayant l'ambition prononcée de décrire le travail de la Säpo étaient *Lutte pour le contrôle de la Säpo* et *Espionnage en Suède*. Il y avait des dates, des noms et des organigrammes. Il trouva le livre d'Erik Magnusson particulièrement intéressant. Même s'il n'offrait pas de réponse à ses questions immédiates, il donnait un bon aperçu de ce qu'avait été la Säpo et de ses activités au cours des décennies passées.

La plus grande surprise fut cependant *Une mission* de Carl Lidbom, qui décrivait les problèmes auxquels fut confronté l'ancien ambassadeur à Paris lorsque, sur ordre du gouvernement, il enquêta sur la Säpo dans le sillage de l'assassinat de Palme et de l'affaire Ebbe Carlsson. Mikael n'avait jamais rien lu de Carl Lidbom et fut surpris par sa langue ironique mêlée d'observations pointues. Mais le livre de Carl Lidbom non plus n'approcha pas Mikael de la réponse à ses questions, même s'il commençait à avoir une petite idée du chantier qui l'attendait.

Après avoir réfléchi un moment, il prit son téléphone portable et appela Henry Cortez.

— Salut Henry. Merci pour la corvée d'hier.

— Hmm. Qu'est-ce que tu veux ?

— J'ai encore quelques corvées à te confier.

— Micke, j'ai un boulot. Je suis devenu secrétaire de rédaction.

— Belle progression dans ta carrière.

— Accouche !

— Au fil des ans un certain nombre d'enquêtes publiques sur la Säpo ont été menées. Carl Lidbom en a fait une. Il doit y avoir pas mal de ce genre d'enquêtes.

— Hm hm.

— Apporte-moi tout ce que tu peux trouver concernant le Parlement – les budgets, les enquêtes officielles de l'Etat, les débats à la suite d'interpellations à l'Assemblée et ce genre de choses. Et commande les annales de la Säpo aussi loin en arrière que tu pourras remonter.

— A vos ordres, mon capitaine.

— Bien. Et… Henry…

— Oui ?

— … je n'en ai besoin que pour demain.

LISBETH SALANDER PASSA LA JOURNÉE à réfléchir à Zalachenko. Elle savait qu'il se trouvait à deux chambres d'elle, qu'il rôdait dans les couloirs la nuit et qu'il était venu dans sa chambre à 3 h 10.

Elle l'avait pisté jusqu'à Gosseberga avec l'intention de le tuer. Elle avait échoué, et Zalachenko était encore vivant et se trouvait à moins de dix mètres d'elle. Elle était dans la merde. Jusqu'où, elle avait du mal à le déterminer, mais elle supposait qu'elle aurait besoin de s'enfuir et de disparaître discrètement à l'étranger si elle ne voulait pas risquer d'être enfermée de nouveau chez les fous avec Peter Teleborian comme gardien.

Le problème était évidemment qu'elle n'avait même pas la force de s'asseoir dans le lit. Elle notait des améliorations. Le mal de tête était toujours là, mais il arrivait par vagues au lieu d'être constant. La douleur à l'épaule restait superficielle et n'éclatait que dès qu'elle essayait de bouger.

Elle entendit des pas dans le couloir et vit une infirmière ouvrir la porte et faire entrer une femme en pantalon noir, chemise blanche et veste sombre. Une jolie femme mince, les cheveux châtains coupés court à la garçonne. Il émanait d'elle une tranquille confiance en elle-même. Elle avait un porte-documents noir à la main. Lisbeth reconnut immédiatement les yeux de Mikael Blomkvist.

— Bonjour Lisbeth. Je m'appelle Annika Giannini, dit-elle. Puis-je entrer ?

Lisbeth la contempla sans expression. Brusquement, elle n'avait aucune envie de rencontrer la sœur de Mikael Blomkvist et elle regretta d'avoir accepté la proposition qu'elle devienne son avocate.

Annika Giannini entra, referma la porte derrière elle et avança une chaise. Elle resta assise en silence pendant quelques secondes et observa sa cliente.

Lisbeth Salander avait l'air vraiment mal en point. Sa tête n'était qu'un paquet de bandages. D'énormes hématomes pourpres entouraient ses yeux injectés de sang.

— Avant qu'on commence à discuter de quoi que ce soit, j'ai besoin de savoir si vous voulez réellement que je sois votre avocate. En général, je ne m'occupe que d'affaires civiles, où je représente des victimes de viol ou de mauvais traitement. Je ne suis pas une avocate d'affaires criminelles. En revanche, je me suis mise au courant des détails de votre cas et j'ai très envie de vous représenter, si vous êtes d'accord. Il faut aussi que je dise que Mikael Blomkvist est mon frère – je crois que vous le savez déjà – et que lui et Dragan Armanskij paient mes honoraires.

Elle attendit un instant mais, n'obtenant aucune réaction de sa cliente, elle poursuivit.

— Si vous me voulez comme avocate, je travaillerai pour vous. Je veux dire, je ne travaille pas pour mon frère ni pour Armanskij. Je serai également assistée en tout ce qui concerne le pénal par votre ancien tuteur Holger Palmgren. C'est un vrai coriace, cet homme-là, qui a quitté son lit d'hôpital pour vous aider.

— Palmgren ? dit Lisbeth Salander.

— Oui.

— Vous l'avez rencontré ?

— Oui. Il va être mon conseiller.

— Comment va-t-il ?

— Il est en pétard, mais je n'ai pas l'impression qu'il soit spécialement inquiet pour vous.

Lisbeth Salander esquissa un sourire de travers. Le premier depuis qu'elle avait atterri à l'hôpital Sahlgrenska.

— Vous vous sentez comment ? demanda Annika Giannini.

— Comme un sac de merde, dit Lisbeth Salander.

— Mmouais. Est-ce que vous voulez que je vous défende ? Armanskij et Mikael paient mes honoraires et…

— Non.

— Comment ça ?

— Je paie moi-même. Je n'accepte pas un *öre* d'Arman-skij ou de Super Blomkvist. Mais je ne pourrai vous payer que lorsque j'aurai un accès à Internet.

— Je comprends. On trouvera une solution à ça en temps voulu et, quoi qu'il en soit, c'est le ministère public qui paiera la plus grande partie de mon salaire. Vous êtes donc d'accord pour que je vous représente ?

Lisbeth Salander hocha brièvement la tête.

— Bien. Alors je vais commencer par transmettre un message de la part de Mikael. Il s'exprime en énigmes mais il m'a dit que vous comprendriez ce qu'il veut dire.

— Ah bon ?

— Il dit qu'il m'a raconté presque tout sauf quelques petites choses. La première concerne vos capacités qu'il a découvertes à Hedestad.

Mikael sait que j'ai une mémoire photographique... et que je suis une hacker. Il l'a gardé pour lui.

— OK.

— La deuxième est le DVD. Je ne sais pas à quoi il fait allusion, mais il dit que c'est à vous de décider si vous voulez m'en parler ou pas. Vous comprenez ce qu'il veut dire ?

— Oui.

— Bon...

Annika Giannini hésita subitement.

— Je suis un peu irritée contre mon frère. Bien qu'il m'ait engagée, il ne raconte que ce qui lui convient. Est-ce que vous aussi, vous avez l'intention de me taire des choses ?

Lisbeth réfléchit.

— Je ne sais pas.

— Nous allons avoir besoin de parler pas mal ensemble. Je n'ai pas le temps de rester là maintenant, je dois rencontrer la procureur Agneta Jervas dans trois quarts d'heure. Il me fallait simplement votre confirmation comme quoi vous m'acceptez comme avocate. J'ai aussi une instruction à vous faire passer...

— Ah bon.

— Voici de quoi il s'agit : si je ne suis pas présente, vous ne devez pas dire un mot à la police, quoi qu'ils vous demandent. Même s'ils vous provoquent et vous accusent de toutes sortes de choses. Vous pouvez me le promettre ?

— Ça ne va pas me demander de gros efforts, dit Lisbeth Salander.

EVERT GULLBERG AVAIT ÉTÉ ÉPUISÉ par la tension du lundi et ne se réveilla qu'à 9 heures le mardi, presque quatre heures après son heure de réveil normale. Il alla à la salle de bains, se lava et se brossa les dents. Il contempla longuement son visage dans le miroir avant d'éteindre la lampe et d'aller s'habiller. Il choisit la seule chemise propre qui lui restait dans le porte-documents et noua une cravate à motifs bruns.

Il descendit à la salle de petit-déjeuner de l'hôtel, prit une tasse de café noir et une tranche de pain de mie grillée avec du fromage et un peu de marmelade d'oranges. Il but un grand verre d'eau minérale.

Ensuite il se rendit dans le hall de l'hôtel et appela le portable de Fredrik Clinton depuis une cabine à cartes.

— C'est moi. Quelle est la situation ?

— Assez agitée.

— Fredrik, est-ce que tu sauras venir à bout de tout ça ?

— Oui, c'est comme autrefois. Dommage seulement que Hans von Rottinger ne soit plus en vie. Il savait mieux planifier les opérations que moi.

— Toi et lui, vous étiez au même niveau. Vous auriez pu vous relayer à tout moment. Et vous l'avez d'ailleurs fait plus d'une fois.

— Il y avait une petite différence entre nous, infime. Il était toujours un poil meilleur que moi.

— Vous en êtes où ?

— Sandberg est plus futé que ce qu'on pensait. Nous avons appelé Mårtensson en renfort. C'est un saute-ruisseau, mais il va nous servir. Nous avons mis Blomkvist sur écoute, le fixe à son domicile et son portable. Dans la journée on s'occupera des téléphones de Giannini et de *Millénium*. On est en train d'examiner les plans des bureaux et des appartements. Nous entrerons dans les plus brefs délais.

— Tu dois d'abord localiser où se trouvent toutes les copies…

— C'est déjà fait. Nous avons eu une chance incroyable. Annika Giannini a appelé Blomkvist ce matin à 10 heures.

Elle a précisément demandé combien de copies circulent et leur conversation a révélé que Mikael Blomkvist conserve la seule copie. Berger avait fait une copie du rapport, mais elle l'a envoyée à Bublanski.

— Bien. On n'a pas une seconde à perdre.

— Je le sais. Mais il faut tout faire d'un coup. Si nous ne ramassons pas toutes les copies du rapport de Björck en même temps, nous ne réussirons pas.

— Je sais.

— Ça se complique un peu, puisque Giannini est allée à Göteborg ce matin. J'ai dépêché une équipe de collaborateurs externes à ses trousses. Ils sont dans l'avion en ce moment.

— Bien.

Gullberg ne trouva rien de plus à dire. Il garda le silence un long moment.

— Merci, Fredrik, dit-il finalement.

— Merci à toi. C'est plus marrant, cette histoire, que de rester à attendre un rein qui n'arrive jamais.

Ils se dirent au revoir. Gullberg paya la note d'hôtel et sortit dans la rue. Les dés étaient jetés. Maintenant il fallait juste que la chorégraphie soit exacte.

Il commença par se rendre à pied au Park Avenue Hotel où il demanda à pouvoir utiliser le fax. Il ne tenait pas à le faire à l'hôtel où il avait dormi. Il faxa les lettres qu'il avait rédigées dans le train la veille. Puis il sortit sur Avenyn et chercha un taxi. Il s'arrêta devant une poubelle et déchira les photocopies qu'il avait faites de ses lettres.

ANNIKA GIANNINI S'ENTRETINT avec la procureur Agneta Jervas pendant quinze minutes. Elle voulut savoir quelles accusations la procureur avait l'intention de prononcer contre Lisbeth Salander, mais elle comprit vite que Jervas ne savait pas très bien ce qui allait se passer.

— Pour l'instant, je me contenterai de la mettre en examen pour coups et blessures aggravés assortis de tentative d'homicide. Je parle donc du coup de hache que Lisbeth Salander a donné à son père. J'imagine que vous allez plaider la légitime défense.

— Peut-être.

166

— Mais pour être franche, c'est Niedermann, le tueur de policier, qui est ma priorité en ce moment.

— Je comprends.

— J'ai été en contact avec le procureur de la nation. Ils discutent maintenant pour savoir si toutes les accusations contre votre cliente ne seront pas centralisées chez un procureur à Stockholm et reliées à ce qui s'est passé là-bas.

— Je pars du principe que ça sera déplacé à Stockholm.

— Bien. Quoi qu'il en soit, il faut que j'aie une possibilité d'entendre Lisbeth Salander. Ça peut se faire quand ?

— J'ai une déclaration de son médecin, Anders Jonasson. Il dit que Lisbeth Salander n'est pas en état de subir un interrogatoire pendant encore plusieurs jours. Outre ses blessures physiques, elle est sous l'emprise de sédatifs très puissants.

— C'est à peu près ce qu'on m'a dit aussi. Mais vous comprendrez sûrement que c'est très frustrant pour moi. Je répète que ma priorité pour le moment, c'est Ronald Niedermann. Votre cliente dit qu'elle ne sait pas où il se cache.

— Ce qui est conforme à la vérité. Elle ne connaît pas Niedermann. Elle a juste réussi à l'identifier et à le pister.

— Bon, dit Agneta Jervas.

EVERT GULLBERG TENAIT UN BOUQUET DE FLEURS quand il entra dans l'ascenseur de l'hôpital Sahlgrenska en même temps qu'une femme aux cheveux courts en veste sombre. Il lui tint poliment la porte et la laissa se diriger la première vers la réception du service.

— Je m'appelle Annika Giannini. Je suis avocate et je dois voir de nouveau ma cliente Lisbeth Salander.

Evert Gullberg tourna la tête et regarda avec étonnement la femme qui l'avait accompagné dans l'ascenseur. Il déplaça le regard vers son porte-documents pendant que l'infirmière contrôlait la carte d'identité de Giannini et consultait une liste.

— Chambre 12, dit l'infirmière.

— Merci. Je suis déjà venue, je trouverai mon chemin.

Elle prit son porte-documents et disparut du champ de vision de Gullberg.

— Je peux vous aider ? demanda l'infirmière.

— Oui merci, je voudrais laisser ces fleurs à Karl Axel Bodin.

— Il n'a pas le droit de recevoir de visites.

— Je le sais, je voudrais seulement déposer les fleurs.

— Je peux m'en charger.

Gullberg n'avait apporté le bouquet que pour avoir un prétexte. Il voulait se faire une idée de la configuration du service. Il la remercia et se dirigea vers la sortie. En chemin, il passa devant la porte de Zalachenko, chambre 14 selon Jonas Sandberg.

Il attendit sur le palier. Par la porte vitrée, il vit l'infirmière prendre le bouquet qu'il venait de laisser et disparaître dans la chambre de Zalachenko. Quand elle revint à son poste, Gullberg poussa la porte, se dirigea rapidement vers la chambre 14 et entra.

— Salut Zalachenko, dit-il.

Zalachenko fixa un regard étonné sur son visiteur inattendu.

— Je croyais que tu étais mort à l'heure qu'il est, dit-il.

— Pas encore, dit Gullberg.

— Qu'est-ce que tu veux ? demanda Zalachenko.

— A ton avis ?

Gullberg avança la chaise des visiteurs et s'assit.

— Me voir mort, probablement.

— Oui, ça me plairait. Comment tu as pu être con à ce point ? On t'avait offert une nouvelle vie et toi, tu te retrouves ici.

Si Zalachenko avait pu sourire, il l'aurait sans doute fait. Pour lui, la Sûreté suédoise était constituée d'amateurs. Parmi ceux-ci, il incluait Evert Gullberg et Sven Jansson, alias Gunnar Björck. Sans parler de cet abruti de maître Nils Bjurman.

— Et maintenant c'est à nous de te tirer des flammes encore une fois.

L'expression ne fut pas entièrement du goût de Zalachenko, ancien grand brûlé.

— Arrête de me faire la morale. Il faut me sortir d'ici.

— C'est ça que je veux discuter avec toi.

Il prit son porte-documents sur les genoux, sortit un bloc-notes vierge et ouvrit une page blanche. Puis il scruta Zalachenko.

— Il y a une chose qui m'intrigue – est-ce que tu irais jusqu'à nous griller après tout ce qu'on a fait pour toi ?

— A ton avis ?

— Ça dépend de l'étendue de ta folie.

— Ne me traite pas de fou. Je suis quelqu'un qui survit. Je fais ce que je dois faire pour survivre.

Gullberg secoua la tête.

— Non, Alexander, tu agis comme tu le fais parce que tu es mauvais et pourri. Tu voulais connaître la position de la Section. Je suis ici pour te la donner. Cette fois-ci, on ne va pas lever un doigt pour t'aider.

Pour la première fois, Zalachenko eut l'air hésitant.

— Tu n'as pas le choix, dit-il.

— On a toujours un choix, dit Gullberg.

— Je vais…

— Tu ne vas rien faire du tout.

Gullberg respira à fond et glissa la main dans la poche extérieure de son porte-documents brun et en tira un Smith & Wesson 9 millimètres à la crosse revêtue d'or. Cette arme était un cadeau fait par les services de renseignements anglais vingt-cinq ans plus tôt – le résultat d'une information inestimable qu'il avait extorquée à Zalachenko et transformée en monnaie d'échange en béton sous forme du nom d'un sténographe au MI-5 anglais qui, dans le bon vieil esprit de Philby, travaillait pour les Russes.

Zalachenko eut l'air surpris. Il rit.

— Et qu'est-ce que tu vas faire avec ça ? Me tuer ? Tu passeras le reste de ta misérable vie en prison.

— Je ne crois pas, dit Gullberg.

Soudain Zalachenko ne sut pas très bien si Gullberg bluffait ou pas.

— Il y aura un scandale de proportions colossales.

— Je ne crois pas non plus. Il y aura quelques titres. Mais dans une semaine plus personne ne se souviendra du nom de Zalachenko.

Les yeux de Zalachenko s'étrécirent.

— Espèce de salopard, dit Gullberg d'une voix si froide que Zalachenko devint de glace.

Il appuya sur la détente et plaça la balle au milieu du front au moment précis où Zalachenko commençait à basculer sa prothèse par-dessus le bord du lit. Zalachenko fut propulsé en arrière sur l'oreiller. Son corps fut agité de quelques mouvements spasmodiques avant de s'immobiliser. Gullberg vit les éclaboussures former une fleur rouge sur le mur derrière la tête du lit. Ses oreilles résonnaient du coup et il se frotta machinalement le conduit auditif avec son index libre.

Ensuite il se leva et s'approcha de Zalachenko, appuya la bouche du canon sur sa tempe et tira encore par deux fois. Il n'avait pas l'intention de laisser une seule chance à ce vieux salaud.

LISBETH SALANDER SE REDRESSA d'un coup quand le premier coup de feu tomba. Elle sentit une douleur intense à travers l'épaule. Quand les deux coups suivants claquèrent, elle essaya de passer les jambes par-dessus le bord du lit.

Annika Giannini parlait avec Lisbeth depuis quelques minutes seulement quand elles entendirent les coups de feu. Elle resta tout d'abord paralysée et essaya de comprendre d'où provenait la détonation. La réaction de Lisbeth Salander lui fit comprendre qu'il se passait quelque chose.

— Ne bouge pas, cria-t-elle. Elle appuya machinalement sa main sur la poitrine de Lisbeth Salander et plaqua sa cliente dans le lit avec une telle force que Lisbeth en suffoqua.

Puis Annika traversa rapidement la pièce et ouvrit la porte. Elle vit deux infirmières qui couraient vers une chambre deux portes plus loin dans le couloir. La première s'arrêta net à la porte. Annika l'entendit crier : "Ne faites pas ça", puis faire un pas en arrière et se cogner à l'autre infirmière.

— Il est armé. Cours.

Annika vit les deux infirmières ouvrir la porte de la chambre voisine de Lisbeth Salander et s'y réfugier.

L'instant d'après, elle vit l'homme maigre aux cheveux gris avec la veste pied-de-poule sortir dans le couloir. Il tenait un pistolet à la main. Annika l'identifia comme l'homme qui était monté avec elle dans l'ascenseur quelques minutes plus tôt.

Puis leurs regards se croisèrent. Il eut l'air confus. Ensuite elle le vit tourner l'arme dans sa direction et faire un pas en avant. Elle retira la tête et claqua la porte, et regarda désespérément autour d'elle. Il y avait une haute table de soins juste à côté d'elle. Elle la tira contre la porte d'un seul mouvement et la coinça sous la poignée.

Elle entendit un mouvement, tourna la tête et vit que Lisbeth Salander était de nouveau en train de sortir du lit. En quelques enjambées elle fut près de sa cliente, la prit dans ses bras et la souleva. Elle arracha les électrodes et le goutte-à-goutte quand elle la porta aux toilettes où elle la posa sur le couvercle des W.-C. Elle se retourna et ferma la porte à clé. Ensuite elle sortit son portable de la poche de sa veste et fit le 112.

EVERT GULLBERG S'APPROCHA DE LA CHAMBRE de Lisbeth Salander et essaya d'appuyer sur la poignée de porte. Quelque chose la bloquait. Elle ne bougeait pas d'un millimètre.

Un bref instant, il resta indécis devant la porte. Il savait qu'Annika Giannini se trouvait dans la pièce et il se demanda si dans son sac il y avait une copie du rapport de Björck. Il ne pouvait pas entrer dans la chambre et il n'avait pas assez de forces pour enfoncer la porte.

Mais cela ne faisait pas partie du plan. Clinton devait se charger de la menace venant de Giannini. Son boulot à lui concernait uniquement Zalachenko.

Gullberg regarda autour de lui dans le couloir et réalisa qu'il était observé par deux douzaines d'infirmières, patients et visiteurs qui pointaient leur tête par l'entrebâillement des portes. Il leva le pistolet et tira un coup vers un tableau accroché sur le mur au bout du couloir. Son public disparut comme par un coup de baguette magique.

Il jeta un dernier regard à la porte fermée, retourna ensuite résolument à la chambre de Zalachenko et ferma la porte. Il s'assit dans le fauteuil des visiteurs et contempla le transfuge russe qui avait intimement fait partie de sa vie pendant tant d'années.

Il resta immobile pendant presque dix minutes avant d'entendre de l'agitation dans le couloir et de réaliser que la police était sur place. Il ne pensa à rien de spécial.

Puis il leva le pistolet une dernière fois, le pointa sur sa tempe et appuya sur la détente.

LA SUITE DES ÉVÉNEMENTS démontra l'imprudence d'essayer de se suicider à l'hôpital Sahlgrenska. Evert Gullberg fut transporté d'urgence au service de traumatologie de l'hôpital, où le Dr Anders Jonasson l'accueillit et entreprit immédiatement une suite de mesures destinées à maintenir les fonctions vitales.

Pour la deuxième fois en moins d'une semaine, Jonasson réalisa une opération d'urgence pour sortir une balle chemisée des tissus cérébraux humains. Après cinq heures d'opération, l'état de Gullberg était toujours critique. Mais il était en vie.

Les blessures d'Evert Gullberg étaient cependant autrement plus graves que les blessures infligées à Lisbeth Salander. Pendant plusieurs jours, il oscilla entre la vie et la mort.

MIKAEL BLOMKVIST SE TROUVAIT au Kaffebar dans Hornsgatan lorsqu'il entendit l'information à la radio selon laquelle l'homme d'une soixantaine d'années dont le nom n'avait pas encore été révélé et qui était soupçonné de tentative d'homicide sur Lisbeth Salander avait été tué par balle à l'hôpital Sahlgrenska à Göteborg. Il posa sa tasse, prit son sac d'ordinateur et se précipita à la rédaction dans Götgatan. Il traversa Mariatorget et tourna dans Sankt Paulsgatan quand son portable sonna. Il répondit sans cesser de marcher.

— Blomkvist.

— Salut, c'est Malou.

— Je viens d'entendre les infos. On sait qui a tiré ?

— Pas encore. Henry Cortez part à la chasse.

— J'arrive. Je serai là dans cinq minutes.

A la porte de *Millénium*, Mikael croisa Henry Cortez qui sortait.

— Ekström donne une conférence de presse à 15 heures, dit Henry. Je descends à Kungsholmen.

— Qu'est-ce qu'on sait ? cria Mikael derrière lui.

— Malou, dit Henry et il disparut.

Mikael mit le cap sur le bureau d'Erika Berger... ah zut, de Malou Eriksson. Elle était au téléphone et notait fébrilement sur un Post-it jaune. Elle lui fit signe de la main de se retirer. Mikael alla dans la kitchenette et emplit de café au lait deux mugs portant les logos des Jeunes chrétiennes-démocrates et du Cercle des jeunes sociaux-démocrates.

Quand il retourna dans le bureau de Malou, elle était en train de terminer la conversation. Il lui tendit le mug CJS.

— Bon, dit Malou. Zalachenko a été tué aujourd'hui à 13 h 15.

Elle regarda Mikael.

— Je viens de parler avec une infirmière de Sahlgrenska. Elle dit que l'assassin est un homme plus tout jeune, style soixante-dix ans, venu apporter des fleurs à Zalachenko quelques minutes avant le meurtre. Il a tiré plusieurs fois à bout portant dans la tête de Zalachenko et a ensuite retourné l'arme contre lui-même. Zalachenko est mort. L'assassin a survécu, ils sont en train de l'opérer.

Mikael respira. Depuis qu'il avait entendu la nouvelle au Kaffebar, il avait eu le cœur serré et un sentiment proche de la panique que ce soit Lisbeth Salander qui ait tenu l'arme. Ça aurait vraiment représenté une complication dans son plan.

— On a un nom pour le tueur ? demanda-t-il.

Malou secouait la tête quand le téléphone sonna de nouveau. Elle prit l'appel et la conversation fit comprendre à Mikael que c'était un free-lance que Malou avait envoyé à Sahlgrenska. Il lui adressa un signe de la main et alla s'installer dans son propre bureau.

Il avait l'impression que c'était la première fois en plusieurs semaines qu'il se trouvait à son poste de travail. Il repoussa résolument une pile de courrier non ouvert. Il appela sa sœur.

— Giannini.

— Salut. C'est Mikael. Tu as entendu ce qui s'est passé à Sahlgrenska ?

— Ça, on peut le dire.

— Tu es où ?

— A Sahlgrenska. Ce salaud m'a mise en joue.

Mikael resta muet pendant plusieurs secondes avant de comprendre ce que sa sœur venait de dire.

— Putain de merde… tu y étais ?

— Oui. C'est le pire truc que j'aie jamais vécu.

— Tu es blessée ?

— Non. Mais il a essayé d'entrer dans la chambre de Lisbeth. J'ai bloqué la porte et je nous ai enfermées dans les chiottes.

Mikael sentit tout à coup son monde s'ébranler. Sa sœur avait failli se…

— Comment va Lisbeth ? s'enquit-il.

— Elle n'a rien. Je veux dire, elle n'a en tout cas rien eu dans le drame d'aujourd'hui.

Il respira un peu mieux.

— Annika, tu sais quelque chose sur l'assassin ?

— Que dalle. C'était un homme âgé, bien mis. J'ai trouvé qu'il avait l'air perturbé. Je ne l'ai jamais vu avant, mais il était avec moi dans l'ascenseur quelques minutes avant le meurtre.

— Et c'est sûr que Zalachenko est mort ?

— Oui. J'ai entendu trois coups de feu et, d'après ce que j'ai pu saisir au vol, on lui a tiré dans la tête les trois fois. Mais ç'a été le chaos complet ici, avec des policiers dans tous les sens et l'évacuation de tout un service où se trouvent des gens grièvement blessés et malades qui ne doivent pas être déplacés. Quand la police est arrivée, quelqu'un a même voulu interroger Salander avant qu'ils comprennent à quel point elle est mal. J'ai été obligée de hausser le ton.

L'INSPECTEUR MARCUS ACKERMAN vit Annika Giannini dans la chambre de Lisbeth Salander par l'entrebâillement de la porte. L'avocate avait son portable serré contre l'oreille et il attendit qu'elle termine la conversation.

Deux heures encore après l'assassinat, un chaos plus ou moins organisé régnait dans le couloir. La chambre de Zalachenko était barrée. Des médecins avaient essayé d'intervenir immédiatement après les coups de feu mais ils avaient vite abandonné leurs efforts. Zalachenko n'avait plus besoin d'aide. Son corps avait été transporté à la morgue et l'examen de la scène de crime battait son plein.

Le portable d'Ackerman sonna. C'était Frank Malmberg, de l'équipe d'investigation.

— Nous avons une identification sûre du meurtrier, dit Malmberg. Il s'appelle Evert Gullberg et il a soixante-dix-huit ans. Âgé pour un assassin !

— Et qui c'est, ce putain d'Evert Gullberg ?

— Retraité. Il habite à Laholm. Il serait juriste d'affaires. J'ai reçu un appel de la DGPN/Säpo qui me dit qu'ils ont récemment engagé une enquête préliminaire à son encontre.

— Quand et pourquoi ?

— Je ne sais pas quand. Pourquoi, eh bien parce qu'il avait la mauvaise habitude d'envoyer des lettres de menace décousues à des personnalités publiques.

— Qui par exemple ?

— Le ministre de la Justice.

Marcus Ackerman soupira. Un fou donc. Un justicier.

— La Säpo a reçu ce matin des appels de plusieurs journaux à qui Gullberg a envoyé une lettre. Le ministère de la Justice a appelé aussi depuis que ce Gullberg a expressément menacé de mort Karl Axel Bodin.

— Je veux des copies des lettres.

— De la Säpo ?

— Oui, bordel de merde. Monte à Stockholm les chercher physiquement s'il le faut. Je les veux sur mon bureau quand je serai de retour à l'hôtel de police. C'est-à-dire dans une heure environ.

Il réfléchit un instant puis il ajouta une question.

— C'est la Säpo qui t'a appelé ?

— C'est ce que j'ai dit.

— Je veux dire, ce sont eux qui t'ont appelé et pas le contraire ?

— Oui. C'est ça.

— OK, dit Marcus Ackerman et il coupa son portable.

Il se demanda quelle mouche avait bien pu piquer la Säpo pour avoir subitement eu l'idée de contacter la police ordinaire de sa propre initiative. D'ordinaire, c'était quasiment impossible d'obtenir le moindre signe de vie de sa part.

WADENSJÖÖ OUVRIT D'UN GESTE BRUSQUE la porte de la chambre que Fredrik Clinton utilisait pour se reposer à la Section. Clinton se redressa avec précaution dans le lit.

— J'aimerais savoir ce que c'est que ce bordel, hurla Wadensjöö. Gullberg a tué Zalachenko et ensuite il s'est tiré une balle dans la tête.

— Je sais, dit Clinton.

— Tu sais ? s'exclama Wadensjöö.

Il était écarlate et avait l'air d'être sur le point de faire une hémorragie cérébrale.

— Tu te rends compte, ce con s'est tiré dessus. Il a essayé de se suicider. Il a perdu la tête ou quoi ?

— Il est donc toujours en vie ?

— Pour l'instant oui, mais il a des lésions massives dans le cerveau.

Clinton soupira.

— Quel dommage, dit-il, la voix remplie de chagrin.

— Dommage ?! cria Wadensjöö. Gullberg est complètement cinglé, ma parole. Tu ne comprends pas ce que…

Clinton le coupa.

— Gullberg a un cancer, à l'estomac, au colon et à la vessie. Ça fait plusieurs mois qu'il est mourant et au mieux il lui restait deux mois.

— Le cancer ?

— Depuis six mois, il trimballe cette arme avec lui, fermement décidé à l'utiliser quand la douleur deviendrait intolérable et avant qu'il soit transformé en un colis humilié dans une unité de soins. Là, il a pu rendre un dernier service à la Section. Sa sortie est grandiose.

Wadensjöö avair l'air stupéfait.

— Tu savais qu'il avait l'intention de tuer Zalachenko.

— Bien entendu. Sa mission était de veiller à ce que Zalachenko n'ait jamais la possibilité de parler. Et tu sais bien qu'on ne pouvait pas le menacer et encore moins le raisonner.

— Mais tu ne comprends donc pas le scandale que ça va causer ? Tu es aussi cinglé que Gullberg ?

Clinton se leva laborieusement. Il fixa Wadensjöö droit dans les yeux et lui donna une pile de télécopies.

— La décision relève du secteur des interventions. Je pleure mon ami, mais je vais probablement le suivre de très près. Mais cette histoire de scandale… Un ancien expert en fiscalité a écrit des lettres manifestement paranoïdes et sorties tout droit d'un cerveau dérangé, qu'il a ensuite adressées aux journaux, à la police et au ministère de la Justice. En voici une. Gullberg accuse Zalachenko de tout depuis l'assassinat de Palme jusqu'à une tentative d'empoisonner la population de la Suède avec du chlore. Les lettres sont de toute évidence écrites par un malade mental, par moments l'écriture est illisible, avec des majuscules, des soulignements et des points d'exclamation. J'aime bien sa façon d'écrire dans la marge.

Wadensjöö lut les lettres tandis que son ahurissement allait grandissant. Il se tâta le front. Clinton le regarda.

— Quoi qu'il arrive, la mort de Zalachenko n'aura rien à voir avec la Section. C'est un retraité désorienté et dément qui a tiré les coups de feu.

Il fit une pause.

— Le plus important à partir de maintenant, c'est que tu rentres dans les rangs. Ne t'agite pas dans la barque, elle pourrait se renverser !

Il darda ses yeux sur Wadensjöö. Il y eut soudain de l'acier dans le regard de l'homme malade.

— Il faut que tu comprennes que la Section est le fer de lance de l'ensemble de la Défense suédoise. Nous sommes la dernière ligne de défense. Notre boulot est de veiller à la sûreté du pays. Tout le reste n'a aucune importance.

Wadensjöö regarda Clinton fixement, du doute dans les yeux.

— Nous sommes ceux qui n'existent pas. Nous sommes ceux que personne ne remercie. Nous sommes ceux qui doivent prendre les décisions que personne d'autre n'arrive à prendre… surtout pas les politiciens.

Il y avait du mépris dans sa voix quand il prononça ce dernier mot.

— Fais ce que je te dis, et la Section survivra peut-être. Mais pour que ça arrive, il nous faut beaucoup de détermination et ne pas y aller de main morte.

Wadensjöö sentit la panique l'envahir.

HENRY CORTEZ NOTA FÉBRILEMENT tout ce qui se disait sur le podium à la conférence de presse dans l'hôtel de police à Kungsholmen. Ce fut le procureur Richard Ekström qui ouvrit la conférence. Il expliqua que dans la matinée il avait été décidé de confier à un procureur de la juridiction de Göteborg l'instruction du meurtre d'un policier à Gosseberga, pour lequel Ronald Niedermann était recherché, mais que toute autre enquête concernant Niedermann serait menée par lui-même. Niedermann était donc soupçonné des meurtres de Dag Svensson et de Mia Bergman. Rien ne fut dit au sujet de maître Bjurman. Ekström devait aussi enquêter sur Lisbeth Salander et intenter une action en justice sous l'accusation d'une longue série d'infractions.

Il expliqua qu'il avait décidé de rendre publique cette information à la suite des événements à Göteborg dans la journée, puisque le père de Lisbeth Salander, Karl Axel Bodin, avait été tué par balle. La raison directe de cette conférence de presse était qu'il tenait à démentir certaines données que les médias avaient déjà présentées et au sujet desquelles il avait reçu plusieurs coups de fil.

— En me basant sur les informations dont nous disposons actuellement, je peux dire que la fille de Karl Axel Bodin, qui se trouve donc en détention pour tentative de meurtre sur son père, n'a rien à voir avec les événements de ce matin.

— C'est qui, l'assassin ? cria un journaliste de *Dagens Eko*.

— L'homme qui à 13 h 15 aujourd'hui a tiré les coups de feu meurtriers sur Karl Axel Bodin et qui ensuite a essayé de se suicider a été identifié. C'est un retraité de soixante-dix-huit ans, soigné depuis un certain temps pour une maladie mortelle et pour des problèmes psychiques consécutifs à sa maladie.

— Existe-t-il un lien avec Lisbeth Salander ?

— Non. Nous pouvons démentir cette hypothèse avec certitude. Ces deux personnes ne se sont jamais rencontrées et ne se connaissent pas. L'homme de soixante-dix-huit ans est un personnage tragique qui a agi tout seul sur ses propres fantasmes manifestement paranoïdes. La Säpo avait récemment lancé une enquête à son sujet à cause d'un grand nombre de lettres confuses qu'il avait écrites à des politiciens en vue et aux médias. Ce matin encore, des lettres de cet homme sont arrivées aux journaux et aux autorités, dans lesquelles il profère des menaces de mort contre Karl Axel Bodin.

— Pourquoi la police n'a-t-elle pas mis Bodin sous protection ?

— Les lettres le concernant ont été postées hier soir et sont donc en principe arrivées au moment même où il commettait le meurtre. Il n'y avait aucune marge de manœuvre.

— Comment s'appelle cet homme ?

— Dans l'état actuel des choses, nous ne pouvons pas donner cette information avant que sa famille ait été mise au courant.

— Connaît-on son passé ?

— D'après ce que j'ai compris, il a travaillé en tant que commissaire aux comptes et expert en fiscalité. Il est retraité depuis quinze ans. Les investigations se poursuivent mais, comme ses lettres le démontrent, cette tragédie aurait peut-être pu être évitée si la société avait été plus vigilante.

— A-t-il menacé d'autres personnes ?

— D'après l'information qu'on m'a donnée, oui, mais je n'ai pas de détails.

— Qu'est-ce que cela implique pour le procès de Lisbeth Salander ?

— Pour l'instant rien. Nous disposons du témoignage que Karl Axel Bodin lui-même avait fourni aux policiers qui l'ont interrogé et nous avons des preuves techniques considérables contre elle.

— Qu'en est-il des informations selon lesquelles Bodin aurait essayé de tuer sa fille ?

— Cela fait l'objet d'une enquête mais il y a de fortes présomptions pour que ce soit vrai. Tout semble indiquer actuellement que nous avons affaire à de puissants antagonismes dans une famille tragiquement éclatée.

Henry Cortez avait l'air pensif. Il se gratta l'oreille. Il remarqua que ses collègues notaient aussi fébrilement que lui-même.

GUNNAR BJÖRCK RESSENTIT UNE PEUR PANIQUE en entendant la nouvelle des coups de feu à Sahlgrenska. Il avait des douleurs effroyables dans le dos.

Il resta d'abord dans l'irrésolution pendant plus d'une heure. Ensuite il prit le téléphone et essaya d'appeler son vieux protecteur Evert Gullberg à Laholm. Pas de réponse.

Il écouta les informations et eut le résumé de ce qui avait été dit à la conférence de presse de la police. Zalachenko tué par un justicier.

Bon sang. Soixante-dix-huit ans.

Il essaya encore une fois d'appeler Evert Gullberg, mais sans succès.

Pour finir, la panique et l'angoisse prirent le dessus. Il ne pouvait pas rester dans la maison qu'on lui avait prêtée à Smådalarö. Il s'y sentait cerné et exposé. Il avait besoin de temps pour réfléchir. Il fourra dans un sac des vêtements, des antalgiques et des affaires de toilette. Il ne voulut pas utiliser son téléphone et se rendit clopin-clopant à une cabine téléphonique devant l'épicerie locale pour appeler Landsort, et réserver une chambre dans le vieux phare transformé en chambres d'hôte. Landsort était le bout du monde et peu de gens iraient le chercher là-bas. Il fit une réservation pour deux semaines.

Il regarda sa montre. Il fallait qu'il se dépêche s'il voulait attraper le dernier ferry et retourner à la maison aussi vite que son dos douloureux le lui permettait. Il passa dans la cuisine vérifier que la cafetière électrique était bien débranchée. Puis il alla dans le vestibule chercher son sac. Il jeta un dernier regard dans le séjour et s'arrêta, interloqué.

D'abord il ne comprit pas ce qu'il voyait.

Le plafonnier avait d'une façon mystérieuse été enlevé et posé sur la table basse. A sa place, une corde était fixée au crochet, juste au-dessus d'un tabouret qui habituellement se trouvait dans la cuisine.

Björck regarda la corde sans comprendre.

Puis il entendit un mouvement derrière lui et il sentit ses jambes flageoler.

Il se retourna lentement.

C'était deux hommes d'environ trente-cinq ans. Il nota qu'ils étaient de type méditerranéen. Il n'eut pas le temps de réagir quand ils le prirent doucement chacun sous un bras, le soulevèrent et le tirèrent en arrière vers le tabouret. Quand il essaya de résister, la douleur le transperça comme un coup de couteau dans le dos. Il était presque paralysé quand il sentit qu'on le déposait sur le tabouret.

JONAS SANDBERG ÉTAIT ACCOMPAGNÉ d'un homme âgé de quarante-neuf ans surnommé Falun et qui dans sa jeunesse avait été cambrioleur professionnel, mais qui s'était ensuite reconverti en serrurier. Hans von Rottinger de la Section avait recruté Falun en 1986 pour une opération qui consistait à forcer les portes du leader d'une organisation anarchiste. Falun avait ensuite été recruté périodiquement jusqu'au milieu des années 1990, où ce genre d'actions s'était essoufflé. Tôt dans la matinée, Fredrik Clinton avait ranimé cette relation en contactant Falun pour une mission. Falun allait gagner 10 000 couronnes au black pour environ dix minutes de boulot. En retour, il s'était engagé à ne rien voler dans l'appartement ciblé ; la Section après tout ne menait pas une activité criminelle.

Falun ne savait pas exactement qui Clinton représentait, mais il supposait que ça avait un rapport avec l'armée. Il avait lu Jan Guillou. Il ne posait pas de questions. En revanche, il était content de se remettre en selle après tant d'années de silence de son commanditaire.

Son boulot était d'ouvrir la porte. Il était expert en effraction et il utilisait un pic électrique. Il lui fallut néanmoins cinq minutes pour forcer les serrures de l'appartement de Mikael Blomkvist. Ensuite, Falun attendit sur le palier alors que Jonas Sandberg franchissait la porte.

— Je suis entré, dit Sandberg dans le micro de son mains-libres.

— Bien, dit Fredrik Clinton dans son oreillette. Sois calme et reste prudent. Décris-moi ce que tu vois.

— Je me trouve dans le vestibule avec une penderie et étagère à chapeaux à droite et une salle de bains à gauche. Le reste de l'appartement est une grande pièce d'une cinquantaine de mètres carrés. Il y a une petite cuisine américaine à droite.

— Est-ce qu'il y a une table de travail ou…

— J'ai l'impression qu'il travaille sur la table de cuisine ou dans le canapé… attends.

Clinton attendit.

— Oui. Il y a un classeur sur la table de cuisine avec le rapport de Björck. On dirait que c'est l'original.

— Bien. Y a-t-il autre chose d'intéressant sur la table ?

— Des livres. Les Mémoires de P. G. Vinge. *Lutte pour le contrôle de la Säpo* d'Erik Magnusson. Une demi-douzaine de livres du même acabit.

— Un ordi ?

— Non.

— Armoire de sécurité ?

— Non… pas que je voie.

— OK. Prends ton temps. Examine chaque mètre de l'appartement. Mårtensson me rapporte que Blomkvist est toujours à la rédaction. Tu portes bien des gants ?

— Evidemment.

MARCUS ACKERMAN attendit qu'Annika Giannini ait terminé sa conversation téléphonique pour entrer dans la chambre de Lisbeth Salander. Il tendit la main à Annika Giannini et se présenta. Puis il alla saluer Lisbeth et demanda comment elle se sentait. Lisbeth Salander ne dit rien. Il se tourna vers Annika Giannini.

— Je voudrais vous poser quelques questions.

— Très bien.

— Pouvez-vous me raconter ce qui s'est passé ?

Annika Giannini raconta ce qu'elle avait vécu et ses agissements jusqu'à ce qu'elle se barricade dans les toilettes avec Lisbeth. Ackerman eut l'air pensif. Il lorgna vers Lisbeth Salander puis vers son avocate.

— Vous pensez donc qu'il se dirigeait vers cette chambre.

— Je l'ai entendu, il a essayé d'ouvrir la porte.

— Et vous en êtes sûre ? On se fait vite des idées quand on a peur ou qu'on est affolé.

— Je l'ai entendu. Il m'a vue. Il a pointé son arme sur moi.

— Vous pensez qu'il a essayé de vous tuer, vous aussi ?

— Je ne sais pas. J'ai retiré ma tête et j'ai bloqué la porte.

— Vous avez très bien fait. Et encore mieux de cacher votre cliente dans les toilettes. Ces portes sont tellement minces que les balles seraient probablement passées à travers s'il avait tiré. Ce que j'essaie de comprendre, c'est s'il s'est attaqué à vous personnellement ou s'il a juste réagi parce que vous le regardiez. Vous étiez tout près de lui dans le couloir.

— C'est exact.

— Vous avez eu l'impression qu'il vous connaissait ou peut-être reconnaissait ?

— Non, pas vraiment.

— Est-ce qu'il a pu vous reconnaître des journaux ? Vous avez été citée dans plusieurs affaires remarquées.

— C'est possible. Je n'en sais rien.

— Et vous ne l'aviez jamais vu auparavant ?

— Je l'ai vu dans l'ascenseur en arrivant ici.

— Ah, ça, je ne le savais pas. Vous vous êtes parlé ?

— Non. J'ai jeté un œil sur lui pendant peut-être une demi-seconde. Il avait un bouquet de fleurs dans une main et un porte-documents dans l'autre.

— Vous êtes entrés en contact visuel ?

— Non. Il regardait droit devant lui.

— C'est lui qui est entré le premier dans l'ascenseur ou bien il est entré après vous ?

Annika réfléchit.

— Je crois qu'on est entré plus ou moins en même temps.

— Avait-il l'air perturbé ou…

— Non. Il restait sans bouger avec ses fleurs.

— Que s'est-il passé ensuite ?

— Je suis sortie de l'ascenseur. Il est sorti en même temps et je suis allée trouver ma cliente.

— Vous avez rejoint directement sa chambre ?

— Oui… non. C'est-à-dire, je suis d'abord allée à la réception montrer ma carte d'identité. La procureur a instauré l'interdiction de visites pour ma cliente.

— Où se trouvait l'homme alors ?

Annika Giannini hésita.

— Je ne suis pas très certaine. Il m'a suivie, je suppose. Si, attendez… Il est sorti le premier de l'ascenseur, mais s'est arrêté et m'a tenu la porte. Je ne peux pas le jurer, mais je crois qu'il est aussi allé à la réception. J'étais simplement plus rapide que lui.

Un assassin retraité très courtois, pensa Ackerman.

— Oui, c'est vrai, il est allé à la réception, reconnut-il. Il a parlé avec l'infirmière et lui a remis le bouquet de fleurs. Mais vous n'avez donc pas vu tout cela ?

— Non. Je ne crois pas.

Marcus Ackerman réfléchit un instant mais ne trouva rien d'autre à demander. Une sensation de frustration le rongeait. Il avait déjà connu cette sensation et avait appris à l'interpréter comme un rappel de son instinct.

L'assassin avait été identifié comme Evert Gullberg, soixante-dix-huit ans, ancien commissaire aux comptes, éventuellement consultant en entreprise et expert en fiscalité. Un homme d'âge avancé. Un homme contre qui la Säpo avait récemment engagé une enquête préliminaire parce qu'il était un cinglé qui envoyait des lettres de menace aux célébrités.

Son expérience en tant que policier était qu'il existait pas mal de fêlés, des personnes obsédées qui harcelaient les célébrités et cherchaient de l'amour en s'installant à demeure dans le bosquet derrière leur villa. Et quand leur amour ne trouvait pas d'écho, il pouvait très vite se transformer en haine aveugle. Il existait des persécuteurs qui partaient de l'Allemagne et de l'Italie pour déclarer leur flamme à une jeune chanteuse d'un groupe de pop célèbre et qui ensuite se formalisaient parce qu'elle n'engageait pas immédiatement une relation intime avec eux. Il y avait des justiciers qui ressassaient des offenses réelles ou imaginaires et qui pouvaient faire preuve d'un comportement passablement menaçant. Il y avait de purs psychopathes et des forcenés obsédés de conspirations, capables de discerner des messages dissimulés qui échappaient au reste du monde.

Les exemples ne manquaient pas non plus de cinglés qui passaient des fantasmes à l'action. Le meurtre d'Anna Lindh, n'était-ce pas justement une impulsion d'un de ces malades ? Peut-être. Peut-être pas.

Mais l'inspecteur Marcus Ackerman n'aimait absolument pas l'idée qu'un ancien expert en fiscalité, ou quel que soit son métier, au psychisme dérangé puisse arriver à l'hôpital Sahlgrenska avec un bouquet de fleurs dans une main et un pistolet dans l'autre et exécuter une personne qui faisait à ce moment-là l'objet d'une enquête de police – son enquête. Un homme qui dans les registres officiels s'appelait Karl Axel Bodin mais qui d'après Mikael Blomkvist s'appelait Zalachenko et qui était un foutu agent russe transfuge et un assassin.

Zalachenko était au mieux un témoin et au pire mêlé à toute une série d'homicides. Ackerman avait eu l'occasion de mener deux interrogatoires avec Zalachenko et pas une seule seconde il n'avait cru à ses protestations d'innocence.

Et son assassin avait montré de l'intérêt pour Lisbeth Salander ou au moins pour son avocate. Il avait essayé d'entrer dans sa chambre.

Et ensuite il avait essayé de se suicider en se tirant une balle dans la tête. Selon les médecins, il était apparemment si mal en point qu'il réussirait probablement sa tentative, même si son corps n'avait pas encore compris que l'heure était venue d'abandonner la partie. Tout portait à croire qu'Evert Gullberg ne serait jamais présenté à un juge.

La situation ne plaisait pas à Marcus Ackerman. Pas un instant. Mais rien ne prouvait que les coups de pistolet de Gullberg avaient été autre chose que ce qu'ils semblaient être. Quoi qu'il en soit, il décida de ne rien laisser au hasard. Il regarda Annika Giannini.

— J'ai pris la décision qu'on déplace Lisbeth Salander dans une autre chambre. Il en reste une dans le petit bout de couloir à droite de la réception, qui du point de vue de la sécurité est bien meilleure que celle-ci. Elle est en vue de la réception et de la salle des infirmières de jour comme de nuit. Interdiction de visites pour tout le monde sauf vous. Personne n'entrera dans sa chambre sans autorisation ou sans être un médecin ou une infirmière connus ici à Sahlgrenska. Et je veillerai à ce qu'une surveillance soit mise en place devant sa chambre vingt-quatre heures sur vingt-quatre.

— Vous pensez qu'il existe une menace contre elle ?

— Je n'ai rien qui l'indique. Mais je n'ai pas envie de prendre de risques.

Lisbeth Salander écouta attentivement la conversation entre son avocate et son adversaire policier. Elle était impressionnée d'entendre Annika Giannini répondre avec tant d'exactitude et de clarté, et avec tant de détails. Elle était encore plus impressionnée par la façon lucide d'agir de l'avocate en un moment de stress.

Sinon, elle avait un mal au crâne effroyable depuis qu'Annika l'avait arrachée du lit et portée dans les toilettes. D'instinct, elle voulait avoir le moins possible à faire avec le personnel. Elle n'aimait pas être obligée de demander de l'aide et de montrer des signes de faiblesse. Mais le mal de tête était tellement accablant qu'elle n'arrivait pas à rassembler ses idées. Elle tendit la main et appuya sur la sonnette.

ANNIKA GIANNINI AVAIT PLANIFIÉ le séjour à Göteborg comme le prologue d'un travail de longue haleine. Elle avait prévu de faire la connaissance de Lisbeth Salander, de se renseigner sur son état réel et de faire une première esquisse de la stratégie qu'elle et Mikael Blomkvist avaient concoctée en vue du procès à venir. Au départ, elle avait pensé retourner à Stockholm le soir même, mais les événements dramatiques à Sahlgrenska l'avaient empêchée de s'entretenir avec Lisbeth Salander. L'état de sa cliente était considérablement moins bon que ce qu'elle avait cru comprendre quand les médecins l'avait qualifié de stable. Lisbeth était toujours tourmentée par un terrible mal de tête et elle avait beaucoup de fièvre, ce qui amenait un médecin du nom de Helena Endrin à lui prescrire de puissants antalgiques, des antibiotiques et du repos. Dès que sa cliente fut déplacée dans une nouvelle chambre et un policier affecté à sa surveillance, Annika fut mise à la porte.

Elle marmonna et regarda sa montre qui indiquait 16 h 30. Elle hésita. Elle pouvait retourner à Stockholm et être sans doute obligée de revenir à Göteborg le lendemain. Ou alors elle pouvait y passer la nuit et risquer que sa cliente soit trop mal en point pour supporter une visite le lendemain aussi. Elle n'avait pas réservé de chambre d'hôtel et, quoi qu'il en soit, elle n'était qu'une avocate à petit budget qui représentait des femmes exposées à des violences et sans ressources, si bien qu'en général elle évitait de charger la note avec de coûteuses factures d'hôtel. Elle appela d'abord chez elle puis Lillian Josefsson, une collègue, membre du Réseau des femmes et ancienne camarade d'université. Elles ne s'étaient pas vues depuis deux ans et elles bavardèrent ensemble un petit moment avant qu'Annika annonce la raison de son appel.

— Je suis à Göteborg, dit-elle. J'avais pensé rentrer ce soir, mais il s'est passé des choses aujourd'hui et je suis obligée de rester ici cette nuit. Je me suis dit que je pourrais venir taper l'incruste un peu chez toi.

— Super. J'adore les parasites. Ça fait des éternités qu'on ne s'est pas vu.

— Je ne dérangerai pas ?

— Non, bien sûr que non. J'ai déménagé. J'habite maintenant à côté de Linnégatan. J'ai une chambre d'amis. On pourrait faire une virée dans les bars ce soir.

— Si j'en ai la force, dit Annika. A quelle heure je peux passer ?

Elles se mirent d'accord pour qu'Annika vienne vers 18 heures.

Annika prit le bus pour Linnégatan et passa l'heure suivante dans un restaurant grec. Elle était affamée et commanda des brochettes avec une salade. Elle réfléchit longuement aux événements de la journée. Elle avait un peu la tremblote maintenant que la poussée d'adrénaline s'était retirée mais elle était satisfaite d'elle-même. Face au danger elle avait agi sans hésiter, avec efficacité et calme. Elle avait fait les bons choix sans même y penser. C'était réconfortant d'avoir cette certitude-là sur ses propres capacités.

Elle finit par sortir son Filofax du porte-documents et feuilleta la partie des notes. Elle lut avec une grande concentration. Ce que son frère lui avait expliqué la laissait profondément perplexe. Sur le moment, cela avait paru logique, mais en réalité il y avait des trous béants dans ce plan. Elle n'avait cependant pas l'intention de reculer.

A 18 heures, elle paya et se rendit à pied à l'immeuble de Lillian Josefsson dans Olivedalsgatan, et pianota le code d'accès que son amie lui avait donné. Elle pénétra dans une entrée d'immeuble et commença à chercher l'ascenseur du regard lorsque l'attaque arriva comme un éclair. Rien ne l'avait prévenue que quelque chose allait se passer lorsque, brutalement et avec une grande violence, elle fut projetée droit dans le mur de briques de l'entrée. Son front le heurta et elle sentit une douleur fulgurante.

L'instant après, elle entendit des pas qui s'éloignaient rapidement, puis la porte qui s'ouvrit et se referma. Elle se remit debout, tâta son front et vit le sang sur sa paume. Nom de Dieu ! Elle jeta un regard confus autour d'elle et sortit dans la rue. Elle aperçut le dos d'un homme qui tournait au coin de Sveaplan. Elle resta sonnée, plantée là sans bouger pendant une bonne minute.

Puis elle réalisa qu'il n'y avait plus son porte-documents et qu'elle venait de se le faire voler. Il fallut quelques secondes pour que l'implication arrive à son cerveau. Non ! Le dossier Zalachenko. Elle sentit le choc se répandre à partir de l'estomac et elle fit quelques pas hésitants derrière l'homme en fuite. Ça ne servirait à rien. Il avait déjà disparu.

Elle s'assit lentement sur le bord du trottoir.

Puis elle sauta sur ses pieds et fouilla dans la poche de sa veste. Le Filofax. Dieu soit loué. Elle l'avait glissé dans sa poche au lieu du sac en quittant le restaurant. Il contenait le premier jet de sa stratégie dans le cas Lisbeth Salander, point par point.

Elle se précipita sur la porte et refit le code, entra et grimpa les escaliers jusqu'au troisième étage où elle se mit à marteler la porte de Lillian Josefsson.

IL ÉTAIT PLUS DE 18 H 30 quand Annika fut suffisamment remise de ses émotions pour pouvoir appeler Mikael Blomkvist. Elle avait un œil au beurre noir et une entaille ouverte à l'arcade sourcilière, que Lillian Josefsson avait nettoyée à l'alcool avant de mettre un pansement. Non, Annika ne voulait pas aller à l'hôpital. Oui, elle aimerait bien une tasse de thé. Alors seulement elle se remit à penser rationnellement. Sa première mesure fut d'appeler son frère.

Mikael Blomkvist se trouvait encore à la rédaction de *Millénium*, où il faisait la chasse aux informations sur l'assassin de Zalachenko en compagnie de Henry Cortez et de Malou Eriksson. Il écouta le récit qu'Annika faisait des événements avec un ahurissement grandissant.

— Tu vas bien ? demanda-t-il.

— Œil au beurre noir. Je serai opérationnelle quand je me serai calmée.

— Merde alors, vol avec violence ?

— Ils ont pris mon porte-documents avec le dossier Zalachenko que tu m'as donné. Il a disparu.

— Pas grave, je peux t'en faire une copie.

Il s'interrompit et sentit soudain les cheveux se dresser sur sa tête. D'abord Zalachenko. Ensuite Annika.

— Annika… je te rappelle.

Il ferma son iBook, le fourra dans sa sacoche et quitta la rédaction en trombe, sans un mot. Il courut jusque chez lui dans Bellmansgatan et grimpa les escaliers quatre à quatre.

La porte était fermée à clé.

Dès qu'il fut dans l'appartement, il vit que le classeur bleu qu'il avait laissé sur la table de cuisine avait disparu. Il ne se donna pas la peine de chercher. Il savait exactement où le classeur s'était trouvé quand il avait quitté son appartement. Il se laissa lentement tomber sur une chaise devant la table pendant que les pensées fusaient dans sa tête.

Quelqu'un était entré dans son appartement. Quelqu'un était en train d'effacer les traces de Zalachenko.

Aussi bien sa copie que celle d'Annika manquaient.

Bublanski avait toujours le rapport.

Ou bien ?

Mikael se leva et s'approcha de son téléphone quand il s'arrêta, le combiné à la main. Quelqu'un était entré dans l'appartement. Il regarda soudain le téléphone avec la plus grande méfiance et tâta dans la poche de sa veste où se trouvait son portable.

Peut-on mettre un téléphone portable sur table d'écoute ?

Il posa lentement le portable à côté de son téléphone fixe et regarda autour de lui.

J'ai affaire à des pros. Peut-on mettre tout un appartement sur table d'écoute ?

Il se rassit devant la table de cuisine.

Il regarda sa sacoche d'ordinateur.

Est-ce facile d'intercepter des mails ? Lisbeth Salander sait bien, elle, le faire en cinq minutes.

IL RÉFLÉCHIT UN LONG MOMENT avant de retourner au téléphone et d'appeler sa sœur à Göteborg. Il prit soin de ses formulations.

— Salut… comment tu vas ?

— Je vais bien, Micke.

— Raconte ce qui s'est passé depuis que tu as quitté Sahlgrenska et jusqu'à ce que tu te fasses agresser.

Il lui fallut dix minutes pour rendre compte de sa journée. Mikael ne discuta pas la portée de ce qu'elle racontait, mais glissa des questions jusqu'à ce qu'il soit satisfait. Il donnait l'apparence d'un frère inquiet, en même temps que son cerveau travaillait sur un tout autre plan pendant qu'il reconstruisait les points de repère.

Elle s'était décidée à rester à Göteborg à 16 h 30 et avait passé un coup de fil sur le portable à son amie qui lui avait donné l'adresse et le code d'entrée. Le voleur l'attendait dans l'entrée à 18 heures pile.

Le portable de sa sœur était sur écoute. C'était la seule chose possible.

Ce qui impliquait que lui aussi était sur écoute.

Sinon ça n'aurait aucun sens.

— Mais ils ont pris le dossier Zalachenko, répéta Annika.

Mikael hésita un moment. Celui qui avait volé le classeur savait déjà qu'il était volé. C'était naturel de le dire à Annika au téléphone.

— Le mien aussi, dit-il.

— Quoi ?

Il expliqua qu'il s'était précipité chez lui et que le classeur bleu sur sa table de cuisine manquait.

— OK, dit Mikael, la voix sombre. C'est une catastrophe. Le dossier Zalachenko est envolé. C'était le poids lourd de notre argumentation.

— Micke… je suis désolée.

— Moi aussi, dit Mikael. Merde ! Mais ce n'est pas ta faute. J'aurais dû rendre ce rapport public le jour même où je l'ai trouvé.

— Qu'est-ce qu'on fait maintenant ?

— Je ne sais pas. C'est le pire qui pouvait nous arriver. Tout notre plan s'effondre. On n'a pas l'ombre d'une preuve contre Björck et Teleborian.

Ils parlèrent encore pendant deux minutes avant que Mikael termine la conversation.

— Je voudrais que tu rentres à Stockholm demain, dit-il.

— Désolée. Je dois voir Salander.

— Vois-la dans la matinée. Reviens l'après-midi. Il faut qu'on se voie pour réfléchir à ce qu'on va faire.

UNE FOIS LA CONVERSATION TERMINÉE, Mikael resta immobile dans le canapé et regarda droit devant lui. Puis un sourire éclata sur son visage. Celui qui avait écouté la conversation savait maintenant que *Millénium* avait perdu le rapport de Björck de 1991 ainsi que la correspondance entre Björck et Peter Teleborian, le docteur des fous. Ils savaient que Mikael et Annika étaient au désespoir.

La désinformation est la base de tout espionnage, Mikael avait au moins appris ça en étudiant l'histoire de la Säpo la nuit dernière. Et il venait d'implanter une désinformation qui à long terme pourrait se révéler inestimable.

Il ouvrit sa sacoche d'ordinateur et en sortit la copie qu'il avait faite pour Dragan Armanskij mais qu'il n'avait pas encore eu le temps de lui donner. C'était le seul exemplaire restant. Il n'avait pas l'intention de l'égarer. Au contraire, il pensait le copier immédiatement en au moins cinq exemplaires et les diffuser aux endroits appropriés.

Puis il jeta un coup d'œil sur sa montre et appela la rédaction de *Millénium*. Malou Eriksson s'y trouvait encore mais était en train de fermer la boutique.

— Pourquoi tu es parti comme ça à toute vitesse ?

— Est-ce que tu peux attendre un peu avant de partir ? Je reviens et il y a un truc que je dois voir avec toi avant que tu t'en ailles.

Il n'avait pas eu le temps de faire une lessive depuis des semaines. Toutes ses chemises se trouvaient dans le panier à linge sale. Il emporta son rasoir et *Lutte pour le contrôle de la Säpo* avec le seul exemplaire restant du rapport de Björck. Il marcha jusqu'à Dressman et acheta quatre chemises, deux pantalons et dix slips, et emporta ses achats à la rédaction. Malou Eriksson attendit pendant qu'il prenait une douche rapide. Elle demanda ce qui se tramait.

— Quelqu'un est entré par effraction chez moi et a volé le rapport Zalachenko. Quelqu'un a attaqué Annika à Göteborg et a volé son exemplaire. J'ai la confirmation que son téléphone est sur écoute, ce qui veut dire que le mien, peut-être le tien et peut-être tous les téléphones de *Millénium* sont branchés sur table d'écoute. Et je suppose que si quelqu'un se donne la peine d'entrer par effraction chez moi, il serait vraiment con de ne pas mettre tout l'appartement sur table d'écoute tant qu'à faire.

— Ah bon, dit Malou Eriksson d'une voix éteinte. Elle regarda son téléphone portable qui était posé sur le bureau devant elle.

— Continue de bosser comme d'habitude. Utilise ton portable mais n'y passe aucune information. On mettra Henry Cortez au courant demain.

— D'accord. Il est parti il y a une heure. Il a laissé une pile d'enquêtes de l'Etat sur ton bureau. Mais qu'est-ce que tu fais ici, toi… ?

— J'ai l'intention de dormir à *Millénium* cette nuit. S'ils ont tué Zalachenko, volé les rapports et mis mon appartement sous surveillance aujourd'hui, tout porte à croire qu'ils viennent juste de commencer et qu'ils n'ont pas eu le temps de s'occuper de *Millénium*. Il y a eu du monde ici toute la journée. Je ne veux pas que la rédaction reste vide pendant la nuit.

— Tu crois que l'assassinat de Zalachenko… Mais le tueur était un vieux dérangé de soixante-dix-huit ans.

— Je ne crois pas une seule seconde à ce genre de hasard. Quelqu'un est en train d'effacer les traces derrière Zalachenko. Je m'en fous totalement de qui il peut bien être, ce vieux-là, et du nombre de lettres de cinglé qu'il a écrites aux ministres. C'était une sorte de tueur à gages. Il y était allé dans l'intention de tuer Zalachenko… et peut-être Lisbeth Salander.

— Mais il s'est suicidé après, ou en tout cas il a essayé. Est-ce qu'un tueur à gages ferait ça ?

Mikael réfléchit un instant. Il croisa le regard de la rédactrice en chef.

— S'il a soixante-dix-huit ans et peut-être rien à perdre, oui. Il est mêlé à tout ça et quand on aura fini de creuser, on pourra le prouver.

Malou Eriksson observa attentivement le visage de Mikael. Jamais avant elle ne l'avait vu aussi froidement ferme et décidé. Elle eut soudain un frisson. Mikael vit sa réaction.

— Autre chose. A présent, on ne joue pas un match contre une bande de criminels mais contre une autorité de l'Etat. Ça va barder.

Malou hocha la tête.

— Je n'avais jamais pensé que ça irait aussi loin. Malou, si tu veux retirer tes billes, tu n'as qu'à le dire.

Elle hésita un instant. Elle se demanda ce qu'Erika Berger aurait dit. Puis elle secoua la tête avec défi.

II

HACKER REPUBLIC

1er au 22 mai

Une loi irlandaise de l'an 697 interdit aux femmes d'être soldats – ce qui signifie qu'auparavant les femmes avaient bel et bien été soldats. Comme exemple de peuples qui, à différents moments de l'histoire, ont eu des femmes soldats, on peut entre autres mentionner les Arabes, les Berbères, les Kurdes, les Rajput, les Chinois, les Philippins, les Maoris, les Papous, les Aborigènes d'Australie, les Micronésiens et les Indiens d'Amérique.

Les légendes de guerrières redoutées dans la Grèce antique abondent. Ces récits parlent de femmes qui suivaient un entraînement dans l'art de la guerre, l'usage des armes et la privation physique depuis l'enfance. Elles vivaient séparées des hommes et partaient à la guerre avec leurs propres régiments. Les récits abondent en passages indiquant qu'elles triomphaient des hommes sur les champs de bataille. Dans la littérature grecque, les amazones sont mentionnées par exemple dans l'*Iliade* d'Homère, récit datant d'environ sept siècles avant Jésus-Christ.

C'est aussi aux Grecs que l'on doit le terme d'"amazones". Le mot signifie littéralement "sans poitrine". L'explication qui en est généralement donnée est qu'elles pratiquaient l'ablation du sein droit pour mieux pouvoir bander un arc. Même si deux des médecins grecs les plus importants de l'histoire, Hippocrate et Galien, s'accordent pour dire que cette opération augmentait effectivement la capacité de manier des armes, on ne sait pas très bien si elle était réellement pratiquée. Il s'y dissimule un point d'interrogation linguistique – il n'est pas sûr que le préfixe *a* – dans "amazone" veuille réellement dire "sans" et la proposition a été faite que cela voudrait dire le contraire – qu'une amazone était une femme avec des seins particulièrement gros. Il ne se trouve aucun exemple dans aucun musée qui montre une image, amulette ou statue représentant une femme dépourvue du sein droit, alors que ce motif aurait dû être fréquent si la légende était véridique.

8

DIMANCHE 1er MAI – LUNDI 2 MAI

ERIKA BERGER RESPIRA A FOND avant d'ouvrir la porte de l'ascenseur et d'entrer dans la rédaction de *Svenska Morgon-Posten*. Il était 10 h 15. Elle était habillée discrètement en pantalon noir, pull rouge et veste sombre. Le temps de ce premier jour de mai était magnifique et, en traversant la ville, elle avait constaté que le mouvement ouvrier était en train de rassembler ses troupes. Elle s'était fait la remarque que, pour sa part, elle n'avait pas participé à un défilé du 1er Mai depuis plus de vingt ans.

Un court instant, elle se tint toute seule et invisible devant la porte de l'ascenseur. Le premier jour à son nouveau lieu de travail. De là où elle était, elle pouvait voir une grande partie de la rédaction centrale avec le pôle Actualités au milieu. Elle leva un peu le regard et vit les portes vitrées du bureau du rédacteur en chef, qui pour l'année à venir allait être le sien.

Elle n'était pas entièrement persuadée d'être la bonne personne pour diriger cette organisation monstrueuse que constituait *Svenska Morgon-Posten*. Le pas était gigantesque du petit *Millénium* avec ses cinq employés à un quotidien faisant tourner quatre-vingts journalistes et quatre-vingt-dix autres personnes entre l'administration, le personnel technique, les graphistes, les photographes, les commerciaux, les distributeurs et tout ce qui relève de la fabrication d'un journal. A cela il fallait ajouter une maison d'édition, une société de production et une société de gérance. En tout plus de deux cent trente personnes.

Un bref instant, elle se demanda si elle n'avait pas commis une énorme erreur.

Puis la plus âgée des réceptionnistes découvrit qui venait d'arriver à la rédaction et quitta son comptoir pour s'approcher d'elle, la main tendue.

— Madame Berger. Soyez la bienvenue à *SMP*.

— Merci. Bonjour.

— Je suis Béatrice Sahlberg. Bienvenue parmi nous. Je vous montre le chemin jusqu'au rédacteur en chef, M. Morander… enfin, je veux dire le rédacteur en chef démissionnaire.

— Merci, mais je le vois là-bas dans sa cage en verre, dit Erika en souriant. Je crois que je trouverai le chemin. Merci quand même.

Elle traversa la rédaction d'un pas rapide et nota que le brouhaha diminuait un peu. Elle sentit soudain le regard de tout le monde sur elle. Elle s'arrêta devant le pôle Actualités à moitié vide et hocha amicalement la tête.

— On aura le temps de faire connaissance tout à l'heure, dit-elle puis elle continua pour aller frapper au montant de la porte vitrée.

Agé de cinquante-neuf ans, Håkan Morander, rédacteur en chef démissionnaire, avait passé douze ans dans la cage en verre à la tête de la rédaction de *SMP*. Tout comme Erika Berger, il était venu d'ailleurs, soigneusement trié sur le volet – il avait donc, lui aussi, effectué la promenade qu'elle venait de faire pour le rejoindre. Il la regarda, troublé, jeta un regard sur sa montre et se leva.

— Bonjour, Erika, salua-t-il. Je croyais que vous commenciez lundi.

— Je ne supportais pas de rester une journée de plus à la maison. Alors, me voici.

Morander tendit la main.

— Bienvenue. Je suis bien content que vous veniez prendre la relève.

— Comment va la santé ? demanda Erika.

Il haussa les épaules. Béatrice, la réceptionniste, arriva avec du café et du lait.

— J'ai l'impression de fonctionner déjà à mi-régime. En fait, je préfère ne pas en parler. On est là à se sentir comme un ado immortel toute sa vie et puis, tout à coup, il ne reste que très peu de temps. Et une chose est sûre : je n'ai pas l'intention de gaspiller ce peu de temps en restant dans cette cage.

Inconsciemment, il se frotta la poitrine. Les problèmes cardiovasculaires dont il souffrait étaient la raison de sa démission soudaine et celle pour laquelle Erika devait commencer plusieurs mois avant la date initialement prévue.

Erika se retourna et regarda les bureaux paysagers de la rédaction. A moitié inoccupés en ce jour férié. Un journaliste et un photographe se dirigeaient vers l'ascenseur, sans doute pour aller couvrir le défilé du 1er Mai, pensa-t-elle.

— Si je dérange ou si vous êtes occupé aujourd'hui, dites-le-moi, et je me sauve.

— Mon boulot aujourd'hui est d'écrire un éditorial de quatre mille cinq cents signes sur les défilés du 1er Mai. J'en ai déjà tant écrit que je peux le faire en dormant. Si les sociaux-démocrates veulent déclarer la guerre au Danemark, je dois expliquer pourquoi ils se trompent. Si les sociaux-démocrates veulent éviter la guerre avec le Danemark, je dois expliquer pourquoi ils se trompent.

— Le Danemark ? demanda Erika.

— Ben oui, une partie du message du 1er Mai aborde le conflit dans la question de l'intégration. Et les sociaux-démocrates se trompent, quoi qu'ils en disent.

Il éclata de rire.

— Vous m'avez l'air cynique, dit Erika.

— Bienvenue à *Svenska Morgon-Posten* !

Erika n'avait jamais eu d'avis particulier sur Håkan Morander. Il était un détenteur de pouvoir anonyme parmi l'élite des directeurs de rédaction. Quand elle lisait ses éditoriaux, elle le percevait comme ennuyeux, conservateur et champion de la complainte contre les impôts, un libéral typique militant pour la liberté d'expression, mais elle n'avait jamais eu l'occasion de le rencontrer ou d'être en contact avec lui.

— Parlez-moi du boulot, dit-elle.

— Je m'arrête fin juin. On va bosser ensemble pendant deux mois, alors je me permets de passer tout de suite au tutoiement qui est de règle dans la maison. Tu vas découvrir des trucs positifs et des trucs négatifs. Je suis un cynique, tu as raison, si bien que je vois surtout les côtés négatifs, j'imagine.

Il se leva et vint la rejoindre devant la vitre.

— Tu vas te rendre compte qu'au-delà de ta cage en verre tu as un certain nombre d'adversaires – des rédacs-chef de jour et des vétérans parmi les rédacteurs qui ont créé leurs propres petits empires ou leurs clubs personnels dont tu ne pourras pas devenir membre. Ils vont essayer de repousser les limites et de faire passer en force leurs manchettes et points de vue personnels, à toi d'être draconienne pour pouvoir résister.

Erika hocha la tête.

— Tu as les rédacs-chef de nuit Billinger et Karlsson… un chapitre à eux seuls. Ils se détestent et ne font heureusement pas équipe, mais ils se comportent comme s'ils étaient à la fois responsables de la publication et rédacteurs en chef. Tu as Lukas Holm du pôle Actualités, avec qui tu seras forcément beaucoup en contact. Je suis sûr que vous allez vous friter plus d'une fois. En réalité, c'est lui qui fabrique SMP tous les jours. Tu as quelques journalistes qui sont des divas et quelques-uns qui en vérité devraient être mis à la retraite.

— Aucun collaborateur correct dans tout ça ?

Morander éclata de rire.

— Si. Mais c'est à toi de décider avec qui tu t'entends. Nous avons quelques journalistes qui sont vraiment, vraiment bons.

— Et côté direction ?

— Magnus Borgsjö est le président du CA. C'est lui qui t'a recrutée. Il est plein de charme, moitié vieille école et moitié rénovateur, mais il est avant tout celui qui décide. Ajoute quelques membres du conseil, plusieurs issus de la famille propriétaire, qui semblent faire de la figuration, et d'autres qui s'agitent comme des pros des CA.

— Tu ne m'as pas l'air très satisfait du conseil d'administration ?

— Chacun son monde. Toi, tu fabriques le journal. Eux, ils s'occupent des finances. Ils ne sont pas supposés se mêler du contenu du journal, mais il y a toujours des situations problématiques. Très franchement, Erika, tu vas en baver.

— Pourquoi ?

— Le tirage a baissé de pratiquement cent cinquante mille exemplaires depuis la belle époque des années 1960, et SMP commence à s'approcher de la limite où on tourne à perte. On a rationalisé et supprimé plus de cent quatre-vingts postes depuis 1980. On est passé au format tabloïd – ce qu'on aurait dû faire il y a vingt ans. SMP fait toujours partie des grands journaux, mais il s'en faut de peu pour que les gens commencent à nous classer en catégorie B. Si ce n'est pas déjà fait.

— Pourquoi m'ont-ils choisie alors ? dit Erika.

— Parce que l'âge moyen de ceux qui lisent SMP est de cinquante ans et plus et que l'apport de jeunes lecteurs de vingt ans est pratiquement zéro. SMP doit être rénové. Et le raisonnement de la direction était de faire venir le rédacteur en chef le plus improbable qu'ils puissent imaginer.

— Une femme ?

— Pas n'importe quelle femme. La femme qui a brisé l'empire de Wennerström et qui est célébrée comme la reine du journalisme d'investigation avec la réputation d'être une vraie dure à cuire. Mets-toi à leur place. C'est irrésistible. Si toi, tu n'arrives pas à renouveler le journal, c'est que personne n'y arrivera. SMP n'embauche donc pas uniquement Erika Berger, mais avant tout la réputation d'Erika Berger.

MIKAEL BLOMKVIST QUITTA le café Copacabana, à côté du cinéma Kvartersbion à Hornstull, un peu après 14 heures. Il mit ses lunettes de soleil et il arrivait dans la promenade de Bergsund, en route vers la station de métro, quand il vit la Volvo grise garée au coin. Il continua à marcher sans changer d'allure et constata que la plaque d'immatriculation était la même et que la voiture était vide.

Septième fois en quatre jours qu'il remarquait cette voiture ! Il n'aurait su dire si elle gravitait autour de lui depuis longtemps, et le fait qu'il l'ait remarquée était un pur hasard. La première fois qu'il avait aperçu la voiture, elle était garée près de son immeuble dans Bellmansgatan, le mercredi matin alors qu'il se rendait à la rédaction de *Millénium*. Son regard était tombé sur la plaque d'immatriculation qui commençait par les lettres K A B et il avait réagi, puisque c'était le nom de l'entreprise en sommeil d'Alexander Zalachenko, Karl Axel Bodin SA. Il n'y aurait probablement plus pensé s'il n'avait pas vu la même voiture avec la même plaque d'immatriculation seulement quelques heures plus tard, quand il déjeunait avec Henry Cortez et Malou Eriksson sur Medborgarplats. Cette fois, la Volvo était garée dans une rue transversale à la rédaction de *Millénium*.

Il se demanda vaguement s'il était en train de devenir parano, mais plus tard dans l'après-midi, quand il rendit visite à Holger Palmgren dans le centre de rééducation à Ersta, la Volvo grise s'était trouvée dans le parking des visiteurs. Ce n'était plus un hasard. Mikael Blomkvist commença à surveiller le voisinage. Il ne fut pas surpris lorsque le lendemain matin, il vit de nouveau la voiture.

A aucun moment, il n'avait aperçu le conducteur. Un appel aux services des Mines lui apprit cependant que le véhicule appartenait à un dénommé Göran Mårtensson, quarante ans, domicilié à Vittangigatan à Vällingby. Un moment de recherche lui apprit que Göran Mårtensson était consultant en entreprise et qu'il avait sa propre société avec une boîte postale comme adresse, dans Fleminggatan sur Kungsholmen. Vers dix-huit ans, en 1983, il avait fait son service militaire dans une unité spéciale de la défense côtière, et ensuite il s'était engagé dans la Défense. Il avait été promu lieutenant avant de démissionner en 1989 pour changer son fusil d'épaule et il était entré dans l'Ecole de police à Solna. Entre 1991 et 1996, il avait travaillé à la police de Stockholm. En 1997, il avait disparu du service et, en 1999, il avait enregistré son entreprise.

Conclusion : Säpo.

Mikael se mordit la lèvre inférieure. Un journaliste d'investigation consciencieux pouvait devenir parano pour moins que ça. Mikael tira la conclusion qu'il était sous surveillance discrète mais qu'elle était effectuée avec tant de maladresse qu'il s'en était aperçu.

Mais était-elle vraiment maladroite ? La seule raison pour laquelle il avait remarqué la voiture était l'immatriculation qui par hasard avait une signification pour lui. S'il n'y avait pas eu K A B, il n'aurait pas jeté le moindre regard sur cette voiture.

Le vendredi, K A B avait brillé par son absence. Mikael n'était pas entièrement sûr, mais il pensait avoir éventuellement eu la compagnie d'une Audi rouge ce jour-là, sans avoir été en mesure de repérer le numéro d'immatriculation. Le samedi, la Volvo fut de retour.

EXACTEMENT VINGT SECONDES après que Mikael Blomkvist avait quitté le Copacabana, Christer Malm leva son Nikon numérique et prit une série de douze photos de sa place à l'ombre sur la terrasse du café Rossos, de l'autre côté de la rue. Il photographia les deux hommes qui sortaient du café juste derrière Mikael et qui le suivaient à la trace devant Kvartersbion.

L'un des hommes était d'âge moyen difficilement déterminable, plus jeune que vieux, aux cheveux blonds. L'autre semblait plus âgé, aux cheveux fins d'un blond ardent et portant des lunettes de soleil foncées. Tous deux étaient vêtus de jeans et de blousons de cuir sombre.

Ils se séparèrent devant la Volvo grise. Le plus âgé des deux hommes ouvrit la portière tandis que le plus jeune suivit Mikael Blomkvist à pied vers le métro.

Christer Malm abaissa l'appareil photo et soupira. Il ne savait pas pourquoi Mikael l'avait pris à part et avait insisté pour qu'il fasse le tour du quartier autour du Copacabana le dimanche après-midi à la recherche d'une Volvo grise avec le numéro d'immatriculation en question. Il devait se placer de façon à pouvoir photographier la personne qui, d'après Mikael, allait de toute vraisemblance ouvrir la portière de la voiture peu après 15 heures. En même temps, il devait ouvrir les yeux pour essayer de découvrir si quelqu'un suivait Mikael Blomkvist.

Ça ressemblait beaucoup au début d'un nouvel épisode des aventures de Super Blomkvist. Christer Malm ne savait jamais très bien si Mikael Blomkvist était parano de nature ou s'il avait des dons d'extralucide. Depuis les événements à Gosseberga, Mikael était devenu extrêmement renfermé et hermétique à la communication. Ceci n'avait rien d'étrange, bien sûr, puisqu'il travaillait sur un sujet complexe – Christer avait vécu exactement la même obsession et la même cachotterie pendant l'histoire Wennerström, mais cette fois-ci, c'était plus net que jamais.

En revanche, Christer n'avait aucun problème pour constater que Mikael Blomkvist était effectivement suivi. Il se demanda quel nouveau merdier était en train de se préparer qui allait probablement exiger le temps, les forces et les ressources de *Millénium*. Christer Malm estimait que Mikael avait mal choisi le moment de faire son Super Blomkvist alors que la directrice du journal avait déserté pour le Grand Dragon et que la stabilité laborieusement élaborée de *Millénium* était menacée.

D'un autre côté, il n'avait pas l'intention d'aller défiler – il n'avait pas participé à une manifestation depuis au moins dix ans, à part la Gay Pride – et il n'avait rien de mieux à faire en ce dimanche de 1er Mai que de faire plaisir à Mikael. Il se leva et suivit d'un pas nonchalant l'homme qui suivait Mikael Blomkvist. Ce qui ne faisait pas partie des instructions. Il perdit cependant l'homme de vue dès qu'ils furent dans Långholmsgatan.

QUAND MIKAEL BLOMKVIST avait compris que son téléphone était très probablement sur table d'écoute, l'une de ses premières mesures avait été d'envoyer Henry Cortez acheter des téléphones portables d'occasion. Cortez avait trouvé une fin de stock d'Ericsson T10 pour trois fois rien. Mikael acheta des cartes de recharge Comviq et répartit les téléphones entre lui-même, Malou Eriksson, Henry Cortez, Annika Giannini, Christer Malm et Dragan Armanskij. Ils devaient les utiliser exclusivement pour les conversations qu'ils voulaient à tout prix garder confidentielles. Les appels ordinaires passeraient par les numéros habituels. Avec pour conséquence que tout le monde devait trimballer deux téléphones portables.

Mikael se rendit du Copacabana à *Millénium* où Henry Cortez assurait le service de week-end. Depuis l'assassinat de Zalachenko, Mikael avait instauré une liste de garde qui impliquait qu'il y ait toujours quelqu'un de présent à la rédaction de *Millénium*, même pour y dormir. La liste comprenait lui-même, Henry Cortez, Malou Eriksson et Christer Malm. Ni Lottie Karim, ni Monika Nilsson ni Sonny Magnusson, responsable de la publicité, n'en faisaient partie. On ne les avait même pas sollicités. Lottie Karim n'avait pas caché qu'elle avait peur du noir et elle n'aurait jamais accepté de dormir seule à la rédaction. Monika Nilsson n'avait pas ce genre de problème, mais elle travaillait comme une folle sur ses articles et elle faisait partie des gens qui rentraient chez eux quand la journée de travail était terminée. Et Sonny Magnusson avait soixante et un ans, il n'avait rien à faire avec le travail rédactionnel et il n'allait pas tarder à prendre ses vacances.

— Du nouveau ? demanda Mikael.

— Rien de particulier, dit Henry Cortez. Les actus d'aujourd'hui tournent évidemment autour du 1er Mai.

Mikael hocha la tête.

— Je vais rester ici une paire d'heures. Prends ta journée et reviens ce soir vers 21 heures.

Une fois Henry Cortez parti, Mikael alla prendre le portable neutre sur son bureau. Il appela Daniel Olofsson, un journaliste free-lance à Göteborg. Au fil des ans, *Millénium* avait publié plusieurs textes d'Olofsson, et Mikael avait une grande confiance en sa capacité journalistique de récolter du matériel de base.

— Salut Daniel. C'est Mikael Blomkvist. Tu es libre ?

— Oui.

— J'ai un boulot de recherche à te confier. Tu pourras facturer cinq jours et il n'y aura pas de texte à produire. Ou plus exactement : si tu veux écrire quelque chose, on est prêts à publier, mais c'est la recherche qui nous intéresse en premier lieu.

— Vas-y, je t'écoute.

— C'est un peu délicat. Tu ne dois en parler qu'avec moi, et tu dois utiliser exclusivement hotmail pour communiquer avec moi. Je ne veux même pas que tu mentionnes que tu effectues une recherche pour *Millénium*.

— Sympa comme boulot. Qu'est-ce que tu cherches ?

— Je voudrais que tu ailles à l'hôpital Sahlgrenska faire un reportage sur un lieu de travail. On appellera ce reportage *Urgences* et il sera censé refléter les différences entre la réalité et la série télé. Je voudrais que tu suives le travail aux urgences et aux soins intensifs pendant quelques jours. Que tu parles avec les médecins, les infirmières, le personnel d'entretien et tous ceux qui y travaillent. Quelles sont leurs conditions de travail ? leurs tâches ? Ce genre de trucs. Et des photos, évidemment.

— Les soins intensifs ? demanda Olofsson.

— C'est ça. Je voudrais que tu focalises sur les soins donnés aux patients du service 11C qui présentent des blessures importantes. Je veux avoir un plan du service, qui travaille là, à quoi ils ressemblent et quel est leur passé.

— Hmm, dit Daniel Olofsson. Si je ne me trompe pas, une certaine Lisbeth Salander est soignée en 11C.

Il n'était pas né de la dernière pluie.

— Ah bon ? dit Mikael Blomkvist. Intéressant. Dégote dans quelle chambre elle se trouve et ce qu'il y a dans les chambres voisines et quelles sont les habitudes du service.

— J'imagine que ce reportage va traiter de tout autre chose, dit Daniel Olofsson.

— Comme je le disais… Je ne m'intéresse qu'à la recherche que tu vas faire.

Ils échangèrent leurs adresses hotmail.

LISBETH SALANDER ÉTAIT ALLONGÉE sur le dos par terre dans sa chambre à Sahlgrenska lorsque Marianne, l'infirmière, ouvrit la porte.

— Hmm, dit Marianne pour exprimer ses réserves sur la pertinence d'être allongée par terre dans un service de soins intensifs. Mais elle admit que c'était le seul endroit possible pour faire un peu d'exercice physique.

Lisbeth Salander était en sueur après avoir passé trente minutes à essayer de faire des pompes, des étirements et des abdominaux d'après les recommandations que son thérapeute lui avait fournies. Elle avait un schéma de mouvements qu'elle devait exécuter quotidiennement pour renforcer les muscles de l'omoplate et de la hanche à la suite de l'opération trois semaines plus tôt. Elle respira lourdement et sentit qu'elle avait perdu beaucoup de sa forme. Elle fatiguait vite et son épaule tirait et élançait au moindre effort. Mais elle était incontestablement en train de guérir. Le mal de tête qui l'avait tourmentée les premiers temps après l'opération s'était apaisé et ne se manifestait plus que sporadiquement.

Elle s'estimait suffisamment rétablie pour pouvoir sans hésitation quitter l'hôpital ou au moins faire une petite sortie, si cela avait été possible, ce qui n'était pas le cas. D'une part les médecins ne l'avaient pas encore déclarée guérie, et d'autre part la porte de sa chambre était toujours fermée à clé et gardée par un foutu sbire de chez Securitas, qui restait planté sur une chaise dans le couloir.

En revanche, elle était suffisamment rétablie pour pouvoir être déplacée dans un service de rééducation ordinaire. Après avoir discuté en long et en large, la police et la direction de l'hôpital avaient cependant fini par conclure qu'elle devait rester dans la chambre 18 jusqu'à nouvel ordre. La raison invoquée était la surveillance aisée de la chambre, qu'il y avait toujours quelqu'un du personnel dans les parages et que la chambre était située à l'écart dans le couloir en L. Il avait donc été plus simple de la garder dans le service 11C, où le personnel avait assimilé les règles de sécurité depuis l'assassinat de Zalachenko et connaissait déjà la problématique qui l'entourait, plutôt que de la déplacer dans un tout nouveau service avec ce que cela impliquait comme changement d'habitudes.

Son séjour à Sahlgrenska était de toute façon une question de quelques semaines de plus. Dès que les médecins signeraient sa sortie, elle serait transférée à la maison d'arrêt de Kronoberg à Stockholm dans l'attente du procès. Et la personne qui déciderait de cela était le Dr Anders Jonasson.

Dix jours s'étaient écoulés après les coups de feu à Gosseberga avant que le Dr Jonasson donne l'autorisation à la police de mener un premier véritable interrogatoire, ce qui aux yeux d'Annika Giannini était une excellente chose.

Après le chaos dû à l'assassinat de Zalachenko, il avait fait une évaluation de l'état de Lisbeth Salander. Il avait estimé qu'elle avait forcément été exposée à une forte dose de stress, considérant qu'elle avait été soupçonnée d'un triple meurtre. Anders Jonasson ignorait tout de son éventuelle culpabilité ou innocence et, en tant que médecin, la réponse ne l'intéressait pas le moins du monde. Il se contenta de faire l'appréciation que Lisbeth Salander avait été exposée à un stress. Elle avait reçu trois balles, dont une l'avait frappée au cerveau et avait failli la tuer. Elle avait une fièvre tenace et un fort mal de tête.

Il avait choisi la prudence. Qu'elle soit soupçonnée de meurtre ou pas, elle était sa patiente, et son boulot était de veiller à ce qu'elle guérisse au plus vite. C'est pourquoi il déclara une interdiction de visites qui n'avait aucun rapport avec l'interdiction de visites de la procureur, juridiquement justifiée. Il prescrivit un traitement médical et le repos complet.

Comme Anders Jonasson estimait que l'isolement total était une manière inhumaine de punir les gens, carrément à mettre au même niveau que la torture, et que personne ne se portait bien d'être entièrement séparé de ses amis, il décida que l'avocate de Lisbeth Salander, Annika Giannini, ferait office d'amie par procuration. Jonasson s'entretint en privé avec Annika Giannini et expliqua qu'elle pourrait voir Lisbeth Salander une heure tous les jours. Pendant sa visite, elle pourrait lui parler ou simplement lui tenir compagnie, sans rien dire. Autant que possible, leurs conversations ne devraient pas toucher aux problèmes matériels de Lisbeth Salander ni à ses batailles juridiques à venir.

— Lisbeth Salander a pris une balle dans la tête et elle est grièvement blessée, expliqua-t-il. Je crois qu'elle est hors de danger, mais il existe toujours un risque d'hémorragie ou d'autres complications. Elle a besoin de repos et il lui faut du temps pour guérir. Ce n'est qu'après qu'elle pourra commencer à se pencher sur ses problèmes juridiques.

Annika Giannini avait compris la logique dans le raisonnement du Dr Jonasson. Elle eut quelques entretiens d'ordre général avec Lisbeth Salander et mentionna quelle était leur stratégie, à elle et Mikael, mais pendant le premier temps elle n'eut aucune possibilité d'entamer de raisonnement détaillé. Lisbeth Salander était tout simplement abrutie par les médicaments et si épuisée que souvent elle s'endormait au milieu de la conversation.

DRAGAN ARMANSKIJ EXAMINA la série de photos que Christer Malm avait faite des deux hommes qui avaient suivi Mikael Blomkvist. Les clichés étaient très nets.

— Non, dit-il. Je ne les ai jamais vus auparavant.

Mikael Blomkvist hocha la tête. Ils se voyaient dans le bureau d'Armanskij à Milton Security ce lundi matin. Mikael était entré dans le bâtiment par le garage.

— Le plus âgé est Göran Mårtensson, le propriétaire de la Volvo, donc. Il m'a suivi comme ma mauvaise conscience pendant au moins une semaine, mais si ça se trouve, ça dure depuis bien plus longtemps.

— Et d'après toi, il est de la Säpo.

Mikael évoqua la carrière passée de Mårtensson, qu'il avait reconstituée. Elle était éloquente. Armanskij hésita. La révélation de Blomkvist le laissait partagé.

D'accord, les agents secrets de l'Etat mettaient souvent les pieds dans le plat. C'était l'ordre normal des choses, pas seulement pour la Säpo mais probablement pour tous les services de renseignements du monde. La police secrète française avait bien envoyé une équipe de plongeurs en Nouvelle-Zélande pour torpiller le *Rainbow Warrior* de Greenpeace. Sans doute l'opération de renseignements la plus imbécile de l'histoire du monde, à part peut-être le cambriolage du président Nixon au Watergate. Avec un commandement aussi débile, il ne fallait pas s'étonner qu'il y ait des scandales. En revanche, les succès n'étaient jamais révélés au grand jour. Bien au contraire, les médias se jetaient littéralement sur la police secrète quand il se passait quelque chose d'illicite, de stupide ou de raté, et alors avec l'attitude de je-l'avais-bien-dit si facile à adopter après coup.

Armanskij n'avait jamais compris la relation des médias suédois avec la Säpo.

D'un côté, les médias considéraient la Säpo comme une excellente source, et pratiquement n'importe quelle bourde politique irréfléchie finissait en gros titres en première page. *La Säpo soupçonne...* Une déclaration de la Säpo était une source qui pesait à la une.

D'un autre côté, les médias et les politiciens de tous bords n'hésitaient pas à exécuter dans les règles, lorsqu'ils étaient démasqués, les agents de la Säpo impliqués dans l'espionnage des citoyens suédois. C'était tellement paradoxal qu'Armanskij s'était plus d'une fois dit qu'aussi bien les politiciens que les médias déraillaient complètement sur le sujet.

Armanskij n'avait rien contre l'existence de la Säpo. Quelqu'un devait bien prendre la responsabilité de veiller à ce que des illuminés nationaux-bolcheviques, qui avaient lu Bakounine jusqu'à l'indigestion, ou quel que soit leur foutu maître à penser, n'aillent pas bricoler une bombe avec des engrais chimiques et du pétrole et la placer dans une fourgonnette devant Rosenbad, histoire de faire péter tout le gouvernement suédois. Armanskij estimait la Säpo indispensable et qu'un petit peu d'espionnage anodin ne faisait pas de mal, tant qu'il avait pour but de veiller à la sécurité générale des citoyens.

Le problème était évidemment qu'une organisation qui a pour tâche d'espionner des citoyens devait obligatoirement être placée sous un contrôle des plus rigides et que la Constitution devait garantir un accès aux informations. Or, il était quasiment impossible pour les politiciens ou les députés d'avoir ce regard sur la Säpo, même lorsque le Premier ministre nommait un enquêteur spécial qui, sur le papier, devait avoir accès à tout. Armanskij avait emprunté *Une mission* de Carl Lidbom et il l'avait lu avec un étonnement grandissant. Aux Etats-Unis, une dizaine de têtes de la Säpo auraient immédiatement été arrêtées pour obstruction et sommées de comparaître devant une commission officielle au Congrès. En Suède, ils étaient apparemment inattaquables.

Le cas Lisbeth Salander démontrait qu'il y avait quelque chose de pourri au sein de l'organisation, mais lorsque Mikael Blomkvist était passé lui donner un téléphone portable sûr, la première réaction de Dragan Armanskij avait été de se dire que Blomkvist était parano. Pourtant, après qu'il avait étudié les détails et examiné les photos de Christer Malm, il dut malgré lui constater que les soupçons de Blomkvist étaient fondés. Et cela n'augurait rien de bon, au contraire, cela indiquait que la machination qui quinze ans auparavant avait frappé Lisbeth Salander n'était pas un hasard.

Il y avait tout simplement trop de coïncidences pour que cela soit un hasard. On pouvait, à l'extrême, considérer que Zalachenko avait pu être tué par un justicier solitaire. Mais on ne pouvait plus croire à cette hypothèse dès lors que, au même moment, aussi bien Mikael Blomkvist qu'Annika Giannini se faisaient voler le document constituant le fondement de leur argumentation. C'était une vraie calamité. Et, par-dessus le marché, le témoin principal était allé se pendre.

— Bon, dit Armanskij en rassemblant la documentation de Mikael. On est d'accord pour que je transmette ceci à mon contact ?

— Dans la mesure où c'est une personne en qui tu dis avoir entièrement confiance.

— Je sais que c'est une personne de grande moralité et d'un comportement tout à fait démocratique.

— Au sein de la Säpo, dit Mikael Blomkvist avec un doute manifeste dans la voix.

— Il faut qu'on soit d'accord. Holger Palmgren comme moi-même, nous avons accepté ton plan et on collabore avec toi. Mais je te certifie que nous ne pourrons pas y arriver par nos propres moyens. Si on ne veut pas que ça se termine mal, il faut qu'on trouve des alliés dans l'administration.

— D'accord, fit Mikael à contrecœur. J'ai trop l'habitude d'attendre que *Millénium* soit imprimé pour me désengager. Jamais auparavant je n'ai livré d'informations sur un article avant qu'il soit publié.

— Mais tu viens de le faire dans le cas qui nous préoccupe. Tu en as déjà parlé à moi, à ta sœur et à Palmgren.

Mikael hocha la tête.

— Et si tu l'as fait, c'est parce que même toi, tu réalises que cette affaire dépasse largement un titre dans ton journal. Dans cette affaire, tu n'es pas un journaliste neutre mais un acteur du déroulement.

A nouveau, Mikael hocha la tête.

— Et en tant qu'acteur, tu as besoin d'aide pour réussir tes objectifs.

Mikael hocha la tête encore une fois. Il savait très bien qu'il n'avait pas raconté toute la vérité à Armanskij, ni à Annika Giannini. Il avait toujours des secrets qu'il partageait avec Lisbeth Salander. Il serra la main d'Armanskij.

9

MERCREDI 4 MAI

LE MERCREDI VERS MIDI, trois jours après qu'Erika Berger avait pris son poste de rédactrice en chef en parallèle à SMP, le rédacteur en chef Håkan Morander décéda. Il avait passé la matinée dans la cage en verre alors qu'Erika, accompagnée du secrétaire de rédaction Peter Fredriksson, tenait une réunion avec l'équipe Sports pour faire connaissance avec les collaborateurs et évaluer leur fonctionnement. Fredriksson avait quarante-cinq ans et, comme Erika Berger, il était relativement nouveau à SMP. Il ne travaillait au journal que depuis quatre ans. Il était taciturne, globalement compétent et agréable, et Erika avait déjà décidé qu'elle allait se reposer sur les connaissances de Fredriksson lorsqu'elle prendrait le commandement du navire. Elle consacrait une grande partie de son temps à déterminer en qui elle pourrait avoir confiance, qui elle pourrait intégrer dès le départ dans son nouveau fonctionnement. Fredriksson était définitivement l'un des candidats. Ils retournaient vers l'espace central, quand ils virent Håkan Morander se lever dans la cage en verre et approcher de la porte.

Il avait l'air sidéré.

Puis il se plia en deux et saisit le dossier d'une chaise de bureau pendant quelques secondes avant de s'écrouler par terre.

Il était déjà mort à l'arrivée de l'ambulance.

L'ambiance qui régna à la rédaction durant l'après-midi fut confuse. Le président du CA, Magnus Borgsjö, arriva vers 14 heures et réunit tous les collaborateurs pour un bref hommage. Il parla de Morander qui avait dédié les quinze dernières années de sa vie au journal et du prix qu'exige parfois le journalisme. Il observa une minute de silence. Quand elle fut écoulée, il jeta des regards incertains autour de lui, comme s'il ne savait pas très bien comment continuer.

Mourir sur son lieu de travail n'est pas habituel – c'est même assez rare. Il est de bon ton de se retirer pour mourir. Disparaître à la retraite ou dans le système de santé et soudain un jour être l'objet des conversations à la cafétéria de l'entreprise. "Au fait, t'as entendu que le vieux Karlsson est mort vendredi ? Oui, c'est le cœur. Le syndicat a décidé d'envoyer une couronne pour l'enterrement." Mourir sur son lieu de travail et devant les yeux des collègues est autrement plus dérangeant. Erika remarqua le choc qui planait sur la rédaction. *SMP* n'avait plus de gouvernail. Elle réalisa tout à coup que plusieurs employés regardaient de son côté. La carte inconnue.

Sans y avoir été invitée et sans vraiment savoir ce qu'elle allait dire, elle se racla la gorge, fit un pas en avant et parla d'une voix forte et stable.

— J'ai connu Håkan Morander en tout et pour tout trois jours. C'est peu de temps, mais à partir du peu de chose que j'ai eu le temps de voir, je peux dire en toute sincérité que j'aurais aimé avoir la possibilité de mieux le connaître.

Elle fit une pause lorsque du coin de l'œil elle vit que Borgsjö l'observait. Il semblait étonné qu'elle ait pris la parole. Elle fit un autre pas en avant. *Ne souris pas. Il ne faut pas que tu souries. Tu aurais l'air peu sûre de toi.* Elle éleva un peu la voix.

— Le décès subit de Morander va créer des problèmes ici à la rédaction. J'étais supposée lui succéder dans deux mois et j'appréciais l'idée d'avoir le temps de profiter de son expérience.

Elle se rendit compte que Borgsjö ouvrait la bouche pour parler.

— Il n'en sera donc pas ainsi et nous allons vivre des changements pendant quelque temps. Mais il se trouve que Morander était rédacteur en chef d'un quotidien, et ce journal doit sortir demain aussi. Il nous reste actuellement neuf heures avant la dernière impression et quatre heures avant le bon à tirer de la page édito. Puis-je vous demander... qui parmi vous était le meilleur ami de Morander et son confident ?

Il y eut un court silence pendant que les employés se regardaient. Finalement, Erika entendit une voix sur sa gauche.

— Je crois que c'était moi. Gunder Storman, soixante et un ans, secrétaire de rédaction pour la page éditoriale et à SMP depuis trente-cinq ans.

— Quelqu'un doit s'y mettre et écrire la nécrologie de Morander. Je ne peux pas le faire... ce serait présomptueux de ma part. Te sens-tu capable d'écrire ce texte ?

Gunder Storman hésita un instant, puis il hocha la tête.

— Je m'en charge.

— On utilisera toute la page éditoriale, on dégage tout le reste.

Gunder hocha la tête.

— On a besoin de photos...

Elle regarda à droite et aperçut le directeur de la photographie, Lennart Torkelsson. Il acquiesça de la tête.

— Nous devons nous mettre au travail. Ça va peut-être tanguer un peu pendant les jours à venir. Quand j'aurai besoin d'aide pour prendre des décisions, je m'adresserai à vous et je ferai confiance à votre compétence et à votre expérience. Vous savez comment ce journal se fabrique, alors que moi, j'ai besoin de quelque temps encore sur le banc de l'école.

Elle se tourna vers Peter Fredriksson, le secrétaire de rédaction.

— Peter, Morander m'a fait comprendre qu'il avait la plus grande confiance en toi. Tu seras mon mentor pour les jours à venir, et tu seras un peu plus chargé que d'habitude. Je vais te demander de devenir mon conseiller. Est-ce OK pour toi ?

Il hocha la tête. Que pouvait-il faire d'autre ?

Elle se tourna de nouveau vers le pôle Edito.

— Autre chose... ce matin, Morander était en train de rédiger son éditorial. Gunder, pourrais-tu voir son ordinateur et vérifier s'il l'a terminé ? Même s'il n'est pas entièrement fini, on le publiera. C'est le dernier éditorial de Håkan Morander et ce serait une honte de ne pas le publier. Le journal sur lequel nous travaillons aujourd'hui est encore le journal de Håkan Morander.

Silence.

— S'il y en a parmi vous qui ressentent le besoin de faire
une pause pour penser à lui, faites-le sans mauvaise conscience. Vous connaissez tous nos deadlines.

Silence. Elle nota que certains hochaient la tête en une
demi-approbation.

— Allez, au travail tout le monde, dit-elle à voix basse.

JERKER HOLMBERG ÉCARTA LES MAINS en un geste d'impuis-
sance. Jan Bublanski et Sonja Modig avaient l'air sceptiques,
Curt Bolinder l'air neutre. Tous trois regardaient le résultat
de l'enquête préliminaire que Holmberg avait terminée le
matin même.

— Rien ? dit Sonja Modig. Elle paraissait étonnée.

— Rien, dit Holmberg en secouant la tête. Le rapport du
médecin légiste est arrivé ce matin. Il n'y a rien qui indique
autre chose qu'un suicide par pendaison.

Leurs regards se déplacèrent sur les photographies qui
avaient été prises dans le séjour de la maison de campagne
à Smådalarö. Tout indiquait que Gunnar Björck, chef adjoint
de la brigade des étrangers à la Säpo, était de son plein gré
monté sur un tabouret, avait attaché une corde au crochet
du plafonnier, l'avait mise autour de son cou et avec une
grande résolution avait donné un coup de pied envoyant
valser le tabouret à plusieurs mètres. Le médecin légiste hésitait sur l'heure exacte de la mort, mais il avait fini par déterminer l'après-midi du 12 avril. Björck avait été retrouvé le
17 avril par Curt Bolinder. Bublanski avait essayé à plusieurs
reprises d'entrer en contact avec Björck et il avait fini par
s'énerver et envoyer Bolinder le cueillir.

A un moment entre ces deux dates, le crochet au plafond
avait lâché sous le poids et le corps s'était écroulé par terre.
Bolinder avait vu Björck par une fenêtre et avait donné
l'alerte. Bublanski et les autres qui s'étaient rendus sur place
avaient dès le début considéré la maison comme le lieu
d'un crime et ils avaient cru comprendre que Björck avait
été garrotté par quelqu'un. Ensuite, l'équipe technique
trouva le crochet du plafond. Jerker Holmberg avait eu pour
mission d'établir comment Björck était mort.

— Rien n'indique qu'il y a eu un crime, ni que Björck
n'était pas seul à ce moment-là, dit Holmberg.

— Le plafonnier…

— Le plafonnier porte les empreintes digitales du propriétaire de la maison – qui l'a installé il y a deux ans – et de Björck lui-même. Cela indique qu'il a enlevé la lampe.

— D'où provient la corde ?

— Du mât de pavillon derrière la maison. Quelqu'un a coupé plus de deux mètres de corde. Il y avait un couteau posé sur le rebord de fenêtre devant la porte de la terrasse. Selon le propriétaire, le couteau lui appartenait. Il le range en général dans une boîte à outils sous l'évier. Les empreintes de Björck figurent aussi bien sur le manche et la lame que sur la boîte à outils.

— Hmm, fit Sonja Modig.

— C'était quoi comme nœuds ? demanda Curt Bolinder.

— Des nœuds de vache ordinaires. Le nœud coulant proprement dit est une simple boucle. C'est peut-être la seule chose un peu étrange. Björck faisait de la voile et il savait faire de vrais nœuds. Mais allez savoir si un homme qui est sur le point de se suicider se donne la peine de penser aux nœuds.

— Des drogues ?

— D'après le rapport de toxicologie, Björck a des traces d'antalgiques puissants dans le sang. Ce sont des médicaments sur ordonnance que Björck s'était vu prescrire. Il avait également des traces d'alcool mais en quantité minime. Autrement dit, il était pratiquement sobre.

— Le médecin légiste écrit qu'il y avait des égratignures.

— Une de trois centimètres de long sur la face externe du genou gauche. Une éraflure. J'y ai réfléchi, mais elle a pu se produire de dizaines de manières différentes… il a par exemple pu heurter le bord d'une chaise ou un truc semblable.

Sonja Modig leva une photo qui montrait le visage déformé de Björck. Le nœud coulant avait pénétré tellement profondément dans la peau qu'on ne voyait pas la corde proprement dite. Son visage présentait un gonflement grotesque.

— On peut établir qu'il est probablement resté pendu là plusieurs heures, sans doute pas loin de vingt-quatre, avant que le crochet cède. Le sang est concentré d'une part dans la tête, où le nœud coulant l'a empêché de se vider dans le reste du corps, d'autre part dans les extrémités plus basses.

Quand le crochet a cédé, il a heurté le bord de la table à manger avec la cage thoracique. Il y a une contusion profonde. Mais cette lésion s'est produite longtemps après le décès.

— Putain de façon de mourir, dit Curt Bolinder.

— Je n'en suis pas si sûr. La corde était tellement fine qu'elle est entrée profondément dans la peau et a arrêté l'afflux de sang. Il a dû être inconscient au bout de quelques secondes et mort en une minute ou deux.

Bublanski referma l'enquête préliminaire avec une mine dégoûtée. Ceci ne lui plaisait pas du tout. Il n'aimait absolument pas que Zalachenko et Björck semblent avoir trouvé la mort le même jour. L'un abattu par un justicier dément et l'autre de sa propre main. Mais aucune spéculation au monde ne pouvait empêcher le fait que l'examen du lieu du crime ne soutenait en rien la thèse que quelqu'un ait aidé Björck à mourir.

— Il vivait dans une tension énorme, dit Bublanski. Il savait que l'affaire Zalachenko était en train d'être démantelée et que lui-même risquait de se faire coincer pour infraction à la loi sur la rémunération des services sexuels et allait être jeté en pâture aux médias. Il était malade et vivait avec une douleur chronique depuis un certain temps… Je ne sais pas. J'aurais apprécié qu'il ait laissé une lettre ou quelque chose.

— Beaucoup de candidats au suicide n'écrivent jamais de lettre d'adieu.

— Je sais. OK. On n'a pas le choix. Il faut classer Björck.

ERIKA BERGER FUT INCAPABLE DE S'INSTALLER immédiatement sur le fauteuil de Morander dans la cage en verre et de repousser ses objets personnels. Elle s'arrangea avec Gunder Storman pour qu'il parle avec la veuve et lui demande de venir, quand ça lui conviendrait, trier ce qui lui appartenait.

Pour l'instant, elle se contenta de débarrasser un petit espace de travail au milieu de l'océan rédactionnel, où elle posa son ordinateur portable et prit le commandement. Ce fut chaotique. Mais trois heures après qu'elle avait prestement repris le gouvernail de *SMP*, la page éditoriale était mise sous presse. Gunder Storman avait rédigé quatre colonnes sur la vie et l'œuvre de Håkan Morander. La page était construite autour d'un portrait de Morander au centre, son éditorial inachevé à gauche et une série de photos en bas de page. La mise en page était bancale, mais avait une touche émotionnelle qui rendait acceptables les imperfections.

Peu avant 18 heures, Erika parcourait les titres de la une et était en train de discuter des textes avec le chef de la rédaction lorsque Borgsjö arriva et lui toucha l'épaule. Elle leva les yeux.

— Je voudrais te parler.

Ils allèrent ensemble devant la machine à café dans la salle du personnel.

— Je voulais seulement dire que j'ai beaucoup apprécié ta façon de prendre le commandement aujourd'hui. Je crois que tu nous as tous surpris.

— Je n'avais pas une grande liberté de manœuvre. Mais ça sera boiteux jusqu'à ce que j'aie pris le pli.

— Nous en avons conscience.

— Nous ?

— Je veux dire aussi bien le personnel que la direction. En particulier la direction. Mais après les événements d'aujourd'hui, je suis plus que convaincu que tu es la personne dont nous avons besoin. Tu es arrivée ici comme mars en carême et tu as été obligée de prendre les rênes dans une situation très difficile.

Erika rougit presque. Cela ne lui était pas arrivé depuis ses quatorze ans.

— Puis-je te donner un conseil…

— Naturellement.

— J'ai entendu dire qu'il y aurait quelques divergences entre toi et le chef des Actualités, Lukas Holm.

— Nos avis divergeaient sur l'orientation du texte concernant la proposition fiscale du gouvernement. Il avait mis son opinion dans les pages Actualités. On se doit de rester neutre dans l'information pure. Les avis arrivent sur la page éditoriale. Et pendant que j'y suis : j'ai l'intention d'écrire moi-même un édito de temps à autre, mais je ne milite dans aucun parti politique et nous devons résoudre la question de savoir qui tiendra la tête de la rubrique éditoriale.

— Storman peut s'en charger jusqu'à nouvel ordre, dit Borgsjö.

Erika Berger haussa les épaules.

— Ça m'est égal qui vous choisissez. Mais, à priori, il faut quelqu'un qui se porte clairement garant des positions du journal.

— Je vois. Ce que je tenais à dire, c'est que ce serait bien si tu laissais un peu de marge de manœuvre à Holm. Ça fait longtemps qu'il travaille à *SMP* et il est chef des Actualités depuis quinze ans. Il sait ce qu'il fait. Il peut se montrer obtus, mais il est pratiquement indispensable.

— Je le sais. Morander me l'a dit. Mais en ce qui concerne notre politique d'actualités, je crains qu'il doive se mettre dans les rangs. Après tout, vous m'avez engagée pour que je renouvelle le journal.

Borgsjö hocha pensivement la tête.

— Entendu. Nous n'avons qu'à résoudre les problèmes au fur et à mesure qu'ils se poseront.

ANNIKA GIANNINI ÉTAIT à la fois fatiguée et irritée le mercredi soir lorsqu'elle monta dans le X2000 à la gare centrale de Göteborg pour retourner à Stockholm. Elle avait l'impression d'avoir élu domicile dans le train tout ce dernier mois. La famille avait été reléguée au second plan. Elle alla prendre un café dans le wagon-restaurant, puis retourna à sa place et ouvrit le dossier contenant les notes de son dernier entretien avec Lisbeth Salander. Qui elle aussi était la raison de sa fatigue et de son irritation.

Elle occulte des choses, pensa Annika Giannini. Cette petite idiote ne me raconte pas la vérité. Et Micke aussi me cache quelque chose. Dieu seul sait ce qu'ils fabriquent.

Vu que son frère et sa cliente n'avaient pas communiqué entre eux, leurs manœuvres – si toutefois c'en était – devaient être un accord tacite et naturel. Elle ne comprenait pas de quoi il retournait, mais elle se doutait qu'il s'agissait d'une chose que Mikael Blomkvist pensait important de cacher.

Elle craignait qu'il soit question de morale, le point faible de son frère. Il était l'ami de Lisbeth Salander. Annika le connaissait bien et savait qu'il était loyal au-delà des limites de la stupidité à l'égard de ceux qu'une fois pour toutes il avait définis comme ses amis, même si l'ami en question était infernal et se trompait de A à Z. Elle savait aussi que

Mikael était capable d'accepter beaucoup de bêtises mais qu'il existait une frontière à ne pas franchir. Où se situait exactement cette frontière variait d'une personne à une autre, mais elle savait que deux ou trois fois Mikael avait rompu avec des amis proches parce qu'ils avaient agi d'une manière qu'il considérait comme immorale ou inacceptable. Dans de tels cas, il devenait psychorigide. La rupture était totale, définitive et irrévocable. Mikael ne répondait même pas au téléphone, même si la personne en question appelait pour se jeter à genoux et demander pardon.

Annika Giannini comprenait bien ce que Mikael Blomkvist avait à l'esprit. En revanche elle n'avait aucune idée de ce qui se passait dans la tête de Lisbeth Salander. Par moments, elle avait l'impression qu'il y régnait le calme plat.

Mikael lui avait fait comprendre que Lisbeth Salander pouvait être soupe au lait et extrêmement réservée envers son entourage. Jusqu'à ce qu'elle la rencontre, Annika avait cru qu'il s'agirait d'un état passager et que tout était une question de confiance. Mais Annika constata qu'au bout d'un mois de fréquentation – même si les deux premières semaines avaient été perdues parce que Lisbeth Salander était trop faible pour des entretiens –, la conversation était très souvent à sens unique.

Annika avait noté aussi que Lisbeth Salander paraissait par moments plongée dans une profonde dépression et ne manifestait apparemment pas le moindre intérêt pour résoudre sa situation et son avenir. On aurait dit qu'elle ne comprenait tout simplement pas, ou se foutait complètement, que la seule possibilité d'Annika de lui procurer une défense satisfaisante était d'avoir accès aux faits. Elle ne pouvait pas travailler dans le noir.

Lisbeth Salander était butée et renfermée. Elle faisait de longues pauses pour penser et formulait ensuite avec exactitude le peu qu'elle disait. Souvent elle ne répondait pas du tout, et parfois elle répondait subitement à une question qu'Annika avait posée plusieurs jours auparavant. Pendant les interrogatoires de la police, Lisbeth Salander était restée assise dans son lit sans dire un mot, le regard dirigé droit devant elle. A une exception près, elle n'avait pas échangé le moindre mot avec les policiers. L'exception était lorsque l'inspecteur Marcus Ackerman lui avait demandé ce qu'elle savait sur Ronald Niedermann ; elle l'avait alors regardé et avait répondu avec exactitude à ses questions. Dès qu'il avait changé de sujet, elle s'était totalement désintéressée et avait recommencé à regarder droit devant elle.

Annika s'attendait à ce que Lisbeth ne dise rien à la police. Par principe, elle ne parlait pas avec les autorités. Ce qui dans le cas présent était de bonne guerre. Bien qu'Annika ait régulièrement encouragé sa cliente à répondre aux questions de la police, elle était au fond très satisfaite du silence compact de Salander. La raison en était simple. Ce silence était cohérent. On ne pouvait l'accuser d'aucun mensonge ni de raisonnements contradictoires qui feraient mauvais effet au procès.

Mais même préparée à ce silence, Annika fut troublée de le voir aussi immuable. Quand elles furent seules, elle demanda à Lisbeth pourquoi elle refusait avec tant d'ostentation de parler avec la police.

— Ils vont déformer ce que je dis et l'utiliser contre moi.

— Mais si tu ne t'expliques pas, tu seras condamnée.

— Tant pis, je l'accepte. Je n'y suis pour rien dans cette salade. Et s'ils veulent me condamner pour ça, ce n'est pas mon problème.

A Annika, Lisbeth Salander avait lentement raconté presque tout ce qui s'était passé à Stallarholmen, même s'il avait fallu lui tirer les vers du nez. Tout sauf une chose. Elle n'expliqua pas comment Magge Lundin avait pris une balle dans le pied. Annika eut beau demander et supplier, Lisbeth Salander la regarda seulement effrontément et esquissa son sourire de travers.

Elle avait aussi raconté ce qui s'était passé à Gosseberga. Mais sans évoquer pourquoi elle avait traqué son père. Etait-elle allée là-bas pour tuer son père – ce que la procureur sous-entendait – ou bien pour lui faire entendre raison ? D'un point de vue juridique, la différence était de taille.

Lorsque Annika aborda le sujet de son ancien tuteur, l'avocat Nils Bjurman, Lisbeth se fit encore plus laconique. Sa réponse standard était que ce n'était pas elle qui l'avait tué et que cela n'entrait pas non plus dans les accusations contre elle.

Et quand Annika arriva au nœud même de tout le déroulement des événements, le rôle du Dr Peter Teleborian en 1991, Lisbeth se transforma en un mur compact de silence.

Ça ne tiendra pas la route, constata Annika. *Si Lisbeth n'a pas confiance en moi, nous perdrons le procès. Il faut que je parle à Mikael.*

LISBETH SALANDER ÉTAIT ASSISE sur le bord du lit et regardait par la fenêtre. Elle pouvait voir la façade de l'autre côté du parking. Elle était restée immobile et sans être dérangée pendant plus d'une heure depuis qu'Annika Giannini s'était levée et était partie en claquant la porte avec colère. Le mal de tête était revenu, mais bénin et lointain. Par contre, elle se sentait mal à l'aise.

Elle était irritée contre Annika Giannini. D'un point de vue pragmatique, elle pouvait comprendre pourquoi son avocate la tannait pour obtenir des détails de son passé. Rationnellement, elle comprenait pourquoi Annika devait disposer de tous les faits. Mais elle n'avait pas la moindre envie de parler de ses sentiments ou de ses agissements. Elle estimait que sa vie ne regardait qu'elle. Ce n'était pas sa faute si son père était un sadique pathologique et un assassin. Ce n'était pas sa faute si son frère était un véritable boucher. Et, Dieu soit loué, personne ne savait qu'il était son frère, ce qui autrement pèserait très probablement sur ses épaules lors de l'expertise psychiatrique qui lui pendait au nez. Ce n'était pas elle qui avait tué Dag Svensson et Mia Bergman. Ce n'était pas elle qui avait désigné un tuteur qui s'était révélé être un porc qui l'avait violée.

Pourtant c'était sa vie qu'ils allaient décortiquer et c'était à elle qu'on allait réclamer de s'expliquer et demander pardon de s'être défendue.

Elle voulait qu'on la laisse tranquille. Après tout, c'était bien elle qui était obligée de vivre avec elle-même. Elle n'attendait de personne qu'il soit son ami. Cette Foutue Annika Giannini était probablement de son côté, mais c'était une amitié professionnelle, puisqu'elle était son avocate. Foutu Super Blomkvist se trouvait là-dehors quelque part – Annika était peu causante au sujet de son frère et Lisbeth ne posait jamais de questions. Elle ne s'attendait pas à ce qu'il se mette particulièrement en quatre pour elle, maintenant que le meurtre de Dag Svensson était résolu et qu'il tenait son article.

Elle se demandait ce que Dragan Armanskij pensait d'elle après tout ce qui s'était passé.

Elle se demandait comment Holger Palmgren voyait la situation.

D'après Annika Giannini, tous deux s'étaient rangés dans son camp, mais ça, c'étaient des mots. Ils ne pouvaient rien faire pour résoudre ses problèmes personnels.

Elle se demandait ce que Miriam Wu ressentait pour elle.

Elle se demandait ce qu'elle ressentait pour elle-même et elle finit par réaliser que sa vie lui inspirait avant tout de l'indifférence.

Elle fut soudain dérangée par le vigile de Securitas qui glissa la clé dans la serrure et fit entrer le Dr Anders Jonasson.

— Bonsoir, mademoiselle Salander. Comment te sens-tu aujourd'hui ?

— Ça va, répondit-elle.

Il vérifia son dossier et constata qu'elle n'avait plus de fièvre. Elle s'était habituée à ses visites qui avaient lieu deux-trois fois par semaine. De toutes les personnes qui la manipulaient et la touchaient, il était le seul en qui elle ressentait un peu de confiance. A aucun moment elle n'avait eu l'impression qu'il la regardait de travers. Il venait dans sa chambre, bavardait un moment et vérifiait comment allait son corps. Il ne posait pas de questions sur Ronald Niedermann ni sur Alexander Zalachenko, ni sur son éventuelle folie et ne demandait pas pourquoi la police la gardait sous clé. Il semblait uniquement intéressé par l'état de ses muscles, par l'avancement de la guérison de son cerveau et par son état en général. Il la tutoyait depuis le début, elle le tutoyait, ça paraissait normal.

De plus, il avait littéralement farfouillé dans son cerveau. Quelqu'un qui avait fait ça méritait qu'on le traite avec respect. Elle réalisa à sa grande surprise qu'elle trouvait les visites d'Anders Jonasson agréables, même s'il la touchait et qu'il analysait ses courbes de température.

— Je peux vérifier ?

Il procéda à l'examen habituel, regarda ses pupilles, écouta sa respiration, lui prit le pouls et vérifia sa tension.

— Je vais comment ? demanda-t-elle.

— Tu es sur le chemin de la guérison, c'est sûr. Mais tu dois pousser plus côté gym. Et tu te grattes la croûte sur la tête. Il faut que tu arrêtes ça.

Il fit une pause.

— Est-ce que je peux te poser une question personnelle ?

Elle le regarda par en dessous. Il attendit jusqu'à ce qu'elle fasse oui de la tête.

— Ton tatouage là, avec le dragon… je ne l'ai pas vu en entier, mais je constate qu'il est énorme et qu'il couvre une grande partie de ton dos. Pourquoi as-tu fait faire ça ?

— Tu ne l'as pas vu ?

Il sourit soudain.

— Je veux dire que je l'ai aperçu, mais quand tu étais entièrement nue devant moi, j'étais plutôt occupé à arrêter des hémorragies et à te sortir des balles du corps et des trucs comme ça.

— Pourquoi tu demandes ?

— Par pure curiosité.

Lisbeth Salander réfléchit un long moment. Elle finit par le regarder.

— Je l'ai fait faire pour une raison personnelle dont je ne veux pas parler.

Anders Jonasson médita sa réponse, puis il hocha pensivement la tête.

— OK. Désolé d'avoir demandé.

— Tu veux y jeter un coup d'œil ?

Il eut l'air surpris.

— Oui. Pourquoi pas ?

Elle lui tourna le dos et retira sa chemise par la tête. Elle se plaça de telle façon que la lumière de la fenêtre éclaire son dos. Il constata que le dragon couvrait toute une partie du côté droit du dos. Il commençait sur l'omoplate au niveau de l'épaule et se terminait en une queue en bas de la hanche. C'était beau et exécuté par une main professionnelle. C'était un véritable chef-d'œuvre.

Au bout d'un moment, elle tourna la tête.

— Satisfait ?

— Il est beau. Mais ça a dû te faire un mal de chien.

— Oui, reconnut-elle. Ça faisait mal.

ANDERS JONASSON QUITTA LA CHAMBRE de Lisbeth Salander légèrement déconcerté. Il était satisfait de l'avancement de sa rééducation. Mais il n'arrivait pas à comprendre cette fille étrange. On n'avait pas besoin d'un mastère en psychologie pour arriver à la conclusion qu'elle ne se portait pas très bien mentalement. La manière dont elle lui parlait était polie, mais pleine d'une méfiance âpre. Il avait compris qu'elle était polie aussi avec le reste du personnel mais qu'elle se fermait comme une huître quand la police venait. Elle restait derrière sa carapace et marquait sans cesse une distance envers l'entourage.

La police l'avait mise en état d'arrestation et une procureur avait l'intention de la mettre en examen pour tentative de meurtre et coups et blessures aggravés. Il doutait fort qu'une fille aussi petite et frêle de constitution ait eu la force physique indispensable à ce genre d'actes de violence, d'autant plus que les agressions avaient été dirigées contre des hommes adultes.

Il l'avait interrogée sur le dragon avant tout pour parler d'un sujet personnel avec elle. En fait, cela ne l'intéressait pas de savoir pourquoi elle s'était décorée de cette façon exagérée, mais il supposait que si elle avait choisi de marquer son corps avec un tatouage aussi grand, c'est qu'il avait pour elle une importance particulière. Conclusion, c'était un bon sujet pour démarrer une conversation.

Il avait pris l'habitude de venir la voir plusieurs fois par semaine. Les visites se situaient en réalité hors de son emploi du temps et c'était le Dr Helena Endrin qui était son médecin. Mais Anders Jonasson était le chef du service de traumatologie et il était infiniment satisfait de sa propre contribution la nuit où Lisbeth Salander était arrivée aux urgences. Il avait pris la bonne décision en choisissant d'extirper la balle et pour autant qu'il pouvait en juger, elle n'avait pas de séquelles sous forme de trous de mémoire, fonctions corporelles diminuées ou autres handicaps dus à la blessure par balle. Si sa guérison se poursuivait ainsi, elle allait quitter l'hôpital avec une cicatrice au cuir chevelu mais sans aucune complication. Quant à la cicatrice qui s'était formée dans son âme, il ne pouvait rien en dire.

Il retourna à son bureau et vit un homme en veste sombre qui l'attendait appuyé contre le mur à côté de la porte. Ses cheveux étaient en broussaille et il avait une barbe soignée.

— Docteur Jonasson ?

— Oui.

— Bonjour, je m'appelle Peter Teleborian. Je suis médecin-chef à la clinique psychiatrique de Sankt Stefan à Uppsala.

— Oui, je vous reconnais.

— Bien. J'aimerais vous parler en particulier un instant si vous avez le temps.

Anders Jonasson déverrouilla la porte de son bureau.

— Qu'est-ce que je peux faire pour vous ? demanda Anders Jonasson.

— C'est au sujet d'une de vos patientes. Lisbeth Salander. J'ai besoin de la voir.

— Hmm. Dans ce cas, il vous faudra demander l'autorisation de la procureur. Elle est sous mandat d'arrêt avec interdiction de recevoir des visites. Toute visite doit aussi être signalée à l'avance à l'avocate de Salander…

— Oui, oui, je sais tout ça. J'avais pensé qu'on pourrait se dispenser de passer par la bureaucratie. Je suis médecin, vous pouvez donc sans problème me donner accès à elle pour des raisons médicales.

— Oui, ça pourrait peut-être se justifier. Mais j'ai dû mal à saisir le lien.

— Pendant plusieurs années, j'ai été le psychiatre de Lisbeth Salander quand elle était internée à Sankt Stefan à Uppsala. Je l'ai suivie jusqu'à ses dix-huit ans, quand le tribunal d'instance l'a fait sortir dans la société, même si c'était sous tutelle. Je dois peut-être souligner que bien entendu j'y étais opposé. Depuis, on l'a laissée partir à la dérive et on voit le résultat aujourd'hui.

— Je comprends, dit Anders Jonasson.

— Je ressens toujours une grande responsabilité pour elle et j'aimerais avoir la possibilité de faire une estimation de l'aggravation de son état au cours de ces dix dernières années.

— Aggravation ?

— Comparé à quand elle recevait des soins spécialisés dans son adolescence. J'avais pensé qu'on pourrait trouver une solution convenable ici, entre médecins.

— A propos, pendant que j'y pense… Vous allez peut-être pouvoir m'éclairer sur un point que je ne comprends pas tout à fait, je veux dire entre médecins. Quand elle a été admise ici à Sahlgrenska, j'ai fait faire un grand examen médical d'elle. Un collègue à moi a demandé à voir l'enquête médicolégale concernant Lisbeth Salander. Elle était signée d'un Dr Jesper H. Löderman.

— C'est exact. J'étais le directeur de thèse de Jesper pour son doctorat.

— Je comprends. Mais je note que cette enquête médicolégale est terriblement vague.

— Ah bon.

— Elle ne comporte aucun diagnostic et elle ressemble plus à une analyse conventionnelle d'un patient qui refuse de parler.

Peter Teleborian rit.

— Oui, elle n'est pas facile à fréquenter. Comme le montre l'enquête, elle refusait catégoriquement de participer aux entretiens avec Löderman. C'est pour ça qu'il a été obligé de s'exprimer dans des termes vagues. Il a agi tout à fait correctement.

— Je comprends. Mais la recommandation était quand même de l'interner.

— C'est fondé sur son passé. Nous avons une expérience totale de sa maladie qui court sur plusieurs années.

— Oui, c'est ça que j'ai du mal à comprendre. Quand elle a été admise ici, nous avons essayé de faire venir son dossier de Sankt Stefan. Mais nous ne l'avons pas encore obtenu.

— Je suis désolé. Il est classé secret sur décision du tribunal d'instance.

— Je vois. Et comment nous ici à Sahlgrenska pouvons-nous lui donner les soins adéquats si nous n'avons pas accès à son dossier ? Il se trouve que c'est nous à présent qui avons la responsabilité médicale d'elle.

— Je me suis occupé d'elle depuis qu'elle avait douze ans et je ne pense pas qu'un autre médecin en Suède ait la même connaissance de sa maladie que moi.

— Qui est… ?

— Lisbeth Salander souffre d'un grave déséquilibre psychique. Comme vous le savez, la psychiatrie n'est pas une science exacte. Je répugne à me cantonner à un diagnostic précis. Mais elle a des hallucinations manifestes avec des traits schizophrènes paranoïdes très nets. Au tableau, il faut aussi ajouter des périodes maniaco-dépressives, et elle manque d'empathie.

Anders Jonasson scruta le Dr Peter Teleborian pendant dix secondes avant d'écarter les mains.

— Je n'irai pas contester le diagnostic du Dr Teleborian, mais n'avez-vous jamais envisagé un diagnostic bien plus simple ?

— Comment cela ?

— Par exemple le syndrome d'Asperger. D'accord, je n'ai pas fait d'examen psychiatrique d'elle, mais si je devais me prononcer spontanément, j'avancerais une forme d'autisme. Cela expliquerait son incapacité à se conformer aux conventions sociales.

— Je suis désolé, mais les patients souffrant d'Asperger ne mettent pas habituellement le feu à leurs parents. Croyez-moi, je n'ai jamais croisé un sociopathe aussi clairement défini.

— Je vois bien que c'est une personne repliée sur elle-même, mais pas une sociopathe paranoïde.

— Elle est extrêmement manipulatrice, dit Peter Teleborian. Elle se comporte comme elle pense que vous voudriez la voir se comporter.

Anders Jonasson fronça imperceptiblement les sourcils. Peter Teleborian venait tout à coup de contrecarrer son propre jugement de Lisbeth Salander. S'il y avait une chose qu'il ne voyait vraiment pas en elle, c'était bien la manipulation. Au contraire – elle était quelqu'un qui maintenait imperturbablement une distance avec l'entourage et ne montrait aucune émotion. Il essaya de concilier le tableau que dressait Teleborian avec l'idée qu'il s'était faite lui-même de Lisbeth Salander.

— Et vous l'avez vue très peu de temps, depuis que ses blessures la condamnent à l'inaction. Moi, j'ai vu ses crises de violence et sa haine excessive. J'ai consacré de nombreuses années à essayer d'aider Lisbeth Salander. C'est pour ça que je suis ici. Je propose une collaboration entre Sahlgrenska et Sankt Stefan.

— Vous voulez dire quelle sorte de collaboration ?

— Vous vous chargez de ses problèmes physiques et je suis convaincu qu'elle aura les meilleurs soins possible. Mais je suis très inquiet pour son état psychique et j'aimerais intervenir assez vite. Je suis prêt à offrir toute l'aide que je suis en mesure d'apporter.

— Je comprends.

— J'ai besoin de la voir pour juger de son état, premièrement.

— Je comprends. Malheureusement, je ne peux rien pour vous.

— Pardon ?

— Comme je viens de le dire, elle est sous mandat d'arrêt. Si vous voulez commencer un traitement psychiatrique, il faut que vous preniez contact avec la procureur Jervas qui prend les décisions dans ces cas-là, et cela doit se faire en accord avec son avocate Annika Giannini. S'il s'agit d'une expertise de psychiatrie légale, le tribunal d'instance doit vous mandater.

— C'est justement toute cette démarche bureaucratique que je voulais éviter.

— Oui, mais je suis responsable d'elle, et si elle doit passer devant un tribunal dans un avenir proche, il nous faut pouvoir justifier de toutes les mesures que nous avons prises. Il est donc nécessaire de suivre la démarche bureaucratique.

— Je comprends. Alors permettez-moi de vous indiquer que j'ai déjà eu une demande de la part du procureur Richard Ekström à Stockholm pour faire une expertise de psychiatrie légale. Celle-ci aura lieu au moment du procès.

— Tant mieux. Alors vous aurez l'autorisation de visite sans qu'on ait à écorner le règlement.

— Mais pendant qu'on s'occupe de bureaucratie, le risque existe que son état empire. Tout ce qui m'intéresse, c'est sa santé.

— Moi aussi, dit Anders Jonasson. Et entre nous, je peux vous dire que je ne perçois chez elle aucun signe d'une quelconque maladie psychique. Elle est bien amochée et se trouve dans une situation de stress. Mais je ne pense absolument pas qu'elle soit schizophrène ou qu'elle souffre de phobies paranoïdes.

LE DR PETER TELEBORIAN consacra encore un long moment à essayer de faire changer d'avis Anders Jonasson. Lorsqu'il finit par comprendre qu'il perdait son temps, il se leva brusquement et prit congé.

Anders Jonasson resta un long moment à contempler la chaise où Teleborian avait été assis. Ce n'était certes pas inhabituel que d'autres médecins le contactent pour des conseils ou des avis sur un traitement. Mais il s'agissait presque exclusivement de patients ayant déjà un médecin responsable d'une forme de traitement en cours. Il n'avait jamais vu un psychiatre atterrir ainsi comme un ovni et insister pour avoir accès à une patiente en dehors de tout règlement, une patiente qu'il n'avait apparemment pas eue en traitement depuis de nombreuses années. Un moment plus tard, Anders Jonasson consulta sa montre et constata qu'il était bientôt 19 heures. Il prit le téléphone et appela Martina Karlgren, la psychologue de garde que Sahlgrenska proposait aux patients en traumatologie.

— Salut. J'imagine que tu as terminé pour aujourd'hui. Je te dérange ?

— T'inquiète pas. Je suis à la maison et je ne fais rien de spécial.

— Je me pose des questions. Tu as parlé avec notre patiente Lisbeth Salander. Tu peux me dire quelle impression tu en as ?

— Eh bien, je suis allée la voir trois fois pour lui proposer des entretiens. Elle a décliné l'offre gentiment mais fermement.

— Qu'est-ce qu'elle te fait comme impression ?

— Dans quel sens ?

— Martina, je sais que tu n'es pas psychiatre, mais tu es une personne avisée et raisonnable. Qu'est-ce qu'elle t'a fait comme impression ?

Martina Karlgren hésita un instant.

— Je ne sais pas très bien comment répondre. Je l'ai rencontrée deux fois un peu après son arrivée chez nous. Elle était tellement mal en point que je n'ai pas vraiment eu de contact avec elle. Puis je suis allée la voir il y a environ une semaine à la demande de Helena Endrin.

— Pourquoi est-ce que Helena t'a demandé d'aller la voir ?

— Lisbeth Salander est en voie de guérison. La plupart du temps, elle reste allongée sur le dos à fixer le plafond. Endrin voulait que je jette un coup d'œil sur elle.

— Et que s'est-il passé ?

— Je me suis présentée. On a parlé quelques minutes. J'ai demandé comment elle allait et si elle ressentait le besoin d'avoir quelqu'un avec qui parler. Elle a dit que non. J'ai demandé si je pouvais l'aider avec quoi que ce soit. Elle m'a demandé de lui faire passer un paquet de cigarettes.

— Etait-elle irritée ou hostile ?

Martina Karlgren réfléchit un instant.

— Non, je ne peux pas dire ça. Elle était calme, mais gardait une grande distance. J'ai compris sa requête de lui faire passer des cigarettes plus comme une blague qu'une demande sérieuse. J'ai demandé si elle voulait lire quelque chose, si je pouvais lui fournir des livres. Elle n'a pas voulu tout d'abord, mais ensuite elle a demandé si j'avais des revues scientifiques qui traitaient de génétique et de recherche sur le cerveau.

— De quoi ?

— De génétique.

— Génétique ?

— Oui. J'ai dit qu'il y avait quelques livres de vulgarisation sur le sujet dans notre bibliothèque. Ça ne l'intéressait pas. Elle a dit qu'elle avait déjà lu des livres sur ce sujet et elle a mentionné quelques œuvres standard dont je n'avais jamais entendu parler. C'était donc plus de la recherche scientifique dans la matière qui l'intéressait.

— Ah bon ? dit Anders Jonasson, stupéfait.

— J'ai dit qu'il n'y avait sans doute pas de livres aussi pointus dans la bibliothèque de l'hôpital – on a plus de Philip Marlowe que de littérature scientifique – mais que j'allais voir si je pouvais lui dénicher quelque chose.

— Et tu l'as fait ?

— Je suis allée emprunter quelques exemplaires de *Nature* et du *New England Journal of Medicine*. Elle a été satisfaite et m'a remerciée de la peine.

— Mais ce sont des revues passablement pointues qui contiennent surtout des articles scientifiques et de la recherche pure.

— Elle les lit avec grand intérêt.

Anders Jonasson resta sans voix un bref instant.

— Comment est-ce que tu juges son état psychique ?

— Elle est renfermée. Elle n'a pas discuté quoi que ce soit de personnel avec moi.

— Est-ce que tu as l'impression qu'elle est psychiquement malade, maniacodépressive ou paranoïde ?

— Non, pas du tout. Dans ce cas-là, j'aurais donné l'alerte. Elle est particulière, c'est vrai, elle a de gros problèmes et elle se trouve en état de stress. Mais elle est calme et objective et semble capable de gérer sa situation.

— Très bien.

— Pourquoi tu demandes ça ? Il s'est passé quelque chose ?

— Non, il ne s'est rien passé. Simplement, je n'arrive pas à la cerner.

10

SAMEDI 7 MAI – JEUDI 12 MAI

MIKAEL BLOMKVIST POSA LE DOSSIER contenant les résultats de la recherche que lui avait envoyée le free-lance Daniel Olofsson à Göteborg. Il regarda pensivement par la fenêtre et contempla le flot de passants dans Götgatan. Il appréciait toujours l'emplacement de son bureau. Götgatan était pleine de vie à toute heure du jour et de la nuit, et quand il était assis devant la fenêtre, il ne se sentait jamais vraiment seul ou isolé.

Il était stressé, bien qu'il n'ait rien d'urgent en cours. Il s'était obstiné à continuer à travailler sur les textes avec lesquels il avait l'intention de constituer le numéro d'été de *Millénium*, mais avait fini par se rendre compte que son matériel était si vaste que même un numéro thématique n'y suffirait pas. Confronté à la même situation que pour l'affaire Wennerström, il avait décidé de publier ses textes sous forme de livre. Il avait déjà assez de matériel pour plus de cent cinquante pages et il comptait trois cents à trois cent cinquante pages pour tout l'ouvrage.

La partie simple était finie. Il avait décrit les meurtres de Dag Svensson et Mia Bergman, et raconté comment il en était venu à être celui qui avait trouvé leurs corps. Il avait expliqué pourquoi Lisbeth Salander avait été soupçonnée. Il utilisait un chapitre entier de trente-sept pages pour descendre en flèche d'une part tout ce que les médias avaient écrit sur Lisbeth Salander, d'autre part le procureur Richard Ekström et indirectement toute l'enquête de police. Après mûre réflexion, il avait adouci sa critique envers Bublanski et ses collègues. Il en était arrivé là après avoir visionné une vidéo de la conférence de presse d'Ekström, qui révélait de façon évidente que Bublanski

231

était extrêmement mal à l'aise et manifestement mécontent des conclusions hâtives d'Ekström.

Après les événements dramatiques du début, il faisait un retour en arrière pour décrire l'arrivée de Zalachenko en Suède, la jeunesse de Lisbeth Salander et les événements qui l'avaient menée derrière les barreaux de Sankt Stefan à Uppsala. Il prenait un soin tout particulier à totalement démolir le Dr Peter Teleborian et feu Gunnar Björck. Il présentait l'expertise de psychiatrie légale de 1991 et expliquait pourquoi Lisbeth Salander était devenue une menace pour des fonctionnaires d'Etat anonymes qui s'étaient donné pour mission de protéger le transfuge russe. Il reproduisait de grandes parties de la correspondance entre Teleborian et Björck.

Il révélait la nouvelle identité de Zalachenko et son champ d'activité comme gangster à plein temps. Il décrivait son assistant Ronald Niedermann, l'enlèvement de Miriam Wu et l'intervention de Paolo Roberto. Pour finir, il faisait le résumé du dénouement à Gosseberga, où Lisbeth Salander avait été enterrée vivante après avoir pris une balle dans la tête, et il expliquait pourquoi un policier avait été inutilement tué alors que Niedermann était déjà capturé.

Ensuite, son histoire n'avait plus été aussi facile à développer. Le problème de Mikael était qu'elle comportait encore beaucoup de trous. Gunnar Björck n'avait pas agi seul. Derrière les éléments il y avait forcément un groupe important, influent et disposant de ressources. Sinon, ç'aurait été impossible. Il avait surtout conclu que la manière dont on avait traité Lisbeth Salander en niant tout droit élémentaire n'avait pu être agréée par le gouvernement ou par la direction de la Säpo. Ce n'était pas une confiance absolue dans le pouvoir de l'Etat qui l'amenait à cette conclusion, mais sa foi dans la nature humaine. Jamais une opération de cette envergure n'aurait pu être gardée secrète s'il y avait eu un ancrage politique. Quelqu'un aurait eu des comptes à régler avec quelqu'un d'autre et aurait parlé, et les médias auraient fourré leur nez dans l'affaire Zalachenko bien des années auparavant.

Il se représentait le club Zalachenko comme un petit groupe d'activistes anonymes. Le problème, c'était qu'il était incapable de les identifier, sauf peut-être Göran Mårtensson, quarante ans, policier en mission secrète qui passait son temps à suivre Mikael Blomkvist.

L'idée était que le livre soit imprimé et prêt à être distribué le jour où le procès de Lisbeth Salander commencerait. Avec Christer Malm, il projetait une édition poche cellophanée, jointe en supplément au numéro d'été de *Millénium*, dont on augmenterait le prix. Il avait réparti les tâches entre Henry Cortez et Malou Eriksson qui devaient concocter des textes sur l'histoire de la Säpo, sur l'affaire de l'IB, ce service de renseignements militaires secret dont l'existence avait été révélée en 1973 par ses deux collègues du magazine *Folket i Bild/Kulturfront*, et quelques cas semblables.

Car il était maintenant sûr qu'un procès contre Lisbeth Salander allait être ouvert.

Le procureur Richard Ekström l'avait mise en examen pour coups et blessures aggravés dans le cas de Magge Lundin et coups et blessures aggravés assortis de tentative d'homicide dans le cas de Karl Axel Bodin, alias Alexander Zalachenko.

Aucune date n'était encore fixée pour le procès, mais Mikael avait saisi au vol des propos de quelques collègues. Apparemment Ekström prévoyait un procès en juillet, le tout dépendant de l'état de santé de Lisbeth Salander. Mikael comprit l'intention. Un procès au milieu de l'été attirait toujours moins l'attention qu'un procès à d'autres époques de l'année.

Il plissa le front et regarda par la fenêtre de son bureau à la rédaction de *Millénium*.

Ce n'est pas fini. La conspiration contre Lisbeth continue. C'est la seule façon d'expliquer les téléphones sur table d'écoute, l'agression d'Annika et le vol du rapport Salander de 1991. Et peut-être l'assassinat de Zalachenko.

Sauf qu'il n'avait pas de preuves.

En accord avec Malou Eriksson et Christer Malm, Mikael avait décidé que les éditions *Millénium* allaient aussi publier le livre de Dag Svensson sur le trafic de femmes en vue du procès. Il valait mieux présenter tout le paquet en une seule fois, et il n'y avait aucune raison d'attendre pour le publier. Au contraire – à aucun autre moment le livre ne pourrait éveiller autant d'intérêt. Malou avait la responsabilité de la rédaction finale du livre de Dag Svensson tandis que Henry

Cortez assistait Mikael dans son écriture du livre sur l'affaire Salander. Lottie Karim et Christer Malm (contre son gré) étaient ainsi devenus secrétaires de rédaction temporaires à *Millénium*, avec Monika Nilsson comme seule journaliste disponible. Le résultat de cette charge de travail supplémentaire était que toute la rédaction de *Millénium* était sur les rotules et que Malou Eriksson avait engagé plusieurs pigistes pour produire des textes. Ça allait coûter, mais ils n'avaient pas le choix.

Mikael nota sur un Post-it qu'il devait régler le problème des droits d'auteur sur son livre avec la famille de Dag Svensson. Renseignement pris, il savait que les parents de Dag habitaient à Örebro et qu'ils étaient les seuls héritiers. En principe, il n'avait pas besoin d'autorisation pour publier le livre sous le nom de Dag Svensson, mais il avait quand même l'intention de se rendre à Örebro et de les voir personnellement pour obtenir leur aval. Il avait sans cesse repoussé la chose parce qu'il avait été trop occupé, mais il était maintenant grand temps de régler ce détail.

NE RESTAIENT ENSUITE que des dizaines d'autres détails ! Certains concernaient la façon d'aborder Lisbeth Salander dans les textes. Pour déterminer cela une fois pour toutes, il serait obligé d'avoir une conversation en privé avec elle, et d'obtenir son autorisation de dire la vérité, ou au moins partiellement la vérité. Et cette conversation privée était impossible à avoir puisque Lisbeth Salander était sous mandat d'arrêt avec interdiction de visites.

De ce point de vue, Annika Giannini ne pouvait lui apporter aucune aide. Elle suivait scrupuleusement le règlement en vigueur et n'avait pas l'intention de transmettre des messages secrets pour le compte de Mikael Blomkvist. Annika ne racontait pas non plus de quoi elle et sa cliente parlaient, à part les épisodes touchant à la machination contre elle et où Annika avait besoin d'aide. C'était frustrant mais correct. Mikael ignorait donc totalement si Lisbeth avait révélé à Annika que son ancien tuteur l'avait violée et qu'elle s'était vengée en tatouant un message retentissant sur son ventre. Tant qu'Annika n'évoquait pas le sujet, Mikael ne pouvait pas le faire non plus.

L'isolement de Lisbeth Salander constituait avant tout un véritable casse-tête. Elle était experte en informatique et hacker, ce que Mikael savait mais pas Annika. Mikael avait promis à Lisbeth de ne jamais trahir son secret et il avait tenu sa promesse. Le problème était qu'en ce moment, il avait lui-même grandement besoin de ses compétences en la matière.

Il lui fallait par conséquent établir le contact avec Lisbeth Salander d'une façon ou d'une autre.

Il soupira et rouvrit le dossier de Daniel Olofsson, et en sortit deux feuilles. L'une était un extrait du registre des passeports au nom d'Idris Ghidi, né en 1950. C'était un homme à moustache, teint basané et cheveux noirs grisonnant aux tempes.

L'autre document était le résumé que Daniel Olofsson avait fait du passé d'Idris Ghidi.

Ghidi était un réfugié kurde venu d'Irak. Daniel Olofsson avait sorti davantage de données décisives sur Idris Ghidi que sur aucun autre employé. L'explication de ce déséquilibre était que, pendant quelque temps, Idris Ghidi avait connu une certaine notoriété médiatique et qu'il figurait dans les archives des médias.

Né dans la ville de Mossoul dans le Nord de l'Irak, Idris Ghidi avait suivi une formation d'ingénieur et avait pris part au grand bond économique dans les années 1970. En 1984, il avait commencé à travailler comme professeur au lycée technique de Mossoul. Il n'était connu pour aucune activité politique. Malheureusement il était kurde et par définition un criminel potentiel dans l'Irak de Saddam Hussein. En octobre 1987, le père d'Idris Ghidi fut arrêté, soupçonné d'activisme kurde. Aucune indication n'était donnée sur la nature de son crime. Il fut exécuté comme traître à la patrie, probablement en janvier 1988. Deux mois plus tard, la police secrète irakienne vint chercher Idris Ghidi alors qu'il venait de commencer un cours sur la résistance des matériaux appliquée à la construction des ponts. On l'amena dans une prison à l'extérieur de Mossoul où il fut soumis à une torture poussée pendant onze mois dans le but de le faire avouer. Idris Ghidi ne comprenait pas exactement ce qu'il était censé avouer et la torture se poursuivit donc.

En mars 1989, un oncle d'Idris Ghidi paya une somme équivalant à 50 000 couronnes suédoises au chef local du parti Baas, ce qui était sans doute considéré comme une compensation suffisante pour les dégâts qu'Idris Ghidi avait causés à l'Etat irakien. Deux jours plus tard, il fut libéré et confié à son oncle. A sa libération il pesait trente-neuf kilos et il était incapable de marcher. Avant de le libérer, on lui avait brisé la hanche gauche à coups de masse, histoire de l'empêcher d'aller vadrouiller et faire des bêtises à l'avenir.

Idris Ghidi resta entre la vie et la mort pendant plusieurs semaines. Lorsqu'il finit par aller un peu mieux, son oncle le déplaça dans une ferme à six cents kilomètres de Mossoul. Il puisa des forces nouvelles pendant l'été et devint assez solide pour réapprendre à marcher à peu près correctement avec des béquilles. Il savait très bien qu'il ne serait jamais complètement rétabli. La question se posait de ce qu'il allait faire à l'avenir. En août, ses deux frères furent arrêtés par la police secrète. Plus jamais il n'allait les revoir. Ils devaient être enterrés quelque part dans les faubourgs de Mossoul. En septembre, son oncle apprit que la police secrète de Saddam Hussein recherchait de nouveau Idris Ghidi. Il prit alors la décision de s'adresser à un passeur anonyme qui, contre une somme équivalant à 30 000 couronnes, fit franchir la frontière turque à Idris Ghidi et, à l'aide d'un faux passeport, l'amena en Europe.

Idris Ghidi atterrit à Arlanda à Stockholm le 19 octobre 1989. Il ne connaissait pas un mot de suédois, mais on lui avait expliqué qu'il devait se présenter à la police des frontières et immédiatement demander l'asile politique, ce qu'il fit dans un anglais sommaire. Il fut transféré dans un centre pour réfugiés à Upplands-Väsby, où il passa les deux années suivantes, jusqu'à ce que le ministère de l'Immigration décide qu'Idris Ghidi n'avait pas de raisons assez solides pour obtenir un permis de séjour en Suède.

A ce stade, Ghidi avait appris le suédois et reçu une aide médicale pour sa hanche écrasée. Il avait subi deux opérations et pouvait se déplacer sans cannes. Entre-temps, il y avait eu le non des habitants de Sjöbo aux immigrés, des centres de réfugiés avaient été la cible d'attentats et Bert Karlsson avait fondé le parti Nouvelle démocratie.

La raison précise pour laquelle Idris Ghidi figurait dans les archives des médias était qu'à la dernière minute, il avait eu un nouvel avocat qui avait interpellé les médias pour expliquer sa situation. D'autres Kurdes en Suède se mobilisèrent pour Idris Ghidi, parmi lesquels des membres de la combative famille Baksi. Il y eut des réunions de protestation et des pétitions furent envoyées à la ministre de l'Immigration, Birgit Friggebo. La médiatisation fut telle que le ministère de l'Immigration modifia sa décision. Ghidi obtint un permis de séjour et de travail dans le royaume suédois. En janvier 1992, il quitta le centre de réfugiés d'Upplands-Väsby en homme libre.

A sa sortie du centre de réfugiés, une nouvelle procédure débutait pour Idris Ghidi. Il fallait qu'il trouve un travail alors qu'il suivait encore une thérapie pour sa hanche détruite. Idris Ghidi allait vite découvrir que le fait d'avoir une solide formation d'ingénieur en bâtiment avec plusieurs années d'expérience et des diplômes valides ne voulait absolument rien dire. Durant les années qui suivirent, il travailla comme distributeur de journaux, plongeur, agent de nettoyage et chauffeur de taxi. Il fut obligé de démissionner de son boulot de distributeur de journaux. Il ne pouvait tout simplement pas grimper les escaliers au rythme exigé. Il aimait bien le travail comme chauffeur de taxi, mais il y avait deux problèmes. Il n'avait pas la moindre connaissance du réseau routier local dans le département de Stockholm et il ne pouvait pas rester immobile plus d'une heure d'affilée sans que la douleur dans sa hanche devienne intolérable.

En mai 1998, Idris Ghidi déménagea à Göteborg. Un parent éloigné l'avait pris en pitié et lui proposait un emploi fixe dans une entreprise de nettoyage. Idris Ghidi était incapable d'occuper un poste à plein temps et on lui donna un mi-temps comme chef d'une équipe d'agents de surface à l'hôpital Sahlgrenska, qui sous-traitait avec l'entreprise. Il avait un travail facile et méthodique qui consistait à laver par terre dans un certain nombre de services, dont le 11C, six jours par semaine.

Mikael Blomkvist lut le résumé de Daniel Olofsson et examina le portrait d'Idris Ghidi dans le fichier des passeports. Ensuite il ouvrit le site des archives des médias et sélectionna plusieurs des articles qui avaient servi de base au résumé d'Olofsson. Il lut attentivement et réfléchit ensuite un long moment. Il alluma une cigarette. L'interdiction de fumer à la rédaction avait rapidement été supprimée après le départ d'Erika Berger. Henry Cortez avait même laissé un cendrier sur son bureau, au vu et au su de tous.

Pour finir, Mikael prit la feuille A4 que Daniel Olofsson avait produite sur Anders Jonasson. Il lut le texte, le front creusé de plis profonds.

MIKAEL BLOMKVIST NE VOYAIT PAS la voiture avec l'immatriculation K A B et n'avait pas le sentiment d'être surveillé, mais il préféra ne rien laisser au hasard le lundi lorsqu'il se rendit de la librairie universitaire à l'entrée secondaire du grand magasin NK pour ressortir aussitôt par l'entrée principale. Pour arriver à maintenir la surveillance de quelqu'un à l'intérieur d'un grand magasin, il faudrait être un surhomme. Il coupa ses deux téléphones portables et se rendit à la place Gustaf Adolf à pied, en empruntant la galerie marchande, passa devant l'hôtel du Parlement et entra dans la vieille ville. Pour autant qu'il pouvait en juger, personne ne le suivait. Il fit des détours par de petites rues jusqu'à ce qu'il arrive à la bonne adresse et frappa à la porte des éditions Svartvitt.

Il était 14 h 30. Mikael n'avait pas prévenu de sa visite, mais le rédacteur Kurdo Baksi y était et son visage s'illumina quand il aperçut Mikael Blomkvist.

— Tiens, salut, dit Kurdo Baksi cordialement. Pourquoi tu ne viens plus jamais nous voir ?

— Je suis là maintenant, dit Mikael.

— Oui, mais ça doit faire au moins trois ans depuis la dernière fois.

Ils se serrèrent la main.

Mikael Blomkvist connaissait Kurdo Baksi depuis les années 1980. Mikael avait été de ceux qui avaient aidé Kurdo Baksi quand il avait lancé *Svartvitt* et qu'ils l'imprimaient encore en fraude la nuit à la Fédération des syndicats. Kurdo s'y était fait prendre sur le fait par Per-Erik Åström, le futur chasseur de pédophiles de *Rädda Barnen*. Une nuit, Åström était entré dans la salle d'imprimerie de la Fédération et y avait trouvé des piles de pages du premier numéro de *Svartvitt* et un Kurdo Baksi mal à l'aise dans ses baskets. Åström avait regardé l'épouvantable mise en pages de la une et dit que c'était pas une putain de façon de faire un journal, ça. Ensuite, il avait dessiné le logo qui allait figurer en tête du journal *Svartvitt* pendant quinze ans, jusqu'à ce que la revue soit enterrée et que les éditions Svartvitt prennent la relève. A cette époque, Mikael terminait une détestable période de responsable des actualités à la Fédération – son seul et unique passage dans la branche des actualités. Per-Erik Åström l'avait persuadé de corriger les épreuves de *Svartvitt* et de donner un coup de main pour rédiger les textes. Depuis cette époque, Kurdo Baksi et Mikael Blomkvist étaient amis.

Mikael Blomkvist s'installa sur un canapé pendant que Kurdo Baksi allait chercher du café à la machine dans le couloir. Ils bavardèrent un moment comme on le fait quand on ne s'est pas vu depuis quelque temps, mais ils étaient sans arrêt interrompus par la sonnerie du portable de Kurdo. Il menait de brèves conversations en kurde ou peut-être en turc ou en arabe ou dans Dieu sait quelle autre langue que Mikael ne comprenait pas. Chaque fois que Mikael était venu aux éditions Svartvitt, ç'avait été la même chose. Les gens appelaient du monde entier pour parler à Kurdo.

— Mon cher Mikael, tu as l'air soucieux. Qu'est-ce qui t'amène ? finit par dire Kurdo Baksi.

— Est-ce que tu peux couper ton portable cinq minutes pour qu'on puisse parler en paix ?

Kurdo coupa son portable.

— Voilà… j'ai besoin d'un service. Un service de taille et qui de plus doit se faire tout de suite et ne doit pas être discuté hors de cette pièce.

— Raconte.

— En 1989, un réfugié kurde du nom d'Idris Ghidi est arrivé d'Irak en Suède. Quand il a été menacé d'expulsion, ta famille l'a aidé, et grâce à ça il a fini par obtenir un permis de séjour. Je ne sais pas si c'est ton père ou quelqu'un d'autre de la famille qui l'avait aidé.

— C'est mon oncle, Mahmut Baksi, qui a aidé Idris Ghidi. Je connais Idris. Qu'est-ce qu'il a ?

— Il travaille en ce moment à Göteborg. J'ai besoin de son aide pour un boulot simple. Je le paierai.

— C'est quoi comme boulot ?

— Est-ce que tu me fais confiance, Kurdo ?

— Evidemment. On a toujours été amis.

— Le boulot en question est particulier. Très particulier. Je ne veux pas raconter en quoi il consiste, mais je t'assure qu'en aucune manière ce n'est illégal et ça ne créera aucun problème à toi ni à Idris Ghidi.

Kurdo Baksi regarda attentivement Mikael Blomkvist.

— Je comprends. Et tu ne veux pas dire de quoi il s'agit.

— Moins tu en sais, mieux ça vaut. Mais j'ai besoin que tu me recommandes à Idris pour qu'il veuille bien écouter ce que j'ai à lui dire.

Kurdo réfléchit un petit moment. Puis il se dirigea vers son bureau et ouvrit un carnet. Il chercha quelques instants avant de trouver le numéro de téléphone d'Idris Ghidi. Puis il leva le combiné. La conversation fut menée en kurde. Mikael comprit à l'expression de Kurdo qu'elle débutait par des phrases rituelles de politesse et d'entrée en matière. Puis il devint sérieux et expliqua ce qu'il voulait. Au bout d'un moment, il se tourna vers Mikael.

— Quand est-ce que tu veux le rencontrer ?

— Vendredi après-midi, si c'est possible. Demande si je peux le voir chez lui.

Kurdo continua à parler un court moment avant de terminer la conversation.

— Idris Ghidi habite à Angered, dit Kurdo Baksi. Tu as son adresse ?

Mikael fit oui de la tête.

— Il t'attendra chez lui à 17 heures vendredi.

— Merci, Kurdo, dit Mikael.

— Il travaille à l'hôpital Sahlgrenska, comme agent de surface, dit Kurdo Baksi.

— Je sais, dit Mikael.

— Je n'ai pas pu éviter de lire dans les journaux que tu es mêlé à cette histoire Salander.

— C'est exact.

— On lui a tiré dessus.

— C'est ça.

— Il me semble bien qu'elle se trouve à Sahlgrenska justement.

— Exact, ça aussi.

Kurdo Baksi non plus n'était pas né de la dernière pluie. Il comprit que Blomkvist était en train de manigancer quelque chose de louche, c'était sa spécialité. Il connaissait Mikael depuis les années 1980. Ils n'avaient jamais été des amis très proches, mais Mikael avait toujours répondu présent quand Kurdo avait demandé un service. Ces dernières années, il leur était arrivé de prendre une bière ou deux ensemble quand ils se croisaient dans une fête ou un bar.

— Est-ce que je vais être mêlé à quelque chose que je devrais connaître ? demanda Kurdo.

— Tu ne seras mêlé à rien. Ton rôle s'est résumé à me rendre le service de me présenter à l'une de tes connaissances. Et je répète… ce que je vais demander à Idris Ghidi de faire n'est pas illégal.

Kurdo hocha la tête. Cette assurance lui suffisait. Mikael se leva.

— Je te dois un service.

— Un coup toi, un coup moi, on se doit toujours des services, dit Kurdo Baksi.

HENRY CORTEZ POSA LE COMBINÉ du téléphone et tambourina avec les doigts contre le bord de son bureau si bruyamment que Monika Nilsson leva un sourcil irrité et lui lança un regard noir. Elle constata qu'il était profondément plongé dans ses pensées. Elle se sentait irritée contre tout et rien, et décida de ne pas laisser Henry en pâtir.

Monika Nilsson savait que Blomkvist menait des messes basses avec Cortez, Malou Eriksson et Christer Malm autour de l'histoire Salander, alors qu'on attendait d'elle et de Lottie Karim qu'elles fassent le gros du boulot pour le prochain numéro d'un journal qui n'avait pas de véritable direction depuis le départ d'Erika Berger. Il n'y avait rien à redire sur Malou, mais elle n'avait pas d'expérience et pas le poids qu'avait eu Erika Berger. Et Cortez n'était qu'un gamin.

L'irritation de Monika Nilsson ne venait pas de ce qu'elle se sentait mise à l'écart ou aurait voulu leur poste – c'était bien la dernière chose qu'elle voulait. Son travail consistait à surveiller le gouvernement, le Parlement et les administrations pour le compte de *Millénium*. Ce boulot lui plaisait et elle en connaissait toutes les ficelles. Elle était aussi pas mal occupée par d'autres tâches, comme écrire une colonne dans un journal syndical toutes les semaines et un boulot bénévole pour Amnesty International, entre autres. C'était inconciliable avec un poste de rédactrice en chef de *Millénium* qui la ferait travailler au moins douze heures par jour et sacrifier les week-ends et les jours fériés.

Mais elle avait l'impression que quelque chose avait changé à *Millénium*. Elle ne reconnaissait plus le journal. Et elle n'arrivait pas à mettre le doigt sur ce qui n'allait pas.

Comme d'habitude, Mikael Blomkvist était irresponsable et disparaissait pour ses voyages mystérieux, et il allait et venait à sa guise. Certes, il était copropriétaire de *Millénium* et il avait le droit de décider lui-même de ce qu'il voulait faire, mais on pouvait quand même exiger un minimum de responsabilité.

Christer Malm était l'autre copropriétaire restant mais il ne l'aidait guère plus que lorsqu'il était en vacances. Il était sans aucun doute très doué et il avait déjà pris la relève comme rédacteur en chef quand Erika était en congé ou occupée ailleurs, mais globalement il ne faisait qu'arranger ce que d'autres avaient déjà décidé. Il était brillant pour tout ce qui concernait la création graphique et les mises en pages, mais il était totalement arriéré quand il s'agissait de planifier un journal.

Monika Nilsson fronça les sourcils.

Non, elle était injuste. Ce qui l'irritait était que quelque chose s'était passé à la rédaction. Mikael travaillait avec Malou et Henry, et tous les autres en étaient exclus en quelque sorte. Ils avaient formé un cercle intérieur et s'enfermaient dans le bureau d'Erika… de Malou, et en sortaient sans dire un mot. Sous la direction d'Erika, tout avait été collectif. Monika ne comprenait pas ce qui s'était passé, mais elle comprenait qu'elle était tenue à l'écart.

Mikael bossait sur l'histoire Salander et ne laissait pas échapper le moindre mot là-dessus. Mais ça n'avait rien d'inhabituel. Il n'avait rien révélé de l'histoire Wennerström non plus – Erika elle-même n'en avait rien su – mais cette fois-ci, il avait Henry et Malou comme confidents.

Bref, Monika était irritée. Elle avait besoin de prendre des vacances. Elle avait besoin de prendre des distances. Elle vit Henry Cortez enfiler sa veste en velours côtelé.

— Je vais faire un tour, dit-il. Tu peux dire à Malou que je serai absent pendant deux heures ?

— Qu'est-ce qu'il se passe ?

— Je crois que j'ai peut-être déniché un truc. Un superscoop. Sur des cuvettes de W.-C. Il me faut vérifier quelques petits trucs, mais si tout colle, on aura un chouette texte pour le numéro de juin.

— Des cuvettes de w.-c. ? s'étonna Monika Nilsson en le regardant partir.

ERIKA BERGER SERRA LES DENTS et posa lentement le texte sur le procès à venir de Lisbeth Salander. Il n'était pas long, deux colonnes, destiné à la page 5 avec les actualités nationales. Elle contempla le manuscrit pendant une minute en faisant la moue. Il était 15 h 30, on était jeudi. Ça faisait douze jours qu'elle travaillait à SMP. Elle prit le téléphone et appela le chef des Actualités, Lukas Holm.

— Salut. C'est Berger. Est-ce que tu pourrais trouver le journaliste Johannes Frisk et me l'amener immédiatement dans mon bureau, s'il te plaît ?

Elle raccrocha et attendit patiemment jusqu'à ce que Holm arrive dans la cage en verre, Johannes Frisk sur ses pas. Erika regarda sa montre.

— Vingt-deux, dit-elle.

— Quoi ? dit Holm.

— Vingt-deux minutes. Il t'a fallu vingt-deux minutes pour te lever de ta table de travail, faire les quinze mètres qui te séparent du bureau de Johannes Frisk et daigner venir ici.

— Tu n'as pas dit que c'était urgent. Je suis relativement pris.

— Je n'ai pas dit que c'était urgent. Je t'ai dit que tu devais trouver Johannes Frisk et venir dans mon bureau. J'ai dit immédiatement et ça voulait dire immédiatement, pas ce soir ou la semaine prochaine ou quand ça te plairait de lever le cul de ta chaise.

— Dis donc, je trouve que…

— Ferme la porte.

Elle attendit que Lukas Holm ait tiré la porte derrière lui. Erika l'observa en silence. Il était sans conteste un chef des Actualités particulièrement compétent, dont le rôle consistait à veiller à ce que les pages de SMP soient chaque jour remplies de bons textes, compréhensibles et présentés dans l'ordre et sur l'espace qui avaient été déterminés lors de la conférence du matin. Lukas Holm jonglait effectivement avec un nombre colossal de tâches tous les jours. Et il le faisait sans perdre aucune balle.

Le problème était qu'il ignorait systématiquement les décisions qu'Erika Berger prenait. Pendant près de deux semaines, elle avait essayé de trouver une formule pour arriver à travailler avec lui. Elle avait argumenté aimablement, tenté des ordres directs, l'avait encouragé à penser autrement et globalement elle avait tout fait pour qu'il comprenne comment elle concevait le journal.

Rien n'avait marché.

Le texte qu'elle rejetait dans l'après-midi figurait malgré tout dans le journal à un moment donné le soir quand elle était rentrée chez elle. *On a abandonné un texte et on s'est retrouvé avec un trou qu'il fallait absolument remplir,* disait-il.

Le titre qu'Erika avait décidé qu'ils utiliseraient était soudain rejeté et remplacé par tout autre chose. Ce n'était pas toujours un mauvais choix, mais ça se faisait sans qu'elle soit consultée. Ça se faisait même de façon ostentatoire et provocatrice.

Il s'agissait toujours de broutilles. La conférence de rédaction prévue pour 14 heures était soudain avancée à 13 h 50 sans qu'elle en soit informée, et la plupart des décisions avaient déjà été prises quand elle finissait par arriver. *Oh, excuse-moi... j'ai complètement oublié de te le dire.*

Erika Berger avait le plus grand mal à comprendre pourquoi Lukas Holm avait adopté cette attitude vis-à-vis d'elle, mais elle constatait que les entretiens cordiaux et les réprimandes en douceur ne fonctionnaient pas. Jusque-là, elle avait préféré ne pas discuter le problème en présence d'autres collaborateurs de la rédaction, et elle avait essayé de limiter son agacement aux entretiens personnels et confidentiels. Ça n'avait donné aucun résultat et c'est pourquoi l'heure était venue de s'exprimer plus clairement, cette fois-ci en présence du collaborateur Johannes Frisk, gage que le contenu de l'entretien serait diffusé à toute la rédaction.

— La première chose que j'ai faite en commençant ici était de dire que je porte un intérêt particulier à tout ce qui touche à Lisbeth Salander. J'ai expliqué que je voulais être informée de tous les articles prévus et que je voulais regarder et approuver tout ce qui était destiné à la publication. Je t'ai rappelé ceci au moins une douzaine de fois, la dernière étant à la conférence de rédaction vendredi dernier. Qu'est-ce qu'il y a dans ces instructions que tu ne comprends pas ?

— Tous les textes prévus ou en fabrication se trouvent dans les menus journaliers sur l'Intranet. Ils sont systématiquement envoyés à ton ordinateur. Tu es informée en permanence.

— Foutaises. Quand j'ai reçu *SMP* dans ma boîte aux lettres ce matin, nous avions un trois-colonnes sur Salander et l'évolution de l'affaire de Stallarholmen au meilleur emplacement des actualités.

— C'est le texte de Margareta Orring. Elle est pigiste et elle n'a donné son texte que vers 19 heures hier.

— Margareta Orring a appelé pour proposer son article à 11 heures hier. Tu as validé et tu lui as confié la tâche vers 11 h 30. Tu n'en as pas soufflé mot à la réunion de 14 heures.

— Ça figure dans le menu du jour.

— Ah bon, voici ce que dit le menu du jour : "Margareta Orring, interview avec la procureur Martina Fransson. Cf. saisie de stupéfiants à Södertälje."

— Le sujet de base était une interview de Martina Fransson concernant une saisie de stéroïdes anabolisants pour laquelle un membre du MC Svavelsjö a été arrêté.

— C'est ça ! Et pas un mot dans le menu du jour sur le MC Svavelsjö ni sur le fait que l'article allait s'articuler autour de Magge Lundin et de Stallarholmen, et par conséquent autour de l'enquête sur Lisbeth Salander.

— Je suppose que ça s'est présenté au cours de l'interview…

— Lukas, je n'arrive pas à comprendre pourquoi, mais tu es en train de me mentir en me regardant droit dans les yeux. J'ai parlé avec Margareta Orring qui a écrit le texte. Elle t'a très clairement expliqué sur quoi son interview allait se focaliser.

— Je suis désolé, mais je n'ai pas dû comprendre qu'elle allait zoomer sur Salander. Il se trouve que j'ai reçu ce texte tard le soir. Que devais-je faire, annuler le tout ? C'est un bon texte qu'elle nous a laissé, Orring.

— On est d'accord là-dessus. C'est un excellent texte. Et nous avons ton troisième mensonge en à peu près autant de minutes. Parce qu'Orring l'a laissé à 15 h 20, ce texte, donc bien avant que je parte vers 18 heures.

— Berger, je n'aime pas le ton que tu emploies.

— Très bien. Alors je peux te dire que moi non plus je n'aime pas le tien, ni tes échappatoires et tes mensonges.

— A t'entendre, on dirait que tu crois que je mène une sorte de conspiration contre toi.

— Tu n'as toujours pas répondu à ma question. Et voici maintenant ceci : aujourd'hui, ce texte de Johannes Frisk arrive sur mon bureau. Je n'arrive pas à me souvenir qu'on ait discuté de ça à la conférence de 14 heures. Comment se fait-il qu'un de nos journalistes ait passé la journée à travailler sur Salander sans que je sois au courant ?

Johannes Frisk se tortilla. Il eut la sagesse de se taire.

— Enfin… c'est un journal qu'on fabrique. Et il doit y avoir des centaines de textes dont tu n'as pas connaissance. On a nos habitudes ici à *SMP*, et on doit tous s'y tenir. Je n'ai ni le temps ni la possibilité de m'occuper de certains textes en particulier.

— Je ne t'ai pas demandé de t'occuper de certains textes en particulier. J'ai exigé premièrement d'être informée de tout ce qui touche au cas Salander, et deuxièmement de pouvoir ratifier tout ce qui sera publié là-dessus. Donc, je le redemande, qu'est-ce qu'il y a dans ces instructions que tu n'as pas compris ?

Lukas Holm soupira et adopta une mine tourmentée.

— D'accord, dit Erika Berger. Alors je vais être encore plus claire. Je n'ai pas l'intention de palabrer avec toi. Voyons voir si tu comprends le message suivant. Si ceci se répète encore une fois, je te débarquerai comme chef des Actualités. Ça va péter et faire du bruit, et ensuite tu te retrouveras à rédiger la page Famille ou la page Détente ou un truc comme ça. Je ne peux pas garder un chef des Actualités en qui je n'ai pas confiance ou avec qui je ne peux pas travailler et qui passe son temps à saper mes décisions. Tu as compris ?

Lukas Holm écarta les mains en un geste voulant dire qu'il trouvait les accusations d'Erika Berger insensées.

— Tu as compris ? Oui ou non ?

— J'entends ce que tu dis.

— J'ai demandé si tu as compris. Oui ou non ?

— Tu crois réellement que tu vas t'en tirer comme ça ? Ce journal sort parce que moi et d'autres rouages, on se tue à la tâche. Le CA va…

— Le CA fera ce que je dirai. Je suis ici pour renouveler le journal. J'ai une mission soigneusement formulée que nous avons négociée ensemble et qui signifie que j'ai le droit d'entreprendre des changements rédactionnels d'envergure au niveau des cadres. Je peux me débarrasser du superflu et recruter du sang neuf de l'extérieur si je veux. Et, Holm, tu commences de plus en plus à me paraître superflu.

Elle se tut. Lukas Holm croisa son regard. Il avait l'air furieux.

— C'est tout, dit Erika Berger. Je propose que tu réfléchisses sérieusement à ce dont on vient de parler aujourd'hui.

— Je n'ai pas l'intention...

— Ça ne dépend que de toi. C'est tout. Tu peux y aller maintenant.

Il pivota sur ses talons et sortit de la cage en verre. Elle le vit traverser la fourmilière de la rédaction et disparaître dans la salle du personnel. Johannes Frisk se leva pour le suivre.

— Pas toi, Johannes. Reste ici et assieds-toi.

Elle prit son texte et le parcourut encore une fois du regard.

— Tu fais un remplacement ici, si j'ai bien compris.

— Oui. Ça fait cinq mois, c'est ma dernière semaine.

— Tu as quel âge ?

— Vingt-sept ans.

— Désolé de t'avoir mis dans le champ de bataille entre Holm et moi. Parle-moi de ton article.

— On m'a tuyauté ce matin et j'ai transmis à Holm. Il m'a dit de poursuivre dessus.

— D'accord. La police travaille donc actuellement sur une hypothèse qui voudrait que Lisbeth Salander aurait été mêlée à une vente de stéroïdes anabolisants. Est-ce que ton article a un lien avec le texte d'hier sur Södertälje qui parlait aussi d'anabolisants ?

— Je n'en sais rien, c'est possible. Ce truc d'anabolisants vient de ses liens avec le boxeur. Paolo Roberto et ses copains.

— Parce que Paolo Roberto carbure aux anabolisants ?

— Quoi ? Non, bien sûr que non. Ça concerne plutôt le milieu de la boxe. Salander s'entraîne à la boxe avec des mecs pas nets dans un club à Söder. Mais ça, c'est la façon de voir de la police. Pas la mienne. C'est là quelque part que l'idée a surgi qu'elle serait mêlée à de la vente d'anabolisants.

— L'article ne repose donc sur rien, à part une rumeur en l'air ?

— Ce n'est pas une rumeur que la police vérifie une hypothèse. Après, qu'ils aient raison ou tort, je n'en sais rien.

— Parfait, Johannes. Je voudrais que tu saches que ce que je suis en train de discuter avec toi maintenant n'a rien à voir avec ma relation avec Lukas Holm. Je trouve que tu es un excellent journaliste. Tu écris bien et tu as l'œil pour les détails. Bref, c'est un bon article que tu as écrit. Mon seul problème, c'est que je ne crois pas un mot de son contenu.

— Je peux t'assurer qu'il est totalement correct.

— Et je vais t'expliquer pourquoi l'article a une erreur fondamentale. D'où t'est venu le tuyau ?

— D'une source policière.

— Qui ?

Johannes Frisk hésita. Sa réticence était instinctive. Comme tous les journalistes du monde, il n'aimait pas révéler le nom d'une source. D'un autre côté, Erika Berger était la rédactrice en chef et donc une des rares personnes qui pouvaient exiger qu'il fournisse cette information.

— Un policier à la Crim qui s'appelle Hans Faste.

— C'est lui qui t'a appelé ou toi qui l'as appelé ?

— Il m'a appelé.

Erika Berger soupira.

— Il t'a appelé pourquoi, à ton avis ?

— Je l'ai interviewé plusieurs fois pendant la chasse à Salander. Il sait qui je suis.

— Et il sait que tu as vingt-sept ans, que tu es remplaçant et utilisable quand il veut placer des informations que le procureur veut diffuser.

— Oui, je comprends bien tout ça. Mais voilà, je reçois un tuyau d'un enquêteur et je vais boire un café avec Faste et ce qu'il me raconte, c'est ça. Je reproduis correctement ses dires. Alors, que dois-je faire ?

— Je suis persuadée que tu l'as correctement cité. Ce qu'il aurait fallu faire, c'est porter l'information à Lukas Holm qui aurait dû frapper à ma porte et expliquer la situation, pour nous permettre de décider ensemble de la suite à donner.

— Je comprends. Mais je…

— Tu as remis le matériel à Holm qui est le chef des Actualités. Tu as bien fait. C'est Holm qui a foiré. Mais procédons à une analyse de ton texte. Premièrement, pourquoi est-ce que Faste veut que cette information soit rendue publique ?

Johannes Frisk haussa les épaules.

— Ça veut dire que tu ne sais pas ou que tu t'en fiches ?

— Je ne sais pas.

— D'accord. Si j'affirme que ton article est mensonger et que Salander n'a absolument rien à voir avec des stéroïdes anabolisants, qu'est-ce que tu réponds ?

— Que je ne peux pas prouver le contraire.

— Exactement. Ça voudrait donc dire que d'après toi on peut publier un article qui est peut-être mensonger uniquement parce que nous ne savons rien sur le contraire.

— Non, on a une responsabilité journalistique. Mais on fait constamment de l'équilibre. On ne peut pas renoncer à publier quand on a une source qui a expressément affirmé quelque chose.

— C'est une philosophie. Nous pouvons aussi nous poser la question de savoir pourquoi la source veut diffuser cette information. Laisse-moi t'expliquer pourquoi j'ai donné l'ordre que tout ce qui touche à Salander doit passer par mon bureau. Je possède des connaissances particulières en la matière que personne d'autre ici à *SMP* ne possède. La rubrique Droit a été informée que je possède cette connaissance et que je ne peux pas en discuter avec eux. *Millénium* va publier un papier et je suis liée par contrat de ne pas le révéler à *SMP* bien que je travaille ici. J'ai eu cette information en ma qualité de directrice de *Millénium* et, en ce moment, je suis assise entre deux chaises. Tu comprends ce que je veux dire ?

— Oui.

— Et mes connaissances depuis *Millénium* me permettent sans aucune hésitation d'établir que cet article est mensonger et qu'il a pour but de nuire à Lisbeth Salander avant le procès.

— Il est difficile de nuire à Lisbeth Salander, vu toutes les révélations qu'il y a déjà eu sur elle...

— Des révélations qui pour la plus grande partie sont mensongères et dénaturées. Hans Faste est une des sources centrales de toutes les révélations disant que Lisbeth Salander est une lesbienne parano et violente qui fricote avec le satanisme et le sadomaso. Et les médias ont gobé l'histoire de Faste tout simplement parce qu'il est une source en apparence sérieuse et que c'est toujours marrant d'écrire sur le sexe. Et maintenant il continue avec un nouvel angle de tir qui va charger Lisbeth Salander dans l'esprit du public et il aimerait mettre *SMP* à contribution pour le répandre. Désolée, mais pas sous mes ordres.

— Je comprends.

— Tu es sûr ? Bien. Alors je vais pouvoir résumer tout mon propos en une seule phrase. Ta mission en tant que journaliste est de remettre en question et d'avoir un regard critique – pas de répéter bêtement des affirmations même si elles viennent de joueurs placés tout en haut de l'administration. Tu es un super-rédacteur, mais c'est un talent qui n'a plus aucune valeur si tu oublies la mission du départ.

— Oui.

— J'ai l'intention d'annuler cet article.

— D'accord.

— Il ne tient pas la route. Je ne crois pas au contenu.

— Je comprends.

— Ça ne veut pas dire que je n'ai pas confiance en toi.

— Merci.

— C'est pourquoi je vais te renvoyer à ton bureau en te proposant un autre article.

— Ah bon.

— C'est lié à mon contrat avec *Millénium*. Je ne peux donc pas révéler ce que je sais sur l'histoire Salander. En même temps, je suis rédactrice en chef d'un journal qui risque un sacré dérapage puisque la rédaction ne dispose pas de la même information que moi.

— Hmm.

— Et ça, ce n'est pas idéal. Nous sommes dans une situation unique et qui ne concerne que Salander. C'est pourquoi j'ai décidé de choisir un journaliste que je vais guider dans la bonne direction pour qu'on ne se retrouve pas comme des cons quand *Millénium* publiera.

— Et tu crois que *Millénium* va publier quelque chose de remarquable sur Salander ?

— Je ne le crois pas. Je le sais. *Millénium* couve un scoop qui va totalement renverser l'histoire Salander, et ça me rend folle de ne pas pouvoir publier l'histoire. Mais c'est impossible.

— Mais tu dis que tu rejettes mon texte parce que tu sais qu'il est faux… Ça signifie que tu affirmes d'ores et déjà qu'il y a quelque chose dans l'affaire que d'autres journalistes ont loupé.

— Exactement.

— Pardon, mais c'est difficile de croire que toute la Suède médiatique serait tombée dans un tel piège…

— Lisbeth Salander a été l'objet d'une traque médiatique. Dans des cas comme ça, toutes les règles normales cessent d'être en vigueur, et n'importe quelle connerie peut s'afficher à la une.

— Tu dis donc que Salander n'est pas ce qu'elle semble être.

— Essaie donc de te dire qu'elle est innocente de ce dont on l'accuse, que l'image d'elle a été dressée par les titres à sensation et ne vaut rien, et qu'il y a de tout autres forces en mouvement que celles qu'on a vues jusqu'ici.

— Et tu affirmes que tel est le cas ?

Erika Berger hocha la tête.

— Et ça veut dire que ce que je viens juste d'essayer de publier fait partie d'une campagne réitérée contre elle.

— Exactement.

— Mais tu ne peux pas raconter quel est le but de tout ça ?

— Non.

Johannes Frisk se gratta la tête un instant. Erika Berger attendit qu'il ait fini de penser.

— D'accord… qu'est-ce que tu veux que je fasse ?

— Retourne à ton bureau et commence à réfléchir à un autre article. Tu n'as pas besoin de stresser, mais juste avant que le procès commence, je voudrais pouvoir publier un long texte, peut-être sur deux pages, qui vérifie le degré de véracité dans toutes les affirmations qui ont été faites sur Lisbeth Salander. Commence par lire toutes les coupures de presse et dresse une liste de ce qui a été dit sur elle et attaque-toi aux affirmations, l'une après l'autre.

— Hm hm…

— Cogite en reporter. Renseigne-toi sur qui répand l'histoire, pourquoi elle est répandue et qui peut en tirer bénéfice.

— Sauf que je ne pense pas que je serai encore à *SMP* quand le procès va commencer. Je viens de le dire, c'est la dernière semaine de mon remplacement.

Erika prit une pochette en plastique dans un tiroir de son bureau et en sortit un papier qu'elle posa devant Johannes Frisk.

— J'ai déjà prolongé ton remplacement de trois mois. Tu continues comme d'habitude cette semaine et tu reviens te présenter lundi prochain.

— Hm…

— Si ça te dit de continuer ton remplacement ici, je veux dire.

— Naturellement.

— Tu es recruté pour un boulot d'investigation en dehors du travail rédactionnel normal. Tu travailles directement sous mes ordres. Tu seras notre envoyé spécial au procès Salander.

— Le chef des Actualités aura des choses à dire…

— Ne t'inquiète pas pour Holm. J'ai parlé avec le chef de la rubrique Droit pour veiller à ce qu'il n'y ait pas de heurts avec eux. Mais toi, tu vas fouiller dans les coulisses, pas dans l'apport d'informations. Ça te va ?

— C'est super.

— Bon alors… alors on a fini. A lundi.

Elle lui fit signe de sortir de la cage en verre. En levant les yeux de nouveau, elle vit Lukas Holm la fixer de l'autre côté du pôle central. Il baissa les yeux et fit semblant de ne pas la voir.

11

VENDREDI 13 MAI – SAMEDI 14 MAI

MIKAEL BLOMKVIST VEILLA soigneusement à ne pas être surveillé lorsque, tôt le vendredi matin, il se rendit à pied de la rédaction de *Millénium* à l'ancienne adresse de Lisbeth Salander dans Lundagatan. Il lui fallait aller à Göteborg rencontrer Idris Ghidi. Le problème était de trouver un moyen de transport sûr, sans risque d'être repéré et qui ne laisserait pas de traces. Après mûre réflexion, il avait rejeté le train, puisqu'il ne voulait pas se servir de sa carte bancaire. En général, il empruntait la voiture d'Erika Berger, mais ce n'était plus possible. Il avait envisagé de demander à Henry Cortez ou à quelqu'un d'autre de louer une voiture pour lui, mais cette solution-là aussi laisserait forcément des traces de paperasserie.

Il finit par trouver la solution évidente. Il retira une somme importante d'un guichet automatique dans Götgatan. Il utilisa les clés de Lisbeth Salander pour ouvrir la portière de sa Honda bordeaux qui était restée abandonnée devant son domicile depuis le mois de mars. Il ajusta le siège et constata que le réservoir était à moitié plein. Il démarra et se dirigea vers l'E4 via le pont de Liljeholmen.

A Göteborg, il se gara dans une rue latérale d'Avenyn à 14 h 50. Il commanda un déjeuner tardif dans le premier bar qu'il trouva. A 16 h 10, il prit le tram pour Angered et descendit dans le centre. Il lui fallut vingt minutes pour trouver l'adresse d'Idris Ghidi. Il avait dix minutes de retard sur le rendez-vous.

Idris Ghidi boitait. Il ouvrit la porte, serra la main de Mikael Blomkvist et l'invita à entrer dans un séjour à l'ameublement spartiate. Sur une commode, à côté de la table où il invita

Mikael à s'asseoir, se trouvaient une douzaine de photographies encadrées que Mikael regarda.

— Ma famille, dit Idris Ghidi.

Il parlait avec un fort accent. Mikael se dit qu'il ne survivrait pas au test de langue proposé par les modérés.

— Ce sont tes frères ?

— Mes deux frères au bout à gauche ont été assassinés par Saddam dans les années 1980, tout comme mon père au milieu. Mes deux oncles ont été assassinés par Saddam dans les années 1990. Ma mère est morte en 2000. Mes trois sœurs sont vivantes. Elles habitent à l'étranger. Deux en Syrie et ma petite sœur à Madrid.

Mikael hocha la tête. Idris Ghidi servit du café turc.

— Kurdo Baksi te salue.

Idris Ghidi hocha la tête.

— Est-ce qu'il t'a expliqué ce que je te veux ?

— Kurdo a dit que tu voulais m'engager pour un boulot, mais il n'a pas dit de quelle nature. Laisse-moi dire tout de suite que je n'accepte pas de faire quoi que ce soit d'illégal. Je ne peux pas me permettre d'être mêlé à ce genre de choses.

Mikael fit oui de la tête.

— Il n'y a rien d'illégal dans ce que je vais te demander de faire, mais c'est peu commun. L'emploi courra sur plusieurs semaines et la tâche proprement dite doit être faite tous les jours. D'un autre côté, il suffit de quelques minutes par jour pour l'exécuter. Je suis prêt à te payer 1 000 couronnes par semaine. Tu auras l'argent directement de la main à la main, et je ne vais pas le déclarer au fisc.

— Je comprends. Qu'est-ce que je dois faire ?

— Tu travailles comme agent d'entretien à l'hôpital Sahlgrenska.

Idris Ghidi fit oui de la tête.

— L'une de tes tâches quotidiennes – ou six jours par semaine si j'ai bien compris – consiste à faire le ménage dans le service 11C, c'est-à-dire les soins intensifs.

Idris Ghidi hocha la tête.

— Voici ce que je voudrais que tu fasses.

Mikael Blomkvist se pencha en avant et expliqua sa proposition.

LE PROCUREUR RICHARD EKSTRÖM contempla pensivement son visiteur. C'était la troisième fois qu'il rencontrait le commissaire Georg Nyström. Il vit un visage ridé encadré de cheveux gris. Georg Nyström était venu le voir la première fois un des jours qui avaient suivi l'assassinat de Zalachenko. Il avait montré une carte professionnelle prouvant qu'il travaillait pour la DGPN/Säpo. Ils avaient mené un long entretien à voix basse.

— Il est important que vous compreniez que je n'essaie en aucune façon d'influencer votre manière d'agir ou de faire votre travail, dit Nyström.

Ekström hocha la tête.

— Je voudrais aussi souligner qu'en aucun cas vous ne devez rendre publique l'information que je vais vous donner.

— Je comprends, dit Ekström.

Pour être honnête, Ekström devait reconnaître qu'il ne comprenait pas tout à fait, mais il ne voulait pas paraître complètement idiot en posant trop de questions. Il avait compris que l'affaire Zalachenko était un truc qui devait être traité avec la plus grande prudence. Il avait compris aussi que les visites de Nyström étaient totalement informelles, même s'il y avait une connexion avec le patron de la Sûreté.

— On parle de vies humaines, avait expliqué Nyström dès la première rencontre. De notre côté à la Säpo, tout ce qui touche à la vérité de l'affaire Zalachenko est classé top secret. Je peux confirmer qu'il est un ancien barbouze qui a déserté l'espionnage militaire soviétique et un des personnages-clés dans l'offensive des Russes contre l'Europe de l'Ouest dans les années 1970.

— Eh oui... c'est ce que prétend apparemment Mikael Blomkvist.

— Et dans le cas présent, Mikael Blomkvist a entièrement raison. Il est journaliste, et il est tombé sur l'une des affaires les plus secrètes de la Défense suédoise de tous les temps.

— Il va la publier.

— Bien entendu. Il représente les médias avec tous leurs avantages et inconvénients. Nous vivons en démocratie et nous n'avons aucune influence sur ce qu'écrivent les médias. L'inconvénient dans le cas présent est évidemment que Blomkvist ne connaît qu'une infime partie de la vérité sur Zalachenko, et beaucoup de ce qu'il sait est erroné.

— Je comprends.

— Ce que Blomkvist n'a pas saisi, c'est que si la vérité sur Zalachenko vient à être connue, les Russes vont pouvoir identifier nos informateurs et nos sources chez eux. Cela signifie que des gens qui ont risqué leur vie pour la démocratie pourraient être tués.

— Mais la Russie est bien devenue une démocratie aussi, non ? Je veux dire, si tout ça s'est passé du temps des communistes, alors…

— Illusions ! On parle de gens qui se sont rendus coupables d'espionnage envers la Russie – aucun régime au monde n'accepterait cela, même si ça s'est passé il y a de nombreuses années. Et plusieurs de ces sources sont encore en activité…

De tels agents n'existaient pas, mais le procureur Ekström ne pouvait pas le savoir. Il était obligé de gober ce que disait Nyström. Et, malgré lui, il était flatté de partager, de façon informelle, des informations classées secret-défense en Suède. Il était vaguement surpris que la Sûreté suédoise ait pu pénétrer la défense russe au point où Nyström le laissait entendre, et il comprenait bien que ce genre d'information ne devait évidemment pas être répandu.

— Quand on m'a confié la mission de vous contacter, nous avons procédé à une évaluation complète de vous, dit Nyström.

Pour séduire quelqu'un, il faut toujours repérer ses points faibles. Le point faible du procureur Ekström était la conviction qu'il avait de sa propre importance et, comme tout le monde, il appréciait la flatterie. Le but était qu'il pense qu'on l'avait choisi.

— Et nous avons constaté que vous êtes quelqu'un qui bénéficie d'une grande confiance au sein de la police… et bien sûr aussi dans les milieux gouvernementaux, ajouta Nyström.

Ekström parut aux anges. Que des personnes dont on taisait le nom dans les milieux gouvernementaux aient *confiance* en lui était une information qui indiquait, sans que cela soit dit, qu'il pouvait compter sur une certaine reconnaissance s'il jouait habilement ses cartes. C'était de bon augure pour sa carrière future.

— Je vois… et qu'est-ce que vous souhaitez alors ?

— Pour le dire de façon simple, ma mission est de vous fournir des éléments de manière aussi discrète que possible. Vous comprenez bien sûr à quel point invraisemblable cette histoire est compliquée. D'un côté est menée une enquête préliminaire en bonne et due forme dont vous êtes le principal responsable. Personne... ni le gouvernement, ni la Sûreté, ni qui que ce soit ne peut se mêler de votre façon de mener cette enquête. Votre boulot consiste à trouver la vérité et à inculper les coupables. C'est une des fonctions les plus importantes qui existent dans un Etat de droit.

Ekström acquiesça de la tête.

— D'un autre côté, ce serait une catastrophe nationale de proportions quasiment inconcevables si toute la vérité sur Zalachenko venait à être révélée.

— Par conséquent, quel est le but de votre visite ?

— Premièrement, je me dois d'attirer votre attention sur cette situation délicate. Je ne pense pas que la Suède se soit trouvée dans une situation plus exposée depuis la Seconde Guerre mondiale. On pourrait dire que le sort du pays se trouve dans une certaine mesure entre vos mains.

— Qui est votre chef ?

— Je suis désolé, mais je ne peux pas révéler les noms des personnes qui travaillent sur cette affaire. Laissez-moi simplement établir que mes instructions viennent du plus haut lieu imaginable.

Seigneur Dieu. Il agit sur ordre du gouvernement. Mais il ne faut pas le dire, sinon ça déclencherait une catastrophe politique.

Nyström vit qu'Ekström mordait à l'hameçon.

— Ce que je peux faire en revanche, c'est vous aider en vous fournissant des informations. Je suis autorisé dans une large mesure à vous initier, selon ce que j'estime pertinent, au matériel qui compte parmi ce que nous avons de plus secret dans ce pays.

— Je vois.

— Cela veut dire que quand vous avez des questions à poser, quelles qu'elles soient, c'est à moi que vous devrez vous adresser. Vous ne devez pas parler à qui que ce soit d'autre au sein de la Sûreté, uniquement à moi. Ma mission est de vous servir de guide dans ce labyrinthe, et si des collisions entre différents intérêts menaçaient de se produire, c'est ensemble que nous trouverions des solutions.

— Je comprends. Dans ce cas, permettez-moi de dire que je suis reconnaissant que vous-même et vos collègues, vous soyez disposés à me faciliter les choses comme vous le faites.

— Nous tenons à ce que la procédure judiciaire suive son cours bien que la situation soit délicate.

— Tant mieux. Je peux vous assurer que je serai d'une discrétion absolue. Ce n'est pas la première fois que je travaille sur des données frappées du secret.

— Oui, nous sommes au courant de ça.

Ekström avait formulé une douzaine de questions que Nyström avait méticuleusement notées pour essayer de leur apporter ensuite des réponses aussi complètes que possible. Lors de cette troisième visite, Ekström allait recevoir la réponse à plusieurs de ses questions. La plus importante était de savoir ce qui était vrai dans le rapport de Björck de 1991.

— Ça, ça nous pose des problèmes, dit Nyström.

Il eut l'air ennuyé.

— Il faut sans doute que je commence par expliquer que, depuis que ce rapport a refait surface, nous avons un groupe d'analyse qui bosse presque vingt-quatre heures sur vingt-quatre et qui est chargé d'élucider exactement ce qui s'est passé. Et nous arrivons maintenant au point où nous pouvons tirer des conclusions. Ces conclusions sont très désagréables.

— Ça, je le comprends, puisque le rapport prouve que la Säpo et le psychiatre Peter Teleborian ont conspiré pour placer Lisbeth Salander en HP.

— Si seulement il en avait été ainsi, dit Nyström avec un petit sourire.

— C'est-à-dire ?

— Eh bien, s'il en avait été ainsi, tout aurait été simple. Alors il y aurait eu infraction à la loi qui pouvait mener à une mise en examen. Le problème est que ce rapport ne correspond pas à ceux qui sont archivés chez nous.

— Comment ça ?

Nyström sortit un dossier bleu et l'ouvrit.

— Ce que j'ai ici, c'est le véritable rapport que Gunnar Björck a rédigé en 1991. Il y a également les originaux de la correspondance entre lui et Teleborian, que nous détenons dans nos archives. Le hic, c'est que les deux versions ne concordent pas.

— Expliquez-moi.

— Sacrée déveine que Björck se soit pendu. On suppose qu'il a fait ça à cause des révélations sur ses dérapages sexuels qui n'allaient pas tarder à être publiées. *Millénium* avait l'intention de le dénoncer. Ils l'ont poussé à un désespoir si profond qu'il a préféré se donner la mort.

— Oui…

— Le rapport original est une enquête sur la tentative de Lisbeth Salander de tuer son père, Alexander Zalachenko, avec un cocktail Molotov. Les trente premières pages que Blomkvist a trouvées correspondent à l'original. Ces pages ne révèlent rien de bien remarquable. Ce n'est qu'à la page 33, où Björck tire des conclusions et émet des recommandations, que la divergence se produit.

— De quelle façon ?

— Dans la version originale, Björck fait cinq recommandations claires et nettes. Je ne cache pas qu'il préconise de faire disparaître l'affaire Zalachenko des médias. Björck propose que la rééducation de Zalachenko – il avait été grièvement brûlé – se fasse à l'étranger. Et des choses comme ça. Il propose également qu'on offre à Lisbeth Salander les meilleurs soins psychiatriques possible.

— Ah bon…

— Le problème est qu'un certain nombre de phrases ont été modifiées de façon très subtile. Page 34, il y a un passage où Björck semble proposer que Salander soit déclarée psychotique pour la décrédibiliser si quelqu'un commençait à poser des questions sur Zalachenko.

— Et cette proposition ne figure pas dans le rapport original ?

— Exactement. Gunnar Björck n'a jamais rien proposé de tel. Sans compter que cela aurait été contraire à la loi. Il a proposé qu'elle reçoive les soins dont elle avait effectivement besoin. Dans la copie de Blomkvist, ceci s'est transformé en une machination.

— Puis-je lire l'original ?

— Je vous en prie. Mais je dois l'emporter en partant d'ici. Et avant que vous ne lisiez, permettez-moi d'attirer votre attention sur l'annexe avec la correspondance qui s'est ensuite établie entre Björck et Teleborian. C'est falsifié pratiquement d'un bout à l'autre. Ici, il ne s'agit pas de changements subtils mais de falsifications grossières.

— Falsifications ?

— Je crois que c'est le seul mot qui convienne. L'original montre que Peter Teleborian a été mandaté par le tribunal d'instance pour procéder à une expertise de psychiatrie légale de Lisbeth Salander. Cela n'a rien d'étrange. Lisbeth Salander avait douze ans et elle avait essayé de tuer son père avec un cocktail Molotov, il aurait été étrange qu'il n'y ait pas eu d'examen psychiatrique.

— Certainement.

— Si vous aviez été le procureur à l'époque, je suppose que vous aussi vous auriez ordonné à la fois une enquête sociale et une expertise psychiatrique.

— Sans aucun doute.

— A l'époque déjà, Teleborian était un pédopsychiatre connu et respecté, et de plus il avait travaillé dans la médecine légale. Il a été mandaté et il a fait un examen tout à fait normal, et il est arrivé à la conclusion que Lisbeth Salander était psychiquement malade… permettez-moi de faire abstraction des termes techniques.

— Oui oui…

— Teleborian a fait état de ceci dans un rapport qu'il a envoyé à Björck et qui a ensuite été présenté devant le tribunal d'instance qui a décidé de faire soigner Salander à Sankt Stefan.

— Je vois.

— Dans la version de Blomkvist, l'expertise réalisée par Teleborian est totalement absente. A la place, il y a une correspondance entre Björck et Teleborian qui laisse entendre que Björck lui donne comme consigne de présenter un examen psychiatrique truqué.

— Et d'après vous, ce sont des faux.

— Sans le moindre doute.

— Et qui aurait intérêt à réaliser de tels faux ?

Nyström posa le rapport et fronça les sourcils.

— Vous arrivez maintenant au noyau du problème.

— Et la réponse est…

— Nous ne savons pas. Notre groupe d'analyse travaille dur pour trouver la réponse à cette question justement.

— Est-ce qu'on peut imaginer que c'est Blomkvist qui a monté ça de toutes pièces ?

Nyström rit.

— Eh bien, au départ nous avons eu cette idée-là aussi. Mais ça n'est pas vraisemblable. Nous pensons que ces travestissements ont été faits il y a longtemps, probablement en même temps que le rapport original a été écrit.

— Ah bon ?

— Et cela mène à des conclusions désagréables. Celui qui a procédé à cette falsification était parfaitement au courant de l'affaire. Et, de plus, le faussaire avait accès à la même machine à écrire que Gunnar Björck.

— Vous voulez dire que…

— Nous ne savons pas *où* Björck a écrit son rapport. Il a pu utiliser une machine à écrire chez lui ou sur son lieu de travail ou ailleurs. On envisage deux alternatives. Soit le faussaire était quelqu'un dans le milieu psychiatrique ou médicolégal qui, pour une raison ou une autre, voulait discréditer Teleborian. Soit le faux a été réalisé dans de tout autres buts par quelqu'un au sein de la Säpo.

— Pourquoi ?

— Ceci se passait en 1991. Ce pouvait être un agent russe infiltré dans la DGPN/Säpo qui avait flairé Zalachenko. Cette possibilité-là fait qu'actuellement nous vérifions un grand nombre de fichiers personnels.

— Mais si le KGB avait eu vent de… alors ceci aurait dû être révélé il y a plusieurs années.

— Bien raisonné. Mais n'oubliez pas que c'est justement à cette époque que l'Union soviétique est tombée et que le KGB a été dissous. Nous ne savons pas ce qui a cafouillé. Peut-être une opération planifiée qui a été annulée. Le KGB était vraiment passé maître en falsification de documents et en désinformation.

— Mais pourquoi le KGB ferait-il une chose pareille…

— Nous ne le savons pas non plus. Mais un but plausible serait évidemment de jeter l'opprobre sur le gouvernement suédois.

Ekström se pinça la lèvre inférieure.

— Vous dites donc que l'évaluation médicale de Salander est correcte ?

— Oh oui. Sans la moindre hésitation. Salander est folle à lier, si vous me passez l'expression. Vous n'avez aucun doute à avoir là-dessus. La décision de l'interner en institution était tout à fait justifiée.

— DES CUVETTES DE W.-C. ! dit Malou Eriksson, rédactrice en chef intérimaire, incrédule. A l'entendre, elle devait croire que Henry Cortez se payait sa tête.

— Des cuvettes de W.-C., répéta Henry Cortez en hochant la tête.

— Tu veux faire un article sur des cuvettes de W.-C. dans *Millénium* ?

Monika Nilsson partit d'un ricanement subit et déplacé. Elle avait vu son enthousiasme mal dissimulé quand il était arrivé pour la réunion du vendredi et elle avait reconnu tous les symptômes du journaliste qui a un bon sujet d'article sur le feu.

— OK, explique-toi.

— C'est très simple, dit Henry Cortez. La plus grande industrie suédoise toutes catégories confondues, c'est le bâtiment. C'est une industrie qui dans la pratique ne peut pas être délocalisée même si Skanska fait semblant d'avoir des bureaux à Londres et des trucs comme ça. Les baraques seront de toute façon construites en Suède.

— Oui, mais ce n'est pas nouveau.

— Non. Mais ce qui est à moitié nouveau, c'est que le bâtiment est à des années-lumière à la traîne de toutes les autres industries en Suède quand il s'agit de créer de la concurrence et de l'efficacité. Si Volvo devait fabriquer des voitures de la même façon, le dernier modèle coûterait 1 ou 2 millions pièce. Pour toute industrie normale, il n'est question que de faire baisser les prix. Pour l'industrie du bâtiment, c'est le contraire. Ils s'en foutent des prix, et ça fait augmenter le prix au mètre carré et l'Etat doit subventionner en utilisant l'argent du contribuable pour que tout ça ne soit pas totalement impossible.

— Et ça fait un article ?

— Attends. C'est compliqué. Si l'évolution du prix des hamburgers avait été la même depuis les années 1970, un Big Mac coûterait dans les 150 couronnes, voire plus. Je préfère ne pas penser à ce que ça coûterait si tu ajoutes des frites et un Coca, mon salaire ici à *Millénium* ne suffirait sans doute pas. Combien êtes-vous autour de cette table qui accepteraient d'acheter un hamburger à 100 couronnes ?

Personne ne répondit.

— Vous avez raison. Mais quand NCC monte vite fait quelques conteneurs en tôle à Gåshaga qu'ils appellent logements, ils se permettent de demander 10 000 ou 12 000 couronnes en loyer mensuel pour un T3. Combien d'entre vous peuvent payer ça ?

— Pas moi en tout cas, dit Monika Nilsson.

— Non. Et toi, encore, tu habites déjà un deux-pièces à Danvikstull que ton père t'a acheté il y a vingt ans et que tu pourrais vendre pour, disons, 1,5 million. Mais que fait un jeune de vingt ans qui veut quitter le nid familial ? Il n'a pas les moyens. Donc il prend une sous-location, à moins qu'il ne s'agisse d'une sous-sous-location, sauf s'il continue à habiter chez sa vieille maman jusqu'à la retraite.

— Et les cuvettes de W.-C., tu les fais intervenir où dans le contexte ? demanda Christer Malm.

— J'y arrive. Il faut donc se demander pourquoi les appartements sont si chers. Eh bien, parce que ceux qui passent commande d'immeubles ne savent pas comment faire. Pour simplifier, voici le topo : un promoteur communal appelle une entreprise de construction type Skanska et dit qu'il voudrait commander cent appartements, et il demande combien ça coûtera. Et Skanska fait ses calculs et rappelle et dit que ça coûtera disons 500 millions de couronnes. Ce qui veut dire que le prix au mètre carré est de x couronnes et que ça va te coûter une brique par mois si tu veux habiter là. Parce que contrairement à ce qui se passe pour le McDo, tu ne peux pas décider de renoncer à habiter quelque part. Et tu es donc obligé de payer ce que ça coûte.

— S'il te plaît Henry… viens-en au fait.

— Oui mais c'est ça, le fait. Pourquoi est-ce que ça coûte une brique d'emménager dans ces putains de casernes à Hammarbyhamnen ? Je vais vous le dire. Parce que les entreprises de construction s'en foutent de serrer les prix. Le client paiera quoi qu'il en soit. L'un des plus gros coûts est le matériel de construction. Le commerce de matériel de construction passe par des grossistes qui fixent leurs propres prix. Comme il n'y a pas de véritable concurrence, une baignoire coûte 5 000 couronnes en Suède. La même baignoire fabriquée par le même fabricant coûte 2 000 couronnes en Allemagne. Je ne vois rien qui puisse expliquer cette différence de prix.

— OK.

— Une grande partie de tout ça est à lire dans un rapport de la Délégation du gouvernement au coût de la construction, qui s'agitait à la fin des années 1990. Depuis, ça n'a pas beaucoup avancé. Personne ne négocie avec les constructeurs pour dénoncer l'aberration des prix. Les clients paient docilement ce que ça coûte et en fin de compte ce sont les locataires ou les contribuables qui paient le prix.

— Henry, les cuvettes ?

— Les quelques avancées qu'il y a eu depuis la Délégation au coût de la construction ont eu lieu sur le plan local, principalement en périphérie de Stockholm. Certains clients en ont marre de ces prix élevés. Un exemple en est Karlskronahem, qui construit pour moins cher que quiconque, tout simplement en achetant les matériaux elle-même. Et de plus, la Fédération du commerce suédois s'en est mêlée. Ils trouvent que les prix des matériaux de construction sont absolument délirants et essaient de faciliter les choses pour les clients en important des produits équivalents moins chers. Cela a mené à un petit clash au Salon de la construction à Älvsjö il y a un an. Le Commerce suédois avait fait venir un gars de Thaïlande qui bradait des cuvettes de W.-C. pour un peu plus de 500 couronnes pièce.

— Aha. Et alors ?

— Le concurrent immédiat était un grossiste suédois qui s'appelle Vitavara SA et qui vend d'authentiques cuvettes de W.-C. suédoises à 1 700 couronnes pièce. Et des clients intelligents partout dans les communes commencent à se gratter la tête et à se demander pourquoi ils casquent 1 700 couronnes alors qu'ils peuvent obtenir une cuvette de chiottes équivalente *made in Thaïlande* pour 500 balles.

— De la meilleure qualité, peut-être ? demanda Lottie Karim.

— Non. Produit équivalent.

— La Thaïlande, dit Christer Malm. Ça sent le travail clandestin d'enfants et des trucs comme ça. Ce qui peut expliquer le prix inférieur.

— Non, dit Henry Cortez. En Thaïlande, le travail des enfants se pratique principalement dans l'industrie textile et dans l'industrie des souvenirs. Et dans le commerce pédophile, bien sûr. Je parle d'industrie véritable. L'ONU garde un œil sur le travail des enfants et j'ai vérifié la boîte. Rien à dire. Il s'agit d'une grande entreprise moderne et respectable dans les sanitaires.

— Bon… on parle d'un pays où les salaires sont bas, donc, et on risque d'écrire un article qui plaide pour que l'industrie suédoise soit éliminée par la concurrence de l'industrie thaïlandaise. Virez les ouvriers suédois et fermez les boîtes ici, et importez de Thaïlande. Tu ne vas pas vraiment grimper dans l'estime des ouvriers suédois.

Un sourire illumina le visage de Henry Cortez. Il se pencha en arrière et prit un air scandaleusement crâneur.

— Nan nan nan, dit-il. Devinez où Vitavara SA fabrique ses cuvettes à 1 700 balles pièce.

Un ange passa dans la rédaction.

— Au Viêtnam, dit Henry Cortez.

— Ce n'est pas vrai ! dit Malou Eriksson.

— Eh si, ma vieille, dit Henry. Ça fait au moins dix ans qu'ils fabriquent des cuvettes de W.-C. en sous-traitance là-bas. Les ouvriers suédois ont été virés dès les années 1990.

— Oh putain !

— Mais voici la cerise sur le gâteau. Si nous importions directement de l'usine au Viêtnam, le prix serait d'un peu plus de 390 balles. Devinez comment expliquer la différence de prix entre la Thaïlande et le Viêtnam ?

— Ne dis pas que…

Henry Cortez hocha la tête. Son sourire débordait du visage.

— Vitavara SA confie la fabrication à quelque chose qui s'appelle Fong Soo Industries. Ils figurent sur la liste de l'ONU des entreprises qui, au moins lors d'une vérification en 2001, employaient des enfants. Mais la plus grande partie des ouvriers sont des prisonniers.

Malou Eriksson sourit tout à coup.

— Ça, c'est bon, dit-elle. C'est vraiment très bon. Tu finiras par devenir journaliste quand tu seras grand. Quand est-ce que tu peux l'avoir terminé, ton papier ?

— Dans deux semaines. J'ai pas mal de vérifications à faire sur le commerce international. Ensuite on a besoin d'un *bad guy* pour l'article, et il va falloir que je me renseigne sur les propriétaires de Vitavara SA.

— On pourra le prendre pour le numéro de juin ? demanda Malou, pleine d'espoir.

— *No problem.*

L'INSPECTEUR JAN BUBLANSKI contempla le procureur Richard Ekström d'un regard dépourvu d'expression. La réunion avait duré quarante minutes et Bublanski ressentait une envie intense de tendre la main pour attraper l'exemplaire de *La Loi du royaume* qui était posé sur le bord du bureau d'Ekström et de le foutre à la gueule du procureur. Il se demanda intérieurement ce qui se passerait s'il faisait ça. Il y aurait indéniablement des gros titres dans les tabloïds et probablement une mise en examen pour coups et blessures. Il écarta l'idée. L'intérêt d'être un homme civilisé était de ne pas céder à ce genre d'impulsions, quelle que soit la provocation de l'adversaire. Et, en général, c'était justement quand quelqu'un avait cédé à une telle impulsion qu'on faisait appel à l'inspecteur Bublanski.

— Très bien, dit Ekström. J'ai l'impression que nous sommes d'accord, alors.

— Non, nous ne sommes pas d'accord, répondit Bublanski en se levant. Mais c'est vous qui dirigez l'enquête préliminaire.

Il marmonna tout bas en prenant le virage dans le couloir avant son bureau, puis il rassembla les inspecteurs Curt Bolinder et Sonja Modig qui constituaient l'ensemble de son personnel cet après-midi. Jerker Holmberg avait eu la très mauvaise idée de prendre deux semaines de vacances.

— Dans mon bureau, dit Bublanski. Apportez du café.

Quand ils furent installés, Bublanski ouvrit son carnet avec les notes de sa réunion avec Ekström.

— La situation en ce moment est que notre directeur d'enquête préliminaire a abandonné tous les chefs d'accusation contre Lisbeth Salander relatifs aux meurtres pour lesquels elle a été recherchée. Elle n'entre donc plus dans l'enquête préliminaire en ce qui nous concerne.

— Il faut tout de même voir ça comme un pas en avant, dit Sonja Modig.

Curt Bolinder ne dit rien, comme d'habitude.

— Je n'en suis pas si sûr, dit Bublanski. Salander est toujours soupçonnée d'infractions sévères à Stallarholmen et à Gosseberga. Mais cela ne fait plus partie de notre enquête. Nous, on doit se concentrer sur Niedermann qu'il faut retrouver et on doit élucider le cimetière sauvage à Nykvarn.

— Je vois.

— Mais c'est sûr maintenant que c'est Ekström qui va inculper Lisbeth Salander. Le cas a été transféré à Stockholm et des enquêtes complètement distinctes ont été ordonnées.

— Ah bon ?

— Et devine qui va enquêter sur Salander.

— Je crains le pire.

— Hans Faste a repris du service. Il va assister Ekström.

— C'est n'importe quoi ! Faste n'est absolument pas la bonne personne pour enquêter sur elle.

— Je sais. Mais Ekström a de bons arguments. Faste a été en arrêt maladie depuis son… hmm… effondrement en avril, et ils l'affectent à une petite enquête toute simple.

Silence.

— Nous allons donc lui transmettre tout notre matériel sur Salander cet après-midi.

— Et cette histoire de Gunnar Björck et de la Säpo et du rapport de 1991…

— Sera traitée par Faste et Ekström.

— Je n'aime pas du tout ça, dit Sonja Modig.

— Moi non plus. Mais c'est Ekström le patron, et il a des contacts très haut placés. Autrement dit, notre boulot est toujours de trouver le tueur. Curt, on en est où ?

Curt Bolinder secoua la tête.

— Niedermann reste évanoui dans la nature. Je dois avouer que pendant toutes mes années dans la maison je n'ai jamais vécu un cas pareil. On n'a pas le moindre indic qui le connaisse ou qui semble savoir où il se trouve.

— C'est louche, dit Sonja Modig. Mais il est en tout cas recherché pour l'homicide du policier à Gosseberga, pour coups et blessures aggravés sur policier, pour tentative de meurtre sur Lisbeth Salander et pour enlèvement aggravé et coups et blessures sur Anita Kaspersson, l'assistante dentaire.

Ainsi que pour les meurtres de Dag Svensson et Mia Bergman. Dans tous ces cas, les preuves techniques sont satisfaisantes.

— Ça devrait suffire. Qu'en est-il de l'enquête sur l'expert financier du MC Svavelsjö ?

— Viktor Göransson et sa compagne Lena Nygren. On a des preuves techniques qui lient Niedermann au lieu. Des empreintes digitales et l'ADN sur le corps de Göransson. Niedermann s'est vachement raclé le dos des mains quand il l'a tabassé.

— OK. Du nouveau pour le MC Svavelsjö ?

— Benny Nieminen a pris la place de chef pendant que Magge Lundin est en prévention dans l'attente du procès pour l'enlèvement de Miriam Wu. La rumeur court que Nieminen a promis une grosse récompense à qui lui fournira un tuyau sur la planque de Niedermann.

— Ce qui rend encore plus étrange que le type n'ait pas encore été retrouvé. Qu'en est-il de la voiture de Göransson ?

— Comme on a trouvé la voiture d'Anita Kaspersson dans la ferme de Göransson, on pense que Niedermann a changé de véhicule. Nous n'avons aucune trace de cette voiture.

— On doit donc se demander si Niedermann se tapit toujours quelque part en Suède – et dans ce cas, où et chez qui – ou bien s'il a déjà eu le temps de se mettre en sécurité à l'étranger. Qu'est-ce qu'on pense ?

— On n'a rien qui indique qu'il soit parti à l'étranger, mais c'est pourtant la seule hypothèse logique.

— Dans ce cas, où a-t-il abandonné la voiture ?

D'un même mouvement, Sonja Modig et Curt Bolinder secouèrent la tête. Le travail de la police était dans neuf cas sur dix assez peu compliqué quand il était question de rechercher un individu dont on connaissait le nom. Le tout était de créer une chaîne logique et de commencer à tirer sur les fils. Qui étaient ses copains ? Avec qui avait-il partagé sa cellule en taule ? Où habite sa copine ? Avec qui avait-il l'habitude d'aller se pinter la gueule ? Dans quel secteur son téléphone portable a-t-il été utilisé récemment ? Où se trouve son véhicule ? A la fin de cette chaîne, on retrouvait généralement l'individu recherché.

Le problème avec Ronald Niedermann était qu'il n'avait pas de copains, pas de copine, n'avait jamais fait de taule et n'avait pas de téléphone portable connu.

Une grande partie des investigations avaient donc été concentrées sur les recherches de la voiture de Viktor Göransson, que Niedermann était supposé conduire. Si on la retrouvait, ça donnerait une indication sur l'endroit où poursuivre les recherches. Au départ, ils s'étaient imaginé que la voiture allait surgir au bout de quelques jours, probablement dans un parking à Stockholm. Malgré l'avis de recherche national, le véhicule brillait toujours par son absence.

— S'il se trouve à l'étranger… où serait-il alors ?

— Il est citoyen allemand, alors le plus naturel serait qu'il cherche à aller en Allemagne.

— Il est recherché en Allemagne. Il ne semble pas avoir gardé le contact avec ses anciens amis de Hambourg.

Curt Bolinder agita la main.

— Si son plan était de se tirer en Allemagne… pourquoi dans ce cas irait-il à Stockholm ? Il devrait plutôt se diriger vers Malmö et le pont d'Øresund ou l'un des ferrys.

— Je sais. Et Marcus Ackerman à Göteborg a mis le paquet sur les recherches dans cette direction-là les premiers jours. La police du Danemark est informée de la voiture de Göransson, et nous pouvons établir avec certitude qu'il n'a pris aucun des ferrys.

— Mais il est allé à Stockholm et au MC Svavelsjö où il a trucidé leur trésorier et où – on peut le supposer – il a volé une somme d'argent dont on ignore le montant. Quel serait le pas suivant ?

— Il faut qu'il quitte la Suède, dit Bublanski. Le plus naturel serait de prendre un ferry pour les pays baltes. Göransson et sa compagne ont été tués tard dans la nuit du 9 avril. Ça veut dire que Niedermann a pu prendre un ferry au matin. On n'a été alerté que seize heures après leur mort et on recherche la voiture depuis.

— S'il a pris le ferry au matin, la voiture de Göransson aurait dû être garée près d'un des ports, constata Sonja Modig.

Curt Bolinder hocha la tête.

— Si ça se trouve, c'est beaucoup plus simple. On n'a peut-être pas trouvé la voiture de Göransson parce que Niedermann a quitté le pays par le nord, via Haparanda. Un grand détour pour contourner le golfe de Botnie, mais en seize heures il a certainement eu le temps de passer la frontière de la Finlande.

— Oui, mais ensuite il lui faut abandonner la voiture quelque part en Finlande et, à ce stade, les collègues finlandais auraient dû la trouver.

Ils restèrent un long moment sans rien dire. Finalement, Bublanski se leva et alla se poster devant la fenêtre.

— La logique autant que la probabilité s'y opposent, mais toujours est-il que la voiture de Göransson reste disparue. Est-ce qu'il a pu trouver une cachette où il se terre en attendant son heure, une maison de campagne ou…

— Ça peut difficilement être une maison de campagne. A cette époque de l'année, tous les propriétaires sont en train de retaper et bichonner leurs maisons pour l'été.

— Et rien qui soit en rapport avec le MC Svavelsjö. Je pense que ce sont les derniers qu'il a envie de croiser.

— Et ainsi on devrait pouvoir exclure le milieu… Y a-t-il une copine qu'on ne connaîtrait pas ?

Les spéculations étaient nombreuses, mais ils ne disposaient d'aucun fait concret.

UNE FOIS CURT BOLINDER PARTI pour la journée, Sonja Modig retourna au bureau de Jan Bublanski et frappa sur le montant de la porte. Il lui fit signe d'entrer.

— Tu as deux minutes ?

— Quoi ?

— Salander.

— Je t'écoute.

— Je n'aime pas du tout ce nouveau planning avec Ekström et Faste et un nouveau procès. Tu as lu le rapport de Björck. J'ai lu le rapport de Björck. Salander a été torpillée en 1991, et Ekström le sait. Qu'est-ce qui se passe, bordel ?

Bublanski ôta ses loupes et les glissa dans sa poche de poitrine.

— Je ne sais pas.

— Tu n'as aucune idée ?

— Ekström prétend que le rapport de Björck et sa correspondance avec Teleborian sont falsifiés.

— Foutaises. S'ils étaient falsifiés, Björck l'aurait dit pendant sa garde à vue.

— Ekström dit que Björck refusait d'en parler parce que c'était une affaire classée secret-défense. Il m'a critiqué d'avoir pris les devants et d'avoir mis Björck en garde à vue.

— Je commence à détester Ekström de plus en plus.

— Il est coincé de partout.

— Ce n'est pas une excuse.

— On n'a pas le monopole de la vérité. Ekström soutient qu'on lui a présenté des preuves que le rapport est faux – il n'existe aucune véritable enquête avec ce numéro de rôle. Il dit aussi que la falsification est habile et qu'elle contient un mélange de vérité et d'inventions.

— Quelle partie est la vérité et laquelle est inventée ?

— Le cadre est à peu près correct. Zalachenko est le père de Lisbeth Salander, un enfoiré qui tabassait la mère de Lisbeth. Le problème habituel – la mère ne voulait jamais porter plainte et donc ça s'est poursuivi pendant des années. La mission de Björck était d'élucider ce qui s'est passé quand Lisbeth a essayé de tuer son père avec un cocktail Molotov. Il entretenait une correspondance avec Teleborian – mais l'ensemble de la correspondance dans la forme que nous avons vue est une falsification. Teleborian a fait un examen psychiatrique ordinaire de Salander et a constaté qu'elle était folle, et un procureur a décidé d'abandonner les charges contre elle. Elle avait besoin de soins et elle les a reçus à Sankt Stefan.

— Si maintenant il s'agit d'un faux, qui l'aurait fait et dans quel but ?

Bublanski écarta les mains.

— Tu te fous de moi ?

— Comme j'ai compris la chose, Ekström va exiger de nouveau un grand examen psychiatrique de Salander.

— Je ne peux pas accepter ça.

— Ça ne nous regarde plus. Nous sommes détachés de l'histoire Salander.

— Et Hans Faste y est rattaché… Jan, j'ai l'intention d'alerter les médias si ces fumiers s'attaquent à Salander encore une fois…

— Non, Sonja. Tu ne feras pas ça. Premièrement, nous n'avons plus accès à l'enquête et tu ne peux donc pas prouver ce que tu affirmes. On te prendra pour une parano de première et ta carrière sera foutue.

— Je dispose toujours du rapport, dit Sonja Modig d'une voix faible. J'avais fait une copie pour Curt Bolinder que je n'ai jamais eu le temps de lui donner quand le ministère public les a ramassées.

— Si tu laisses fuiter ce rapport, non seulement tu seras virée mais tu te rendras aussi coupable d'une grave faute professionnelle d'avoir mis un rapport protégé par le secret entre les mains des médias.

Sonja Modig resta silencieuse une seconde et regarda son chef.

— Sonja, tu ne feras rien du tout. Promets-le-moi.

Elle hésita.

— Non, Jan, je ne peux pas le promettre. Il y a quelque chose de pourri dans toute cette histoire.

Bublanski hocha la tête.

— Oui. C'est pourri. Mais nous ne savons pas qui sont nos ennemis en ce moment.

Sonja Modig inclina la tête.

— Est-ce que *toi*, tu as l'intention de faire quelque chose ?

— Ça, je ne vais pas le discuter avec toi. Fais-moi confiance. On est vendredi soir. Profite de ton week-end. Rentre chez toi. Cet entretien n'a jamais eu lieu.

IL ÉTAIT 13 H 30 LE SAMEDI quand l'agent de Securitas, Niklas Adamsson, quitta des yeux le livre d'économie politique qu'il bûchait en vue d'un examen trois semaines plus tard. Il venait d'entendre le bourdonnement discret des brosses en rotation du chariot de ménage et il vit que c'était l'immigré qui boitait. Le gars saluait toujours très poliment, mais il ne parlait pas beaucoup et il n'avait pas ri les quelques fois où Adamsson avait essayé de blaguer avec lui. Il le vit sortir un flacon et vaporiser le comptoir de la réception, puis essuyer avec un chiffon. Ensuite il prit un balai à franges et le passa dans quelques coins de la réception que les brosses du chariot de ménage ne pouvaient pas atteindre. Niklas Adamsson replongea le nez dans son livre et continua sa lecture.

Il fallut dix minutes au technicien de surface pour arriver à la chaise d'Adamsson au bout du couloir. Ils s'adressèrent un hochement de tête. Adamsson se leva et laissa l'homme d'entretien s'occuper du sol autour de la chaise devant la chambre de Lisbeth Salander. Il avait vu cet homme pratiquement tous les jours où il avait été de garde devant cette chambre, mais il était incapable de se souvenir de son nom. En tout cas, c'était un nom de bougnoul. Adamsson ne ressentait vraiment aucune nécessité de lui contrôler sa carte d'identité. D'une part, l'immigré n'allait pas faire le ménage dans la chambre de la prisonnière – deux femmes s'en occupaient dans la matinée – et d'autre part ce boiteux ne lui paraissait pas particulièrement être une menace.

Quand l'homme eut terminé le nettoyage du bout du couloir, il déverrouilla la porte voisine de la chambre de Lisbeth Salander. Adamsson le regarda du coin de l'œil, mais ceci non plus ne représentait pas un écart par rapport aux habitudes quotidiennes. Le réduit à balais se trouvait là, au bout du couloir. Il passa les cinq minutes suivantes à vider le seau, à nettoyer les brosses et à remplir le chariot de sacs en plastique pour les poubelles. Puis il tira tout le chariot dans le réduit.

IDRIS GHIDI AVAIT CONSCIENCE de la présence du vigile de Securitas dans le couloir. C'était un garçon blond de vingt-cinq ans environ, qui était de faction en général deux ou trois jours par semaine et qui lisait des livres d'économie politique. Ghidi en tira la conclusion qu'il travaillait à mi-temps à Securitas parallèlement à ses études et qu'il était à peu près aussi attentif à l'entourage qu'une brique dans le mur.

Idris Ghidi se demanda ce qu'Adamsson ferait si quelqu'un essayait réellement d'entrer dans la chambre de Lisbeth Salander.

Idris Ghidi se demanda aussi ce que Mikael Blomkvist avait en tête. Il était perplexe. Il avait évidemment lu les journaux et fait le lien avec Lisbeth Salander dans le 11C, et il s'était attendu à ce que Blomkvist lui demande d'entrer quelque chose en fraude dans sa chambre. Dans ce cas, il aurait été obligé de refuser puisqu'il n'avait pas accès à sa chambre et qu'il ne l'avait jamais vue. Pourtant, la proposition qui lui avait été faite n'avait aucun rapport avec tout ce qu'il avait pu penser.

Il ne voyait rien d'illégal dans la mission. Il regarda par l'entrebâillement de la porte et vit qu'Adamsson s'était rassis sur la chaise devant la porte et lisait son livre. Il était satisfait qu'il n'y ait personne d'autre dans les parages, ce qui était en général le cas, puisque le réduit à balais était situé dans un cagibi en bout de couloir. Il glissa la main dans la poche de sa blouse et sortit un téléphone portable neuf, un Sony Ericsson Z600. Idris Ghidi avait regardé ce modèle sur un prospectus et vu qu'il coûtait plus de 3 500 couronnes sur le marché et qu'il disposait de toutes les astuces imaginables.

Il regarda l'écran et nota que le portable était branché mais que le son était coupé, aussi bien la sonnerie que le vibreur. Puis il se mit sur la pointe des pieds et décoinça un cache blanc circulaire devant une ventilation qui menait à la chambre de Lisbeth Salander. Il plaça le portable hors de vue à l'intérieur du conduit, exactement comme Mikael Blomkvist le lui avait demandé.

La manœuvre dura environ trente secondes. Le lendemain, la manœuvre allait prendre environ dix secondes. Sa mission serait alors de descendre le portable, changer la batterie et remettre l'appareil dans le conduit de ventilation. Il rapporterait l'ancienne batterie chez lui et la rechargerait pendant la nuit.

Voilà tout ce qu'Idris Ghidi avait à faire.

Cela n'aiderait pourtant pas Lisbeth Salander. De son côté du mur, un grillage était vissé au mur. Elle ne pourrait jamais atteindre le portable, si elle ne mettait pas la main sur un tournevis cruciforme et une échelle.

— Je le sais, avait dit Mikael. Mais elle n'aura pas besoin de toucher le portable.

Idris Ghidi devrait exécuter cela chaque jour jusqu'à ce que Mikael Blomkvist lui dise que ce n'était plus nécessaire.

Et pour ce travail Idris Ghidi recevrait 1 000 couronnes par semaine directement de la main à la main. De plus, il pourrait garder le portable quand le boulot serait terminé.

Il secoua la tête. Il comprenait évidemment que Mikael Blomkvist manigançait quelque chose mais il était incapable de comprendre quoi. Placer un portable dans une ventilation dans un réduit d'entretien fermé à clé, allumé mais pas connecté, c'était une combine si bizarre que Ghidi avait du mal à en comprendre l'utilité. Si Blomkvist voulait avoir une possibilité de communiquer avec Lisbeth Salander, il serait bien plus intelligent de soudoyer une infirmière pour qu'elle lui passe le téléphone. Il n'y avait aucune logique dans cette opération.

Ghidi secoua la tête. D'un autre côté, il ne rechignerait pas à rendre ce service à Mikael Blomkvist tant que celui-ci lui payait 1 000 couronnes par semaine. Et il n'avait pas l'intention de poser de questions.

LE DR ANDERS JONASSON ralentit le pas en voyant un homme d'une quarantaine d'années appuyé contre les grilles devant la porte d'entrée de son immeuble dans Hagagatan. L'homme lui semblait vaguement familier et lui adressa un signe de reconnaissance avec la tête.

— Docteur Jonasson ?

— Oui, c'est moi.

— Je suis désolé de vous déranger comme ça dans la rue devant chez vous. Mais je ne voulais pas vous solliciter à votre boulot et il faut que je vous parle.

— De quoi s'agit-il et qui êtes-vous ?

— Je m'appelle Mikael Blomkvist. Je suis journaliste à la revue *Millénium*. Il s'agit de Lisbeth Salander.

— Ah, ça y est, je vous reconnais. C'est vous qui avez appelé les Services de secours quand on l'a retrouvée... C'est vous aussi qui avez mis du gros scotch sur ses blessures ?

— C'est moi.

— C'était futé comme geste. Mais je suis désolé. Je n'ai pas le droit de parler de mes patients avec des journalistes. Il vous faudra faire comme tout le monde et voir ça avec le service de communication à Sahlgrenska.

— Vous ne m'avez pas bien compris. Je ne cherche pas des renseignements et je suis ici à titre privé. Vous n'avez pas besoin de me dire quoi que ce soit ni de me fournir des renseignements. En fait, c'est le contraire. C'est moi qui veux vous fournir des informations.

Anders Jonasson fronça les sourcils.

— S'il vous plaît, supplia Mikael Blomkvist. Ce n'est pas mon habitude de harceler des chirurgiens dans la rue, mais il est extrêmement important que je puisse vous parler. Il y a un café un peu plus loin au coin de la rue. Est-ce que je peux vous offrir quelque chose à boire ?

— On va parler de quoi ?

— De l'avenir et du bien-être de Lisbeth Salander. Je suis son ami.

Anders Jonasson hésita un long moment. Il savait que si ça avait été quelqu'un d'autre que Mikael Blomkvist – si un inconnu l'avait abordé ainsi dans la rue –, il aurait refusé. Mais Blomkvist était un personnage connu et du coup Anders Jonasson se sentait convaincu qu'il ne s'agissait pas d'une mauvaise blague.

— Je ne veux en aucun cas être interviewé et je ne parlerai pas de ma patiente.

— Ça me va, dit Mikael.

Anders Jonasson finit par hocher brièvement la tête et accompagna Blomkvist au café en question.

— De quoi s'agit-il ? demanda-t-il de façon neutre quand ils furent servis. J'écoute, mais je n'ai pas l'intention de faire de commentaires.

— Vous avez peur que je vous cite ou que je vous jette en pâture aux médias. Que ce soit donc entièrement clair dès le début, il n'est pas question de tout ça. En ce qui me concerne, cet entretien n'a jamais eu lieu.

— OK.

— J'ai l'intention de vous demander un service. Mais avant cela, je dois vous expliquer exactement pourquoi afin que vous puissiez juger s'il est moralement acceptable pour vous de me rendre ce service.

— Je n'aime pas trop la tournure que ça prend.

— Tout ce que je vous demande, c'est de m'écouter. En tant que médecin de Lisbeth Salander, il vous appartient de veiller à son bien-être physique et mental. En tant qu'ami de Lisbeth Salander, c'est à *moi* de faire la même chose. Je ne suis pas médecin et je ne peux donc pas farfouiller dans son crâne et en sortir des balles, par exemple. Mais j'ai une autre compétence qui est tout aussi importante pour son bien-être.

— Hm hm.

— Je suis journaliste et, en fouillant, j'ai découvert la vérité sur ce qui lui est arrivé.

— OK.

— Je peux vous raconter, dans les grandes lignes, de quoi il s'agit, pour que vous puissiez juger par vous-même.

— Hm hm.

— Je devrais peut-être dire tout de suite que c'est Annika Giannini qui est l'avocate de Lisbeth Salander. Vous l'avez déjà rencontrée.

Anders Jonasson hocha la tête.

— Annika est ma sœur, et c'est moi qui la paie pour défendre Lisbeth Salander.

— Ah bon.

— Vous pourrez vérifier à l'état civil qu'elle est bien ma sœur. Je ne peux pas demander ce service à Annika. Elle ne discute pas de Lisbeth avec moi. Elle aussi est tenue par le secret professionnel et elle est soumise à de tout autres règles.

— Hmm.

— Je suppose que vous avez lu ce que les journaux racontent sur Lisbeth.

Jonasson hocha la tête.

— On l'a décrite comme une tueuse en série lesbienne, psychotique et malade mentale. Ce sont des conneries. Lisbeth Salander n'est pas psychotique et elle est probablement aussi saine d'esprit que vous et moi. Et ses préférences sexuelles ne regardent personne.

— Si j'ai bien compris, il y a eu un certain revirement. Actuellement, c'est cet Allemand qui est mentionné au sujet des meurtres.

— Et c'est entièrement vrai. Ronald Niedermann est coupable, c'est un tueur sans le moindre état d'âme. Mais Lisbeth a des ennemis. De vrais gros ennemis méchants. Certains de ces ennemis se trouvent au sein de la Säpo.

Anders Jonasson leva des sourcils sceptiques.

— Quand Lisbeth avait douze ans, elle a été internée en pédopsychiatrie dans un hôpital à Uppsala, parce qu'elle était tombée sur un secret que la Säpo essayait à tout prix d'occulter. Son père, Alexander Zalachenko, qui a été assassiné à l'hôpital, est un ancien espion russe transfuge, une relique de la guerre froide. C'était aussi un homme extrêmement violent avec les femmes qui, des années durant, a tabassé la mère de Lisbeth. Quand Lisbeth avait douze ans, elle a riposté et essayé de tuer Zalachenko avec un cocktail Molotov. C'est pour ça qu'elle a été enfermée en pédopsy.

— Je ne comprends pas. Si elle a essayé de tuer son père, il y avait peut-être de quoi l'interner pour des soins psychiatriques.

— Ma théorie – que j'ai l'intention de publier – est que la Säpo savait ce qui s'était passé mais a choisi de protéger Zalachenko parce qu'il était une source d'informations importante. Ils ont donc ficelé un faux diagnostic et veillé à ce que Lisbeth soit internée.

Anders Jonasson eut l'air si dubitatif que Mikael dut sourire.

— J'ai des preuves de tout ce que je vous raconte. Et je vais publier un texte détaillé juste à temps pour le procès de Lisbeth. Croyez-moi – ça va faire un foin d'enfer.

— Je pige.

— Je vais dénoncer et terriblement malmener deux médecins qui ont été les larbins de la Säpo et qui ont contribué à ce que Lisbeth soit enterrée parmi les fous. Je vais les balancer sans pitié. L'un de ces médecins est une personnalité publique et respectée. Et, j'insiste, je dispose de toutes les preuves nécessaires.

— Je comprends. Si un médecin a été mêlé à de tels agissements, c'est une honte pour tout le corps médical.

— Non, je ne crois pas à la culpabilité collective. C'est une honte pour ceux qui y sont mêlés. Ça vaut aussi pour la Säpo. Il y a certainement des gens bien qui travaillent à la Säpo. Mais ici nous avons à faire à un groupe parallèle. Quand Lisbeth a eu dix-huit ans, ils ont de nouveau essayé de l'interner. Cette fois-là, ils ont échoué, mais elle a été mise sous tutelle. Au procès, ils vont la charger un max. Avec ma sœur, on va se battre pour que Lisbeth soit acquittée et que sa tutelle soit levée.

— OK.

— Mais elle a besoin de munitions. Ce sont les conditions de ce jeu. Je dois peut-être mentionner aussi qu'il y a quelques policiers qui soutiennent Lisbeth dans ce combat. Contrairement à la personne qui dirige l'enquête préliminaire et qui l'a mise en examen.

— Aha.

— Lisbeth a besoin d'aide en vue du procès.

— Aha. Mais je ne suis pas avocat.

— Non. Mais vous êtes médecin et vous avez accès à Lisbeth.

Les yeux d'Anders Jonasson s'étrécirent.

— Ce que je vais vous demander n'est pas éthique et il faut peut-être même le considérer comme une infraction à la loi.

— Aïe.

— Mais moralement, c'est la bonne façon d'agir. Ses droits sont bafoués par ceux qui devraient se charger de sa protection.

— Ah bon.

— Je vais vous donner un exemple. Comme vous le savez, Lisbeth est interdite de visites et elle n'a pas le droit de lire les journaux ou de communiquer avec son entourage. De plus, le procureur a imposé une obligation de silence à son avocate. Annika a stoïquement suivi le règlement. En revanche, le procureur est la principale source qui laisse filer des informations aux journalistes qui continuent à écrire des conneries sur Lisbeth Salander.

— Vraiment ?

— Comme cet article par exemple. Mikael brandit un tabloïd de la semaine précédente. Une source au sein de l'enquête affirme que Lisbeth est irresponsable, avec pour résultat que le journal construit un tas de spéculations sur son état mental.

— J'ai lu cet article. Ce sont des inepties.

— Vous ne considérez donc pas Salander comme folle ?

— Je ne peux rien dire là-dessus. Par contre je sais qu'aucun examen psychiatrique n'a été fait. Donc l'article ne vaut rien.

— D'accord. Mais j'ai des preuves que ces informations ont été fournies par un policier du nom de Hans Faste et qu'il travaille pour le procureur Ekström.

— Merde, alors !

— Ekström va exiger que le procès ait lieu à huis clos, ce qui signifie qu'aucun étranger à l'affaire ne pourra vérifier et évaluer les preuves contre elle. Mais ce qui est encore pire… à partir du moment où le procureur a isolé Lisbeth, elle ne peut pas faire les recherches nécessaires pour préparer sa défense.

— J'avais cru comprendre que c'est son avocate qui s'occupe de ça.

— Comme vous avez dû le comprendre à l'heure qu'il est, Lisbeth est une personne très spéciale. Elle a des secrets que je connais mais que je ne peux pas révéler à ma sœur.

En revanche, Lisbeth peut juger si elle veut s'en servir pour sa défense pendant le procès.

— Aha.

— Et pour pouvoir le faire, Lisbeth a besoin de ceci.

Mikael posa un Palm Tungsten T3, l'ordinateur de poche de Lisbeth Salander, et un chargeur entre eux sur la table.

— Ceci est l'arme la plus importante de l'arsenal de Lisbeth. Elle en a besoin.

Anders Jonasson le regarda avec méfiance.

— Pourquoi ne pas le confier à son avocate ?

— Parce que seule Lisbeth sait comment faire pour avoir accès aux pièces à conviction.

Anders Jonasson garda le silence un long moment sans toucher à l'ordinateur de poche.

— Laissez-moi vous parler du Dr Peter Teleborian, dit Mikael en sortant le dossier où il avait rassemblé tout le matériel primordial.

Ils passèrent deux heures à s'entretenir à voix basse.

IL ÉTAIT 20 HEURES ET DES POUSSIÈRES le samedi quand Dragan Armanskij quitta son bureau à Milton Security et se rendit à pied à la synagogue de Söder dans Sankt Paulsgatan. Il frappa à la porte, se présenta et fut admis par le rabbin en personne.

— J'ai rendez-vous avec quelqu'un ici, dit Armanskij.

— Au premier étage. Je vous montre le chemin.

Le rabbin proposa une kippa dont Armanskij se coiffa après hésitation. Il avait été élevé dans une famille musulmane où le port de la kippa et la visite à la synagogue ne faisaient pas partie des habitudes de tous les jours. Il se sentit mal à l'aise avec la calotte juive sur la tête.

Jan Bublanski aussi portait une kippa.

— Salut Dragan. Merci d'avoir pris le temps de venir. J'ai emprunté une pièce au rabbin pour qu'on puisse parler sans être dérangés.

Armanskij s'installa en face de Bublanski.

— J'imagine que tu as de bonnes raisons pour ces cachotteries.

— Je ne vais pas tourner autour du pot. Je sais que tu es un ami de Lisbeth Salander.

Armanskij hocha la tête.

— Je veux savoir ce que toi et Blomkvist, vous avez concocté pour aider Salander.

— Pourquoi est-ce que tu crois qu'on a concocté quelque chose ?

— Parce que le procureur Richard Ekström m'a demandé une bonne douzaine de fois quel est l'accès réel de Milton Security à l'enquête Salander. Il ne me demande pas ça par-dessus la jambe mais parce qu'il a peur que tu tentes quelque chose qui aurait des retombées médiatiques.

— Hmm.

— Et si Ekström s'inquiète, c'est qu'il sait que tu as quelque chose en route ou le craint. Ou, c'est ce que je me dis, qu'il a au moins parlé avec quelqu'un qui le craint.

— Quelqu'un ?

— Dragan, ce n'est pas une partie de cache-cache. Tu sais que Salander a été victime d'un abus de pouvoir en 1991, et je redoute qu'elle soit victime d'un nouvel abus de pouvoir quand le procès commencera.

— Tu es policier dans une démocratie. Si tu détiens des informations, tu dois agir.

Bublanski hocha la tête.

— J'ai l'intention d'agir. La question est de savoir comment.

— Viens-en au fait.

— Je veux savoir ce que toi et Blomkvist, vous avez concocté. Je suppose que vous ne restez pas à vous tourner les pouces.

— C'est compliqué. Comment puis-je savoir si je peux te faire confiance ?

— Il y a ce rapport de 1991 que Mikael Blomkvist avait trouvé…

— Je suis au courant.

— Je n'ai plus accès à ce rapport.

— Moi non plus. Les deux exemplaires qu'avaient Blomkvist et sa sœur ont été perdus.

— Perdus ? s'étonna Bublanski.

— L'exemplaire de Blomkvist a été volé dans un cambriolage à son domicile, et la copie d'Annika Giannini a disparu lorsqu'elle s'est fait agresser à Göteborg. Les deux vols ont eu lieu le jour même où Zalachenko était tué.

Bublanski garda le silence un long moment.

— Pourquoi est-ce que nous n'avons pas entendu parler de ça ?

— Comme l'a dit Mikael Blomkvist : il n'existe qu'un seul moment approprié pour publier et un nombre incalculable de moments inadaptés.

— Alors vous… il a l'intention de publier ?

Armanskij hocha brièvement la tête.

— Une agression à Göteborg et un cambriolage ici à Stockholm. Le même jour. Ça veut dire que nos adversaires sont bien organisés, Bublanski. En plus, je peux te dire que nous avons des preuves que le téléphone de Giannini était sur écoute.

— Il y a quelqu'un qui commet un grand nombre d'infractions à la loi ici.

— La question est donc de savoir qui sont nos adversaires, dit Dragan Armanskij.

— C'est effectivement ce que je pense aussi. A première vue, c'est la Säpo qui a intérêt à étouffer le rapport de Björck. Mais, Dragan… on parle de la police de la Sûreté suédoise. C'est une autorité de l'Etat. J'ai du mal à croire que cette affaire ait l'assentiment de la Säpo. Je ne pense même pas qu'elle ait la compétence pour orchestrer une telle chose.

— Je sais. Moi aussi, j'ai du mal à le digérer. Sans parler du fait que quelqu'un entre dans Sahlgrenska et mette une balle dans la tête de Zalachenko.

Bublanski se tut. Armanskij enfonça le dernier clou.

— Et là-dessus il y a Björck qui se pend.

— Alors vous pensez que ce sont des assassinats organisés. Je connais Marcus Ackerman qui était chargé de l'enquête à Göteborg. Il n'a rien trouvé qui indiquerait que cet assassinat soit autre chose que l'acte impulsif d'un individu malade. Et nous avons minutieusement enquêté sur la mort de Björck. Tout indique que c'est un suicide.

Armanskij hocha la tête.

— Evert Gullberg, soixante-dix-huit ans, cancéreux et mourant, soigné pour une dépression quelques mois avant l'assassinat. J'ai demandé à Fräklund de creuser dans les documents officiels pour sortir tout ce qu'il y a concernant Gullberg.

— Oui ?

— Il a fait son service militaire à Karlskrona dans les années 1940, puis il a fait son droit et est devenu conseiller en fiscalité sur le marché privé. Il avait un cabinet ici à Stockholm pendant plus de trente ans, discret, clients particuliers... on ignore qui. Retraite en 1991. Est retourné dans sa ville natale, Laholm, en 1994... Rien de bien remarquable.

— Mais ?

— A part quelques détails déroutants. Fräklund n'arrive pas à trouver une seule référence à Gullberg dans aucun contexte. Il n'est jamais mentionné dans les journaux et personne ne sait qui étaient ses clients. C'est comme s'il n'avait jamais existé dans la vie professionnelle.

— Qu'est-ce que tu essaies de dire ?

— La Säpo est le lien manifeste. Zalachenko était un transfuge russe et qui se serait chargé de lui si ce n'est la Säpo ? Ensuite nous avons la capacité d'organiser l'enfermement en psy de Lisbeth Salander en 1991. Sans parler de cambriolage, d'agression et d'écoutes téléphoniques quinze ans plus tard... Mais je ne pense pas non plus que ce soit la Säpo qui est derrière tout ça. Mikael Blomkvist les appelle *le club Zalachenko*... un petit groupe de sectaires composé de combattants de la guerre froide sortis de leur hivernage, qui se cachent quelque part dans un couloir sombre à la Säpo.

Bublanski hocha la tête.

— Alors, qu'est-ce qu'on peut faire ?

12

DIMANCHE 15 MAI – LUNDI 16 MAI

LE COMMISSAIRE TORSTEN EDKLINTH, chef du service de protection de la Constitution à la DGPN/Säpo, se pinça le lobe de l'oreille et contempla pensivement le PDG de la respectable entreprise de sécurité privée Milton Security, qui sans crier gare l'avait appelé et avait insisté pour l'inviter à dîner chez lui à Lindingö le dimanche. Ritva, la femme d'Armanskij, avait servi un sauté de bœuf délicieux. Ils avaient mangé et poliment conversé. Edklinth s'était demandé ce qu'Armanskij avait réellement en tête. Après le dîner, Ritva se retira devant la télé et les laissa seuls autour de la table à manger. Armanskij avait commencé à raconter l'histoire de Lisbeth Salander.

Edklinth faisait lentement tourner son verre de vin rouge.

Dragan Armanskij n'était pas un farfelu. Il le savait.

Ils se connaissaient depuis douze ans, depuis qu'une députée de gauche avait reçu une série de menaces de mort anonymes. Elle avait rapporté les faits au président du groupe de son parti, qui avait informé la section de la sécurité du Parlement. Il s'agissait de menaces écrites, vulgaires, et contenant des informations indiquant que l'auteur anonyme connaissait certains éléments personnels sur la députée. La Säpo s'était donc penchée sur cette histoire et, durant l'enquête, la députée avait été placée sous protection.

La Protection des personnalités à cette époque-là était le poste budgétaire le plus maigre de la Säpo. Ses ressources étaient limitées. Cette section est chargée de la protection de la famille royale et du Premier ministre, et, au-delà, de ministres individuellement et de présidents de partis politiques

selon les besoins. Ces besoins dépassent en général les ressources et, dans les faits, la plupart des politiciens suédois
manquent de toute forme de protection personnelle sérieuse.
La députée avait été mise sous surveillance lors de quelques
apparitions officielles, mais abandonnée à la fin de la journée de travail, c'est-à-dire à l'heure où il était le plus probable
qu'un fêlé passe à l'agression. La méfiance de la députée
envers la capacité de la Säpo à la protéger n'avait cessé
d'augmenter.

Elle habitait une villa à Nacka. Rentrant un soir tard chez
elle après une joute à la commission des Finances, elle avait
découvert que quelqu'un avait forcé les portes de la terrasse, était entré dans le séjour où il avait décoré les murs
avec des épithètes sexuelles dégradantes, puis dans la chambre où il s'était masturbé. Elle avait immédiatement pris son
téléphone pour demander à Milton Security d'assurer sa
protection personnelle. Elle n'avait pas informé la Säpo de
cette décision et, le lendemain matin, alors qu'elle faisait une
intervention dans une école à Täby, il y avait eu confronta-
tion entre les sbires de l'Etat et ceux du privé.

A cette époque, Torsten Edklinth était chef adjoint intérimaire à la Protection des personnalités. D'instinct, il détestait les situations où des hooligans privés avaient pour tâche
d'exécuter les missions que les hooligans payés par l'Etat
étaient censés exécuter. Il réalisait pourtant que la députée
avait toutes les raisons d'être mécontente – son lit souillé
était une preuve suffisante du manque d'efficacité de l'Etat.
Au lieu de se mettre à comparer leurs capacités réciproques,
Edklinth s'était calmé et avait pris rendez-vous pour déjeuner avec le patron de Milton Security, Dragan Armanskij. Ils
étaient arrivés à la conclusion que la situation était sans
doute plus sérieuse que ce que la Säpo avait pensé au départ,
et qu'il y avait lieu de renforcer la protection autour de la
politicienne. Edklinth était assez avisé pour réaliser non seulement que les gens d'Armanskij possédaient la compétence
requise pour le boulot, mais qu'ils avaient une formation au
moins équivalente et un équipement technique probablement meilleur. Ils avaient résolu le problème en donnant
aux gens d'Armanskij toute la responsabilité de la protection
rapprochée, tandis que la police de sûreté répondait de l'enquête proprement dite et payait la facture.

Les deux hommes avaient découvert aussi qu'ils s'estimaient mutuellement et qu'ils fonctionnaient bien ensemble au travail. Au fil des ans, ils s'étaient retrouvés pour d'autres collaborations. Edklinth avait par conséquent un grand respect pour la compétence professionnelle de Dragan Armanskij, et lorsque celui-ci l'invita à dîner et demanda un entretien confidentiel en tête-à-tête, il était tout disposé à écouter.

Par contre, il ne s'était pas attendu à ce qu'Armanskij lui refile sur les genoux une bombe avec la mèche allumée.

— Si je te comprends bien, tu prétends que la police de sûreté s'adonne à une activité carrément criminelle.

— Non, dit Armanskij. Alors c'est que tu n'as rien compris. Je prétends que quelques personnes qui sont employées au sein de la police de sûreté s'adonnent à une telle activité. Je ne crois pas une seconde que cela soit autorisé par la direction de la Säpo, ni qu'il y ait une quelconque forme d'aval de l'Etat.

Edklinth regarda les photographies de Christer Malm avec l'homme qui montait dans une voiture dont les plaques d'immatriculation commençaient par les lettres K A B.

— Dragan… t'es tout de même pas en train de me faire marcher ?

— J'aurais bien aimé que ce soit une blague.

Edklinth réfléchit un instant.

— Et tu imagines que je vais m'en tirer comment ?

LE LENDEMAIN MATIN, Torsten Edklinth nettoyait soigneusement ses lunettes tout en réfléchissant. L'homme avait les cheveux grisonnants, avec de grandes oreilles et un visage énergique. Pour l'heure, le visage était cependant plus perplexe qu'énergique. Il se trouvait dans son bureau à l'hôtel de police sur l'îlot de Kungsholmen et il avait passé une grande partie de la nuit à ruminer les conséquences à tirer de l'information que Dragan Armanskij lui avait fournie.

Réflexions peu agréables. La Säpo était l'institution en Suède qu'à de rares exceptions près tous les partis considéraient comme d'une valeur inestimable et dont en même temps tous semblaient se méfier en lui attribuant toutes sortes de projets de conspiration farfelus. Les scandales avaient indéniablement été nombreux, surtout dans les années 1970 avec les radicaux de gauche lorsque certaines... bévues constitutionnelles avaient effectivement eu lieu. Mais après cinq enquêtes publiques sur la Säpo, durement critiquée, une nouvelle génération de fonctionnaires était apparue. Des éléments travailleurs, recrutés dans les brigades financières, des armes et des fraudes de la police ordinaire – des policiers qui avaient l'habitude d'enquêter sur de vrais crimes et pas sur des fantaisies politiques.

La Säpo avait été modernisée, et l'accent avait été mis sur la protection de la Constitution. Sa mission, comme elle était formulée dans l'instruction du gouvernement, était de prévenir les menaces contre la sécurité intérieure de la nation et d'y parer. C'est-à-dire de contrecarrer *toute activité illégale utilisant la violence, la menace ou la contrainte, ayant pour but de modifier notre Constitution en amenant des organes politiques ou des autorités décisionnaires à prendre des décisions orientées ou d'empêcher le citoyen individuel de jouir de ses libertés et de ses droits inscrits dans la Constitution.*

La mission de la Protection de la Constitution était par conséquent de défendre la démocratie suédoise contre des complots antidémocratiques réels ou supposés. Ceux-ci étant principalement à attendre des anarchistes et des nazis. Les anarchistes parce qu'ils s'obstinaient à pratiquer la désobéissance civile sous forme d'incendies criminels contre des magasins de fourrures. Les nazis parce qu'ils étaient nazis et donc par définition des adversaires de la démocratie.

Avec une formation de juriste à la base, Torsten Edklinth avait commencé sa carrière comme procureur, puis il avait travaillé pour la Säpo pendant vingt et un ans. Tout d'abord sur le terrain comme administrateur de la protection des personnalités, et ensuite à la Protection de la Constitution où ses tâches avaient évolué entre analyse et direction administrative pour le mener finalement sur un fauteuil de chef de cabinet. Autrement dit, il était le chef suprême de la partie policière de la défense de la démocratie suédoise. Le commissaire Torsten Edklinth se considérait comme démocrate. En ce sens, la définition était simple. La Constitution était votée par le Parlement et sa mission à lui était de veiller à ce qu'elle reste intacte.

La démocratie suédoise est basée sur une seule loi et peut être abrégée en trois lettres : YGL, pour *yttrandefrihetsgrundlagen*, la loi fondamentale sur la liberté d'expression. L'YGL établit le droit imprescriptible de dire, d'avoir pour opinion, de penser et de croire n'importe quoi. Ce droit est accordé à tous les citoyens suédois, du nazi attardé à l'anarchiste lanceur de pierres en passant par tous les intermédiaires.

Toutes les autres lois fondamentales, comme la Constitution par exemple, ne sont que des broderies pratiques autour de la liberté d'expression. L'YGL est par conséquent la loi qui garantit la survie de la démocratie. Edklinth estimait que sa tâche primordiale était de défendre la liberté des citoyens suédois de penser et de dire exactement ce qu'ils voulaient, même s'il ne partageait pas une seule seconde le contenu de leur pensée et de leurs dires.

Cette liberté ne signifie cependant pas que tout soit autorisé, ce que certains fondamentalistes de la liberté d'expression, surtout des pédophiles et des groupes racistes, essaient de faire valoir dans le débat sur la politique culturelle. Toute démocratie a ses limites, et les limites de l'YGL sont établies par la loi sur la liberté de la presse, *tryckfrihetsförordningen* ou TF. Celle-ci définit en principe quatre restrictions dans la démocratie. Il est interdit de publier de la pornographie impliquant des enfants et certaines scènes de violence sexuelle, quel que soit le degré artistique que l'auteur revendique. Il est interdit d'exciter à la révolte et d'inciter au crime. Il est interdit de diffamer et de calomnier un concitoyen. Et il est interdit d'inciter à la haine raciale.

La liberté de la presse elle aussi a été ratifiée par le Parlement et elle constitue une restriction à la démocratie socialement et démocratiquement acceptable, c'est-à-dire le contrat social qui établit les cadres d'une société civilisée. La moelle de la législation signifie que personne n'a le droit de persécuter ou d'humilier un autre être humain.

Liberté d'expression et liberté de la presse étant des lois, il faut une autorité pour garantir l'obéissance à ces lois. En Suède, cette fonction est partagée par deux institutions, dont l'une, le *justitiekanslern* ou JK, a pour mission de poursuivre en justice des contrevenants à la liberté de la presse.

De ce point de vue, Torsten Edklinth était loin d'être satisfait. Il estimait que le JK était vraiment trop laxiste côté poursuites en justice pour ce qui relevait d'infractions directes à la Constitution suédoise. Le JK répondait en général que le principe de démocratie était si important qu'il ne devait intervenir et intenter un procès qu'en cas extrême. Cette attitude avait cependant commencé à être de plus en plus contestée ces dernières années, surtout depuis que le secrétaire général du comité d'Helsinki de Suède, Robert Hårdh, avait déterré un rapport qui examinait le manque d'initiatives du JK pendant un certain nombre d'années. Le rapport constatait qu'il était pratiquement impossible d'intenter un procès et de faire condamner quelqu'un pour incitation à la haine raciale.

La deuxième institution était le département de la Säpo pour la protection de la Constitution, et le commissaire Torsten Edklinth prenait sa tâche très au sérieux. Il estimait que c'était le plus beau poste, et le plus important, qu'un policier suédois pouvait occuper, et il ne l'aurait échangé contre aucun autre au sein de toute la Suède judiciaire ou policière. Il était tout simplement le seul policier en Suède qui avait pour mission officielle de faire fonction de policier politique. C'était une tâche délicate qui exigeait une grande sagesse et un sens de la justice taillé au millimètre, puisque l'expérience de trop nombreux pays démontrait qu'une police politique pouvait facilement se transformer en la plus grande menace contre la démocratie.

Les médias et la population pensaient généralement que la Protection de la Constitution avait principalement pour mission de gérer des nazis et des militants végétaliens. Ce genre de manifestants intéressait certes grandement la Protection de la Constitution, mais au-delà existait toute une suite d'institutions et de phénomènes qui faisaient aussi partie des missions du département. Si, par exemple, le roi ou le commandant en chef des armées se mettaient en tête que le système parlementaire avait fait son temps et que le Parlement devait être remplacé par une dictature militaire, le roi ou le commandant en chef seraient rapidement dans le collimateur de la Protection de la Constitution. Et si un groupe de policiers se mettait en tête d'interpréter librement la loi au point que les droits constitutionnels d'un individu en seraient réduits, c'était également à la Protection de la Constitution de réagir. Dans de tels cas graves, l'enquête était de plus placée sous les ordres du procureur de la nation.

Le problème qui se présentait était évidemment que la Protection de la Constitution avait presque exclusivement une fonction d'analyse et de vérification, et aucune activité d'intervention. D'où le fait que c'était généralement la police ordinaire ou d'autres sections de la Säpo qui intervenaient lors d'arrestations d'éléments nazis.

Torsten Edklinth considérait cette réalité comme profondément insatisfaisante. Presque tous les pays normaux entretiennent un tribunal constitutionnel indépendant sous une forme ou une autre, qui en particulier a pour mission de veiller à ce que les autorités ne portent pas atteinte à la démocratie. En Suède, cette mission est confiée au procureur général de la couronne ou au *justitieombudsman*, personne désignée par le Parlement pour veiller à ce que les fonctionnaires de l'Etat respectent la loi dans l'exercice de leurs fonctions, qui doit cependant se conformer aux décisions d'autres personnes. Si la Suède avait eu un tribunal constitutionnel, l'avocate de Lisbeth Salander aurait immédiatement pu intenter un procès à l'Etat suédois pour violations de ses droits constitutionnels. Le tribunal aurait ainsi pu exiger que tous les documents soient présentés et il aurait pu citer à comparaître n'importe qui, y compris le Premier ministre, jusqu'à ce que l'affaire soit résolue. Dans la situation actuelle, l'avocate pouvait à la rigueur aviser le *justitieombudsman* qui n'avait cependant pas l'autorité pour se présenter à la Säpo et commencer à exiger de voir des documents.

Pendant de nombreuses années, Torsten Edklinth avait été un chaleureux défenseur de l'instauration d'un tribunal constitutionnel. Il aurait alors pu s'occuper de manière simple de l'information que lui avait donnée Dragan Armanskij, en faisant une déposition à la police et en livrant les éléments au tribunal. Ainsi un processus inexorable se serait-il mis en branle.

Dans l'état actuel des choses, Torsten Edklinth n'avait pas la compétence juridique pour engager une enquête préliminaire.

Il soupira et prit une pincée de tabac à chiquer.

Si les informations de Dragan Armanskij correspondaient à la vérité, cela signifiait qu'un certain nombre de membres de la Säpo occupant des postes supérieurs avaient fermé les yeux sur une suite de délits graves envers une femme suédoise, puis sur de fausses bases avaient fait interner sa fille dans un hôpital psychiatrique et finalement avaient laissé à un ancien espion d'élite russe le champ libre pour se consacrer aux trafics d'armes, de drogue et de femmes. Torsten Edklinth fit la moue. Il ne voulait même pas commencer à compter combien d'infractions à la loi avaient dû avoir lieu en cours de route. Sans parler du cambriolage chez Mikael Blomkvist, de l'agression de l'avocate de Lisbeth Salander et peut-être – ce qu'Edklinth refusait de croire – une complicité dans l'assassinat d'Alexander Zalachenko.

Torsten Edklinth n'avait aucune envie de se trouver mêlé à une salade pareille. Malheureusement, il l'avait été à l'instant même où Dragan Armanskij l'avait invité à dîner.

Il s'agissait maintenant de savoir comment gérer cette situation. Formellement, la réponse était simple. Si le récit d'Armanskij était véridique, Lisbeth Salander avait été au plus haut point dépouillée de sa possibilité d'exercer ses libertés et ses droits constitutionnels. Et l'on pouvait s'attendre à un véritable nid de serpents quand on se disait que des organes politiques ou des autorités décisionnaires pouvaient avoir été influencés dans leurs prises de décision, touchant là au noyau même des tâches de la Protection de la Constitution. Torsten Edklinth était un policier ayant connaissance d'un crime et son devoir était donc d'en aviser un procureur. De façon plus informelle, la réponse n'était pas tout aussi simple. Elle était même carrément compliquée.

L'INSPECTRICE ROSA FIGUEROLA, malgré son nom inhabituel, était née en Dalécarlie dans une famille habitant en Suède depuis l'époque de Gustave Vasa. Elle était de ces femmes que les gens remarquent, et ce pour plusieurs raisons. Elle avait trente-six ans, des yeux bleus et elle ne mesurait pas moins d'un mètre quatre-vingt-quatre. Ses cheveux blonds et bouclés étaient coupés court. Elle était jolie et sa façon de s'habiller la rendait très attirante.

Et elle était exceptionnellement bien entraînée.

Dans l'adolescence, elle avait pratiqué l'athlétisme à un haut niveau et à dix-sept ans avait failli se qualifier pour l'équipe suédoise aux Jeux olympiques. Depuis, elle avait cessé l'athlétisme, mais elle s'entraînait comme une forcenée dans une salle de sport cinq soirs par semaine. Elle s'entraînait si souvent que les endorphines fonctionnaient comme une drogue qui la mettait en état de manque quand elle interrompait ses séances. Elle faisait du jogging et de la muscu, jouait au tennis, pratiquait le karaté et s'était en outre adonnée au bodybuilding pendant dix ans. Elle avait cependant énormément diminué cette variante extrême de glorification du corps deux ans auparavant, à l'époque où elle consacrait deux heures par jour à soulever de la fonte. A présent, elle n'en était qu'à une petite demi-heure quotidienne, mais sa forme physique était telle et son corps si musculeux que certains de ses collègues peu sympathiques l'appelaient M. Figuerola. Quand elle mettait des débardeurs ou des robes d'été, personne ne pouvait éviter de remarquer ses biceps et ses deltoïdes.

Sa constitution physique dérangeait donc nombre de ses collègues mâles, mais aussi le fait qu'elle n'était pas qu'une belle plante. Sortie du lycée avec les meilleures notes possible, elle était entrée à l'Ecole de police à vingt ans et avait ensuite travaillé pendant neuf ans à la police d'Uppsala tout en consacrant ses moments de loisir à suivre des études de droit. Histoire de s'amuser, elle avait aussi passé un examen de sciences po. Elle n'avait aucun problème pour mémoriser et analyser des connaissances. Elle lisait rarement des polars ou autre littérature de divertissement. Par contre, elle se plongeait avec un immense intérêt dans les sujets les plus variés, du droit international jusqu'à l'histoire de l'Antiquité.

A la police, elle était passée de gardien de la paix – ce qui était une grande perte pour la sécurité dans les rues d'Uppsala – au poste d'inspectrice criminelle, d'abord à la Crim et ensuite à la brigade spécialisée en criminalité économique. En 2000, elle avait postulé à la police de sûreté à Uppsala et, en 2001, elle avait été mutée à Stockholm. Elle avait commencé par travailler au contre-espionnage, mais avait presque immédiatement été sélectionnée pour la Protection de la Constitution par Torsten Edklinth, qui connaissait le père de Rosa Figuerola et avait suivi sa carrière d'année en année.

Lorsque Edklinth avait fini par décider qu'il devait absolument agir à la suite de l'information de Dragan Armanskij, il avait réfléchi un moment puis soulevé le combiné et convoqué Rosa Figuerola dans son bureau. Cela faisait moins de trois ans qu'elle travaillait à la Protection de la Constitution, ce qui signifiait qu'elle tenait encore plus du véritable policier que du rond-de-cuir aguerri.

Ce jour-là, elle portait un blue-jean moulant, des sandales turquoise à petits talons et une veste bleu marine.

— Tu es sur quoi en ce moment ? demanda Edklinth en guise de bonjour et il l'invita à s'asseoir.

— On est en train d'enquêter sur le hold-up dans l'épicerie de proximité, tu sais, à Sunne, il y a deux semaines.

Ce n'était certainement pas à la Säpo de s'occuper de hold-up dans des épiceries. Ce genre de travail de base relevait exclusivement de la police ordinaire. Rosa Figuerola dirigeait une section de cinq collaborateurs à la Protection de la Constitution qui se consacraient à l'analyse de la criminalité politique. Leur outil le plus important était un certain nombre d'ordinateurs mis en réseau avec le fichier des incidents rapportés à la police ordinaire. Pratiquement toutes les dépositions qui étaient faites à la police où que ce soit en Suède passaient par les ordinateurs dont Rosa Figuerola était la chef. Ces ordinateurs étaient pourvus d'un logiciel qui scannait automatiquement chaque rapport de police et qui était programmé pour réagir à trois cent dix mots spécifiques, du genre bougnoul, skinhead, croix gammée, immigré, anarchiste, salut hitlérien, nazi, national-démocrate, traître à la patrie, pute juive ou musulman. Dès que ce genre de vocabulaire figurait dans un rapport de police, l'ordinateur donnait l'alerte et le rapport en question était sorti et examiné de plus près. Si le contexte semblait l'exiger, on pouvait demander l'accès à l'enquête préliminaire et pousser plus loin les vérifications.

Une des tâches de la Protection de la Constitution consiste à publier chaque année le rapport intitulé *Menaces contre la sûreté de l'Etat*, qui constitue la seule statistique fiable de la criminalité politique. Cette statistique est exclusivement basée sur les dépositions faites aux commissariats locaux. Dans le cas du hold-up de l'épicerie de proximité à Sunne, le programme avait réagi sur trois mots-clés – immigré, épaulette et bougnoul. Deux jeunes hommes masqués avaient dévalisé, sous la menace d'un pistolet, une épicerie dont le propriétaire était un immigré. Ils avaient mis la main sur une somme de 2 780 couronnes et une cartouche de cigarettes. L'un des malfaiteurs avait un blouson avec des épaulettes représentant le drapeau suédois. L'autre malfrat avait plusieurs fois crié "putain de bougnoul" au propriétaire du magasin et l'avait forcé à se coucher par terre.

Cela avait suffi pour que les collaborateurs de Figuerola sortent l'enquête préliminaire et essaient de voir si les voleurs étaient en cheville avec les bandes de nazis locales du Värmland, et si dans ce cas le hold-up devait être classé criminalité à caractère raciste, puisqu'un des voleurs avait exprimé des opinions en ce sens. Si tel était le cas, le hold-up pouvait très bien figurer dans les statistiques à venir, qui par la suite seraient analysées et insérées dans la statistique européenne que les bureaux de l'UE à Vienne établissaient chaque année. Il pouvait aussi en ressortir que les voleurs étaient des scouts qui avaient acheté un blouson avec le drapeau suédois et que c'était un pur hasard que le propriétaire du magasin soit immigré et que le mot "bougnoul" ait été prononcé. Si c'était le cas, la section de Figuerola supprimerait ce hold-up des statistiques.

— J'ai une mission chiante pour toi, dit Torsten Edklinth.

— Ah bon, dit Rosa Figuerola.

— Un boulot qui potentiellement peut te faire sombrer dans une totale disgrâce, voire même couler ta carrière.

— Je comprends.

— Si au contraire tu réussis ta mission et que les choses se goupillent bien, ça peut signifier un grand pas en avant dans ta carrière. J'ai l'intention de te muter à l'unité d'intervention de la Protection de la Constitution.

— Désolée de te le dire, mais la Protection de la Constitution n'a pas d'unité d'intervention.

— Si, dit Torsten Edklinth. Désormais il en existe une. Je l'ai créée ce matin même. Pour l'instant, elle ne comporte qu'une seule personne. Toi.

Rosa Figuerola eut l'air hésitante.

— La mission de la Protection de la Constitution est de défendre la Constitution contre des menaces internes, ce qui en gros signifie les nazis ou les anarchistes. Mais qu'est-ce qu'on fait s'il s'avère que la menace contre la Constitution vient de notre propre organisation ?

Il passa la demi-heure suivante à relater en détail l'histoire que Dragan Armanskij lui avait fournie la veille au soir.

— Qui est la source de ces affirmations ? demanda Rosa Figuerola.

— Aucune importance pour l'instant. Concentre-toi sur l'information dont nous disposons.

— Ce que je veux savoir, c'est si tu considères la source comme crédible.

— Je connais cette source depuis de nombreuses années et je la considère comme extrêmement crédible.

— Tout ça, c'est carrément... eh bien, je ne sais pas, moi. Si je dis invraisemblable, je n'en suis encore qu'au prénom.

Edklinth hocha la tête.

— Comme un roman d'espionnage, dit-il.

— Alors qu'est-ce que tu attends de moi ?

— A partir de maintenant, tu es détachée de toutes tes autres missions. Tu n'en as plus qu'une – examiner le degré de véracité de cette histoire. Soit tu me confirmes, soit tu rejettes les affirmations. Tu en réfères directement à moi et à personne d'autre.

— Seigneur, dit Rosa Figuerola. Je comprends ce que tu voulais dire en disant que je peux y laisser des plumes.

— Oui. Mais si l'histoire est vraie... si rien qu'une infime partie de ces affirmations est vraie, nous nous trouvons face à une crise constitutionnelle qu'il va falloir gérer.

— Je commence où ? Je fais comment ?

— Commence par le plus simple. Commence par lire ce rapport que Gunnar Björck a écrit en 1991. Ensuite tu identifies tous ceux qui, paraît-il, surveillent Mikael Blomkvist. D'après ma source, le propriétaire de la voiture est un certain Göran Mårtensson, quarante ans, policier et domicilié dans Vittangigatan à Vällingby. Ensuite tu identifies l'autre type sur les photos prises par le photographe de Mikael Blomkvist. Le blond plus jeune, ici.

— OK.

— Ensuite tu vérifieras le passé d'Evert Gullberg. Je n'ai jamais entendu parler du bonhomme, mais d'après ma source il y a forcément un lien avec la police de sûreté.

— Ça voudrait dire que quelqu'un ici aurait commandité l'assassinat d'un espion à un vieux de soixante-dix-huit ans. Je n'y crois pas.

— Vérifie quand même. Et l'enquête doit se dérouler dans le secret. Avant que tu prennes quelque mesure que ce soit, je veux être informé. Je ne veux pas le moindre rond sur l'eau.

— C'est une enquête énorme que tu me demandes. Comment je vais pouvoir faire ça toute seule ?

— Tu ne le feras pas toute seule. Tu vas seulement t'occuper de cette première vérif. Si tu reviens et me dis qu'après avoir vérifié tu n'as rien trouvé, alors c'est tout vu. Si tu trouves quoi que ce soit de suspect, on verra comment continuer.

ROSA FIGUEROLA PASSA SA PAUSE DÉJEUNER à soulever de la ferraille dans la salle de sport de l'hôtel de police. Son déjeuner proprement dit consistait en un café noir et un sandwich de boulettes de viande et salade de betteraves rouges, qu'elle emporta dans son bureau. Elle ferma la porte, dégagea sa table de travail et commença à lire le rapport de Gunnar Björck tout en mangeant son sandwich.

Elle lut aussi l'annexe avec la correspondance entre Björck et le Dr Peter Teleborian. Elle nota chaque nom et chaque événement dans le rapport qui feraient l'objet d'une vérification. Au bout de deux heures, elle se leva et alla chercher un autre café à la machine. En quittant son bureau, elle ferma à clé la porte, ce qui faisait partie des procédures quotidiennes à la Säpo.

Elle commença par contrôler le numéro de rôle. Elle appela l'archiviste qui lui confirma qu'il n'existait aucun rapport avec ce numéro. Son deuxième contrôle fut de consulter des archives médiatiques. Ce fut plus fructueux. Les deux journaux du soir et un journal du matin avaient parlé d'une personne grièvement blessée dans l'incendie d'une voiture dans Lundagatan ce jour-là en 1991. La victime était un homme d'âge moyen dont le nom n'était pas mentionné. L'un des journaux du soir rapportait qu'un témoin affirmait que l'incendie avait été sciemment allumé par une jeune fille. Il s'agirait donc du fameux cocktail Molotov que Lisbeth

Salander avait lancé sur un agent russe du nom de Zalachenko. En tout cas, l'incident semblait bel et bien avoir eu lieu.

Gunnar Björck, à l'origine du rapport, était un individu réel. C'était un décideur connu et haut placé à la brigade des étrangers, en arrêt maladie pour hernie discale et malheureusement décédé du fait de son suicide.

Le service du personnel ne pouvait cependant pas la renseigner sur les occupations de Gunnar Björck en 1991. Les informations étaient classées secrètes, même pour les collaborateurs de la Säpo. Rien que du normal.

Il fut aisé de vérifier que Lisbeth Salander avait habité Lundagatan en 1991 et qu'elle avait passé les deux années suivantes à la clinique de pédopsychiatrie de Sankt Stefan. Pour ces passages, la réalité ne semblait en tout cas pas contredire le contenu du rapport.

Peter Teleborian était un psychiatre connu qu'on voyait souvent à la télé. Il avait travaillé à Sankt Stefan en 1991, et il en était aujourd'hui le médecin-chef.

Rosa Figuerola réfléchit un long moment à la signification de ce rapport. Ensuite, elle appela le chef adjoint du service du personnel.

— J'ai une question compliquée à poser, précisa-t-elle.

— Laquelle ?

— On est sur une affaire d'analyse, ici, à la Protection de la Constitution. Il est question d'évaluer la crédibilité d'une personne et sa santé psychique en général. J'aurais besoin de consulter un psychiatre ou un autre spécialiste qui soit habilité à entendre des informations classées secrètes. On m'a parlé du Dr Peter Teleborian et je voudrais savoir si je peux faire appel à lui.

La réponse tarda un petit moment.

— Le Dr Peter Teleborian a été consultant extérieur pour la Säpo à quelques occasions. Il dispose de l'agrément et tu peux discuter des informations protégées par le secret avec lui dans des termes généraux. Mais avant de le contacter, il va falloir que tu suives la procédure administrative. Ton chef doit donner son aval et déposer une demande formelle pour pouvoir consulter Teleborian.

Le cœur de Rosa Figuerola se mit à battre un peu plus vite. Elle venait d'obtenir la confirmation de quelque chose que très peu de gens devaient connaître. Peter Teleborian avait été en relation avec la Säpo. Ce qui renforçait la crédibilité du rapport.

Elle s'arrêta là sur ce chapitre et passa à d'autres volets du dossier que Torsten Edklinth lui avait fourni. Elle examina les deux personnes sur les photos de Christer Malm, qui avaient donc filé Mikael Blomkvist à partir du café Copacabana le 1er Mai.

Elle consulta le registre des immatriculations et constata que Göran Mårtensson existait réellement, propriétaire d'une Volvo grise avec le numéro en question. Ensuite le service du personnel de la Säpo lui confirma qu'il y était employé. C'était le contrôle le plus élémentaire qu'elle puisse faire, et cette information aussi semblait correcte. Son cœur battit encore un peu plus.

Göran Mårtensson travaillait au service de protection des personnalités. Il était garde du corps. Il faisait partie du groupe de collaborateurs qui à plusieurs occasions avait répondu de la sécurité du Premier ministre. Depuis quelques semaines, il était cependant temporairement mis à la disposition du contre-espionnage. Son congé avait débuté le 10 avril, quelques jours après qu'Alexander Zalachenko et Lisbeth Salander avaient été admis à l'hôpital Sahlgrenska, mais ce genre de déplacement n'avait rien d'inhabituel, si on était en manque de personnel pour une affaire urgente.

Ensuite Rosa Figuerola appela le chef adjoint du contre-espionnage, un homme qu'elle connaissait personnellement et pour qui elle avait travaillé pendant son bref séjour au département. Elle demanda si Göran Mårtensson travaillait sur quelque chose d'important ou bien si, pour les besoins d'une enquête, il pouvait être mis à sa disposition à la Protection de la Constitution.

Le chef adjoint du contre-espionnage fut perplexe. On avait dû mal la renseigner. Göran Mårtensson de la Protection des personnalités n'avait pas été mis à la disposition du contre-espionnage. Désolé.

Rosa Figuerola reposa le combiné et fixa le téléphone pendant deux minutes. A la Protection des personnalités, on croyait que Mårtensson était mis à la disposition du contre-espionnage. Au contre-espionnage, personne n'avait demandé ses services. De tels transferts étaient accordés et gérés par le secrétaire général. Elle tendit la main pour prendre le téléphone et appeler le secrétaire général, mais se ravisa. Si la Protection des personnalités avait prêté Mårtensson, le secrétaire général avait forcément donné son aval à cette décision. Mais Mårtensson ne se trouvait pas au contre-espionnage. Ce que le secrétaire général devait savoir. Et si Mårtensson était mis à la disposition d'un département qui filait Mikael Blomkvist, le secrétaire général devait le savoir aussi.

Torsten Edklinth lui avait dit de ne pas provoquer de ronds sur l'eau. Poser la question au secrétaire général devait donc ressembler au lancer d'un très gros pavé dans une petite mare.

ERIKA BERGER S'INSTALLA derrière son bureau dans la cage en verre peu après 10 h 30 le lundi et soupira longuement. Elle avait grandement besoin de la tasse de café qu'elle venait de rapporter de la salle du personnel. Elle avait passé les premières heures de sa journée de travail à expédier deux réunions. La première avait été une réunion de quinze minutes où le secrétaire de rédaction Peter Fredriksson avait présenté les grandes lignes du travail de la journée. Compte tenu de son manque de confiance à l'égard de Lukas Holm, elle était de plus en plus obligée de se fier au jugement de Fredriksson.

La deuxième était une réunion d'une heure avec le président du CA, Magnus Borgsjö, le directeur financier de *SMP*, Christer Sellberg, et le responsable du budget, Ulf Flodin. On avait passé en revue le fléchissement du marché des annonces et la baisse des ventes au numéro. Le chef du budget et le directeur financier s'accordaient pour réclamer des mesures pour diminuer le déficit du journal.

— On a passé le premier trimestre cette année grâce à une faible hausse du marché des annonces et grâce au départ à la retraite de deux employés au Nouvel An. Ces deux postes sont restés vacants, avait dit Ulf Flodin. On pourra sans doute passer le trimestre en cours avec un déficit insignifiant. Mais de toute évidence, les journaux gratuits *Metro* et *Stockholm City* continuent à grignoter le marché des annonces à Stockholm. Le seul pronostic que nous ayons, c'est que le troisième trimestre de cette année présentera un déficit marqué.

— Et quelle sera notre riposte ? avait demandé Borgsjö.

— Le seul choix logique, c'est d'opérer des coupes claires. Il n'y a pas eu de licenciements depuis 2002. J'estime qu'avant la fin de l'année, au moins dix postes doivent être éliminés.

— Lesquels ? avait demandé Erika Berger.

— Il faudra utiliser le principe de la raclette et sélectionner un poste par-ci, un poste par-là. La rubrique Sports dispose en ce moment de six postes et demi. Là, on devrait arriver à se limiter à cinq pleins temps.

— Si j'ai bien compris, les Sports sont déjà sur les genoux. Cela signifierait qu'on devrait réduire la couverture des événements sportifs dans son ensemble.

Flodin avait haussé les épaules.

— Si vous avez de meilleures idées, je suis tout ouïe.

— Je n'ai pas de meilleures idées, mais le principe est que si nous éliminons du personnel, il nous faudra faire un journal plus mince et si nous faisons un journal plus mince, le nombre de lecteurs va baisser et par conséquent le nombre d'annonceurs aussi.

— L'éternel cercle vicieux, avait dit le directeur financier Sellberg.

— J'ai été engagée pour inverser cette évolution. Cela veut dire que je vais tout miser sur l'offensif pour changer le journal et le rendre plus attirant pour les lecteurs. Mais je ne peux pas le faire si je rogne sur le personnel.

Elle s'était tournée vers Borgsjö.

— Combien de temps est-ce que ce journal peut saigner ? Quel déficit peut-on encaisser avant le point de non-retour ?

Borgsjö avait fait la moue.

— Depuis le début des années 1990, SMP a grignoté une grande partie de ses vieux fonds. Nous avons un portefeuille d'actions qui a perdu presque trente pour cent de sa valeur au cours des dix dernières années. Beaucoup de ces fonds ont été utilisés pour des investissements dans l'informatique. Il s'agit donc de dépenses vraiment importantes.

— Je note que SMP a développé son propre système de rédaction de texte, cette chose qu'on appelle AXT. Ça a coûté combien ?

— Environ 5 millions de couronnes.

— J'ai du mal à comprendre la logique. Il existe des programmes bon marché tout prêts dans le commerce.

Pourquoi est-ce que *SMP* a tenu à développer ses propres logiciels ?

— Eh bien, Erika… j'aimerais bien qu'on me le dise. Mais c'était l'ancien chef technique qui nous a persuadés de le faire. Il disait qu'à la longue on y gagnerait et qu'en plus *SMP* pourrait vendre des licences du logiciel à d'autres journaux.

— Et quelqu'un l'a-t-il acheté ?

— Oui, effectivement, un journal local en Norvège.

— Hou là, super ! avait dit Erika Berger d'une voix sèche. Question suivante, on a actuellement des PC qui ont cinq-six ans d'âge…

— Il est exclu d'investir dans de nouveaux ordinateurs cette année, avait dit Flodin.

La discussion s'était poursuivie. Erika s'était bien rendu compte que Flodin et Sellberg ignoraient ses remarques. Pour eux, la seule valeur admise était les restrictions, chose compréhensible du point de vue d'un chef du budget et d'un directeur financier, mais inacceptable de celui d'une toute nouvelle rédactrice en chef. Ce qui l'avait irritée était qu'ils balayaient sans cesse ses arguments avec des sourires aimables qui la faisaient se sentir comme une lycéenne interrogée au tableau. Sans qu'un seul mot inconvenant soit prononcé, ils avaient à son égard une attitude tellement classique que c'en était presque comique. *Ne te fatigue pas la tête avec des choses aussi compliquées, ma petite.*

Borgsjö n'avait pas été d'une grande aide. Il restait dans l'expectative et laissait les autres participants à la réunion parler jusqu'au bout, mais elle n'avait pas ressenti la même attitude avilissante de sa part.

Elle soupira, alluma son portable et ouvrit son courrier électronique. Elle avait reçu dix-neuf mails. Quatre étaient des spams de quelqu'un qui voulait 1) qu'elle achète du Viagra, 2) lui proposer du cybersexe avec *The Sexiest Lolitas on the Net* moyennant seulement 4 dollars la minute, 3) lui faire une offre un peu plus hard d'*Animal Sex, the Juiciest Horse Fuck in the Universe*, ainsi que 4) lui proposer un abonnement à la lettre électronique *Mode.nu*, éditée par une entreprise pirate qui inondait le marché avec ses offres promotionnelles et qui n'arrêtait pas d'envoyer ces merdes malgré ses demandes réitérées de cesser. Sept mails étaient des prétendues lettres du Nigeria, envoyées par la veuve de l'ancien directeur de la Banque nationale d'Abou Dhabi qui lui ferait parvenir des sommes fantastiques si seulement elle pouvait mettre au pot un petit capital destiné à instaurer une confiance réciproque, et d'autres fantaisies du même acabit.

Les mails restants étaient le menu du matin, le menu du midi, trois mails de Peter Fredriksson, le secrétaire de rédaction, qui lui notait les corrections de l'édito, un mail de son contrôleur aux comptes personnel qui fixait rendez-vous pour faire le point sur les changements dans son salaire depuis son transfert de *Millénium* à SMP, puis un mail de son dentiste lui rappelant qu'il était temps pour le rendez-vous trimestriel. Elle nota le rendez-vous dans son agenda électronique et comprit immédiatement qu'elle serait obligée de le changer puisqu'elle avait une conférence de rédaction importante ce jour-là.

Pour finir elle ouvrit le dernier mail qui avait pour expéditeur centralred@smpost.se et pour objet [à l'attention de la rédactrice en chef]. Elle reposa lentement sa tasse de café.

> [SALE PUTE ! POUR QUI TU TE PRENDS ESPÈCE DE SALOPE. NE VA PAS CROIRE QUE TU PEUX ARRIVER COMME ÇA AVEC TES GRANDS AIRS. TU VAS TE PRENDRE UN TOURNEVIS DANS LE CUL, SALE PUTE ! TU FERAIS MIEUX DE TE BARRER VITE FAIT.]

Erika Berger leva les yeux et chercha le chef des Actualités, Lukas Holm. Il n'était pas à sa place et elle ne le voyait nulle part dans la rédaction. Elle vérifia l'expéditeur, prit le combiné et appela Peter Fleming, le chef technique de SMP.

— Salut. Qui utilise l'adresse centralred@smpost.se ?

— Personne. Cette adresse n'existe pas chez nous.

— Je viens de recevoir un mail de cette adresse justement.

— C'est truqué. Est-ce qu'il y a des virus dedans ?

— Non. En tout cas, l'antivirus n'a pas réagi.

— OK. Cette adresse n'existe pas. Mais il est très facile de fabriquer une adresse qui semble authentique. Il existe des sites sur le Net qui transmettent ce genre de mail.

— Est-ce qu'on peut les remonter ?

— C'est pratiquement impossible même si la personne est suffisamment con pour l'envoyer de son ordi personnel.

On peut éventuellement pister le numéro IP vers un serveur, mais s'il utilise un compte qu'il a ouvert sur hotmail, par exemple, la trace s'arrête.

Erika le remercia pour l'information, puis réfléchit un instant. Ce n'était certainement pas la première fois qu'elle recevait un mail de menace ou un message d'un cinglé. Ce mail faisait manifestement référence à son nouveau poste de rédactrice en chef de SMP. Elle se demandait s'il s'agissait d'un fêlé qui l'avait repérée au moment des obsèques de Morander ou bien si l'expéditeur se trouvait dans la maison.

ROSA FIGUEROLA RÉFLÉCHISSAIT en long et en large à la façon de s'y prendre pour Evert Gullberg. Un des avantages de travailler à la Protection de la Constitution était qu'elle avait la compétence pour consulter pratiquement n'importe quelle enquête de police en Suède ayant trait à la criminalité raciste ou politique. Elle constata qu'Alexander Zalachenko était un immigré, et que sa mission à elle était entre autres d'examiner la violence exercée à l'encontre de personnes nées à l'étranger et de décider si celle-ci avait des origines racistes ou non. Elle avait donc le droit légitime de lire l'enquête sur l'assassinat de Zalachenko pour déterminer si Evert Gullberg avait des liens avec une organisation raciste ou s'il avait exprimé des opinions racistes au moment de l'assassinat. Elle commanda l'enquête et la lut attentivement. Elle y trouva les lettres qui avaient été envoyées au ministre de la Justice et constata qu'à part un certain nombre d'attaques personnelles dégradantes et d'ordre revanchard, elles comportaient aussi les mots "valets des bougnouls" et "traître à la patrie".

Là-dessus, il fut 17 heures. Rosa Figuerola enferma tout le matériel dans le coffre-fort de son bureau, enleva le mug de café, ferma l'ordinateur et pointa son départ. Elle marcha d'un pas rapide jusqu'à une salle de sport sur la place de Sankt Erik et passa l'heure suivante à faire un peu d'entraînement soft.

Cela fait, elle rentra à pied à son deux-pièces dans Pontonjärgatan, prit une douche et mangea un dîner tardif mais diététiquement correct. Elle envisagea d'appeler Daniel Mogren qui habitait trois immeubles plus loin dans la même rue. Daniel était menuisier et bodybuilder, et depuis trois ans, il était périodiquement son copain d'entraînement. Ces derniers mois ils s'étaient aussi vus pour quelques moments érotiques entre copains.

Faire l'amour était presque aussi satisfaisant qu'une séance intense à la salle de sport, mais maintenant qu'elle avait largement dépassé la trentaine et s'approchait de la quarantaine, Rosa Figuerola avait commencé à se dire qu'elle devrait s'intéresser à un homme permanent et à une situation plus stable. Peut-être même avoir des enfants. Mais pas avec Daniel Mogren.

Après avoir hésité un moment, elle décida qu'en fait, elle n'avait envie de voir personne. Elle alla se coucher avec un livre sur l'histoire de l'Antiquité. Elle s'endormit peu avant minuit.

13

MARDI 17 MAI

ROSA FIGUEROLA SE RÉVEILLA à 6 h 10 le mardi, fit un jogging soutenu le long de Norr Mälarstrand, prit une douche et pointa son entrée à l'hôtel de police à 8 h 10. Elle passa la première heure de la matinée à dresser un compte rendu avec les conclusions qu'elle avait tirées la veille.

A 9 heures, Torsten Edklinth arriva. Elle lui accorda vingt minutes pour expédier son éventuel courrier du matin, puis elle alla frapper à sa porte. Elle attendit dix minutes pendant lesquelles son chef lut son compte rendu. Il lut les quatre feuilles A4 deux fois du début à la fin. Pour finir, il la regarda.

— Le secrétaire général, dit-il pensivement.

Elle hocha la tête.

— Il a forcément approuvé la mise à disposition de Mårtensson. Il doit par conséquent savoir que Mårtensson ne se trouve pas au contre-espionnage où il devrait se trouver, à en croire la Protection des personnalités.

Torsten Edklinth ôta ses lunettes, sortit une serviette en papier et les nettoya méticuleusement. Il réfléchit. Il avait rencontré le secrétaire général Albert Shenke à des réunions et des conférences internes un nombre incalculable de fois, mais il ne pouvait pas dire que personnellement il le connaissait bien. C'était un individu relativement petit, aux cheveux fins et blond-roux, et dont le tour de taille avait gonflé au fil des ans. Il savait que Shenke avait au moins cinquante-cinq ans et qu'il avait travaillé à la Säpo pendant au moins vingt-cinq ans, voire davantage. Il était secrétaire général depuis dix ans et auparavant il avait été secrétaire général adjoint ou avait occupé d'autres postes au sein de l'administration. Il

305

percevait Shenke comme une personne taciturne qui n'hésitait pas à recourir à la force. Edklinth n'avait aucune idée de la manière dont Shenke employait son temps libre, mais il se souvenait de l'avoir vu un jour dans le garage de l'hôtel de police en vêtements décontractés, des clubs de golf sur l'épaule. Il avait aussi croisé Shenke une fois à l'opéra par hasard, plusieurs années auparavant.

— Il y a une chose qui m'a frappée, dit Rosa.

— Je t'écoute.

— Evert Gullberg. Il a fait son service militaire dans les années 1940, puis il est devenu juriste spécialisé dans la fiscalité et a disparu dans le brouillard dans les années 1950.

— Oui ?

— Quand on parlait de ça, on parlait de lui comme s'il avait été un tueur à gages.

— Je sais que ça peut paraître tiré par les cheveux, mais...

— Ce qui m'a frappée, c'est qu'il a tellement peu de passé dans les documents que ça semble presque fabriqué. Dans les années 1950 et 1960, la Säpo, tout comme les services secrets de l'armée, a monté des entreprises à l'extérieur de la maison mère.

Torsten Edklinth hocha la tête.

— Je me demandais quand tu allais penser à cette possibilité.

— J'ai besoin d'une autorisation d'entrer dans les fichiers du personnel des années 1950, dit Rosa Figuerola.

— Non, dit Torsten Edklinth en secouant la tête. On ne peut pas entrer dans les archives sans l'autorisation du secrétaire général et on ne veut pas attirer l'attention avant d'en avoir un peu plus sous la main.

— Alors comment on va procéder, d'après toi ?

— Mårtensson, dit Edklinth. Trouve sur quoi il travaille.

LISBETH SALANDER EXAMINAIT SOIGNEUSEMENT le système d'aération dans sa chambre fermée à clé quand elle entendit la porte s'ouvrir et vit le Dr Anders Jonasson entrer. Il était plus de 22 heures le mardi. Il l'interrompit dans ses projets d'évasion de Sahlgrenska.

Elle avait mesuré la partie aération de la fenêtre et constaté que sa tête pourrait passer et qu'elle ne devrait pas avoir trop de problèmes à faire suivre aussi le reste du corps. Il y avait trois étages entre elle et le sol, mais une combinaison de draps déchirés et une rallonge de trois mètres de long d'une lampe d'appoint devraient aider à résoudre ce problème.

En pensée, elle avait planifié sa fuite dans le moindre détail. Le problème était les vêtements. Elle avait des culottes et la chemise de nuit du Conseil général, et une paire de sandales en plastique qu'on lui avait prêtée. Elle avait 200 couronnes en liquide que lui avait données Annika Giannini pour pouvoir commander des sucreries au kiosque de l'hôpital. Ça suffirait pour un jean et un tee-shirt chez les Fourmis, à condition qu'elle sache localiser le fripier à Göteborg. Le reste de l'argent devait suffire pour pouvoir appeler Plague. Ensuite les choses se mettraient en ordre. Elle envisageait d'atterrir à Gibraltar quelques jours après son évasion pour ensuite se construire une nouvelle identité quelque part dans le monde.

Anders Jonasson hocha la tête et s'assit dans le fauteuil des visiteurs. Elle fit de même au bord du lit.

— Salut Lisbeth. Désolé de ne pas avoir eu le temps de venir te voir ces jours-ci, mais on m'a fait des misères aux urgences et en plus j'ai été désigné pour servir de mentor à deux jeunes médecins ici.

Elle hocha la tête. Elle ne s'était pas attendue à ce que cet Anders Jonasson lui rende des visites particulières.

Il prit son dossier et examina attentivement sa courbe de température et sa médication. Il nota qu'elle restait stable entre 37 et 37,2 degrés et qu'au cours de la semaine, elle n'avait pas eu besoin d'antalgiques pour ses maux de tête.

— C'est le Dr Endrin qui est ton médecin. Tu t'entends bien avec elle ?

— Elle est OK, répondit Lisbeth sans grand enthousiasme.

— Ça te va si je t'examine ?

Elle hocha la tête. Il sortit une lampe-stylo de sa poche, se pencha vers elle et éclaira ses yeux pour vérifier la contraction des pupilles. Il lui demanda d'ouvrir la bouche et examina sa gorge. Ensuite il mit doucement les mains autour de son cou et tourna sa tête en avant et en arrière, puis sur les côtés, plusieurs fois.

— Pas de problèmes avec la nuque ? demanda-t-il.

Elle secoua la tête.

— Et le mal de crâne ?

— Il revient de temps en temps, mais ça passe.

— Le processus de cicatrisation est toujours en cours. Le mal de tête va disparaître progressivement.

Ses cheveux étaient encore tellement courts qu'il n'eut qu'à écarter une petite touffe pour tâter la cicatrice au-dessus de l'oreille. Elle ne présentait pas de problème, mais il restait une petite croûte.

— Tu as encore gratté la plaie. Arrête ça, tu m'entends.

Elle hocha la tête. Il prit son coude gauche et souleva son bras.

— Est-ce que tu arrives à lever le bras toute seule ?

Elle leva le bras.

— Est-ce que tu ressens une douleur ou une gêne à l'épaule ?

Elle secoua la tête.

— Ça tire ?

— Un peu.

— Je crois que tu devrais travailler les muscles de l'épaule un peu plus.

— C'est difficile quand on est enfermé à clé.

Il lui sourit.

— Ça ne va pas durer éternellement. Est-ce que tu fais les exercices que t'a indiqués le thérapeute ?

Elle hocha la tête.

Il prit le stéthoscope et l'appliqua contre son propre poignet pour le chauffer. Puis il s'assit sur le bord du lit, déboutonna la chemise de nuit de Lisbeth, écouta son cœur et prit son pouls. Il lui demanda de se pencher en avant et plaça le stéthoscope sur son dos pour écouter les poumons.

— Tousse.

Elle toussa.

— OK. Tu peux reboutonner ta chemise. Médicalement parlant, tu es plus ou moins rétablie.

Elle hocha la tête. Elle s'attendait à ce qu'il se lève en promettant de revenir la voir dans quelques jours, mais il resta sur le bord du lit. Il ne dit rien pendant un long moment et il avait l'air de réfléchir. Lisbeth attendit patiemment.

— Tu sais pourquoi je suis devenu médecin ? demanda-t-il soudain.

Elle secoua la tête.

— Je viens d'une famille d'ouvriers. J'ai toujours voulu devenir médecin. En fait, je voulais devenir psychiatre quand j'étais ado. J'étais terriblement intello.

Lisbeth l'observa avec une soudaine attention dès qu'il prononça le mot "psychiatre".

— Mais je n'étais pas sûr de pouvoir venir à bout des études. Alors, après le lycée, j'ai suivi une formation de soudeur et ensuite j'ai exercé ce métier pendant quelques années.

Il hocha la tête comme pour confirmer qu'il disait vrai.

— Je trouvais que c'était une bonne idée d'avoir une formation dans la poche si jamais je foirais les études de médecine. Et il n'y a pas une énorme différence entre un soudeur et un médecin. Dans les deux cas, c'est une sorte de bricolage. Et maintenant je travaille ici à Sahlgrenska où je répare des gens comme toi.

Elle fronça les sourcils en se demandant avec méfiance s'il se fichait d'elle. Mais il avait l'air tout à fait sérieux.

— Lisbeth… je me demandais…

Il resta silencieux si longtemps que Lisbeth eut presque envie de lui demander ce qu'il voulait. Mais elle se maîtrisa et attendit.

— Je me demandais si tu te fâcherais contre moi si je te posais une question privée et personnelle. Je voudrais te la poser en tant que personne privée. Je veux dire, pas en tant que médecin. Je ne vais pas noter ta réponse et je ne vais pas la discuter avec qui que ce soit. Tu n'as pas besoin de répondre si tu ne veux pas.

— Quoi ?

— C'est une question indiscrète et personnelle.

Elle rencontra son regard.

— Depuis l'époque où on t'a enfermée à Sankt Stefan à Uppsala quand tu avais douze ans, tu as refusé de répondre chaque fois qu'un psychiatre a essayé de parler avec toi. Comment ça se fait ?

Les yeux de Lisbeth Salander s'assombrirent un peu. Elle contempla Anders Jonasson avec un regard dépourvu de la moindre expression. Elle resta silencieuse pendant deux minutes.

— Pourquoi tu demandes ça ? finit-elle par demander.

— Pour tout te dire, je ne suis pas très sûr. Je crois que j'essaie de comprendre quelque chose.

La bouche de Lisbeth se crispa légèrement.

— Je ne parle pas avec les docteurs des fous parce qu'ils n'écoutent jamais ce que je dis.

Anders Jonasson hocha la tête puis brusquement se mit à rire.

— OK. Dis-moi… qu'est-ce que tu penses de Peter Teleborian ?

Anders Jonasson avait lancé le nom de façon tellement inattendue que Lisbeth sursauta presque. Ses yeux s'étrécirent considérablement.

— C'est quoi, ce putain de truc ? Quitte ou double ? Qu'est-ce que tu cherches, là ?

Sa voix sonna tout à coup comme du papier de verre. Anders Jonasson se pencha tellement près d'elle qu'il venait presque envahir son territoire personnel.

— Parce qu'un… comment tu disais déjà… docteur des fous du nom de Peter Teleborian, qui n'est pas totalement inconnu dans mon corps de métier, m'a entrepris par deux fois ces derniers jours pour essayer d'obtenir la possibilité de t'examiner.

Lisbeth sentit soudain un courant glacé lui ruisseler dans le dos.

— Le tribunal d'instance va le désigner pour faire ton évaluation psychiatrique légale.

— Et ?

— Je n'aime pas Peter Teleborian. Je lui ai refusé l'accès. La deuxième fois, il a surgi inopinément et a essayé d'entrer en fraude en baratinant une infirmière.

Lisbeth serra la bouche.

— Son comportement m'a paru un peu bizarre et un peu trop insistant pour être normal. D'où mon envie de savoir ce que tu penses de lui.

Cette fois-ci, ce fut au tour d'Anders Jonasson d'attendre patiemment que Lisbeth Salander veuille parler.

— Teleborian est un salaud, répondit-elle finalement.

— Y a-t-il une affaire personnelle entre vous ?

— On peut dire ça, oui.

— J'ai aussi eu un entretien avec un gars des autorités qui pour ainsi dire voudrait que je laisse Teleborian avoir accès à toi.

— Et ?

— Je lui ai demandé s'il avait la compétence de médecin pour juger de ton état, puis je lui ai dit d'aller se faire foutre. Quoique en termes un peu plus diplomatiques.

— OK.

— Une dernière question. Pourquoi est-ce que tu me dis tout ça ?

— Tu me l'as demandé.

— Oui. Mais je suis médecin et j'ai fait de la psychiatrie. Alors pourquoi est-ce que tu me parles ? Dois-je comprendre que c'est parce que tu as une certaine confiance en moi ?

Elle ne répondit pas.

— Alors je choisis de l'interpréter ainsi. Je veux que tu saches que tu es ma patiente. Cela veut dire que je travaille pour toi et pas pour quelqu'un d'autre.

Elle le regarda avec méfiance. Il l'observa en silence pendant un moment. Puis il parla sur un ton léger.

— D'un point de vue médical, tu es plus ou moins rétablie. Tu as besoin de quelques semaines supplémentaires en convalescence. Mais malheureusement, tu te portes comme un charme.

— Malheureusement ?

— Oui. Il lui adressa un petit sourire. Tu te portes carrément beaucoup trop bien.

— Qu'est-ce que tu veux dire ?

— Je veux dire que je n'ai plus de raison justifiable de te garder isolée ici et que la procureur va bientôt pouvoir demander ton transfert vers une maison d'arrêt à Stockholm en attendant le procès qui aura lieu dans six semaines. A mon avis, cette demande va nous tomber dessus dès la semaine prochaine. Et cela veut dire que Peter Teleborian va avoir l'occasion de t'examiner.

Elle resta totalement immobile dans le lit. Anders Jonasson eut l'air embêté et se pencha en avant pour arranger l'oreiller. Il parla fort comme s'il réfléchissait à haute voix.

— Tu n'as pas mal à la tête et tu n'as pas de fièvre, et il est probable que le Dr Endrin te fera quitter l'hôpital.

Il se leva soudain.

— Merci de m'avoir parlé. Je reviendrai te voir avant que tu sois transférée.

Il était arrivé à la porte quand elle parla.

— Docteur Jonasson.

Il se tourna vers elle.

— Merci.

Il hocha brièvement la tête avant de sortir et de fermer la porte à clé.

LISBETH SALANDER GARDA LONGTEMPS les yeux fixés sur la porte verrouillée. Pour finir, elle s'allongea et regarda le plafond.

Ce fut alors qu'elle découvrit qu'il y avait quelque chose de dur sous sa nuque. Elle souleva l'oreiller et eut la surprise de voir un sachet en tissu qui définitivement ne s'y était pas trouvé auparavant. Elle l'ouvrit et vit sans rien comprendre un ordinateur de poche Palm Tungsten T3 avec un chargeur de batteries. Puis elle regarda l'ordinateur d'un peu plus près et vit une petite rayure sur le bord supérieur. Son cœur fit un bond. *C'est mon Palm. Mais comment...* Sidérée, elle déplaça le regard vers la porte fermée à clé. Anders Jonasson était un homme plein de surprises. Elle alluma l'ordinateur et découvrit très vite qu'il était protégé par un mot de passe.

Elle regarda, frustrée, l'écran qui clignotait avec impatience. *Et comment ces cons s'imaginent-ils que je vais...* Puis elle regarda dans le sachet en tissu et découvrit au fond un bout de papier plié. Elle l'extirpa, l'ouvrit et lut la ligne écrite d'une écriture soignée.

C'est toi, la reine des hackers, non ? T'as qu'à trouver ! Super B.

Lisbeth rit pour la première fois en plusieurs semaines. Merci pour la monnaie de sa pièce ! Elle réfléchit quelques secondes. Puis elle saisit le stylet et écrivit la combinaison 9277, qui correspondait aux lettres WASP sur le clavier. C'était le code que Foutu Super Blomkvist avait été obligé de trouver lorsqu'il s'était introduit dans son appartement dans Fiskargatan à Mosebacke et avait déclenché l'alarme.

Ça ne marcha pas.

Elle essaya 78737 correspondant aux lettres SUPER.

Ça ne marcha pas non plus. Ce Foutu Super Blomkvist avait forcément envie qu'elle utilise l'ordinateur, il devait donc avoir choisi un mot de passe relativement simple. Il avait signé Super Blomkvist, surnom que d'ordinaire il détestait. Elle fit ses associations, réfléchit un moment. A tous les coups, il y avait de la vanne dans l'air. Elle pianota 3434, pour FIFI.

L'ordinateur se mit docilement en marche.

Elle eut droit à un émoticone souriant avec une bulle.

[Tu vois, c'était pas trop compliqué. Je propose que tu cliques sur Mes documents.]

Elle trouva immédiatement le document [Salut Sally] tout en haut de la liste. Double-cliqua et lut.

[Pour commencer : ceci est entre toi et moi. Ton avocate, ma sœur Annika donc, ignore totalement que tu as accès à cet ordinateur. Il faut que ça reste ainsi.

Je ne sais absolument pas dans quelle mesure tu es au courant de ce qui se passe à l'extérieur de ta chambre verrouillée, mais sache que bizarrement, en dépit de ton caractère, un certain nombre de crétins pleins de loyauté travaillent pour toi. Quand tout ça sera terminé, je vais fonder une association de bienfaisance que j'appellerai les Chevaliers de la Table Dingue, dont le seul but sera d'organiser un dîner annuel où on se fendra la gueule en disant du mal de toi. (Non – tu n'es pas invitée.)

Bon. Venons-en au fait. Annika est en train de se préparer pour le procès. Un problème dans ce contexte est évidemment qu'elle travaille pour toi et qu'elle est adepte de toutes ces conneries d'intégrité. Ça veut dire qu'elle ne me dit même pas, à moi, de quoi vous discutez toutes les deux, ce qui est un peu handicapant. Heureusement, elle accepte de recevoir des informations.

Il faut qu'on se mette d'accord, toi et moi.

N'utilise pas mon adresse mail.

Je suis peut-être parano, mais j'ai de bonnes raisons de croire que je ne suis pas le seul à la consulter. Si tu as quelque chose à livrer, entre dans le groupe Yahoo [Table-Dingue]. Identité Fifi et mot de passe : f9i2f7i7. Mikael.]

Lisbeth lut deux fois la lettre de Mikael et regarda l'ordinateur de poche avec perplexité. Après une période de célibat informatique total, elle était en état de cybermanque incommensurable. Elle se dit que Super Blomkvist avait bien réfléchi avec ses pieds quand il avait entrepris de lui passer en fraude un ordinateur mais en oubliant totalement qu'elle avait besoin d'un téléphone portable pour obtenir le réseau.

Elle en était là de ses réflexions lorsqu'elle entendit des pas dans le couloir. Elle ferma immédiatement l'ordinateur et l'enfonça sous l'oreiller. La clé tournait dans la serrure quand elle réalisa que le sachet en tissu et le chargeur étaient toujours sur la table de chevet. Elle tendit la main et fourra à toute vitesse le sachet sous la couverture et coinça le câble de raccord et le chargeur entre ses jambes. Elle était sagement allongée en train de regarder le plafond lorsque l'infirmière de nuit entra et la salua aimablement, lui demanda comment elle allait et si elle avait besoin de quelque chose.

Lisbeth expliqua que tout allait bien sauf qu'elle avait besoin d'un paquet de cigarettes. Cette demande fut gentiment mais fermement refusée. Mais elle eut droit à un paquet de chewing-gums à la nicotine. Quand l'infirmière referma la porte, Lisbeth entraperçut le vigile de chez Securitas en poste sur sa chaise dans le couloir. Lisbeth attendit d'entendre les pas s'éloigner avant de ressortir l'ordinateur de poche.

Elle l'alluma et chercha le réseau.

La sensation fut proche du choc lorsque l'ordinateur indiqua soudain qu'il avait trouvé un réseau et l'avait verrouillé. *Contact avec le réseau. C'est pas possible.*

Elle sauta du lit si vite qu'une douleur fusa dans sa hanche blessée. Elle jeta un regard ahuri partout dans la pièce. Comment ? Elle en fit lentement le tour et examina le moindre recoin… *Non, il n'y a pas de téléphone portable dans la pièce.* Pourtant elle obtenait un réseau. Puis un sourire en biais se répandit sur son visage. Le réseau était forcément un sans-fil et la connection via un téléphone portable avec Bluetooth, opérant sans problème dans un rayon de dix-douze mètres. Son regard se porta vers une grille d'aération en haut du mur.

Super Blomkvist avait planté un téléphone juste à côté de sa chambre. C'était la seule explication.

Mais pourquoi ne pas faire entrer carrément le téléphone dans sa chambre… *La batterie. Bien sûr !*

Son Palm avait besoin d'être rechargé tous les trois jours à peu près. Un portable qu'elle mettrait à rude épreuve en surfant épuiserait rapidement sa batterie. Blomkvist, ou plutôt celui qu'il avait recruté et qui se trouvait là-dehors, devait régulièrement changer la batterie.

Par contre, il lui avait évidemment fourni le chargeur de son Palm. Il fallait qu'elle l'ait sous la main. C'était plus facile de cacher et d'utiliser un seul objet que deux. *Pas si con que ça après tout, le Super Blomkvist.*

Lisbeth commença par se demander où elle allait planquer l'ordinateur. Il fallait trouver une cachette. A part la prise électrique à côté de la porte, il y en avait une autre dans le panneau derrière son lit, à laquelle la lampe de chevet et le réveil digital étaient branchés. Le poste de radio ayant été retiré du bloc de chevet, cela laissait une cavité. Elle sourit. Aussi bien le chargeur que l'ordinateur de poche y trouvaient leur place. Elle pouvait utiliser la prise de la table de chevet pour laisser l'ordinateur se charger pendant la journée.

LISBETH SALANDER ÉTAIT HEUREUSE. Son cœur battait la chamade lorsque, pour la première fois en deux mois, elle alluma l'ordinateur de poche et partit sur le Net.

Surfer avec un ordinateur de poche Palm avec un écran minuscule et un stylet n'était pas aussi simple que surfer avec un PowerBook avec un écran de 17 pouces. Mais elle était connectée. De son lit à Sahlgrenska elle pouvait atteindre le monde entier.

Pour commencer, elle alla sur un site privé qui faisait de la pub pour des photos relativement inintéressantes d'un photographe amateur du nom de Bill Bates à Jobsville, Pennsylvanie. Un jour, Lisbeth avait vérifié et constaté que Jobsville n'existait pas. Malgré cela, Bates avait fait plus de deux cents photos de la localité qu'il avait mises sur son site sous forme de petits onglets. Elle fit défiler jusqu'à la photo n° 167 et cliqua sur la loupe. La photo représentait l'église de Jobsville. Elle pointa le curseur sur le sommet du clocher et cliqua. Elle obtint immédiatement une fenêtre qui demandait son identité et son mot de passe. Elle prit le stylet et écrivit *Remarkable* dans la case identité et *A(89)Cx#magnolia* comme mot de passe.

Une fenêtre s'afficha : [ERROR – You have the wrong password] et un bouton [OK – Try again]. Lisbeth savait que si elle cliquait sur [OK – Try again] et qu'elle essayait un autre mot de passe, elle aurait la même fenêtre – année après année, elle pouvait essayer à l'infini. Au lieu de cela, elle cliqua sur la lettre O dans le mot [ERROR].

L'écran devint noir. Ensuite une porte animée s'ouvrit et un personnage qui ressemblait à Lara Croft surgit. Une bulle se matérialisa avec le texte [WHO GOES THERE ?]

Elle cliqua sur la bulle et écrivit le mot *Wasp*. Elle eut immédiatement la réponse [PROVE IT – OR ELSE…] tandis que la Lara Croft animée défaisait le cran de sécurité d'un pistolet. Lisbeth savait que la menace n'était pas totalement fictive. Si elle écrivait le mauvais mot de passe trois fois de suite, la page s'éteindrait et le nom Wasp serait rayé de la liste de membres. Elle écrivit soigneusement le mot de passe *MonkeyBusiness*.

L'écran changea de forme à nouveau et afficha un fond bleu avec le texte :

[Welcome to Hacker Republic, citizen Wasp. It is 56 days since your last visit. There are 10 citizens online. Do you want to (a) Browse the Forum (b) Send a Message (c) Search the Archive (d) Talk (e) Get laid ?]

Elle cliqua sur [(d) Talk], passa ensuite dans le menu [Who's online ?] et reçut une liste avec les noms Andy, Bambi, Dakota, Jabba, BuckRogers, Mandrake, Pred, Slip, SisterJen, SixOfOne et Trinity.

[Hi gang], écrivit Wasp.
[Wasp. That really U ?] écrivit SixOfOne immédiatement. [Look who's home.]
[Où t'étais ?] demanda Trinity.
[Plague disait que t'as des emmerdes], écrivit Dakota.

Lisbeth n'était pas certaine, mais elle pensait que Dakota était une femme. Les autres membres en ligne, y compris celui qui se faisait appeler SisterJen, étaient des hommes. Hacker Republic avait en tout et pour tout (la dernière fois qu'elle s'était connectée) soixante-deux membres, dont quatre filles.

[Salut Trinity], écrivit Lisbeth. [Salut tout le monde.]
[Pourquoi tu dis bonjour qu'à Trin ? On n'est pas des pestiférés], écrivit Dakota.
[On est sorti ensemble], écrivit Trinity. [Wasp ne fréquente que des gens intelligents.]

Il reçut immédiatement *va te faire* de cinq côtés.

Des soixante-deux citoyens, Wasp en avait rencontré deux dans la vraie vie. Plague, qui exceptionnellement n'était pas online, en était un. Trinity était l'autre. Il était anglais et domicilié à Londres. Deux ans plus tôt, elle l'avait rencontré pendant quelques heures, quand il les avait aidés, Mikael Blomkvist et elle, dans la chasse à Harriet Vanger, en établissant une écoute téléphonique clandestine dans la paisible banlieue de St. Albans. Lisbeth se démenait avec le stylet électronique peu commode et regrettait de ne pas avoir un clavier.

[T'es toujours là ?] demanda Mandrake.

Elle pointa les lettres l'une après l'autre.

[Sorry. J'ai qu'un Palm. Ça va pas vite.]
[Qu'est-ce qu'est arrivé à ton ordi ?] demanda Pred.
[Mon ordi va bien. C'est moi qui ai des problèmes.]
[Raconte à grand frère], écrivit Slip.
[L'Etat me garde prisonnière.]
[Quoi ? Pourquoi ?] La réponse fusa immédiatement de trois des chatteurs.

Lisbeth résuma sa situation sur cinq lignes qui furent accueillies par ce qui ressemblait à un murmure préoccupé.

[Comment tu vas ?] demanda Trinity.
[J'ai un trou dans le crâne.]
[Je remarque aucune différence], constata Bambi.
[Wasp a toujours eu de l'air dans le crâne], dit SisterJen, avant d'enchaîner sur une série d'invectives péjoratives sur les capacités intellectuelles de Wasp.

Lisbeth sourit. La conversation fut reprise par une réplique de Dakota.

[Attendez. On est confronté à une attaque contre un citoyen de Hacker Republic. Quelle sera notre réponse ?]
[Attaque nucléaire sur Stockholm ?] proposa SixOfOne.
[Non, ce serait exagéré], dit Wasp.
[Une bombe miniature ?]
[Va te faire voir, SixOO.]
[On pourrait éteindre Stockholm], proposa Mandrake.
[Un virus qui éteint le gouvernement ?]

D'UNE MANIÈRE GÉNÉRALE, les citoyens de Hacker Republic ne répandaient pas de virus. Au contraire – c'était des hackers et par conséquent des adversaires farouches des crétins qui balancent des virus informatiques dans le seul but de saboter la Toile et naufrager des ordinateurs. C'étaient des drogués d'informations, par contre, et qui tenaient à avoir une Toile en état de fonctionnement pour pouvoir la pirater.

En revanche, la proposition d'éteindre le gouvernement suédois n'était pas une menace en l'air. Hacker Republic était un club très exclusif comptant en son sein les meilleurs parmi les meilleurs, une force d'élite que n'importe quelle Défense nationale aurait payée des sommes colossales pour son aide dans des buts cybermilitaires, si tant est que *the citizens* puissent être incités à ressentir ce genre de loyauté envers un Etat. Ce qui n'était guère vraisemblable.

Mais en même temps, ils étaient des *computer wizards* et parfaitement au courant de l'art de la fabrication des virus informatiques. Ils n'étaient pas non plus difficiles à convaincre pour réaliser des campagnes spéciales si la situation l'exigeait. Quelques années auparavant, un *citizen* de Hacker Rep, free-lance concepteur de logiciels en Californie, s'était fait voler un brevet par une start-up, qui de plus avait eu le toupet de traîner le citoyen devant la justice. Ceci avait amené tous les activistes de Hacker Rep à consacrer une énergie remarquable pendant six mois à pirater et détruire tous les ordinateurs de cette société. Chaque secret d'affaires et chaque mail – ainsi que quelques documents fabriqués qui pouvaient laisser croire que la société s'adonnait à la fraude fiscale – étaient joyeusement exposés sur le Net en même temps que des informations sur la maîtresse secrète du PDG et des photos d'une fête à Hollywood où le même PDG sniffait de la coke. La société avait fait faillite au bout de six mois et, bien que plusieurs années se soient écoulées depuis, quelques membres rancuniers de la milice populaire de Hacker Republic continuaient à hanter l'ancien PDG.

Si une cinquantaine des hackers les plus éminents au monde décidaient de s'unir pour une attaque commune contre un Etat, cet Etat survivrait probablement mais pas sans des problèmes considérables. Les coûts s'élèveraient sans doute à des milliards si Lisbeth tournait le pouce vers le haut. Elle réfléchit un instant.

[Pas pour le moment. Mais si les choses se goupillent pas comme je veux, je demanderai peut-être de l'aide.]

[T'as qu'à le dire], dit Dakota.

[Ça fait longtemps qu'on n'a pas emmerdé un gouvernement], dit Mandrake.

[J'ai une proposition, l'idée générale c'est d'inverser le système de paiement des impôts. Un programme qui serait comme fait sur mesure pour un petit pays comme la Norvège], écrivit Bambi.

[C'est bien, sauf que Stockholm c'est en Suède], écrivit Trinity.

[On s'en fout. Tout ce qu'on a à faire, c'est...]

LISBETH SALANDER SE PENCHA EN ARRIÈRE contre l'oreiller et suivit la conversation avec un petit sourire. Elle se demanda pourquoi elle, qui avait tant de mal à parler d'elle-même aux personnes qu'elle rencontrait face à face, révélait sans le moindre problème ses secrets les plus intimes à une bande de farfelus totalement inconnus sur Internet. Mais le fait était que si Lisbeth Salander avait une famille et un groupe d'appartenance, c'était justement ces fêlés complets. Aucun d'eux n'avait réellement la possibilité de l'aider dans ses déboires avec l'Etat suédois. Mais elle savait qu'au besoin ils consacreraient un temps et une énergie considérables à des démonstrations de force appropriées. Grâce au réseau du Net, elle pourrait aussi trouver des cachettes à l'étranger. C'était Plague qui l'avait aidée à se procurer le passeport norvégien au nom d'Irene Nesser.

Lisbeth ignorait tout de l'apparence physique des citoyens de Hacker Rep et elle n'avait qu'une vague idée de ce qu'ils faisaient hors du Net – les citoyens étaient particulièrement vagues au sujet de leurs identités. SixOfOne par exemple, prétendait qu'il était un citoyen américain noir, mâle et d'origine catholique, domicilié à Toronto au Canada. Il aurait tout aussi bien pu être blanche, femme, luthérienne et domiciliée à Skövde en Suède.

Celui qu'elle connaissait le mieux était Plague – c'était lui qui un jour l'avait présentée à la famille, et personne ne devenait membre de cette société exclusive sans des recommandations particulièrement appuyées. Celui qui devenait membre devait en plus connaître personnellement un autre citoyen – dans le cas de Lisbeth, Plague.

Sur le Net, Plague était un citoyen intelligent et sociale-ment doué. En réalité, il était un trentenaire obèse et asocial avec une pension d'invalidité, qui habitait à Sundbyberg. Il se lavait franchement trop peu souvent et son appartement puait. Lisbeth limitait au maximum ses visites chez lui. Le fréquenter sur le Net était amplement suffisant.

Tandis que le chat se poursuivait, Wasp téléchargea les mails parvenus dans sa boîte aux lettres privée à Hacker Rep. Un mail de Poison contenait une version améliorée de son programme Asphyxia 1.3 mise à la disposition de tous les citoyens de la république dans les archives. Le logiciel Asphyxia permettait de contrôler les ordinateurs d'autres personnes à partir d'Internet. Poison expliqua qu'il avait uti-lisé le programme avec succès et que sa version améliorée couvrait les dernières versions d'Unix, d'Apple et de Win-dows. Elle lui envoya une courte réponse et le remercia de la mise à jour.

Pendant l'heure suivante, alors que le soir tombait sur les Etats-Unis, une demi-douzaine de nouveaux *citizens* s'étaient connectés, avaient souhaité la bienvenue à Wasp et s'étaient mêlés à la discussion. Quand Lisbeth finit par quitter, le débat traitait de la possibilité d'amener l'ordinateur du Premier ministre suédois à envoyer des messages polis mais totale-ment azimutés à d'autres chefs de gouvernement dans le monde. Un groupe de travail s'était créé pour étoffer la ques-tion. Lisbeth termina en pianotant une courte contribution du bout de son stylet.

[Continuez à parler mais ne faites rien sans mon accord. Je reviens quand je pourrai me connecter.]

Tout le monde dit "bisous, bisous" et lui recommanda de prendre soin du trou dans son crâne.

UNE FOIS DÉCONNECTÉE DE HACKER REPUBLIC, Lisbeth entra dans [www.yahoo.com] et se connecta au newsgroup [Table-Dingue]. Elle découvrit que le forum avait deux membres, elle-même et Mikael Blomkvist. La boîte aux lettres conte-nait un seul mail qui avait été envoyé deux jours plus tôt. Il avait pour objet [Lis d'abord ceci].

[Salut Sally. Voici la situation en ce moment :
• La police n'a pas encore trouvé ton adresse et elle n'a pas accès au DVD du viol de Bjurman. Ce DVD représente une preuve très lourde mais je ne veux pas le donner à Annika sans ton autorisation. J'ai aussi les clés de ton appartement et le passeport au nom d'Irene Nesser.
• Par contre, la police a le sac à dos que tu avais à Gosseberga. Je ne sais pas s'il contient quelque chose de compromettant.]

Lisbeth réfléchit un moment. Bof. Un thermos à moitié rempli de café, quelques pommes et des vêtements de rechange. Pas d'inquiétude à avoir.

[Tu seras poursuivie pour coups et blessures aggravés, assortis de tentative d'homicide sur Zalachenko ainsi que coups et blessures aggravés sur Carl-Magnus Lundin du MC Svavelsjö à Stallarholmen – ils considèrent que tu lui as tiré une balle dans le pied et donné un coup de pied qui lui a brisé la mâchoire. Une source fiable à la police nous informe cependant que, dans les deux cas, les preuves sont un peu floues. Ce qui suit est important :
(1) Avant que Zalachenko soit tué, il a tout nié et affirmé que ça devait être Niedermann qui t'avait tiré dessus et qui t'avait enterrée dans la forêt. Il a fait une déposition contre toi pour tentative d'homicide. Le procureur va insister sur le fait que c'est la deuxième fois que tu essaies de tuer Zalachenko.
(2) Ni Magge Lundin ni Benny Nieminen n'a dit un mot sur ce qui s'est passé à Stallarholmen. Lundin est arrêté pour l'enlèvement de Miriam Wu. Nieminen a été relâché.]

Lisbeth soupesa les mots de Mikael et haussa les épaules. Elle avait déjà discuté tout cela avec Annika Giannini. C'était une situation merdique mais pas des nouvelles. Elle avait rendu compte, le cœur sur la main, de tout ce qui s'était passé à Gosseberga, mais elle s'était abstenue de donner des détails sur Bjurman.

[Pendant quinze ans, Zala a été protégé pratiquement quoi qu'il entreprenne. Des carrières se sont construites sur l'importance de Zalachenko. A quelques occasions, on a aidé Zala en faisant le ménage après ses frasques. Tout cela est criminel. Autrement dit, des autorités suédoises ont aidé à occulter des crimes contre des individus.
Si cela venait à être connu, il y aurait un scandale politique qui toucherait des gouvernements de droite aussi bien

que sociaux-démocrates. Cela signifie surtout qu'un certain nombre de hauts responsables de la Säpo seraient jetés en pâture et désignés comme ayant soutenu des activités criminelles et immorales. Même si les crimes individuels sont prescrits, il y aura scandale. Il s'agit de poids lourds qui sont aujourd'hui à la retraite ou pas loin.

Ils vont tout faire pour limiter les dégâts et c'est là que tout à coup tu redeviens un pion dans le jeu. Cette fois-ci, il ne s'agit cependant pas de sacrifier un pion sur le plateau de jeu – il s'agit de limiter activement les dégâts pour leur propre compte. Donc, tu seras obligatoirement coincée.]

Lisbeth se mordit pensivement la lèvre inférieure.

[Voici comment ça fonctionne : ils savent qu'ils ne vont pas pouvoir conserver le secret sur Zalachenko beaucoup plus longtemps. Je connais l'histoire et je suis journaliste. Ils savent que tôt ou tard, je vais publier. Ça n'a plus trop d'importance puisqu'il est mort. Maintenant c'est pour leur propre survie qu'ils se battent. Les points suivants sont par conséquent tout en haut de leur liste de priorités :

(1) Ils doivent persuader le tribunal de grande instance (c'est-à-dire l'opinion publique) que la décision de t'enfermer à Sankt Stefan en 1991 était une décision légitime – que tu étais réellement psychiquement malade.

(2) Ils doivent distinguer "l'affaire Lisbeth Salander" de "l'affaire Zalachenko". Ils essaient de se mettre en position de dire que "bien sûr, Zalachenko était un salaud, mais ça n'avait rien à voir avec la décision de boucler sa fille. Elle a été bouclée parce qu'elle était malade mentale – toute autre affirmation ne serait qu'inventions maladives de journalistes aigris. Non, nous n'avons pas assisté Zalachenko lors d'un crime – ce ne sont là que divagations ridicules d'une adolescente malade mentale."

(3) Le problème est donc que si tu es acquittée lors du procès à venir, ça veut dire que le tribunal affirme que tu n'es pas folle, une preuve donc que ton enfermement en 1991 avait quelque chose de louche. Ça veut dire qu'ils doivent à tout prix être en mesure de te condamner à des soins psychiatriques en institution. Si la cour établit que tu es psychiquement malade, les médias n'auront plus autant envie de continuer à fouiller dans l'affaire Salander. Les médias fonctionnent comme ça.

Tu me suis ?]

Lisbeth hocha la tête pour elle-même. Elle était déjà parvenue à ces conclusions depuis longtemps. Le problème était qu'elle ne savait pas très bien comment y remédier.

[Lisbeth – sérieusement –, ce match se jouera dans les médias et pas dans la salle d'audience. Malheureusement, pour des "raisons d'intégrité", le procès se déroulera à huis clos.

Le jour où Zalachenko a été tué, mon appartement a été cambriolé. Il n'y a pas eu effraction et rien n'a été touché ou modifié – à part une chose. Le dossier provenant de la maison de campagne de Bjurman avec le rapport de Gunnar Björck de 1991 a disparu. En même temps, ma sœur s'est fait agresser et la copie qu'elle détenait a été volée. Ce dossier-là est ta pièce à conviction la plus importante.

J'ai fait comme si nous avions perdu les papiers Zalachenko. En réalité, j'ai en ma possession une troisième copie que je destinais à Armanskij. J'en ai fait plusieurs copies que j'ai dispatchées un peu partout.

Le clan adverse, rassemblant certains responsables et certains psychiatres, s'occupe évidemment aussi de préparer le procès, avec l'aide du procureur Richard Ekström. J'ai une source qui fournit quelques informations sur ce qui se trame, mais je me dis que tu as de meilleures possibilités de trouver des infos adéquates… Dans ce cas, ça urge.

Le procureur va essayer de te faire condamner à un internement en psychiatrie. Pour ça, il se fait aider par ton vieil ami Peter Teleborian.

Annika ne va pas pouvoir se lancer dans une campagne médiatique de la même façon que le ministère public, qui va laisser fuiter des informations à sa convenance. Autrement dit, elle a les mains liées.

Moi par contre, je ne suis pas embarrassé par ce genre de restrictions. Je peux écrire exactement ce que je veux – et de plus, j'ai tout un journal à ma disposition.

Il manque deux détails importants.

(1) Premièrement, je voudrais quelque chose qui démontre que le procureur Ekström collabore aujourd'hui avec Teleborian d'une façon indue et toujours dans l'intention de te placer chez les fous. Je voudrais pouvoir apparaître en prime time et présenter des documents qui anéantissent les arguments du procureur.

(2) Pour pouvoir mener une guerre médiatique contre la Säpo, je dois pouvoir discuter en public de choses que tu considères probablement comme de ton domaine privé. Aspirer à l'anonymat est désormais assez abusif, en considérant

tout ce qui a été dit sur toi dans les journaux depuis Pâques. Je dois être en mesure de construire une toute nouvelle image de toi dans les médias – même si à ton avis cela offense ton intimité – et de préférence avec ton accord. Est-ce que tu comprends ce que je veux dire ?]

Elle ouvrit les archives de [Table-Dingue]. Elles contenaient vingt-six documents de taille variable.

14

MERCREDI 18 MAI

ROSA FIGUEROLA SE LEVA A 5 HEURES le mercredi et fit un tour de jogging assez court avant de se doucher et de s'habiller d'un jean noir, d'un débardeur blanc et d'une veste légère en lin gris. Elle prépara des sandwiches et du café dans un thermos. Elle mit aussi un baudrier et sortit son Sig Sauer de l'armoire aux armes. Peu après 6 heures, elle démarra sa Saab 9-5 blanche et se rendit dans Vittangigatan à Vällingby.

Göran Mårtensson habitait au deuxième et dernier étage d'un petit immeuble de banlieue. Au cours du mardi, elle avait sorti tout ce qu'elle pouvait trouver sur lui dans les archives publiques. Il était célibataire, ce qui n'empêchait pas qu'il puisse vivre avec quelqu'un. Il n'y avait rien sur lui à la perception, il n'avait pas de fortune et son train de vie ne semblait en rien extravagant. Il était rarement en arrêt maladie.

Le seul point qui pouvait sembler remarquable était qu'il avait des permis pour seize armes à feu. Trois étant des fusils de chasse, tandis que les autres étaient des pistolets de différents types. Tant qu'il avait les permis pour, ce n'était certes pas un crime, mais Rosa Figuerola nourrissait une méfiance bien fondée contre les gens qui accumulaient de grandes quantités d'armes.

La Volvo avec les plaques d'immatriculation commençant par K A B était stationnée dans le parking à environ quarante mètres de la place où Rosa Figuerola se gara. Elle se versa une demi-tasse de café noir dans un gobelet en carton et mangea un sandwich salade-fromage. Ensuite elle pela une orange et suça longuement chaque quartier.

LORS DE LA VISITE DU MATIN, Lisbeth Salander n'était pas en forme, elle avait un terrible mal de tête. Elle demanda un Alvedon qu'on lui donna sans discuter.

Une heure plus tard, le mal de tête avait empiré. Elle sonna l'infirmière et demanda un autre Alvedon, qui ne lui fit aucun effet. Vers midi, Lisbeth avait tellement mal à la tête que l'infirmière appela le Dr Endrin, qui après un bref examen lui prescrivit des antalgiques puissants.

Lisbeth fit passer les comprimés sous sa langue et les cracha dès qu'elle fut seule.

Vers 14 heures, elle commença à vomir. Les vomissements reprirent vers 15 heures.

Vers 16 heures, le Dr Anders Jonasson arriva dans le service peu avant que le Dr Helena Endrin parte pour la journée. Ils se consultèrent un court moment.

— Elle a des nausées et un fort mal de tête. Je lui ai donné du Dexofen. Je ne comprends pas très bien ce qui lui arrive… Elle avait tellement bien évolué ces derniers temps. Ça pourrait être une sorte de grippe…

— Elle a de la fièvre ? demanda le Dr Jonasson.

— Non, seulement 37,2 il y a une heure. La tension est normale.

— OK. Je garderai un œil sur elle cette nuit.

— Le hic, c'est que je pars en vacances pendant trois semaines, dit Endrin. Ça va être à toi ou à Svantesson de vous charger d'elle. Mais Svantesson ne l'a pas trop suivie…

— OK. Je m'inscris comme son médecin principal pendant ton absence.

— Super. S'il y a une crise et que tu as besoin d'aide, n'hésite pas à m'appeler.

Ils allèrent voir Lisbeth ensemble. Elle était au lit, la couverture tirée jusqu'au bout du nez, et elle avait l'air misérable. Anders Jonasson mit sa main sur son front et constata qu'il était humide.

— Je crois qu'il va falloir t'examiner un peu.

Il remercia le Dr Endrin et lui dit bonsoir.

Vers 17 heures, le Dr Jonasson découvrit que la température de Lisbeth était rapidement passée à 37,8 degrés, qui furent notés dans son dossier. Il passa la voir trois fois au cours de la soirée et nota dans son dossier que la température restait stable autour de 38 degrés – trop élevée pour être normale et trop basse pour constituer un véritable problème. Vers 20 heures, il ordonna une radio du crâne.

Quand il reçut les radios, il les examina minutieusement. Il n'arrivait pas à détecter quoi que ce soit de remarquable, mais constata qu'il y avait une partie plus sombre à peine perceptible immédiatement autour du trou d'entrée de la balle. Il fit une remarque soigneusement formulée et n'engageant à rien dans son dossier :

"Les radios ne permettent aucune conclusion définitive mais l'état de la patiente a manifestement empiré au cours de la journée. Il n'est pas à exclure qu'une petite hémorragie se soit déclarée, non visible sur les radios. La patiente doit rester au repos et sous une stricte surveillance pour les jours à venir."

ERIKA BERGER TROUVA VINGT-TROIS MAILS en arrivant à *SMP* à 6 h 30 le mercredi.

L'un de ces mails avait pour expéditeur redaktion-sr@sverigesradio.com. Le texte était court. Il ne contenait que deux mots.

[SALE PUTE]

Elle soupira et s'apprêta à supprimer le mail. Au dernier moment, elle changea d'avis. Elle remonta dans la liste des mails reçus et ouvrit celui qui était arrivé deux jours auparavant. L'expéditeur s'appelait centralred@smpost.se. *Hmm. Deux mails avec les mots "sale pute" et de faux expéditeurs du monde des médias.* Elle créa un nouveau dossier qu'elle baptisa [DÉTRAQUÉDESMÉDIAS] et y rangea les deux mails. Ensuite elle s'attaqua au menu des actualités du matin.

GÖRAN MÅRTENSSON QUITTA SON DOMICILE à 7 h 40. Il monta dans sa Volvo et se dirigea vers le centre-ville, puis bifurqua par Stora Essingen et Gröndal vers Södermalm. Il prit Hornsgatan et arriva dans Bellmansgatan via Brännkyrkagatan. Il tourna à gauche dans Tavastgatan au niveau du pub *Bishop's Arms* et se gara juste au coin.

Rosa Figuerola eut un pot monstre. Au moment même où elle arrivait devant le *Bishop's Arms*, une fourgonnette partit et lui laissa une place pour se garer dans Bellmansgatan. Elle avait le capot pile au carrefour de Bellmansgatan et Tavastgatan. De sa place surélevée devant le *Bishop's Arms*, elle avait une vue remarquable. Elle voyait un petit bout de la vitre arrière de la Volvo de Mårtensson dans Tavastgatan. Juste devant elle, dans la pente raide qui descendait vers Pryssgränd, se trouvait le numéro 1 de Bellmansgatan. Elle voyait la façade de côté et ne pouvait donc pas voir la porte d'entrée proprement dite, mais dès que quelqu'un en sortait, elle pouvait le voir. Elle ne doutait pas une seconde que c'était cette adresse qui était la raison de la visite de Mårtensson dans le quartier. C'était la porte d'entrée de Mikael Blomkvist.

Rosa Figuerola constata que le secteur autour du 1, Bellmansgatan était un cauchemar à surveiller. Les seuls endroits d'où on pouvait directement observer la porte en bas dans la cuvette de Bellmansgatan étaient la promenade et la passerelle dans le haut de la rue au niveau des ascenseurs publics et de la maison Laurin. Il n'y avait pas de place pour se garer là-haut et un observateur sur la passerelle apparaîtrait nu comme une hirondelle sur un vieux fil téléphonique. L'endroit où Rosa Figuerola s'était garée était en principe le seul où elle pouvait rester dans sa voiture tout en ayant la possibilité d'observer tout le secteur. Mais c'était également un mauvais endroit puisqu'une personne attentive pouvait facilement la voir dans sa voiture.

Elle tourna la tête. Elle ne voulait pas quitter la voiture et commencer à baguenauder dans le quartier ; elle savait qu'elle se faisait très facilement remarquer. Pour son job de flic, son physique n'était pas un atout.

Mikael Blomkvist sortit de son immeuble à 9 h 10. Rosa Figuerola nota l'heure. Elle vit son regard balayer la passerelle qui enjambait le haut de Bellmansgatan. Il commença à monter la pente droit sur elle.

Rosa Figuerola ouvrit la boîte à gants et déplia un plan de Stockholm qu'elle plaça sur le siège passager. Puis elle ouvrit un carnet, sortit un stylo de sa poche, prit son téléphone portable et fit semblant de parler. Elle gardait la tête baissée de sorte que sa main tenant le téléphone cachait une partie de son visage.

Elle vit Mikael Blomkvist jeter un bref regard dans Tavastgatan. Il savait qu'on le surveillait et il avait forcément vu la voiture de Mårtensson, mais il continua à marcher sans manifester d'intérêt pour la voiture. *Il agit calmement et froidement. D'autres auraient arraché la portière et se seraient mis à tabasser le chauffeur.*

L'instant d'après, il passa devant sa voiture. Rosa Figuerola était très occupée à trouver une adresse sur le plan de Stockholm tout en parlant dans son portable, mais elle sentit que Mikael Blomkvist la regardait au passage. *Se méfie de tout ce qu'il voit.* Elle vit son dos dans le rétroviseur du côté passager quand il poursuivit son chemin vers Hornsgatan. Elle l'avait vu quelquefois à la télé mais c'était la première fois qu'elle le voyait en vrai. Il portait un jean, un tee-shirt et une veste grise. Il avait une sacoche à l'épaule et marchait d'un grand pas nonchalant. Plutôt bel homme, le mec.

Göran Mårtensson apparut au coin du *Bishop's Arms* et suivit Mikael Blomkvist du regard. Il avait un sac de sport assez volumineux sur l'épaule et était en train de terminer une conversation sur son portable. Rosa Figuerola s'attendait à ce qu'il suive Mikael Blomkvist, mais à sa surprise il traversa la rue droit devant sa voiture et tourna à gauche pour descendre la pente en direction de l'immeuble de Mikael Blomkvist. La seconde d'après, un homme en bleu de travail dépassa la voiture de Rosa Figuerola et emboîta le pas de Mårtensson. *Tiens donc, d'où tu viens, toi ?*

Ils s'arrêtèrent devant la porte de l'immeuble de Mikael Blomkvist. Mårtensson pianota le code et ils disparurent dans la cage d'escalier. *Ils ont l'intention d'inspecter l'appartement. La fête des amateurs. Il se croit tout permis, celui-là.*

Ensuite, Rosa Figuerola leva le regard vers le rétroviseur et sursauta en voyant soudain Mikael Blomkvist de nouveau. Il était revenu et se tenait à environ dix mètres derrière elle, suffisamment près pour pouvoir suivre des yeux Mårtensson et son acolyte depuis la bosse de la rue surplombant le numéro 1. Elle observa son visage. Il ne la regardait pas. Par contre, il avait vu Göran Mårtensson disparaître par la porte. Un bref instant plus tard, Blomkvist tourna les talons et continua à marcher en direction de Hornsgatan.

Rosa Figuerola resta immobile pendant trente secondes. *Il sait qu'il est suivi. Il surveille ce qui se passe autour de lui. Mais pourquoi est-ce qu'il ne fait rien ? Quelqu'un de normal aurait remué terre et ciel... il a quelque chose en tête.*

MIKAEL BLOMKVIST RACCROCHA et contempla pensivement le bloc-notes sur son bureau. Le service des Mines venait de lui apprendre que la voiture conduite par une femme blonde qu'il avait remarquée en haut de Bellmansgatan appartenait à une Rosa Figuerola, née en 1969 et domiciliée dans Pontonjärgatan sur Kungsholmen. Comme c'était une femme qu'il avait vue dans la voiture, Mikael supposa qu'il s'agissait de Figuerola en personne.

Elle avait parlé dans son portable et consulté un plan de la ville déplié sur le siège du passager. Mikael n'avait aucune raison de supposer qu'elle ait quoi que ce soit à faire avec le club Zalachenko, mais il enregistrait tout événement inhabituel dans son entourage et surtout à proximité de son domicile.

Il éleva la voix et appela Lottie Karim.

— C'est qui, cette nana ? Trouve-moi sa photo d'identité, où elle travaille et tout ce que tu peux sortir sur son passé.

— Oui patron, dit Lottie Karim avant de retourner à son bureau.

LE DIRECTEUR FINANCIER DE SMP, Christer Sellberg, eut l'air carrément abasourdi. Il repoussa la feuille A4 avec neuf points brefs qu'Erika Berger avait présentés à la réunion hebdomadaire de la commission du budget. Le chef du budget Ulf Flodin avait l'air soucieux. Borgsjö, le président du CA, avait son air neutre habituel.

— C'est impossible, constata Sellberg avec un sourire poli.

— Pourquoi ? demanda Erika Berger.

— Le CA ne va jamais l'accepter. Ça va à l'encontre de tout bon sens.

— Reprenons dès le début, proposa Erika Berger. Je suis recrutée pour rendre SMP à nouveau rentable. Pour y arriver, il faut que j'aie de quoi travailler. N'est-ce pas ?

— Oui, mais…

— Je ne peux pas sortir comme par magie le contenu d'un quotidien en faisant des vœux enfermée dans la cage en verre.

— Vous ne connaissez rien aux réalités économiques.

— Possible. Mais je sais comment on fait un journal. Et la réalité est telle que ces quinze dernières années, l'ensemble du personnel de *SMP* a diminué de cent dix-huit personnes. Je veux bien que la moitié soient des graphistes qui ont été remplacés par les progrès techniques, etc., mais le nombre de journalistes producteurs de texte a diminué de quarante-huit personnes au cours de cette période.

— Il s'agissait de coupes nécessaires. Si on ne les avait pas faites, le journal aurait cessé d'exister depuis longtemps.

— Attendons de voir ce qui est nécessaire et pas nécessaire. Ces trois dernières années, dix-huit postes de journalistes ont disparu. De plus, la situation actuelle est que neuf postes sont vacants et partiellement couverts par des pigistes. La rubrique Sports est en gros déficit de personnel. Il devrait y avoir neuf employés et, pendant plus d'un an, deux postes sont restés non pourvus.

— Il s'agit d'économiser de l'argent. C'est aussi simple que ça.

— Trois postes ne sont pas pourvus à la Culture. Il manque un poste à la rubrique Economie. La rubrique Droit n'existe pas dans la pratique mais... nous y avons un chef de rédaction qui va chercher des journalistes aux Faits divers pour chaque mission. Et j'en passe et des meilleures. *SMP* n'a fait aucune couverture journalistique des administrations et des autorités digne de ce nom depuis au moins huit ans. Pour ça, nous dépendons entièrement des free-lances et des infos données par TT... et comme vous le savez, TT a démantelé sa rubrique Administration il y a des lustres. Autrement dit, il n'y a pas une seule rédaction en Suède qui soit en mesure d'observer les administrations et les autorités de l'Etat.

— La presse écrite se trouve dans une situation délicate...

— La réalité est que soit *SMP* plie immédiatement boutique, soit la direction prend la décision de passer à l'offensive. Nous avons aujourd'hui moins d'employés qui produisent plus de texte chaque jour. Les textes sont médiocres, superficiels et ils manquent de crédibilité. Conséquence : les gens cessent de lire *SMP*.

— Vous ne semblez pas comprendre...

— J'en ai marre de vous entendre dire que je ne comprends pas. Je ne suis pas une collégienne en stage venue ici pour s'amuser.

— Mais votre proposition est insensée.

— Ah bon, pourquoi ?

— Vous proposez que le journal n'engendre pas de recettes.

— Dites-moi, Sellberg, au cours de cette année, vous allez distribuer une grosse somme d'argent en dividendes aux vingt-trois actionnaires du journal. A cela il faut ajouter des bonus délirants, qui vont coûter près de 10 millions de couronnes à SMP, accordés à neuf personnes qui siègent au CA du journal. Vous vous êtes accordé un bonus de 400 000 couronnes pour vous récompenser d'avoir administré les licenciements à SMP. On est certes loin des bonus que certains directeurs se sont octroyés à Skandia, mais à mes yeux vous ne valez pas un centime. On est censé verser un bonus quand quelqu'un a fait quelque chose qui a renforcé SMP. En réalité, vos licenciements ont affaibli SMP et creusé davantage le trou.

— C'est très injuste, ce que vous dites là. Le CA a ratifié toutes les mesures que j'ai prises.

— Le CA a ratifié vos mesures parce que vous avez garanti des distributions de dividendes tous les ans. C'est ça qui doit cesser ici et maintenant.

— Vous proposez donc très sérieusement que le CA décide de supprimer toutes les distributions de dividendes et tous les bonus. Comment pouvez-vous imaginer que les actionnaires vont accepter ça ?

— Je propose un système de gain zéro pour cette année. Ça signifierait une économie de près de 21 millions de couronnes et la possibilité de fortement renforcer le personnel et l'économie de SMP. Je propose aussi des baisses de salaires pour les directeurs. On m'octroie un salaire mensuel de 88 000 couronnes, ce qui est de la folie pure pour un journal qui n'est même pas en mesure de pourvoir les postes à la rubrique Sports.

— Vous voulez donc baisser votre propre salaire ? C'est une sorte de communisme des salaires que vous préconisez ?

— Ne dites pas de conneries. Vous touchez 112 000 couronnes par mois, en comptant votre bonus annuel. C'est dément. Si le journal était stable et que les profits étaient dingues, vous pourriez vous octroyer tous les bonus que vous voulez. Mais l'heure n'est pas à l'augmentation, cette année. Je propose de diviser par deux tous les salaires des directeurs.

— Ce que vous ne comprenez pas, c'est que nos actionnaires sont actionnaires parce qu'ils veulent gagner de l'argent. Ça s'appelle du capitalisme. Si vous proposez qu'ils perdent de l'argent, ils ne voudront plus être actionnaires.

— Je ne propose pas qu'ils perdent de l'argent, mais on peut très bien en arriver là aussi. Etre propriétaire implique une responsabilité. Vous venez de le dire vous-même, ici c'est le capitalisme qui prévaut. Les propriétaires de SMP veulent faire du profit. Mais les règles sont telles que c'est le marché qui décide s'il y aura profit ou perte. Selon votre raisonnement, vous voudriez que les règles du capitalisme soient valables de façon sélective pour les employés de SMP, mais que les actionnaires et vous-même, vous soyez des exceptions.

Sellberg soupira et leva les yeux au ciel. Désemparé, il chercha Borgsjö du regard. Borgsjö étudia pensivement le programme en neuf points d'Erika Berger.

ROSA FIGUEROLA ATTENDIT quarante-neuf minutes avant que Göran Mårtensson et l'inconnu sortent de l'immeuble de Bellmansgatan. Quand ils se mirent à grimper la côte dans sa direction, elle leva son Nikon avec le téléobjectif de 300 millimètres et prit deux photos. Elle remit l'appareil photo dans la boîte à gants et commença à s'affairer de nouveau avec son plan de Stockholm, lorsqu'elle jeta un regard vers les ascenseurs publics. Elle n'en crut pas ses yeux. En haut de Bellmansgatan, juste à côté des portes de l'ascenseur, une femme brune était en train de filmer Mårtensson et son acolyte avec une caméra numérique. *Merde alors… c'est quoi, ce bordel ? Un congrès d'espionnage dans Bellmansgatan ?*

Mårtensson et l'inconnu se séparèrent en haut de la rue sans se parler. Mårtensson alla rejoindre sa voiture dans Tavastgatan. Il démarra le moteur, quitta le trottoir et disparut du champ de vision de Rosa Figuerola.

Elle déplaça son regard vers le rétroviseur où elle vit le dos de l'homme en bleu de travail. Elle leva les yeux et vit que la femme avec la caméra avait fini de filmer et arrivait dans sa direction devant la maison Laurin.

Pile ou face ? Elle savait déjà qui était Göran Mårtensson et quelle était sa profession. Aussi bien l'homme en bleu de travail que la femme avec la caméra étaient des cartes inconnues. Mais si elle quittait sa voiture, elle risquait de se faire voir par la femme avec la caméra.

Elle ne bougea pas. Dans le rétroviseur, elle vit l'homme en bleu de travail tourner dans Brännkyrkagatan. Elle attendit que la femme avec la caméra arrive au carrefour devant elle. Pourtant, au lieu de suivre l'homme en bleu de travail, la femme tourna à cent quatre-vingts degrés et descendit vers le 1, Bellmansgatan. Rosa Figuerola vit une femme d'environ trente-cinq ans. Elle avait des cheveux châtains coupés court et portait un jean sombre et une veste noire. Dès que celle-ci eut un peu progressé dans la descente, Rosa Figuerola ouvrit précipitamment la portière de sa voiture et courut vers Brännkyrkagatan. Elle n'arrivait pas à voir l'homme en bleu de travail. L'instant d'après, une fourgonnette Toyota quitta le trottoir. Rosa Figuerola vit l'homme de trois quarts et mémorisa le numéro d'immatriculation. Et même si elle loupait le numéro, elle réussirait à le retrouver. Les côtés de la fourgonnette faisaient de la pub pour Clés et Serrures Lars Faulsson, avec un numéro de téléphone.

Elle n'essaya pas de courir rejoindre sa voiture pour suivre la Toyota. Elle y retourna calmement et arriva sur la butte juste à temps pour voir la femme avec la caméra disparaître dans l'immeuble de Mikael Blomkvist.

Elle remonta dans sa voiture et nota dans son calepin le numéro d'immatriculation et le numéro de téléphone de Clés et Serrures Lars Faulsson. Ensuite elle se gratta la tête. Ça en faisait, un trafic mystérieux autour de l'adresse de Mikael Blomkvist ! Elle leva le regard et vit le toit de l'immeuble au 1, Bellmansgatan. Elle savait que Blomkvist avait un appartement sous les combles, mais en vérifiant les plans des services municipaux, elle avait constaté que celui-ci était situé de l'autre côté de l'immeuble, avec des fenêtres donnant sur le bassin de Riddarfjärden et la vieille ville. Une adresse chic dans un vieux quartier historique. Elle se demanda s'il se la jouait frimeur.

Elle attendit pendant neuf minutes avant que la femme à la caméra sorte de l'immeuble. Au lieu de remonter la pente vers Tavastgatan, la femme continua dans la descente et tourna à droite au coin de Pryssgränd. *Hmm.* Si elle avait une voiture garée en bas dans Pryssgränd, Rosa Figuerola serait irrémédiablement larguée. Mais si elle était à pied, elle n'avait qu'une sortie de la cuvette – remonter dans Brännkyrkagatan par Pustegränd plus près de Slussen.

Rosa Figuerola quitta sa voiture et partit du côté de Slussen dans Brännkyrkagatan. Elle était presque arrivée à Pustegränd lorsque la femme à la caméra surgit en face d'elle. Bingo ! Elle la suivit devant le Hilton, sur la place de Södermalm, devant le musée de la Ville à Slussen. La femme marchait d'un pas rapide et résolu sans regarder autour d'elle. Rosa Figuerola lui donna environ trente mètres d'avance. Elle disparut dans l'entrée du métro à Slussen et Rosa Figuerola rallongea le pas, mais s'arrêta en voyant la femme se diriger vers le Point-Presse au lieu de passer les tourniquets.

Rosa Figuerola observa la femme qui faisait la queue. Elle mesurait environ un mètre soixante-dix et avait l'air plutôt sportive avec ses chaussures de jogging. En la voyant là, les deux pieds solidement plantés devant le kiosque à journaux, Rosa Figuerola eut tout à coup le sentiment que c'était un flic. La femme acheta quelque chose qui devait être une boîte de pastilles avant de retourner sur la place de Södermalm et de prendre à droite par Katarinavägen.

Rosa Figuerola la suivit. Elle était relativement sûre que la femme ne l'avait pas remarquée. Elle disparut au coin au-dessus du McDonald's, Rosa Figuerola sur ses talons à environ quarante mètres.

En tournant au coin, elle ne vit plus aucune trace de la femme. Rosa Figuerola s'arrêta, surprise. *Merde !* Elle passa lentement devant les portes. Puis son regard tomba sur un panneau. *Milton Security.*

Rosa Figuerola hocha la tête et retourna à pied à Bellmansgatan.

Elle conduisit jusqu'à Götgatan où se trouvait la rédaction de *Millénium* et passa la demi-heure suivante à sillonner les rues autour de la rédaction. Elle ne vit pas la voiture de Mårtensson. Vers midi, elle retourna à l'hôtel de police sur Kungsholmen et alla soulever de la ferraille dans la salle de sport pendant une heure.

— ON A UN PROBLÈME, dit Henry Cortez.

Malou Eriksson et Mikael Blomkvist levèrent les yeux du manuscrit du futur bouquin sur Zalachenko. Il était 13 h 30.

— Assieds-toi, dit Malou.

— Il s'agit de Vitavara SA, l'entreprise donc qui fabrique des cuvettes de chiottes au Viêtnam qu'ils vendent à 1 700 balles pièce.

— Hm. Et c'est quoi, le problème ? demanda Mikael.

— Vitavara SA est entièrement détenue par une société mère, SveaBygg SA.

— Aha. C'est une assez grosse boîte.

— Oui. Le président du CA s'appelle Magnus Borgsjö, c'est un pro des CA. Il est entre autres président du CA de *Svenska Morgon-Posten* et il détient près de dix pour cent du journal.

Mikael jeta un regard acéré sur Henry Cortez.

— Tu es sûr ?

— Oui. Le chef d'Erika Berger est un putain d'enfoiré qui exploite des enfants au Viêtnam.

— Glups ! dit Malou Eriksson.

LE SECRÉTAIRE DE RÉDACTION Peter Fredriksson avait l'air mal à l'aise quand il frappa doucement à la porte de la cage en verre d'Erika Berger vers 14 heures.

— Oui ?

— Ben, c'est un peu délicat. Mais quelqu'un ici à la rédaction a reçu un mail de toi.

— De moi ?

— Oui. Soupir.

— C'est quoi ?

Il lui donna quelques feuilles A4 avec des mails qui avaient été adressés à Eva Carlsson, une remplaçante de vingt-six ans à la Culture. L'expéditeur selon l'en-tête était erika.berger@smpost.se.

[Mon Eva adorée. J'ai envie de te caresser et d'embrasser tes seins. Je brûle d'excitation et j'ai du mal à me dominer. Je te supplie de répondre à mes sentiments. Est-ce qu'on peut se voir ? Erika.]

336

Eva Carlsson n'avait pas répondu à cette entrée en matière, ce qui avait eu pour résultat deux autres mails les jours suivants.

[Eva ma chérie adorée. Je te supplie de ne pas me repousser. Je suis folle de désir. Je te veux nue. Je te veux à tout prix. Tu seras bien avec moi. Tu ne le regretteras jamais. Je vais embrasser chaque centimètre de ta peau nue, tes seins magnifiques et ta douce grotte. Erika.]

[Eva. Pourquoi tu ne réponds pas ? N'aie pas peur de moi. Ne me repousse pas. Tu n'es pas une sainte nitouche. Tu sais de quoi je parle. Je veux faire l'amour avec toi et tu seras richement récompensée. Si tu es gentille avec moi, je serai gentille avec toi. Tu as demandé qu'on prolonge ton remplacement. Il est dans mon pouvoir de le faire et même de le transformer en un poste fixe. Retrouve-moi à 21 heures à ma voiture dans le garage. Ton Erika.]

— Ah bon, dit Erika Berger. Et maintenant elle se demande si je suis réellement celle qui lui envoie des propositions salaces.

— Pas exactement… je veux dire… euh.

— Peter, ne parle pas dans ta barbe.

— Elle a peut-être cru à moitié au premier mail, ou en tout cas elle a été assez surprise. Mais ensuite elle a compris que c'était complètement dingue et pas du tout ton style et alors…

— Alors ?

— Eh bien, elle trouve que c'est gênant et elle ne sait pas trop comment faire. Il faut dire que tu l'impressionnes pas mal et elle t'aime bien… comme chef, je veux dire. Alors elle est venue me demander conseil.

— Je vois. Et qu'est-ce que tu lui as dit ?

— J'ai dit que c'est quelqu'un qui a trafiqué ton adresse pour la harceler. Ou vous harceler toutes les deux. Et puis je lui ai promis de t'en parler.

— Merci. Est-ce que tu peux lui dire de passer me voir dans dix minutes ?

Erika utilisa ce temps à écrire un mail bien à elle.

[Je me vois dans l'obligation de vous informer tous qu'une de nos collègues ici a reçu des courriers électroniques émanant apparemment de moi. Ces mails contiennent des allusions sexuelles extrêmement grossières. Pour ma part, j'ai reçu des messages au contenu vulgaire d'un expéditeur qui se dit "centralred" à SMP. Une telle adresse n'existe pas à SMP, comme vous le savez.

J'ai consulté le directeur technique et il m'a affirmé qu'il est très facile de fabriquer une fausse adresse d'expéditeur. Je ne sais pas comment on fait, mais il existe apparemment des sites Internet qui offrent ces services. Je dois en tirer la triste conclusion qu'il y a un malade parmi nous qui se plaît à ce genre de choses.

J'aimerais savoir si d'autres employés ont reçu des mails bizarres. Dans ce cas, je voudrais qu'ils prennent contact immédiatement avec le secrétaire de rédaction Peter Fredriksson. Si cette ignominie continue, nous devons envisager de porter plainte à la police.

Erika Berger, rédactrice en chef.]

Elle imprima une copie du mail et cliqua ensuite sur Envoyer pour que le message parvienne à tous les employés de SMP. Au même moment, Eva Carlsson frappa à la porte.

— Bonjour, assieds-toi, dit Erika. On m'a dit que tu as reçu des mails de ma part.

— Bof, je n'ai pas pensé une seconde que ça pouvait venir de toi.

— Au moment où tu entrais ici, tu as en tout cas reçu un mail de moi. Un mail que j'ai réellement écrit moi-même et que j'ai envoyé à tous les employés.

Elle tendit à Eva Carlsson la copie imprimée.

— OK. Je comprends, dit Eva Carlsson.

— Je regrette que quelqu'un t'ait prise pour cible dans cette campagne déplaisante.

— Tu n'es pour rien dans ce qu'un cinglé peut inventer.

— Je voudrais juste m'assurer que tu ne gardes pas le moindre soupçon à mon égard dans cette histoire de mails.

— Je n'ai jamais pensé que ça pouvait venir de toi.

— Parfait, merci, dit Erika et elle sourit.

ROSA FIGUEROLA PASSA L'APRÈS-MIDI à collecter des informations. Elle commença par demander une photo d'identité de Lars Faulsson pour se rendre compte qu'il était bien la personne qu'elle avait vue en compagnie de Göran Mårtensson. Ensuite elle tapa son nom dans le registre des casiers judiciaires et obtint immédiatement un résultat.

Lars Faulsson, quarante-sept ans et connu sous le surnom de Falun, avait débuté sa carrière par des vols de voitures à l'âge de dix-sept ans. Dans les années 1970 et 1980, il avait été interpellé à deux reprises et mis en examen pour cambriolage, vol aggravé et recel. Il avait été condamné une première fois à une peine de prison modérée et la deuxième fois à trois ans de prison. A cette époque, il était considéré comme un individu ayant de l'avenir dans le milieu des délinquants et il avait été interrogé comme suspect d'au moins trois autres cambriolages, dont un était le casse d'un coffre-fort assez complexe et très médiatisé dans un grand magasin à Västerås. Après avoir purgé sa peine, il s'était tenu à carreau – ou en tout cas n'avait pas commis d'infraction pour laquelle il avait été arrêté et jugé. En revanche, il s'était reconverti en serrurier – comme par hasard – et en 1987 il avait démarré sa propre affaire, Clés et Serrures Lars Faulsson, avec une adresse à Norrtull.

L'identification de la femme inconnue qui avait filmé Mårtensson et Faulsson se révéla plus simple que ce que Rosa avait imaginé. Elle appela tout simplement la réception de Milton Security et expliqua qu'elle cherchait une de leurs employées qu'elle avait rencontrée il y avait quelque temps mais dont elle avait oublié le nom. Elle pouvait cependant fournir une assez bonne description de la femme. La réception lui fit savoir que ça ressemblait à Susanne Linder et lui passa la communication. Lorsque Susanne Linder répondit au téléphone, Rosa Figuerola s'excusa en disant qu'elle avait dû faire un mauvais numéro.

Elle entra dans les registres de l'état civil et constata qu'il existait dix-huit Susanne Linder dans le département de Stockholm. Trois avaient autour de trente-cinq ans. L'une habitait à Norrtälje, l'autre à Stockholm et la troisième à Nacka. Elle demanda leurs photos et identifia immédiatement la femme qu'elle avait suivie dans la matinée comme étant la Susanne Linder domiciliée à Nacka.

Elle résuma les exercices de la journée dans un compte rendu et passa dans le bureau de Torsten Edklinth.

VERS 17 HEURES, Mikael Blomkvist referma le dossier de recherche de Henry Cortez. Christer Malm reposa le texte de

Henry Cortez qu'il avait lu quatre fois. Henry Cortez était assis sur le canapé dans le bureau de Malou Eriksson et avait l'air coupable.

— Du café ? dit Malou en se levant. Elle revint avec quatre mugs et la cafetière.

Mikael soupira.

— C'est une putain de bonne histoire, dit-il. Recherche impeccable. Documentée d'un bout à l'autre. Parfaitement dramatisée avec un salopard qui escroque des Suédois en se servant du système – ce qui est absolument légal – mais qui est assez rapace et malfaisant pour faire appel à une entreprise qui exploite des enfants au Viêtnam.

— Très bien écrit en plus, dit Christer Malm. Le lendemain de sa publication, Borgsjö sera *persona non grata* dans la vie économique suédoise. La télé va réagir à ce texte. Il se trouvera dans le même bain que des directeurs de Skandia et autres requins. Un véritable scoop de *Millénium*. Bien joué, Henry.

Mikael hocha la tête.

— Sauf que ce problème avec Erika, ça vient vraiment troubler la fête, dit-il.

Christer Malm hocha la tête.

— Mais pourquoi est-ce que c'est un problème ? demanda Malou. Ce n'est pas Erika qui est l'escroc. On a bien le droit de contrôler n'importe quel président de CA, même s'il se trouve être le chef d'Erika.

— C'est quand même un sacré problème, dit Mikael.

— Erika Berger n'est pas complètement partie d'ici, dit Christer Malm. Elle possède trente pour cent de *Millénium* et elle siège dans notre conseil d'administration. Elle est même son président jusqu'à ce qu'on puisse élire Harriet Vanger à la prochaine réunion, qui n'aura lieu qu'en août. Et Erika travaille pour *SMP*, elle siège elle aussi au CA et nous allons dénoncer son président.

Morne silence.

— Bon, alors qu'est-ce qu'on fait ? demanda Henry Cortez. On annule ce texte ?

Mikael fixa Henry Cortez droit dans les yeux.

— Non, Henry. On ne va pas annuler le texte. Ce n'est pas notre façon de travailler ici à *Millénium*. Mais ça va demander pas mal de boulot ingrat. On ne peut pas simplement déverser ça sur Erika sans lui en parler avant.

Christer Malm hocha la tête et agita un doigt.

— On va mettre Erika dans un sacré pétrin. Elle aura pour choix de vendre sa part et immédiatement démissionner du CA de *Millénium*, ou au pire de se faire virer de SMP. Toujours est-il qu'elle va se trouver dans un terrible conflit d'intérêts. Très franchement, Henry… je suis d'accord avec Mikael qu'il faut qu'on publie l'article, mais il se peut qu'on soit obligé de le repousser d'un mois.

Mikael hocha la tête.

— Parce que nous aussi, nous sommes dans un conflit de loyauté, dit-il.

— Tu veux que je l'appelle ? demanda Christer Malm.

— Non, dit Mikael. Je l'appellerai pour fixer un rendez-vous. Style ce soir.

TORSTEN EDKLINTH ÉCOUTA attentivement Rosa Figuerola résumer le cirque autour de l'immeuble de Mikael Blomkvist au 1, Bellmansgatan. Il sentit le sol tanguer légèrement.

— Un employé de la Säpo est donc entré dans l'immeuble de Mikael Blomkvist en compagnie d'un ex-éventreur de coffres-forts reconverti en serrurier.

— C'est exact.

— A ton avis, qu'est-ce qu'ils ont fait une fois la porte franchie ?

— Je ne sais pas. Mais ils sont restés absents pendant quarante-neuf minutes. On peut évidemment supposer que Faulsson a ouvert la porte et que Mårtensson est entré dans l'appartement de Blomkvist.

— Pour y faire quoi ?

— Ça peut difficilement être juste histoire d'installer des micros d'écoute, puisque ça ne prend qu'une minute. Mårtensson a donc dû fouiller les papiers de Blomkvist ou ce qu'il peut bien garder chez lui.

— Mais Blomkvist est échaudé… ils ont déjà volé le rapport de Björck chez lui.

— C'est ça. Il sait qu'il est surveillé, et il surveille ceux qui le surveillent. Il reste de marbre.

— Comment ça ?

— Il a un plan. Il rassemble des preuves et il a l'intention de dénoncer Göran Mårtensson. C'est la seule possibilité.

— Et ensuite voilà cette femme, cette Linder, qui débarque.

— Susanne Linder, trente-quatre ans, domiciliée à Nacka. C'est une ex-flic.

— Flic ?

— Elle a fait l'Ecole de police et travaillé six ans dans les brigades d'intervention à Södermalm. Puis tout à coup, elle a démissionné. Il n'y a rien dans ses papiers qui explique pourquoi. Elle est restée au chômage quelques mois avant d'être engagée par Milton Security.

— Dragan Armanskij, dit Edklinth pensivement. Combien de temps est-elle restée dans l'immeuble ?

— Neuf minutes.

— Qu'elle a occupées comment ?

— Je dirais – puisqu'elle filmait Mårtensson et Faulsson dans la rue – qu'elle ramasse des preuves de leurs activités. Cela veut dire que Milton Security travaille avec Blomkvist et a placé des caméras de surveillance dans son appartement ou dans l'escalier. Elle est probablement entrée pour relever l'information dans les caméras.

Edklinth soupira. L'histoire Zalachenko commençait à devenir incommensurablement compliquée.

— Bon. Merci. Rentre chez toi. Il faut que je réfléchisse à tout ça.

Rosa Figuerola se rendit à la salle de sport de la place Sankt Erik et fit une séance de cardio-training.

MIKAEL BLOMKVIST UTILISA son téléphone supplémentaire Ericsson T10 bleu pour appeler Erika Berger à *SMP*. Il l'interrompit dans sa discussion avec les rédacteurs sur l'orientation à donner à un texte sur le terrorisme international.

— Tiens ? Salut… attends une seconde.

Erika mit la main sur le combiné et regarda autour d'elle.

— Je crois que nous en avons terminé, dit-elle, puis elle donna quelques dernières instructions.

Quand elle fut seule dans la cage en verre, elle reprit le combiné.

— Salut Mikael. Désolée de ne pas avoir donné de mes nouvelles. Je suis débordée de boulot et il y a mille choses à assimiler.

— Je ne me suis pas tourné les pouces non plus, dit Mikael.

— Comment avance l'affaire Salander ?

— Bien. Mais ce n'est pas pour ça que je t'appelle. Il faut que je te voie. Ce soir.

— J'aurais bien aimé, mais je dois rester ici jusqu'à 20 heures. Et je suis vannée. Je bosse depuis 6 heures.

— Ricky… je ne parle pas de nourrir ta vie sexuelle. Il faut que je te parle. C'est important.

Erika se tut une seconde.

— C'est à quel propos ?

— Je te le dirai quand on se verra. Mais ça n'a rien de marrant.

— OK. Je viens chez toi vers 20 h 30.

— Non, pas chez moi. C'est une longue histoire, mais mon appartement est à bannir pendant quelque temps. On se retrouve au *Samirs Gryta*, on boira une bonne bière.

— Je conduis.

— Alors on prendra une bière sans alcool.

ERIKA BERGER ÉTAIT LÉGÈREMENT IRRITÉE en arrivant au *Samirs Gryta* vers 20 h 30. Elle avait mauvaise conscience de ne pas avoir donné de ses nouvelles à Mikael depuis le jour où elle avait mis les pieds à SMP. Mais elle n'avait jamais eu autant de boulot qu'en ce moment.

Mikael Blomkvist fit signe de la main depuis une table dans le coin devant la fenêtre. Elle s'attarda à la porte. Pendant une seconde, Mikael lui parut une personne totalement inconnue, et elle sentit qu'elle le regardait d'un œil nouveau. *C'est qui, ça ? Mon Dieu, je suis fatiguée.* Ensuite il se leva et lui fit la bise, et elle réalisa avec consternation qu'elle n'avait pas pensé à lui depuis des semaines et qu'il lui manquait d'une façon atroce. C'était comme si le temps à SMP avait été un rêve et que soudain elle allait se réveiller sur le canapé dans les bureaux de *Millénium*. Ça paraissait irréel.

— Salut Mikael.

— Salut madame la rédactrice en chef. Tu as mangé ?

— Il est 20 h 30. Je n'ai pas tes horaires de repas détestables.

Ensuite elle réalisa qu'elle avait une faim de loup. Samir arriva avec le menu et elle commanda une bière sans alcool et une petite assiette de calamars et pommes de terre sautées. Mikael commanda du couscous et une bière.

— Comment vas-tu ? demanda-t-elle.

— On vit une époque intéressante. J'ai de quoi faire.

— Comment va Salander ?

— Elle fait partie de ce qui est intéressant.

— Micke, je n'ai pas l'intention de m'emparer de ton histoire.

— Pardon… je n'essaie pas d'éviter de répondre. En ce moment, les choses sont un peu embrouillées. Je veux bien raconter, mais ça prendra la moitié de la nuit. C'est comment d'être chef à *SMP* ?

— Pas tout à fait comme à *Millénium*.

Elle resta silencieuse un moment.

— Je m'endors comme on souffle une bougie quand j'arrive chez moi et, quand je me réveille, j'ai sur la rétine des calculs de budget. Tu m'as manqué. Je voudrais qu'on rentre chez toi dormir. Je suis trop fatiguée pour faire l'amour, mais j'aimerais me blottir et dormir près de toi.

— Désolée, Ricky. Mon appartement n'est pas le top en ce moment.

— Pourquoi pas ? Il s'est passé quelque chose ?

— Eh bien… il y a une bande de loustics qui a mis l'appart sur écoute et ils entendent le moindre mot que je prononce. Pour ma part, j'ai installé des caméras de surveillance qui montrent ce qui s'y passe quand je n'y suis pas. Je pense qu'on va épargner au monde la vision de tes fesses nues.

— Tu plaisantes ?

Il secoua la tête.

— Non. Mais ce n'est pas pour ça que je devais absolument te voir.

— Qu'est-ce qu'il s'est passé ? Tu as l'air bizarre.

— Eh bien… toi, tu as commencé à *SMP*. Et nous à *Millénium*, on est tombé sur une histoire qui va torpiller le président de ton CA. Il est mêlé à une affaire d'exploitation d'enfants et de prisonniers politiques au Viêtnam. Je crois qu'on arrive dans un conflit d'intérêts.

Erika posa la fourchette et fixa Mikael. Elle comprit immédiatement qu'il ne plaisantait pas.

— Je te résume, dit-il, Borgsjö est président du CA et actionnaire majoritaire d'une entreprise qui s'appelle SveaBygg, et qui a son tour possède une filiale du nom de Vitavara SA. Ils font fabriquer des cuvettes de W.-C. dans une entreprise au Viêtnam qui est répertoriée par l'ONU pour exploiter des enfants au travail.

— Tu peux me répéter tout ça ?

Mikael traça les détails de l'histoire que Henry Cortez avait reconstituée. Il ouvrit sa sacoche et sortit une copie des documents. Erika lut lentement l'article de Cortez. Pour finir, elle leva les yeux et croisa le regard de Mikael. Elle ressentit une panique irrationnelle mêlée à de la méfiance.

— Comment ça se fait que la première mesure de *Millénium* après mon départ soit de passer au crible ceux qui siègent au CA de *SMP* ?

— Ce n'est pas comme ça que ça s'est passé, Ricky.

Il expliqua la gestation de l'article.

— Et tu sais ça depuis quand ?

— Depuis cet après-midi. La tournure que ça prend ne me plaît pas du tout.

— Qu'est-ce que vous allez faire ?

— Je ne sais pas. Il faut qu'on publie. On ne peut pas faire une exception seulement parce que c'est ton patron. Mais aucun de nous ne te veut du mal. Il écarta la main. On est assez désespéré. Surtout Henry.

— Je siège toujours au CA de *Millénium*. Je suis actionnaire… Les gens vont forcément croire que…

— Je sais exactement ce que les gens vont croire. Tu vas te retrouver sur un tas de fumier à *SMP*.

Erika sentit la fatigue l'envahir. Elle serra les dents et repoussa une impulsion de demander à Mikael d'étouffer l'histoire.

— Putain, merde alors, dit-elle. Et vous êtes sûrs que c'est du solide… ?

Mikael hocha lentement la tête.

— J'ai passé toute la soirée à parcourir la documentation de Henry. On a Borgsjö prêt pour l'abattoir.

— Qu'est-ce que vous allez faire ?

— Qu'est-ce que tu aurais fait si nous étions tombés sur cette histoire il y a deux mois ?

Erika Berger observa attentivement son ami et amant depuis plus de vingt ans. Puis elle baissa les yeux.

— Tu sais ce que j'aurais fait.

— Tout ça est un hasard calamiteux. Rien n'est dirigé contre toi. Je suis terriblement désolé. C'est pour ça que j'ai insisté pour te voir immédiatement. Il faut qu'on prenne une décision sur la conduite à tenir.

— On ?

— Disons… cet article était destiné au numéro de juin. Je l'ai repoussé. Il sera publié au plus tôt en août et il peut être repoussé davantage si tu en as besoin.

— Je vois.

Sa voix avait pris un ton amer.

— Je propose qu'on ne décide rien du tout ce soir. Tu prends la documentation et tu rentres chez toi réfléchir. Ne fais rien avant qu'on ait pu élaborer une stratégie commune. On a tout notre temps.

— Une stratégie commune ?

— Soit tu dois démissionner du CA de *Millénium* bien avant qu'on publie, soit tu dois démissionner de *SMP*. Tu ne peux pas rester assise sur les deux chaises.

Elle hocha la tête.

— On m'associe tellement à *Millénium* que personne ne croira que je ne trempe pas dans l'affaire, même si je démissionne.

— Il y a une alternative. Tu peux prendre l'article pour *SMP*, coincer Borgsjö et exiger son départ. Je suis persuadé que Henry Cortez serait d'accord. Mais n'entreprends surtout rien avant qu'on soit tous d'accord.

— Et moi je commence mes nouvelles fonctions en m'arrangeant pour que la personne qui m'a recrutée soit virée.

— Je regrette.

— Ce n'est pas un homme mauvais.

Mikael fit oui de la tête.

— Je te crois. Mais c'est un rapace.

Erika hocha la tête. Elle se leva.

— Je rentre chez moi.

— Ricky, je…

Elle le coupa.

— C'est simplement que je suis épuisée. Merci de m'avoir prévenue. Il faut que je réfléchisse aux conséquences de tout ceci.

Mikael hocha la tête.

Elle partit sans lui faire la bise et le laissa avec la note.

ERIKA BERGER AVAIT GARÉ SA VOITURE à deux cents mètres du *Samirs Gryta* et elle était arrivée à mi-chemin quand elle sentit son cœur battre tellement vite qu'elle fut obligée de s'arrêter et de s'appuyer contre le mur. Elle avait des nausées.

Elle resta longuement ainsi à respirer la fraîcheur de la nuit de mai. Brusquement, elle se rendit compte qu'elle avait travaillé en moyenne quinze heures par jour depuis le 1er Mai. Cela faisait bientôt trois semaines. Comment se sentirait-elle au bout de trois ans ? Comment est-ce que Morander s'était senti quand il s'était écroulé mort à la rédaction ?

Au bout de dix minutes, elle retourna au restaurant et trouva Mikael au moment où il quittait l'établissement. Il s'arrêta, étonné.

— Erika…

— Ne dis rien, Mikael. Nous sommes amis depuis tellement longtemps que rien ne peut gâcher ça. Tu es mon meilleur ami et ce qui se passe maintenant, c'est exactement comme quand tu es parti t'enterrer à Hedestad il y a deux ans, mais à l'inverse. Je me sens stressée et malheureuse.

Il hocha la tête et la prit dans ses bras. Elle sentit les larmes lui venir aux yeux.

— Trois semaines à *SMP* m'ont déjà brisée, dit-elle en lâchant un rire amer.

— Doucement. Je crois qu'il en faut plus que ça pour briser Erika Berger.

— Ton appartement ne vaut rien. Je suis trop fatiguée pour faire tout le trajet jusqu'à Saltsjöbaden chez moi. Je vais m'endormir au volant et me tuer. Je viens de prendre une décision. Je vais marcher jusqu'au Scandic Crown et prendre une chambre. Viens avec moi.

Il hocha la tête.

— Ça s'appelle Hilton maintenant.

— On s'en fout.

ILS FIRENT ENSEMBLE LE COURT TRAJET A PIED. Aucun des deux ne parlait. Mikael gardait le bras sur l'épaule d'Erika. Elle le regarda en douce et comprit qu'il était exactement aussi fatigué qu'elle.

Ils se rendirent directement à la réception, prirent une chambre double et payèrent avec la carte de crédit d'Erika.

Ils montèrent dans la chambre, se déshabillèrent et se glissèrent dans le lit. Erika avait des courbatures comme si elle venait de courir le marathon de Stockholm. Ils se firent deux-trois bisous, puis sombrèrent dans un sommeil profond.

Aucun d'eux n'avait senti qu'ils étaient surveillés. Ils ne virent jamais l'homme qui les observait dans l'entrée de l'hôtel.

15

JEUDI 19 MAI – DIMANCHE 22 MAI

LISBETH SALANDER PASSA la plus grande partie de la nuit du jeudi à lire les articles de Mikael Blomkvist et les chapitres de son livre qui étaient à peu près terminés. Comme le procureur Ekström misait sur un procès en juillet, Mikael avait posé une deadline pour l'impression au 20 juin. Cela signifiait que Super Blomkvist disposait d'un mois pour terminer la rédaction et pour combler tous les trous du texte.

Lisbeth ne comprenait pas comment il allait avoir le temps, mais c'était le problème de Mikael, pas le sien. Son problème à elle était de déterminer quelle attitude prendre par rapport aux questions qu'il lui avait posées.

Elle prit son Palm, entra dans [Table-Dingue] et vérifia s'il avait écrit quelque chose depuis la veille. Elle constata que tel n'était pas le cas. Ensuite elle ouvrit le document qu'il avait intitulé [Questions centrales]. Elle connaissait déjà le texte par cœur mais le relut quand même encore une fois.

Il esquissait la stratégie qu'Annika Giannini lui avait déjà exposée. Quand Annika lui avait parlé, elle avait écouté avec un intérêt distrait mais lointain, un peu comme si cela ne la regardait pas. Mais Mikael Blomkvist connaissait des secrets sur elle qu'Annika Giannini ne connaissait pas. C'est pourquoi il arrivait à présenter la stratégie d'une façon plus substantielle. Elle descendit au quatrième paragraphe.

[La seule personne qui peut déterminer de quoi aura l'air ton avenir est toi-même. Peu importent les efforts que fera Annika pour t'aider, ou moi et Armanskij et Palmgren et d'autres pour te soutenir. Je n'ai pas l'intention de te convaincre d'agir. C'est à toi de décider comment faire. Soit tu tournes le procès en ta faveur, soit tu les laisses te condamner. Mais si tu veux gagner, tu devras te battre.]

Elle se déconnecta et fixa le plafond. Mikael lui demandait l'autorisation de raconter la vérité dans son livre. Il avait l'intention d'occulter le passage du viol de Bjurman. Le chapitre était déjà écrit et il raccordait les wagons en établissant que Bjurman avait démarré une collaboration avec Zalachenko qui avait pris l'eau quand il s'était affolé et que Niedermann s'était vu obligé de le tuer. Il ne disait rien des motifs de Bjurman.

Foutu Super Blomkvist venait compliquer l'existence de Lisbeth Salander.

Elle réfléchit un long moment.

A 2 heures, elle prit son Palm et ouvrit le programme de traitement de texte. Elle cliqua sur Nouveau document, sortit le stylet électronique et commença à pointer des lettres sur le clavier digital.

[Mon nom est Lisbeth Salander. Je suis née le 30 avril 1978. Ma mère s'appelait Agneta Sofia Salander. Elle avait dix-sept ans à ma naissance. Mon père était un psychopathe, un assassin et un tabasseur de femmes du nom d'Alexander Zalachenko. Il avait travaillé comme opérateur illégal en Europe de l'Ouest pour le GRO, service de renseignements militaires soviétique.]

L'écriture n'avançait pas vite, puisqu'elle était obligée de pointer lettre par lettre. Elle formula chaque phrase dans sa tête avant de l'écrire. Elle ne fit pas une seule modification dans ce qu'elle avait écrit. Elle travailla jusqu'à 4 heures, heure à laquelle elle referma son ordinateur de poche et le rangea dans la cavité au dos de sa table de chevet. Elle avait alors produit l'équivalent de deux A4 à interligne continu.

ERIKA BERGER SE RÉVEILLA à 7 heures. Elle se sentait loin d'avoir eu son quota de sommeil, mais elle avait dormi sans interruption pendant huit heures. Elle jeta un regard sur Mikael Blomkvist qui dormait encore lourdement.

Pour commencer, elle alluma son téléphone portable et vérifia si elle avait reçu des messages. L'écran lui indiqua que son mari, Lars Beckman, l'avait appelée onze fois. *Merde.*

J'ai oublié de le prévenir. Elle composa son numéro et expliqua où elle se trouvait et pourquoi elle n'était pas rentrée la veille au soir. Il était fâché.

— Erika, ne refais jamais ça. Tu sais que ça n'a rien à voir avec Mikael, mais j'ai été malade d'inquiétude cette nuit. J'avais peur qu'il te soit arrivé quelque chose. Il faut que tu me préviennes quand tu ne rentres pas. Tu ne dois jamais oublier de le faire.

Lars Beckman savait parfaitement que Mikael Blomkvist était l'amant de sa femme. Leur relation existait avec son aval et son assentiment. Mais chaque fois qu'Erika avait décidé de passer la nuit chez Mikael Blomkvist, elle avait toujours d'abord appelé son mari pour expliquer la situation. Cette fois-ci, elle était allée à l'hôtel sans avoir autre chose en tête que dormir.

— Excuse-moi, dit-elle. Hier soir, je me suis é-crou-lée.

Il grogna encore un peu.

— Ne sois pas fâché, Lars. Je n'ai pas la force pour ça en ce moment. Tu pourras m'engueuler ce soir.

Il grogna un peu moins et promit de l'engueuler quand il mettrait la main sur elle.

— Bon. Comment va Blomkvist ?

— Il dort. Elle rit tout à coup. Je ne t'oblige pas à me croire, mais on s'est endormi cinq minutes après être allé au lit. C'est la première fois que ça se passe comme ça.

— Erika, il faut prendre ça au sérieux. Tu devrais peut-être consulter un médecin.

La conversation avec son mari terminée, elle appela le standard de *SMP* et laissa un message pour le secrétaire de rédaction, Peter Fredriksson. Elle expliqua qu'elle avait eu un empêchement et qu'elle arriverait un peu plus tard que d'habitude. Elle lui demanda de décommander une réunion prévue avec les collaborateurs de la rubrique Culture.

Ensuite elle chercha sa sacoche, sortit une brosse à dents et se rendit dans la salle de bains. Puis elle retourna au lit et réveilla Mikael.

— Salut, murmura-t-il.

— Salut, dit-elle. Dépêche-toi d'aller à la salle de bains faire une toilette de chat et te laver les dents.

— Quoi… quoi ?

Il s'assit et regarda autour de lui avec tant de surprise qu'elle dut lui rappeler qu'il se trouvait à l'hôtel Hilton de Slussen. Il hocha la tête.

— Allez. Va dans la salle de bains.

— Pourquoi ?

— Parce que dès que tu en seras sorti, je vais faire l'amour avec toi.

Elle consulta sa montre.

— Et fais vite. J'ai une réunion à 11 heures et il me faut au moins une demi-heure pour m'arranger un visage. Et puis il me faut le temps d'acheter un chemisier propre en allant au boulot. Ça ne nous laisse que deux heures pour rattraper un tas de temps perdu.

Mikael fila dans la salle de bains.

JERKER HOLMBERG GARA la Ford de son père dans la cour chez l'ancien Premier ministre Thorbjörn Fälldin à Ås, près de Ramvik dans la commune de Härnösand. Il descendit de la voiture et jeta un regard autour de lui. On était jeudi matin. Il bruinait et les champs étaient franchement verts. A soixante-dix-neuf ans, Fälldin n'était plus un agriculteur en activité et Holmberg se demanda qui s'occupait de semer et de moissonner. Il savait qu'on l'observait depuis la fenêtre de la cuisine. Cela faisait partie des règles à la campagne. Il avait lui-même grandi à Hälledal près de Ramvik, à quelques jets de pierre de Sandöbron, l'un des plus beaux endroits au monde. De l'avis de Jerker Holmberg.

Il grimpa les marches du perron et frappa à la porte.

L'ancien leader des centristes avait l'air vieux, mais semblait encore plein de vigueur.

— Salut Thorbjörn. Je m'appelle Jerker Holmberg. On s'est déjà rencontré, mais ça fait quelques années depuis la dernière fois. Mon père est Gustav Holmberg, il était élu centriste à la commune dans les années 1970 et 1980.

— Salut. Oui, bien sûr, je te reconnais, Jerker. Tu es policier à Stockholm, si je ne me trompe pas. Ça doit bien faire dix-quinze ans depuis la dernière fois.

— Je crois que ça fait même plus que ça. Je peux entrer ?

Il s'installa à la table de cuisine et Thorbjörn Fälldin entreprit de servir du café.

— J'espère que ton papa va bien. Ce n'est pas pour ça que tu es ici ?

— Non. Papa va bien. Il est en train de refaire le toit de la maison de campagne.

— Il a quel âge maintenant ?

— Il a eu soixante et onze ans il y a deux mois.

— Aha, dit Fälldin en s'asseyant. Alors que me vaut l'honneur de cette visite ?

Jerker Holmberg regarda par la fenêtre et vit une pie atterrir à côté de sa voiture et observer le sol. Il se tourna vers Fälldin.

— Je viens sans être invité et avec un gros problème. Il est possible que quand cette conversation sera terminée, je sois viré de mon boulot. Je suis ici au nom de mon travail, mais mon chef, l'inspecteur Jan Bublanski à la Crim à Stockholm, n'est pas au courant.

— Ça m'a l'air sérieux.

— Je serais donc dans de sales draps si mes supérieurs devaient avoir vent de cette visite.

— Je comprends.

— Mais j'ai peur que si je n'agis pas, une terrible erreur judiciaire risque de se produire, et pour la deuxième fois.

— Il vaudrait mieux que tu expliques.

— Ça concerne un homme du nom d'Alexander Zalachenko. Il était espion pour le GRO russe et il est venu chercher asile en Suède le jour des élections en 1976. On le lui a accordé et il a commencé à travailler pour la Säpo. J'ai des raisons de croire que tu connais l'histoire.

Thorbjörn Fälldin regarda Jerker Holmberg attentivement.

— C'est une très longue histoire, dit Holmberg, et il commença à parler de l'enquête préliminaire qui l'avait tenu occupé ces derniers mois.

ERIKA BERGER ROULA SUR LE VENTRE et reposa la tête sur ses mains. Elle sourit tout à coup.

— Mikael, tu ne t'es jamais dit que tous les deux, nous sommes en fait complètement azimutés ?

— Comment ça ?

— En tout cas, c'est mon cas. Je ressens un désir incroyable de toi. Je me sens comme une adolescente fofolle.

— Ah bon.

— Et ensuite je veux rentrer faire l'amour avec mon mari.

Mikael rit.

— Je connais un bon thérapeute, dit-il.

Elle lui tapota le ventre du doigt.

— Mikael, je commence à avoir l'impression que cette histoire de SMP n'est qu'une seule foutue erreur.

— Foutaises ! C'est une chance colossale pour toi. S'il y a quelqu'un pour ranimer ce vieux cadavre, c'est bien toi.

— Oui, peut-être. Mais c'est justement ça, le problème. SMP a tout d'un cadavre. Et ensuite tu m'as livré le bonus avec Magnus Borgsjö hier soir. Je ne comprends plus ce que j'y fais.

— Laisse les choses se tasser un peu.

— Oui. Mais cette affaire Borgsjö ne me fait pas marrer. Je n'ai pas la moindre idée de comment je vais gérer ça.

— Je ne sais pas non plus. Mais on trouvera quelque chose.

Elle resta silencieuse un moment.

— Tu me manques.

Il hocha la tête et la regarda.

— Tu me manques aussi, dit-il.

— Qu'est-ce qu'il faudrait pour que tu passes à SMP et que tu deviennes chef des Actualités ?

— Jamais de la vie. Ce n'est pas un dénommé Holm qui est chef des Actualités ?

— Oui. Mais c'est un crétin.

— Je suis d'accord avec toi.

— Tu le connais ?

— Bien sûr. J'ai fait un remplacement de trois mois sous ses ordres au milieu des années 1980. C'est un enfoiré qui dresse les gens les uns contre les autres. En plus...

— En plus quoi ?

— Bof. Rien. Je ne veux pas colporter de ragots.

— Dis-moi.

— Une nana qui s'appelait Ulla quelque chose, une remplaçante aussi, affirmait qu'il donnait dans le harcèlement sexuel. Je ne sais pas ce qui est vrai ou faux, mais le syndicat n'est pas intervenu et elle n'a pas obtenu prolongation de son contrat comme il avait été dit au départ.

Erika Berger regarda l'heure et soupira, bascula les jambes par-dessus le bord du lit et disparut dans la douche.

Mikael n'avait pas bougé quand elle revint en s'essuyant, avant de vite s'habiller.

— Je reste encore un moment, dit-il.

Elle lui planta une bise sur la joue, agita la main et se sauva.

ROSA FIGUEROLA SE GARA à vingt mètres de la voiture de Göran Mårtensson dans Luntmakaregatan, juste à côté d'Olof Palmes gata. Elle vit Mårtensson faire à pied les soixante mètres qui le séparaient de l'horodateur. Il rejoignit Sveavägen.

Rosa Figuerola se dispensa du paiement. Elle le perdrait de vue si elle passait d'abord à la machine. Elle suivit Mårtensson jusqu'à Kungsgatan où il tourna à gauche. Il poussa la porte du Kungstornet. Elle rouspéta, mais n'eut pas le choix et attendit trois minutes avant de le suivre à l'intérieur du café. Il était assis au rez-de-chaussée et parlait avec un homme blond, dans les trente-cinq ans, et apparemment costaud. Un flic, pensa Rosa Figuerola.

Elle l'identifia comme l'homme que Christer Malm avait photographié devant le Copacabana le 1er Mai.

Elle prit un café et s'installa à l'autre bout du troquet, et ouvrit *Dagens Nyheter*. Mårtensson et son partenaire parlaient à voix basse. Elle ne pouvait pas distinguer un seul mot. Elle sortit son téléphone portable et fit semblant d'appeler quelqu'un – ce qui était inutile puisque aucun des deux hommes ne la regardait. Elle prit une photo avec le portable, sachant parfaitement que ce serait en 72 dpi et donc de qualité trop médiocre pour être publiable. En revanche, elle pourrait servir de preuve que la rencontre avait réellement eu lieu.

Au bout d'un peu plus de quinze minutes, l'homme blond se leva et quitta le Kungstornet. Rosa Figuerola jura intérieurement. Pourquoi n'était-elle pas restée à l'extérieur ? Elle l'aurait reconnu quand il quittait le café. Elle avait envie de se lever et de reprendre la chasse. Mais Mårtensson restait tranquillement là à finir son café. Elle ne voulait pas attirer l'attention en se levant pour suivre son ami non identifié.

Une petite minute plus tard, Mårtensson se leva et alla aux toilettes. Dès que la porte fut refermée, Rosa Figuerola fut sur pied et sortit dans Kungsgatan. Elle guetta dans les deux sens, mais l'homme blond avait eu le temps de disparaître.

Elle joua le tout pour le tout et se précipita au carrefour de Sveavägen. Elle ne le voyait nulle part et s'engouffra dans le métro. Sans espoir.

Elle retourna au Kungstornet. Mårtensson aussi avait disparu.

ERIKA BERGER JURA SANS RETENUE en revenant à l'endroit, à deux pâtés de maison du *Samirs Gryta*, où elle avait garé sa BMW la veille au soir.

La voiture était toujours là. Mais pendant la nuit, quelqu'un lui avait crevé les quatre pneus. *Putain de saloperie de foutus rats !* jura-t-elle intérieurement en bouillonnant de rage.

Il n'y avait pas beaucoup d'alternatives. Elle appela le service de dépannage et expliqua sa situation. Elle n'avait pas le temps de rester à attendre, et elle glissa la clé de contact à l'intérieur du tuyau d'échappement pour que les dépanneurs puissent ouvrir la voiture. Ensuite, elle rejoignit Mariatorget où elle prit un taxi.

LISBETH SALANDER ENTRA SUR LE SITE de Hacker Republic et constata que Plague était connecté. Elle le sonna.

> [Salut Wasp. C'est comment, Sahlgrenska ?]
> [Calmant. J'ai besoin de ton aide.]
> [Ça alors !!!]
> [Je ne pensais pas que j'allais avoir à le demander.]
> [Ça doit être sérieux.]
> [Göran Mårtensson, domicilié à Vällingby. J'ai besoin d'avoir accès à son ordinateur.]
> [OK.]
> [Tout le matériel doit être transféré à Mikael Blomkvist à *Millénium*.]
> [OK. Je m'en occupe.]
> [Big Brother surveille le téléphone de Super Blomkvist et probablement ses mails. Tu dois tout envoyer à une adresse hotmail.]
> [OK.]
> [Si je ne suis pas disponible, Blomkvist aura besoin de ton aide. Il faut qu'il puisse te contacter.]

[Hmm.]
[Il est un peu carré mais tu peux lui faire confiance.]
[Hmm.]
[Tu veux combien ?]

Plague resta silencieux pendant quelques secondes.

[Est-ce que ça a quelque chose à voir avec ta situation ?]
[Oui.]
[Ça va t'aider ?]
[Oui.]
[Alors c'est ma tournée.]
[Merci. Mais je paie toujours mes dettes. Je vais avoir besoin de ton aide jusqu'au procès. Je paie 30 000.]
[C'est dans tes moyens ?]
[C'est dans mes moyens.]
[OK.]
[Je pense qu'on va avoir besoin de Trinity. Tu crois que tu arriveras à le faire venir en Suède ?]
[Pour faire quoi ?]
[Ce qu'il sait faire le mieux. Je lui paie les honoraires standard + les frais.]
[OK. Qui ?]

Elle expliqua ce qu'elle voulait qu'il fasse.

LE DR ANDERS JONASSON parut soucieux le vendredi matin en contemplant un inspecteur Hans Faste passablement irrité de l'autre côté du bureau.

— Je regrette, dit Anders Jonasson.

— Je n'arrive pas à comprendre. Je croyais que Salander était rétablie. Je suis venu à Göteborg d'une part pour pouvoir l'interroger, d'autre part pour les préparatifs de son transfert dans une cellule à Stockholm, qui est sa place.

— Je regrette, dit Anders Jonasson de nouveau. J'ai très envie d'être débarrassé d'elle, parce qu'on n'a pas exactement un trop-plein de lits. Mais...

— On ne peut pas envisager qu'elle simule ?

Anders Jonasson rit.

— Je ne pense pas que ça soit vraisemblable. Comprenez quand même ceci. Lisbeth Salander a été blessée à la tête. J'ai sorti une balle de son cerveau et c'est une situation qui a tout d'une loterie quant à ses chances de survivre. Elle a survécu et son pronostic a été particulièrement satisfaisant… tellement satisfaisant que mes collègues et moi-même étions prêts à signer sa sortie. Puis il y a eu une nette dégradation hier. Elle s'est plainte d'un fort mal de tête et elle a soudain développé une fièvre qui va et vient. Hier elle était à 38 avec des vomissements à deux reprises. Au cours de la nuit, la fièvre a baissé et sa température était presque normale, et j'ai cru que c'était quelque chose de temporaire. Mais en l'examinant ce matin, elle avait près de 39, ce qui est grave. Maintenant dans la journée, la fièvre a de nouveau baissé.

— Alors c'est quoi qui ne va pas ?

— Je ne le sais pas, mais le fait que sa température monte et descend indique que ce n'est pas une grippe ou ce genre d'affection. Je ne peux cependant pas dire exactement ce que c'est, mais ça peut être aussi simple qu'une allergie à un médicament ou à autre chose qu'elle a touché.

Il afficha une photo sur l'ordinateur et montra l'écran à Hans Faste.

— J'ai demandé une radio du crâne. Comme vous pouvez le voir, il y a une partie plus sombre ici juste à l'endroit de la blessure. Je n'arrive pas à déterminer ce que c'est. Ça peut être la blessure qui cicatrise mais ça peut aussi être une petite hémorragie. Mais avant qu'on ait déterminé ce qui ne va pas, je ne vais pas la lâcher, quelle que soit l'urgence.

Hans Faste hocha la tête, résigné. Il n'en était pas à argumenter avec un médecin, personnage qui a le pouvoir de vie et de mort, et qui est le plus près d'un représentant de Dieu qu'on puisse trouver sur terre. A l'exception des policiers. En tout cas il n'avait ni la compétence ni le savoir pour déterminer à quel point Lisbeth Salander allait mal.

— Et que va-t-il se passer maintenant ?

— J'ai ordonné du repos complet et une interruption de sa rééducation – elle en a besoin à cause des blessures à l'épaule et à la hanche.

— OK… je dois contacter le procureur Ekström à Stockholm. C'est un peu arrivé comme une surprise, tout ça. Qu'est-ce que je peux lui annoncer ?

— Il y a deux jours, j'étais prêt à approuver un déplacement peut-être pour la fin de la semaine. Dans la situation actuelle, il faudra attendre un certain temps. Il vous faudra l'avertir que je ne vais sans doute pas prendre de décision cette semaine et qu'il faudra peut-être deux semaines même, avant que vous puissiez la transporter à la maison d'arrêt à Stockholm. Tout dépend de l'évolution.

— La date du procès est fixée au mois de juillet…

— Si rien d'imprévu ne se passe, elle devrait être sur pied bien avant.

L'INSPECTEUR JAN BUBLANSKI contempla avec méfiance la femme musclée de l'autre côté de la table de café. Ils étaient installés sur une terrasse à Norr Mälarstrand. On était le vendredi 20 mai et l'air était estival. Elle avait montré sa carte professionnelle, qui annonçait Rosa Figuerola de la Sûreté, et elle l'avait cueilli à 17 heures, au moment où il allait rentrer chez lui. Elle avait proposé un entretien particulier au-dessus d'une tasse de café.

Au début, Bublanski avait été récalcitrant et bougon. Au bout d'un moment, elle l'avait regardé droit dans les yeux en disant qu'elle n'était pas en mission officielle pour l'interroger et que bien entendu il n'avait pas à lui parler s'il ne le désirait pas. Il avait demandé ce qu'elle voulait et elle avait expliqué en toute franchise que son patron lui avait donné pour mission de se faire une idée de ce qui était vrai et faux dans la prétendue affaire Zalachenko, qui parfois était mentionnée comme l'affaire Salander. Elle expliqua aussi qu'il n'était même pas tout à fait sûr qu'elle ait le droit de lui poser des questions et que c'était à lui de choisir s'il voulait lui répondre ou non.

— Qu'est-ce que tu veux savoir ? finit par demander Bublanski.

— Raconte-moi ce que tu sais sur Lisbeth Salander, Mikael Blomkvist, Gunnar Björck et Alexander Zalachenko. Comment est-ce que les morceaux s'imbriquent ?

Ils parlèrent pendant plus de deux heures.

TORSTEN EDKLINTH RÉFLÉCHIT en long et en large pour trouver comment poursuivre. Après cinq jours d'investigations, Rosa Figuerola lui avait fourni une suite d'éléments clairs et nets indiquant que quelque chose allait terriblement mal à la Säpo. Il comprenait la nécessité d'agir en douceur, avant de disposer de suffisamment de preuves pour étayer ses affirmations. Dans la situation actuelle, il se trouvait lui-même dans une certaine détresse constitutionnelle puisqu'il n'avait pas la compétence pour mener des enquêtes d'intervention en secret, et surtout pas dirigées contre ses propres collaborateurs.

Il lui fallait par conséquent trouver une formule qui rende ses mesures légitimes. Dans une situation de crise, il pourrait toujours faire référence à sa qualité de policier et au devoir du policier d'élucider des crimes – mais le crime en question était de nature constitutionnelle si extrêmement sensible qu'il serait probablement viré s'il faisait un faux pas. Il passa le vendredi à des ruminations solitaires dans son bureau.

Les conclusions qu'il en tirait furent que Dragan Armanskij avait raison, même si ça pouvait sembler invraisemblable. Il existait une conspiration au sein de la Säpo et un certain nombre de personnes agissaient en dehors ou à côté de l'activité régulière. Puisque cette activité s'était déroulée pendant de nombreuses années – au moins depuis 1976 quand Zalachenko était arrivé en Suède –, cela voulait dire qu'elle était organisée et bénéficiait de l'aval d'une hiérarchie. Il ignorait jusqu'à quel niveau la conspiration grimpait.

Il nota trois noms sur un bloc-notes.

> Göran Mårtensson, Protection des personnalités. Inspecteur criminel
> Gunnar Björck, adjoint-chef à la brigade des étrangers. Décédé. (Suicide ?)
> Albert Shenke, secrétaire général, DGPN/Säpo

Rosa Figuerola était arrivée à la conclusion qu'au moins le secrétaire général avait dû mener la danse quand Mårtensson à la Protection des personnalités avait été déplacé au contre-espionnage sans vraiment l'être. Il passait son temps à surveiller le journaliste Mikael Blomkvist, ce qui n'avait absolument rien à voir avec l'activité du contre-espionnage.

A cette liste il fallait aussi ajouter d'autres noms extérieurs à la Säpo.

> Peter Teleborian, psychiatre
> Lars Faulsson, serrurier

Teleborian avait été recruté par la Säpo comme expert psychiatre à quelques reprises à la fin des années 1980 et au début des années 1990. Cela avait eu lieu très exactement à trois occasions, et Edklinth avait examiné les rapports des archives. La première occasion avait été extraordinaire : le contre-espionnage avait identifié un informateur russe au sein de l'industrie de téléphonie suédoise, et le passé de cet espion faisait craindre qu'il ait recours au suicide s'il était dévoilé. Teleborian avait fait une analyse remarquée pour sa justesse qui suggérait de reconvertir l'informateur en agent double. Les deux autres occasions où on avait fait appel à Teleborian étaient de menues expertises, d'une part concernant un employé au sein de la Säpo qui avait des problèmes d'alcool, d'autre part sur le comportement sexuel bizarre d'un diplomate d'un pays africain.

Mais ni Teleborian ni Faulsson – surtout pas Faulsson – n'avait un emploi au sein de la Säpo. Pourtant, de par les missions qu'on leur confiait, ils étaient liés à… à quoi ?

La conspiration était intimement associée à feu Alexander Zalachenko, opérateur russe déserteur du GRO qui, selon les sources, était arrivé en Suède le jour des élections en 1976. Et dont personne n'avait entendu parler. *Comment était-ce possible ?*

Edklinth essaya de se représenter ce qui se serait possiblement passé s'il avait été parmi les cadres dirigeants de la Säpo en 1976 quand Zalachenko avait déserté. Comment aurait-il agi ? Discrétion absolue. Forcément. La défection ne devait être connue que d'un petit cercle exclusif si on ne voulait pas risquer que l'information arrive jusqu'aux Russes et… Un cercle petit comment ?

Une section d'intervention ?

Une section d'intervention inconnue ?

Si tout avait été conforme, Zalachenko aurait dû être confié au contre-espionnage. Dans le meilleur des cas, le service de renseignements militaires se serait occupé de lui. Sauf qu'eux n'avaient ni les ressources ni la compétence pour mener ce genre d'intervention. Ce fut donc la Säpo.

Et le contre-espionnage ne les avait jamais eues. Björck était la clé ; il avait manifestement été de ceux qui avaient géré Zalachenko. Mais Björck n'avait jamais eu quoi que ce soit à faire avec le contre-espionnage. Björck était un mystère.

Officiellement, il avait un poste à la brigade des étrangers depuis les années 1970, mais en réalité personne ne l'avait aperçu à ce département avant les années 1990, quand il avait soudain été nommé chef adjoint.

Pourtant, Björck était la source principale des informations de Blomkvist. Comment Blomkvist avait-il obtenu de Björck qu'il lui révèle de telles bombes en puissance ? A lui, un journaliste ?

Les prostituées. Björck fréquentait des adolescentes prostituées et *Millénium* avait l'intention de le dénoncer. Blomkvist avait dû faire chanter Björck.

Ensuite, Lisbeth Salander avait fait son entrée.

Feu maître Nils Bjurman avait travaillé à la brigade des étrangers en même temps que feu Björck. C'était eux qui s'étaient chargés de Zalachenko. Mais qu'avaient-ils fait de lui ?

Quelqu'un avait forcément dû prendre les décisions. Avec un déserteur de ce niveau-là, l'ordre avait dû venir de plus haut encore.

Du gouvernement. Il y avait forcément un ancrage. Sinon ce serait impensable.

Impensable ?

Le malaise donnait des sueurs froides à Edklinth. Tout ceci était formellement compréhensible. Un déserteur de l'importance de Zalachenko devait être traité dans le plus grand secret. Lui-même en aurait décidé ainsi. Et c'était ce que le gouvernement Fälldin avait dû décider. Ça tenait la route.

Par contre, ce qui s'était passé en 1991 n'avait rien de normal. Björck avait recruté Peter Teleborian pour faire enfermer Lisbeth Salander dans un institut de pédopsychiatrie sous le prétexte qu'elle était psychiquement perturbée. Il s'agissait là d'un crime. D'un crime tellement énorme qu'Edklinth, très mal à l'aise, en eut à nouveau des sueurs froides.

Quelqu'un avait pris les décisions. Dans ce cas, il ne pouvait s'agir du gouvernement… Ingvar Carlsson avait été Premier ministre, suivi par Carl Bildt. Mais aucun politicien n'oserait s'approcher d'une décision allant ainsi totalement à l'encontre de toute loi et de toute justice, avec pour résultat un scandale catastrophique si elle était révélée.

Si le gouvernement était mêlé à cette affaire, la Suède ne valait pas mieux que la pire des dictatures au monde.

Ce qui n'était pas possible.

Et ensuite les événements du 12 avril à Sahlgrenska. Zalachenko abattu bien à propos par un redresseur de torts psychiquement malade, tandis qu'un cambriolage se déroule chez Mikael Blomkvist et qu'Annika Giannini est agressée. Dans les deux cas, l'étrange rapport de Gunnar Björck de 1991 était volé. Ça, c'était une info que Dragan Armanskij avait lâchée confidentiellement. Parce qu'aucune plainte n'avait été déposée.

Et en même temps, Gunnar Björck choisit de se pendre. Lui justement que, parmi tant d'autres, Edklinth aurait aimé coincer entre quatre yeux pour un entretien sérieux.

Torsten Edklinth ne croyait pas au hasard quand il prenait ces dimensions. L'inspecteur criminel Jan Bublanski ne croyait pas à un tel hasard. Mikael Blomkvist n'y croyait pas. Edklinth reprit son marqueur.

Evert Gullberg, soixante-dix-huit ans. Expert en fiscalité ???

Qui était ce foutu Evert Gullberg ?

Il songea à appeler le directeur de la Säpo, mais s'abstint pour la bonne raison qu'il ignorait jusqu'à quel échelon la conspiration montait. En résumé, il ne savait pas en qui il pouvait avoir confiance.

Après avoir éliminé la possibilité de se tourner vers quelqu'un au sein de la Säpo, il envisagea un instant de se tourner vers la police ordinaire. Jan Bublanski menait les investigations sur Ronald Niedermann et serait évidemment intéressé par toute information annexe. Mais d'un point de vue politique, cela était impossible.

Il sentit un lourd fardeau lui peser sur les épaules.

En fin de compte, il ne restait qu'une solution qui soit constitutionnellement correcte et qui représentait peut-être un bouclier si à l'avenir il devait se retrouver en disgrâce politique. Il fallait qu'il se tourne vers *le chef* pour trouver un soutien politique à ses agissements.

Il regarda l'heure. Bientôt 16 heures. Il prit son téléphone et appela le ministre de la Justice qu'il connaissait depuis plusieurs années et qu'il avait rencontré lors de multiples exposés au ministère. Il l'eut au bout du fil en moins de cinq minutes.

— Salut Torsten, fit le ministre de la Justice. Ça fait un bail. Qu'est-ce qui me vaut cet appel ?

— Très franchement, je crois que je t'appelle pour vérifier quelle crédibilité tu m'accordes.

— Quelle crédibilité ? Drôle de question. Je t'accorde une grande crédibilité. Pourquoi cette question bizarre ?

— Parce qu'elle précède une demande sérieuse et hors du commun… Je dois vous rencontrer, toi et le Premier ministre, et c'est urgent.

— Rien que ça.

— Pour te fournir des explications j'aimerais qu'on soit bien installé entre nous. J'ai sur mon bureau une affaire si étonnante que je voudrais vous en informer, toi et le Premier ministre.

— Ça m'a l'air grave.

— C'est grave.

— Est-ce que ça a quelque chose à voir avec des terroristes ou des menaces…

— Non. C'est plus grave que ça. Je mets toute ma réputation et ma carrière sur la balance en t'appelant pour te faire cette demande. Je n'aurais pas cette conversation si je n'estimais pas la situation extrêmement sérieuse.

— Je comprends. D'où ta question sur ta crédibilité… Tu voudrais rencontrer le Premier ministre quand ?

— Dès ce soir, si possible.

— Là, tu m'inquiètes carrément.

— Je crains que tu aies toutes les raisons d'être inquiet.

— La rencontre durera combien de temps ?

Edklinth réfléchit.

— Je pense qu'il me faudra une heure pour résumer tous les détails.

— Je te rappelle dans un petit moment.

Le ministre de la Justice rappela au bout d'un quart d'heure et expliqua que le Premier ministre avait la possibilité de recevoir Torsten Edklinth à son domicile le soir même à 21 h 30. Edklinth avait les mains moites en raccrochant. *Bon, eh ben, il n'est pas impossible que dès demain matin ma carrière soit terminée.*

Il souleva le combiné et appela Rosa Figuerola.

— Salut Rosa. Tu devras te présenter à 21 heures pour le service. Tenue correcte de rigueur.

— Je suis toujours en tenue correcte, dit Rosa Figuerola.

LE PREMIER MINISTRE CONTEMPLAIT le directeur de la Protection de la Constitution avec un regard qu'il fallait bien qualifier de sceptique. Edklinth se représentait des engrenages tournant à grande vitesse derrière les lunettes de l'homme.

Le Premier ministre déplaça son regard sur Rosa Figuerola qui n'avait rien dit pendant l'heure qu'avait duré l'exposé. Il vit une femme très grande et musclée qui lui rendait son regard avec une politesse pleine d'attente. Ensuite il se tourna vers le ministre de la Justice qui avait légèrement pâli au cours de l'exposé.

Pour finir, le Premier ministre respira à fond, ôta ses lunettes et laissa son regard se perdre dans le lointain.

— Je crois qu'il nous faudra un peu plus de café, finit-il par dire.

— Oui, merci, dit Rosa Figuerola.

Edklinth hocha la tête et le ministre de la Justice reprit le thermos.

— Laissez-moi faire un résumé pour être absolument sûr d'avoir tout bien compris, dit le Premier ministre. Vous soupçonnez qu'il existe une conspiration au sein de la Säpo qui agirait en dehors de ses missions constitutionnelles et que, au fil des ans, cette conspiration a mené une activité qu'il faut bien qualifier de criminelle.

Edklinth fit oui de la tête.

— Et vous vous adressez à moi parce que vous n'avez pas confiance en la direction de la Säpo.

— Oui et non, répondit Edklinth. J'ai décidé de me tourner directement vers vous parce que ce type d'activité est en contradiction avec la Constitution, mais je ne connais pas le but de la conspiration et je ne sais pas si je peux avoir mal interprété un élément. Cette activité peut être légitime après tout, et peut avoir l'aval du gouvernement. Dans ce cas, j'agis à partir d'informations erronées ou mal interprétées et je risque ainsi de dévoiler une opération secrète en cours.

Le Premier ministre regarda le ministre de la Justice. Tous deux comprenaient qu'Edklinth prenait ses précautions.

— Je n'ai jamais entendu parler d'une chose pareille. Tu es au courant de quelque chose ?

— Absolument pas, répondit le ministre de la Justice. Je n'ai rien vu dans aucun rapport de la Sûreté qui pourrait étayer cette affaire.

— Mikael Blomkvist pense qu'il s'agit d'un groupe intérieur à la Säpo. Il l'appelle *le club Zalachenko*.

— Je n'ai jamais entendu parler de ça. La Suède aurait accueilli et entretenu un transfuge russe de ce calibre... Il a donc déserté sous le gouvernement de Fälldin...

— J'ai du mal à croire que Fälldin aurait occulté une affaire pareille, dit le ministre de la Justice. Une désertion de cette envergure devrait être une affaire à transmettre en priorité absolue au gouvernement suivant.

Edklinth se racla la gorge.

— Le gouvernement de droite l'a laissée à Olof Palme. Il n'est un secret pour personne que quelques-uns de mes prédécesseurs à la Säpo avaient une opinion particulière sur Palme...

— Vous voulez dire que quelqu'un aurait oublié d'informer le gouvernement social-démocrate...

Edklinth hocha la tête.

— Je voudrais rappeler que Fälldin a assuré deux mandats. Les deux fois, le gouvernement a éclaté. La première fois, il a laissé la place à Ola Ullsten dont le gouvernement était minoritaire en 1979. Ensuite, le gouvernement a éclaté une deuxième fois lorsque les modérés ont abandonné et que Fälldin a gouverné avec les libéraux. M'est avis que la chancellerie du gouvernement se trouvait dans un certain chaos pendant les passations de pouvoir. Il est même possible qu'une affaire comme celle de Zalachenko ait été maintenue dans un cercle tellement restreint que le Premier ministre Fälldin n'y avait pas véritablement accès, ce qui fait qu'il n'a jamais eu quoi que ce soit à passer à Palme.

— Dans ce cas, qui est le responsable ? dit le Premier ministre.

Tout le monde sauf Rosa Figuerola secoua la tête.

— J'imagine qu'il est inévitable que les médias aient vent de ceci, dit le Premier ministre.

— Mikael Blomkvist et *Millénium* vont publier. Nous nous trouvons autrement dit dans une situation de contrainte.

Edklinth avait pris soin d'employer le *nous*. Le Premier ministre hocha la tête. Il comprenait le sérieux de la situation.

— Bon. Tout d'abord, je voudrais vous remercier de m'apporter cette affaire aussi rapidement que vous l'avez fait.

D'ordinaire, je n'accepte pas ce genre de visites sans préavis, mais le ministre de la Justice m'a assuré que vous étiez un homme sensé et que quelque chose d'extraordinaire s'était forcément passé, vu que vous teniez à me voir en court-circuitant tous les canaux normaux.

Edklinth respira un peu. Quoi qu'il arrive, le courroux du Premier ministre ne le foudroierait pas.

— Maintenant il ne nous reste qu'à décider comment gérer tout ça. Auriez-vous des propositions ?

— Peut-être, répondit Edklinth en hésitant.

Il resta silencieux si longtemps que Rosa Figuerola finit par se racler la gorge.

— Puis-je parler ?

— Je vous en prie, dit le Premier ministre.

— S'il est vrai que le gouvernement n'est pas au courant de cette opération, alors elle est illégale. Le criminel dans ces cas-là est le responsable, c'est-à-dire le ou les fonctionnaires de l'Etat qui ont outrepassé leurs compétences. Si nous arrivons à prouver toutes les affirmations de Mikael Blomkvist, cela voudrait dire qu'un groupe de fonctionnaires de la Sûreté a mené une activité criminelle. Le problème revêt ensuite deux aspects.

— Qu'est-ce que vous voulez dire par là ?

— Premièrement, il faut répondre aux questions : comment ceci a-t-il été possible ? Qui a la responsabilité ? Comment une telle conspiration a-t-elle pu se développer dans le cadre d'un organisme policier parfaitement établi ? Permettez-moi de rappeler que je travaille moi-même pour la DGPN/Säpo, et que j'en suis fière. Comment cela a-t-il pu se poursuivre aussi longtemps ? Comment l'activité a-t-elle pu être dissimulée et financée ?

Le Premier ministre hocha la tête.

— Cet aspect-là, des livres qui en parlent vont être publiés, continua Rosa Figuerola. Mais une chose est sûre : il existe forcément un financement et qui doit tourner autour de plusieurs millions de couronnes chaque année. J'ai examiné le budget de la Sûreté et je n'ai rien trouvé qu'on pourrait appeler le club Zalachenko. Cependant, comme vous le savez, il existe un certain nombre de fonds secrets auxquels le secrétaire général et le directeur du budget ont accès, mais pas moi.

Le Premier ministre hocha tristement la tête. Pourquoi la gestion de la Säpo relevait-elle toujours du cauchemar ?

— L'autre aspect concerne les protagonistes. Ou plus exactement les personnes qu'il convient d'appréhender.

Le Premier ministre fit la moue.

— De mon point de vue, les réponses à ces questions dépendent de la décision que vous allez personnellement prendre d'ici quelques minutes.

Torsten Edklinth retint sa respiration. S'il avait pu balancer un coup de pied dans le tibia de Rosa Figuerola, il l'aurait fait. Elle venait de trancher subitement droit dans la rhétorique pour affirmer que le Premier ministre était personnellement responsable. Lui-même avait pensé arriver à cette conclusion, mais seulement après une longue balade diplomatique.

— Quelle décision pensez-vous que je dois prendre ? demanda le Premier ministre.

— De notre côté, nous avons des intérêts en commun. Je travaille à la Protection de la Constitution depuis trois ans et j'estime qu'il s'agit là d'une mission d'une importance capitale pour la démocratie suédoise. La Sûreté s'est correctement comportée dans les contextes constitutionnels ces dernières années. Pour nous, il est important de mettre en avant qu'il s'agit d'une activité criminelle menée par des individus distincts.

— Ce genre d'activités n'a définitivement pas l'aval du gouvernement, dit le ministre de la Justice.

Rosa Figuerola hocha la tête et réfléchit quelques secondes.

— De votre côté, j'imagine que vous ne tenez pas à ce que le scandale atteigne le gouvernement – ce qui serait le cas si le gouvernement essayait d'occulter l'affaire, dit-elle.

— Le gouvernement n'a pas pour habitude d'occulter des activités criminelles, dit le ministre de la Justice.

— Non, mais posons comme hypothèse qu'il ait envie de le faire. Dans ce cas, le scandale serait incommensurable.

— Continuez, dit le Premier ministre.

— La situation actuelle est compliquée parce que nous, à la Protection de la Constitution, sommes obligés de mener des actions contraires aux règles pour avoir la moindre possibilité d'élucider cette histoire. Nous aimerions que cela se passe de façon juridiquement et constitutionnellement correcte.

— Nous le désirons tous, dit le Premier ministre.

— Dans ce cas, je propose que – en votre qualité de Premier ministre – vous donniez ordre à la Protection de la Constitution de tirer au clair ce fouillis au plus vite. Délivrez-nous une feuille de mission écrite et les autorisations nécessaires.

— Je ne suis pas sûr que ce que vous proposez soit légal, dit le ministre de la Justice.

— Si. C'est légal. Le gouvernement a le pouvoir de prendre les mesures les plus larges au cas où la Constitution dans sa forme est menacée de façon illégale. Si un groupe de militaires ou de policiers commençait à mener une politique des Affaires étrangères indépendante, cela signifierait *de facto* qu'un coup d'Etat aurait eu lieu dans notre pays.

— Affaires étrangères ? demanda le ministre de la Justice.

Le Premier ministre hocha brusquement la tête.

— Zalachenko était un transfuge d'une puissance étrangère, dit Rosa Figuerola. Il livrait ses informations, selon Mikael Blomkvist, à des services de renseignements étrangers. Si le gouvernement n'était pas informé, c'est donc qu'il y a eu coup d'Etat.

— Je comprends où vous voulez en venir, dit le Premier ministre. Laissez-moi maintenant exprimer ma pensée.

Le Premier ministre se leva et fit le tour de la table. Il s'arrêta devant Edklinth.

— Vous avez une collaboratrice intelligente. Et qui, de plus, n'y va pas par quatre chemins.

Edklinth déglutit et hocha la tête. Le Premier ministre se tourna vers son ministre de la Justice.

— Appelle ton secrétaire d'Etat et le directeur juridique. Dès demain matin, je veux un document qui donne à la Protection de la Constitution des pouvoirs extraordinaires pour agir dans cette affaire. La mission consiste à établir le degré de vérité dans les affirmations qui nous préoccupent, réunir une documentation sur leur étendue et identifier les personnes responsables ou impliquées.

Edklinth hocha la tête.

— Ce document ne doit pas établir que vous menez une enquête préliminaire – je peux me tromper, mais je crois que seul le procureur de la nation peut désigner un directeur d'enquête préliminaire à ce stade. En revanche, je peux vous donner pour mission de mener seul une enquête pour trouver la vérité. C'est donc une enquête officielle de l'Etat que vous allez mener. Vous me suivez ?

— Oui. Mais puis-je faire remarquer que je suis moi-même un ancien procureur ?

— Hmm. On va demander au directeur juridique de jeter un coup d'œil et de déterminer ce qui est formellement correct. Quoi qu'il en soit, vous êtes le seul responsable de cette enquête. Vous désignez vous-même les collaborateurs dont vous avez besoin. Si vous trouvez des preuves d'une activité criminelle, vous devez les transmettre au ministère public qui décide des actions judiciaires à mener.

— Il faut que je vérifie dans les textes exactement ce qui est en vigueur, mais il me semble que vous êtes tenu d'informer le porte-parole du gouvernement et la Commission constitutionnelle… tout ça va se savoir très rapidement, dit le ministre de la Justice.

— Autrement dit, il faut qu'on agisse vite, dit le Premier ministre.

— Hmm, dit Rosa Figuerola.

— Oui ? demanda le Premier ministre.

— Il reste deux problèmes… Premièrement, la publication de *Millénium* pourrait entrer en collision avec notre enquête et, deuxièmement, le procès de Lisbeth Salander va débuter dans quelques semaines.

— Est-ce qu'on pourra savoir quand *Millénium* a l'intention de publier ?

— On peut toujours poser la question, dit Edklinth. La dernière chose qu'on souhaite, c'est de se mêler des activités des médias.

— En ce qui concerne cette Salander…, commença le ministre de la Justice. Il réfléchit un moment. Ce serait terrible qu'elle ait réellement été victime des abus dont parle *Millénium*… est-ce que ça peut vraiment être possible ?

— Je crains que oui, dit Edklinth.

— Dans ce cas, il faut qu'on veille à ce qu'elle soit dédommagée et, avant tout, qu'elle ne soit pas victime d'un autre abus de pouvoir, dit le Premier ministre.

— Et comment allons-nous nous y prendre pour ça ? demanda le ministre de la Justice. Le gouvernement ne peut en aucun cas intervenir dans une action judiciaire en cours. Ce serait contraire à la loi.

— Est-ce qu'on peut parler avec le procureur...

— Non, dit Edklinth. En tant que Premier ministre, vous ne devez pas influencer le processus judiciaire en quoi que ce soit.

— Autrement dit, Salander doit mener son combat au tribunal, dit le ministre de la Justice. Et c'est seulement si elle perd le procès et fait appel que le gouvernement peut intervenir pour la gracier ou ordonner au ministère public de vérifier s'il y a lieu de refaire un procès.

Puis il ajouta quelque chose :

— Mais cela est valable uniquement si elle est condamnée à une peine de prison. Parce que si elle est condamnée à un internement psychiatrique, le gouvernement ne peut rien faire du tout. Alors il s'agit d'une question médicale, et le Premier ministre n'a pas la compétence requise pour déterminer si elle est saine d'esprit.

A 22 HEURES LE VENDREDI, Lisbeth Salander entendit la clé dans la serrure. Elle arrêta immédiatement l'ordinateur de poche et le glissa sous son oreiller. Quand elle releva les yeux, elle vit Anders Jonasson fermer la porte.

— Bonsoir, mademoiselle Salander, dit-il. Et comment vas-tu ce soir ?

— J'ai un mal de tête épouvantable et je me sens fiévreuse, dit Lisbeth.

— Ce n'est pas bien, ça.

Lisbeth Salander n'avait pas l'air d'être particulièrement tourmentée par la fièvre ou un mal de tête. Anders Jonasson l'examina pendant dix minutes. Il constata qu'au cours de la soirée, la fièvre était de nouveau beaucoup montée.

— C'est vraiment dommage que ça nous tombe dessus maintenant, alors que tu étais en si bonne voie de rétablissement. Maintenant, je ne peux malheureusement pas te relâcher avant au moins deux bonnes semaines.

— Deux semaines, ça devrait suffire.

Il la regarda longuement.

LA DISTANCE ENTRE LONDRES ET STOCKHOLM par la route est grosso modo de mille huit cents kilomètres, et il faut théoriquement environ vingt heures pour les parcourir. En réalité, il avait fallu près de vingt heures pour arriver seulement à la frontière entre l'Allemagne et le Danemark. Le ciel était couvert de nuages orageux lourds comme du plomb, et le lundi, lorsque l'homme qui se faisait appeler Trinity franchissait le pont de l'Øresund, la pluie se mit à tomber à verse. Il ralentit et actionna les essuie-glaces.

Trinity trouvait que c'était un cauchemar de conduire en Europe, avec tout ce continent qui s'entêtait à rouler du mauvais côté de la route. Il avait préparé son break le samedi matin et pris le ferry entre Douvres et Calais, puis il avait traversé la Belgique en passant par Liège. Il avait franchi la frontière allemande à Aix-la-Chapelle puis était remonté par l'autoroute en direction de Hambourg et du Danemark.

Son associé, Bob the Dog, était assoupi sur le siège arrière. Ils s'étaient relayés pour conduire et, mis à part quelques arrêts d'une heure pour manger, ils avaient maintenu une vitesse stable de quatre-vingt-dix kilomètres à l'heure. Avec ses dix-huit ans d'âge, le break n'était pas en mesure de rouler plus vite.

Des moyens plus simples existaient pour se rendre de Londres à Stockholm, mais il était malheureusement peu probable de faire entrer une trentaine de kilos d'équipement électronique en Suède par un vol régulier. Bien qu'ils aient passé six frontières sur le trajet, Trinity ne s'était pas fait arrêter par un seul douanier ou agent de la police des frontières. Il était un chaud partisan de l'Union européenne, dont les règles simplifiaient les visites sur le continent.

Trinity avait trente-deux ans et il était né dans la ville de Bradford, mais il habitait le Nord de Londres depuis tout enfant. Il avait une très médiocre formation derrière lui, une école professionnelle qui lui avait fourni un certificat de technicien qualifié en téléphonie, et pendant trois ans, depuis ses dix-neuf ans, il avait effectivement travaillé comme installateur pour British Telecom.

En réalité, il avait des connaissances théoriques en électronique et en informatique qui lui permettaient de se lancer sans problème dans des discussions où il surpassait n'importe quel grand ponte arrogant en la matière. Il avait vécu avec des ordinateurs dès l'âge de dix ans, et il avait piraté son premier ordinateur à treize. Cela lui avait mis l'eau à la bouche et, à seize ans, il avait évolué au point de se mesurer avec les meilleurs du monde. Durant un temps, il passait chaque minute éveillée devant son écran d'ordinateur, créait ses propres logiciels et balançait des pourriels sur le Net. Il réussit à infiltrer la BBC, le ministère de la Défense anglais et Scotland Yard. Il réussit même, temporairement, à prendre la commande d'un sous-marin nucléaire britannique patrouillant en mer du Nord. Heureusement, Trinity faisait partie des curieux plutôt que du genre malveillant des vandales informatiques. Sa fascination cessait dès l'instant où il avait brisé un ordinateur et trouvé un accès pour s'approprier ses secrets. A la rigueur, il s'autorisait une blague de potache, style configurer un ordinateur dans le sous-marin pour qu'il invite le capitaine à se torcher le cul quand celui-ci demandait une position. Ce dernier incident avait occasionné une suite de réunions de crise au ministère de la Défense, et Trinity avait fini par comprendre qu'il n'était peut-être pas vraiment malin de se vanter de ses connaissances, à une époque où les gouvernements étaient sérieux quand ils menaçaient de condamner les hackers à de lourdes peines de prison.

Il avait suivi cette formation de technicien en téléphonie parce qu'il savait déjà comment fonctionnait le réseau téléphonique. Il avait très vite constaté l'archaïsme désespérant du réseau et s'était reconverti en consultant en sécurité, pour installer des systèmes d'alarme et vérifier des protections contre les vols. A certains clients soigneusement choisis, il pouvait également offrir des exclusivités telles que surveillance et écoutes téléphoniques.

Il était l'un des fondateurs de Hacker Republic, dont Wasp était un des citoyens.

Il était 19 h 30 le dimanche quand Trinity et Bob the Dog atteignirent les faubourgs de Stockholm. Ils passaient Kungens kurva à Skärholmen, lorsque Trinity ouvrit son téléphone portable et composa un numéro qu'il avait mémorisé.

— Plague, dit Trinity.

— Vous êtes où ?

— Tu m'as dit de téléphoner quand on passerait Ikea.

Plague décrivit le chemin pour l'auberge de jeunesse sur Långholmen où il avait réservé de la place pour ses collègues anglais. Plague ne quittant pratiquement jamais son appartement, ils se mirent d'accord pour se retrouver chez lui à 10 heures le lendemain.

Après un moment de réflexion, Plague décida de faire un gros effort et s'attaqua à la vaisselle, au nettoyage et à l'aération des lieux avant l'arrivée de ses invités.

III

DISC CRASH

27 mai au 6 juin

L'historien Diodore de Sicile, Ier siècle avant Jésus-Christ (que certains historiens considèrent comme une source peu fiable), décrit des amazones en Libye, nom qui à cette époque englobait toute l'Afrique du Nord à l'ouest de l'Egypte. Cet empire d'amazones était une gynécocratie, c'est-à-dire que seules des femmes étaient autorisées à détenir des fonctions officielles, y compris les fonctions militaires. Selon la légende, le pays était dirigé par une reine, Myrine, qui avec 30 000 femmes fantassins et 3 000 cavalières traversa l'Egypte et la Syrie, et monta jusqu'à la mer Egée en soumettant une série d'armées mâles sur son chemin. Lorsque la reine Myrine finit par être vaincue, son armée fut dispersée.

L'armée de Myrine laissa pourtant des traces dans la région. Les femmes d'Anatolie prirent les armes pour écraser une invasion du Caucase, après que les soldats mâles avaient été anéantis dans un vaste génocide. Ces femmes étaient entraînées à la pratique de toutes sortes d'armes, y compris l'arc, l'épée, la hache de combat et la lance. Elles copièrent les cottes de mailles en bronze et les armures des Grecs.

Elles rejetaient le mariage, le considérant comme une soumission. Pour la procréation, des congés étaient accordés, pendant lesquels elles pratiquaient le coït avec des hommes anonymes choisis au hasard dans les villages alentour. Seule une femme qui avait tué un homme au combat avait le droit d'abandonner sa virginité.

16

VENDREDI 27 MAI – MARDI 31 MAI

MIKAEL BLOMKVIST QUITTA LA RÉDACTION de *Millénium* à 22 h 30 le vendredi. Il descendit au rez-de-chaussée, mais au lieu de sortir dans la rue il prit à gauche dans l'entrée et traversa la cave pour remonter dans la cour intérieure puis sortir dans Hökens gata en passant par l'immeuble voisin. Il croisa un groupe de jeunes qui quittait Mosebacke, mais personne ne prêta attention à lui. Quelqu'un qui le surveillerait penserait qu'il passait la nuit à la rédaction comme d'habitude. Il avait établi ce schéma dès le mois d'avril. En réalité, c'était Christer Malm qui était de garde la nuit à la rédaction.

Un quart d'heure durant, il se promena dans de petites rues et ruelles autour de Mosebacke avant de mettre le cap sur le numéro 9 de Fiskargatan. Il ouvrit avec le bon code d'accès et monta à pied jusqu'à l'appartement tout en haut où il utilisa les clés de Lisbeth Salander pour ouvrir la porte. Il débrancha l'alarme. Il se sentait toujours aussi troublé quand il entrait dans cet appartement, avec ses vingt et une pièces, dont trois seulement étaient meublées.

Il commença par préparer du café et des sandwiches avant d'entrer dans le bureau de Lisbeth et de démarrer son PowerBook.

Depuis ce jour de la mi-avril où le rapport de Björck avait été volé et où Mikael s'était rendu compte qu'il était sous surveillance, il avait établi son quartier général privé dans l'appartement de Lisbeth. Il avait transféré toute la documentation importante ici. Il passait plusieurs nuits par semaine dans cet appartement, dormait dans le lit de Lisbeth et travaillait sur son ordinateur. Elle l'avait vidé de toutes les données avant de se rendre à Gosseberga pour régler ses comptes avec Zalachenko. Mikael comprenait qu'elle n'avait probablement pas eu l'intention d'y revenir. Il s'était servi des disques système de Lisbeth pour remettre l'ordinateur en état de fonctionnement.

Depuis avril, il n'avait même pas connecté son propre ordinateur à l'ADSL. Il utilisait la connexion de Lisbeth, lançait ICQ et se manifestait sous le numéro qu'elle avait créé pour lui et lui avait communiqué via le groupe Yahoo [Table-Dingue].

[Salut Sally.]
[Raconte.]
[J'ai retravaillé les deux chapitres qu'on a discutés dans la semaine. Tu trouveras la nouvelle version sur Yahoo. Et toi, tu avances comment ?]
[Terminé dix-sept pages. Je les mets sur Table-Dingue maintenant.]
Pling.
[OK. Je les ai. Laisse-moi les lire, et on discute après.]
[J'ai autre chose.]
[Quoi ?]
[J'ai créé un autre groupe Yahoo sous le nom Les-Chevaliers.]
Mikael sourit.
[OK. Les Chevaliers de la Table Dingue.]
[Mot de code yacaraca12.]
[OK.]
[Quatre membres. Toi, moi et Plague et Trinity.]
[Tes mystérieux copains du Net.]
[Je me couvre.]
[OK.]
[Plague a sorti des infos de l'ordi du procureur Ekström. On l'avait piraté en avril.]
[OK.]
[Si je perds mon ordi de poche, il te tiendra informé.]
[Bien. Merci.]

Mikael se déconnecta d'ICQ et lança le nouveau groupe Yahoo [Les-Chevaliers]. Tout ce qu'il trouva fut un lien de Plague vers une adresse http anonyme composée de chiffres uniquement. Il copia l'adresse dans Explorer, tapa Retour et entra immédiatement sur un site de 16 Go quelque part sur Internet, qui constituait le disque dur du procureur Richard Ekström.

Plague s'était apparemment simplifié la vie en copiant l'ensemble du disque dur d'Ekström. Mikael passa une heure à en trier le contenu. Il rejeta les fichiers système, les logiciels et des quantités infinies d'enquêtes préliminaires qui semblaient remonter à des années en arrière. Pour finir, il téléchargea quatre dossiers. Trois portaient les noms de [ENQPRÉLIM/SALANDER], [POUBELLE/SALANDER] et [ENQPRÉLIM/NIEDERMANN]. Le quatrième dossier était une copie des mails du procureur Ekström reçus jusqu'à 14 heures la veille.

— Merci, Plague ! dit Mikael Blomkvist tout haut dans l'appartement vide.

Trois heures durant, il lut l'enquête préliminaire d'Ekström et sa stratégie en vue du procès contre Lisbeth Salander. Comme il s'y était attendu, beaucoup avait trait à son état mental. Ekström demandait un vaste examen psychiatrique et il avait envoyé quantité de mails qui avaient pour but de la faire transférer à la maison d'arrêt de Kronoberg au plus vite.

Mikael constata que les investigations d'Ekström pour retrouver Niedermann semblaient piétiner. C'était Bublanski qui dirigeait les recherches. Il avait réussi à établir une documentation technique chargeant Niedermann pour les meurtres de Dag Svensson et de Mia Bergman, tout comme pour le meurtre de maître Bjurman. Mikael Blomkvist avait lui-même contribué avec une grande partie de ces preuves lors de trois longs interrogatoires en avril, et il serait obligé de témoigner en cas d'arrestation de Niedermann. L'ADN identifié dans quelques gouttes de sueur et deux cheveux prélevés dans l'appartement de Bjurman avaient enfin pu être associés avec l'ADN issu de la chambre de Niedermann à Gosseberga. On avait aussi retrouvé le même ADN en grandes quantités sur le corps de l'expert financier du MC Svavelsjö, Viktor Göransson.

En revanche, Ekström avait étonnamment peu d'informations sur Zalachenko.

Mikael alluma une cigarette et, le temps de la fumer, se tourna vers la fenêtre pour profiter du panorama sur Djurgården.

Ekström dirigeait actuellement deux enquêtes préliminaires qui avaient été distinguées l'une de l'autre. L'inspecteur Hans Faste était l'autorité responsable des investigations dans toutes les affaires concernant Lisbeth Salander. Bublanski s'occupait uniquement de Niedermann.

Le plus naturel pour Ekström, quand le nom de Zalachenko avait surgi dans son enquête préliminaire, aurait été de contacter le directeur général de la Säpo pour poser des questions sur l'identité réelle de Zalachenko. Mikael ne trouva aucun contact de ce type dans les mails d'Ekström, ni dans son journal ou dans ses notes. Par contre, tout démontrait qu'il possédait une certaine dose d'informations sur Zalachenko. Parmi les notes, Mikael trouva certaines formulations mystérieuses.

Le rapport sur Salander est un faux. Original de Björck ne correspond pas avec la version de Blomkvist. Classé confidentiel.

Hmm. Ensuite une série de notes qui soutenaient que Lisbeth Salander souffrait de schizophrénie paranoïde.

Correct d'interner Salander en 1991.

Dans [POUBELLE/SALANDER], Mikael trouva ce qui reliait les enquêtes, c'est-à-dire des informations accessoires dont le procureur avait jugé qu'elles ne concernaient pas l'enquête préliminaire et qui ne seraient par conséquent pas utilisées lors du procès et ne feraient pas partie des pièces à conviction contre elle. En faisait partie pratiquement tout ce qui touchait au passé de Zalachenko.

Mikael contemplait une enquête lamentable.

Il se demanda quelle part de tout ceci relevait du hasard et quelle part avait été arrangée. Où passait la limite ? Ekström était-il conscient qu'il existait une limite ?

Ou bien pouvait-on imaginer que quelqu'un fournissait sciemment à Ekström des informations crédibles mais fallacieuses ?

Pour finir, il se connecta à hotmail et consacra les dix minutes suivantes à consulter une demi-douzaine de comptes anonymes qu'il avait créés. Tous les jours, il avait fidèlement vérifié l'adresse hotmail qu'il avait donnée à l'inspectrice Sonja Modig. Il n'avait pas grand espoir qu'elle se manifeste. C'est pourquoi il fut agréablement surpris en ouvrant la boîte aux lettres de trouver un mail de voyagetrain9avril@hotmail.com. Le message ne comportait qu'une seule ligne.

[Café Madeleine, premier étage, samedi 11 heures.]

Mikael Blomkvist hocha pensivement la tête.

PLAGUE SE SIGNALA A LISBETH SALANDER vers minuit et l'interrompit alors qu'elle était en train de décrire sa vie avec Holger Palmgren comme tuteur. Agacée, elle regarda l'écran.

[Qu'est-ce que tu veux ?]
[Salut Wasp, moi aussi je suis ravi d'avoir de tes nouvelles.]
[Bon, bon. Quoi ?]
[Teleborian.]

Elle se redressa dans le lit et regarda tout excitée l'écran
de l'ordinateur de poche.

[Raconte.]
[Trinity a réglé ça en un temps record.]
[Comment ?]
[M. le docteur des fous reste pas en place. Il arrête pas de
bouger entre Uppsala et Stockholm et on peut pas faire de
hostile takeover.]
[Je sais. Comment il a fait ?]
[Teleborian joue au tennis deux fois par semaine. Deux bon-
nes heures. Il a laissé son ordi dans la voiture dans un par-
king couvert.]
[Ha ha.]
[Trinity n'a eu aucun problème pour neutraliser l'alarme de
la voiture et sortir l'ordi. Une demi-heure lui a suffi pour tout
copier via Firewire et installer Asphyxia.]
[Où je trouve ça ?]

Plague donna l'adresse http du serveur où il conservait le
disque dur de Peter Teleborian.

[Comme dit Trinity… *This is some nasty shit.*]
[?]
[Va voir son disque dur.]

Lisbeth Salander quitta Plague pour aller sur Internet trouver le serveur que Plague avait indiqué. Elle consacra les
trois heures suivantes à passer en revue un par un les dossiers de l'ordinateur de Teleborian.

Elle trouva une correspondance entre Teleborian et une
personne domiciliée sur hotmail qui lui envoyait des mails
cryptés. Comme elle disposait de la clé PGP de Teleborian,
elle n'eut aucun problème pour lire la correspondance en
clair. Son nom était Jonas, sans nom de famille. Jonas et
Teleborian manifestaient un intérêt malsain pour le manque
de santé de Lisbeth Salander.

Yes... nous pouvons prouver qu'il existe une conspiration.

Mais ce qui intéressa Lisbeth Salander par-dessus tout, ce fut quarante-sept dossiers contenant 8 756 photos pornographiques hard mettant en scène des enfants. L'une après l'autre, elle ouvrit des photos montrant des enfants d'environ quinze ans ou moins. Un certain nombre représentaient des enfants en très bas âge. La plupart montraient des filles. Plusieurs photos étaient à caractère sadique.

Elle trouva des liens vers au moins une douzaine de personnes dans plusieurs pays qui s'échangeaient de la porno pédophile.

Lisbeth se mordit la lèvre inférieure. A part cela, son visage n'affichait pas la moindre expression.

Elle se souvint des nuits quand elle avait douze ans et qu'elle s'était trouvée attachée dans une chambre dépourvue de stimulus sensoriels à la clinique pédopsychiatrique de Sankt Stefan. Teleborian n'avait eu de cesse qu'il ne vienne dans sa chambre pour la contempler, vaguement éclairée par la lueur qui filtrait par la porte.

Elle savait. Il ne l'avait jamais touchée, mais elle avait toujours su.

Elle se maudit. Elle aurait dû s'occuper de Teleborian depuis plusieurs années. Mais elle l'avait refoulé, avait cherché à ignorer son existence.

Elle l'avait laissé faire.

Au bout d'un moment, elle se signala à Mikael Blomkvist sur ICQ.

MIKAEL BLOMKVIST PASSA LA NUIT dans l'appartement de Lisbeth Salander dans Fiskargatan. A 6 h 30 seulement, il arrêta l'ordinateur. Il s'endormit avec des photos pornos d'enfants sur la rétine et se réveilla à 10 h 15. Il sauta du lit, prit une douche et appela un taxi qui vint le chercher devant Södra Teatern. Il arriva dans Birger Jarlsgatan à 10 h 55 et se rendit à pied au café Madeleine.

Sonja Modig l'attendait, une tasse de café noir devant elle.

— Salut, dit Mikael.

— Je prends un risque énorme en faisant ça, dit-elle sans saluer. Je serai virée et on pourra me traduire en justice si jamais quelqu'un apprend que je t'ai rencontré.

— Ce n'est pas moi qui le dirai à qui que ce soit.

Elle semblait stressée.

— Un de mes collègues est récemment allé voir l'ancien Premier ministre Thorbjörn Fälldin. Il y est allé à titre privé, et lui aussi risque gros.

— Je comprends.

— J'exige donc que notre anonymat soit protégé.

— Je ne sais même pas de quel collègue tu parles.

— Je vais te le dire. Je veux que tu promettes de le protéger en tant que source.

— Tu as ma parole.

Elle lorgna sur la montre.

— Tu es pressée ?

— Oui. Je dois retrouver mon mari et mes enfants dans la galerie Sture d'ici dix minutes. Mon mari croit que je suis au boulot.

— Et Bublanski n'est pas au courant.

— Non.

— OK. Toi et ton collègue, vous êtes des sources et totalement protégés. Tous les deux. C'est valable jusqu'à la tombe.

— Mon collègue, c'est Jerker Holmberg que tu as rencontré à Göteborg. Son père est un militant centriste et Jerker connaît Fälldin depuis qu'il est gamin. Il est allé le voir à titre privé pour parler de Zalachenko.

— Je vois.

Le cœur de Mikael battait la chamade.

— Fälldin semble un homme correct. Holmberg a parlé de Zalachenko et a demandé ce que Fälldin savait sur sa désertion. Fälldin n'a rien dit. Puis Holmberg lui a raconté que nous pensons que Lisbeth Salander a été internée en psy par ceux qui protégeaient Zalachenko. Fälldin a été très révolté.

— Je comprends.

— Fälldin a raconté que le directeur de la Säpo de l'époque et un de ses collègues étaient venus le voir peu après qu'il était devenu Premier ministre. Ils lui ont raconté une histoire extraordinaire au sujet d'un espion russe déserteur qui était venu se réfugier en Suède. Fälldin a appris ce jour-là qu'il s'agissait du secret militaire le plus délicat qu'avait la Suède... que rien dans toute la Défense suédoise ne lui arrivait à la cheville en matière d'importance.

— Hmm.

— Fälldin leur avait dit qu'il ne savait pas comment gérer l'affaire. Il venait d'être nommé Premier ministre et son gouvernement n'avait aucune expérience. Ça faisait plus de quarante ans que les socialistes étaient au pouvoir. Les gars lui ont répondu que les prises de décision lui incombaient personnellement et que la Säpo déclinerait toute responsabilité s'il consultait ses collègues du gouvernement. Il a vécu très désagréablement tout cela. Il ne voyait tout simplement pas quoi faire.

— OK.

— Pour finir, Fälldin s'est senti obligé d'agir comme ces messieurs de la Säpo le lui suggéraient. Il a rédigé une directive qui donnait à la Säpo la garde exclusive de Zalachenko. Il s'est engagé à ne jamais discuter l'affaire avec qui que ce soit. Il n'a jamais appris le nom du transfuge.

— Je comprends.

— Ensuite Fälldin n'a pratiquement plus entendu parler de l'affaire pendant ses deux mandats. Par contre, il avait fait une chose extrêmement sage. Il avait insisté pour qu'un secrétaire d'Etat soit mis dans la confidence afin de fonctionner comme intermédiaire entre le cabinet du gouvernement et ceux qui protégeaient Zalachenko.

— Ah oui ?

— Ce secrétaire d'Etat s'appelle Bertil K. Janeryd. Il a soixante-trois ans aujourd'hui et il est ambassadeur de la Suède à La Haye.

— Putain, rien que ça !

— Quand Fälldin a réalisé la gravité de cette enquête préliminaire, il a écrit une lettre à Janeryd.

Sonja Modig poussa une enveloppe vers Mikael qui sortit le feuillet et lut.

Cher Bertil,

Le secret que nous avons tous les deux gardé pendant mon mandat au gouvernement est très sérieusement mis en question. L'individu concerné par l'affaire est décédé maintenant et ne peut plus être compromis. Par contre, d'autres personnes peuvent l'être.

Il est d'une importance capitale que nous ayons la réponse à certaines questions nécessaires.

La personne porteuse de cette lettre travaille de façon offi-cieuse et elle a ma confiance. Je te demande d'écouter son histoire et de répondre à ses questions.

Sers-toi de ton incontestable bon discernement.

TF

— Cette lettre fait donc allusion à Jerker Holmberg.

— Non. Holmberg a demandé à Fälldin de ne pas men-tionner de nom. Il a expressément dit qu'il ne savait pas qui irait à La Haye.

— Tu veux dire…

— On en a parlé, Jerker et moi. On s'est déjà tellement mouillés que c'est un canot de sauvetage qu'il nous faudrait et pas une simple bouée. On n'est absolument pas habilités à aller aux Pays-Bas pour interroger l'ambassadeur. Toi par contre, tu peux le faire.

Mikael replia la lettre et il commençait à la glisser dans la poche de sa veste, lorsque Sonja Modig lui prit la main. Elle serra fort.

— Information contre information, dit-elle. On veut savoir ensuite ce que Janeryd va te raconter.

Mikael fit oui de la tête. Sonja Modig se leva. Mikael l'arrêta.

— Attends. Tu as dit que Fälldin avait eu la visite de deux personnes de la Säpo. L'une était le directeur. Qui était son collègue ?

— Fälldin ne l'a rencontré qu'à cette occasion et il n'arrive pas à se rappeler son nom. Aucune note n'a été prise. Il se souvient d'un homme maigre avec une fine moustache. Il lui avait été présenté comme chef de la Section d'analyse spé-ciale ou un truc dans ce genre. Plus tard, Fälldin a vérifié sur un organigramme de la Säpo et il n'a pas trouvé cette section.

Le club Zalachenko, pensa Mikael.

Sonja Modig se rassit. Elle sembla peser ses mots.

— OK, finit-elle par dire. Au risque de passer devant le peloton d'exécution. Il existe une note que ni Fälldin ni les visiteurs n'ont eue en tête.

— Laquelle ?

— Le registre des visiteurs de Fälldin à Rosenbad.

— Et ?

— Jerker a demandé à voir ce registre. C'est un document officiel, conservé au siège du gouvernement.

— Et ?

Sonja Modig hésita encore une fois.

— Le registre indique seulement que le Premier ministre a rencontré le directeur de la Säpo plus un collègue pour discuter de sujets d'ordre général.

— Y a-t-il un nom ?

— Oui. E. Gullberg.

Mikael sentit le sang affluer à sa tête.

— Evert Gullberg, dit-il.

Sonja Modig avait l'air de serrer les dents. Elle hocha la tête. Elle se leva et partit.

MIKAEL BLOMKVIST SE TROUVAIT ENCORE au café Madeleine quand il ouvrit son téléphone portable pour réserver un billet d'avion pour La Haye. L'avion décollait d'Arlanda à 14 h 50. Il se rendit chez Dressman dans Kungsgatan où il acheta une chemise neuve et des sous-vêtements de rechange, puis à la pharmacie de Klara où il fit l'acquisition d'une brosse à dents et d'affaires de toilette. Il veilla soigneusement à ne pas être surveillé quand il courut attraper la navette pour l'aéroport. Il arriva avec dix minutes de battement.

A 18 h 30, il prit une chambre dans un hôtel défraîchi à une dizaine de minutes de marche de la gare centrale.

Il passa deux heures à essayer de localiser l'ambassadeur de Suède et réussit à l'avoir au téléphone vers 21 heures. Il utilisa toute sa persuasion et souligna que ce qui l'amenait était de la plus haute importance et qu'il était obligé d'en parler sans tarder. L'ambassadeur finit par céder et accepta de rencontrer Mikael à 10 heures le dimanche.

Mikael alla ensuite prendre un léger dîner dans un restaurant tout près de son hôtel. Il s'endormit vers 23 heures.

L'AMBASSADEUR BERTIL K. JANERYD n'était pas très loquace en servant le café à son domicile.

— Eh bien… Qu'est-ce qui est urgent à ce point ?

— Alexander Zalachenko. Le transfuge russe arrivé en Suède en 1976, dit Mikael en lui tendant la lettre de Fälldin.

Janeryd eut l'air abasourdi. Il lut la lettre et la posa ensuite tout doucement.

Mikael consacra la demi-heure suivante à expliquer le fond du problème et pourquoi Fälldin avait écrit cette lettre.

— Je... je ne peux pas en parler, dit Janeryd finalement.

— Bien sûr que si.

— Non, je peux seulement en parler devant la Commission constitutionnelle.

— Il est tout à fait vraisemblable que vous aurez l'occasion de le faire aussi. Mais la lettre stipule que vous devez vous servir de votre discernement.

— Fälldin est un honnête homme.

— Je n'en doute pas une seconde. Et je ne cherche pas à vous coincer, ni vous ni Fälldin. Vous n'avez pas à révéler le moindre secret militaire que Zalachenko ait éventuellement pu révéler.

— Je ne connais aucun secret. Je ne savais même pas que son nom était Zalachenko... Je ne le connaissais que sous son nom de code.

— Qui était ?

— On l'appelait Ruben.

— Bien.

— Je ne peux pas en parler.

— Bien sûr que si, répéta Mikael et il s'installa plus confortablement. Il se trouve que sous peu toute cette histoire va être rendue publique. Et quand ce sera le cas, les médias vont soit vous descendre à boulets rouges, soit vous décrire comme un honnête fonctionnaire de l'Etat qui a fait de son mieux pour arranger une situation exécrable. C'est vous qui avez été mandaté par Fälldin pour servir d'intermédiaire entre lui et ceux qui s'occupaient de Zalachenko. Je le sais déjà.

Janeryd hocha la tête.

— Racontez.

Janeryd garda le silence près d'une minute.

— On ne m'a informé de rien. J'étais jeune... je ne savais pas comment gérer l'affaire. Je les ai rencontrés à peu près deux fois par an pendant les années concernées. On me disait que Ruben... Zalachenko était en bonne santé, qu'il collaborait et que l'information qu'il fournissait était inestimable. Je n'ai jamais appris de détails. Je *n'avais pas besoin* de savoir.

Mikael attendit.

— Le transfuge avait opéré dans d'autres pays et ne connaissait rien de la Suède, c'est pourquoi il n'a jamais été une grande priorité pour notre politique de sûreté. J'ai informé le Premier ministre à deux ou trois occasions, mais de manière générale il n'y avait rien à dire.

— OK.

— Ils disaient toujours qu'il était traité suivant les usages en la matière et que l'information qu'il fournissait suivait le processus habituel via nos canaux réguliers. Que pouvais-je dire ? Quand je demandais ce que cela signifiait, ils souriaient et disaient que ça se situait hors de mon niveau de compétence. Je me sentais comme un idiot.

— Vous ne vous êtes jamais dit que quelque chose clochait dans cet arrangement ?

— Non. Rien ne clochait dans l'arrangement. Je partais du principe qu'à la Säpo, ils savaient ce qu'ils faisaient et qu'ils avaient toute l'expérience et l'habitude requises. Mais je ne peux pas en parler.

A ce stade, Janeryd en parlait déjà depuis plusieurs minutes.

— Tout cela est peu important. Une seule chose est importante en ce moment.

— Laquelle ?

— Les noms des personnes que vous rencontriez.

Janeryd interrogea Mikael du regard.

— Ceux qui s'occupaient de Zalachenko ont très largement outrepassé leurs compétences. Ils ont mené une activité criminelle aggravée et ils feront l'objet d'une enquête préliminaire. C'est pourquoi Fälldin m'a envoyé ici. Fälldin ne connaît pas ces noms. C'est vous qui rencontriez ces personnes.

Janeryd cligna des paupières nerveusement et serra les lèvres.

— Vous avez rencontré Evert Gullberg... c'était lui le chef.

Janeryd hocha la tête.

— Combien de fois l'avez-vous rencontré ?

— Il participait à toutes nos rencontres, sauf à une. Il y a eu une dizaine de rencontres au cours des années où Fälldin était Premier ministre.

— Et ces rencontres, elles avaient lieu où ?

— Dans le foyer d'un hôtel. Le Sheraton en général. Une fois à l'Amaranten sur Kungsholmen et quelques fois au pub du Continental.

— Et qui d'autre participait aux rencontres ?

Janeryd cligna des yeux, l'air résigné.

— C'était il y a si longtemps… je ne me rappelle plus.

— Essayez.

— Il y avait un… Clinton. Comme le président américain.

— Prénom ?

— Fredrik Clinton. Je l'ai rencontré quatre-cinq fois.

— OK… d'autres ?

— Hans von Rottinger. Je le connaissais par ma mère.

— Votre mère ?

— Oui, ma mère connaissait la famille von Rottinger. Hans von Rottinger était un homme sympa. Avant de le voir surgir soudain dans une réunion avec Gullberg, j'ignorais totalement qu'il travaillait pour la Säpo.

— Il ne travaillait pas pour la Säpo, dit Mikael.

Janeryd blêmit.

— Il travaillait pour quelque chose nommé la Section d'analyse spéciale, dit Mikael. Qu'est-ce qu'on vous a dit sur ce groupe ?

— Rien… je veux dire, c'était bien eux qui s'occupaient du transfuge.

— Oui. Mais avouez que c'est bizarre qu'ils ne figurent nulle part dans l'organigramme de la Säpo.

— C'est absurde…

— Oui, n'est-ce pas ? Ça se passait comment quand vous fixiez vos rendez-vous ? C'étaient eux qui vous appelaient ou vous qui les appeliez ?

— Non… la date et le lieu de la rencontre suivante étaient décidés lors de chaque rencontre.

— Comment cela se passait si vous aviez besoin de les contacter ? Par exemple pour changer de jour de rencontre ?

— J'avais un numéro de téléphone.

— Quel numéro ?

— Sincèrement, je ne m'en souviens plus.

— C'était le numéro de qui ?

— Je ne sais pas. Je ne l'ai jamais utilisé.

— OK. Question suivante… qui vous a succédé ?

— Comment ça ?

— Quand Fälldin a démissionné. Qui a pris votre place ?

— Je ne sais pas.

— Avez-vous écrit des rapports ?

— Non, tout ça était confidentiel. Je n'avais même pas le droit de prendre des notes.

— Et vous n'avez jamais briefé de successeur ?

— Non.

— Alors, que s'est-il passé ?

— Eh bien… Fälldin a démissionné et passé le flambeau à Ola Ullsten. On m'a informé que nous devions rester sur la touche jusqu'aux élections suivantes. Alors Fälldin a été réélu et nos rencontres ont repris. Puis il y a eu les élections de 1985 et les socialistes ont gagné. Et je suppose que Palme a désigné quelqu'un pour me succéder. Pour ma part, j'ai commencé ma carrière de diplomate au ministère des Affaires étrangères. J'ai été basé en Egypte, puis en Inde.

Mikael continua à poser des questions quelques minutes encore mais il était convaincu qu'il avait déjà appris tout ce que Janeryd avait à raconter. Trois noms.

Fredrik Clinton.

Hans von Rottinger.

Et Evert Gullberg – l'homme qui avait tué Zalachenko.

Le club Zalachenko.

Il remercia Janeryd pour les informations et prit un taxi pour retourner à la gare. Ce ne fut qu'une fois installé dans le taxi qu'il glissa la main dans sa poche pour arrêter le magnétophone.

Il était de retour à l'aéroport de Stockholm à 19 h 30 le dimanche.

ERIKA BERGER CONTEMPLA PENSIVEMENT la photo sur l'écran. Elle leva les yeux et observa la rédaction à moitié vide de l'autre côté de la cage en verre. Apparemment, personne ne lui témoignait de l'intérêt, ni ouvertement, ni en cachette. Elle n'avait pas non plus de raison de croire que quelqu'un de la rédaction lui voulait du mal.

Le mail était arrivé une minute plus tôt. L'expéditeur en était redax@aftonbladet.com. *Pourquoi justement* Aftonbladet *?* Encore une adresse trafiquée.

Le message d'aujourd'hui ne contenait pas de texte. Il n'y avait qu'une image JPEG qu'elle ouvrit sous Photoshop.

C'était une photo porno représentant une femme nue avec des seins exceptionnellement gros et un collier de chien autour du cou. Elle était à quatre pattes et se faisait sodomiser.

Le visage de la femme avait été changé. La retouche n'était pas bien faite, ce qui n'était sans doute pas le but non plus. Le visage d'Erika Berger avait été collé à la place du visage d'origine. La photo était celle qui lui avait servi de signature à *Millénium* et qui pouvait se télécharger sur le Net.

En bas de la photo, deux mots avaient été écrits avec la fonction aérographe dans Photoshop.

Sale pute.

C'était le neuvième message anonyme qu'elle recevait, la traitant de "sale pute" et qui semblait envoyé d'un grand groupe de communication en Suède. Elle avait manifestement un cyber harceleur sur les bras.

LES ÉCOUTES TÉLÉPHONIQUES étaient plus difficiles à mettre en œuvre que la surveillance informatique. Trinity n'avait eu aucun problème pour localiser le câble du téléphone fixe du procureur Ekström ; le problème était qu'Ekström ne l'utilisait jamais ou rarement pour des appels liés à son métier. Trinity ne se donna même pas la peine d'essayer de piéger le téléphone d'Ekström à l'hôtel de police sur Kungsholmen. Cela aurait demandé un accès au réseau câblé suédois dont Trinity ne disposait pas.

En revanche, Trinity et Bob the Dog passèrent pratiquement une semaine entière à identifier et distinguer le téléphone portable parmi le bruit de fond de près de deux cent mille autres téléphones portables dans un rayon d'un kilomètre autour de l'hôtel de police.

Trinity et Bob the Dog utilisèrent une technique appelée Random Frequency Tracking System, RFTS. Une technique connue, qu'avait développée la National Security Agency américaine, la NSA, et qui était intégrée à un nombre indéterminé de satellites surveillant ponctuellement des foyers de crise particulièrement intéressants et des capitales tout autour du monde.

La NSA disposait de ressources énormes et utilisait une sorte de filet pour capter une grande quantité d'appels de téléphones portables donnés simultanément dans un certain périmètre. Chaque appel était individualisé et passé en numérique dans des programmes faits pour réagir à certains termes, par exemple "terroriste" ou "kalachnikov". Si un tel mot semblait figurer, l'ordinateur envoyait automatiquement un signal, et un opérateur entrait manuellement et écoutait la conversation pour décider si elle présentait un intérêt ou pas.

Cela se corsait quand on voulait identifier un téléphone mobile spécifique. Chaque portable a sa propre signature unique – comme une empreinte digitale – sous forme de numéro de téléphone. Avec des appareils exceptionnellement sensibles, la NSA pouvait focaliser sur une zone déterminée pour distinguer et écouter des appels de téléphones portables. La technique était simple mais pas sûre à cent pour cent. Les appels sortants étaient particulièrement difficiles à identifier, alors que les appels entrants s'identifiaient plus facilement puisqu'ils débutaient justement avec l'empreinte digitale destinée au téléphone cible pour qu'il capte le signal.

La différence entre les ambitions en matière d'écoute téléphonique de Trinity et de la NSA était d'ordre financier. La NSA avait un budget annuel de plusieurs milliards de dollars, près de douze mille agents à plein temps et l'accès à une technologie de pointe absolue en informatique et en téléphonie. Trinity, lui, avait son break avec l'équivalent d'environ trente kilos d'équipement électronique, dont une grande partie bricolée maison par Bob the Dog. Grâce à sa surveillance globale par satellite, la NSA pouvait diriger des antennes extrêmement sensibles sur un bâtiment spécifique n'importe où dans le monde. Trinity ne disposait que d'une antenne que Bob the Dog avait fabriquée, avec une portée effective d'environ cinq cents mètres.

La technique dont disposait Trinity l'obligeait à garer son break dans Bergsgatan ou dans une des rues proches et à laborieusement calibrer son équipement jusqu'à ce qu'il ait identifié l'empreinte digitale qui constituait le numéro de téléphone portable du procureur Richard Ekström. Comme il ne parlait pas le suédois, il lui fallait réorienter les appels, via un autre portable, chez Plague qui se chargeait de l'écoute proprement dite.

Cinq jours et quatre nuits durant, un Plague aux yeux de plus en plus caves avait écouté jusqu'à épuisement un nombre effarant d'appels à destination ou sortant de l'hôtel de police et des bâtiments environnants. Il avait entendu des fragments d'enquêtes en cours, découvert des rendez-vous galants, enregistré un grand nombre d'appels contenant des inepties sans intérêt. Tard le soir du cinquième jour, Trinity envoya un signal qu'un affichage digital identifia immédiatement comme le numéro du portable du procureur Ekström. Plague verrouilla l'antenne parabolique sur l'exacte fréquence.

La technique fonctionnait mieux sur les appels entrants destinés à Ekström. La parabole de Trinity capta tout simplement la recherche du numéro de portable d'Ekström balancée dans les cieux au-dessus de toute la Suède.

Dès l'instant où Trinity put commencer à enregistrer des appels d'Ekström, il obtint aussi l'empreinte de sa voix sur laquelle Plague put travailler.

Plague instilla la voix numérisée d'Ekström dans un programme appelé VPRS, Voiceprint Recognition System. Il précisa une douzaine de mots fréquemment utilisés, comme "d'accord" ou "Salander". Dès qu'il disposa de cinq exemples distincts d'un mot, celui-ci fut répertorié en fonction du temps qu'il fallait pour le prononcer, de sa hauteur et de sa fréquence, de la tonique de fin de mot et d'une douzaine d'autres marqueurs. Après avoir ainsi obtenu une représentation graphique, Plague eut la possibilité d'écouter également les appels sortants du procureur Ekström. Sa parabole était en permanence à l'écoute d'un appel où figurerait précisément le schéma graphique d'un des mots fréquemment utilisés, une douzaine en tout. La technique était loin d'être parfaite. Mais ils estimaient que cinquante pour cent de tous les appels que passait Ekström sur son portable de l'intérieur de l'hôtel de police ou d'un endroit proche étaient écoutés et enregistrés.

Malheureusement, la technique avait un gros inconvénient. Dès que le procureur Ekström quittait l'hôtel de police, la possibilité d'écoute cessait, sauf si Trinity, sachant où il se rendait, pouvait garer son break à proximité immédiate.

DISPOSANT DÉSORMAIS DE L'ORDRE venu d'en haut, Torsten Edklinth avait enfin pu créer une unité d'intervention, de taille réduite certes, mais légitime. Il sélectionna quatre collaborateurs et choisit sciemment de jeunes talents venus de la police ordinaire, récemment recrutés par la Säpo. Deux avaient un passé à la brigade des fraudes, un aux affaires financières et un à la brigade criminelle. Ils furent convoqués dans le bureau d'Edklinth et mis au courant de la nature de leur mission et du besoin de confidentialité absolue. Il souligna que l'enquête se faisait expressément sur demande du Premier ministre. Rosa Figuerola était leur chef et elle dirigeait l'enquête avec une force à la mesure de son physique.

Mais l'enquête avançait lentement, principalement parce qu'aucun d'eux n'était très sûr de qui devait être la cible de leurs recherches. Plusieurs fois, Edklinth et Figuerola envisagèrent d'arrêter carrément Mårtensson pour l'interroger. Mais chaque fois, ils décidèrent d'attendre. Une arrestation aurait pour résultat que toute l'enquête devenait publique.

Mais le mardi, onze jours après l'entrevue avec le Premier ministre, Rosa Figuerola vint frapper à la porte du bureau d'Edklinth.

— Je crois qu'on tient quelque chose.

— Assieds-toi.

— Evert Gullberg.

— Oui ?

— L'un de nos enquêteurs a parlé avec Marcus Ackerman qui mène l'enquête sur l'assassinat de Zalachenko. Ackerman dit que la Säpo a contacté la police de Göteborg deux heures seulement après l'assassinat pour l'informer des lettres de menace de Gullberg.

— Ils ont fait vite.

— Oui. Un peu trop vite même. La Säpo a faxé à la police de Göteborg neuf lettres dont Gullberg serait l'auteur. Sauf qu'il y a un hic.

— Quoi ?

— Deux des lettres étaient adressées au ministère de la Justice – au ministre de la Justice et au ministre de la Démocratie.

— Oui. Je le sais déjà.

— Oui, mais la lettre adressée au ministre de la Démocratie n'a été enregistrée par le ministère que le lendemain. Elle faisait partie d'une autre tournée.

Edklinth regarda fixement Rosa Figuerola. Pour la première fois, il eut vraiment peur que ses soupçons soient fondés. Inflexible, Rosa continua :

— Autrement dit, la Säpo a envoyé le fax d'une lettre de menace qui n'était pas encore parvenue à son destinataire.

— Mon Dieu ! dit Edklinth.

— C'est un employé à la Protection des personnalités qui a faxé les lettres.

— Qui ?

— Je ne pense pas qu'il ait quoi que ce soit à voir là-dedans. Il a reçu les lettres sur son bureau le matin et, peu après l'assassinat, on lui a ordonné de contacter la police de Göteborg.

— Qui lui a donné cet ordre ?

— La secrétaire du secrétaire général.

— Mon Dieu, Rosa… Tu comprends ce que ça veut dire ?

— Oui.

— Ça veut dire que la Säpo était mêlée à l'assassinat de Zalachenko.

— Non. Mais ça veut définitivement dire que des personnes *au sein* de la Säpo avaient connaissance de l'assassinat avant qu'il soit commis. La question est de savoir qui.

— Le secrétaire général…

— Oui. Mais je commence à me dire que ce club Zalachenko se trouve à l'extérieur de la maison.

— Qu'est-ce que tu veux dire ?

— Mårtensson. Il a été transféré du service de Protection des personnalités et travaille en solo. Nous l'avons eu sous surveillance à temps plein toute la semaine. Il n'a eu de contact avec personne dans la maison à notre connaissance. Il reçoit des appels sur un portable qu'on n'arrive pas à écouter. Nous ne connaissons pas le numéro de ce portable, mais ce n'est pas le sien en tout cas. Il a rencontré l'homme blond que nous n'avons pas encore réussi à identifier.

Edklinth plissa le front. Au même moment, Niklas Berglund frappa à la porte. Il était le collaborateur recruté à la nouvelle section d'intervention qui auparavant avait travaillé aux affaires financières.

— Je crois que j'ai trouvé Evert Gullberg, dit Berglund.

— Entre, dit Edklinth.

Berglund posa une photographie écornée sur le bureau. Edklinth et Figuerola observèrent la photo. Elle représentait un homme que tous deux reconnurent immédiatement comme étant le légendaire colonel espion Stig Wennerström. Deux solides agents de police en civil lui faisaient passer une porte.

— Cette photo provient des éditions Åhlén & Åkerlund et elle a été publiée dans le magazine *Se* au printemps 1964. Elle a été prise lors du procès où Wennerström a été condamné à la prison à perpétuité.

— Hm hm.

— Dans le fond, vous voyez trois personnes. A droite, le commissaire criminel Otto Danielsson, qui est donc celui qui avait arrêté Wennerström.

— Oui…

— Regardez l'homme à gauche derrière Danielsson.

Edklinth et Figuerola virent un homme grand avec une fine moustache et un chapeau. Il y avait une vague ressemblance avec l'écrivain Dashiell Hammett.

— Comparez le visage avec cette photo d'identité de Gullberg. Il avait soixante-six ans quand la photo d'identité a été prise.

Edklinth fronça les sourcils.

— Je n'irais pas jurer que c'est la même personne…

— Mais moi je le ferais, dit Berglund. Retourne la photo.

Au dos, un tampon indiquait que la photo était propriété des éditions Åhlén & Åkerlund et que le photographe s'appelait Julius Estholm. Il y avait un texte écrit au crayon. *Stig Wennerström flanqué de deux agents de police entre au tribunal d'instance de Stockholm. Dans le fond, O. Danielsson, E. Gullberg et H. W. Francke.*

— Evert Gullberg, dit Rosa Figuerola. De la Säpo.

— Non, dit Berglund. D'un point de vue purement technique, il ne l'était pas. En tout cas, pas quand cette photo a été prise.

— Ah bon ?

— La Säpo n'a été créée que quatre mois plus tard. Sur cette photo, il faisait encore partie de la police secrète de l'Etat.

— Qui est H. W. Francke ? demanda Rosa Figuerola.

— Hans Wilhelm Francke, dit Edklinth. Il est mort au début des années 1990, mais il était directeur adjoint de la police secrète de l'Etat à la fin des années 1950 et au début des années 1960. Il était une sorte de légende, tout comme Otto Danielsson. Je l'ai rencontré une paire de fois.

— Ah bon, dit Rosa Figuerola.

— Il a quitté la Säpo à la fin des années 1960. Francke et P. G. Vinge ne s'étaient jamais entendus et j'imagine qu'en gros, il a été viré quand il avait dans les cinquante, cinquante-cinq ans. Il a monté sa propre affaire.

— Sa propre affaire ?

— Oui, il est devenu consultant en sécurité pour l'industrie privée. Il avait un bureau à Stureplan, mais il faisait aussi des conférences de temps en temps lors de formations internes à la Säpo. C'est comme ça que je l'ai rencontré.

— Je comprends. C'était quoi, la zizanie entre Vinge et Francke ?

— Ils ne se supportaient pas. Francke était du genre cowboy qui voyait des agents du KGB partout, et Vinge un bureaucrate de la vieille école. Il est vrai que Vinge a été renvoyé peu après. Plutôt marrant, parce qu'il était persuadé que Palme travaillait pour le KGB.

— Hmm, dit Rosa Figuerola en examinant la photo où Gullberg et Francke se tenaient coude à coude.

— Je crois que l'heure est venue d'avoir un autre entretien avec le ministère de la Justice, lui dit Edklinth.

— *Millénium* est sorti aujourd'hui, dit Rosa Figuerola.

Edklinth lui lança un coup d'œil perçant.

— Pas un mot sur l'affaire Zalachenko, dit-elle.

— Ça veut dire que nous avons probablement un mois devant nous avant le prochain numéro. C'est bon de le savoir. Mais il faut qu'on s'occupe de Blomkvist. Il est comme une grenade dégoupillée au milieu de tout ce merdier.

17

MERCREDI 1er JUIN

RIEN N'AVAIT AVERTI Mikael Blomkvist que quelqu'un se trouvait dans la cage d'escalier quand il tourna au dernier palier devant son loft au numéro 1 de Bellmansgatan. Il était 19 heures. Il s'arrêta net en voyant une femme blonde aux cheveux courts et bouclés assise sur la dernière marche. Il l'identifia immédiatement comme Rosa Figuerola de la Säpo, il se souvenait très bien de la photo d'identité que Lottie Karim avait dénichée.

— Salut Blomkvist, dit-elle joyeusement en refermant le livre qu'elle était en train de lire.

Mikael lorgna sur le titre et vit qu'il s'agissait d'un livre en anglais sur la perception des dieux dans l'Antiquité. Il quitta le livre des yeux pour examiner sa visiteuse inattendue. Elle se leva. Elle portait une robe d'été blanche à manches courtes et avait posé une veste en cuir rouge brique sur la rampe de l'escalier.

— On aurait besoin de vous parler, dit-elle.

Mikael Blomkvist l'observa. Elle était grande, plus grande que lui, et cette impression était renforcée par le fait qu'elle se trouvait deux marches au-dessus de lui. Il observa ses bras, baissa les yeux sur ses jambes et réalisa qu'elle était bien plus musclée que lui.

— Vous devez passer plusieurs heures par semaine en salle de sport, dit-il.

Elle sourit et sortit sa carte professionnelle.

— Je m'appelle…

— Vous vous appelez Rosa Figuerola, vous êtes née en 1969 et vous habitez dans Pontonjärgatan sur Kungsholmen. Originaire de Borlänge, vous avez travaillé comme agent de police à Uppsala. Depuis trois ans, vous travaillez à la Säpo, Protection de la Constitution. Fana de muscu, il fut un temps où vous étiez athlète de haut niveau et vous avez failli faire partie de l'équipe suédoise aux JO. Qu'est-ce que vous me voulez ?

Elle fut surprise, mais hocha la tête et se reprit rapidement.

— Tant mieux, dit-elle sur un ton léger. Vous savez qui je suis, alors vous savez que vous n'avez rien à craindre de moi.

— Non ?

— Certaines personnes ont besoin de parler tranquillement avec vous. Comme votre appartement et votre portable ont tout l'air d'être sur écoute et qu'il y a des raisons de rester discrets, on m'a envoyée transmettre l'invitation.

— Et pourquoi est-ce que j'irais quelque part avec quelqu'un qui travaille à la Säpo ?

Elle réfléchit un instant.

— Eh bien... vous pouvez me suivre sur cette invitation personnelle et amicale ou, si cela vous arrange, je peux vous passer les bracelets et vous emmener.

Elle afficha un sourire charmant. Mikael Blomkvist le lui rendit.

— Ecoutez, Blomkvist... je comprends que vous n'ayez pas beaucoup de raisons de faire confiance à quelqu'un qui vient de la Säpo. Mais il se trouve que tous ceux qui y travaillent ne sont pas vos ennemis et il y a plein de très bonnes raisons pour que vous acceptiez un entretien avec mes chefs.

Il attendit.

— Alors qu'est-ce que vous choisissez ? Les bracelets ou le plein gré ?

— J'ai déjà été coffré par la police une fois cette année. J'ai eu mon quota. On va où ?

Elle conduisait une Saab 9-5 neuve et s'était garée au coin de Pryssgränd. En montant dans la voiture, elle ouvrit son portable et fit un numéro préenregistré.

— On est là dans un quart d'heure, dit-elle.

Elle dit à Mikael Blomkvist d'attacher sa ceinture de sécurité, puis elle prit par Slussen pour aller à Östermalm et se gara dans une rue latérale d'Artillerigatan. Elle resta immobile une seconde à le regarder.

— Blomkvist... il s'agit d'une cueillette amicale. Vous ne risquez rien.

Mikael Blomkvist ne répondit pas. Il attendait de savoir de quoi il s'agissait avant d'émettre un jugement. Elle pianota le code du portail. Ils montèrent au troisième étage avec l'ascenseur, à un appartement portant une plaque au nom de Wahlöf.

— C'est un appartement que nous avons emprunté pour la réunion de ce soir, dit Rosa Figuerola en ouvrant la porte. A droite, le séjour.

Le premier que Mikael aperçut fut Torsten Edklinth, ce qui n'était guère une surprise puisque la Säpo était particulièrement mêlée aux événements et qu'Edklinth était le chef de Rosa Figuerola. Le fait que le directeur de la Protection de la Constitution se soit donné la peine de le faire venir indiquait que quelqu'un était inquiet.

Ensuite il vit devant une fenêtre un personnage qui se tourna vers lui. Le ministre de la Justice. Ce qui était surprenant.

Puis il entendit un bruit venant de sa droite et vit une personne extrêmement familière se lever d'un fauteuil. Jamais il n'aurait imaginé que Rosa Figuerola le conduise à une réunion du soir entre conspirateurs, dont le Premier ministre !

— Bonsoir, monsieur Blomkvist, salua le Premier ministre. Pardonnez-nous de vous faire venir à cette réunion si précipitamment, mais nous avons discuté la situation entre nous et nous sommes tous d'accord sur la nécessité qu'il y a à vous parler. Puis-je vous offrir un café ou autre chose à boire ?

Mikael regarda autour de lui. Il vit une grande table en bois sombre encombrée de verres, de tasses à café vides et des restes d'une tarte salée. Ils devaient être ici depuis plusieurs heures déjà.

— Une Ramlösa, dit-il.

Rosa Figuerola lui servit son eau minérale. Ils s'installèrent dans des canapés autour d'une table basse tandis qu'elle restait en retrait.

— Il m'a reconnue et il savait comment je m'appelle, où j'habite, où je travaille et que je suis une accro de musculation, dit Rosa Figuerola.

Le Premier ministre regarda rapidement Torsten Edklinth puis Mikael Blomkvist. Mikael réalisa soudain qu'il se trouvait en position de force pour parler. Le Premier ministre avait besoin de lui pour quelque chose et ignorait probablement jusqu'à quel point Mikael Blomkvist savait ou ne savait pas.

— J'essaie de m'y retrouver parmi les acteurs de cette salade, dit Mikael sur un ton léger.

Va donc essayer de bluffer le Premier ministre.

— Et comment avez-vous fait pour savoir le nom de Mlle Figuerola ? demanda Edklinth.

Mikael regarda en douce le directeur de la Protection de la Constitution. Il n'avait aucune idée de ce qui avait amené le Premier ministre à organiser une réunion secrète avec lui dans un appartement prêté à Östermalm, mais il se sentait inspiré. Concrètement, les choses n'avaient pas pu se passer de dix mille manières. C'était Dragan Armanskij qui avait tout démarré en fournissant des informations à une personne en qui il avait confiance. Qui était forcément Edklinth ou un proche de lui. Mikael courut le risque.

— Une connaissance commune vous a informé, dit-il à Edklinth. Vous avez demandé à Mlle Figuerola d'enquêter sur ce qui se tramait et elle a découvert que des activistes de la Säpo mènent des écoutes téléphoniques illégales et entrent par effraction dans mon appartement et ce genre de choses. Cela veut dire que vous avez eu confirmation de l'existence du club Zalachenko. Cela vous a tellement perturbé que vous avez éprouvé le besoin de mener les choses plus loin, mais vous êtes resté un moment dans votre bureau sans trop savoir vers qui vous tourner. Et puis vous vous êtes tourné vers le ministre de la Justice qui à son tour s'est tourné vers le Premier ministre. Et nous voici. Qu'attendez-vous de moi ?

Mikael parlait sur un ton qui sous-entendait qu'il disposait d'une source bien placée et qu'il avait suivi le moindre pas fait par Edklinth. Aux yeux écarquillés de ce dernier, il vit que son bluff avait réussi. Il poursuivit.

— Le club Zalachenko me surveille, je les surveille et vous surveillez le club Zalachenko et, à ce stade, le Premier ministre est aussi furieux qu'inquiet. Il sait qu'à la fin de cet entretien attend un scandale auquel le gouvernement ne pourra peut-être pas survivre.

Rosa Figuerola sourit tout à coup, mais dissimula son sourire en levant son verre. Elle avait compris que Blomkvist bluffait, et elle savait comment il avait fait pour la surprendre en connaissant son nom et sa pointure de chaussures.

Il m'a vue dans la voiture dans Bellmansgatan. Il est ter-
riblement attentif. Il a relevé le numéro de la voiture et m'a
identifiée. Mais le reste n'est que des suppositions.

Elle ne dit rien.

Le Premier ministre eut l'air soucieux.

— C'est cela qui nous attend ? demanda-t-il. Un scandale
qui va renverser le gouvernement ?

— Le gouvernement n'est pas mon problème, dit Mikael.
Ma mission consiste à révéler des merdes comme le club
Zalachenko.

Le Premier ministre hocha la tête.

— Et la mienne consiste à diriger le pays en accord avec
la Constitution.

— Ce qui signifie que mon problème est tout particulièrement le problème du gouvernement. Alors que le contraire ne s'applique pas.

— Est-ce qu'on peut cesser de parler pour ne rien dire ?
Pourquoi pensez-vous que j'ai organisé cette réunion ?

— Pour trouver ce que je sais et ce que j'ai l'intention de
faire.

— C'est en partie correct. Mais il est plus exact de dire
que nous sommes face à une crise constitutionnelle. Laissez-
moi tout d'abord expliquer que le gouvernement n'a rien à
voir dans tout ça. Nous sommes totalement pris de court. Je
n'ai jamais entendu parler de ce... ce que vous appelez le
club Zalachenko. Le ministre de la Justice n'en a jamais
entendu parler. Torsten Edklinth, qui a un poste élevé à la
Säpo depuis de nombreuses années, n'en a jamais entendu
parler.

— Ce n'est toujours pas mon problème.

— Je sais. Ce que nous voulons savoir, c'est quand vous
avez l'intention de publier votre texte et nous aimerions aussi
savoir ce que vous avez l'intention de publier. C'est une question que je pose. Elle n'a rien à voir avec un contrôle quelconque des dégâts possibles.

— Non ?

— Blomkvist, la pire des choses que je pourrais faire
dans cette situation serait d'essayer d'influencer le contenu
de votre article. En revanche, j'ai l'intention de proposer une
collaboration.

— Expliquez-vous.

— Maintenant que nous avons eu la confirmation qu'il existe une conspiration au sein d'une branche exceptionnellement sensible de l'administration de l'Etat, j'ai ordonné une enquête. Le Premier ministre se tourna vers le ministre de la Justice. Pourriez-vous expliquer exactement en quoi consiste l'ordre du gouvernement ?

— C'est très simple. Torsten Edklinth a reçu pour mission de préciser s'il est possible de prouver tout cela. Sa mission consiste à réunir des pièces à conviction qui seront transmises au procureur de la nation qui à son tour aura pour mission d'évaluer s'il faut engager une action judiciaire. Il s'agit donc d'une instruction très précise.

Mikael hocha la tête.

— Ce soir, Edklinth nous a rapporté comment l'enquête progresse. Nous avons eu une longue discussion concernant des points constitutionnels – nous tenons évidemment à ce que tout se passe dans la légalité.

— Naturellement, dit Mikael sur un ton qui laissait entendre qu'il n'accordait pas la moindre confiance aux engagements du Premier ministre.

— L'enquête se trouve actuellement dans un stade sensible. Nous n'avons pas encore établi exactement qui sont les personnes mêlées à l'histoire. Nous avons besoin de temps pour le faire. Et c'est pourquoi nous avons envoyé Mlle Figuerola vous inviter à cette réunion.

— Elle a rondement mené l'affaire. Je n'avais pas trop le choix.

Le Premier ministre fronça les sourcils et jeta un regard en coin sur Rosa Figuerola.

— Oubliez ce que j'ai dit, dit Mikael. Elle a eu un comportement exemplaire. Qu'est-ce que vous voulez ?

— Nous voulons savoir quand vous avez l'intention de publier. En ce moment, cette enquête est menée dans le plus grand secret, et si vous intervenez avant qu'Edklinth ait terminé, vous pouvez tout faire capoter.

— Hmm. Et quand voudriez-vous que je publie ? Après les élections ?

— C'est vous qui décidez. Je ne peux en rien influer. Ce que je vous demande, c'est de nous dire quand vous allez publier pour que nous connaissions exactement la date butoir pour l'enquête.

— Je comprends. Vous parliez d'une collaboration…

Le Premier ministre hocha la tête.

— Je voudrais commencer par dire qu'en temps normal je n'aurais jamais songé à faire venir un journaliste à une réunion de ce type.

— En temps normal, vous auriez probablement tout fait pour tenir les journalistes à l'écart d'une réunion de ce type.

— Oui. Mais j'ai compris qu'il y a plusieurs facteurs qui vous poussent. En tant que journaliste, vous avez la réputation de ne pas y aller de main morte quand il s'agit de corruption. Pour ça, il n'y a pas de divergences entre nous.

— Non ?

— Non. Aucune. Ou plus exactement… les divergences qu'il y a sont sans doute de caractère juridique, mais il n'y en a pas en ce qui concerne le but. Si ce club Zalachenko existe, ce n'est pas seulement un groupement totalement criminel, mais aussi une menace contre la sûreté de la nation. Il faut les arrêter et les responsables doivent répondre de leurs actes. Sur ce point, nous devrions être d'accord, vous et moi ?

Mikael fit oui de la tête.

— J'ai compris que vous en savez plus sur cette histoire que n'importe qui d'autre. Nous vous proposons de partager vos connaissances avec nous. S'il s'agissait d'une enquête de police régulière sur un crime ordinaire, le responsable de l'enquête préliminaire pourrait décider de vous convoquer pour un interrogatoire. Mais nous sommes dans une situation extrême, vous l'avez bien compris.

Mikael garda le silence et évalua la situation un court instant.

— Et qu'est-ce que je reçois en contrepartie si je coopère ?

— Rien. Je ne marchande pas avec vous. Si vous voulez publier demain matin, vous le faites. Je ne veux pas m'embarquer dans un marchandage qui pourrait être douteux du point de vue constitutionnel. Je vous demande de coopérer pour le bien de la nation.

— Le bien peut revêtir de nombreuses facettes, dit Mikael Blomkvist. Laissez-moi vous expliquer quelque chose… je suis furieux. Je suis furieux contre l'Etat et le gouvernement et la Säpo et ces enfoirés qui sans raison ont interné une fille de douze ans dans un hôpital psychiatrique et ensuite se sont appliqués à la faire déclarer incapable.

— Lisbeth Salander est devenue une affaire d'Etat, dit le Premier ministre, et il alla jusqu'à sourire. Mikael, je suis personnellement révolté par ce qui lui est arrivé. Et croyez-moi quand je dis que les responsables vont avoir à s'expliquer. Mais avant cela, nous devons savoir qui sont les responsables.

— Vous avez vos problèmes. Le mien est que je veux voir Lisbeth Salander acquittée et qu'elle retrouve ses droits civiques.

— Je ne peux pas vous aider sur cet aspect. Je ne suis pas au-dessus de la loi et je ne peux pas diriger les décisions du procureur et des tribunaux. Son acquittement doit venir d'un tribunal.

— Parfait, dit Mikael Blomkvist. Vous voulez une collaboration. Donnez-moi accès à l'enquête d'Edklinth, et je dirai quand j'ai l'intention de publier et ce que je vais publier.

— Je ne peux pas vous donner cet accès-là. Ce serait me placer dans la même relation avec vous que le prédécesseur du ministre de la Justice avait avec un certain Ebbe Carlsson avant que n'éclate le scandale des révélations sur l'assassinat de Palme.

— Je ne suis pas Ebbe Carlsson, dit Mikael calmement.

— C'est ce que j'ai compris. En revanche, Torsten Edklinth peut évidemment déterminer lui-même ce qu'il a envie de partager avec vous en restant dans le cadre de sa mission.

— Bon, bon, dit Mikael Blomkvist. Je veux savoir qui était Evert Gullberg.

Un silence s'installa autour des canapés.

— Evert Gullberg fut probablement pendant de nombreuses années le chef de la section au sein de la Säpo que vous appelez le club Zalachenko, dit Edklinth.

Le Premier ministre jeta un regard sévère sur Edklinth.

— Je crois qu'il le sait déjà, s'excusa Edklinth.

— C'est exact, dit Mikael. Il a commencé à travailler à la Säpo dans les années 1950 et il est devenu le directeur d'un truc baptisé Section d'analyse spéciale. C'est lui qui a géré toute l'affaire Zalachenko.

Le Premier ministre secoua la tête en soupirant.

— Vous en savez plus que vous ne devriez. J'aimerais savoir comment vous avez fait pour le trouver. Mais je ne demanderai pas.

— J'ai des trous dans mon article, dit Mikael. Je veux les combler. Donnez-moi des infos et je ne vous ferai pas de croche-pattes.

— En tant que Premier ministre, je ne peux pas donner ces informations. Et Torsten Edklinth serait sur la corde raide s'il les donnait.

— Ne dites pas de conneries. Je sais ce que vous voulez. Vous savez ce que je veux. Si vous me donnez cette info, je vous traiterai en tant que sources, avec tout l'anonymat que cela implique. Ne me comprenez pas de travers, dans mon reportage je vais raconter la vérité telle que je la vois. Si vous y êtes mêlé, je vais vous dénoncer et m'arranger pour que vous ne soyez plus jamais réélu. Mais dans l'état actuel des faits, je n'ai aucune raison de le croire.

Le Premier ministre jeta un regard en coin sur Edklinth. Au bout d'un court moment, il hocha la tête. Mikael prit cela comme un signe que le Premier ministre venait de commettre une infraction à la loi – fût-elle extrêmement théorique – et de donner son assentiment silencieux à ce que Mikael prenne connaissance d'informations confidentielles.

— On peut résoudre ceci assez simplement, dit Edklinth. Je suis le seul enquêteur et je décide moi-même des collaborateurs que je recrute pour mon enquête. Vous ne pouvez pas être formellement employé comme enquêteur, puisque vous seriez obligé de signer un engagement au silence. Mais je peux vous engager comme consultant extérieur.

DEPUIS QU'ERIKA BERGER avait endossé le costume de rédacteur en chef de feu Håkan Morander, sa vie était bourrée de réunions et de travail à la louche de jour comme de nuit. Elle se sentait mal préparée en permanence, insuffisante et non initiée.

Ce ne fut que le mercredi soir, presque deux semaines après que Mikael Blomkvist lui avait donné le dossier de recherche de Henry Cortez concernant le président du CA, Magnus Borgsjö, qu'Erika eut le temps de s'attaquer au problème. En ouvrant le dossier, elle comprit que sa velléité venait aussi du fait qu'elle n'avait pas eu envie de s'y atteler. Elle savait déjà que quoi qu'elle fasse, ça se terminerait par une catastrophe.

Elle rentra chez elle dans sa villa à Saltsjöbaden assez tôt, vers 19 heures, débrancha l'alarme dans l'entrée et constata avec surprise que son mari, Lars Beckman, n'était pas là. Il lui fallut un moment avant de se rappeler qu'elle l'avait embrassé le matin avec un soin tout particulier parce qu'il partait pour Paris où il devait donner quelques conférences et qu'il ne serait pas de retour avant le week-end. Elle réalisa qu'elle ignorait totalement devant qui il allait parler, de quoi il allait parler et quand la conférence avait été décidée.

Oh, oui, mon Dieu, excusez-moi, mais j'ai égaré mon mari ! Elle se sentit comme un personnage dans un livre du Dr Richard Schwarts et se demanda si elle n'avait pas besoin d'une thérapie de couple.

Elle monta à l'étage, se fit couler un bain et se déshabilla. Elle prit le dossier de recherche avec elle dans la baignoire et passa la demi-heure suivante à lire toute l'histoire. Sa lecture terminée, elle ne put s'empêcher de sourire. Henry Cortez allait devenir un journaliste formidable. Il avait vingt-six ans et travaillait à *Millénium* depuis sa sortie de l'école de journalisme quatre ans plus tôt. Elle ressentit une certaine fierté. Tout l'article sur les cuvettes de w.-c. et Borgsjö portait la signature de *Millénium* du début à la fin et chaque ligne était parfaitement étayée.

Mais elle se sentit triste aussi. Magnus Borgsjö était un homme correct qu'elle aimait bien. Il ne faisait pas beaucoup de bruit, savait écouter, il avait du charme et paraissait simple. De plus, il était son chef et employeur. *Putain de Borgsjö. Comment as-tu pu être aussi con ?*

Elle réfléchit un moment pour savoir si on pourrait trouver d'autres rapprochements ou des circonstances atténuantes mais elle savait déjà qu'il serait impossible de nier l'évidence.

Elle plaça le dossier sur le rebord de la fenêtre et s'étira dans la baignoire pour réfléchir.

Millénium allait publier l'histoire, c'était inévitable. Si elle avait encore été la directrice du journal, elle n'aurait pas hésité une seconde, et le fait que *Millénium* lui ait discrètement refilé l'info à l'avance n'était qu'un geste personnel pour marquer que *Millénium* tenait à adoucir les dégâts pour elle autant que possible. Si la situation avait été l'inverse – si SMP avait dégoté des saloperies semblables sur le président du CA de *Millénium* (qui se trouvait être elle-même, Erika Berger !), elle n'aurait pas hésité non plus à publier.

407

La publication allait sérieusement porter atteinte à Magnus Borgsjö. Ce qui était grave au fond n'était pas que son entreprise Vitavara SA ait commandé des cuvettes de W.-C. à une entreprise au Viêtnam qui figurait sur la liste noire de l'ONU des entreprises exploitant des enfants au travail – et, dans le cas présent, aussi des prisonniers fonctionnant comme esclaves. Sans oublier que, à coup sûr, quelques-uns de ces prisonniers pourraient être définis comme prisonniers politiques. Le plus grave était que Magnus Borgsjö avait connaissance de cet état de fait et avait pourtant choisi de continuer à commander des cuvettes de W.-C. de Fong Soo Industries. C'était une attitude de rapace qui, dans le sillage d'autres gangsters capitalistes tels que l'ancien PDG de Skandia, avait du mal à passer auprès du peuple suédois.

Magnus Borgsjö allait évidemment soutenir qu'il n'avait pas été informé de la situation chez Fong Soo, mais Henry Cortez avait de bonnes preuves contre cela, et à l'instant même où Borgsjö essaierait de raconter des bobards, il serait de plus dévoilé comme menteur. Car en juin 1997, Magnus Borgsjö s'était rendu au Viêtnam pour signer les premiers contrats. Il avait alors passé dix jours dans le pays et entre autres visité les usines de la société. S'il essayait de prétendre qu'il n'avait jamais compris que plusieurs des ouvriers de l'usine n'avaient que douze-treize ans, il paraîtrait complètement idiot.

La question de l'éventuelle ignorance de Borgsjö était ensuite définitivement réglée par le fait que Henry Cortez pouvait prouver que la commission de l'ONU contre le travail des enfants avait inclus Fong Soo en 1999 sur la liste des sociétés exploitant des enfants. Cela avait ensuite fait l'objet d'articles de journaux et avait aussi amené deux ONG indépendantes l'une de l'autre qui œuvraient contre le travail des enfants, dont la prestigieuse International Joint Effort Against Child Labour à Londres, à écrire des lettres aux entreprises qui passaient commande à Fong Soo. Pas moins de sept lettres avaient été envoyées à Vitavara SA. Deux d'entre elles étaient adressées à Magnus Borgsjö personnellement. L'organisation à Londres s'était fait une joie de transmettre la documentation à Henry Cortez tout en soulignant qu'à aucun moment Vitavara SA n'avait répondu à ses courriers.

Par contre, Magnus Borgsjö s'était rendu au Viêtnam à deux autres reprises, en 2001 et en 2004, pour renouveler les contrats. C'était le coup de grâce. Toute possibilité pour Borgsjö de prétendre qu'il n'était pas au courant s'arrêtait là.

L'attention que les médias allaient y accorder ne pouvait mener qu'à une chose. Si Borgsjö avait du bon sens, il ferait amende honorable et démissionnerait de ses postes aux CA. S'il se montrait récalcitrant, il laisserait sa peau dans le processus.

Que Borgsjö soit ou ne soit pas le président du CA de la société Vitavara était le cadet des soucis d'Erika Berger. Ce qui était grave pour elle était qu'il soit également le président de SMP. La révélation signifierait qu'il serait obligé de démissionner. A un moment où le journal faisait de l'équilibre sur le bord de l'abîme et où un travail de renouveau avait été entamé, SMP ne pouvait pas se permettre d'avoir un président aux mœurs douteuses. Le journal allait en pâtir. Il fallait donc qu'il quitte SMP.

Pour Erika Berger, deux lignes de conduite se présentaient.

Elle pouvait aller voir Borgsjö, jouer cartes sur table et montrer la documentation et ainsi l'amener à tirer lui-même la conclusion qu'il devait démissionner avant que l'histoire soit publiée.

Ou alors, s'il faisait de la résistance, elle devait convoquer une réunion urgente et extraordinaire du CA, informer les membres de la situation et forcer le CA à le licencier. Et si le CA ne voulait pas suivre cette ligne-là, elle serait elle-même obligée de démissionner immédiatement de son poste de rédac-chef de SMP.

Quand Erika Berger en était là de ses réflexions, l'eau du bain était froide. Elle se doucha, s'essuya et passa dans sa chambre enfiler une robe de chambre. Ensuite elle prit son portable et appela Mikael Blomkvist. N'obtenant pas de réponse, elle descendit au rez-de-chaussée se préparer un café et, pour la première fois depuis qu'elle avait commencé à travailler à SMP, elle regarda si par chance il y aurait un film valable à la télé devant lequel se détendre.

En passant devant l'ouverture du séjour, elle sentit une vive douleur sous le pied, baissa les yeux et découvrit qu'elle saignait abondamment. Elle fit encore un pas et la douleur lui vrilla le pied tout entier. Sautillant à cloche-pied, elle rejoignit une chaise de style et s'assit. Elle leva le pied et découvrit, horrifiée, un éclat de verre fiché sous le talon. Tout d'abord, elle se sentit faiblir. Puis elle se blinda, saisit l'éclat de verre et le retira. Ça faisait un mal de chien et le sang jaillit de la plaie.

Elle ouvrit précipitamment un tiroir de la commode dans l'entrée où elle rangeait des foulards, des gants et des bonnets. Elle trouva un carré de soie qu'elle utilisa pour entourer le pied et serrer fort. Ce n'était pas suffisant et elle renforça avec un autre bandage improvisé. L'hémorragie se calma un peu.

Elle regarda, sidérée, le morceau de verre ensanglanté. *Comment est-il arrivé là ?* Puis elle découvrit d'autres bouts de verre sur le sol de l'entrée. *C'est quoi ce putain de...* Elle se leva et jeta un regard dans le séjour et vit que la grande fenêtre panoramique avec vue sur le bassin de Saltsjön était brisée et le sol jonché d'éclats de verre.

Elle recula vers la porte d'entrée et enfila les chaussures qu'elle avait enlevées en rentrant. Ou plutôt elle mit une chaussure et glissa les orteils du pied blessé dans l'autre, et sautilla plus ou moins sur une jambe dans le séjour pour constater le désastre.

Puis elle découvrit la brique au milieu de la table.

Elle boita jusqu'à la porte de la terrasse et sortit dans la cour arrière.

Quelqu'un avait tagué deux mots sur la façade avec des lettres d'un mètre de haut.

SALE PUTE

IL ÉTAIT UN PEU PLUS DE 21 HEURES quand Rosa Figuerola ouvrit la portière de sa voiture à Mikael Blomkvist. Elle fit le tour du véhicule et s'installa sur le siège du conducteur.

— Vous voulez que je vous raccompagne chez vous ou vous préférez que je vous dépose quelque part ?

Le regard de Mikael Blomkvist était vide.

— Très franchement... je ne sais pas trop où je me trouve. C'est la première fois que je fais chanter un Premier ministre.

Rosa Figuerola éclata de rire.

— Vous avez pas mal géré vos cartes, dit-elle. J'ignorais totalement que vous étiez si doué pour le poker menteur.

— Chacune de mes paroles était sincère.

— Oui, ce que je voulais dire, c'est que vous avez fait semblant d'en savoir bien plus que vous ne savez en réalité. Je m'en suis rendu compte au moment où j'ai compris comment vous m'aviez identifiée.

Mikael tourna la tête et regarda son profil.

— Vous avez relevé mon numéro d'immatriculation quand j'étais garée dans la pente devant chez vous.

Il acquiesça de la tête.

— Vous avez réussi à faire croire que vous saviez ce qui avait été discuté dans le cabinet du Premier ministre.

— Pourquoi n'avez-vous rien dit ?

Elle lui jeta un rapide coup d'œil et tourna dans Grev Turegatan.

— C'est la règle du jeu. Je n'aurais pas dû me mettre là. Mais c'était le seul endroit où je pouvais me garer. Eh, si on se tutoyait ?

— Bien sûr.

— Tu gardes un œil hyperattentif sur les environs, ou je me trompe ?

— Tu avais un plan avec toi sur le siège avant et tu parlais au téléphone. J'ai pris le numéro de la voiture et je l'ai vérifié, par acquit de conscience. Je vérifie toutes les voitures qui me font réagir. En général, je fais chou blanc. Dans ton cas, j'ai découvert que tu travailles à la Säpo.

— Je surveillais Mårtensson. Ensuite j'ai découvert que tu le surveillais par le biais de Susanne Linder de Milton Security.

— Armanskij l'a détachée pour garder un œil sur tout ce qui se passe autour de mon appartement.

— Et comme je l'ai vue entrer dans ton immeuble, je suppose qu'Armanskij a placé une forme de surveillance cachée chez toi.

— C'est exact. Nous avons une excellente vidéo d'eux quand ils entrent chez moi et fouillent mes papiers. Mårtensson avait une photocopieuse transportable avec lui. Avez-vous identifié l'acolyte de Mårtensson ?

— Il n'a aucune importance. C'est un serrurier avec un passé criminel, qui se fait probablement payer pour ouvrir ta porte.

— Son nom ?

— Source protégée ?

— Evidemment.

— Lars Faulsson. Quarante-sept ans. Connu sous le nom de Falun. Il a été condamné pour un casse de coffre-fort dans les années 1980 et autres petites bricoles. Il tient une boutique à Norrtull.

— Merci.

— Mais gardons les secrets pour demain.

La réunion s'était terminée par un accord stipulant que Mikael Blomkvist allait rendre visite à la Protection de la Constitution le lendemain pour entamer un échange d'informations. Mikael réfléchit. Ils passaient juste la place de Sergels torg.

— Tu sais quoi ? J'ai une faim de loup. J'ai déjeuné vers 14 heures, et j'avais l'intention de me faire des pâtes en rentrant quand je me suis fait cueillir par toi. Tu as mangé, toi ?

— Ça fait déjà un petit moment.

— Tu nous amènerais jusqu'à un resto avec de la bouffe mangeable ?

— Toute bouffe est mangeable.

Il la lorgna de côté.

— Je t'imaginais fana de diététique.

— Non, je suis fana de muscu. Quand on s'entraîne, on peut manger ce qu'on veut. Dans des limites raisonnables, je veux dire.

Elle s'engagea sur le viaduc de Klaraberg et réfléchit au choix qu'ils avaient. Au lieu de tourner vers Södermalm, elle continua droit sur Kungsholmen.

— Je ne sais pas ce que valent les restos à Söder, mais j'en connais un bosniaque sur Fridhemsplan. Leurs *börek* sont fabuleux.

— Ça me va, dit Mikael Blomkvist.

UNE LETTRE APRÈS L'AUTRE, Lisbeth Salander tapait son compte rendu. Elle avait travaillé en moyenne cinq heures par jour. Elle utilisait des formulations très précises. Elle prenait également soin d'occulter tous les détails susceptibles d'être utilisés contre elle.

Le fait qu'elle soit enfermée à clé était devenu un atout. Elle pouvait travailler dès qu'elle était seule dans la chambre et le cliquetis du trousseau de clés ou la clé qu'on introduisait dans la serrure la prévenait toujours qu'il fallait faire disparaître l'ordinateur de poche.

[J'étais sur le point de fermer à clé la maison de Bjurman à Stallarholmen, quand Carl-Magnus Lundin et Benny Nieminen sont arrivés sur des motos. Comme ils m'avaient cherchée en vain depuis quelque temps, sur ordre de Zalachenko/Niedermann, ils ont été surpris de me trouver là. Magge Lundin est descendu de sa moto en déclarant que "ça lui ferait pas de mal à cette gouine de tâter de la bite". Lundin et Nieminen étaient si menaçants que j'ai été obligée d'appliquer la légitime défense. J'ai quitté les lieux sur la moto de Lundin que j'ai ensuite abandonnée devant le parc des Expositions à Älvsjö.]

Elle relut le passage et hocha la tête d'approbation. Il n'y avait aucune raison de raconter que Magge Lundin l'avait aussi traitée de sale pute et qu'elle s'était alors baissée pour prendre le Wanad P-83 de Benny Nieminen et avait puni Lundin en lui tirant une balle dans le pied. Les flics pouvaient probablement imaginer ça tout seuls, mais c'était à eux de prouver qu'elle l'avait fait. Elle n'avait aucune intention de faciliter leur travail en reconnaissant quelque chose qui la mènerait en prison pour violences aggravées.

Le texte comportait à présent l'équivalent de trente-trois pages et elle arrivait à la fin. Dans certains passages, elle était particulièrement parcimonieuse avec les détails et prenait grand soin de ne jamais essayer de présenter de preuves qui pourraient étayer les nombreuses affirmations qu'elle avançait. Elle alla jusqu'à occulter certaines preuves manifestes et enchaînait plutôt sur le maillon suivant des événements dans son texte.

Elle réfléchit un moment, puis elle remonta sur l'écran et relut les passages où elle rendait compte du viol sadique et violent de maître Nils Bjurman. C'était le passage auquel elle avait consacré le plus de temps et l'un des rares qu'elle avait reformulés plusieurs fois avant d'être satisfaite du résultat. Le passage occupait dix-neuf lignes du récit. Elle racontait de façon objective comment il l'avait frappée, renversée à plat ventre sur le lit, menottée et avait scotché sa bouche. Elle précisa ensuite qu'au cours de la nuit, il lui avait fait subir de nombreux actes sexuels violents, dont des pénétrations aussi bien anales qu'orales. Elle racontait qu'à un moment donné pendant le viol, il avait entouré son cou d'un vêtement – son propre tee-shirt – et l'avait étranglée si longuement qu'elle avait momentanément perdu connaissance. Ensuite il y avait quelques lignes où elle identifiait les outils qu'il avait utilisés pendant le viol, y compris un court fouet, un bijou anal, un énorme gode et des pinces qu'il avait appliquées sur ses tétons.

Lisbeth plissa le front et examina le texte. Pour finir, elle prit le stylet électronique et tapota encore quelques lignes de texte.

[A un moment donné, quand j'avais toujours la bouche scotchée, Bjurman a commenté le fait que j'avais un certain nombre de tatouages et de piercings, dont un anneau au téton gauche. Il a demandé si j'aimais être piercée, puis il a quitté la chambre un instant. Il est revenu avec une épingle qu'il a piquée à travers mon téton droit.]

Après avoir relu ce nouveau paragraphe, elle hocha la tête. Le ton administratif donnait au texte un caractère tellement surréaliste qu'il paraissait une affabulation absurde.

L'histoire n'était tout simplement pas crédible.

Ce qui était bel et bien l'intention de Lisbeth Salander.

A cet instant, elle entendit le cliquetis du trousseau de clés du vigile de Securitas. Elle arrêta immédiatement l'ordinateur de poche et le glissa dans la niche à l'arrière de l'élément de chevet. C'était Annika Giannini. Elle fronça les sourcils. Il était 21 heures passées et Giannini ne venait pas aussi tard en général.

— Salut Lisbeth.

— Salut.

— Comment tu vas ?

— Je ne suis pas encore prête.

Annika Giannini soupira.

— Lisbeth... ils ont fixé la date du procès au 13 juillet.

— C'est OK.

— Non, ce n'est pas OK. Le temps file et tu refuses de te confier à moi. Je commence à craindre d'avoir commis une énorme erreur en acceptant d'être ton avocate. Si nous voulons avoir la moindre chance, tu dois me faire confiance. On doit collaborer.

Lisbeth observa Annika Giannini un long moment. Finalement, elle pencha la tête en arrière et fixa le plafond.

— Je sais comment on va faire maintenant, dit-elle. J'ai compris le plan de Mikael. Et il a raison.

— Je n'en suis pas si sûre, dit Annika.

— Mais moi, je le suis.

— La police veut t'interroger de nouveau. Un certain Hans Faste de Stockholm.

— Laisse-le m'interroger. Je ne dirai pas un mot.

— Il faut que tu fournisses des explications.

Lisbeth jeta un regard acéré sur Annika Giannini.

— Je répète. On ne dira pas un mot à la police. Quand on arrivera au tribunal, le procureur ne doit pas avoir la moindre syllabe d'un quelconque interrogatoire sur laquelle s'appuyer. Tout ce qu'ils auront sera le compte rendu que je suis en train de formuler en ce moment et qui en grande partie va paraître excessif. Et ils l'auront quelques jours avant le procès.

— Et quand est-ce que tu vas t'installer avec un stylo pour rédiger ce compte rendu-là ?

— Tu l'auras dans quelques jours. Mais il ne partira chez le procureur que quelques jours avant le procès.

Annika Giannini eut l'air sceptique. Lisbeth lui adressa soudain un sourire prudent de travers.

— Tu parles de confiance. Est-ce que je peux te faire confiance ?

— Naturellement.

— OK, est-ce que tu peux me faire entrer en fraude un ordinateur de poche, pour que je puisse être en contact avec des gens via Internet ?

— Non. Bien sûr que non. Si on le découvrait, je serais traduite en justice et je perdrais ma licence d'avocat.

— Mais si quelqu'un d'autre faisait entrer en fraude un ordinateur, est-ce que tu le signalerais à la police ?

Annika leva les sourcils.

— Si je ne suis pas au courant…

— Mais si tu es au courant. Tu agirais comment ?

Annika réfléchit longuement.

— Je fermerais les yeux. Pourquoi ?

— Cet ordinateur hypothétique va bientôt t'envoyer un mail hypothétique. Quand tu l'auras lu, je veux que tu reviennes me voir.

— Lisbeth…

— Attends. Comprends bien ce qui se passe. Le procureur joue avec des cartes truquées. Je me trouve en position d'infériorité quoi que je fasse et l'intention de ce procès, c'est de me faire interner en psychiatrie.

— Je le sais.

— Si je veux survivre, moi aussi je dois me battre avec des méthodes illicites.

Annika Giannini finit par hocher la tête.

— Quand tu es venue me voir la première fois, tu avais un message de Mikael Blomkvist. Il disait qu'il t'avait raconté pratiquement tout, à quelques exceptions près. Une des exceptions était les talents qu'il a découverts chez moi quand nous étions à Hedestad.

— Oui.

— Il faisait allusion au fait que je suis un crack en informatique. Je suis tellement douée que je peux lire et copier ce qu'il y a dans l'ordinateur du procureur Ekström.

Annika Giannini blêmit.

— Tu ne peux pas être mêlée à ça. Donc tu ne peux pas utiliser ce matériel-là au procès, dit Lisbeth.

— En effet, non.

— Donc, tu ne connais pas son existence.

— D'accord.

— Par contre, quelqu'un d'autre, disons ton frère, peut publier des morceaux choisis de ce matériel. Tu dois le prendre en compte quand tu mets en place notre stratégie pour le procès.

— Je comprends.

— Annika, ce sera le procès de celui qui saura le plus utiliser la méthode forte.

— Je le sais.

— Je suis contente de t'avoir pour avocate. J'ai confiance en toi et j'ai besoin de ton aide.

— Hmm.

— Mais si tu t'opposes à ce que moi aussi j'emploie des méthodes peu éthiques, on va perdre le procès.

— Oui.

— Dans ce cas, je tiens à le savoir tout de suite. Alors je devrai te remercier et me trouver un autre avocat.

— Lisbeth, je ne peux pas aller à l'encontre de la loi.

— Il n'est pas question que tu ailles à l'encontre de la loi. Mais que tu fermes les yeux sur moi, qui le fais. Tu es capable de ça ?

Lisbeth Salander attendit patiemment pendant près d'une minute avant qu'Annika Giannini hoche la tête.

— Bien. Laisse-moi te raconter les grandes lignes de mon compte rendu.

Elles parlèrent pendant deux heures.

ROSA FIGUEROLA AVAIT RAISON. Les *börek* du restaurant bosniaque étaient fantastiques. Mikael Blomkvist lui jeta un regard en coin quand elle revint des toilettes. Elle évoluait avec la grâce d'une danseuse classique, mais elle avait un corps qui… Mikael ne pouvait s'empêcher d'être fasciné. Il réprima une impulsion de tendre la main pour tâter les muscles de ses jambes.

— Ça fait combien de temps que tu fais de la muscu ? demanda-t-il.

— Depuis mon adolescence.

— Et tu y consacres combien d'heures par semaine ?

— Deux heures par jour. Parfois trois.

— Pourquoi ? Je veux dire, je sais bien pourquoi les gens s'entraînent, mais…

— Tu trouves que c'est exagéré.

— Je ne sais pas trop ce que je trouve.

Elle sourit, apparemment pas du tout irritée par ses questions.

— Ça t'énerve peut-être seulement de voir une nana avec des muscles et tu trouves que ce n'est pas très féminin ni très érotique ?

— Non. Pas du tout. Ça te va bien, je dirais. Tu es terriblement sexy.

Elle rit encore.

— Je suis en train de diminuer le rythme actuellement. Il y a dix ans, je faisais du bodybuilding pur et dur. C'était sympa. Mais maintenant, je dois veiller à ce que mes muscles ne se transforment pas en graisse et que je devienne toute flasque. Alors je ne fais que soulever un peu de ferraille une fois par semaine et je passe le reste du temps à faire du jogging, du badminton, de la natation et ce genre de trucs. Il s'agit plus d'exercice physique que d'entraînement forcené.

— C'est déjà pas mal !

— La raison pour laquelle je le fais, c'est que c'est bon. C'est un phénomène assez répandu chez ceux qui se donnent à fond. Le corps développe une substance antalgique dont on devient dépendant. Au bout d'un moment, on a des sensations de manque si on ne court pas tous les jours. C'est comme un coup de fouet de bien-être quand on donne tout ce qu'on a dans le ventre. Presque aussi génial que de faire l'amour.

Mikael rit.

— Tu devrais t'y mettre aussi, dit-elle. Tu as la taille qui déborde un peu.

— Je sais, dit-il. Je culpabilise sans arrêt. Ça me prend parfois et je me remets à courir. Je me débarrasse de quelques kilos et ensuite je suis pris par autre chose et je ne trouve pas le temps d'y aller pendant un mois ou deux.

— Il faut dire que tu as été assez occupé ces derniers mois.

Il devint sérieux tout à coup. Puis il hocha la tête.

— J'ai lu un tas de choses sur toi ces deux dernières semaines. Tu as battu la police à plate couture en trouvant Zalachenko et en identifiant Niedermann.

— Lisbeth Salander a été plus rapide encore.

— Comment tu as fait pour arriver jusqu'à Gosseberga ?

Mikael haussa les épaules.

— Du boulot de recherche ordinaire, dans les règles. Ce n'est pas moi qui l'ai localisé mais notre secrétaire de rédaction, Malou Eriksson, qui est désormais notre rédactrice en chef. Elle a réussi à le repérer par le fichier des sociétés. Il siégeait au CA de l'entreprise de Zalachenko, K A B.

— Je vois.

— Pourquoi tu as rejoint la Säpo ? demanda-t-il.

— Tu peux me croire ou pas, mais je suis quelque chose d'aussi démodé que démocrate. J'estime que la police est nécessaire et qu'une démocratie a besoin d'un rempart politique. C'est pourquoi je suis très fière de pouvoir travailler pour la Protection de la Constitution.

— Hmm, fit Mikael Blomkvist.

— Tu n'aimes pas trop la Sûreté.

— Je n'aime pas beaucoup les institutions qui sont au-dessus d'un contrôle parlementaire normal. C'est une incitation aux abus de pouvoir, même si les intentions sont bonnes. Pourquoi est-ce que tu t'intéresses aux mythologies antiques ?

Elle haussa les sourcils.

— Tu lisais un livre là-dessus, dans mon escalier.

— Ah oui, c'est vrai. Le sujet me fascine.

— Aha.

— Je m'intéresse à pas mal de choses. J'ai fait des études de droit et de sciences politiques pendant mes années comme agent de police. Avant ça, j'ai étudié l'histoire des mentalités et la philosophie.

— Tu n'as pas de points faibles ?

— Je ne lis pas de littérature, je ne vais jamais au cinéma, et à la télé je ne regarde que les infos. Et toi ? Pourquoi t'es devenu journaliste ?

— Parce qu'il existe des institutions comme la Säpo où le Parlement est interdit d'accès et qu'il faut dénoncer régulièrement.

Mikael sourit, puis reprit.

— Franchement, je ne sais pas très bien. Mais, en fait, la réponse est la même que la tienne. Je crois en une démocratie constitutionnelle, et de temps en temps il faut la défendre.

— Comme ç'a été le cas avec le financier Hans-Erik Wennerström ?

— Quelque chose dans ce genre.

— Tu es célibataire. Tu sors avec Erika Berger ?

— Erika Berger est mariée.

— Bon. Donc, toutes les rumeurs sur vous deux sont des conneries. Tu as une copine ?

— Aucune permanente.

— Donc, ces rumeurs-là sont vraies aussi.

Mikael haussa les épaules et sourit de nouveau.

LA RÉDACTRICE EN CHEF MALOU ERIKSSON passa la nuit jusqu'au petit matin à la table de cuisine chez elle à Årsta. Elle était penchée sur des copies du budget de *Millénium* et était tellement prise que son ami Anton finit par abandonner ses tentatives de mener une conversation normale avec elle. Il fit la vaisselle, prépara un sandwich tardif pour la nuit et du café. Ensuite il la laissa tranquille et s'installa devant une rediffusion des *Experts* à la télé.

Jusque-là dans sa vie, Malou Eriksson n'avait jamais géré quelque chose de plus sophistiqué qu'un budget familial, mais elle avait travaillé avec Erika Berger sur des bilans mensuels et elle comprenait les principes. Maintenant elle était devenue rédactrice en chef et cela impliquait une responsabilité budgétaire. A un moment donné, après minuit, elle décida que quoi qu'il arrive, elle serait obligée d'avoir un assistant pour l'aider à jongler. Ingela Oscarsson, qui s'occupait de la comptabilité un jour par semaine, n'avait pas de compétence en matière de budget et ne lui était d'aucune aide quand il fallait décider combien on pourrait payer un pigiste ou s'ils avaient les moyens d'acheter une nouvelle imprimante laser en marge de la somme portée au fonds d'améliorations techniques. Dans la pratique, c'était une situation ridicule – *Millénium* était carrément excédentaire, mais c'était grâce à Erika qui avait sans arrêt fait de l'équilibre avec un budget à zéro. Une chose aussi élémentaire qu'une nouvelle imprimante couleur à 45 000 couronnes se voyait réduite à une imprimante noir et blanc à 8 000 couronnes.

Pendant une seconde, elle envia Erika Berger. A *SMP*, elle disposait d'un budget où une telle dépense serait considérée comme la cagnotte pour le café.

La situation économique de *Millénium* avait été annoncée bonne à la dernière assemblée générale, mais l'excédent du budget provenait principalement de la vente du livre de Mikael Blomkvist sur l'affaire Wennerström. L'excédent, transféré sur les investissements, diminuait à une vitesse inquiétante. Une des raisons en était les dépenses que Mikael avait engagées pendant l'histoire Salander. *Millénium* ne disposait pas des ressources requises pour entretenir le budget courant d'un collaborateur, encore moins s'il ajoutait des factures pour location de voiture, chambres d'hôtel, taxis, achat de matériel technologique de pointe, téléphones portables et autres !

Malou valida une facture du free-lance Daniel Olofsson à Göteborg. Elle soupira. Mikael Blomkvist avait approuvé une somme de 14 000 couronnes pour une semaine de recherche sur un sujet qui ne serait même pas publié. Le dédommagement d'un certain Idris Ghidi à Göteborg serait affecté au compte honoraires des sources anonymes, par définition sans autre précision sur leur identité, ce qui signifiait que le vérificateur aux comptes allait critiquer l'absence de factures et que ça se transformerait en affaire à régler par une décision du CA. *Millénium* payait aussi des honoraires à Annika Giannini, qui certes allait recevoir de l'argent public mais qui dans l'immédiat avait quand même besoin de sous pour payer ses voyages en train, etc.

Elle posa son stylo et contempla les totaux obtenus. Mikael Blomkvist avait sans états d'âme allongé 150 000 couronnes pour l'histoire Salander, totalement en marge du budget. Ça ne pouvait pas continuer.

Elle comprit qu'elle serait obligée d'avoir un entretien avec lui.

ERIKA BERGER PASSA LA SOIRÉE aux urgences de l'hôpital de Nacka au lieu de se prélasser dans son canapé devant la télé. Le morceau de verre avait pénétré si profondément que l'hémorragie ne s'arrêtait pas et, lors de l'examen, on s'aperçut qu'un éclat pointu était toujours fiché dans son talon et devait être extrait. Elle eut ainsi droit à une anesthésie locale et trois points de suture.

Tout au long de son passage à l'hôpital, Erika Berger pesta intérieurement et essaya régulièrement d'appeler tantôt Lars Beckman, tantôt Mikael Blomkvist. Ni son mari légitime, ni son amant ne daignaient cependant répondre. Vers 22 heures, son pied se trouvait empaqueté dans un énorme bandage. On lui prêta des béquilles et elle prit un taxi pour rentrer chez elle.

Elle passa un moment, boitant sur un pied et sur les bouts d'orteil de l'autre, à balayer le sol du séjour et à commander une nouvelle vitre chez Urgence Vitres. Elle avait de la chance. La soirée avait été calme au centre-ville et l'installateur arriva au bout de vingt minutes. Puis la chance tourna. La fenêtre du séjour était tellement grande qu'ils n'avaient pas de verre en stock. L'artisan proposa de couvrir provisoirement la fenêtre d'une plaque de contreplaqué, ce qu'elle accepta avec reconnaissance.

Tandis que le gars mettait en place le contreplaqué, elle appela la personne de garde à la société privée de sécurité NIP, pour Nacka Integrated Protection, et demanda pourquoi, bordel de merde, l'alarme sophistiquée de sa maison ne s'était pas déclenchée quand quelqu'un avait balancé une brique par la plus grande fenêtre de sa villa de deux cent cinquante mètres carrés.

Une voiture de chez NIP fut dépêchée pour vérification et on constata que le technicien qui avait fait l'installation plusieurs années auparavant avait manifestement oublié de brancher les fils de la fenêtre du séjour.

Erika Berger en resta sans voix.

NIP offrit de remédier à la chose dès le lendemain matin. Erika leur dit de ne pas se donner cette peine. A la place, elle appela les urgences chez Milton Security, expliqua sa situation et dit qu'elle voulait un système d'alarme complet dès que possible. *Oui, je sais qu'il faut signer un contrat, mais dites à Dragan Armanskij qu'Erika Berger a appelé, et faites en sorte que l'alarme soit installée dès demain matin.*

Pour finir, elle appela aussi la police. On lui dit qu'il n'y avait aucune voiture disponible pour venir prendre sa déposition. On lui conseilla de se tourner vers le commissariat de proximité le lendemain. *Merci. Allez vous faire foutre !*

Ensuite, elle resta un long moment à bouillir intérieurement avant que l'adrénaline commence à baisser et qu'elle réalise qu'elle allait dormir seule dans une baraque sans alarme alors que quelqu'un qui la traitait de sale pute et qui affichait des tendances à la violence rôdait dans le coin.

Un court moment, elle se demanda si elle ne ferait pas mieux d'aller en ville et de prendre une chambre d'hôtel pour la nuit, mais Erika Berger était de ceux qui n'aiment pas du tout être victimes de menaces et encore moins y céder. *Pas question qu'un enfoiré de merde me mette à la porte de chez moi.*

En revanche, elle prit quelques mesures de sécurité élémentaires.

Mikael Blomkvist lui avait raconté comment Lisbeth Salander avait traité le tueur en série Martin Vanger avec un club de golf. Elle alla donc dans le garage et passa dix minutes à fouiller pour trouver son sac de golf qu'elle n'avait pas vu depuis une quinzaine d'années. Elle choisit un fer 7 et l'installa à portée de main confortable du lit. Elle plaça un putter dans le vestibule et un autre club en fer dans la cuisine. Elle alla chercher un marteau dans la boîte à outils à la cave et le mit dans la salle de bains jouxtant la chambre.

Elle sortit sa bombe de gaz lacrymogène de son sac et la posa sur la table de chevet. Finalement elle trouva un coin en caoutchouc, ferma la porte de la chambre et la coinça avec. Elle en arrivait presque à espérer que ce connard qui la traitait de pute et qui lui bousillait sa fenêtre serait assez con pour revenir dans la nuit.

Quand elle s'estima suffisamment protégée, il était déjà 1 heure. Elle devait se trouver à SMP à 8 heures. Elle consulta son agenda et constata qu'elle avait quatre réunions prévues à partir de 10 heures. Son pied était très douloureux et elle était incapable de marcher normalement. Elle se déshabilla et se glissa dans le lit. Elle ne possédait pas de chemise de nuit et se demanda si elle ne devait pas mettre un tee-shirt ou quelque chose mais, comme elle dormait nue depuis son adolescence, elle décida que ce n'était pas une brique à travers la fenêtre du séjour qui allait modifier ses habitudes.

Bien évidemment, elle n'arriva pas à s'endormir et se mit à ruminer.

Sale pute.

Elle avait reçu neuf mails qui tous contenaient ces mots et qui semblaient émaner de différentes rédactions. Le premier était même envoyé de celle qu'elle dirigeait, mais l'expéditeur était faux.

Elle sortit du lit et alla chercher son nouvel ordinateur portable Dell, qu'elle avait reçu en prenant ses fonctions à SMP.

Le premier mail – le plus vulgaire et le plus menaçant, qui proposait de l'enculer avec un tournevis – était arrivé le 16 mai, dix jours plus tôt, donc.

Le deuxième était arrivé deux jours après, le 18 mai.

Puis une semaine de répit avant que les mails arrivent de nouveau, maintenant avec une régularité d'environ vingt-quatre heures. Puis l'attaque contre son domicile. *Sale pute.*

Entre-temps, Eva Carlsson à la Culture avait reçu des mails bizarres portant sa signature, c'est-à-dire signés Erika Berger. Et si Eva Carlsson avait reçu des courriels bizarres, il était tout à fait possible que le véritable auteur des messages se soit amusé ailleurs – que d'autres personnes aient reçu des courriels d'"elle", mais dont elle ignorait tout.

C'était une pensée désagréable.

Le plus inquiétant cependant était l'attaque contre sa maison.

Elle impliquait que quelqu'un s'était donné la peine de venir à Saltsjöbaden, de localiser son domicile et de lancer une brique à travers la fenêtre. L'attaque avait été préparée – l'agresseur avait emporté un aérosol de peinture. Dans la seconde qui suivit, elle sentit un frisson la parcourir quand elle comprit qu'il lui fallait peut-être ajouter une agression à la liste. Sa voiture avait eu les quatre pneus crevés pendant la nuit qu'elle avait passée avec Mikael Blomkvist au Hilton de Slussen.

La conclusion était aussi désagréable qu'évidente. Elle avait un dangereux malade à ses trousses.

Quelque part là-dehors se baladait un type qui pour une raison inconnue passait son temps à harceler Erika Berger.

Que sa maison ait été l'objet d'une attaque pouvait se comprendre – elle n'était pas déplaçable ni dissimulable. Mais si sa voiture était attaquée quand elle était garée au hasard dans une rue de Södermalm, cela voulait dire que ce malade se trouvait en permanence dans sa proximité immédiate.

18

JEUDI 2 JUIN

ERIKA BERGER FUT RÉVEILLÉE par la sonnerie de son portable
à 9 h 05.

— Bonjour, mademoiselle Berger. Dragan Armanskij à
l'appareil. J'ai cru comprendre que vous avez eu des problèmes cette nuit.

Erika expliqua ce qui s'était passé et demanda si Milton
Security pouvait remplacer Nacka Integrated Protection.

— On peut en tout cas installer une alarme qui fonctionne, dit Armanskij sur un ton sarcastique. Le problème
est que le véhicule le plus proche que nous ayons la nuit se
trouve dans le centre de Nacka. Il faut environ trente minutes pour venir. Si on accepte le marché, je serai obligé de
sous-traiter pour ta maison. Nous avons un accord de collaboration avec une société de sécurité locale, Adam Säkerhet
à Fisksätra, qui a un délai de dix minutes pour être sur place
si tout fonctionne comme il faut.

— C'est mieux que NIP qui n'arrive pas du tout.

— Je tiens à te dire qu'il s'agit d'une société familiale, il
y a le père, deux fils et quelques cousins. Des Grecs, des
gens honnêtes, je connais le père depuis des années. Ils ont
une couverture trois cent vingt jours par an. Les jours où ils
sont empêchés de venir, à cause de congés de vacances et
de choses comme ça, seront signalés à l'avance, alors ce
sera notre véhicule à Nacka qui prendra le relais.

— Ça me va.

— Je vais t'envoyer quelqu'un dans la matinée. Il s'appelle David Rosin et il est déjà en route. Il va faire une analyse de sécurité. Il a besoin de tes clés si tu n'es pas chez toi
et il lui faut ton autorisation de parcourir la maison de la

cave au grenier. Il va photographier ta maison, le terrain et l'entourage immédiat.

— Je comprends.

— Rosin a une grande expérience. Ensuite, on te fera des propositions de mesures de sécurité. On aura un projet sur le papier dans quelques jours. Il comprendra l'alarme anti-agression et l'alarme incendie, l'évacuation et une protection contre l'intrusion.

— Parfait.

— Nous tenons aussi à ce que tu saches ce que tu devrais faire, au cas où, durant les dix minutes qu'il faut à la voiture de Fisksätra pour arriver chez toi.

— Oui.

— Dès cet après-midi, on va installer le système. Ensuite il te faudra signer un contrat.

Immédiatement après l'appel de Dragan Armanskij, Erika réalisa qu'elle ne s'était pas réveillée à temps. Elle prit son portable et appela Peter Fredriksson, le secrétaire de rédaction, expliqua qu'elle s'était blessée et lui demanda de décommander une réunion à 10 heures.

— Tu ne vas pas bien ? demanda-t-il.

— Je me suis fait une belle coupure au pied, dit Erika. J'arrive en boitant dès que je peux.

Elle passa d'abord aux toilettes qui jouxtaient la chambre. Puis elle enfila un pantalon noir et emprunta à son mari une pantoufle qu'elle pourrait mettre sur son pied blessé. Elle choisit une chemise noire et alla chercher sa veste. Avant d'ôter le coin en caoutchouc qu'elle avait glissé sous la porte, elle s'arma de la bombe lacrymogène.

Elle s'avança dans la maison, tous ses sens en éveil, puis brancha la machine à café. Elle prit son petit-déjeuner à la table de cuisine, en guettant tout le temps le moindre bruit. Elle venait de se verser une deuxième tasse quand David Rosin de Milton Security frappa à la porte.

ROSA FIGUEROLA REJOIGNIT A PIED Bergsgatan et rassembla ses quatre collaborateurs pour une concertation matinale.

— Nous avons maintenant une date limite, dit Rosa Figuerola. Notre travail doit être terminé pour le 13 juillet, début du procès de Lisbeth Salander. Cela veut dire que nous avons un peu plus d'un mois devant nous. On va faire le point et décider ce qui est le plus important pour le moment. Qui veut commencer ?

Berglund se racla la gorge.

— Le blond qui rencontre Mårtensson. Qui est-il ?

Tout le monde hocha la tête. La conversation démarra.

— On a des photos de lui, mais aucune idée de comment le trouver. On ne peut pas lancer un avis de recherche.

— Et qu'en est-il de Gullberg ? On devrait pouvoir trouver une histoire. On l'a au sein de la police secrète de l'Etat depuis le début des années 1950 jusqu'en 1964, date où la Säpo a été créée. Ensuite il disparaît du paysage.

Figuerola hocha la tête.

— Devons-nous en déduire que le club Zalachenko a été fondé en 1964 ? Bien avant que Zalachenko soit arrivé chez nous, donc ?

— Si c'est le cas, le but devait être différent... une organisation secrète au sein de l'organisation.

— C'était après l'affaire Stig Wennerström. Tout le monde était parano.

— Une sorte de Sûreté secrète de la Sûreté ?

— Il y a des parallèles à l'étranger. Aux Etats-Unis, un groupe de chasseurs d'espions à part a été créé au sein de la CIA dans les années 1960. Il était dirigé par un James Jesus Angleton, et il a failli saboter toute la CIA. La bande d'Angleton était faite de fanatiques paranos – ils soupçonnaient tout le monde à la CIA d'être des agents russes. Un des résultats de leur boulot, c'est que de larges pans de l'activité de la CIA en sont restés paralysés.

— Mais il ne s'agit que de spéculations...

— Où sont conservés les vieux dossiers du personnel ?

— Gullberg ne s'y trouve pas. J'ai déjà vérifié.

— Et le budget alors ? Une telle opération doit forcément être financée...

La discussion se poursuivit jusqu'au déjeuner, quand Rosa Figuerola s'excusa et rejoignit la salle de sport pour pouvoir réfléchir en paix.

ERIKA BERGER ARRIVA EN BOITANT à la rédaction de *SMP* vers midi seulement. Elle avait tellement mal au pied qu'elle n'arrivait même pas à le poser par terre. Elle sautilla jusqu'à la cage en verre et se laissa tomber, soulagée, sur son fauteuil. Peter Fredriksson la vit de sa place au pôle central. Elle lui fit signe de venir.

— Qu'est-ce qu'il s'est passé ?

— J'ai marché sur un bout de verre qui s'est cassé et s'est coincé à l'intérieur du talon.

— Aïe, c'est moche, ça !

— Oui. Plutôt. Dis-moi, Peter, est-ce que quelqu'un d'autre a reçu des mails bizarres ?

— Pas que je sache.

— OK. Ouvre les oreilles. Je veux savoir s'il se passe des choses étranges à *SMP*.

— Qu'est-ce que tu veux dire par là ?

— J'ai peur qu'il y ait un fêlé qui s'amuse à envoyer des mails pourris et qui m'a prise pour cible. Je veux donc être mise au courant si tu apprends qu'il se passe des choses.

— Le type de mails qu'Eva Carlsson a reçus ?

— N'importe quoi qui sort de l'ordinaire. Pour ma part, j'ai reçu une flopée de mails débiles qui m'accusent d'être un peu tout et me proposent de subir divers trucs pervers.

Peter Fredriksson s'assombrit.

— Ça dure depuis combien de temps ?

— Quelques semaines. Raconte maintenant. Qu'est-ce qu'il y aura dans le journal demain ?

— Hmm.

— Comment ça, hmm ?

— Holm et le responsable Justice sont sur le sentier de la guerre.

— Ah bon. Pourquoi ?

— A cause de Johannes Frisk. Tu as prolongé son remplacement et tu lui as donné un reportage à faire, et il ne veut pas dire sur quel sujet.

— Il n'a pas le droit de révéler le sujet. Ce sont mes ordres.

— C'est ce qu'il dit. Ce qui implique que Holm et la Justice sont assez agacés contre toi.

— Je comprends. Fixe une réunion avec la rédaction du Droit pour 15 heures, je leur expliquerai la situation.

— Holm est plutôt en pétard…

— Je suis aussi plutôt en pétard contre Holm, alors on est quitte.

— Il est tellement en pétard qu'il s'est plaint au CA.

Erika leva les yeux. *Merde. Il faut que je m'occupe de Borgsjö.*

— Borgsjö va passer cet après-midi. Il veut te voir. Je soupçonne Holm d'être derrière ça.

— OK. A quelle heure ?

— A 14 heures.

Il commença à exposer le menu de midi.

LE DR ANDERS JONASSON passa voir Lisbeth Salander à l'heure du déjeuner. Elle repoussa l'assiette avec le sauté de légumes du conseil général. Comme toujours, il l'examina brièvement, mais elle nota qu'il avait cessé de s'investir au maximum dans ces examens.

— Tu es guérie, constata-t-il.

— Hmm. Il faudrait que tu fasses quelque chose pour les repas.

— Les repas ?

— Tu ne pourrais pas me trouver une pizza ou quelque chose de ce genre ?

— Désolé. Restrictions budgétaires.

— C'est bien ce que je me disais.

— Lisbeth. Demain, nous allons procéder à une grande évaluation de ton état de santé…

— Je comprends. Et je suis guérie.

— Tu es suffisamment guérie pour pouvoir être transférée à la maison d'arrêt de Kronoberg à Stockholm.

Elle hocha la tête.

— Je pourrais probablement retarder le transfert d'une semaine encore, mais mes collègues commencent à se poser des questions.

— Ne fais pas ça.

— Sûre ?

Elle fit oui de la tête.

— Je suis prête. Et il faut que ça arrive, tôt ou tard.

Il hocha la tête.

— Bon alors, dit Anders Jonasson. Je vais donner le feu vert pour ta sortie demain. Cela signifie que tu seras probablement transférée très rapidement.

Elle hocha la tête.

— Il est possible que ça se fasse dès ce week-end. La direction de l'hôpital ne tient pas à te garder ici.

— Je peux le comprendre.

— Euh… et par conséquent, ton jouet…

— Il sera dans le creux au dos de la table de chevet.

Elle lui indiqua l'endroit.

— OK.

Ils restèrent silencieux un court moment avant qu'Anders Jonasson se lève.

— Il faut que j'aille voir d'autres patients qui ont davantage besoin de mon aide.

— Merci pour tout. Je te dois un service.

— J'ai seulement fait mon boulot.

— Non. Tu as fait bien plus que ça. Je ne l'oublierai pas.

MIKAEL BLOMKVIST ENTRA dans l'hôtel de police sur Kungsholmen par la porte de Polhemsgatan. Rosa Figuerola l'accueillit et l'accompagna jusqu'aux locaux de la Protection de la Constitution. Ils se regardèrent en douce et en silence dans l'ascenseur.

— Est-il vraiment sage que je me montre ici, à l'hôtel de police ? demanda Mikael. Quelqu'un pourrait me voir et se poser des questions.

Rosa Figuerola hocha la tête.

— Ça sera la seule fois. A l'avenir nous nous retrouverons dans un petit bureau que nous avons loué à Fridhemsplan. On y aura accès à partir de demain. Mais il n'y a pas de problème pour cette fois-ci. La Protection de la Constitution est une petite unité pratiquement autonome et personne à la Säpo n'y prête attention. D'ailleurs, nous ne sommes pas au même étage que le reste de la Säpo.

D'un mouvement de tête, il salua Torsten Edklinth sans lui serrer la main puis deux collaborateurs qui manifestement travaillaient sur l'enquête. Ils se présentèrent comme Stefan et Niklas. Mikael nota qu'ils ne mentionnaient pas de noms de famille.

— On commence par quoi ? demanda Mikael.

— On pourrait démarrer par un petit café… Rosa ?

— Oui, merci, dit Rosa Figuerola.

Mikael vit le chef de la Protection de la Constitution hésiter une seconde avant de se lever et d'aller lui-même chercher la cafetière pour la poser sur la table de conférence où les tasses étaient déjà sorties. Torsten Edklinth avait sans doute voulu dire que c'était à Rosa de servir le café. Mikael constata aussi qu'Edklinth souriait pour lui-même, ce qu'il interpréta comme un bon signe. Puis Edklinth devint sérieux.

— Pour tout vous dire, je ne sais pas comment gérer cette situation. Qu'un journaliste participe aux réunions de travail à la Säpo est probablement un fait unique. Les éléments dont nous allons parler maintenant sont pour beaucoup des données classées secret-défense.

— Les secrets militaires ne m'intéressent pas. C'est le club Zalachenko qui m'intéresse.

— Il faut qu'on trouve un équilibre. Premièrement, les collaborateurs ne doivent pas être nommés dans tes textes.

— C'est entendu.

Edklinth jeta un regard surpris sur Mikael Blomkvist.

— Deuxièmement, tu ne dois pas parler avec d'autres collaborateurs que moi-même et Rosa Figuerola. A nous de déterminer ce que nous pouvons te dire.

— Si tu avais tant d'exigences, tu aurais dû m'en parler hier.

— Hier je n'avais pas eu le temps de réfléchir à la chose.

— Alors je vais te faire une révélation. C'est sans doute la première et la seule fois de ma carrière professionnelle que je vais raconter le contenu d'un article pas encore publié à un policier. Donc, et je te cite… pour tout dire, je ne sais pas comment gérer cette situation.

Un bref silence s'installa autour de la table.

— On pourrait peut-être…

— Que diriez-vous…

Edklinth et Rosa Figuerola commencèrent à parler en même temps et se turent.

— Je cherche à coincer le club Zalachenko. Vous voulez inculper le club Zalachenko. N'allons pas plus loin que ça, dit Mikael.

Edklinth hocha la tête.

— Qu'est-ce que vous avez ?

Edklinth expliqua ce que Rosa Figuerola et sa troupe avaient trouvé. Il montra la photo d'Evert Gullberg en compagnie du colonel espion Stig Wennerström.

— Bien. Je voudrais une copie de cette photo.

— On peut la trouver dans les archives d'Åhlén & Åkerlund, dit Rosa Figuerola.

— Elle se trouve aussi sur la table devant moi. Avec un texte au dos, dit Mikael.

— OK. Donne-lui une copie, dit Edklinth.

— Cela veut dire que Zalachenko a été tué par la Section.

— Assassinat par un homme qui était lui-même en train de mourir d'un cancer et qui se suicide ensuite. Gullberg vit encore, mais les médecins ne lui donnent que quelques semaines. Il a de telles lésions au cerveau après sa tentative de suicide qu'il a tout du légume.

— Et c'était lui, le principal responsable de Zalachenko quand il a déserté.

— Comment tu le sais ?

— Gullberg a rencontré le Premier ministre Thorbjörn Fälldin six semaines après la désertion de Zalachenko.

— Tu peux le prouver ?

— Ouais. Le registre des visites de la chancellerie du gouvernement. Gullberg est venu avec le directeur de la Säpo de l'époque.

— Qui est décédé aujourd'hui.

— Mais Fälldin vit et il est prêt à en parler.

— Tu as…

— Non, je n'ai pas parlé avec Fälldin. Mais quelqu'un d'autre l'a fait. Je ne peux pas nommer cette personne. Protection des sources.

Mikael expliqua comment Thorbjörn Fälldin avait réagi à l'information sur Zalachenko et comment lui-même s'était rendu aux Pays-Bas pour interroger Janeryd.

— Conclusion : le club Zalachenko se trouve quelque part ici dans la maison, dit Mikael en indiquant la photo.

— En partie. Nous pensons qu'il s'agit d'une organisation dans l'organisation. Le club Zalachenko ne peut pas exister sans l'aide de personnes-clés dans cette maison. Mais nous soupçonnons que la prétendue Section d'analyse spéciale s'est établie quelque part à l'extérieur de la maison.

— Si j'ai bien compris le fonctionnement, une personne peut être employée par la Säpo, recevoir son salaire de la Säpo et ensuite faire ses rapports à un autre employeur.

— A peu de chose près.

— Alors qui dans la maison aide le club Zalachenko ?

— Nous ne le savons pas encore. Mais nous avons des suspects.

— Mårtensson, proposa Mikael.

Edklinth hocha la tête.

— Mårtensson bosse pour la Säpo et, quand ils ont besoin de lui au club Zalachenko, il est détaché de son poste habituel, dit Rosa Figuerola.

— Comment c'est possible, dans la pratique ?

— Très bonne question, dit Edklinth avec un petit sourire. Tu n'aurais pas envie de venir travailler pour nous ?

— Jamais de la vie, dit Mikael.

— Je rigole. Mais c'est bien la question qu'il faut poser. Nous avons un suspect, mais rien qui nous permet de passer des soupçons aux preuves.

— Voyons voir... c'est forcément quelqu'un jouissant d'une autorité administrative.

— Nous soupçonnons le secrétaire général Albert Shenke, dit Rosa Figuerola.

— Ce qui nous mène vers le premier écueil, dit Edklinth. Nous t'avons fourni un nom, mais le renseignement ne peut pas être étayé. Comment comptes-tu utiliser ça ?

— Je ne peux pas publier un nom sans avoir de preuves pour me couvrir. Si Shenke est innocent, il portera plainte contre *Millénium* pour diffamation.

— Bien. Alors nous sommes d'accord. Cette collaboration doit être basée sur une confiance réciproque. A toi maintenant. Qu'est-ce que tu as ?

— Trois noms, dit Mikael. Les deux premiers étaient membres du club Zalachenko dans les années 1980.

Edklinth et Figuerola tendirent instantanément l'oreille.

— Hans von Rottinger et Fredrik Clinton. Rottinger est mort. Clinton est à la retraite. Mais tous deux faisaient partie du cercle le plus proche de Zalachenko.

— Et le troisième nom ? demanda Edklinth.

— Teleborian a des liens avec un certain *Jonas*. Nous ne connaissons pas son nom de famille mais nous savons qu'il fait partie de la promotion 2005 du club Zalachenko... Nous sommes portés à croire que c'est lui qui est en compagnie de Mårtensson sur les photos du Copacabana.

— Et dans quel contexte ce nom de Jonas s'est-il présenté ?

— Lisbeth Salander a piraté l'ordinateur de Peter Teleborian, et nous sommes en mesure de suivre une correspondance qui démontre que Teleborian conspire avec Jonas de la même façon qu'il conspirait avec Björck en 1991. Jonas donne des instructions à Teleborian. Et nous voici en face du deuxième écueil, dit Mikael en souriant à Edklinth. Je peux prouver mes affirmations, mais je ne peux pas vous donner les preuves sans révéler ma source. Il vous faut accepter ce que je dis.

Edklinth eut l'air pensif.

— Un collègue de Teleborian à Uppsala peut-être, dit-il. OK. On commencera avec Clinton et Rottinger. Raconte ce que tu sais.

LE PRÉSIDENT DU CA MAGNUS BORGSJÖ accueillit Erika Berger dans son bureau à côté de la salle de réunion de la direction. Il semblait soucieux.

— On m'a dit que tu t'étais blessée, dit-il en indiquant son pied.

— Ça va passer, dit Erika. Elle posa les cannes contre son bureau en s'installant dans le fauteuil des visiteurs.

— Bon, tant mieux. Erika, ça fait un mois que tu es ici maintenant et je voulais qu'on fasse le point. Tes impressions ?

Il faut que je discute de Vitavara avec lui. Mais comment ? Quand ?

— Je commence à tenir le bon bout. Il y a deux aspects. D'un côté, SMP a des problèmes financiers et le budget est en train d'étrangler le journal. D'un autre côté, il y a une quantité incroyable de poids morts à la rédaction de SMP.

— N'y a-t-il pas d'aspects positifs ?

— Si. Un tas de pros bien rodés qui savent comment le boulot doit être mené. Le problème, c'est que nous en avons d'autres qui mettent facilement des bâtons dans les roues.

— Holm m'a parlé…

— Je sais.

Borgsjö leva les sourcils.

— Il a pas mal de choses à dire sur toi. Pratiquement toutes sont négatives.

— Ça ne fait rien. J'ai pas mal de choses à dire sur lui aussi.

— Négatives ? Ce n'est pas bien si vous ne pouvez pas travailler ensemble…

— Je n'ai aucun problème pour travailler avec lui. En revanche, lui en a pour travailler avec moi.

Erika soupira.

— Il me rend folle. Holm a de la bouteille, il est sans hésitation un des chef des Actualités les plus compétents que j'aie vus. En même temps, c'est un enfoiré. Il intrigue et joue les gens les uns contre les autres. Je travaille dans les médias depuis vingt-cinq ans et je n'ai jamais croisé un homme pareil à un poste de cadre.

— Il est obligé d'avoir une main de fer pour venir à bout de ce travail. On lui met la pression de tous les côtés.

— Une main de fer – oui. Mais cela ne veut pas dire qu'il doit être idiot. Holm est malheureusement une catastrophe et il est la raison principale de la quasi-impossibilité de faire travailler les employés en équipe. Il semble croire que son boulot consiste à régner en divisant.

— Tu ne ménages pas tes mots.

— J'accorde à Holm un mois de plus pour se raviser. Ensuite je l'enlève du poste de chef des Actualités.

— Tu ne peux pas faire ça. Ton boulot n'est pas d'éclater l'organisation du travail.

Erika se tut et examina le président du CA.

— Excuse-moi de le faire remarquer, mais c'est exactement pour ça que tu m'as recrutée. Nous avons même établi un contrat qui me donne les mains libres d'entreprendre les changements rédactionnels que j'estime nécessaires. Ma mission consiste à renouveler le journal et je ne peux le faire qu'en changeant l'organisation et les habitudes.

— Holm a consacré sa vie à *SMP*.

— Oui. Et il a cinquante-huit ans et il prendra sa retraite dans six ans et je ne peux pas me permettre de le garder comme un fardeau pendant ce temps. Ne me comprends pas mal, Magnus. Dès l'instant où je me suis installée dans la cage en verre là, en bas, ma tâche principale dans la vie est d'élever la qualité de *SMP* et d'augmenter son tirage. Holm peut choisir entre faire les choses à ma façon ou faire autre chose. J'ai l'intention de passer sur tous ceux qui se mettent en travers de mon chemin ou qui par ailleurs nuisent à *SMP*.

Merde... il faut que j'aborde cette histoire de Vitavara. Borgsjö va être viré.

Borgsjö sourit tout à coup.

— Il me semble bien que toi aussi, tu as une main de fer.

— Oui, c'est vrai, et dans le cas qui nous préoccupe, c'est regrettable parce que ça ne devrait pas nécessairement se passer ainsi. Mon boulot est de faire un bon journal et je ne peux le faire que si j'ai une direction qui fonctionne et des collaborateurs qui se plaisent dans leur boulot.

Après la réunion avec Borgsjö, Erika retourna en boitant à la cage en verre. Elle se sentait mal à l'aise. Elle avait parlé avec Borgsjö pendant trois quarts d'heure sans un seul mot pour évoquer Vitavara. Autrement dit, elle n'avait pas été spécialement franche ni sincère avec lui.

Quand Erika Berger ouvrit son ordinateur, elle avait reçu un mail de MikBlom@millenium.nu. Comme elle savait très bien qu'une telle adresse électronique n'existait pas à *Millénium*, elle n'eut aucun mal à en déduire que c'était un nouveau signe de vie de son cyber harceleur. Elle ouvrit le mail.

[TU T'IMAGINES QUE BORGSJÖ POURRA TE SAUVER, SALE PETITE PUTE ? COMMENT VA TON PIED ?]

Elle leva les yeux et regarda spontanément la rédaction. Son regard tomba sur Holm. Il la regardait. Puis il lui adressa un hochement de tête et un sourire.

Ces mails, c'est quelqu'un de SMP *qui les écrit.*

LA RÉUNION A LA PROTECTION DE LA CONSTITUTION ne se termina pas avant 17 heures. Ils fixèrent une nouvelle réunion pour la semaine à venir et établirent que Mikael Blomkvist devait s'adresser à Rosa Figuerola s'il avait besoin de contacter la Säpo d'ici là. Mikael prit sa sacoche avec l'ordinateur et se leva.

— Comment est-ce que je trouve mon chemin pour sortir d'ici ? demanda-t-il.

— Je crois qu'il ne faudrait pas que tu te balades trop tout seul, dit Edklinth.

— Je le sors, dit Rosa Figuerola. Attends-moi quelques minutes, que je ramasse mes affaires dans mon bureau.

Ils partirent ensemble par le parc de Kronoberg vers Fridhemsplan.

— Qu'est-ce qui va se passer maintenant ? demanda Mikael.

— On reste en contact, dit Rosa Figuerola.

— Je commence à apprécier le contact avec la Säpo, dit Mikael en lui souriant.

— Ça te dit qu'on dîne ensemble plus tard ce soir ?

— Le resto bosniaque encore ?

— Non, je n'ai pas les moyens de manger au restaurant tous les soirs. Je pensais plutôt à un truc simple chez moi.

Elle s'arrêta et lui sourit.

— Tu sais ce que j'ai vraiment envie de faire, là maintenant ? dit-elle.

— Non.

— J'ai envie de te ramener chez moi dare-dare et de te déshabiller.

— Ça risque de devenir compliqué, tout ça.

— Je sais. Je n'ai pas exactement l'intention d'en parler à mon chef.

— Je ne sais pas du tout comment toute cette histoire va évoluer. On va peut-être se retrouver chacun de son côté de la barricade.

— Je prends le risque. Tu viens de ton plein gré ou je dois te menotter ?

Il hocha la tête. Elle le prit sous le bras et le pilota vers Pontonjärgatan. Ils furent nus trente secondes après avoir refermé la porte d'entrée de l'appartement.

DAVID ROSIN, CONSULTANT EN SÉCURITÉ à Milton Security, attendait Erika Berger quand elle rentra chez elle vers 19 heures. Son pied lui faisait horriblement mal et elle se traîna jusqu'à la cuisine où elle s'écroula sur la première chaise. Il avait fait du café et lui servit une tasse.

— Merci. Le café, ça entre dans les prestations de services de Milton ?

Il sourit poliment. David Rosin était un homme rondelet d'une cinquantaine d'années.

— Merci de m'avoir prêté la cuisine toute la journée.

— C'était le moins que je puisse faire. Comment ça se passe ?

— Dans la journée, nos techniciens sont venus installer une alarme décente. Je vous montrerai comment elle fonctionne tout à l'heure. J'ai aussi passé au crible votre maison de la cave au grenier et j'ai examiné les environs. La suite des opérations, c'est que je vais parler de votre situation avec des collègues à Milton, et dans quelques jours nous aurons une analyse que nous pourrons discuter avec vous. Mais en attendant, il y a quelques petites choses qu'il faudrait qu'on voie ensemble.

— Je vous écoute.

— Premièrement, nous avons quelques papiers à signer. Nous formulerons le contrat définitif plus tard – cela dépend des services que vous retiendrez – mais j'ai là un formulaire dans lequel vous donnez mission à Milton d'installer l'alarme que nous avons installée aujourd'hui. C'est un contrat standard réciproque qui signifie que nous à Milton posons certaines exigences et nous nous engageons en contrepartie à certaines choses, entre autres au secret professionnel et ce genre de trucs.

— Vous me posez des exigences ?

— Oui. Une alarme est une alarme et ne signifie rien s'il y a un fou furieux dans votre salon avec un fusil-mitrailleur. Si on veut être sûr que cela serve à quelque chose, il faudra que vous et votre mari, vous réfléchissiez à certains points et que vous acceptiez certaines mesures. On va voir ces points-là ensemble.

— Allons-y.

— Je ne vais pas anticiper l'analyse définitive, mais voilà comment je vois la situation générale. Vous habitez une villa, vous et votre mari. Il y a une plage derrière la maison et quelques villas importantes dans le voisinage immédiat. Pour autant que je peux m'en rendre compte, vos voisins n'ont pas vraiment de vue sur votre maison, elle est relativement isolée.

— C'est exact.

— Cela veut dire qu'un intrus pourrait facilement s'approcher de votre maison sans être vu.

— Les voisins à droite sont en voyage la plus grande partie de l'année, et à gauche c'est un couple âgé qui se couche d'assez bonne heure.

— Exactement. De plus, les maisons donnent l'une sur l'autre par le petit côté, où il y a peu de fenêtres. Si un intrus pénètre sur votre terrain – il lui faut cinq secondes pour quitter la route et arriver par l'arrière –, il n'y a plus aucun moyen de le voir. L'arrière est cerné par une haute haie, un garage et un autre bâtiment isolé.

— C'est l'atelier de mon mari.

— Il est artiste, si j'ai bien compris.

— C'est ça. Ensuite ?

— L'intrus qui a brisé la fenêtre et tagué la façade a pu le faire en toute tranquillité. A la rigueur il a pris le risque que le bruit de verre brisé s'entende et que quelqu'un réagisse, mais la maison est en L et le bruit est assourdi par la façade.

— Ah bon.

— L'autre point est que vous avez une grande maison de deux cent cinquante mètres carrés auxquels il faut ajouter le grenier et la cave. Cela fait onze pièces réparties sur deux niveaux.

— Cette maison est monstrueuse. C'est la maison d'enfance de Lars qu'il a héritée de ses parents.

— Il y a aussi une foule de manières différentes pour s'introduire dans la maison. Par la porte d'entrée, par la terrasse à l'arrière, par la véranda à l'étage et par le garage. De plus, il y a des fenêtres au rez-de-chaussée et six fenêtres de cave qui n'ont pas la moindre protection. Pour finir, je peux entrer en utilisant l'échelle d'incendie à l'arrière de la maison et en passant par la lucarne du grenier qui n'est fermée qu'avec un loquet.

— Effectivement, les portes de cette maison n'ont rien de bien hermétique. Qu'est-ce qu'il faut faire ?

— L'alarme que nous avons installée aujourd'hui n'est que provisoire. Nous reviendrons la semaine prochaine poser une installation dans les règles avec alarme sur toutes les fenêtres du rez-de-chaussée et de la cave. Ce sera la protection anti-intrusion au cas où vous partiriez en voyage tous les deux.

— Hm.

— Mais la situation actuelle s'est présentée parce que vous avez été victime d'une menace directe de la part d'un individu précis. C'est autrement plus grave. Nous ignorons totalement de qui il s'agit, quelles sont ses motivations et jusqu'où il est prêt à aller, mais nous pouvons tirer certaines conclusions. S'il s'agissait d'un simple envoi de courrier de menace anonyme, nous ferions une estimation du degré de menace, mais dans le cas actuel il s'agit d'une personne qui s'est donné la peine de se rendre à votre domicile – et Saltsjöbaden n'est pas la porte à côté – pour y réaliser un attentat. Ça n'augure rien de bon.

— Je suis entièrement d'accord.

— J'ai parlé avec Armanskij aujourd'hui et nous pensons tous les deux que la menace est claire et nette.

— Ah bon.

— Avant d'en savoir plus sur la personne qui menace, il ne faut rien laisser au hasard.

— Ce qui signifie…

— Premièrement. L'alarme que nous avons installée aujourd'hui est constituée de deux composants. D'une part une alarme d'intrusion ordinaire branchée quand vous n'êtes pas à la maison, d'autre part un détecteur de mouvement que vous devez laisser branché quand vous vous trouvez à l'étage la nuit.

— D'accord.

— Ce n'est pas très commode, parce que vous serez obligée de débrancher cette alarme chaque fois que vous descendrez au rez-de-chaussée.

— Je comprends.

— Deuxièmement, nous avons changé la porte de votre chambre.

— Changé la porte de ma chambre ?

— Oui. Nous avons installé une porte de sécurité en acier. Ne vous inquiétez pas, elle est peinte en blanc et ressemble à une porte ordinaire. La différence est qu'elle se verrouille automatiquement quand vous la fermez. Pour ouvrir la porte de l'intérieur, vous appuyez seulement sur la poignée comme pour n'importe quelle porte. Mais pour ouvrir la porte de l'extérieur, vous devez entrer un code d'accès à trois chiffres sur une plaque intégrée à la poignée.

— D'accord.

— Si jamais vous étiez agressée ici, vous avez donc une pièce sûre où vous pouvez vous barricader. Les murs sont solides, et il faudrait un bon moment pour venir à bout de cette porte-là même avec des outils. Troisièmement, nous allons installer une vidéosurveillance qui vous permettra de voir ce qui se passe dans la cour de derrière et au rez-de-chaussée quand vous vous trouvez dans la chambre. On posera ça plus tard dans la semaine en même temps que l'installation des détecteurs de mouvement à l'extérieur de la maison.

Erika soupira profondément.

— On dirait que ma chambre ne sera plus un lieu très romantique à l'avenir.

— C'est un tout petit moniteur. On peut le placer dans un placard ou dans une armoire, ça vous évite de le voir en permanence.

— D'accord.

— Dans la semaine, je voudrais aussi changer les portes du bureau et d'une autre pièce au rez-de-chaussée. S'il arrive quelque chose, il faut que vous puissiez vous mettre à l'abri rapidement et fermer la porte en attendant les secours.

— Oui.

— Si vous déclenchez l'alarme d'intrusion par erreur, vous devez immédiatement appeler le central de Milton et décommander l'intervention. Pour décommander, vous devrez indiquer le code enregistré chez nous. Si vous avez oublié le code, l'intervention se fera mais votre compte sera débité d'une somme forfaitaire.

— Je vois.

— Quatrièmement, il y a maintenant des alarmes d'agression à quatre endroits de la maison. Ici dans la cuisine, dans le vestibule, dans votre bureau à l'étage et dans votre chambre. L'alarme d'agression consiste en deux boutons sur lesquels vous appuyez en même temps avec maintien de la pression pendant trois secondes. Vous pouvez le faire avec une main, mais vous ne pouvez pas le faire par erreur.

— Aha.

— Si l'alarme d'agression est actionnée, ça signifie trois choses. Un : que Milton envoie ici des voitures. La voiture la plus proche vient de chez Adam Säkerhet à Fisksätra. Deux gars solides débarqueront ici en l'espace de dix à douze minutes. Deux : une voiture de Milton viendra de Nacka. Il lui faut au mieux vingt minutes, mais plus probablement vingt-cinq. Trois : la police est automatiquement avertie. Autrement dit, plusieurs voitures arrivent sur le lieu à quelques minutes d'intervalle.

— Bigre !

— On ne peut pas décommander une alarme d'agression de la même façon qu'une alarme d'intrusion. Vous ne pouvez donc pas appeler pour dire que c'était une erreur. Vous pourriez nous accueillir sur le seuil de la maison et dire que c'était une erreur, la police entrerait quand même. Histoire de s'assurer que personne ne braque un pistolet contre la tempe de votre mari ou des trucs comme ça. Vous ne devez utiliser l'alarme d'agression que quand il y a un véritable danger.

— Je comprends.

— Ce n'est pas nécessairement une agression physique. Ça peut être que quelqu'un essaie d'entrer par effraction ou surgit dans la cour de derrière, par exemple. Si vous vous sentez un tant soit peu menacée, vous devez l'utiliser, à vous de le faire à bon escient.

— Je le promets.

— J'ai remarqué des clubs de golf un peu partout dans la maison.

— Oui. J'ai dormi seule ici hier.

— Personnellement, j'aurais pris une chambre d'hôtel. Ça ne me dérange pas que vous preniez vos propres précautions. Mais j'espère que vous réalisez qu'avec un club de golf, vous pouvez facilement tuer un agresseur.

— Hmm.

— Faites ça, et vous serez à tous les coups inculpée d'homicide. Dites en plus que vous aviez mis des clubs de golf exprès pour avoir une arme sous la main, ça pourrait même passer pour de la préméditation

— Je dois donc…

— Ne dites rien. Je sais ce que vous allez dire.

— Si quelqu'un m'attaque, je vais quand même essayer de lui défoncer le crâne.

— Je vous comprends. Mais d'une manière générale, si vous avez fait appel à Milton Security, c'est pour avoir une alternative. Vous avez dès lors la possibilité d'appeler à l'aide et, surtout, vous ne devriez pas vous trouver en situation d'avoir à défoncer le crâne de quelqu'un.

— D'accord.

— D'ailleurs, à quoi vous serviront les clubs de golf s'il a une arme à feu ? Quand on parle de sécurité, on parle d'avoir un pas d'avance sur la personne qui vous veut du mal.

— Comment je m'y prends si j'ai un gars qui apparemment me colle aux basques ?

— Vous vous arrangez pour qu'il n'ait jamais l'occasion de s'approcher de vous. Dans la situation actuelle, il se trouve que nous n'aurons pas terminé l'installation avant quelques jours, et ensuite nous devons aussi parler avec votre mari. Il faut qu'il ait la même volonté de sécurité que vous.

— Hmhm.

— Jusque-là, j'aurais préféré que vous n'habitiez pas ici.

— Je n'ai aucune possibilité d'aller ailleurs. Mon mari sera là dans quelques jours. Mais nous sommes souvent en déplacement, autant lui que moi, et chacun se retrouve seul parfois.

— Je comprends. Mais je parle de quelques jours seulement, jusqu'à ce que nous ayons mis en place les installations. Vous n'avez aucun ami chez qui loger ?

Erika pensa un instant à l'appartement de Mikael Blomkvist, puis se souvint que ce n'était pas une bonne idée.

— Merci… mais je préfère rester chez moi.

— C'est ce que je craignais. Dans ce cas, je veux que quelqu'un vienne ici avec vous le reste de la semaine.

— Hmm.

— Vous connaissez quelqu'un qui pourrait venir dormir ici ?

— Sans doute. Mais pas à 19 h 30 si un tueur fou est en train de rôder dans l'arrière-cour.

David Rosin réfléchit un instant.

— Bon. Est-ce que ça vous dérangerait d'avoir la compagnie d'une collaboratrice de Milton ? Je peux appeler une fille qui s'appelle Susanne Linder et voir si elle est libre ce soir. Je pense qu'elle serait d'accord pour gagner quelques billets de 100 supplémentaires.

— Ça me coûterait combien ?

— C'est à voir avec elle. C'est en dehors de tous les accords formels, entendons-nous. Mais je ne veux vraiment pas que vous restiez seule.

— Je n'ai pas peur du noir.

— Je n'en doute pas une seconde. Sinon, vous ne seriez pas restée dormir ici hier. Mais Susanne Linder est une ex de la police. Et ce ne serait que pour quelques jours. Si nous devions organiser une protection rapprochée, ce serait tout autre chose – et autrement coûteux.

Le sérieux de David Rosin commençait à déteindre sur elle. Erika Berger réalisa tout à coup qu'il était tranquillement en train d'évoquer l'existence possible d'une menace contre sa vie. Etait-ce exagéré ? Devait-elle considérer l'inquiétude de cet homme comme purement professionnelle ? Pourquoi dans ce cas avait-elle appelé Milton Security pour leur demander d'installer une alarme ?

— D'accord. Appelez-la. Je vais préparer la chambre d'amis.

ROSA FIGUEROLA ET MIKAEL BLOMKVIST, entourés de draps, ne quittèrent la chambre que vers 22 heures, pour aller dans la cuisine de Rosa bricoler une salade de pâtes avec du thon, du bacon et autres restes sortis du frigo. Ils buvaient de l'eau. Brusquement, Rosa éclata de rire.

— Quoi ?

— Je me dis qu'Edklinth serait quelque peu outré s'il nous voyait maintenant. Je ne pense pas qu'il m'encourageait à coucher avec toi quand il disait que je devais rester en contact avec toi.

— C'est toi qui as démarré tout ça. Moi, je n'avais que le choix entre les menottes ou venir de mon plein gré.

— Je sais. Mais t'as pas été trop difficile à convaincre.

— Tu n'en es peut-être pas consciente, quoique j'imagine que oui, mais tout en toi n'est qu'un appel au sexe. Tu crois qu'il y a des hommes qui résistent à ça ?

— Merci. Mais je ne suis pas sexy à ce point. Et je ne fais pas l'amour aussi souvent que ça.

— Hmm.

— C'est vrai. Je ne me retrouve pas souvent au lit avec des hommes. Je suis plus ou moins sortie avec un mec ce printemps. Puis ça s'est terminé.

— Pourquoi ?

— Il était assez mignon mais ça a fini par devenir une sorte de bras de fer épuisant. J'étais plus forte que lui et il ne l'a pas supporté.

— Ah.

— Tu es un mec comme ça, toi, à vouloir jouer au bras de fer avec moi ?

— Tu veux dire, est-ce que je suis un homme que ça dérange que tu sois plus en forme et plus baraquée que moi ? Non.

— Dis-le franchement. J'ai remarqué que beaucoup d'hommes sont intéressés, mais ensuite ils commencent à la jouer dans le registre du défi et ils cherchent tous les moyens de me dominer. Surtout s'ils découvrent que je suis flic.

— Je n'ai pas l'intention de me mesurer avec toi. Je sais faire ce que je fais mieux que toi. Et tu sais mieux que moi faire ce que tu fais.

— Bien. Ça me va comme attitude.

— Pourquoi tu m'as dragué ?

— Je cède en général à mes impulsions. Et tu étais une de ces impulsions.

— OK. Mais tu es policier à la Säpo, ce qui n'est pas n'importe quoi, et comme par hasard plongée dans une enquête dont je suis un des acteurs…

— Tu veux dire que je n'ai pas été très professionnelle. Tu as raison. Je n'aurais pas dû faire ça. Et j'aurais de gros problèmes si ça se savait. Edklinth serait furieux.

— C'est pas moi qui vais cafter.

— Merci.

Ils ne dirent rien pendant un moment.

— Je ne sais pas ce qui va en ressortir. Tu es un mec qui compte pas mal d'aventures, si j'ai bien compris. La description est bonne ?

— Oui. Malheureusement. Et je ne pense pas être à la recherche d'une copine fixe.

— OK. Je suis prévenue. Je ne crois pas que je cherche un copain fixe non plus. Tu es d'accord pour qu'on reste sur un plan amical ?

— Je préfère. Rosa, je ne vais raconter à personne qu'on a eu une aventure. Mais si ça tournait mal, je pourrais me trouver dans un foutu conflit avec tes collègues.

— Je ne pense pas. Edklinth est réglo. Et nous avons vraiment envie d'épingler ce club Zalachenko. Ça paraît totalement insensé, si maintenant tes théories sont exactes.

— On verra bien.

— Tu as eu une aventure avec Lisbeth Salander aussi.

Mikael leva les yeux et regarda Rosa.

— Dis donc… je ne suis pas un journal intime que tout le monde peut lire. Ma relation avec Lisbeth ne regarde personne.

— Elle est la fille de Zalachenko.

— Oui. Et elle est obligée de vivre avec. Mais elle n'est pas Zalachenko. La différence est de taille.

— Ce n'est pas ce que je voulais dire. Je m'interrogeais sur ton engagement dans cette histoire.

— Lisbeth est mon amie. Ça suffit comme explication.

SUSANNE LINDER DE MILTON SECURITY portait un jean, un blouson en cuir noir et des chaussures de jogging. Elle arriva à Saltsjöbaden vers 21 heures, fut briefée par David Rosin et effectua un tour de la maison avec lui. Elle était armée d'un ordinateur portable, d'une matraque de police, d'une bombe de gaz lacrymogène, de menottes et d'une brosse à dents dans un sac militaire vert qu'elle défit dans la chambre d'amis d'Erika Berger. Puis Erika Berger lui offrit un café.

— Je vous remercie. Vous pensez peut-être que je suis une invitée que vous êtes tenue de divertir de toutes les manières possibles. En réalité, je ne suis pas du tout une invitée. Je suis un mal nécessaire qui a soudain surgi dans votre vie, même si ce n'est que pour quelques jours. J'ai travaillé comme policier pendant six ans et pour Milton Security pendant quatre. Je suis garde du corps diplômée.

— Aha.

— Il existe une menace contre vous et je suis ici en tant que garde-barrière pour que vous puissiez dormir en toute tranquillité ou travailler ou lire un livre ou faire ce que vous avez envie de faire. Si vous avez besoin de parler, je suis prête à vous écouter. Sinon, j'ai apporté un livre pour me tenir compagnie.

— Bien.

— Ce que je veux dire, c'est que vous pouvez continuer à vivre votre vie sans ressentir le besoin de vous occuper de moi. Sinon, vous allez vite me prendre pour une intruse dans votre quotidien. Le mieux serait que vous me considériez comme une collègue occasionnelle.

— Je dois dire que je n'ai pas l'habitude de ce genre de situations. J'ai déjà reçu des menaces, à l'époque où j'étais la directrice de *Millénium*, mais c'était en rapport avec mon métier. Alors que là, c'est quelqu'un de vachement désagréable qui...

— Qui s'est attaché à vous justement.

— Quelque chose comme ça, oui.

— Si nous devons organiser une véritable protection rapprochée, elle coûtera les yeux de la tête, et il faudra en discuter avec Dragan Armanskij. Et pour que ça en vaille le coup, il doit y avoir une menace très nette et précise. Pour moi, ceci n'est qu'un extra pour me faire quelques sous. Je demande 500 couronnes par nuit pour dormir ici jusqu'à la fin de la semaine plutôt que dormir chez moi. Ce n'est pas cher, c'est bien au-dessous de ce que je vous demanderais si je prenais ce boulot par l'intermédiaire de Milton. Est-ce que ça vous va ?

— Ça me va très bien.

— S'il arrive quoi que ce soit, je veux que vous vous enfermiez dans la chambre et me laissiez me charger de l'agitation. A charge pour vous d'appuyer sur l'alarme d'agression.

— Je comprends.

— Je suis sérieuse. Je ne veux pas vous avoir dans les pattes s'il y a du grabuge.

ERIKA BERGER ALLA SE COUCHER vers 23 heures. Elle entendit le clic de la serrure quand elle ferma la porte de la chambre. Elle se déshabilla, pensive, et se glissa dans le lit.

Bien que son invitée l'ait encouragée à ne pas s'occuper d'elle, elle avait passé deux heures avec Susanne Linder autour de la table de cuisine. Elle avait découvert qu'elles s'entendaient très bien toutes les deux et que la conversation coulait sans gêne. Elles avaient abordé le sujet de la psychologie et de ces tendances qui poussent certains hommes à poursuivre des femmes. Susanne Linder avait déclaré qu'elle se fichait pas mal du baratin psychologique. Elle disait qu'il était important d'arrêter les fous et qu'elle appréciait énormément son boulot à Milton Security, où sa mission en grande partie consistait à servir de contre-mesure aux fêlés.

— Pourquoi tu as quitté la police ? demanda Erika Berger.

— Demande plutôt pourquoi je suis devenue policier.

— OK. Pourquoi tu es devenue policier ?

— Parce que, quand j'avais dix-sept ans, une amie proche a été agressée et violée par trois voyous dans une voiture. Je suis devenue policier parce que j'avais une image romantique de la police, je croyais qu'elle était là pour empêcher ce genre de crime.

— Oui…

— Je n'ai pu empêcher que dalle. En tant que policier, j'arrivais toujours sur les lieux après que le crime avait été commis. Je n'ai pas supporté d'être la débile qui pose les questions débiles dans le fourgon de police. Et j'ai vite appris que certains crimes ne sont jamais résolus. Tu en es l'exemple type. Est-ce que tu as essayé d'avertir la police de ce qui s'est passé ?

— Oui.

— Et la police s'est précipitée ici ?

— Pas exactement. On m'a recommandé de faire une déposition au commissariat de proximité.

— Bon. Alors tu sais. Maintenant je travaille pour Armanskij et là, j'entre en scène avant que le crime soit commis.

— Menaces contre des femmes ?

— Je travaille dans différentes directions. Analyses de sécurité, protection rapprochée, surveillance, etc. Mais il s'agit souvent de gens qui ont reçu des menaces et je m'y plais nettement mieux qu'à la police.

— Hm.

— J'admets cependant qu'il y a aussi un inconvénient.

— Ah oui, lequel ?

— Nous n'apportons notre aide qu'aux clients qui peuvent payer.

Une fois au lit, Erika Berger réfléchit à ce qu'avait dit Susanne Linder. Tout le monde n'avait pas les moyens de s'offrir la sécurité. Pour sa part, elle avait accepté sans sourciller la proposition de David Rosin de changer plusieurs portes, de faire venir des techniciens et d'installer des systèmes d'alarme doubles et tutti quanti. La somme à payer pour toutes ces mesures allait s'élever à 50 000 couronnes. Elle pouvait se l'offrir.

Elle réfléchit un moment à son impression que celui qui la menaçait avait quelque chose à faire avec *SMP*. La personne en question avait su qu'elle s'était blessée au pied. Elle pensa à Lukas Holm. Elle ne l'aimait pas, ce qui contribuait à diriger ses soupçons sur lui, mais d'un autre côté la nouvelle qu'elle s'était fait mal au pied s'était très rapidement répandue dès l'instant où elle était arrivée à la rédaction avec des cannes.

Et il fallait qu'elle s'attaque au problème de Borgsjö.

Elle s'assit tout à coup dans le lit, fronça les sourcils et regarda autour d'elle dans la chambre. Elle se demandait où elle avait posé le dossier de Henry Cortez sur Borgsjö et Vitavara SA.

Erika se leva, enfila sa robe de chambre et s'appuya sur une canne. Puis elle ouvrit la porte de la chambre et alla dans son bureau où elle alluma la lumière. Non, elle n'était pas entrée dans le bureau depuis qu'elle… qu'elle avait lu le dossier dans la baignoire la veille au soir. Elle l'avait posé sur le rebord de la fenêtre.

Elle entra dans la salle de bains. Le dossier n'était pas sur le rebord.

Elle resta sans bouger un long moment et se creusa la tête.

Je suis sortie de la baignoire, puis je suis allée lancer le café et j'ai marché sur le bout de verre et j'ai eu autre chose en tête.

Elle n'avait aucun souvenir d'avoir vu le dossier le matin. Elle ne l'avait pas rangé ailleurs.

Elle sentit subitement un froid glacial l'envahir. Elle passa les cinq minutes suivantes à fouiller systématiquement la salle de bains puis à retourner des piles de papiers et de journaux dans la cuisine et dans la chambre. Finalement, elle fut obligée de constater que le dossier avait disparu.

A un moment donné après qu'elle avait marché sur le bout de verre et avant que David Rosin vienne dans la matinée, quelqu'un était entré dans la salle de bains et avait pris les documents de *Millénium* concernant Vitavara SA.

Puis la pensée la foudroya qu'elle avait d'autres secrets dans la maison. Elle alla à cloche-pied dans la chambre et ouvrit le tiroir d'en bas près de son lit. Son cœur tomba comme une pierre dans sa poitrine. Tout le monde a des secrets. Erika Berger gardait les siens dans la commode de sa chambre. Elle ne tenait pas régulièrement un journal intime, mais il y avait eu des périodes où elle l'avait fait. Dans le tiroir se trouvaient aussi de vieilles lettres d'amour de son adolescence.

Il y avait aussi une enveloppe avec des photos qui avaient été marrantes au moment où elles étaient prises, mais qui ne convenaient pas pour une publication. Quand Erika avait autour de vingt-cinq ans, elle avait été membre du Club

Xtrême qui organisait des fêtes privées pour des amateurs de cuir et de latex. Il y avait des photos d'elle prises dans des fêtes où, du point de vue de la sobriété, elle ressemblait vraiment à n'importe quoi.

Et catastrophe – il y avait une vidéo tournée pendant des vacances au début des années 1990 quand elle et son mari avaient été les invités de l'artiste verrier Torkel Bollinger dans sa maison sur la Costa del Sol. Pendant ces vacances, Erika avait découvert que son mari avait un net penchant bisexuel, et ils s'étaient tous deux retrouvés dans le lit de Torkel. Ça avait été des vacances merveilleuses. A cette époque, les caméras vidéo étaient encore un phénomène relativement récent, et le film qu'ils s'étaient amusés à produire n'était pas du genre à mettre entre les mains des enfants.

Le tiroir était vide.

Comment ai-je pu être conne à ce point-là ?

Dans le fond du tiroir, quelqu'un avait tagué les deux mots désormais familiers.

19

VENDREDI 3 JUIN – SAMEDI 4 JUIN

LISBETH SALANDER TERMINA SON AUTOBIOGRAPHIE vers 4 heures le vendredi et en envoya une copie à Mikael Blomkvist sur le forum Yahoo [Table-Dingue]. Puis elle resta immobile dans le lit et fixa le plafond.

Elle constata que le 30 avril elle avait eu vingt-sept ans, mais qu'elle n'avait même pas pensé au fait que c'était son anniversaire. Elle avait été en captivité. Elle avait vécu la même chose quand elle se trouvait à la clinique de pédo-psychiatrie de Sankt Stefan, et si les choses ne tournaient pas en sa faveur, elle risquerait de passer pas mal d'autres anniversaires dans un asile quelque part.

Ce qu'elle n'avait pas l'intention d'accepter.

La dernière fois qu'elle avait été enfermée, elle n'était pas encore une adolescente. A présent, elle était adulte et elle possédait d'autres connaissances et une autre compétence. Elle se demanda combien de temps il lui faudrait pour s'évader, se mettre en sécurité quelque part à l'étranger et se trouver une nouvelle identité et une nouvelle vie.

Elle sortit du lit et alla aux toilettes où elle se regarda dans la glace. Elle ne boitait plus. Elle tâta l'extérieur de sa hanche, là où la plaie occasionnée par la balle avait formé une cicatrice. Elle tourna les bras et étira l'épaule. Ça l'élançait, mais elle était pratiquement rétablie. Elle se tapota la tête. Elle supposa que son cerveau n'avait pas subi de gros dommages d'avoir été perforé par une balle entièrement chemisée.

Elle avait eu un bol monstre.

Jusqu'au moment où elle avait eu accès à son ordinateur de poche, elle s'était tenue occupée en réfléchissant à la manière de s'évader de cette chambre verrouillée à l'hôpital Sahlgrenska.

Ensuite, Anders Jonasson et Mikael Blomkvist avaient bousculé ses projets en lui fournissant son ordinateur de poche. Elle avait lu les textes de Mikael Blomkvist et elle avait beaucoup cogité. Elle avait fait une analyse des conséquences, réfléchi au plan de Mikael et soupesé ses possibilités. Elle avait décidé que pour une fois elle suivrait sa proposition. Elle allait tester le système. Mikael Blomkvist l'avait persuadée qu'elle n'avait réellement rien à perdre, et il lui offrait une possibilité de s'évader d'une tout autre manière. Et si le plan échouait, il ne lui resterait plus qu'à cogiter sur un moyen de s'évader de Sankt Stefan ou d'une autre maison de cinglés.

Ce qui l'avait convaincue de prendre la décision de jouer le jeu de Mikael était sa soif de vengeance.

Elle ne pardonnait rien.

Zalachenko, Björck et Bjurman étaient morts.

Mais Teleborian vivait.

Ainsi que Ronald Niedermann, son frère. Même si, en principe, il n'était pas son problème. D'accord, il s'était trouvé là pour l'assassiner et l'enterrer, mais elle le considérait quand même comme secondaire. *Si je tombe sur lui dans un jour futur, on verra, mais jusque-là, il est le problème de la police.*

Mikael avait raison, derrière la conspiration il y avait forcément d'autres visages inconnus qui avaient contribué à façonner sa vie. Il fallait qu'elle obtienne les noms et le curriculum de ces visages anonymes.

Ainsi, elle s'était décidée à suivre le plan de Mikael. Et avait écrit la vérité nue et non maquillée sur sa vie sous forme d'une autobiographie sèche et froide de quarante pages. Elle avait particulièrement soigné les formulations. Le contenu de chaque phrase était véridique. Elle avait accepté le raisonnement de Mikael selon lequel les médias suédois avaient déjà parlé d'elle en affabulant de manière si grotesque qu'une portion de démence véridique ne pourrait pas nuire à sa réputation.

Par contre, la biographie était fausse dans le sens où elle ne racontait pas vraiment *toute* la vérité sur elle-même et sur sa vie. Elle n'avait aucune raison de le faire.

Elle retourna au lit et se glissa sous la couverture. Elle ressentait une irritation qu'elle n'arrivait pas à définir. Elle se tendit pour attraper le bloc-notes que lui avait donné Annika Giannini et qu'elle n'avait pratiquement pas utilisé. Elle ouvrit la première page où elle avait noté une seule ligne.

$$(x^3+y^3=z^3)$$

Elle avait passé plusieurs semaines aux Antilles l'hiver précédent à se creuser les méninges à en devenir barjo pour résoudre le théorème de Fermat. En revenant en Suède et avant d'être entraînée dans la chasse à Zalachenko, elle avait continué à jouer avec les équations. Son problème maintenant était ce sentiment agaçant d'avoir entrevu une solution... *d'avoir vécu une solution.*

Mais dont elle n'arrivait pas à se souvenir.

Ne pas se souvenir de quelque chose était un phénomène inconnu pour Lisbeth Salander. Elle s'était testée en entrant sur le Net et en piochant au hasard quelques codes HTML qu'elle avait lus d'un trait et mémorisés et qu'elle avait ensuite restitués correctement.

Elle n'avait pas perdu sa mémoire photographique, qu'elle vivait comme une malédiction.

Tout était comme d'habitude dans sa tête.

A part ce truc : elle pensait se rappeler avoir vu une solution au théorème de Fermat mais elle n'arrivait pas à se rappeler où, quand et comment.

Le pire était qu'elle ne ressentait pas le moindre intérêt pour l'énigme. Le théorème de Fermat ne l'intéressait plus. C'était de mauvais augure. C'était tout à fait comme ça qu'elle fonctionnait. Elle était fascinée par une énigme, mais dès qu'elle l'avait résolue, elle perdait tout intérêt pour elle.

C'était exactement ce qu'elle ressentait pour Fermat. Il n'était plus un petit diable sur son épaule qui réclamait son attention et titillait son intelligence. Ce n'était plus qu'une formule insipide, quelques gribouillis sur un papier, et elle n'avait pas la moindre envie de s'y frotter.

Cela l'inquiétait. Elle posa le bloc-notes.

Elle devrait dormir.

Au lieu de cela, elle sortit de nouveau l'ordinateur de poche et se connecta au Net. Elle réfléchit un instant, puis elle entra sur le disque dur de Dragan Armanskij, qu'elle n'avait pas visité depuis qu'on lui avait fourni l'ordinateur. Armanskij collaborait avec Mikael Blomkvist mais elle n'avait pas éprouvé le besoin immédiat de lire sur quoi il travaillait.

Elle lut distraitement son courrier électronique.

Puis elle trouva l'analyse de sécurité que David Rosin avait formulée du domicile d'Erika Berger. Elle haussa les sourcils.

Erika Berger avait un cyber harceleur à ses trousses.

Elle trouva le compte rendu d'une collaboratrice nommée Susanne Linder qui avait apparemment passé la nuit chez Erika Berger et qui avait mailé un rapport au cours de la nuit. Elle regarda l'indication d'heure. Le mail avait été envoyé peu avant 3 heures et rapportait que Berger avait découvert que des journaux intimes, des lettres et des photographies ainsi qu'une vidéo de caractère hautement personnel avaient été volés dans une commode dans sa chambre.

> [Après avoir discuté l'incident ensemble, nous avons déterminé que le vol a dû avoir lieu quand Mme Berger se trouvait encore à l'hôpital de Nacka après avoir marché sur l'éclat de verre. Laps de temps d'environ deux heures et demie où la maison est restée sans surveillance et l'alarme incomplète de NIP hors fonction. A tous les autres moments, soit Berger, soit David Rosin se sont trouvés dans la maison, jusqu'à ce que le vol soit découvert.
>
> On peut en conclure que le harceleur de Mme Berger devait se trouver à proximité d'elle et a pu voir qu'elle partait en taxi et sans doute aussi qu'elle boitait et avait le pied blessé. Il a alors profité de l'occasion pour entrer dans la maison.]

Lisbeth referma le disque dur d'Armanskij et arrêta pensivement son ordinateur de poche. Elle se trouvait en proie à des sentiments contradictoires.

Elle n'avait aucune raison d'aimer d'Erika Berger. Elle se souvenait encore de l'humiliation qu'elle avait ressentie en la voyant disparaître avec Mikael Blomkvist dans Hornsgatan le 30 décembre un an et demi auparavant.

Cela avait représenté l'instant le plus crétin de sa vie et elle ne se permettrait plus jamais ce genre de sentiments.

Elle se souvenait de la haine irrationnelle qu'elle avait ressentie et de l'envie de les rattraper et de faire mal à Erika Berger.

C'était pénible.

Elle était guérie.

Bon. Donc, elle n'avait aucune raison d'aimer Erika Berger.

Un moment plus tard, elle se demanda ce que contenait la vidéo de Berger *de caractère hautement personnel*. Elle avait elle-même une vidéo de caractère hautement personnel qui montrait le salopard Nils Bjurman abusant d'elle. Et cette vidéo se trouvait actuellement aux mains de Mikael Blomkvist. Elle se demanda comment elle aurait réagi si quelqu'un s'était introduit chez elle et avait volé le film. Ce que Mikael Blomkvist avait fait, par définition, même si son but n'avait pas été de lui nuire.

Hmm.

Compliqué.

ERIKA BERGER N'AVAIT PAS RÉUSSI A DORMIR la nuit du vendredi. Elle avait inlassablement arpenté la villa en boitant tandis que Susanne Linder gardait un œil sur elle. Son angoisse planait dans la maison comme un véritable brouillard.

Vers 2 h 30, Susanne Linder avait réussi à convaincre Berger d'au moins s'allonger pour prendre un peu de repos, même si elle ne dormait pas. Elle avait poussé un soupir de soulagement quand Berger avait refermé la porte de sa chambre. Elle avait ouvert son portable et résumé ce qui s'était passé dans un mail à Dragan Armanskij. Elle avait à peine eu le temps de faire partir le mail qu'elle entendait Erika Berger à nouveau debout en train de s'affairer.

Vers 7 heures, elle avait enfin réussi à convaincre Erika Berger d'appeler *SMP* et de se porter malade pour la journée. Erika avait admis à contrecœur qu'elle ne serait pas d'une grande efficacité sur son lieu de travail avec les yeux qui se fermeraient tout seuls. Ensuite elle s'était endormie sur le canapé du séjour, devant la fenêtre bouchée avec la plaque de contreplaqué. Susanne Linder était allée chercher une couverture. Puis elle s'était préparé du café et avait appelé Dragan Armanskij pour expliquer sa présence sur les lieux et comment elle avait été réquisitionnée par David Rosin.

— Moi non plus je n'ai pas fermé l'œil cette nuit, dit Susanne Linder.

— OK. Reste avec Berger. Va te coucher et dors quelques heures, dit Armanskij.

— Je ne sais pas comment facturer ça…

— On trouvera une solution après.

Erika Berger dormit jusqu'à 14 h 30. Elle se réveilla et trouva Susanne Linder endormie dans un fauteuil à l'autre bout du séjour.

ROSA FIGUEROLA NE SE RÉVEILLA PAS à l'heure le vendredi matin et n'eut pas le temps d'effectuer son parcours d'entraînement du matin avant d'aller au travail. Elle imputa la responsabilité de tout cela à Mikael, prit une douche et le fit sortir du lit à coups de pied.

Mikael Blomkvist se rendit à *Millénium* où tous furent surpris de le voir arriver si tôt. Il marmonna une espèce d'explication, alla chercher du café et fit venir Malou Eriksson et Henry Cortez dans son bureau. Pendant trois heures, ils passèrent en revue des textes pour le numéro à thème imminent et firent le point sur la progression de la production de livres.

— Le livre de Dag Svensson est parti à l'imprimerie hier, dit Malou. On le fait en format poche.

— OK.

— Le journal sera intitulé *The Lisbeth Salander Story*, dit Henry Cortez. Ils sont en train de changer la date, mais le procès est maintenant fixé au mercredi 13 juillet. Le journal sera imprimé avant ça, mais on attendra le milieu de la semaine pour la distribution. A toi de décider la date de disponibilité.

— Bien. Alors il ne reste que le livre sur Zalachenko, qui est un véritable cauchemar en ce moment. Titre : *La Section*. La première moitié sera en réalité ce qu'on va publier dans *Millénium*. Les meurtres de Dag Svensson et de Mia Bergman servent de point de départ et ensuite il y a la chasse à Lisbeth Salander, Zalachenko et Niedermann. La seconde moitié du livre sera ce que nous savons sur la Section.

— Mikael, même si l'imprimerie fait tout ce qu'elle peut pour nous, nous devons livrer des originaux définitifs prêts pour le tirage au plus tard le 30 juin, dit Malou. Christer a besoin de deux-trois jours pour faire la mise en pages. Il nous reste un peu plus de deux semaines. Je ne vois pas comment on aura le temps.

— Nous n'aurons pas le temps de déterrer l'histoire complète, admit Mikael. Mais je ne pense pas que nous aurions pu le faire même avec une année entière devant nous. Ce que nous ferons dans ce livre, c'est énoncer ce qui s'est passé. Si nous n'avons pas de source pour une déclaration, je l'écrirai. Si nous présentons des spéculations, ça apparaîtra de façon claire et nette. D'une part nous écrivons ce qui s'est passé et que nous pouvons prouver, et d'autre part nous écrivons ce que nous croyons s'être passé.

— Bonjour le truc bancal, dit Henry Cortez.

Mikael secoua la tête.

— Si je dis qu'un membre de la Säpo s'est introduit dans mon appartement et que je peux le prouver avec une vidéo, alors c'est prouvé. Si je dis qu'il a été envoyé par la Section pour le faire, il s'agit d'une spéculation, mais à la lumière de toutes les révélations que nous faisons, c'est une spéculation plausible. Tu comprends ?

— Mmouais.

— Je ne vais pas avoir le temps d'écrire tous les textes moi-même. Henry, j'ai une liste de textes que tu devras mettre au point. Ça correspond à une cinquantaine de pages de livre. Malou, tu assisteras Henry, comme lorsque nous avons rédigé le livre de Dag Svensson. Nos trois noms figureront sur la couverture. Est-ce que ça vous va ?

— Bien sûr, dit Malou. Mais nous avons quelques autres problèmes.

— Lesquels ?

— Pendant que toi, tu t'es démené avec l'histoire Zalachenko, nous ici, on a un putain de boulot à faire…

— Et tu veux dire que je ne suis pas disponible ?

Malou Eriksson hocha la tête.

— Tu as raison. Je suis désolé.

— Ne le sois pas. On sait tous que quand tu deviens obsédé par une affaire, rien d'autre n'existe. Mais ça ne fonctionne pas pour nous autres. Ça ne fonctionne pas pour moi. Erika Berger pouvait s'appuyer sur moi. Moi, j'ai Henry et il est un crack, mais il travaille autant sur ton histoire que tu le fais. Même si on te compte, il nous manque tout simplement deux personnes à la rédaction.

— OK.

— Et je ne suis pas Erika Berger. Elle était rodée comme je ne le suis pas. Je suis en train d'apprendre le boulot. Monika Nilsson se tue à la tâche. Et Lottie Karim aussi. Mais personne n'a le temps de s'arrêter pour réfléchir.

— C'est momentané. Dès que le procès démarre...

— Non, Mikael. Ça ne s'arrêtera pas pour autant. Quand le procès démarrera, ça va être l'enfer. Rappelle-toi comment c'était pendant l'affaire Wennerström. Ça veut dire que nous ne te verrons pas pendant environ deux mois pendant que tu fais le mariolle en prime time à la télé.

Mikael soupira. Il hocha lentement la tête.

— Qu'est-ce que tu proposes ?

— Si on veut venir à bout de *Millénium* cet automne, il nous faut recruter du personnel. Au moins deux personnes, peut-être plus. Nous n'avons pas la capacité pour ce que nous essayons de faire et...

— Et ?

— Et je ne suis pas sûre que j'aie envie de le faire.

— Je comprends.

— Je suis sérieuse. Je suis une putain de bonne secrétaire de rédaction, et ça se passe les doigts dans le nez avec Erika Berger comme chef. On a dit qu'on allait faire un essai pendant l'été... c'est bon, on a essayé. Je ne suis pas une bonne rédactrice en chef.

— Tu déconnes, dit Henry Cortez.

Malou secoua la tête.

— D'accord, dit Mikael. Je t'ai entendue. Mais prends en considération que la situation a été extrême.

Malou lui sourit.

— Tu n'as qu'à considérer ça comme des réclamations du personnel, dit-elle.

L'UNITÉ D'INTERVENTION de la brigade de Protection de la Constitution consacra le vendredi à essayer de tirer au clair l'information que leur avait fournie Mikael Blomkvist. Deux des collaborateurs s'étaient installés dans un bureau provisoire à Fridhemsplan, où toute la documentation fut centralisée. Ce n'était pas très pratique puisque le système informatique interne se trouvait dans l'hôtel de police, ce qui signifiait que les collaborateurs avaient quelques allers et retours à faire chaque jour. Même s'il ne s'agissait que d'un trajet de dix minutes, c'était dérangeant. Dès midi, ils disposaient d'une vaste documentation indiquant qu'aussi bien Fredrik Clinton que Hans von Rottinger avaient été liés à la Säpo dans les années 1960 et au début des années 1970.

Rottinger venait au départ du service de renseignements militaires et avait travaillé pendant plusieurs années dans l'agence coordonnant Défense et Sûreté. Fredrik Clinton avait un passé dans l'armée de l'air et avait commencé à travailler pour le contrôle du personnel de la Säpo en 1967.

Tous deux avaient cependant quitté la Säpo au début des années 1970 ; Clinton en 1971 et Rottinger en 1973. Clinton était retourné dans le privé comme consultant et Rottinger avait été recruté pour faire des enquêtes pour le compte de l'Agence internationale de l'énergie atomique. Il avait été basé à Londres.

L'après-midi était déjà bien avancé quand Rosa Figuerola vint frapper à la porte d'Edklinth pour lui expliquer que les carrières de Clinton et de Rottinger, depuis qu'ils avaient quitté la Säpo, étaient très vraisemblablement des falsifications. La carrière de Clinton était difficile à pister. Etre consultant pour le secteur industriel privé peut signifier pratiquement n'importe quoi. L'homme n'a aucune obligation de rendre compte à l'Etat de son activité. Les déclarations de revenus de Clinton montraient qu'il gagnait beaucoup d'argent ; malheureusement, sa clientèle semblait principalement constituée d'entreprises anonymes basées en Suisse ou pays similaires. Il n'était donc pas très aisé de prouver que tout ça n'était que du baratin.

Rottinger, en revanche, n'avait jamais mis les pieds dans le bureau de Londres où il était supposé travailler. En 1973, en effet, l'immeuble où il était censé travailler avait été démoli et avait été remplacé par une extension de King's Cross Station. Quelqu'un s'était manifestement planté quand la légende avait été bâtie. Au cours de la journée, l'équipe de Figuerola avait interviewé plusieurs collaborateurs à la retraite de l'Agence internationale de l'énergie atomique. Aucun n'avait jamais entendu parler de Rottinger.

— Nous voilà renseignés, dit Edklinth. Maintenant il ne nous reste qu'à trouver les occupations réelles de ces messieurs.

Rosa Figuerola hocha la tête.

— Qu'est-ce qu'on fait pour Blomkvist ?

— Comment ça ?

— On avait promis de le tenir au courant de ce qu'on trouve sur Clinton et Rottinger.

Edklinth réfléchit.

— D'accord. Il va le déterrer lui-même s'il s'y colle suffisamment longtemps. Mieux vaut rester en bons termes avec lui. Tu le lui donnes. Mais sers-toi de ta jugeote.

Rosa Figuerola promit. Ils discutèrent le planning du week-end pendant quelques minutes. Rosa avait deux collaborateurs qui allaient continuer à travailler. Elle-même serait en congé.

Elle pointa sa sortie et se rendit à la salle de sport de la place Sankt Erik, où elle passa deux heures enragées à rattraper tout le temps d'entraînement perdu. De retour chez elle vers 19 heures, elle prit une douche, prépara un dîner léger et alluma la télé pour écouter les informations. Vers 19 h 30, elle tournait déjà en rond et enfila vite ses vêtements de jogging. Elle s'arrêta devant la porte d'entrée pour se sonder. *Foutu Blomkvist !* Elle ouvrit son portable et appela le T10 de Mikael.

— On a trouvé deux-trois trucs sur Rottinger et Clinton.

— Raconte, dit Mikael.

— Si tu passes me voir, je pourrai te raconter.

— Hmm, fit Mikael.

— Je viens juste d'enfiler ma tenue de jogging pour aller me vider de toute l'énergie que j'ai en trop, dit Rosa Figuerola. J'y vais ou je t'attends ?

— Est-ce que ça te va si j'arrive après 21 heures ?

— Ça me va très bien.

VERS 20 HEURES LE VENDREDI, Lisbeth Salander eut la visite du Dr Anders Jonasson. Il s'assit dans le fauteuil des visiteurs et se pencha en arrière.

— Tu vas m'examiner ? demanda Lisbeth Salander.

— Non. Pas ce soir.

— Nickel !

— On a fait une estimation de ton état aujourd'hui et on a informé le procureur qu'on est prêt à te lâcher.

— Je comprends.

— Ils voulaient te transférer à la maison d'arrêt de Göteborg dès ce soir.

— Si rapidement ?

Il hocha la tête.

— Ils ont apparemment Stockholm sur le dos. J'ai dit que j'avais encore quelques tests à te faire subir demain et que je ne te lâcherais pas avant dimanche.

— Pourquoi ?

— Je ne sais pas. Ça m'a énervé qu'ils soient si pressés.

Lisbeth Salander sourit, vraiment. Elle pourrait sans doute faire un bon anarchiste du Dr Anders Jonasson si on lui donnait quelques années. Il avait en tout cas des tendances personnelles à la désobéissance civile.

— FREDRIK CLINTON, dit Mikael Blomkvist, les yeux braqués sur le plafond au-dessus du lit de Rosa Figuerola.

— Allume cette clope, et je te l'écrase dans le nombril, dit Rosa.

Mikael regarda avec surprise la cigarette qu'il venait de sortir de la poche de sa veste.

— Pardon, dit-il. Tu me prêtes ton balcon ?

— Si tu te laves les dents après.

Il hocha la tête et s'entoura d'un drap. Elle le suivit dans la cuisine et remplit un grand verre d'eau froide. Elle s'appuya contre le chambranle de la porte du balcon.

— Fredrik Clinton ?

— Il vit toujours. Il est le lien avec le passé.

— Il est mourant. Il a besoin d'un nouveau rein et passe le plus clair de son temps en dialyse ou autres traitements.

— Mais il vit. Nous pourrions le contacter et lui poser directement la question. Il veut peut-être parler.

— Non, dit Rosa. Premièrement, il s'agit d'une enquête préliminaire et c'est la police qui la mène. Dans ce sens, il n'y a pas de "nous" dans l'histoire. Deuxièmement, tu reçois des informations selon ton accord avec Edklinth, mais tu t'es engagé à agir de façon à ne pas déranger l'enquête.

Mikael la regarda et sourit. Il écrasa sa cigarette.

— Ouch, dit-il. La Säpo tire sur la laisse.

Elle eut tout à coup l'air soucieuse.

— Mikael, je ne plaisante pas.

ERIKA BERGER SE RENDIT à *Svenska Morgon-Posten* le samedi matin avec une boule dans le ventre. Elle sentait qu'elle commençait à avoir le contrôle sur la manière de faire le journal et elle avait en réalité projeté de s'offrir le week-end – le premier depuis qu'elle avait commencé à travailler à SMP –, mais la découverte que ses souvenirs les plus personnels et intimes avaient disparu en même temps que le rapport sur Borgsjö l'empêchait totalement de se détendre.

Au cours de la nuit blanche en grande partie passée dans la cuisine en compagnie de Susanne Linder, Erika s'attendait à ce que Stylo Pourri frappe encore et que des images d'elle qui étaient tout sauf flatteuses soient rapidement diffusées. Internet était un outil parfait pour les enfoirés. *Mon Dieu, une vidéo qui me montre en train de baiser avec mon mari et un autre homme – je vais me retrouver dans tous les tabloïds du monde. Ce qu'il y a de plus privé.*

La panique et l'angoisse l'avaient torturée tout au long de la nuit.

Susanne Linder avait fini par l'obliger à aller se coucher.

Elle se leva à 8 heures et partit pour SMP. Elle n'arrivait pas à en rester éloignée. Si une tempête attendait, elle voulait être la première à l'affronter.

Mais à la rédaction du samedi avec une équipe réduite, tout était normal. Le personnel la salua amicalement quand elle passa devant le pôle central. Lukas Holm ne travaillait pas. Peter Fredriksson était chef des Actualités.

— Salut, je croyais que tu ne devais pas travailler aujourd'hui ?

— Moi aussi. Mais je n'étais pas en forme hier et j'ai des trucs à faire. Quelque chose en cours ?

— Non, c'est mince côté infos, ce matin. Ce que nous avons de plus chaud, c'est l'annonce d'une embellie dans le secteur bois en Dalécarlie et un hold-up à Norrköping avec un blessé.

— OK. Je vais bosser un peu dans la vitrine.

Elle s'installa, reposa les cannes contre la bibliothèque et se connecta à Internet. Elle commença par ouvrir ses mails. Elle en avait reçu plusieurs, mais rien de Stylo Pourri. Elle fronça les sourcils. Ça faisait maintenant deux jours que le cambriolage avait eu lieu et il n'avait pas encore réagi à ce qui devait être un véritable trésor de possibilités. *Pourquoi pas ? Est-ce qu'il a l'intention de changer de tactique ? Est-ce qu'il veut me tenir en haleine ?*

Elle n'avait rien de précis à faire comme travail et elle ouvrit le document de stratégie pour *SMP* qu'elle était en train de rédiger. Elle resta à fixer l'écran pendant un quart d'heure sans voir les lettres.

Elle avait essayé d'appeler Lars, mais sans réussir à le joindre. Elle ne savait même pas si son portable fonctionnait à l'étranger. Elle aurait évidemment pu le trouver en faisant un effort, mais elle se sentait totalement apathique. Non, elle se sentait désespérée et paralysée.

Elle essaya d'appeler Mikael Blomkvist pour l'informer que le dossier de Borgsjö avait été volé. Il ne répondait pas.

A 10 heures, elle n'avait toujours rien fait de sérieux, et elle décida de rentrer chez elle. Elle était en train de tendre la main pour arrêter l'ordinateur lorsque son ICQ tinta. Sidérée, elle regarda le menu. Elle savait ce qu'était ICQ mais elle chattait rarement et elle n'avait jamais utilisé ce programme depuis qu'elle avait commencé à travailler à *SMP*.

Très hésitante, elle cliqua sur Répondre.

> [Salut Erika.]
> [Salut. C'est qui ?]
> [C'est privé. Tu es seule ?]

Une feinte ? Stylo Pourri ?

> [Oui. Qui es-tu ?]
> [On s'est rencontré dans l'appartement de Super Blomkvist quand il est rentré de Sandhamn.]

Erika Berger fixa l'écran. Il lui fallut plusieurs secondes pour faire le lien. *Lisbeth Salander. Impossible.*

> [Tu es toujours là ?]
> [Oui.]
> [Pas de noms. Tu sais qui je suis ?]
> [Comment est-ce que je sais que ce n'est pas une feinte ?]
> [Je sais comment Mikael a eu sa cicatrice sur le cou.]

Erika avala. Quatre personnes au monde savaient comment il avait eu cette cicatrice. Lisbeth Salander était de celles-ci.

> [OK. Mais comment est-ce que tu peux chatter avec moi ?]
> [Je suis pas mauvaise en informatique.]

Lisbeth Salander est un crack en informatique. Mais qu'on me dise comment elle fait pour communiquer depuis Sahlgrenska où elle est isolée depuis le mois d'avril.

[OK.]
[Je peux te faire confiance ?]
[Dans quel sens ?]
[Cette conversation doit rester entre nous.]

Elle ne veut pas que la police sache qu'elle a accès au Net. Evidemment. C'est pour ça qu'elle chatte avec la rédactrice en chef d'un des plus grands journaux de Suède.

[Pas de problème. Qu'est-ce que tu veux ?]
[Rembourser.]
[Qu'est-ce que tu veux dire ?]
[*Millénium* m'a soutenue.]
[On a fait notre boulot.]
[Contrairement à d'autres journaux.]
[Tu n'es pas coupable de ce dont tu es accusée.]
[Il y a un salopard qui te harcèle.]

Le cœur d'Erika Berger s'emballa. Elle hésita un long moment.

[Qu'est-ce que tu sais ?]
[Vidéo volée. Cambriolage.]
[Oui. Tu peux faire quelque chose ?]

Erika Berger eut du mal à croire qu'elle-même venait d'écrire cette question. C'était totalement insensé. Lisbeth Salander était hospitalisée à Sahlgrenska et, côté problèmes, elle en avait par-dessus la tête. Elle était la personne la plus invraisemblable vers qui Erika pouvait se tourner pour espérer obtenir de l'aide.

[Je ne sais pas. Laisse-moi essayer.]
[Comment ?]
[Demande. Tu crois que l'enfoiré se trouve à SMP ?]
[Je ne peux pas le prouver.]
[Pourquoi tu le crois ?]

Erika réfléchit un long moment avant de répondre.

[Un sentiment. Ça a commencé quand je suis entrée à SMP. D'autres personnes au journal ont reçu des mails déplaisants du Stylo Pourri qui semblent émaner de moi.]
[Stylo Pourri ?]

[C'est comme ça que j'appelle ce salaud.]
[OK. Pourquoi Stylo Pourri aurait ciblé sur toi et pas quelqu'un d'autre ?]
[Sais pas.]
[Y a-t-il quelque chose qui indique que c'est personnel ?]
[Comment ça ?]
[Combien d'employés à *SMP* ?]
[Autour de 230 en comptant la maison d'édition.]
[Tu en connais combien personnellement ?]
[Sais pas au juste. J'ai rencontré de nombreux journalistes et collaborateurs au fil des années dans différents contextes.]
[Quelqu'un avec qui tu as déjà été en conflit ?]
[Non. Rien de spécifique.]
[Quelqu'un qui voudrait se venger ?]
[Se venger ? De quoi ?]
[La vengeance est un moteur puissant.]

Erika regarda l'écran en essayant de comprendre ce à quoi Lisbeth Salander faisait allusion.

[Tu es toujours là ?]
[Oui. Pourquoi tu as parlé de vengeance ?]
[J'ai lu la liste de Rosin de tous les incidents que tu associes à Stylo Pourri.]

Pourquoi ne suis-je pas étonnée ?

[OK ???]
[On ne dirait pas un harceleur.]
[Qu'est-ce que tu veux dire ?]
[Un harceleur, c'est quelqu'un qui est poussé par l'obsession sexuelle. Ici, on dirait quelqu'un qui imite le genre. Tournevis dans le cul… je rêve, c'est de la pure parodie.]
[Ah bon ?]
[J'ai vu des exemples de véritables harceleurs. Ils sont beaucoup plus pervers, vulgaires et grotesques. Ils expriment de l'amour et de la haine en même temps. Ce truc ne colle pas vraiment.]
[Tu trouves que ce n'est pas assez vulgaire.]
[Non. Le mail à Eva Carlsson ne va pas du tout. C'est quelqu'un qui veut t'emmerder.]
[Je comprends. Je n'ai pas envisagé les choses comme ça.]
[Pas un détraqué sexuel. C'est personnel, contre toi.]
[Bon. Qu'est-ce que tu proposes ?]
[Tu me fais confiance ?]
[Peut-être.]

[J'ai besoin d'avoir accès au réseau de *SMP.*]
[Tout doux, là !]
[Je vais pas tarder à être transférée et je vais perdre le Net.]

Erika hésita pendant dix secondes. Livrer *SMP* à… à quoi ? Une vraie folle ? Certes, Lisbeth était innocente des meurtres qu'on lui attribuait, mais elle n'était définitivement pas comme les gens normaux.

Mais qu'est-ce qu'elle avait à perdre ?

[Comment ?]
[Faut que j'entre un programme dans ton ordi.]
[On a des pare-feux.]
[Tu vas m'aider. Démarre Internet.]
[Déjà fait.]
[Explorer ?]
[Oui.]
[J'écris une adresse. Copie-la et colle-la dans Explorer.]
[Fait.]
[Maintenant tu vois une liste avec un certain nombre de programmes. Clique sur Asphyxia Server et télécharge.]

Erika suivit l'instruction.

[Prêt.]
[Démarre Asphyxia. Clique sur Installer et choisis Explorer.]

Ça a pris trois minutes.

[Prêt. OK. Maintenant il te faut redémarrer ton ordi. On va perdre le contact un petit moment.]
[OK.]
[Quand nous serons relancées, je vais transférer ton disque dur à un serveur sur le Net.]
[OK.]
[Redémarre. A tout de suite.]

Erika Berger regarda, fascinée, l'écran pendant que son ordinateur redémarrait lentement. Elle se demandait si elle avait toute sa tête. Puis son ICQ tinta.

[Resalut.]
[Salut.]
[Ça ira plus vite si c'est toi qui le fais. Démarre Internet et copie l'adresse que je vais te mailer.]
[OK.]
[Tu vas avoir une question. Clique sur Start.]
[OK.]

[Maintenant on te demande de nommer le disque dur. Appelle-le *SMP*-2.]

[OK.]

[Va chercher du café. Ça va prendre un petit moment.]

ROSA FIGUEROLA SE RÉVEILLA vers 8 heures le samedi, presque deux heures après son heure habituelle. Elle s'assit dans le lit et contempla Mikael Blomkvist. Il ronflait. *Eh ben, personne n'est parfait.*

Elle se demanda où allait la mener cette histoire avec Mikael Blomkvist. Il n'était pas du genre fidèle avec qui on pouvait tabler sur une relation à long terme – elle avait compris ça en étudiant sa biographie. D'un autre côté, elle n'était pas très sûre de vraiment chercher une relation stable avec fiancé, frigo et gamins. Après une douzaine de tentatives ratées depuis son adolescence, elle se disait de plus en plus que le mythe de la relation stable était surévalué. Sa relation la plus longue avait duré deux ans, avec un collègue d'Uppsala.

Elle n'était pas non plus le genre de femme à s'adonner aux petits coups d'une nuit, même si elle trouvait que beaucoup de gens oubliaient que le sexe avait une sacrée valeur comme remède à pratiquement tout. Et le sexe avec Mikael Blomkvist était très chouette. Plus que chouette, d'ailleurs. Il était quelqu'un de bien. Il avait un goût de revenez-y.

Aventure de vacances ? Amourette ? Etait-elle amoureuse ?

Elle se rendit dans la salle de bains, se rinça le visage et se lava les dents, puis elle enfila un short et une veste de jogging, et quitta l'appartement à pas de loup. Elle fit du stretching et courut quarante-cinq minutes autour de l'hôpital de Rålambshov par Fredhäll et revint via Smedsudden. Elle fut de retour à la maison à 9 heures et constata que Blomkvist dormait toujours. Elle se pencha et lui mordilla l'oreille jusqu'à ce qu'il ouvre des yeux embrumés.

— Bonjour, mon chéri. J'ai besoin de quelqu'un pour me frotter le dos.

Il la regarda fixement et marmotta quelque chose.

— Qu'est-ce que tu as dit ?

— Tu n'as pas besoin de te doucher. Tu es déjà architrempée.

— J'ai été courir. Tu devrais m'accompagner.

— Si j'essaie de tenir le même rythme que toi, j'ai bien peur que tu sois obligée d'appeler le SAMU. Arrêt cardiaque sur Norr Mälarstrand.

— Dis pas des bêtises. Allez viens. Il faut te réveiller.

Il lui frotta le dos et savonna ses épaules. Et les hanches. Et le ventre. Et les seins. Et au bout d'un moment, Rosa Figuerola avait totalement perdu l'intérêt pour la douche et le traîna dans le lit de nouveau. Ils ne sortirent que vers 11 heures, pour aller prendre un café sur Norr Mälarstrand.

— Tu as tout pour devenir une mauvaise habitude, dit Rosa. Ça fait à peine quelques jours qu'on se connaît.

— Je suis terriblement attiré par toi. Mais je pense que tu le sais déjà.

Elle fit oui de la tête.

— Et pourquoi ?

— Désolé. Je ne peux pas y répondre. Je n'ai jamais compris pourquoi telle femme m'attire tout à coup alors que telle autre ne m'intéresse pas le moins du monde.

Elle sourit pensivement.

— Je ne travaille pas aujourd'hui, dit-elle.

— Moi, si. J'ai une montagne de boulot jusqu'au début du procès et j'ai passé les trois dernières nuits chez toi au lieu de travailler.

— Dommage.

Il hocha la tête, se leva et lui fit une bise sur la joue. Elle l'attrapa par sa manche de chemise.

— Blomkvist, j'ai très envie de continuer à te voir.

— Pareil pour moi, fit-il. Mais il va y avoir des hauts et des bas jusqu'à ce que nous ayons mené cette histoire à bon port.

Il disparut en direction de Hantverkargatan.

ERIKA BERGER ÉTAIT REVENUE avec son café et contemplait l'écran. Pendant cinquante-trois minutes, absolument rien ne se passa à part que son économiseur d'écran s'activait de temps à autre. Puis son ICQ tinta de nouveau.

[C'est prêt. Il y a un tas de merdes dans ton disque dur, dont deux virus.]
[Désolée. La suite, c'est quoi ?]

[Qui est l'administrateur du réseau de *SMP* ?]
[Sais pas. Probablement Peter Fleming qui est le chef technique.]
[OK.]
[Qu'est-ce que je dois faire ?]
[Rien. Rentre chez toi.]
[Comme ça, simplement ?]
[Je te ferai signe.]
[Je dois laisser l'ordinateur allumé ?]

Mais Lisbeth Salander avait déjà quitté ICQ. Erika Berger regarda l'écran, frustrée. Pour finir, elle éteignit l'ordinateur et sortit trouver un café où elle pourrait réfléchir sans être dérangée.

20

SAMEDI 4 JUIN

MIKAEL BLOMKVIST DESCENDIT du bus à Slussen, prit l'ascenseur de Katarina pour monter à Mosebacke et se rendit ensuite à Fiskargatan, au numéro 9, où il monta dans l'appartement. Il avait acheté du pain, du lait et du fromage dans la petite supérette devant la maison du conseil général et commença par ranger ses achats dans le frigo. Puis il alluma l'ordinateur de Lisbeth Salander.

Après y avoir pensé un moment, il alluma également son Ericsson T10 bleu. Il laissa tomber son portable normal, puisqu'il ne voulait de toute façon pas parler avec quelqu'un d'extérieur à l'histoire Zalachenko. Il constata qu'il avait reçu six appels au cours des dernières vingt-quatre heures, dont trois étaient de Henry Cortez, deux de Malou Eriksson et un d'Erika Berger.

Il commença par appeler Henry Cortez qui se trouvait dans un café dans Vasastan et qui avait quelques bricoles à lui soumettre mais rien d'urgent.

Malou Eriksson avait appelé juste pour donner de ses nouvelles.

Là-dessus, il appela Erika Berger mais elle était déjà en ligne.

Il ouvrit le groupe Yahoo [Table-Dingue] et trouva la version finale de la biographie de Lisbeth Salander. Il hocha la tête en souriant, imprima le document et se mit tout de suite à la lecture.

LISBETH SALANDER PIANOTAIT sur son Palm Tungsten T3. Elle avait passé une heure à pénétrer et à explorer le réseau informatique de *SMP* par l'intermédiaire du compte d'utilisateur d'Erika Berger. Elle ne s'était pas attaquée au compte de Peter Fleming, puisqu'il n'était pas nécessaire de se procurer des pleins droits d'utilisateur. Ce qui l'intéressait était d'avoir accès à l'administration de *SMP* avec les fichiers du personnel. Et Erika Berger y avait déjà un droit d'accès.

Elle regrettait amèrement que Mikael Blomkvist n'ait pas eu la bonté de lui faire passer son PowerBook avec un vrai clavier et un écran de 17 pouces plutôt que l'ordinateur de poche. Elle téléchargea une liste de tous ceux qui travaillaient à *SMP* et se mit au travail. Il y avait 223 personnes, dont 82 étaient des femmes.

Elle commença par rayer toutes les femmes. Elle n'excluait nullement les femmes de la folie, mais les statistiques montraient qu'une majorité écrasante de personnes qui harcelaient des femmes étaient des hommes. Restaient dès lors 141 personnes.

Les statistiques indiquaient aussi que la plupart des Stylos Pourris étaient soit des adolescents, soit des personnes d'âge moyen. Aucun ado n'étant employé à *SMP*, elle fit une courbe d'âge et supprima tous ceux de plus de cinquante-cinq ans et de moins de vingt-cinq ans. Restaient 103 personnes.

Elle réfléchit un moment. Elle n'avait pas beaucoup de temps. Moins de vingt-quatre heures probablement. Elle prit vite une décision. D'un grand coup de sabre, elle supprima tous les employés à la distribution, la publicité, l'image, l'entretien et la technique. Elle focalisait du coup sur le groupe "journalistes et personnel de rédaction" et obtint une liste composée de 48 hommes de vingt-six à cinquante-quatre ans.

Entendant le cliquetis d'un trousseau de clés, elle arrêta immédiatement l'ordinateur de poche et le glissa sous la couverture entre ses cuisses. Son dernier déjeuner de samedi à Sahlgrenska venait d'arriver. Résignée, elle contempla le ragoût de chou. Elle savait qu'après le déjeuner, il y aurait un moment où elle ne pourrait pas travailler sans être dérangée. Elle fourra le Palm dans le creux derrière la table de chevet et prit son mal en patience tandis que deux Erythréennes passaient l'aspirateur et faisaient son lit.

L'une des filles s'appelait Sara, elle lui donna deux cigarettes. Sara avait régulièrement passé quelques Marlboro light à Lisbeth au cours du mois. Elle lui avait aussi donné un briquet, que Lisbeth cachait derrière la table de chevet. Lisbeth lui était reconnaissante de pouvoir fumer devant la fenêtre d'aération, la nuit, quand il n'y avait plus de risque d'intrusion.

Le calme ne revint que vers 14 heures. Lisbeth sortit le Palm et se connecta. Elle avait pensé d'abord retourner dans les dossiers de SMP, mais elle se rendit compte qu'elle avait aussi ses propres problèmes à gérer. Elle fit le balayage quotidien en commençant par le groupe Yahoo [Table-Dingue]. Elle constata que Mikael Blomkvist n'avait rien fourni de nouveau depuis trois jours et se demanda ce qu'il foutait. *M'étonnerait pas que cet enfoiré soit en train de faire la bringue avec une bimbo aux gros nichons.*

Elle passa ensuite au groupe Yahoo [Les-Chevaliers] pour vérifier si Plague avait laissé une contribution. Ce qui n'était pas le cas.

Ensuite elle contrôla les disques durs du procureur Richard Ekström (une correspondance peu intéressante concernant le procès à venir) et du Dr Peter Teleborian.

Chaque fois qu'elle entrait dans le disque dur de Teleborian, elle avait l'impression que sa température corporelle baissait de quelques degrés.

Elle trouva l'expertise de psychiatrie légale la concernant qu'il avait déjà rédigée mais qui, bien sûr, officiellement ne serait pas écrite avant qu'il ait eu l'occasion de l'examiner. Il avait apporté plusieurs améliorations à sa prose, mais en gros rien de nouveau. Elle téléchargea le rapport et le transféra à [Table-Dingue]. Elle vérifia l'un après l'autre les mails de Teleborian sur les dernières vingt-quatre heures, mais faillit passer à côté d'un bref mail capital.

[Samedi, 15 heures au puits de la gare centrale. Jonas.]

Merde. Jonas. Il a figuré dans un tas de mails à Teleborian. Utilise un compte hotmail. Non identifié.

Lisbeth Salander tourna le regard vers le réveil digital sur la table de chevet. 14 h 28. Elle appela immédiatement Mikael Blomkvist sur ICQ. Elle n'obtint aucune réponse.

MIKAEL BLOMKVIST AVAIT IMPRIMÉ les deux cent vingt pages du manuscrit qui étaient prêtes. Ensuite il avait arrêté l'ordinateur et s'était installé à la table de cuisine de Lisbeth Salander avec un crayon pour corriger les épreuves.

Il était content du récit. Sauf qu'il restait un trou béant. Comment allait-il faire pour trouver le reste de la Section ? Malou Eriksson avait raison. C'était impossible. Il était à court de temps.

FRUSTRÉE, LISBETH SALANDER marmonna un juron et essaya de trouver Plague sur ICQ. Il ne répondit pas. Elle regarda le réveil. 14 h 30.

Elle s'assit sur le bord du lit et essaya de se souvenir de comptes ICQ. Elle essaya d'abord Henry Cortez, puis Malou Eriksson. Personne ne répondit. *C'est samedi. Ils ne travaillent pas.* Elle regarda l'heure. 14 h 32.

Puis elle essaya de joindre Erika Berger. Aucun succès. *Je lui ai dit de rentrer chez elle. Merde.* 14 h 33.

Elle pourrait envoyer un SMS sur le portable de Mikael Blomkvist… mais il était sur écoute. Elle se mordit la lèvre inférieure.

Pour finir, elle se tourna avec désespoir vers la table de chevet et sonna l'infirmière. Le réveil indiquait 14 h 35 quand elle entendit la clé dans la serrure. Une infirmière d'une cinquantaine d'années, Agneta, pointa la tête.

— Salut. Quelque chose qui ne va pas ?

— Est-ce que le Dr Anders Jonasson est dans le service ?

— Tu ne te sens pas bien ?

— Je vais bien. Mais j'aurais besoin de lui parler. Si c'est possible.

— Je l'ai vu il y a pas très longtemps. C'est à quel sujet ?

— Il faut que je lui parle.

Agneta fronça les sourcils. La patiente Lisbeth Salander avait rarement appelé les infirmières à moins d'avoir très mal à la tête ou un autre problème aigu. Elle n'avait jamais fait d'histoires et n'avait jamais auparavant demandé à voir un médecin en particulier. Agneta avait cependant remarqué qu'Anders Jonasson avait pris son temps avec cette patiente sous mandat d'arrêt, qui autrement se montrait en général totalement fermée envers l'entourage. Peut-être avait-il réussi à établir une sorte de contact.

— D'accord. Je vais voir s'il est disponible, dit Agneta gentiment et elle referma la porte. A clé. Le réveil indiquait 14 h 36, puis passa à 14 h 37.

Lisbeth quitta son lit et s'approcha de la fenêtre. Elle jetait régulièrement un œil sur le réveil. 14 h 39. 14 h 40.

A 14 h 44, elle entendit des pas dans le couloir et le cliquetis du trousseau de clés du vigile de Securitas. Anders Jonasson lui jeta un œil interrogateur et s'arrêta en voyant le regard désespéré de Lisbeth.

— Il s'est passé quelque chose ?

— Il se passe quelque chose juste maintenant. Est-ce que tu as un portable sur toi ?

— Quoi ?

— Un portable. Je dois passer un coup de fil.

Anders Jonasson lorgna vers la porte, hésitant.

— Anders… J'ai besoin d'un portable. Maintenant !

Il entendit le désespoir dans sa voix et glissa la main dans sa poche, puis il tendit son Motorola à Lisbeth. Elle le lui arracha pratiquement des mains. Elle ne pouvait pas appeler Mikael Blomkvist puisqu'il semblait avoir été mis sur écoute par l'ennemi. Le problème était qu'il ne lui avait jamais donné le numéro de son Ericsson anonyme, le T10 bleu. Il n'y avait jamais eu lieu de le faire, puisqu'il n'était normalement pas question qu'elle puisse l'appeler de sa chambre isolée. Elle hésita un dixième de seconde, puis elle composa le numéro de portable d'Erika Berger. Elle entendit trois sonneries avant qu'Erika réponde.

ERIKA BERGER SE TROUVAIT dans sa BMW à un kilomètre de chez elle à Saltsjöbaden lorsqu'elle reçut un appel inattendu. Cela dit, Lisbeth Salander l'avait déjà largement surprise dans la matinée.

— Berger.

— Salander. Je n'ai pas le temps d'expliquer. Est-ce que tu as le numéro du téléphone anonyme de Mikael ? Celui qui n'est pas sur écoute ?

— Oui.

— Appelle-le. *Maintenant !* Teleborian doit rencontrer Jonas à 15 heures au puits à la gare centrale, tu sais, le grand rond ouvert sur trois étages.

— Qu'est-ce que…

— Magne-toi. Teleborian. Jonas. Le puits à la gare centrale. 15 heures. Il lui reste un quart d'heure.

Lisbeth coupa le portable pour qu'Erika ne soit pas tentée de gaspiller de précieuses secondes en questions inutiles. Elle regarda le réveil qui passait juste à 14 h 46.

Erika Berger freina et se gara au bord de la route. Elle se pencha pour chercher son carnet d'adresses dans son sac à main et feuilleta pour trouver le numéro que Mikael lui avait donné le soir où ils s'étaient vus au *Samirs Gryta*.

MIKAEL BLOMKVIST ENTENDIT la sonnerie du téléphone portable. Il se leva de la table de cuisine, retourna dans le bureau de Lisbeth Salander et prit le portable sur le bureau.

— Oui ?

— Erika.

— Salut.

— Teleborian rencontre Jonas au puits de la gare centrale à 15 heures. Tu n'as que quelques minutes pour t'y rendre.

— Quoi ? Quoi ?

— Teleborian…

— J'ai entendu. Comment tu es au courant de ça ?

— Arrête de discuter et magne-toi.

Mikael lorgna sur l'heure. 14 h 47.

— Merci. Ciao.

Il attrapa sa sacoche de portable et prit les escaliers au lieu d'attendre l'ascenseur. Tout en courant, il composa le numéro du T10 de Henry Cortez.

— Cortez.

— Tu es où ?

— A la librairie de l'Université.

— Teleborian rencontre Jonas au puits de la gare centrale à 15 heures. J'y fonce en ce moment, mais toi tu es plus proche.

— Oh putain ! Je trace.

Mikael courut jusqu'à Götgatan et piqua un sprint vers Slussen. Il regarda sa montre en arrivant hors d'haleine à Slussplan. Rosa Figuerola avait raison de lui rabâcher qu'il devait se mettre au jogging. 14 h 56. Il n'aurait pas le temps. Des yeux, il chercha un taxi.

LISBETH SALANDER TENDIT le téléphone portable à Anders Jonasson.

— Merci, dit-elle.

— Teleborian ? demanda Anders Jonasson. Il n'avait pas pu s'empêcher d'entendre le nom.

Elle hocha la tête et croisa son regard.

— Teleborian est un très vilain monsieur, tu n'imagines pas à quel point.

— Non. Mais je constate que quelque chose se passe qui t'a rendue plus excitée que jamais je ne t'ai vue l'être pendant tout le temps que je t'ai soignée. J'espère que tu sais ce que tu fais.

Lisbeth adressa un petit sourire de travers à Anders Jonasson.

— Tu auras la réponse à cette question dans un avenir proche, dit-elle.

HENRY CORTEZ SE RUA hors de la librairie de l'Université comme un fou. Il traversa Sveavägen au niveau du pont de Mäster Samuelsgatan et continua tout droit sur Klara Norra où il monta sur Klaraberg puis dans Vasagatan. Il traversa Klarabergsgatan entre un bus et deux voitures qui klaxonnèrent frénétiquement et franchit les portes de la gare centrale à 15 heures pile.

Il descendit par l'escalator au niveau central en enjambant trois marches à la fois et rejoignit en courant le Point-Presse où il ralentit l'allure pour ne pas attirer l'attention. Son regard détaillait intensément les gens à proximité du puits.

Il ne vit pas Teleborian ni l'homme que Christer Malm avait photographié devant le Copacabana et qu'ils pensaient être Jonas. Il regarda l'heure. 15 h 01. Il respirait comme s'il venait de courir le marathon de Stockholm.

Il compta sur la chance et se précipita à travers le hall pour sortir dans Vasagatan. Il s'arrêta et regarda autour de lui en examinant l'un après l'autre les gens les plus proches. Pas de Peter Teleborian. Pas de Jonas.

Il fit demi-tour et retourna dans la gare. 15 h 03. C'était vide du côté du puits.

Puis il leva les yeux et aperçut l'espace d'une seconde le profil ébouriffé avec barbiche de Peter Teleborian au moment où il sortait du Point-Presse de l'autre côté du hall. L'instant d'après se matérialisait à ses côtés le type des photos de Christer Malm. *Jonas !* Les deux hommes traversèrent le hall et disparurent dans Vasagatan par les portes nord.

Henry Cortez respira. De la paume de la main, il essuya la sueur de son front et commença à suivre les deux hommes.

MIKAEL BLOMKVIST ARRIVA à la gare centrale de Stockholm en taxi à 15 h 07. Il entra tout de suite dans le hall central mais ne vit ni Teleborian ni Jonas. Ni Henry Cortez, d'ailleurs.

Il prit son T10 pour appeler Henry Cortez au moment où le téléphone se mettait à sonner dans sa main.

— Je les tiens. Ils sont dans le pub *Les Trois Hanaps*, dans Vasagatan près de la descente pour la ligne d'Akalla.

— Super, Henry. Et toi, où t'es ?

— Je suis au bar. Je bois une bière. Je la mérite.

— OK. Ils me connaissent, alors je resterai dehors. Tu n'as pas de possibilité d'entendre ce qu'ils disent, j'imagine.

— Aucune chance. Je vois le dos de Jonas et ce putain de Teleborian ne fait que murmurer en parlant, je ne vois même pas ses lèvres bouger.

— Je comprends.

— Mais il se peut qu'on ait un problème.

— Quoi ?

— Jonas a posé son portefeuille et son portable sur la table. Et il a posé des clés de voiture à côté.

— C'est bon. Je m'en occupe.

LA SONNERIE DU PORTABLE de Rosa Figuerola lança les notes synthétiques du thème d'*Il était une fois dans l'Ouest*. Elle posa le livre sur la perception des dieux dans l'Antiquité, qu'elle ne réussirait apparemment jamais à finir.

— Salut. C'est Mikael. Qu'est-ce que tu fais ?

— Je suis chez moi en train de trier des photos d'anciens amants. Le dernier m'a lâchement abandonnée ce matin.

— Excuse-moi. Tu as ta voiture dans les parages ?

— La dernière fois que j'ai vérifié, elle était en bas dans le parking.

— Bien. Ça te dit de venir faire un tour en ville ?

— Pas particulièrement. Qu'est-ce qui se passe ?

— En ce moment même, Peter Teleborian prend une bière avec Jonas dans Vasagatan. Et comme je travaille en collaboration avec la Säpo et son espèce de bureaucratie façon Stasi, je me suis dit que ça t'intéresserait peut-être de venir...

Rosa avait déjà sauté sur ses pieds et attrapé ses clés de voiture.

— Tu ne me fais pas marcher ?

— Pas vraiment. Et Jonas a posé des clés de voiture sur la table.

— J'arrive.

MALOU ERIKSSON NE RÉPONDIT PAS au téléphone, mais Mikael Blomkvist avait de la chance et il réussit à joindre Lottie Karim qui se trouvait chez Åhléns pour acheter un cadeau d'anniversaire à son mari. Mikael lui imposa des heures sup et lui demanda de se rendre de toute urgence au pub pour seconder Henry Cortez. Puis il rappela Cortez.

— Voici le plan. J'aurai une voiture sur place dans cinq minutes. On va se garer dans Järnvägsgatan en bas du pub.

— D'accord.

— Lottie Karim débarque pour t'aider dans quelques minutes.

— Bien.

— Quand ils quitteront le pub, tu te chargeras de Jonas. Tu le suivras à pied et tu me diras au portable où vous êtes. Dès que tu le vois s'approcher d'une voiture, il faut qu'on le sache. Lottie prendra Teleborian. Si on n'a pas le temps d'arriver à temps, tu notes le numéro d'immatriculation.

— D'accord.

ROSA FIGUEROLA SE GARA devant le Nordic Light Hotel au niveau de la navette de l'aéroport d'Arlanda. Mikael Blomkvist ouvrit la portière côté conducteur une minute après qu'elle se fut garée.

— C'est dans quel pub qu'ils sont ?

Mikael le lui indiqua.

— Il faut que je demande des renforts.

— Ne t'inquiète pas. On les a à l'œil. Trop de cuisiniers risquent de gâter la sauce.

Rosa Figuerola le regarda avec méfiance.

— Et comment tu as pu savoir que cette rencontre allait avoir lieu ?

— Désolé. Protection des sources.

— Vous avez votre propre foutu service de renseignements à *Millénium* ou quoi ? s'exclama-t-elle.

Mikael eut l'air satisfait. C'était toujours sympa de battre la Säpo sur son propre terrain.

En réalité, il ignorait totalement comment il était possible qu'Erika Berger ait pu l'appeler, tel un éclair dans un ciel bleu, pour annoncer que Teleborian et Jonas allaient se voir. Elle n'avait pas eu accès au travail rédactionnel de *Millénium* depuis le 10 avril. Elle connaissait évidemment Teleborian, mais Jonas était entré en scène en mai et, pour autant que Mikael sache, Erika ne connaissait même pas son existence, et savait encore moins qu'on se posait des questions sur ce type aussi bien à *Millénium* qu'à la Säpo.

Il faudrait qu'il ait très rapidement un entretien poussé avec Erika.

LISBETH SALANDER FIT LA MOUE et contempla l'écran de son ordinateur de poche. Depuis la conversation sur le portable du Dr Anders Jonasson, elle avait cessé de cogiter sur la Section et s'était concentrée sur les problèmes d'Erika Berger. Après mûre réflexion, elle avait biffé tous les hommes du groupe vingt-six/cinquante-quatre ans qui étaient mariés. Elle savait qu'elle travaillait avec un pinceau très large et qu'il n'y avait aucun raisonnement rationnel, statistique et scientifique derrière cette décision. Stylo Pourri pouvait très bien être un homme marié avec cinq enfants et un chien. Il pouvait être un technicien de surface. Il pouvait carrément être une femme, même si Lisbeth n'y croyait pas.

Elle voulait tout simplement réduire le nombre de noms de la liste et, avec cette dernière décision, son panel était passé de quarante-huit à dix-huit individus. Elle constata que l'échantillonnage était en grande partie constitué de reporters importants, de chefs ou de sous-chefs de plus de trente-cinq ans. Si elle ne trouvait rien d'intéressant parmi eux, elle pourrait facilement élargir la liste.

A 16 heures, elle entra sur le site de Hacker Republic et communiqua la liste à Plague. Il se signala quelques minutes plus tard.

[18 noms. Quoi ?]
[Un petit projet secondaire. Considère ça comme un exercice.]
[Oui ?]
[Un des noms est celui d'un fumier. Trouve-le.]
[Quels critères ?]
[Faut faire vite. Demain ils me débranchent. Il faut l'avoir trouvé avant.]

Elle lui résuma l'histoire du Stylo Pourri d'Erika Berger.

[OK. Il y a quelque chose à gagner là-dedans ?]

Lisbeth Salander réfléchit une seconde.

[Oui. Je ne débarquerai pas à Sundbyberg foutre le feu chez toi.]
[Tu ferais ça, toi ?]
[Je te paie chaque fois que je te demande de faire quelque chose pour moi. Là, c'est pas pour moi. Il faut le voir comme un recouvrement d'impôt.]
[Tu commences à montrer des signes de compétence sociale.]
[Alors ?]
[D'accord.]

Elle lui envoya des codes d'accès à la rédaction de *SMP* puis elle quitta ICQ.

HENRY CORTEZ NE RAPPELA PAS avant 16 h 20.
— On dirait qu'ils s'apprêtent à bouger.
— OK. On est prêt.
Silence.
— Ils se séparent devant la porte. Jonas va vers le nord. Lottie prend Teleborian vers le sud.
Mikael leva un doigt et indiqua Jonas qui passait dans Vasagatan. Rosa Figuerola hocha la tête. Quelques secondes plus tard, Mikael put aussi voir Henry Cortez. Rosa Figuerola démarra le moteur.

— Il traverse Vasagatan et continue vers Kungsgatan, dit Henry Cortez dans le portable.

— Garde tes distances, qu'il te découvre pas.

— T'inquiète, il y a du monde dans les rues.

Silence.

— Il remonte Kungsgatan vers le nord.

— Kungsgatan, nord, dit Mikael.

Rosa Figuerola enclencha une vitesse et s'engagea dans Vasagatan. Ils restèrent coincés un moment au feu rouge.

— Vous êtes où maintenant ? demanda Mikael quand ils entrèrent dans Kungsgatan.

— A hauteur du magasin PUB. Il se déplace vite. Attention, il prend Drottninggatan, direction nord.

— Drottninggatan, nord, dit Mikael.

— OK, dit Rosa Figuerola qui effectua un demi-tour illégal pour passer sur Klara Norra, puis rejoindre Olof Palmes gata. Elle s'y engagea et s'arrêta devant l'immeuble SIF. Jonas traversait Olof Palmes gata et se dirigeait vers Sveavägen. Henry Cortez le suivit de l'autre côté de la rue.

— Il a tourné vers l'est…

— C'est bon. On vous voit, tous les deux.

— Il tourne dans Holländaregatan… Allo ! Tu m'entends ? Voiture. Audi rouge.

— Voiture, dit Mikael et il nota le numéro d'immatriculation que Cortez récita à toute allure.

— Il est garé dans quelle direction ? demanda Rosa Figuerola.

— Le nez au sud, rapporta Cortez. Il va arriver devant vous dans Olof Palmes gata… maintenant.

Rosa Figuerola était déjà en mouvement et dépassait Drottninggatan. Elle klaxonna et fit signe de s'écarter à quelques piétons qui essayaient de traverser au rouge.

— Merci, Henry. On le prend à partir d'ici.

L'Audi rouge descendait Sveavägen vers le sud. Rosa Figuerola la suivit tout en ouvrant son téléphone portable et en pianotant un numéro avec la main gauche.

— Je voudrais une recherche de numéro d'immatriculation, Audi rouge, dit-elle et elle annonça le numéro fourni par Henry Cortez. Oui, je t'écoute. Jonas Sandberg, né en 1971. Qu'est-ce que tu as dit… Helsingörsgatan, à Sollentuna. Merci.

Mikael nota les données que Rosa Figuerola avait obtenues.

Ils suivirent l'Audi rouge via Hamngatan et Strandvägen puis immédiatement dans Artillerigatan. Jonas Sandberg se gara à un pâté de maisons du musée de l'Armée. Il traversa la rue et disparut par la porte d'entrée d'un immeuble 1900.

— Hmm, fit Rosa Figuerola en regardant Mikael d'un air entendu.

Il hocha la tête. Jonas Sandberg venait d'entrer dans une maison située à quelques rues seulement de l'immeuble où le Premier ministre avait emprunté un appartement pour une réunion privée.

— Beau boulot, dit Rosa.

Au même moment, Lottie Karim appela et raconta que le Dr Peter Teleborian était monté dans Klaragatan via les escalators de la gare centrale puis s'était rendu à l'hôtel de police sur Kungsholmen.

— L'hôtel de police. A 17 heures un samedi ? s'étonna Mikael.

Rosa Figuerola et Mikael Blomkvist se regardèrent, sceptiques. Rosa réfléchit intensément pendant quelques secondes. Puis elle prit son portable et appela l'inspecteur Jan Bublanski.

— Salut. C'est Rosa de la Sûreté. On s'est rencontré sur Norr Mälarstrand il y a quelque temps.

— Qu'est-ce que tu veux ? dit Bublanski.

— Tu as quelqu'un de garde pour le week-end ?

— Sonja Modig, dit Bublanski.

— J'aurais besoin d'un service. Tu sais si elle est dans la maison ?

— J'en doute. Il fait un temps magnifique, et c'est samedi après-midi.

— OK. Est-ce que tu pourrais essayer de la joindre ou de joindre quelqu'un d'autre de l'enquête qui irait faire un tour dans le couloir du procureur Richard Ekström ? Je me demande s'il n'y a pas une réunion chez lui en ce moment.

— Une réunion ?

— Pas le temps d'expliquer. J'aurais besoin de savoir s'il est en train de rencontrer quelqu'un juste maintenant. Et dans ce cas, qui.

— Tu me demandes d'espionner un procureur qui est mon supérieur ?

Rosa Figuerola fronça les sourcils. Puis elle haussa les épaules.

— Oui, dit-elle.

— D'accord, dit-il en raccrochant.

SONJA MODIG SE TROUVAIT plus près de l'hôtel de police que ce que Bublanski avait redouté. Elle et son mari étaient en train de prendre le café sur le balcon chez une amie dans Vasastan. Ils se retrouvaient sans enfants pour une semaine depuis que les parents de Sonja les avaient emmenés en vacances, et ils projetaient de faire quelque chose d'aussi démodé que d'aller manger un morceau au restaurant avant d'aller se faire une toile.

Bublanski expliqua ce qu'il voulait.

— Et qu'est-ce que j'aurais comme prétexte pour me précipiter chez Ekström ?

— J'avais promis de lui donner une mise à jour sur Niedermann hier mais j'ai oublié de la lui faire passer avant de partir. La chemise se trouve sur mon bureau.

— D'accord, dit Sonja Modig.

Elle regarda son mari et sa copine.

— Il faut que j'aille à l'*hôtel*. Je prends la voiture, avec un peu de chance je serai de retour dans une heure.

Son mari soupira. Sa copine soupira.

— Après tout, je suis de garde, se justifia Sonja Modig.

Elle se gara dans Bergsgatan, monta dans le bureau de Bublanski et prit les trois feuilles A4 qui constituaient le maigre résultat des investigations pour retrouver le tueur de policier Ronald Niedermann. *Pas très reluisant*, pensa-t-elle.

Elle sortit dans la cage d'escalier et monta un étage. Elle s'arrêta devant la porte du couloir. L'hôtel de police était pratiquement désert en cette fin d'après-midi de beau temps. Elle n'essaya pas de se dissimuler. Simplement, elle marcha très doucement. Elle s'arrêta devant la porte fermée d'Ekström. Elle entendit des voix et se mordit la lèvre.

Tout à coup, son courage l'abandonna et elle se sentit très bête. Dans une situation normale, elle aurait frappé à la porte, l'aurait ouverte et se serait exclamée : *Tiens, salut, t'es encore là* et serait entrée. Tandis que là, il lui paraissait impossible d'agir ainsi.

Elle regarda autour d'elle.

Pourquoi Bublanski l'avait-il appelée ? C'était quoi, cette réunion ?

Elle visa la petite salle de réunion en face du bureau d'Ekström, prévue pour une dizaine de personnes. Elle y avait participé plusieurs fois à des exposés.

Elle entra dans la pièce et ferma la porte sans bruit. Les stores étaient baissés et les rideaux de la cloison vitrée donnant sur le couloir tirés. La pièce était plongée dans la pénombre. Elle prit une chaise, s'assit et écarta un des rideaux de façon à avoir une mince fente lui permettant de voir le couloir.

Elle se sentait très mal à l'aise. Si quelqu'un ouvrait la porte, elle aurait le plus grand mal à expliquer ce qu'elle faisait là. Elle prit son portable et regarda l'heure sur l'écran. Pas tout à fait 18 heures. Elle coupa la fonction sonnerie, se laissa aller contre le dossier de la chaise et contempla la porte fermée du bureau d'Ekström.

A 19 HEURES, Plague se signala à Lisbeth Salander.

[Ça y est. Je suis l'administrateur de *SMP*.]
[Où ?]

Il téléchargea une adresse http.

[On n'aura pas le temps en 24 heures. Même si on a tous les mails des 18, il faudra des jours pour pirater leurs ordis perso. La plupart ne sont probablement même pas connectés un samedi soir.]
[Plague, concentre-toi sur leurs ordis perso et moi je m'occuperai de leurs ordis à *SMP*.]
[C'est ce que je m'étais dit. Ton ordi de poche est un peu limite. Tu veux que je focalise sur quelqu'un en particulier ?]
[Non. N'importe lequel.]
[D'accord.]
[Plague.]
[Oui.]
[Si on n'a rien trouvé avant demain, je veux que tu continues.]
[D'accord.]
[Dans ce cas je te paierai.]
[Bof. En fait, je m'amuse.]

Elle quitta ICQ et se rendit sur l'adresse http où Plague avait téléchargé tous les droits d'administrateur de SMP. Elle commença par vérifier si Peter Fleming était connecté et présent à la rédaction. Ce n'était pas le cas. Lisbeth utilisa donc son code d'utilisateur pour entrer dans le serveur de courrier électronique de SMP. Elle eut ainsi accès à un long historique, c'est-à-dire même à des mails depuis longtemps effacés des comptes d'utilisateurs particuliers.

Elle commença par Ernst Teodor Billing, quarante-trois ans, l'un des chefs de nuit à SMP. Elle ouvrit son mail et remonta dans le temps. Elle consacra environ deux secondes à chaque mail, juste le temps de se faire une idée de l'expéditeur et du contenu. Au bout de quelques minutes, elle avait en tête ce qui relevait du courrier de routine sous forme de menus, plannings et autres choses sans intérêt. Elle les passa.

Elle remonta trois mois, mail par mail. Ensuite, elle sauta de mois en mois en lisant seulement l'objet et en n'ouvrant le message que si quelque chose la faisait tiquer. Elle apprit ainsi qu'Ernst Billing fréquentait une certaine Sofia, à qui il s'adressait sur un ton désagréable. Elle constata que ça n'avait rien d'étrange, puisque Billing utilisait un ton désagréable avec la plupart des gens avec qui il communiquait – journalistes, graphistes et autres. Elle trouva cependant incroyable qu'un homme puisse s'adresser avec tant de naturel à sa petite amie en la traitant de *gros tas*, *espèce d'abrutie* ou *connasse*.

Une fois remontée un an en arrière, elle arrêta. Elle entra alors dans l'Explorer de Billing et évalua sa façon de surfer sur le Net. Elle nota que, comme la plupart des hommes de sa tranche d'âge, il passait régulièrement sur des pages pornos, mais que la plus grande partie de sa navigation semblait en rapport avec son travail. Elle constata aussi qu'il s'intéressait aux voitures et qu'il visitait souvent des sites présentant de nouveaux modèles.

Au bout de presque une heure d'exploration, elle s'arrêta là pour Billing et le supprima de la liste. Elle passa à Lars Örjan Wollberg, cinquante et un ans, journaliste vétéran de la rubrique Droit.

TORSTEN EDKLINTH ARRIVA à l'hôtel de police sur Kungsholmen vers 19 h 30 le samedi. Rosa Figuerola et Mikael Blomkvist l'attendaient. Ils étaient installés autour de la table de conférence que Blomkvist connaissait depuis la veille.

Edklinth se disait qu'il s'était aventuré sur de la glace très mince et qu'un certain nombre de règles internes avaient été enfreintes quand il avait autorisé Blomkvist à venir dans ce couloir. Rosa Figuerola n'avait définitivement pas à l'inviter de sa propre initiative. En règle générale, même les épouses et les époux n'étaient pas autorisés à venir dans les couloirs secrets de la Säpo – ils devaient patienter en bas dans l'entrée quand ils venaient voir leur partenaire. Et par-dessus le marché, Blomkvist était journaliste ! A l'avenir, Blomkvist n'aurait le droit d'entrer que dans le local temporaire à Fridhemsplan.

D'un autre côté, il arrivait régulièrement à des gens non autorisés de circuler dans les couloirs sur invitation particulière. Des collègues étrangers, des chercheurs, des universitaires, des consultants occasionnels… il pouvait inclure Blomkvist dans la catégorie "consultants occasionnels". Tout ce baratin de classement de sécurité n'était après tout que du vent. Il y avait toujours quelqu'un qui décidait que quelqu'un d'autre serait classé "personne autorisée". Et Edklinth avait décidé que s'il y avait des critiques, il affirmerait qu'il avait personnellement placé Blomkvist parmi les personnes autorisées.

Si ça ne tournait pas à l'affrontement, du moins. Edklinth s'installa et regarda Figuerola.

— Comment tu as eu vent de cette réunion ?

— Blomkvist m'a appelée vers 16 heures, répondit-elle avec un sourire.

— Et comment toi, tu en as eu vent ?

— Tuyau d'une source, dit Mikael Blomkvist.

— Dois-je en conclure que tu as placé Teleborian sous une sorte de surveillance ?

Rosa Figuerola secoua la tête.

— C'est ce que j'ai pensé au début aussi, dit-elle d'une voix joyeuse, comme si Mikael Blomkvist ne se trouvait pas dans la pièce. Mais ça ne tient pas la route. Même si quelqu'un avait suivi Teleborian sur mission de Blomkvist, cette personne n'aurait pas pu en déduire à l'avance que c'était justement Jonas Sandberg qu'il allait rencontrer.

Edklinth hocha lentement la tête.

— Alors… qu'est-ce qui reste ? Ecoute illégale ou quoi ?

— Je peux t'assurer que je ne mène pas d'écoute illégale de qui que ce soit et je n'ai même pas entendu dire que ce genre de chose serait en cours, dit Mikael Blomkvist pour rappeler que lui aussi se trouvait dans la pièce. Sois un peu réaliste. Les écoutes illégales, c'est du domaine de l'Etat.

Edklinth fit la moue.

— Tu ne veux donc pas me dire comment tu as été informé de la rencontre.

— Si. Je l'ai déjà dit. Une source m'a tuyauté. La source est protégée. Et si on se concentrait plutôt sur les retombées du tuyau ?

— Je n'aime pas le flou artistique, dit Edklinth. Mais d'accord. De quoi on dispose ?

— Le gars s'appelle Jonas Sandberg, dit Rosa. Plongeur de combat diplômé, a fait l'Ecole de police au début des années 1990. A travaillé d'abord à Uppsala, puis à Södertälje.

— Toi aussi, tu étais à Uppsala.

— Oui, mais on s'est loupé d'un an ou deux. J'ai commencé juste quand il est parti à Södertälje.

— OK.

— Il a été recruté au contre-espionnage de la Säpo en 1998. Recasé sur un poste secret à l'étranger en 2000. Selon nos propres papiers, il se trouve officiellement à l'ambassade de Madrid. J'ai vérifié avec l'ambassade. Ils ignorent totalement qui est Jonas Sandberg.

— Tout comme Mårtensson. Officiellement transféré à un endroit où il ne se trouve pas.

— Seul le secrétaire général de l'administration a la possibilité de faire systématiquement ce genre de chose et de s'arranger pour que ça fonctionne.

— Et en temps normal, ça aurait été expliqué comme un cafouillage dans la paperasserie. Nous, on le remarque parce qu'on se penche dessus. Et si quelqu'un insiste trop, ils diront simplement : *Secret*, ou que ça touche au terrorisme.

— Il reste pas mal de comptabilité à vérifier.

— Le chef du budget ?

— Peut-être.

— OK. Quoi d'autre ?

— Jonas Sandberg habite à Sollentuna. Il n'est pas marié, mais il a un enfant avec une instit de Södertälje. Aucun blâme nulle part. Licence pour deux armes à feu. Tranquille et ne touche pas à l'alcool. Le seul truc qui tranche un peu, c'est qu'il serait croyant, il était membre de La Parole de la vie dans les années 1990.

— D'où tu tiens ça ?

— J'ai parlé avec mon ancien chef à Uppsala. Il se souvient très bien de Sandberg.

— D'accord. Un plongeur de combat chrétien avec deux armes et un môme à Södertälje. Quoi d'autre ?

— Ça ne fait que trois heures qu'on l'a identifié. Je trouve qu'on a tout de même travaillé assez vite.

— Pardon. Qu'est-ce qu'on sait de l'immeuble dans Artillerigatan ?

— Pas grand-chose encore. Stefan a été obligé de déranger quelqu'un de la mairie pour consulter les plans de l'immeuble. C'est un immeuble en droit coopératif qui date de 1900. Cinq étages avec en tout vingt-deux appartements plus huit dans un bâtiment annexe dans la cour. J'ai fait une recherche sur les habitants, mais je n'ai rien trouvé de vraiment sensationnel. Deux des habitants ont un casier.

— Qui ?

— Un Lindström au rez-de chaussée. Soixante-trois ans. Condamné pour escroquerie à l'assurance dans les années 1970. Un Wittfelt au second. Quarante-sept ans. Condamné à deux reprises pour violences volontaires sur son ex-femme.

— Hmm.

— Ceux qui habitent là sont du genre classe moyenne bien rangée. Il n'y a qu'un appartement qui nous interpelle.

— Lequel ?

— Celui du dernier étage. Onze pièces, ça a tout d'un appartement d'apparat. Le propriétaire est une entreprise qui s'appelle Bellona SA.

— Et qui fait quoi ?

— Dieu seul le sait. Ils font des analyses de marketing et ils ont un chiffre d'affaires annuel de plus de 30 millions de couronnes. Tous les propriétaires de Bellona sont domiciliés à l'étranger.

— Aha.

— Comment ça, aha ?

— Seulement aha. Continue sur Bellona.

Au même moment, le fonctionnaire que Mikael connaissait uniquement sous le nom de Stefan entra dans la pièce et s'adressa directement à Torsten Edklinth.

— Salut, chef. J'ai là un truc marrant. J'ai vérifié ce qu'il y a derrière l'appartement de Bellona.

— Et ? demanda Rosa Figuerola.

— La société Bellona a été fondée dans les années 1970, et elle a racheté l'appartement de la succession de l'ancien propriétaire, une Kristina Cederholm, née en 1917.

— Oui ?

— Elle était mariée à Hans Wilhelm Francke, le cow-boy qui faisait des histoires à P. G. Vinge quand la Säpo a été créée.

— Bien, dit Torsten Edklinth. Très bien. Rosa, je veux une surveillance sur l'immeuble jour et nuit. Trouve tous les téléphones. Je veux savoir qui entre et sort, les voitures qui rendent visite à l'immeuble. La routine, en somme.

Edklinth lorgna vers Mikael Blomkvist. Il eut l'air de vouloir dire quelque chose, mais se ravisa. Mikael haussa les sourcils.

— Satisfait de l'afflux d'informations ? finit par demander Edklinth.

— Rien à redire. Et toi, satisfait de la contribution de *Millénium* ?

Edklinth hocha lentement la tête.

— Tu as bien conscience que je peux me retrouver dans la merde à cause de tout ça ? dit-il.

— Pas à cause de moi. Je considère l'information que j'obtiens ici comme protégée. Je vais donner les faits, mais sans dire comment je les ai obtenus. Avant d'imprimer, je vais réaliser une interview de toi en bonne et due forme. Si tu ne veux pas répondre, tu diras simplement : *Pas de commentaires*. Ou bien tu pourras dénigrer tant que tu veux la Section d'analyse spéciale. A toi de voir.

Edklinth hocha la tête.

Mikael était satisfait. En quelques heures, la Section venait d'acquérir une forme concrète. C'était une vraie percée.

SONJA MODIG AVAIT CONSTATÉ avec frustration que la réunion dans le bureau du procureur Ekström tirait en longueur. Elle avait trouvé une bouteille d'eau minérale abandonnée par quelqu'un sur la table de conférence. Elle avait appelé son mari deux fois pour dire qu'elle avait du retard, et avait promis de se faire pardonner par une bonne soirée dès qu'elle serait de retour. Elle commençait à s'impatienter et elle se sentait comme le voyeur de service.

La réunion ne se termina que vers 19 h 30. Sonia fut prise au dépourvu quand la porte s'ouvrit et que Hans Faste sortit dans le couloir. Il était immédiatement suivi du Dr Peter Teleborian. Ensuite vint un homme âgé grisonnant que Sonja Modig n'avait jamais vu auparavant. En dernier sortit le procureur Ekström qui enfila sa veste tout en éteignant la lumière, puis ferma la porte à clé.

Sonja Modig leva son portable dans l'espace libre entre les rideaux et prit deux photos à faible résolution du rassemblement devant la porte d'Ekström. Ils s'attardèrent quelques secondes avant de partir dans le couloir.

Elle retint sa respiration quand ils passèrent devant la pièce où elle était tapie. Elle réalisa qu'elle était couverte de sueurs froides quand enfin elle entendit la porte de la cage d'escalier se refermer. Elle se releva sur des jambes flageolantes.

BUBLANSKI APPELA ROSA FIGUEROLA peu après 20 heures.

— Tu voulais savoir si Ekström rencontrait quelqu'un.

— Oui, dit Rosa.

— Ils viennent de terminer leur réunion. Ekström a rencontré le Dr Peter Teleborian et mon ancien collaborateur, l'inspecteur Hans Faste, ainsi qu'un homme âgé que nous ne connaissons pas.

— Un instant, dit Rosa Figuerola en posant la main sur le micro du téléphone et, se tournant vers les autres : On a vu juste. Teleborian est allé droit chez le procureur Ekström.

— Tu es toujours là ?

— Pardon. Est-ce qu'on a un signalement de l'inconnu, le troisième homme ?

— Mieux que ça. Je t'envoie une photo de lui.

— Une photo. Magnifique, je te dois un grand service.

— Je me porterais mieux si j'apprenais ce qui se trame.

— Je te rappelle.

Un moment, le silence s'installa autour de la table de réunion.

— OK, dit Edklinth finalement. Teleborian rencontre la Section puis il se rend directement chez le procureur Ekström. J'aurais payé cher pour savoir ce qui s'est dit.

— Tu peux toujours me demander, proposa Mikael Blomkvist.

Edklinth et Figuerola le regardèrent.

— Ils se sont vus pour peaufiner les détails de la stratégie qui va faire tomber Lisbeth Salander dans son procès d'ici un mois.

Rosa Figuerola le contempla. Puis elle hocha lentement la tête.

— C'est une supposition, dit Edklinth. A moins que tu n'aies des dons paranormaux.

— Ce n'est pas une supposition, dit Mikael. Ils se sont rencontrés pour passer en revue les détails de l'expertise psychiatrique concernant Salander. Teleborian venait de la terminer.

— C'est absurde. Salander n'a même pas encore été examinée.

Mikael Blomkvist haussa les épaules et ouvrit sa sacoche d'ordinateur.

— Ce genre de futilité n'a jamais arrêté Teleborian. Voici la dernière version de son expertise psychiatrique légale. Comme vous pouvez le voir, elle est datée de la semaine où le procès va commencer.

Edklinth et Figuerola regardèrent les papiers devant eux. Ensuite ils échangèrent des regards, puis ils se tournèrent vers Mikael Blomkvist.

— Et comment tu as pu mettre la main sur ça ? demanda Edklinth.

— Désolé. Je protège mes sources, dit Mikael Blomkvist.

— Blomkvist… il faut qu'on se fasse confiance. Tu retiens des informations. Est-ce que tu as d'autres surprises de ce genre ?

— Oui. Evidemment que j'ai des secrets. Tout comme je suis persuadé que tu ne m'as pas donné carte blanche pour voir tout ce que vous avez ici à la Säpo. N'est-ce pas ?

— Ce n'est pas pareil.

— Si. C'est exactement pareil. Cet arrangement signifie une collaboration. Comme tu dis, il faut qu'on se fasse confiance. Je n'occulte rien qui puisse aider ton enquête à dresser un portrait de la Section ou à identifier différents crimes qui ont été commis. J'ai déjà livré du matériel qui démontre que Teleborian a commis des crimes avec Björck en 1991 et j'ai raconté qu'il va être recruté pour faire la même chose maintenant. Et voici le document qui montre que c'est vrai.

— Mais tu gardes des secrets.

— Bien entendu. Tu as le choix entre rompre notre collaboration ou vivre avec.

Rosa Figuerola leva un doigt diplomatique.

— Pardon, mais est-ce que ceci signifie que le procureur Ekström travaille pour la Section ?

Mikael fronça les sourcils.

— Je ne sais pas. J'ai plutôt le sentiment qu'il est un imbécile utile que la Section exploite. C'est un carriériste, mais je le crois honnête et un peu bouché. Par contre, une source m'a dit qu'il a avalé pratiquement tout ce que Teleborian a raconté sur Lisbeth Salander quand on la pourchassait encore.

— Il ne faut pas grand-chose pour le manipuler, c'est ça que tu veux dire ?

— Exactement. Et Hans Faste est un crétin qui croit que Lisbeth Salander est une lesbienne sataniste.

ERIKA BERGER ÉTAIT SEULE CHEZ ELLE à Saltsjöbaden. Elle se sentait paralysée et incapable de se concentrer sur un travail sérieux. Elle attendait sans arrêt que quelqu'un téléphone pour dire que des photos d'elle se trouvaient maintenant sur un site quelque part sur Internet.

A plusieurs reprises, elle se surprit à penser à Lisbeth Salander et se rendit compte qu'elle avait trop d'espoirs en elle. Salander se trouvait sous les verrous à Sahlgrenska. Elle était interdite de visite et n'avait même pas le droit de lire les journaux. Mais c'était une fille étonnamment pleine de ressources. Malgré son isolement, elle avait pu contacter Erika sur ICQ et ensuite par téléphone. Et toute seule elle avait ruiné l'empire de Wennerström et sauvé *Millénium* deux ans auparavant.

A 20 heures, Susanne Linder frappa à la porte. Erika sursauta comme si quelqu'un avait tiré un coup de pistolet dans la pièce.

— Salut Berger. Tu as vraiment l'air de te morfondre, à rester comme ça dans l'obscurité.

Erika hocha la tête et alluma la lumière.

— Salut. Je vais faire un café…

— Non. Laisse-moi le faire. Est-ce qu'il y a du nouveau ?

Indéniablement. Lisbeth Salander a donné de ses nouvelles et elle a pris le contrôle de mon ordinateur. Et elle a appelé pour dire que Teleborian et quelqu'un qui s'appelle Jonas devaient se voir à la gare centrale cet après-midi.

— Non. Rien de nouveau, dit-elle. Mais j'ai un truc que je voulais tester sur toi.

— D'accord.

— Qu'est-ce que tu penses de la possibilité qu'il ne s'agisse pas d'un harceleur mais de quelqu'un dans mon entourage qui veut m'emmerder ?

— C'est quoi, la différence ?

— Un harceleur est une personne inconnue de moi qui fait une fixation sur moi. L'autre variante est une personne qui veut se venger de moi ou saboter ma vie pour des raisons personnelles.

— C'est une idée intéressante. Elle vient d'où ?

— J'ai… discuté la chose avec quelqu'un aujourd'hui. Je ne peux pas te dire de qui il s'agit, mais cette personne a avancé la thèse que des menaces d'un véritable pervers sexuel auraient un autre aspect. Et surtout que ce genre de type n'aurait jamais écrit le mail à Eva Carlsson à la Culture. C'est un acte totalement hors contexte.

Susanne Linder hocha lentement la tête.

— Il y a quelque chose dans ce que tu dis. Tu sais, je ne les ai jamais lus, les mails en question. Tu me les montres ?

Erika sortit son ordinateur portable et l'installa sur la table de cuisine.

ROSA FIGUEROLA RACCOMPAGNA Mikael Blomkvist quand ils quittèrent l'hôtel de police vers 22 heures. Ils s'arrêtèrent au même endroit dans le parc de Kronoberg que la veille.

— Nous revoilà au même endroit. Tu as l'intention de disparaître pour travailler ou tu veux rentrer avec moi faire l'amour ?

— Eh bien…

— Mikael, tu n'as pas à te sentir sous pression à cause de moi. Si tu as besoin de travailler, tu le fais.

— Dis donc, Figuerola, tu es vachement accro.

— Et tu n'as pas envie de dépendre de qui que ce soit. C'est ça que tu veux dire ?

— Non. Pas comme ça. Mais je dois parler avec quelqu'un cette nuit et ça va prendre un moment. Donc, avant que j'aie terminé, tu seras endormie.

Elle hocha la tête.

— A plus.

Il lui fit une bise sur la joue et monta vers l'arrêt de bus de Fridhemsplan.

— Blomkvist, cria-t-elle.

— Quoi ?

— Je ne travaille pas demain non plus. Viens prendre le petit-déjeuner si tu as le temps.

21

SAMEDI 4 JUIN – LUNDI 6 JUIN

LISBETH SALANDER SENTIT une suite de mauvaises vibrations quand elle s'attaqua au chef des Actualités Lukas Holm. Il avait cinquante-huit ans et tombait hors cadre, mais Lisbeth l'avait quand même inclus vu qu'Erika Berger et lui s'étaient pris de bec. C'était un intrigant, du genre à envoyer çà et là des mails dénonçant qu'un tel avait fait un boulot lamentable.

Lisbeth constata que Holm n'aimait pas Erika Berger et qu'il remplissait un espace considérable de commentaires sur *cette bonne femme* qui a encore fait ceci ou cela. Côté Net, il surfait exclusivement sur des pages en relation avec son travail. S'il avait d'autres intérêts, il s'y consacrait pendant son temps libre ou à partir d'un autre ordinateur.

Elle le conserva comme candidat au rôle de Stylo Pourri, mais c'était presque trop beau. Lisbeth se demanda un moment pourquoi elle ne croyait pas vraiment en lui et arriva à la conclusion que Holm était tellement imbu de lui-même qu'il n'avait pas besoin de faire le détour par des mails anonymes. S'il avait envie de traiter Erika Berger de sale pute, il le ferait ouvertement. Et il ne semblait pas du genre qui se donne la peine de pénétrer par effraction dans la maison d'Erika Berger au milieu de la nuit.

Vers 22 heures, elle fit une pause et entra sur [Table-Dingue] pour constater que Mikael Blomkvist n'y était pas encore retourné. Elle ressentit une vague irritation et se demanda ce qu'il foutait et s'il était arrivé à temps au rendez-vous de Teleborian.

Ensuite elle retourna au serveur de *SMP*.

Elle prit le nom suivant sur la liste, le secrétaire de rédaction de la page Sports, Claes Lundin, vingt-neuf ans. Elle venait d'ouvrir sa boîte aux lettres quand elle s'arrêta et se mordit la lèvre inférieure. Elle quitta Lundin et préféra ouvrir le courrier d'Erika Berger.

Elle remonta dans le temps, mais l'index de fichiers était relativement court, puisque son compte n'avait été ouvert que le 2 mai. Le tout premier mail était un menu du matin envoyé par le secrétaire de rédaction Peter Fredriksson. Au cours de la première journée, plusieurs personnes avaient envoyé des mails pour lui souhaiter la bienvenue.

Lisbeth lut attentivement chaque mail qu'avait reçu Erika Berger. Elle nota un ton hostile dès le premier jour dans la correspondance avec le chef des Actualités, Lukas Holm. Ils ne semblaient s'entendre sur rien, et Lisbeth constata que Holm lui compliquait les choses en envoyant deux-trois mails même pour des broutilles.

Elle sauta la pub, les spams et les menus de nouvelles pures. Elle se concentra sur toutes les formes de correspondance sur un ton personnel. Elle lut des calculs de budget internes, des résultats d'annonces et de marketing, un échange de mails avec le directeur financier Christer Sellberg, qui courait sur une semaine et qui pouvait quasiment être qualifié de mégadispute concernant des coupes dans le personnel. Elle avait reçu des mails agacés du directeur de la rubrique Droit au sujet d'un remplaçant du nom de Johannes Frisk, qu'Erika Berger avait manifestement mis sur une histoire qui n'était pas appréciée. A part les premiers mails de bienvenue, il ne semblait pas qu'un seul collaborateur en position de chef voie quoi que ce soit de positif dans les arguments ou les propositions d'Erika.

Un moment plus tard, elle retourna au début de la liste et fit mentalement un calcul statistique. Elle constata que de tous les cadres supérieurs à SMP qu'Erika avait autour d'elle, seules quatre personnes n'essayaient pas de miner sa position. C'était Borgsjö, le président du CA, Peter Fredriksson, le secrétaire de rédaction, Gunder Storman, le responsable de la page Edito, et Sebastian Strandlund, le chef de la page Culture.

N'ont-ils jamais entendu parler de femmes à SMP ? Tous les chefs sont des hommes.

La personne avec qui Erika Berger avait le moins à faire était le chef de la page Culture. Pendant tout le temps où

Erika y avait travaillé, elle n'avait échangé que deux mails avec Sebastian Strandlund. Les mails les plus amicaux et manifestement plus sympathiques venaient du rédacteur éditorial Storman. Borgsjö était bref et acide. La totalité des autres chefs pratiquaient une guérilla dans les règles.

Pourquoi ce putain de groupe d'hommes a-t-il recruté Erika Berger si leur seule occupation est de la démolir ?

La personne avec qui elle semblait avoir le plus à faire était le secrétaire de rédaction Peter Fredriksson. C'était toujours lui qui rédigeait les comptes rendus de réunion. Il préparait les chemins de fer, briefait Erika sur différents textes et problèmes, faisait tourner la boutique.

Il échangeait une douzaine de mails avec Erika chaque jour.

Lisbeth rassembla tous les mails de Peter Fredriksson à Erika et les lut l'un après l'autre. A deux-trois reprises, il s'opposait à une décision d'Erika. Il expliquait pour quelles raisons précises. Erika Berger semblait lui faire confiance puisqu'elle modifiait ses décisions ou acceptait son raisonnement. Il n'était jamais hostile. En revanche, il n'y avait jamais la moindre indication d'une relation personnelle avec Erika.

Lisbeth ferma la boîte aux lettres d'Erika Berger et réfléchit un bref instant.

Elle ouvrit le compte de Peter Fredriksson.

PLAGUE AVAIT TRAFICOTÉ dans les ordinateurs personnels de divers employés de *SMP* toute la soirée, sans succès. Il avait réussi à entrer chez le chef des Actualités Lukas Holm, puisque celui-ci disposait chez lui d'une connexion ouverte en permanence avec son bureau à la rédaction, pour pouvoir intervenir à n'importe quel moment du jour et de la nuit pour piloter un boulot. L'ordinateur privé de Holm était parmi les plus ennuyeux que Plague eût jamais piratés. Par contre, il avait échoué avec le reste des dix-huit noms de la liste de Lisbeth Salander. Une des raisons en était qu'aucun de ceux chez qui il frappait n'était en ligne un samedi soir. Il avait vaguement commencé à se lasser de la tâche impossible quand Lisbeth Salander se signala vers 22 h 30.

[Quoi ?]
[Peter Fredriksson.]
[D'accord.]
[Laisse tomber les autres. Concentre-toi sur lui.]
[Pourquoi ?]
[Un pressentiment.]
[Ça va prendre du temps.]
[Il y a un raccourci. Fredriksson est secrétaire de rédaction et travaille avec un programme qui s'appelle Integrator, pour pouvoir vérifier de chez lui ce qui se passe dans son ordinateur à *SMP*.]
[Je ne connais rien à Integrator.]
[Un petit logiciel qui est sorti il y a quelques années. Totalement ringard aujourd'hui. Integrator a un bug. Se trouve dans les archives de Hacker Rep. Théoriquement tu peux inverser le programme et entrer dans son ordinateur privé à partir de *SMP*.]

Plague poussa un profond soupir. Cette fille, qui un jour avait été son élève, était plus au courant que lui.

[OK. Je m'y mets.]
[Si tu trouves quelque chose, passe-le à Super Blomkvist si je ne suis plus en ligne.]

MIKAEL BLOMKVIST FUT DE RETOUR dans l'appartement de Lisbeth Salander à Mosebacke peu avant minuit. Il était fatigué et commença par prendre une douche et brancher la cafetière. Puis il ouvrit l'ordinateur de Lisbeth Salander et l'appela sur ICQ.

[Il était temps.]
[Désolé.]
[T'étais où ces derniers jours ?]
[Au lit avec un agent secret. Et j'ai traqué Jonas.]
[T'es arrivé à temps au rendez-vous ?]
[Oui. C'est toi qui as averti Erika ???]
[Seul moyen de te joindre.]
[Futée.]
[Je vais être transférée à la maison d'arrêt demain.]
[Je sais.]
[Plague va t'aider pour le Net.]
[Excellent.]
[Ne reste que la finale alors.]

Mikael hocha la tête pour lui-même.

[Sally… on fera ce qu'il faut faire.]
[Je sais. Tu es prévisible.]
[Et toi, tu es adorable comme d'habitude.]
[Y a-t-il autre chose que je devrais savoir ?]
[Non.]
[Dans ce cas j'ai pas mal d'autres trucs à faire sur le Net.]
[D'accord. Porte-toi bien.]

LE PIAILLEMENT DANS SON OREILLETTE réveilla Susan Linder en sursaut. Quelqu'un avait déclenché le détecteur de mouvement qu'elle avait installé dans le vestibule au rez-de-chaussée de la villa d'Erika Berger. Elle se redressa sur le coude pour regarder l'heure et vit qu'il était 5 h 23 le dimanche. Elle sortit silencieusement du lit et enfila son jean, son tee-shirt et des tennis. Elle glissa la bombe de gaz lacrymogène dans sa poche arrière et emporta la matraque télescopique.

Elle passa sans un bruit devant la porte de la chambre d'Erika Berger, constata qu'elle était fermée et donc verrouillée.

Ensuite elle s'arrêta en haut de l'escalier et écouta. Elle entendit un faible cliquètement et un mouvement au rez-de-chaussée. Elle descendit lentement l'escalier et s'arrêta dans le vestibule pour écouter.

Une chaise racla dans la cuisine. Elle tenait la matraque d'une main ferme et se dirigea en silence vers la porte de la cuisine où elle vit un homme chauve et pas rasé, assis à la table avec un verre de jus d'orange et en train de lire *SMP*. Il sentit sa présence et leva les yeux.

— Et vous êtes qui, vous ? demanda-t-il.

Susanne Linder se détendit et s'appuya contre le chambranle.

— Lars Beckman, j'imagine. Salut. Je m'appelle Susanne Linder.

— Ah bon. Vous allez me défoncer le crâne avec la matraque ou vous voulez un verre de jus d'orange ?

— Avec plaisir, dit Susanne en posant la matraque. Le jus d'orange, je veux dire.

Lars Beckman se tendit pour attraper un verre sur l'égouttoir et lui versa du jus d'une brique en carton.

— Je travaille pour Milton Security, dit Susanne Linder. Je pense que ce serait mieux si c'était votre femme qui vous expliquait pourquoi je suis ici.

Lars Beckman se leva.

— Il est arrivé quelque chose à Erika ?

— Votre femme va bien. Mais il y a eu quelques problèmes. On a essayé de vous joindre à Paris.

— A Paris ? Mais j'étais à Helsinki, bordel.

— Ah bon. Pardon, mais votre femme croyait que c'était Paris.

— C'est le mois prochain.

Lars se dirigea vers la porte.

— La porte de la chambre est fermée à clé. Il vous faut le code pour pouvoir ouvrir, dit Susanne Linder.

— Le code ?

Elle lui donna les trois chiffres à entrer pour ouvrir la porte de la chambre. Il grimpa l'escalier quatre à quatre. Susanne Linder tendit le bras et ramassa le *SMP* qu'il avait laissé là.

A 10 HEURES LE DIMANCHE, le Dr Anders Jonasson entra dans la chambre de Lisbeth Salander.

— Salut Lisbeth.

— Salut.

— Je voulais seulement te prévenir que la police va venir vers midi.

— D'accord.

— Tu ne m'as pas l'air très inquiète.

— Non.

— J'ai un cadeau pour toi.

— Un cadeau ? Pourquoi ?

— Tu as été un des patients les plus divertissants que j'aie eus depuis longtemps.

— Ah bon, dit Lisbeth Salander méfiante.

— J'ai cru comprendre que l'ADN et la génétique te fascinent.

— Qui t'a dit ça… la psy, je parie.

Anders Jonasson hocha la tête.

— Si tu t'ennuies à la maison d'arrêt… voici le dernier cri en matière de recherche sur l'ADN.

Il lui tendit un pavé intitulé *Spirals – Mysteries of DNA,* écrit par un certain professeur Yoshito Takamura de l'université de Tokyo. Lisbeth Salander ouvrit le livre et examina la table des matières.

— Joli, dit-elle.

— Un jour, ce serait intéressant de savoir comment ça se fait que tu lises des articles de chercheurs auxquels même moi je ne comprends rien.

Dès qu'Anders Jonasson eut quitté la chambre, Lisbeth sortit l'ordinateur de poche. Dernière ligne droite. En recoupant avec le département du personnel de SMP, Lisbeth avait calculé que Peter Fredriksson travaillait au journal depuis six ans. Durant ce temps, il avait été en arrêt maladie pendant deux périodes assez longues. Les fichiers du personnel permettaient à Lisbeth de comprendre que les deux fois, c'était parce qu'il avait pété les boulons. A un moment, le prédécesseur d'Erika Berger, Morander, avait remis en question les capacités réelles de Fredriksson à rester comme secrétaire de rédaction.

Paroles, paroles, paroles. Rien de concret à quoi s'accrocher.

A 11 h 45, Plague la chercha sur ICQ.

[Quoi ?]
[Tu es toujours à Sahlgrenska ?]
[Devine.]
[C'est lui.]
[Tu es sûr ?]
[Il est entré dans l'ordinateur qu'il garde chez lui pour bosser il y a une demi-heure. J'en ai profité pour visiter son ordi perso. Il a des photos d'Erika Berger scannées sur son disque dur.]
[Merci.]
[Elle est assez canon.]
[Plague.]
[Je sais. Qu'est-ce que je dois faire ?]
[Il a mis des photos sur le net ?]
[Pas que je voie.]
[Est-ce que tu peux miner son ordi ?]
[C'est déjà fait. S'il essaie de mailer des photos ou de mettre quelque chose qui fait plus de 20 Ko sur le Net, son disque dur rend l'âme.]
[Super.]
[J'ai l'intention de dormir. Tu vas te débrouiller seule maintenant ?]
[Comme toujours.]

Lisbeth quitta ICQ. Elle jeta un regard sur l'heure et réalisa qu'il était bientôt midi. Elle composa rapidement un message qu'elle adressa au groupe Yahoo [Table-Dingue].

[Mikael. Important. Appelle immédiatement Erika Berger et dis-lui que Stylo Pourri, c'est Peter Fredriksson.]

Au moment où elle expédiait le message, elle entendit du mouvement dans le couloir. Elle leva son Palm Tungsten T3 et embrassa l'écran. Puis elle éteignit l'ordinateur et le plaça dans la cavité derrière la table de chevet.

— Salut Lisbeth, dit son avocate Annika Giannini depuis la porte.

— Salut.

— La police viendra te chercher dans un petit moment. Je t'ai apporté des vêtements. J'espère que c'est la bonne taille.

Lisbeth regarda avec méfiance un échantillonnage de pantalons sombres soignés et de chemises claires.

CE FURENT DEUX FEMMES en uniforme de la police de Göteborg qui vinrent chercher Lisbeth Salander. Son avocate l'accompagna à la maison d'arrêt.

Quand elles quittèrent sa chambre et prirent le couloir, Lisbeth remarqua que plusieurs membres du personnel la regardaient avec curiosité. Elle leur adressa gentiment un signe de tête et quelqu'un agita la main en retour. Comme par hasard, Anders Jonasson se tenait à la réception. Ils se regardèrent et hochèrent la tête. Avant qu'elles aient eu le temps de passer le coin, Lisbeth nota qu'Anders Jonasson avait commencé à se diriger vers sa chambre.

Tout au long de la procédure qui devait la conduire à la maison d'arrêt, Lisbeth Salander ne dit pas un mot aux policiers.

MIKAEL BLOMKVIST AVAIT REFERMÉ son iBook et arrêté de travailler à 7 heures le dimanche. Il resta un moment devant le bureau de Lisbeth Salander, les yeux fixés devant lui dans le vide.

Puis il alla dans la chambre et contempla le gigantesque lit double de Lisbeth. Au bout d'un moment, il retourna dans le bureau, ouvrit son portable et appela Rosa Figuerola.

— Salut. C'est Mikael.

— Salut à toi. Déjà debout ?

— Je viens juste d'arrêter de bosser et je vais aller me coucher. Je voulais seulement te faire un coucou.

— Les hommes qui appellent seulement pour faire un coucou ont quelque chose dans la tête.

Il rit.

— Blomkvist, tu peux venir dormir ici si tu veux.

— Je ne vais pas être une compagnie très rigolote.

— Je m'habituerai.

Il prit un taxi pour Pontonjärgatan.

ERIKA BERGER PASSA LE DIMANCHE au lit avec Lars Beckman, tantôt à parler, tantôt à somnoler. Dans l'après-midi, ils s'habillèrent et firent une longue promenade jusqu'à l'appontement du bateau à vapeur, puis le tour de la bourgade.

— *SMP* était une erreur, dit Erika Berger quand ils furent de retour à la maison.

— Ne dis pas ça. C'est duraille maintenant, mais tu le savais d'avance. Ça va s'équilibrer quand tu auras pris le rythme.

— Ce n'est pas le boulot. Je m'en tire sans problème. C'est l'attitude.

— Hmm.

— Je ne m'y sens pas bien. Mais je ne peux pas démissionner au bout de quelques semaines seulement.

Elle s'installa tristement à la table de cuisine et regarda devant elle sans entrain. Jamais auparavant Lars Beckman n'avait vu sa femme aussi résignée.

L'INSPECTEUR HANS FASTE rencontra Lisbeth Salander pour la première fois à 12 h 30 le dimanche, lorsqu'une femme policier de Göteborg l'amena dans le bureau de Marcus Ackerman.

— Ça a été un putain de boulot de te coincer, dit Hans Faste.

Lisbeth Salander l'examina longuement puis décida qu'il était un abruti et qu'elle n'avait pas l'intention de consacrer beaucoup de secondes à se soucier de son existence.

— L'inspectrice Gunilla Wäring vous accompagnera pendant le transport à Stockholm, dit Ackerman.

— Ah bon, dit Faste. On n'a qu'à partir alors. C'est qu'il y en a, du monde qui a envie de causer avec toi, Salander.

Ackerman dit au revoir à Lisbeth Salander. Elle l'ignora.

Il avait été décidé que ce serait plus simple d'effectuer en voiture de service ce transport de prisonnier jusqu'à Stockholm. Gunilla Wäring conduisait. Au début du trajet, Hans Faste était assis sur le siège passager avant, la tête tournée vers l'arrière tout en essayant de parler avec Lisbeth Salander. A hauteur d'Alingsås, il commença à avoir un torticolis et abandonna.

Lisbeth Salander contemplait le paysage par la vitre de la portière. On aurait dit que Faste n'existait pas dans son monde.

Teleborian a raison. Elle est complètement arriérée, celle-là, pensa Faste. *Ça, on va y remédier à Stockholm.*

Il lorgnait régulièrement sur Lisbeth Salander et essayait de se faire une opinion de la femme qu'il avait pourchassée si longtemps. Et Hans Faste lui-même ressentait des doutes en voyant la fragilité de cette fille. Il se demanda combien elle pouvait peser. Il se rappela qu'elle était lesbienne et donc pas une vraie femme.

En revanche, il n'était pas impossible que l'histoire de satanisme ait été exagérée. Cette fille n'avait pas l'air très satanique.

Ironie du sort, il comprenait qu'il aurait de loin préféré l'arrêter pour les trois meurtres dont on la soupçonnait au départ, mais la réalité avait fini par rattraper son enquête. Même une fille maigrichonne peut manier un pistolet. Maintenant elle était arrêtée pour coups et blessures aggravés à l'encontre du dirigeant suprême du MC Svavelsjö, ce dont elle était coupable sans la moindre hésitation, et ce pour quoi il y avait aussi des preuves techniques au cas où elle avait l'intention de nier.

ROSA FIGUEROLA RÉVEILLA MIKAEL BLOMKVIST vers 13 heures. Elle était restée sur le balcon à finir le livre sur la perception des dieux dans l'Antiquité tout en écoutant les ronflements de Mikael dans la chambre. Un moment paisible. Quand elle entra dans la chambre et le regarda, elle se rendit compte qu'elle était plus attirée par lui qu'elle ne l'avait été par aucun autre homme depuis des années.

Une sensation agréable mais inquiétante. Mikael Blomkvist n'apparaissait pas comme un élément stable dans son
existence.

Quand il fut réveillé, ils descendirent sur Norr Mälarstrand
prendre un café. Ensuite, elle le traîna de nouveau chez elle
pour faire l'amour pendant le reste de l'après-midi. Il la
quitta vers 19 heures. Il lui manqua dès l'instant où il lui fit
une bise sur la joue et referma la porte d'entrée.

VERS 20 HEURES LE DIMANCHE, Susanne Linder frappa chez
Erika Berger. Elle ne devait pas dormir là puisque Lars Beckman était de retour, et cette visite n'avait rien de professionnel. Les quelques nuits qu'elle avait passées chez Erika leur
avaient permis de devenir très proches au fil de longues
conversations dans la cuisine. Elle avait découvert qu'elle
aimait bien Erika Berger, et elle voyait une femme désespérée qui revêtait son masque et partait au boulot comme si
de rien, mais qui en réalité était une boule d'angoisse ambulante.

Susanne Linder soupçonnait que l'angoisse n'était pas
uniquement due à Stylo Pourri. Mais elle n'était pas assistante sociale, et la vie et les problèmes d'Erika Berger ne la
concernaient pas. Elle se rendit donc chez les Berger uniquement pour faire coucou et demander si tout allait bien.
Elle trouva Erika et son mari dans la cuisine, baignant dans
une atmosphère sourde et pesante. Apparemment, ils avaient
passé le dimanche à discuter de choses graves.

Lars Beckman prépara du café. Susanne Linder était chez
eux depuis quelques minutes seulement lorsque le téléphone portable d'Erika sonna.

ERIKA BERGER AVAIT RÉPONDU à chaque appel téléphonique
au cours de la journée avec une sensation de naufrage imminent.

— Berger.

— Salut Ricky.

*Mikael Blomkvist. Merde. Je ne lui ai pas raconté que le
dossier Borgsjö a disparu.*

— Salut Micke.

— Salander a été transférée à la maison d'arrêt de Göteborg ce soir en attendant le transport pour Stockholm demain.

— Je vois.

— Elle m'a fait passer un… message pour toi.

— Ah bon ?

— C'est très mystérieux.

— C'est quoi ?

— Elle dit que Stylo Pourri, c'est Peter Fredriksson.

Erika Berger resta silencieuse pendant dix secondes tandis que les pensées fusaient de toute part dans son cerveau. *Impossible. Peter n'est pas comme ça. Salander a dû se tromper.*

— Autre chose ?

— Non. C'est tout le message. Tu comprends de quoi ça parle ?

— Oui.

— Ricky, qu'est-ce que vous fricotez toutes les deux, toi et Lisbeth, en fait ? C'est à toi qu'elle a téléphoné pour donner le tuyau sur Teleborian et…

— Merci, Micke. On en parlera plus tard.

Elle coupa le portable et regarda Susanne Linder avec des yeux affolés.

— Raconte, dit Susanne Linder.

SUSANNE LINDER ÉPROUVAIT des sentiments contradictoires. Erika Berger venait brusquement de recevoir le message lui indiquant que son secrétaire de rédaction Peter Fredriksson était Stylo Pourri. Les mots avaient jailli d'elle comme un torrent quand elle s'était mise à raconter. Ensuite, Susanne Linder lui avait demandé *comment* elle savait que Fredriksson était le type qui la harcelait.

Erika Berger était soudain devenue muette. Susanne avait observé ses yeux et perçu que quelque chose s'était modifié dans l'attitude de la rédactrice en chef. Tout à coup, Erika Berger avait paru embêtée.

— Je ne peux pas en parler…

— Qu'est-ce que tu veux dire par là ?

— Susanne, je sais que Stylo Pourri, c'est Fredriksson. Mais je ne peux pas raconter comment j'ai obtenu cette information. Que dois-je faire ?

— Tu dois me le dire si tu veux que je t'aide.

— Je… je ne peux pas. Tu ne comprends pas.

Erika Berger se leva et alla se mettre devant la fenêtre de la cuisine, tournant le dos à Susanne Linder. Finalement, elle se retourna.

— Je vais le voir chez lui, ce salopard.

— N'y pense même pas. Tu n'iras nulle part, surtout pas chez un type dont nous avons tout lieu de croire qu'il nourrit une haine violente à ton égard.

Erika Berger eut l'air hésitante.

— Assieds-toi. Raconte ce qui s'est passé. C'était Mikael Blomkvist au téléphone, n'est-ce pas ?

Erika hocha la tête.

— J'ai… demandé aujourd'hui à un hacker de visiter les ordinateurs privés du personnel.

— Aha. Et du coup, tu t'es probablement rendue coupable de délit informatique aggravé. Et tu ne veux pas dire qui est le hacker.

— J'ai promis de ne jamais le dire… Ce ne sont pas les mêmes personnes. Une affaire sur laquelle travaille Mikael.

— Est-ce que Blomkvist est au courant pour Stylo Pourri ?

— Non, il n'a fait que transmettre le message.

Susanne Linder inclina la tête et observa Erika Berger. Soudain une chaîne d'associations se fit dans sa tête.

Erika Berger. Mikael Blomkvist. Millénium. Des policiers louches sont entrés par effraction poser des micros dans l'appartement de Blomkvist. J'ai surveillé les surveillants. Blomkvist travaille comme un fou sur un article consacré à Lisbeth Salander.

Que Lisbeth Salander soit un crack en informatique était connu de tous à Milton Security. Personne ne savait d'où elle tenait ces connaissances et Susanne n'avait jamais entendu dire que Salander serait une hacker. Mais Dragan Armanskij avait mentionné une fois que Salander livrait des rapports proprement stupéfiants quand elle menait des enquêtes sur la personne. Une hacker…

Mais putain de merde, Salander se trouve isolée à Göteborg !

C'était insensé.

— Est-ce que nous parlons de Salander ? demanda Susanne Linder.

Ce fut comme si Erika Berger avait été frappée par la foudre.

— Je ne peux pas discuter l'origine de l'information. Pas un mot là-dessus.

Susanne Linder éclata de rire tout à coup.

C'est Salander. La confirmation de Berger ne peut pas être plus claire. Elle est totalement paumée.

Sauf qu'il y a une impossibilité grave.

Mais qu'est-ce qu'il se passe, bordel de merde ?

Pendant sa captivité, Lisbeth Salander se serait donc chargée de la tâche de trouver qui était Stylo Pourri. Possibilité zéro.

Susanne Linder réfléchit intensément.

Elle n'avait aucune idée précise sur Lisbeth Salander, ou sur ce que les gens disaient d'elle. Elle l'avait rencontrée peut-être cinq fois pendant les années où elle avait travaillé à Milton Security et n'avait jamais échangé le moindre mot personnel avec elle. L'image qu'elle avait de Salander était celle d'un être à faire des histoires, une asociale avec une carapace tellement dure que même un marteau-piqueur ne pouvait pas la percer. Elle avait constaté aussi que Dragan Armanskij avait étendu ses ailes protectrices autour de Lisbeth Salander. Comme Susanne Linder respectait Armanskij, elle avait supposé qu'il avait de bonnes raisons d'avoir une telle attitude envers cette fille complexe.

Stylo Pourri est Peter Fredriksson.

Est-ce qu'elle pouvait avoir raison ? Y avait-il des preuves ?

Susanne Linder passa ensuite une heure à questionner Erika Berger sur tout ce qu'elle savait sur Peter Fredriksson, quel était son rôle à SMP et quelle avait été leur relation professionnelle. Les réponses ne la menaient nulle part.

Erika Berger avait hésité jusqu'à la frustration, oscillant entre l'envie de se rendre chez Fredriksson pour entendre ses explications et le doute que ce soit vrai. Pour finir, Susanne Linder l'avait persuadée qu'elle ne pouvait pas se précipiter chez Peter Fredriksson avec des accusations – s'il était innocent, Berger ferait figure d'idiote complète.

Susanne Linder avait promis de s'occuper de l'affaire. Promesse qu'elle regretta au moment même où elle la formulait, vu qu'elle ignorait totalement comment elle allait s'y prendre.

Maintenant, en tout cas, elle garait sa Fiat Strada aussi près que possible de l'appartement de Fredriksson à Fisksätra. Elle ferma les portières à clé et regarda autour d'elle. Elle n'était pas très sûre de ce qu'elle était en train de faire, mais elle se dit qu'elle serait obligée de frapper chez lui et d'une façon ou d'une autre de l'amener à répondre à une série de questions. Elle avait une conscience aiguë que cela était totalement hors du cadre de son travail fixé par Milton Security et que Dragan Armanskij serait furieux s'il apprenait ce qu'elle fabriquait.

Ce n'était pas un bon plan. Et de toute façon, il échoua avant même qu'elle ait eu le temps de le mettre en œuvre.

Au moment où elle entrait dans la cour et s'approchait de l'immeuble de Peter Fredriksson, la porte d'entrée s'ouvrit. Susanne Linder le reconnut immédiatement d'après la photo du fichier du personnel qu'elle avait consultée dans l'ordinateur d'Erika Berger. Elle continua droit devant elle et ils se croisèrent. Susanne Linder s'arrêta en hésitant, se retourna et le vit disparaître en direction du garage. Puis elle constata qu'il était près de 23 heures et que Peter Fredriksson se rendait quelque part. Elle se demanda où il pouvait bien aller et courut rejoindre sa propre voiture.

MIKAEL BLOMKVIST RESTA LONGTEMPS à contempler son téléphone portable après qu'Erika Berger eut coupé leur conversation. Il se demanda ce qui se passait. Il jeta un regard frustré sur l'ordinateur de Lisbeth Salander, mais à l'heure qu'il était elle avait été transférée à la maison d'arrêt de Göteborg et il n'avait aucune possibilité de le lui demander.

Il ouvrit son T10 bleu et appela Idris Ghidi à Angered.

— Salut. Mikael Blomkvist.

— Salut, dit Idris Ghidi.

— Je voulais juste te dire que tu peux arrêter le boulot que tu faisais pour moi.

Idris Ghidi hocha la tête sans rien dire. Il avait déjà compris que Mikael Blomkvist allait appeler, puisque Lisbeth Salander avait été emmenée à la maison d'arrêt.

— Je comprends, dit-il.

— Tu peux garder le portable comme on avait dit. Je t'envoie le solde dans la semaine.

— Merci.

— C'est moi qui te remercie pour ton aide.

Il ouvrit son iBook et se mit au travail. Les événements de ces derniers jours signifiaient qu'une grande partie du manuscrit devrait être modifiée et qu'une toute nouvelle histoire devrait sans doute y être insérée.

Il soupira.

A 23 H 15, PETER FREDRIKSSON gara sa voiture à trois pâtés de maisons de la villa d'Erika Berger. Susanne Linder savait déjà où il se rendait et elle l'avait lâché pour ne pas éveiller son attention. Elle continua à rouler plus de deux minutes après qu'il s'était garé. Elle constata que la voiture était vide. Elle dépassa la maison d'Erika Berger et roula encore pour aller se garer hors de vue. Ses mains étaient en sueur.

Elle prit une boîte de Catch Dry et s'enfila sous la joue une dose de tabac à chiquer.

Puis elle ouvrit la portière et regarda autour d'elle. Dès qu'elle avait vu que Fredriksson était en route pour Saltsjö-baden, elle avait compris que le tuyau fourni par Salander était correct. Elle ignorait comment Salander s'était débrouillée pour le savoir, mais il ne faisait plus aucun doute que Fredriksson était Stylo Pourri. Il ne se rendait certainement pas par hasard de nuit à Saltsjöbaden. Quelque chose se tramait.

Ce qui était parfait si elle voulait le prendre en flagrant délit.

Elle sortit une matraque télescopique du vide-poche latéral de la portière et la soupesa un bref instant. Elle appuya sur le déblocage du manche et libéra le lourd câble en acier flexible. Elle serra les dents.

C'était pour ça qu'elle avait cessé de travailler dans la patrouille d'intervention de Södermalm.

Elle était entrée dans une rage folle un jour, lorsque la patrouille s'était rendue pour la troisième fois en autant de jours à une adresse à Hägersten après qu'une femme, toujours la même, avait appelé la police et hurlé à l'aide parce que son mari la battait. Et, comme lors des deux premières fois, la situation s'était tassée avant que la patrouille ait eu le temps d'arriver.

Par routine, ils avaient fait sortir l'homme dans la cage d'escalier pendant qu'ils interrogeaient la femme. *Non, elle ne voulait pas faire de déposition. Non, c'était une erreur. Non, il était gentil… en réalité c'était sa faute à elle. Elle l'avait provoqué…*

Et tout le temps, l'enfoiré s'était marré et avait regardé Susanne Linder droit dans les yeux.

Elle n'arrivait pas à expliquer pourquoi elle avait agi ainsi. Mais subitement, quelque chose avait craqué et elle avait sorti sa matraque et lui en avait flanqué un coup en travers de la bouche. Le premier coup manquait de force. Il avait esquivé et elle lui avait seulement éclaté la lèvre. Pendant les dix secondes qui avaient suivi – jusqu'à ce que ses collègues l'attrapent et l'emmènent de force à l'extérieur –, elle avait laissé les coups de matraque pleuvoir sur le dos du type, ses reins, ses hanches et ses épaules.

Il n'y avait jamais eu de mise en examen. Elle avait démissionné le soir même et était rentrée chez elle pleurer pendant une semaine. Puis elle s'était ressaisie et était allée frapper à la porte de Dragan Armanskij. Elle avait raconté ce qu'elle avait fait et pourquoi elle avait quitté la police. Elle cherchait du travail. Armanskij avait hésité et avait demandé un délai pour réfléchir. Elle avait déjà abandonné tout espoir quand il avait appelé, six semaines plus tard, pour dire qu'il était prêt à la prendre à l'essai.

Susanne Linder grimaça avec hargne et glissa la matraque télescopique dans le dos sous sa ceinture. Elle contrôla qu'elle avait bien la bombe de gaz lacrymogène dans la poche droite de sa veste et que les lacets de ses tennis étaient correctement serrés. Elle marcha jusqu'à la maison d'Erika Berger et se faufila sur le terrain.

Elle savait que le détecteur de mouvement dans l'arrière-cour n'était pas encore installé et elle se déplaça sans un bruit sur le gazon le long de la haie en bordure de terrain. Elle ne le voyait pas. Elle contourna la maison et resta immobile. Soudain, elle le vit, une ombre dans l'obscurité près de l'atelier de Lars Beckman.

Il ne se rend pas compte à quel point c'est couillon de revenir ici. Il n'arrive pas à s'en empêcher.

Il était accroupi et essayait de regarder par une fente entre les rideaux d'un petit salon jouxtant le séjour. Ensuite il monta sur la terrasse et regarda par les trous des stores baissés à côté de la fenêtre panoramique encore couverte de contreplaqué.

Brusquement, Susanne Linder sourit.

Elle se faufila par la cour jusqu'au coin de la maison pendant qu'il lui tournait le dos. Elle se cacha derrière des groseilliers et attendit. Elle pouvait l'apercevoir à travers les branches. De là où il était, Fredriksson devait voir le vestibule et une bonne partie de la cuisine. Il avait trouvé quelque chose d'intéressant à regarder et dix minutes s'écoulèrent avant qu'il se remette à bouger. Il s'approcha de Susanne Linder.

Au moment où il tournait au coin et passait devant elle, Susanne Linder se leva et parla d'une voix basse.

— Salut, Fredriksson !

Il s'arrêta net et pivota vers elle.

Elle vit ses yeux scintiller dans le noir. Elle ne pouvait pas voir son visage, mais elle entendait que le choc lui avait coupé le souffle.

— Il y a deux façons de s'y prendre, une simple et une autre compliquée, dit-elle. Nous allons rejoindre ta voiture et...

Il fit volte-face et se mit à courir.

Susanne Linder leva la matraque télescopique et frappa un coup douloureux et ravageur sur l'extérieur de son genou gauche.

Il tomba avec un bruit étouffé.

Elle leva la matraque pour frapper encore une fois mais se ravisa. Elle pouvait sentir les yeux de Dragan Armanskij dans sa nuque.

Elle se pencha et le fit rouler sur le ventre, puis elle lui enfonça un genou dans le bas de son dos. Elle saisit sa main droite et lui tordit le bras par-derrière, puis elle le menotta. Il était faible et n'opposa aucune résistance.

ERIKA BERGER ÉTEIGNIT LA LAMPE du séjour et monta l'escalier en boitant. Elle n'avait plus besoin des béquilles, mais la plante du pied lui faisait toujours mal quand elle mettait tout son poids dessus. Lars Beckman éteignit dans la cuisine et suivit sa femme. Jamais auparavant il n'avait vu Erika aussi malheureuse. Rien de ce qu'il lui disait ne semblait pouvoir la calmer ni atténuer l'angoisse qu'elle ressentait.

Elle se déshabilla et se glissa dans le lit en lui tournant le dos.

— Tu n'y es pour rien, Lars, dit-elle quand elle l'entendit se mettre au lit.

— Ça n'a vraiment pas l'air d'aller, dit-il. Je veux que tu restes à la maison quelques jours.

Il passa le bras autour de ses épaules. Elle n'essaya pas de le repousser, mais elle était totalement passive. Il se pencha vers elle et l'embrassa doucement dans le cou et la serra contre lui.

— Il n'y a rien que tu puisses dire ou faire pour améliorer la situation. Je sais que j'ai besoin d'une pause. Je me sens comme si j'étais montée dans un train express et venais de m'apercevoir qu'on va dérailler.

— On peut aller faire une virée en bateau quelques jours. Laisser tout ça et faire un break.

— Non. Je ne peux pas laisser tout ça.

Elle se tourna vers lui.

— Le pire que je pourrais faire maintenant, ce serait précisément de fuir. Je vais résoudre le problème. Ensuite on partira.

— D'accord, dit Lars. J'ai bien peur de ne pas pouvoir te servir à grand-chose.

Elle sourit presque.

— Non. C'est vrai. Mais merci d'être ici. Je t'aime au-delà du raisonnable, tu le sais.

Il fit oui de la tête.

— Je n'arrive pas à croire que c'est Peter Fredriksson, dit Erika Berger. Je n'ai jamais senti la moindre hostilité de sa part.

SUSANNE LINDER SE DEMANDA si elle allait sonner chez Erika Berger lorsqu'elle vit la lumière au rez-de-chaussée s'éteindre. Elle regarda Peter Fredriksson. Il n'avait pas dit un mot. Il était totalement passif. Elle réfléchit un long moment avant de se décider.

Elle se pencha, attrapa les menottes, le tira en position debout et l'appuya contre la maison.

— Tu tiens debout ? demanda-t-elle.

Il ne répondit pas.

— Bon, alors on va se simplifier les choses. Si tu manifestes la moindre résistance, tu subiras exactement le même traitement sur la jambe droite. Et si tu continues, je te pète les bras. Tu comprends ce que je dis ?

Elle sentit qu'il respirait vite. La peur ?

Elle le poussa devant elle dans la rue et jusqu'à sa voiture trois pâtés de maisons plus loin. Il boitait. Elle le soutenait. En arrivant à la voiture, ils croisèrent un promeneur nocturne avec son chien, qui s'arrêta et regarda les menottes de Peter Fredriksson.

— Police, dit Susanne Linder d'une voix déterminée. Rentrez chez vous.

Elle l'installa sur le siège arrière et le conduisit chez lui à Fisksätra. Il était minuit et demi et ils ne rencontrèrent personne devant son immeuble. Susanne Linder extirpa ses clés et lui fit grimper l'escalier jusqu'à son appartement au deuxième étage.

— Tu ne peux pas entrer chez moi, dit Peter Fredriksson.

C'étaient ses premiers mots depuis qu'elle l'avait menotté.

— Tu n'as pas le droit. Il te faut une commission rogatoire…

— Je ne suis pas flic, dit-elle à voix basse.

Il la regarda avec scepticisme.

Elle l'attrapa par la chemise et le poussa dans le séjour où elle le fit tomber sur le canapé. C'était un trois-pièces propre et bien rangé. La chambre à gauche du séjour, la cuisine de l'autre côté du vestibule, un petit bureau jouxtant le séjour.

Elle jeta un coup d'œil dans le bureau et poussa un soupir de soulagement. *L'arme du crime !* Elle vit tout de suite des photos de l'album d'Erika Berger éparpillées sur une table de travail à côté d'un ordinateur. Il avait épinglé une trentaine de photos sur le mur. Susanne Linder regarda l'exposition en haussant les sourcils. Erika Berger était vachement belle. Et sa vie sexuelle semblait plus marrante que la sienne.

Elle entendit Peter Fredriksson bouger et retourna dans le séjour pour le cueillir. Elle lui balança un coup de matraque, le tira dans le bureau et l'assit par terre.

— Tu ne bouges pas, dit-elle.

Elle alla dans la cuisine récupérer un sachet en papier de chez Konsum. Puis elle enleva les photos du mur, l'une après l'autre. Elle trouva l'album de photos saccagé et les journaux intimes d'Erika Berger.

— Où est la vidéo ? demanda-t-elle.

Peter Fredriksson ne répondit pas. Susanne Linder passa dans le séjour et alluma la télé. Une cassette était insérée dans le lecteur, mais elle tâtonna un moment avant de trouver la bonne chaîne sur la télécommande.

Elle éjecta la cassette et passa un long moment à vérifier qu'il n'avait pas fait de copies.

Elle trouva les lettres d'amour d'Erika adolescente et le rapport sur Borgsjö. Puis elle concentra son attention sur l'ordinateur de Peter Fredriksson. Elle constata qu'il avait un scanner Microtek branché sur un IBM PC. Elle souleva le couvercle du scanner et trouva une photo oubliée là, représentant Erika Berger à une fête au Club Xtrême, Nouvel An 1986, à en juger par une banderole en travers d'un mur.

Elle démarra l'ordinateur et se rendit compte qu'il était protégé par un code d'accès.

— C'est quoi, ton code ? demanda-t-elle.

Peter Fredriksson resta assis par terre, obstinément immobile et refusant de lui parler.

Susanne Linder se sentit tout à coup très calme. Elle savait que techniquement parlant, elle avait accumulé les infractions au cours de la soirée, y compris ce qu'on pourrait qualifier de contrainte et même d'enlèvement aggravé. Elle s'en foutait. Au contraire, elle se sentait plutôt contente.

Au bout d'un moment, elle finit par hausser les épaules, fouilla dans sa poche et sortit son couteau suisse. Elle défit tous les câbles de l'ordinateur, tourna l'arrière vers elle et utilisa le cruciforme pour l'ouvrir. Il lui fallut un petit quart d'heure pour démanteler l'ordinateur et en sortir le disque dur.

Elle regarda autour d'elle. Elle avait tout pris, mais par précaution elle passa au crible les tiroirs du bureau, des piles de papiers et les étagères. Soudain son regard tomba sur un vieil annuaire d'école posé sur le rebord de la fenêtre. Elle constata qu'il concernait le lycée de Djursholm, 1978. *Erika Berger n'est-elle pas issue du gratin de Djursholm… ?* Elle ouvrit l'annuaire et commença à parcourir les classes terminales les unes après les autres.

Elle trouva Erika Berger, dix-huit ans, coiffée de la casquette des bacheliers et affichant un sourire ensoleillé avec de jolies fossettes. Elle était vêtue d'une mince robe de coton blanc et tenait un bouquet de fleurs à la main. L'image d'Epinal d'une adolescente innocente avec mention dans toutes les matières.

Susanne Linder faillit louper le lien, mais il se trouvait à la page suivante. Elle ne l'aurait jamais reconnu sur la photo, mais la légende ne laissait aucune place au doute. Peter Fredriksson. Il était dans une autre terminale la même année qu'Erika Berger. Elle vit un garçon efflanqué, le visage sérieux, qui regardait droit dans l'objectif sous la visière de sa casquette.

Elle leva les yeux et croisa ceux de Peter Fredriksson.

— Elle était déjà une sale pute à l'époque.

— C'est fascinant, dit Susanne Linder.

— Elle baisait avec tous les mecs de l'école.

— Ça m'étonnerait.

— Elle n'était qu'une sale…

— Ne le dis pas. Qu'est-ce qu'il s'est passé ? Elle ne t'a pas laissé entrer dans sa culotte ?

— Elle me traitait comme du vent. Elle riait dans mon dos. Et quand elle a commencé à *SMP*, elle ne m'a même pas reconnu.

— Oui, oui, dit Susanne Linder fatiguée. Tu as sûrement eu une jeunesse difficile. On parle sérieusement un petit moment ?

— Qu'est-ce que tu veux ?

— Je ne suis pas flic, dit Susanne Linder. Je fais partie des gens qui s'occupent de ceux de ton espèce.

Elle attendit et laissa l'imagination de Fredriksson faire le travail.

— Je veux savoir si tu as mis des photos d'elle quelque part sur le Net.

Il secoua la tête.

— Vrai de vrai ?

Il hocha la tête.

— C'est à Erika Berger de décider si elle veut porter plainte contre toi pour harcèlement, menaces et violation de domicile ou si elle préfère régler ça à l'amiable.

Il ne dit rien.

— Si elle décide de t'ignorer – et j'estime que c'est à peu près tout ce que tu mérites comme attention –, moi, je te garderai à l'œil.

Elle brandit la matraque télescopique.

— Si tu t'avises de t'approcher une nouvelle fois de la maison d'Erika Berger ou que tu lui envoies des mails ou que tu la déranges en quoi que ce soit, je reviendrai ici. Je te fracasserai à un point que même ta mère ne te reconnaîtra pas. Tu me comprends ?

Il ne dit rien.

— En d'autres mots, tu as une chance d'influer sur la fin de cette histoire. Ça t'intéresse ?

Il hocha lentement la tête.

— Dans ce cas, je vais recommander à Erika Berger de te laisser courir. Ce n'est plus la peine que tu ailles au boulot à partir de maintenant. Tu es licencié avec effet immédiat.

Il hocha la tête.

— Tu disparais de sa vie et de Stockholm. Je me fous de ce que tu fais et d'où tu vas. Trouve-toi du boulot à Göteborg ou à Malmö. Fous-toi une nouvelle fois en congé maladie. Fais ce que tu veux. Mais laisse Erika Berger tranquille.

Il hocha la tête.

— On est d'accord ?

Peter Fredriksson fondit brusquement en larmes.

— Je ne voulais rien de mal, dit-il. Je voulais seulement…

— Tu voulais transformer sa vie en un enfer et tu as réussi. Est-ce que j'ai ta parole ?

Il hocha la tête.

Elle se pencha en avant, le tourna sur le ventre et ouvrit les menottes. Elle emporta le sac de Konsum contenant la vie d'Erika Berger et laissa le bonhomme étalé par terre.

IL ÉTAIT 2 H 30 LE LUNDI quand Susanne Linder sortit de l'immeuble de Fredriksson. Elle envisagea d'attendre le jour avant d'agir mais réalisa que si c'était elle qui avait été concernée, elle aurait aimé savoir tout de suite. De plus, sa voiture était toujours garée à Saltsjöbaden. Elle appela un taxi.

Lars Beckman ouvrit avant qu'elle ait eu le temps d'appuyer sur la sonnette. Il portait un jean et n'avait nullement l'air endormi.

— Est-ce qu'Erika est réveillée ? demanda Susanne Linder.

Il hocha la tête.

— Il y a du nouveau ? demanda-t-il.

Elle fit oui de la tête et lui sourit.

— Entre. On est en train de parler dans la cuisine.

Ils entrèrent.

— Salut Berger, dit Susanne. Il faut que tu apprennes à dormir de temps en temps.

— Qu'est-ce qu'il s'est passé ?

Susanne tendit le sac.

— Peter Fredriksson promet de te laisser tranquille à l'avenir. Je ne sais pas s'il faut lui faire confiance, mais s'il tient sa parole, c'est plus indolore que d'aller porter plainte et de subir un procès. A toi de décider.

— Alors c'est réellement lui ?

Susanne Linder hocha la tête. Lars Beckman proposa du café, mais Susanne n'en voulait pas. Elle en avait bu beaucoup trop ces derniers jours. Elle s'installa et raconta ce qui s'était passé devant leur maison au cours de la nuit.

Erika Berger resta silencieuse un long moment. Puis elle se leva et monta à l'étage, et revint avec son exemplaire de l'annuaire du lycée. Elle contempla longuement le visage de Peter Fredriksson.

— Je me souviens de lui, finit-elle par dire. Mais j'étais loin de me douter que c'était ce même Peter Fredriksson qui travaillait à SMP. Je ne me suis même pas souvenue de son nom avant de regarder dans cet annuaire.

— Que s'était-il passé ? demanda Susanne Linder.

— Rien. Absolument rien. Il était un garçon taciturne et sans intérêt dans une autre classe. Je crois qu'on avait une matière ensemble. Le français, il me semble.

— Il a dit que tu le traitais comme du vent.

Erika hocha la tête.

— C'est probablement vrai. Je ne le connaissais pas et il ne faisait pas partie de notre bande.

— Vous l'utilisiez comme souffre-douleur ou un truc comme ça ?

— Non, bonté divine ! Je n'ai jamais aimé ces trucs-là. On faisait des campagnes antipersécution au lycée et j'étais la présidente du conseil des élèves. Je n'arrive pas à me rappeler s'il m'a jamais adressé la parole ou même si j'ai échangé le moindre mot avec lui.

— OK, dit Susanne Linder. Il avait manifestement une dent contre toi en tout cas. Il a été en arrêt maladie à deux reprises, de longues périodes, pour stress, il avait complètement craqué. Il y a peut-être d'autres raisons pour ses arrêts maladie que nous ne connaissons pas.

Elle se leva et remit sa veste en cuir.

— Je garde son disque dur. Techniquement, c'est un objet volé et qui ne doit pas se trouver chez toi. Tu n'as pas à t'inquiéter, je vais le détruire en arrivant chez moi.

— Attends, Susanne… Comment vais-je pouvoir te remercier ?

— Eh bien, tu pourras me soutenir quand la colère d'Armanskij va me frapper comme la foudre tombée du ciel.

Erika la regarda avec sérieux.

— Tu es dans de mauvais draps à cause de tout ça ?

— Je ne sais pas… je ne sais vraiment pas.

— Est-ce qu'on peut te payer pour…

— Non. Mais Armanskij va peut-être facturer cette nuit. J'espère qu'il le fera, ça voudra dire qu'il approuve ce que j'ai fait et alors il pourra difficilement me mettre à la porte.

— Je veillerai à ce qu'il facture.

Erika Berger se leva et serra longuement Susanne Linder dans ses bras.

— Merci, Susanne. Si un jour tu as besoin d'aide, sache que je suis ton amie. Il peut s'agir de n'importe quoi.

— Merci. Ne laisse pas ces photos traîner partout. Tiens, à propos, Milton Security propose des installations d'armoires sécurisées très chouettes.

Erika Berger sourit.

22

LUNDI 6 JUIN

ERIKA BERGER SE RÉVEILLA A 6 HEURES le lundi. Bien qu'elle n'ait guère dormi plus d'une heure, elle se sentait remarquablement reposée. Elle supposa que c'était une sorte de réaction physique. Pour la première fois depuis plusieurs mois, elle mit son jogging et se lança au pas de course sérieux jusqu'à l'appontement du bateau à vapeur. C'est-à-dire avec fougue pendant une centaine de mètres, avant que son talon blessé la fasse tant souffrir qu'elle dut diminuer l'allure et continuer sur un rythme plus calme. A chaque pas, elle prenait plaisir à la douleur dans le talon.

Elle se sentait littéralement ressuscitée. C'était comme si la Faucheuse était passée devant sa porte, puis avait changé d'avis au dernier moment et était entrée chez les voisins. Elle n'arrivait même pas à comprendre comment elle avait pu avoir la chance inouïe que Peter Fredriksson ait gardé les photos pendant quatre jours sans rien en faire. Qu'il les ait scannées indiquait bien qu'il avait quelque chose en tête, sauf qu'il n'avait pas encore pris d'initiative.

Quoi qu'il en soit, elle allait faire un cadeau de Noël cher et surprenant à Susanne Linder cette année. Elle allait lui trouver quelque chose de vraiment original.

A 7 h 30, elle laissa Lars continuer à dormir, monta dans sa BMW et se rendit à la rédaction de *SMP* à Norrtull. Elle mit sa voiture dans le garage, prit l'ascenseur pour la rédaction et s'installa dans sa cage en verre. Sa première mesure fut d'appeler un technicien de surface.

— Peter Fredriksson a démissionné de *SMP* avec effet immédiat, dit-elle. Il faudra trouver un grand carton et vider les objets personnels de son bureau, puis veiller à ce que ça soit porté chez lui dans la matinée.

Elle contempla le pôle Actualités. Lukas Holm venait d'arriver. Il croisa son regard et lui adressa un hochement de tête.

Elle le lui rendit.

Holm était un sale con, mais après leur prise de bec quelques semaines auparavant, il avait cessé de faire des histoires. S'il continuait à montrer la même attitude positive, il allait peut-être survivre comme chef des Actualités. Peut-être.

Elle sentit qu'elle allait pouvoir renverser la vapeur.

A 8 h 45, elle aperçut Borgsjö quand il sortait de l'ascenseur pour disparaître par l'escalier intérieur en direction de son bureau à l'étage au-dessus. *Il faut que je lui parle dès aujourd'hui.*

Elle alla chercher du café et consacra un moment au planning du matin. C'était un matin pauvre en nouvelles. Le seul texte d'intérêt était un entrefilet annonçant de façon neutre que Lisbeth Salander avait été transférée à la maison d'arrêt de Göteborg dimanche. Elle donna le feu vert à l'article et l'envoya par mail à Lukas Holm.

A 8 h 59, Borgsjö appela.

— Berger. Venez dans mon bureau tout de suite.

Puis il raccrocha.

Magnus Borgsjö était livide quand Erika Berger ouvrit sa porte. Il était debout et se tourna vers elle, puis il lança une pile de papiers sur le bureau.

— C'est quoi cette foutue merde ? lui hurla-t-il.

Le cœur d'Erika Berger tomba comme une pierre dans sa poitrine. Un simple coup d'œil sur la couverture lui suffit pour savoir ce que Borgsjö avait trouvé dans le courrier du matin.

Fredriksson n'avait pas eu le temps de s'occuper des photos. Mais il avait eu le temps d'envoyer l'article de Henry Cortez à Borgsjö.

Elle s'assit calmement devant lui.

— C'est un texte que le journaliste Henry Cortez a écrit et que le journal *Millénium* avait projeté de publier dans le numéro qui est sorti il y a une semaine.

Borgsjö eut l'air désespéré.

— C'est quoi ces putains de manières ? Je t'ai fait entrer à *SMP* et la première chose que tu fais, c'est de manœuvrer dans mon dos. Tu es quoi, une espèce de foutue pute des médias ?

Les yeux d'Erika Berger s'étrécirent et elle devint toute glacée. Elle en avait assez du mot "pute".

— Tu crois vraiment que quelqu'un va prêter attention à ça ? Tu crois que tu peux me faire tomber en racontant des conneries ? Et pourquoi me l'envoyer de façon anonyme, bordel de merde ?

— Ce n'est pas comme ça que ça s'est passé, Borgsjö.

— Alors, raconte comment.

— Celui qui t'a envoyé ce texte de façon anonyme, c'est Peter Fredriksson. Je l'ai viré de *SMP* hier.

— De quoi tu me parles, là ?

— C'est une longue histoire. Mais ça fait plus de deux semaines que je retarde ce texte sans savoir comment aborder le problème avec toi.

— C'est toi qui es derrière le texte.

— Non, ce n'est pas moi. Henry Cortez a fait des recherches et il l'a écrit. J'ignorais tout de la chose.

— Et tu voudrais que je te croie ?

— Dès que mes collègues à *Millénium* ont réalisé que tu figurais dans le texte, Mikael Blomkvist a arrêté la publication. Il m'a appelée et m'a donné une copie. C'était pour me ménager. On m'a volé cette copie et maintenant elle s'est retrouvée ici chez toi. *Millénium* tenait à ce que j'aie l'occasion d'en parler avec toi avant qu'ils publient. Ce qu'ils ont l'intention de faire dans leur numéro d'août.

— Je n'ai jamais rencontré un journaliste à ce point dépourvu de scrupules. Tu l'emportes haut la main.

— Bon. Maintenant que tu as lu le reportage, tu as peut-être parcouru l'index des références aussi. L'histoire de Cortez tient la route, jusqu'à l'imprimerie. Et tu le sais.

— C'est censé vouloir dire quoi ?

— Si tu es toujours le président du CA quand *Millénium* lancera l'impression, ça va nuire à *SMP*. Je me suis creusé la tête en long et en large pour essayer de trouver une solution, mais je n'en trouve pas.

— Qu'est-ce que tu veux dire ?

— Il faut que tu démissionnes.

— Tu plaisantes ? Je n'ai commis absolument aucune infraction à la loi.

— Magnus, tu ne réalises donc pas l'étendue de cette révélation. Ne m'oblige pas à convoquer le conseil d'administration. Ce serait trop pénible.

— Tu ne vas rien convoquer du tout. Tu as fait ton temps à *SMP*.

— Désolée. Seul le conseil d'administration peut me mettre à la porte. Je pense que tu devras convoquer un conseil extraordinaire. Je proposerais dès cet après-midi.

Borgsjö contourna le bureau et se plaça si près d'Erika Berger qu'elle sentit son haleine.

— Berger... il te reste une chance de survivre à ceci. Tu vas trouver tes foutus copains de *Millénium* et t'arranger pour que cet article ne soit jamais imprimé. Si tu mènes bien ta barque, je peux envisager d'oublier ce que tu as fait.

Erika Berger soupira.

— Magnus, tu ne comprends donc pas que c'est sérieux. Je n'ai pas la moindre influence sur ce que *Millénium* va publier. Cette histoire sera rendue publique quoi que je dise. La seule chose qui m'intéresse est de savoir quel effet elle aura sur *SMP*. C'est pour ça que tu dois démissionner.

Borgsjö mit les mains sur le dossier de la chaise et se pencha vers elle.

— Tes potes à *Millénium* réfléchiront peut-être deux fois s'ils savent que tu seras virée à l'instant où ils rendront publiques ces conneries.

Il se redressa.

— Je pars pour une réunion à Norrköping aujourd'hui. Il la regarda puis ajouta un mot en appuyant dessus. Svea-Bygg.

— Ah bon.

— Quand je serai de retour demain, tu m'auras laissé un rapport précisant que cette affaire est réglée. C'est compris ?

Il mit sa veste. Erika Berger le contempla, les yeux mi-clos.

— Mène cette affaire joliment et tu survivras peut-être chez *SMP*. Dégage de mon bureau maintenant.

Elle se leva et retourna à la cage en verre, et resta totalement immobile sur sa chaise pendant vingt minutes. Puis elle prit le téléphone et demanda à Lukas Holm de venir dans son bureau. Il avait tiré la leçon de ses erreurs passées et fut là dans la minute.

— Assieds-toi.

Lukas Holm haussa un sourcil et s'assit.

— Bon, alors qu'est-ce que j'ai fait de mal maintenant ? demanda-t-il, ironique.

— Lukas, ceci est mon dernier jour de travail à SMP. Je démissionne, là tout de suite. Je vais appeler le vice-président et le reste du CA à une réunion de déjeuner.

Il la fixa avec un réel étonnement.

— J'ai l'intention de te recommander comme rédacteur en chef intérimaire.

— Quoi ?

— C'est OK pour toi ?

Lukas Holm se pencha en arrière dans le fauteuil et contempla Erika Berger.

— Je n'ai jamais voulu devenir rédacteur en chef, merde alors, dit-il.

— Je le sais. Mais tu as la poigne qu'il faut. Et tu passes sur des cadavres pour pouvoir publier un bon article. J'aurais simplement préféré que tu aies un peu plus de bon sens dans le crâne.

— Qu'est-ce qu'il s'est passé ?

— J'ai un autre style que toi. Toi et moi, on s'est tout le temps disputé sur l'orientation qu'il faut donner aux sujets et on ne s'entendra jamais.

— Non, dit-il. C'est vrai, on ne s'entendra jamais. Mais il se peut que mon style soit vieillot.

— Je ne sais pas si "vieillot" est le bon mot. Tu es un crack pour les Actualités mais tu te comportes comme un enfoiré. C'est tout à fait inutile. Ce qui nous a le plus divisés, par contre, c'est que tu as tout le temps soutenu qu'en tant que chef des Actualités, tu ne peux pas laisser des considérations d'ordre privé influencer l'évaluation des actualités.

Erika Berger sourit soudain méchamment à Lukas Holm. Elle ouvrit son sac et sortit l'original de l'article sur Borgsjö.

— Faisons un test de ton aptitude à évaluer des nouvelles. J'ai là un article que nous tenons de Henry Cortez, collaborateur à la revue *Millénium*. J'ai décidé ce matin que nous prendrons ce texte comme l'histoire phare de la journée.

Elle jeta le dossier sur les genoux de Holm.

— C'est toi le chef des Actualités. Ce sera intéressant d'entendre si tu partages mon évaluation.

Lukas Holm ouvrit le dossier et se mit à lire. Dès l'introduction, ses yeux s'élargirent. Il se redressa sur la chaise et fixa Erika Berger. Puis il baissa le regard et lut tout le texte du début à la fin. Il ouvrit la partie "références" et la lut attentivement. Cela lui prit dix minutes. Ensuite il reposa lentement le dossier.

— Ça va faire un putain de scandale.

— Je sais. C'est pour ça que c'est mon dernier jour de travail ici. *Millénium* avait l'intention de passer l'histoire dans le numéro de juin mais Mikael Blomkvist a arrêté les frais. Il m'a donné le texte pour que je puisse parler avec Borgsjö avant qu'ils publient.

— Et ?

— Borgsjö m'a ordonné d'étouffer l'histoire.

— Je comprends. Alors tu penses le publier à *SMP* par dépit.

— Non. Pas par dépit. C'est la seule issue. Si *SMP* publie l'article, nous avons une chance de sortir de cette embrouille avec l'honneur intact. Borgsjö doit partir. Mais ça signifie aussi que je ne peux pas rester.

Holm garda le silence pendant deux minutes.

— Merde alors, Berger… Je ne pensais pas que tu avais autant de couilles. Je ne pensais pas qu'un jour j'aurais à dire ça, mais si tu as autant de culot, je vais carrément regretter que tu t'en ailles.

— Tu pourrais arrêter la publication, mais si on l'approuve tous les deux, aussi bien toi que moi… Tu as l'intention d'y aller ?

— Oui, bien sûr qu'on va publier l'article. De toute façon, ça se saura tôt ou tard.

— Exact.

Lukas Holm se leva et resta hésitant devant le bureau d'Erika.

— Va bosser, dit Erika Berger.

ELLE ATTENDIT CINQ MINUTES après que Holm avait quitté la pièce avant de prendre le combiné et d'appeler Malou Eriksson à *Millénium*.

— Salut Malou. Tu as Henry Cortez dans les parages ?

— Oui. A son bureau.

— Tu peux le faire venir dans ton bureau et brancher le haut-parleur ? Il faut qu'on se concerte.

Henry Cortez fut sur place dans les quinze secondes.

— Qu'est-ce qu'il se passe ?

— Henry, j'ai fait quelque chose d'amoral aujourd'hui.

— Ah bon ?

— J'ai donné ton article sur Vitavara à Lukas Holm, chef des Actualités ici à *SMP*.

— Oui…

— Je lui ai donné l'ordre de publier l'article demain dans *SMP*. Avec ta signature. Et tu seras évidemment payé. A toi de fixer le prix.

— Erika… c'est quoi ce bordel ?

Elle résuma ce qui s'était passé au cours des dernières semaines et raconta comment Peter Fredriksson avait failli l'anéantir.

— Putain ! dit Henry Cortez.

— Je sais que c'est ton article, Henry. Simplement, je n'ai pas le choix. Est-ce que tu peux nous suivre là-dessus ?

Henry Cortez garda le silence pendant quelques secondes.

— Merci d'avoir appelé, Erika. C'est OK si vous publiez l'article avec ma signature. Si c'est OK pour Malou, je veux dire.

— C'est OK pour moi, dit Malou.

— Bien, dit Erika. Est-ce que vous pouvez mettre Mikael au courant, je suppose qu'il n'est pas encore arrivé.

— Je parlerai à Mikael, dit Malou Eriksson. Mais, Erika, est-ce que ceci ne signifie pas que tu es au chômage dès aujourd'hui ?

Erika éclata de rire.

— J'ai décidé de prendre des vacances jusqu'à la fin de l'année. Crois-moi, ces quelques semaines à *SMP* étaient amplement suffisantes.

— Ce n'est pas une bonne idée de commencer à faire des projets de vacances, dit Malou.

— Pourquoi pas ?

— Tu pourrais faire un saut à *Millénium* cet après-midi ?

— Pourquoi ?

— J'ai besoin d'aide. Si tu voulais devenir rédac-chef ici, tu pourrais commencer dès demain matin.

— Malou, c'est toi qui es la rédactrice en chef de *Millénium*. Pas question qu'il en soit autrement.

— Bon, bon. Alors tu pourrais commencer comme secrétaire de rédaction, lança Malou en riant.

— Tu es sérieuse ?

— Enfin, merde, Erika, tu me manques au point que je suis en train de m'éteindre à petit feu. J'ai accepté ce boulot à *Millénium* entre autres pour avoir l'occasion de travailler avec toi. Et toi, tu t'en vas dans un autre journal.

Erika Berger resta sans rien dire pendant une minute. Elle n'avait même pas eu le temps de réfléchir à la possibilité de revenir à *Millénium*.

— Et je serais la bienvenue ? demanda-t-elle lentement.

— A ton avis ? J'imagine qu'on commencerait par une mégafête, et c'est moi qui l'organiserais. Et tu reviendrais exactement pile-poil au moment où on publierait tu sais quoi.

Erika regarda l'horloge de son bureau. 9 h 55. En une heure tout son monde avait basculé. Elle sentit subitement à quel point elle avait envie de monter de nouveau l'escalier de *Millénium*.

— J'ai deux-trois choses à faire ici à *SMP* dans les heures qui viennent. C'est bon, si je passe vers 16 heures ?

SUSANNE LINDER REGARDA DRAGAN ARMANSKIJ droit dans les yeux tandis qu'elle lui racontait exactement ce qui s'était passé au cours de la nuit. La seule chose qu'elle omit fut sa soudaine conviction que le piratage de l'ordinateur de Peter Fredriksson émanait de Lisbeth Salander. Elle s'en abstint pour deux raisons. D'une part, elle trouvait que ça faisait trop irréel. Et, d'autre part, elle savait que Dragan Armanskij était intimement lié à l'affaire Salander avec Mikael Blomkvist.

Armanskij écouta attentivement. Une fois son récit terminé, Susanne Linder attendit sa réaction en silence.

— Lars Beckman a appelé il y a une heure, dit-il.

— Aha.

— Lui et Erika Berger vont passer dans la semaine pour signer des contrats. Ils tiennent à remercier Milton Security pour son intervention et plus particulièrement la tienne.

— Je comprends. C'est bien quand les clients sont satisfaits.

— Il veut aussi commander une armoire sécurisée pour sa villa. On va boucler le pack d'alarmes et on l'installera au cours de la semaine.

— Bien.

— Il tient à ce qu'on facture ton intervention de ce week-end.

— Hmm.

— Autrement dit, ça va leur faire une addition salée.

— Aha.

Armanskij soupira.

— Susanne, tu es consciente que Fredriksson peut aller voir la police et porter plainte contre toi pour une foule de choses.

Elle hocha la tête.

— Certes, il se ferait coincer lui-même aussi, et en beauté, mais il peut estimer que le jeu en vaut la chandelle.

— Je ne pense pas qu'il ait assez de couilles pour aller voir la police.

— Soit, mais tu as agi en dehors de toutes les instructions que je t'ai données.

— Je le sais, dit Susanne Linder.

— Alors, d'après toi, comment dois-je réagir ?

— Il n'y a que toi qui puisses le décider.

— Mais comment tu trouves, toi, que je devrais réagir ?

— Ce que je trouve n'a rien à voir. Tu peux toujours me virer.

— Difficilement. Je ne peux pas me permettre de perdre un collaborateur de ton calibre.

— Merci.

— Mais si tu me refais un truc pareil à l'avenir, je serai très, très fâché.

Susanne Linder hocha la tête.

— Qu'est-ce que tu as fait du disque dur ?

— Il est détruit. Je l'ai coincé dans un étau ce matin et je l'ai réduit en miettes.

— OK. Alors on tire un trait sur cette affaire.

ERIKA BERGER PASSA LA MATINÉE à téléphoner aux membres du CA de SMP. Elle trouva le vice-président dans sa maison de campagne à Vaxholm et réussit à lui faire accepter de monter dans sa voiture et de venir à la rédaction au plus vite. Après le déjeuner, un CA fortement réduit se réunit. Erika Berger consacra une heure à rendre compte de l'origine du dossier Cortez et des conséquences qu'il avait eues.

Comme on pouvait s'y attendre, quand elle eut fini de parler furent émises les propositions d'une solution alternative qu'on pourrait peut-être trouver. Erika expliqua qu'elle avait l'intention de publier l'article dans le numéro du lendemain. Elle expliqua aussi que c'était son dernier jour de travail et que sa décision était irrévocable.

Erika fit approuver et consigner deux décisions par le CA. Primo, qu'il serait demandé à Magnus Borgsjö de libérer immédiatement son poste et, deuzio, que Lukas Holm serait désigné rédacteur en chef intérimaire. Ensuite elle s'excusa et laissa les membres du conseil discuter la situation entre eux.

A 14 heures, elle descendit au service du personnel pour établir un contrat. Ensuite elle monta au pôle Culture et demanda à parler au chef Culture Sebastian Strandlund et à la journaliste Eva Carlsson.

— J'ai cru comprendre qu'ici à la Culture vous tenez Eva Carlsson pour une journaliste compétente et douée.

— C'est exact, dit Strandlund.

— Et dans les demandes de budget de ces deux dernières années, vous avez demandé que la rubrique soit renforcée d'au moins deux personnes.

— Oui.

— Eva, considérant la correspondance dont tu as été victime, il y aura peut-être des rumeurs désagréables si je t'offre un poste fixe. Ça t'intéresse toujours ?

— Evidemment.

— Dans ce cas, ma dernière décision ici à SMP sera de signer ce contrat d'embauche.

— Dernière ?

— C'est une longue histoire. Je pars aujourd'hui. Je vais vous demander de garder ça pour vous pendant une petite heure.

— Qu'est-ce…

— Il y a une conférence dans un instant.

Erika Berger signa le contrat et le glissa vers Eva Carlsson de l'autre côté de la table.

— Bonne chance, dit-elle en souriant.

— L'HOMME INCONNU D'UN CERTAIN ÂGE qui participait samedi à la réunion chez Ekström s'appelle Georg Nyström, et il est commissaire, dit Rosa Figuerola en plaçant les photos sur le bureau devant Torsten Edklinth.

— Commissaire, marmonna Edklinth.

— Stefan l'a identifié hier soir. Il est arrivé en voiture à l'appartement dans Artillerigatan.

— Qu'est-ce qu'on sait sur lui ?

— Il vient de la police ordinaire et il travaille à la Säpo depuis 1983. Depuis 1996, il a un poste d'investigateur avec responsabilité engagée. Il fait des contrôles internes et des vérifications d'affaires déjà bouclées par la Säpo.

— Bon.

— Depuis samedi, en tout six personnes présentant un intérêt ont franchi la porte. A part Jonas Sandberg et Georg Nyström, il y a Fredrik Clinton dans l'immeuble. Il est allé à sa dialyse ce matin en transport sanitaire.

— Qui sont les trois autres ?

— Un dénommé Otto Hallberg. Il a travaillé à la Säpo dans les années 1980 mais il appartient en fait à l'état-major de la Défense. Il est dans la marine et le renseignement militaire.

— Aha. Comment ça se fait que je ne sois pas surpris ?

Rosa Figuerola posa une nouvelle photo.

— On n'a pas encore identifié celui-ci. Il a déjeuné avec Hallberg. On verra si on peut l'identifier quand il rentrera chez lui ce soir.

— OK.

— Mais c'est ce gars-là qui est le plus intéressant.

Elle posa une nouvelle photo sur le bureau.

— Je le reconnais, dit Edklinth.

— Il s'appelle Wadensjöö.

— C'est ça. Il travaillait pour la brigade antiterrorisme il y a une quinzaine d'années. Général de bureau. Il était un des candidats pour le poste de chef suprême ici à la Firme. Je ne sais pas ce qui lui est arrivé.

— Il a démissionné en 1991. Devine avec qui il a déjeuné il y a une heure.

Elle plaça la dernière photo sur le bureau.

— Le secrétaire général Albert Shenke et le chef du budget Gustav Atterbom. Je veux une surveillance de ces individus jour et nuit. Je veux savoir exactement qui ils rencontrent.

— Ce n'est pas possible. Je n'ai que quatre hommes à ma disposition. Et il faut que quelqu'un travaille sur la documentation.

Edklinth hocha la tête et se pinça pensivement la lèvre inférieure. Au bout d'un moment, il regarda de nouveau Rosa Figuerola.

— Il nous faut davantage de personnel, dit-il. Est-ce que tu penses pouvoir contacter l'inspecteur Jan Bublanski discrètement et lui demander s'il peut envisager de dîner avec moi aujourd'hui après le boulot ? Disons vers 19 heures.

Edklinth tendit le bras pour prendre le téléphone et composa un numéro de tête.

— Salut, Armanskij. C'est Edklinth. J'aimerais te rendre ce dîner sympa que tu m'as offert l'autre jour… non, j'insiste. Vers 19 heures, ça te va ?

LISBETH SALANDER AVAIT PASSÉ LA NUIT à la maison d'arrêt de Kronoberg dans une cellule qui mesurait à peu près deux mètres sur quatre. L'ameublement était des plus modestes. Elle s'était endormie dans les cinq minutes après avoir été enfermée et s'était réveillée tôt le lundi matin pour obéir au thérapeute de Sahlgrenska et faire les exercices d'étirement prescrits. Ensuite elle avait eu droit au petit-déjeuner puis était restée assise en silence sur sa couchette à regarder droit devant elle.

A 9 h 30, on l'amena dans une pièce d'interrogatoire à l'autre bout du couloir. Le gardien était un homme âgé, petit et chauve, avec un visage rond et des lunettes à monture d'écaille. Il la traitait correctement et avec bonhomie.

Annika Giannini la salua gentiment. Lisbeth ignora Hans Faste. Ensuite elle rencontra pour la première fois le procureur Richard Ekström et passa la demi-heure suivante assise sur une chaise à fixer obstinément un point sur le mur un peu au-dessus de la tête d'Ekström. Elle ne prononça pas un mot et ne remua pas un muscle.

A 10 heures, Ekström interrompit l'interrogatoire raté. Il était agacé de ne pas avoir réussi à lui soutirer la moindre réponse. Pour la première fois, il fut saisi de doute en observant Lisbeth Salander. Comment cette fille mince qui ressemblait à une poupée avait-elle pu mettre à mal Magge Lundin et Benny Nieminen à Stallarholmen ? La cour serait-elle prête à accepter cette histoire, même s'il avait des preuves convaincantes ?

A midi, on servit à Lisbeth un déjeuner léger et elle utilisa l'heure suivante à résoudre des équations dans sa tête. Elle se concentra sur le chapitre "Astronomie sphérique" d'un livre qu'elle avait lu deux ans plus tôt.

A 14 h 30, on la reconduisit à la pièce d'interrogatoire. Cette fois-ci le gardien était une femme assez jeune. La pièce était vide. Elle s'assit sur une chaise et continua à réfléchir sur une équation particulièrement ardue.

Au bout de dix minutes, la porte s'ouvrit.

— Bonjour Lisbeth, salua amicalement Peter Teleborian.

Il sourit. Lisbeth Salander fut glacée. Les composants de l'équation qu'elle avait construite dans l'air devant elle s'écroulèrent par terre. Elle entendit les chiffres et les signes rebondir et cliqueter comme de réels petits morceaux concrets.

Peter Teleborian resta immobile une minute à l'observer avant de s'asseoir en face d'elle. Elle continua à fixer le mur.

Au bout d'un moment, elle déplaça les yeux et affronta son regard.

— Je suis désolé que tu te retrouves dans une telle situation, dit Peter Teleborian. Je vais essayer de t'aider autant que je le pourrai. J'espère que nous allons réussir à instaurer une confiance mutuelle.

Lisbeth examinait chaque centimètre du type en face d'elle. Les cheveux ébouriffés. La barbe. Le petit interstice entre ses dents de devant. Les lèvres minces. La veste brune. La chemise au col ouvert. Elle entendait sa voix douce et perfidement aimable.

— J'espère aussi pouvoir mieux t'aider que la dernière fois où nous nous sommes rencontrés.

Il plaça un petit bloc-notes et un stylo sur la table devant lui. Lisbeth baissa les yeux et contempla le stylo. Un long cylindre argenté et pointu.

Analyse des conséquences.

Elle réprima une impulsion de tendre la main pour s'emparer du stylo.

Ses yeux se portèrent sur le petit doigt gauche de Teleborian. Elle vit un faible trait blanc à l'endroit où, quinze ans plus tôt, elle avait planté ses dents et serré si fort ses mâchoires qu'elle lui avait presque sectionné le doigt. Trois aides-soignants avaient dû joindre leurs efforts pour la tenir et lui ouvrir de force les mâchoires.

Cette fois-là, j'étais une petite fille terrorisée qui avait à peine entamé l'adolescence. Maintenant je suis adulte. Je peux te tuer quand je veux.

Elle fixa fermement ses yeux sur un point du mur derrière Teleborian et ramassa les chiffres et signes mathématiques qui avaient dégringolé par terre, et posément elle recommença à disposer l'équation.

Le Dr Peter Teleborian contempla Lisbeth Salander avec une expression neutre. Il n'était pas devenu un psychiatre internationalement respecté parce qu'il manquait de connaissances sur l'être humain. Il possédait une bonne capacité de lire les sentiments et les états d'âme. Il sentit qu'une ombre froide parcourait la pièce, mais il interpréta cela comme un signe de peur et de honte chez la patiente sous la surface immuable. Il prit cela comme l'indication positive qu'elle réagissait malgré tout à sa présence. Il était satisfait aussi qu'elle n'ait pas modifié son comportement. *Elle va se saborder elle-même au tribunal.*

LA DERNIÈRE MESURE D'ERIKA BERGER à *SMP* fut de s'asseoir dans la cage en verre et d'écrire un compte rendu à tous les collaborateurs. Elle était passablement irritée en commençant et, malgré elle, cela se traduisit par trois mille signes dans lesquels elle expliquait pourquoi elle démissionnait de *SMP* et donnait son avis sur certaines personnes. Puis elle effaça tout et recommença sur un ton plus neutre.

Elle ne mentionna pas Peter Fredriksson. Le faire risquait d'attirer l'attention générale sur lui et les véritables motifs disparaîtraient sous les gros titres parlant de harcèlement sexuel.

Elle donna deux raisons. La plus importante était qu'elle avait rencontré une résistance massive de la direction à sa proposition que les chefs et les propriétaires baissent leurs salaires et dividendes. Du coup, elle aurait été obligée de démarrer à SMP en opérant des coupes sombres dans l'effectif du personnel. Et cela, elle le tenait non seulement pour une violation des perspectives qu'on lui avait fait miroiter quand elle avait accepté ce boulot, mais aussi pour une mesure rendant impossibles toutes les tentatives de changements à long terme et de renforcement du journal.

La seconde raison était la révélation concernant Borgsjö. Elle expliqua qu'on lui avait ordonné d'occulter l'histoire et que cela ne relevait pas de sa mission. Cela impliquait néanmoins qu'elle n'avait pas le choix, il lui fallait quitter la rédaction. Elle termina en constatant que le problème de SMP ne se trouvait pas dans son personnel mais dans sa direction.

Elle relut son compte rendu, corrigea une faute d'orthographe et l'envoya par mail à tous les employés du groupe. Elle en fit une copie qu'elle envoya à *Pressens tidning* et à l'organe syndical *Journalisten*. Puis elle rangea son ordinateur portable dans la sacoche et alla trouver Lukas Holm.

— Bon, ben, ciao, dit-elle.

— Ciao, Berger. C'était une galère de travailler avec toi.

Ils échangèrent un sourire.

— J'ai une dernière requête, dit-elle.

— Quoi ?

— Johannes Frisk a travaillé sur une histoire pour moi.

— Et personne ne sait ce qu'il fout, d'ailleurs.

— Soutiens-le. Il a pas mal avancé déjà et je vais garder le contact avec lui. Laisse-le terminer son boulot. Je te promets que tu seras gagnant.

Il eut l'air d'hésiter. Puis il hocha la tête.

Ils ne se serrèrent pas la main. Elle déposa le passe de la rédaction sur le bureau de Holm, puis elle descendit dans le garage chercher sa BMW. Peu après 16 heures, elle se gara à proximité de la rédaction de *Millénium*.

IV

REBOOTING SYSTEM

1er juillet au 7 octobre

Malgré l'abondant florilège de légendes sur les amazones de la Grèce antique, de l'Amérique du Sud, de l'Afrique et d'autres endroits, il n'y a qu'un seul exemple historique prouvé de femmes guerrières. Il s'agit de l'armée de femmes des Fons, une ethnie vivant au Dahomey, en Afrique de l'Ouest, pays aujourd'hui rebaptisé Bénin.

Ces femmes guerrières ne sont jamais mentionnées dans l'histoire militaire officielle, aucun film en faisant des héroïnes n'a été tourné et elles n'existent aujourd'hui tout au plus que sous la forme de notes historiques en bas de page. Un seul ouvrage scientifique a été écrit sur ces femmes, *Amazons of Black Sparta* par l'historien Stanley B. Alpern (Hurst & Co Ltd, Londres, 1998). Pourtant c'était une armée qui pouvait se mesurer avec n'importe quelle armée de soldats d'élite mâles de l'époque parmi les forces menaçant leur pays.

On ne sait pas quand l'armée de femmes des Fons a été constituée, mais certaines sources datent cela du XVIIe siècle. A l'origine, cette armée était une garde royale mais grossit pour devenir un effectif militaire de six mille soldates ayant un statut quasi divin. Leur fonction n'était nullement ornementale. Pendant plus de deux siècles, elles furent le fer de lance des Fons contre les colons européens envahisseurs. Elles étaient craintes par l'armée française qui fut vaincue dans plusieurs batailles. L'armée de femmes ne fut battue qu'en 1892, après que la France avait fait venir par bateau des renforts de troupes mieux équipées avec artillerie, soldats de la Légion étrangère, un régiment d'infanterie de marine et la cavalerie.

On ignore combien de guerrières sont tombées. Les survivantes ont continué pendant plusieurs années à mener une guérilla et des femmes vétérans de cette armée vivaient encore, se laissaient interviewer et photographier aussi tard que dans les années 1940.

23

VENDREDI 1er JUILLET – DIMANCHE 10 JUILLET

DEUX SEMAINES AVANT LE PROCÈS de Lisbeth Salander, Christer Malm termina la mise en pages du livre de 364 pages intitulé très sobrement *La Section*. La couverture était aux couleurs de la Suède, texte jaune sur fond bleu. Christer Malm avait placé sept portraits de Premiers ministres suédois en bas de la page, de la taille d'un timbre. Au-dessus d'eux flottait une photo de Zalachenko. Il s'était servi de la photo du passeport de Zalachenko en augmentant le contraste pour que seules les parties les plus sombres apparaissent comme une sorte d'ombre sur toute la couverture. Ce n'était pas un design très sophistiqué mais il était efficace. Les auteurs mentionnés étaient Mikael Blomkvist, Henry Cortez et Malou Eriksson.

Il était 5 h 30 et Christer Malm avait passé la nuit à travailler. Il avait vaguement la nausée et ressentait un besoin désespéré de rentrer chez lui dormir. Malou Eriksson lui avait tenu compagnie toute la nuit, lui proposant çà et là quelques dernières corrections que Christer avait approuvées avant de lancer une impression. Elle s'était alors déjà endormie sur le canapé de la rédaction.

Christer Malm réunit le document texte, les photos et la valise de polices dans un dossier. Il démarra le programme Toast et grava deux CD. Il en rangea un dans l'armoire sécurisée de la rédaction. Le second fut emporté par un Mikael Blomkvist tombant de sommeil qui arriva peu avant 7 heures.

— Rentre chez toi dormir, dit-il.

— J'y vais, répondit Christer.

Ils laissèrent Malou Eriksson continuer à dormir sur place et branchèrent l'alarme. Henry Cortez devait arriver à 8 heures prendre son tour de garde. Ils se serrèrent la main et se séparèrent en bas de l'immeuble.

MIKAEL BLOMKVIST SE RENDIT A PIED à Lundagatan où de nouveau il emprunta clandestinement la Honda oubliée de Lisbeth Salander. Il alla personnellement remettre le CD à Jan Köbin, le patron de Hallvigs Reklam, imprimerie installée dans un modeste bâtiment en brique à côté du chemin de fer à Morgongåva, près de Sala. Cette livraison était une mission qu'il n'avait pas envie de confier à la poste.

Il conduisit lentement puis, une fois sur place, attendit tranquillement que l'imprimeur vérifie la bonne réception des fichiers. Il s'assura que le livre serait réellement prêt le jour où le procès commencerait. Le problème était moins l'impression de l'intérieur que celle de la couverture, qui pouvait prendre du temps. Mais Jan Köbin promit qu'au moins cinq cents exemplaires d'une première édition de dix mille, en grand format poche, seraient livrés à la date convenue.

Mikael s'assura également que tous les employés avaient bien compris qu'il fallait observer le plus grand secret possible. Recommandation sans doute peu nécessaire. Deux ans plus tôt, Hallvigs Reklam avait imprimé le livre de Mikael sur le financier Hans-Erik Wennerström, dans des circonstances similaires. Ils savaient que les livres apportés par la petite maison d'édition Millénium étaient particulièrement prometteurs.

Ensuite Mikael retourna tranquillement à Stockholm. Il se gara en bas de chez lui dans Bellmansgatan et fit un saut à son appartement pour prendre un sac dans lequel il fourra des vêtements de rechange, un rasoir et une brosse à dents. Il continua jusqu'au ponton de Stavsnäs à Värmdö où il gara sa voiture, puis il prit le ferry pour Sandhamn.

C'était la première fois depuis Noël qu'il rejoignait sa cabane. Il ouvrit tous les volets pour aérer, et il but une bouteille d'eau minérale. Comme toujours lorsqu'il venait de terminer un boulot, quand le texte était calé en machine et que plus rien ne pouvait être modifié, il se sentait vide.

Ensuite, il passa une heure à balayer, faire la poussière, récurer la douche, démarrer le réfrigérateur, vérifier que l'eau était branchée et changer la literie de la mezzanine. Il fit un saut à l'épicerie pour acheter tout ce qu'il fallait pour le week-end. Puis il mit en marche la cafetière électrique, alla s'asseoir dehors sur le ponton et fuma une cigarette en ne pensant à rien de particulier.

Peu avant 17 heures, il descendit à l'appontement du bateau à vapeur accueillir Rosa Figuerola.

— Je ne pensais pas que tu allais pouvoir te libérer, dit-il en lui faisant la bise.

— Moi non plus. Mais j'ai simplement expliqué à Edklinth où j'en étais. J'ai travaillé chaque minute éveillée ces dernières semaines et je commence à être inefficace. Il me faut deux jours de congé pour recharger les batteries.

— A Sandhamn ?

— Je ne lui ai pas dit où j'allais, dit-elle avec un sourire.

Rosa passa un moment à farfouiller dans tous les coins des vingt-cinq mètres carrés de la cabane de Mikael. Elle examina à fond la kitchenette, la salle d'eau et la mezzanine avant de hocher la tête, satisfaite. Elle fit une rapide toilette et enfila une robe d'été légère pendant que Mikael préparait des côtes d'agneau sauce au vin et mettait la table sur le ponton. Ils mangèrent en silence en regardant un tas de voiliers qui entraient dans le port de plaisance de Sandhamn ou en sortaient. Ils partagèrent une bouteille de vin.

— Elle est magnifique, ta cabane. C'est ici que tu amènes toutes tes copines ? demanda soudain Rosa Figuerola.

— Pas toutes. Seulement les plus importantes.

— Erika Berger est venue ici ?

— Plusieurs fois.

— Et Lisbeth Salander ?

— Elle a passé quelques semaines ici quand j'écrivais le livre sur Wennerström. Et on a passé les fêtes de Noël ensemble ici il y a deux ans.

— Conclusion, Berger et Salander sont importantes dans ta vie ?

— Erika est ma meilleure amie. Ça fait plus de vingt-cinq ans que nous sommes amis. Lisbeth, c'est une autre histoire. Elle est très spéciale, c'est la personne la plus asociale que j'aie jamais rencontrée. Mais j'admets qu'elle m'a vraiment impressionné quand j'ai fait sa connaissance. Je l'aime bien. C'est une amie.

— Tu la plains ?

— Non. Elle a choisi elle-même pas mal des merdiers où elle se retrouve. Mais je ressens une grande sympathie pour elle et de la compréhension.

— Mais tu n'es pas amoureux d'elle, ni de Berger ?

Il haussa les épaules. Rosa Figuerola suivit des yeux un Amigo 23 rentrant tard au port, lampes allumées et moteur ronronnant.

— Si l'amour signifie aimer quelqu'un énormément, alors je suppose que je suis amoureux de plusieurs personnes, dit-il.

— Et de moi maintenant ?

Mikael hocha la tête. Rosa Figuerola fronça les sourcils et l'observa.

— Ça t'ennuie ? demanda-t-il.

— Qu'il y ait eu des femmes dans ta vie ? Non. Mais ça me dérange de ne pas vraiment savoir ce qui est en train de se passer entre nous deux. Et je ne me crois pas capable d'avoir une relation avec un mec qui baise à droite et à gauche à sa guise...

— Je n'ai pas l'intention de m'excuser pour ma vie.

— Et je suppose que j'ai en quelque sorte un faible pour toi parce que tu es ce que tu es. C'est facile de faire l'amour avec toi parce que cela se fait sans complications, et je me sens rassurée avec toi. Mais tout ça a commencé parce que j'ai cédé à une impulsion insensée. Ça n'arrive pas très souvent et je n'avais rien planifié. Et maintenant nous sommes au stade où je fais partie des nanas qui sont invitées ici.

Mikael garda le silence un instant.

— Tu n'étais pas obligée de venir.

— Si. J'étais obligée. Enfin, merde, Mikael...

— Je sais.

— Je suis malheureuse. Je ne voulais pas tomber amoureuse de toi. Ça va faire un mal de chien quand ça va se terminer.

— J'ai hérité de cette cabane quand mon père est mort et que ma mère s'est installée dans le Norrland. On a partagé, ma sœur et moi, elle a pris l'appartement et moi la cabane. Ça fera bientôt vingt-cinq ans que je l'ai.

— Aha.

— A part quelques connaissances occasionnelles au début des années 1980, il y a très exactement cinq nanas qui sont venues ici avant toi. Erika, Lisbeth et mon ex, celle avec qui je vivais à la fin des années 1980. Une fille avec qui je sortais de façon très sérieuse à la fin des années 1990, et une femme qui a quelques années de plus que moi, que j'ai connue il y a deux ans et que je rencontre de temps en temps. Les circonstances sont un peu particulières…

— Ah bon.

— J'ai cette cabane pour m'échapper de la ville et avoir la paix. Je viens pratiquement tout le temps seul ici. Je lis des livres, j'écris et je me détends, je traîne sur le ponton à regarder les bateaux. Ce n'est pas le baisodrome secret d'un célibataire.

Il se leva et alla chercher la bouteille de vin qu'il avait posée à l'ombre à côté de la porte.

— Je ne vais pas faire de promesses, dit-il. Mon mariage a éclaté parce qu'Erika et moi étions incapables de nous tenir tranquilles. *T'étais où ? Qu'est-ce que tu as fait ? D'où il vient, ce tee-shirt ?*

Il remplit les verres.

— Mais tu es la personne la plus intéressante que j'aie rencontrée depuis des lustres. C'est comme si notre relation fonctionnait à plein régime depuis le premier jour. Je crois que j'ai succombé à toi dès l'instant où tu es venue me cueillir dans mon escalier. Les quelques nuits où j'ai dormi chez moi depuis, je me réveille au milieu de la nuit et j'ai envie de toi. Je ne sais pas si c'est une relation stable que je veux, mais j'ai une peur bleue de te perdre.

Il la regarda.

— Alors qu'est-ce qu'on va faire, à ton avis ?

— On n'a qu'à réfléchir, dit Rosa Figuerola. Moi aussi, je suis vachement attirée par toi.

— Ça commence à devenir sérieux tout ça, dit Mikael.

Elle hocha la tête et ressentit tout à coup un grand coup de blues. Ensuite ils ne dirent pas grand-chose pendant un long moment. Quand la nuit commença à tomber, ils débarrassèrent la table et rentrèrent, en refermant la porte derrière eux.

LE VENDREDI DE LA SEMAINE PRÉCÉDANT LE PROCÈS, Mikael s'arrêta devant le bureau de presse de Slussen et regarda les titres des journaux. Le PDG et président du CA de *Svenska Morgon-Posten*, Magnus Borgsjö, avait capitulé et annoncé sa démission. Il acheta les journaux et rejoignit à pied le Java dans Hornsgatan pour un petit-déjeuner tardif. Borgsjö invoquait des raisons familiales pour sa démission soudaine. Il ne voulait pas commenter des rumeurs qui attribuaient sa démission au fait qu'Erika Berger s'était vue obligée de démissionner après qu'il lui avait ordonné d'occulter l'histoire de son engagement dans l'entreprise Vitavara SA. Un encadré rapportait cependant que le président de Svenskt Näringsliv, dans le but de clarifier la situation des professionnels, avait décidé de constituer une commission d'éthique pour examiner le comportement des entreprises suédoises vis-à-vis d'entreprises d'Extrême-Orient faisant travailler des enfants.

Mikael Blomkvist éclata de rire tout à coup.

Ensuite il replia les journaux du matin, ouvrit son Ericsson T10 et appela la Fille de TV4, interrompant ainsi la dégustation de son sandwich.

— Salut, ma chérie, dit Mikael Blomkvist. Je suppose que tu ne veux toujours pas sortir avec moi un de ces soirs.

— Salut Mikael, répondit la Fille de TV4 en riant. Désolée, mais tu es à peu près carrément à l'opposé de mon type de mec. Disons que tu es assez marrant quand même.

— Est-ce que tu pourrais au moins imaginer de dîner avec moi pour discuter du boulot ce soir ?

— Qu'est-ce que t'as sur le feu, encore ?

— Erika Berger a fait un deal avec toi il y a deux ans à propos de l'affaire Wennerström. Ça fonctionnait bien. Je voudrais faire un deal semblable avec toi.

— Raconte.

— Pas avant qu'on soit d'accord sur les conditions. Exactement comme pour l'affaire Wennerström, on va publier un livre en même temps qu'un numéro à thème. Et c'est une histoire qui va faire du bruit. Je te propose tout le matériel en exclusivité, et en échange tu ne laisses rien filtrer avant qu'on publie. La publication est dans ce cas précis particulièrement compliquée puisqu'elle doit avoir lieu un jour déterminé.

— Elle fera du bruit comment, cette histoire ?

— Plus que Wennerström, dit Mikael Blomkvist. Tu es intéressée ?

— Tu rigoles ? On se voit où ?

— Tu connais le *Samirs Gryta* ? Erika Berger viendra se joindre à nous.

— C'est quoi cette histoire avec Berger ? Elle est de retour à *Millénium* après avoir été virée de *SMP* ?

— Elle n'a pas été virée. Elle a démissionné au pied levé à la suite de divergences d'opinions avec Borgsjö.

— J'ai l'impression que ce mec est un vrai con.

— Exact, dit Mikael Blomkvist.

FREDRIK CLINTON ÉCOUTAIT DU VERDI dans ses écouteurs. La musique était en gros la seule chose restante dans son existence qui l'emportait loin des appareils à dialyse et loin d'une douleur grandissante en bas du dos. Il ne fredonnait pas. Il fermait les yeux et suivait les mélodies d'une main droite qui flottait en l'air et semblait avoir une vie propre à côté de son corps en pleine désagrégation.

C'est comme ça, la vie. On naît. On vit. On devient vieux. On meurt. Il avait fait son temps. Tout ce qui restait était la désagrégation.

Il se sentait étrangement satisfait de l'existence.

Il jouait pour son ami Evert Gullberg.

On était le samedi 9 juillet. Il restait moins d'une semaine avant que le procès commence et que la Section puisse classer cette malheureuse histoire. On l'avait averti dans la matinée. Gullberg avait été plus coriace que pas mal de gens. Quand on se tire une balle de 9 millimètres entièrement chemisée dans la tempe, on s'attend à mourir. Pourtant, trois mois s'étaient écoulés avant que le corps de Gullberg abandonne la partie, ce qui tenait peut-être plus du hasard que de l'opiniâtreté déployée par le Dr Anders Jonasson refusant de s'avouer vaincu. C'était le cancer, pas la balle, qui finalement avait déterminé l'issue.

Sa mort avait été douloureuse, cependant, ce qui chagrinait Clinton. Gullberg avait été hors d'état de communiquer avec l'entourage, mais par moments il s'était trouvé dans une sorte d'état conscient. Il pouvait sentir la présence de l'entourage. Le personnel avait remarqué qu'il souriait quand quelqu'un lui caressait la joue et grognait quand il semblait ressentir quelque chose de désagréable. A certains moments, il avait essayé de communiquer avec le personnel soignant en proférant des sons que personne ne comprenait vraiment.

Il n'avait pas de famille, et aucun de ses amis ne venait le voir à l'hôpital. Sa dernière perception de la vie fut une infirmière de nuit, née en Erythrée et du nom de Sara Kitama, qui veillait à son chevet et tenait sa main quand il s'éteignit.

Fredrik Clinton comprenait qu'il n'allait pas tarder à suivre son ancien frère d'armes. Il ne se faisait aucune illusion en la matière. La transplantation du rein dont il avait si désespérément besoin apparaissait chaque jour de plus en plus hypothétique, et la désagrégation de son corps se poursuivait. Son foie et son intestin se dégradaient à chaque examen.

Il espérait vivre jusqu'à Noël.

Mais il était satisfait. Il ressentait une satisfaction presque surnaturelle et excitante à sentir qu'il avait repris du service ces derniers mois, et de manière si inattendue.

C'était une faveur à laquelle il ne s'était pas attendu.

Les dernières notes de Verdi s'éteignirent au moment même où Birger Wadensjöö ouvrit la porte de la petite chambre de repos de Clinton au QG de la Section dans Artillerigatan.

Clinton ouvrit les yeux.

Il avait fini par réaliser que Wadensjöö était une charge. Il était carrément inadéquat comme chef du fer de lance le plus important de la Défense suédoise. Il n'arrivait pas à comprendre que lui-même et Hans von Rottinger aient pu un jour faire une estimation si totalement erronée, au point de considérer Wadensjöö comme l'héritier le plus évident.

Wadensjöö était un guerrier qui avait besoin de vent portant. En périodes de crise, il était faible et incapable de prendre une décision. Un skipper pour vents faibles. Un poids inerte et craintif qui manquait d'acier dans le dos et qui, si on l'avait laissé décider, serait resté paralysé sans agir et aurait laissé la Section sombrer.

C'était si simple.

Certains possédaient le don. D'autres trahiraient toujours au moment de la vérité.

— Tu voulais me parler, dit Wadensjöö.

— Assieds-toi, dit Clinton.

Wadensjöö s'assit.

— Je me trouve à un âge où je n'ai plus le temps de prendre des gants. Je n'irai pas par quatre chemins. Quand tout ceci sera terminé, je veux que tu quittes la direction de la Section.

— Ah bon ?

Clinton adoucit le ton.

— Tu es quelqu'un de bien, Wadensjöö. Mais tu ne conviens malheureusement pas du tout pour endosser la responsabilité après Gullberg. Tu n'aurais jamais dû avoir cette responsabilité. Rottinger et moi, nous avons réellement fait une erreur en ne nous attelant pas à la succession de façon plus claire quand je suis tombé malade.

— Tu ne m'as jamais aimé.

— Là, tu te trompes. Tu étais un excellent administrateur quand Rottinger et moi dirigions la Section. Nous aurions été désemparés sans toi, et j'ai une grande confiance en ton patriotisme. C'est en ta capacité de prendre des décisions que je n'ai pas confiance.

Wadensjöö sourit soudain amèrement.

— Alors je ne sais pas si je veux rester à la Section.

— Maintenant que Gullberg et Rottinger sont partis, je dois prendre seul les décisions définitives. Systématiquement, tu as rembarré toutes les décisions que j'ai prises ces derniers mois.

— Et je répète que les décisions que tu prends sont insensées. Ça va se terminer par une catastrophe.

— C'est possible. Mais ton manque de fermeté nous aurait garanti le naufrage. Maintenant nous avons en tout cas une chance, et ça semble marcher. *Millénium* n'a aucune marge de manœuvre. Ils soupçonnent peut-être que nous existons quelque part mais ils n'ont pas de preuves et ils n'ont aucune possibilité d'en trouver, ni de nous trouver. On a un contrôle béton de tout ce qu'ils font.

Wadensjöö regarda par la fenêtre. Il vit les toits de quelques immeubles du voisinage.

— La seule chose qui reste, c'est la fille de Zalachenko. Si quelqu'un commence à fouiller son histoire et écoute ce qu'elle a à dire, n'importe quoi peut arriver. Cela dit, le procès démarre dans quelques jours et ensuite ça sera fini. Cette fois-ci, il nous faudra l'enterrer si profond qu'elle ne reviendra jamais nous hanter.

Wadensjöö secoua la tête.

— Je ne comprends pas ton attitude, dit Clinton.

— Non. Je comprends que tu ne comprennes pas. Tu viens d'avoir soixante-huit ans. Tu es mourant. Tes décisions ne sont pas rationnelles, et pourtant tu sembles avoir réussi à ensorceler Georg Nyström et Jonas Sandberg. Ils t'obéissent comme si tu étais Dieu le Père.

— Je *suis* Dieu le Père pour tout ce qui concerne la Section. Nous travaillons selon un plan. Notre détermination a donné sa chance à la Section. Et j'en suis intimement convaincu quand je dis que plus jamais la Section ne se retrouvera dans une situation aussi exposée. Cette affaire terminée, nous allons faire une révision totale de notre activité.

— Je comprends.

— Georg Nyström sera le nouveau chef. Il est trop vieux en fait, mais il est le seul qui pourra être pris en considération, et il a promis de rester au moins six ans de plus. Sandberg est trop jeune et, à cause de ta façon de diriger, trop inexpérimenté. Son apprentissage aurait dû être terminé maintenant.

— Clinton, tu ne réalises pas ce que tu as fait. Tu as assassiné un homme. Björck a travaillé pour la Section pendant trente-cinq ans et tu as ordonné sa mort. Tu ne comprends pas que…

— Tu sais très bien que c'était nécessaire. Il nous avait trahis et il n'aurait jamais supporté la pression quand la police a commencé à le serrer de près.

Wadensjöö se leva.

— Je n'ai pas encore fini.

— Alors ce sera pour plus tard. J'ai un boulot à terminer pendant que toi, tu restes allongé ici avec tes fantasmes de toute-puissance divine.

Wadensjöö se dirigea vers la porte.

— Si tu es si moralement indigné, pourquoi tu ne vas pas voir Bublanski pour avouer tes crimes ?

Wadensjöö se tourna vers le malade.

— L'idée m'a effleuré. Mais, quoi que tu penses, je protège la Section de toutes mes forces.

En ouvrant la porte, il tomba nez à nez avec Georg Nyström et Jonas Sandberg.

— Salut Clinton, dit Nyström. Il faut qu'on parle de deux-trois choses.

— Entrez. Wadensjöö s'en allait justement.

Nyström attendit que la porte soit refermée.

— Fredrik, je commence à être sérieusement inquiet, dit Nyström.

— Pourquoi ?

— Sandberg et moi, nous avons réfléchi. Il se passe des choses que nous ne comprenons pas. Ce matin, l'avocate de Salander a transmis son autobiographie au procureur.

— *Quoi !?*

L'INSPECTEUR CRIMINEL HANS FASTE contemplait Annika Giannini tandis que le procureur Richard Ekström versait du café d'un thermos. Ekström était stupéfié par le document qu'on lui avait servi en arrivant à son bureau le matin. Avec Faste, ils avaient lu les quarante pages qui formaient le récit de Lisbeth Salander. Ils avaient discuté de cet étrange document un long moment. Finalement, il s'était senti obligé de demander à Annika Giannini de passer le voir pour un entretien informel.

Ils s'installèrent autour d'une petite table de conférence dans le bureau d'Ekström.

— Merci d'avoir accepté de venir, commença Ekström. J'ai lu ce… hmm… compte rendu que vous m'avez transmis ce matin et je ressens le besoin d'éclaircir quelques points…

— Oui ? dit Annika Giannini pour l'aider.

— Je ne sais pas vraiment par quel bout le prendre. Peut-être dois-je commencer par dire qu'aussi bien moi que l'inspecteur Faste, nous sommes profondément décontenancés.

— Ah bon ?

— J'essaie de comprendre vos intentions.

— Comment ça ?

— Cette autobiographie ou ce qu'on peut bien l'appeler. Quel en est le but ?

— Ça me semble assez évident. Ma cliente tient à exposer sa version de ce qui s'est passé.

Ekström rit avec bonhomie. Il passa sa main sur sa barbiche en un geste familier qui, pour une raison ou une autre, avait commencé à irriter Annika.

— Oui, mais votre cliente a disposé de plusieurs mois pour s'expliquer. Elle n'a pas dit un mot pendant tous les interrogatoires que Faste a essayé de mener avec elle.

— Pour autant que je sache, il n'existe pas de loi qui l'oblige à parler quand cela convient à l'inspecteur Faste.

— Non, mais je veux dire... le procès contre Salander débute dans deux jours et c'est à la dernière minute qu'elle livre ceci. Cela m'amène à ressentir une sorte de responsabilité, qui se situe un peu au-delà de mon devoir de procureur.

— Aha ?

— Je ne voudrais sous aucun prétexte m'exprimer d'une manière que vous pourriez juger offensante. Ce n'est pas mon intention. Les formes procédurales existent dans notre pays. Mais, madame Giannini, vous êtes avocate en droits des femmes et vous n'avez jamais auparavant représenté un client dans une affaire criminelle. Je n'ai pas poursuivi Lisbeth Salander parce qu'elle est une femme mais parce qu'elle est l'auteur de violences aggravées. Je suis sûr que vous-même avez dû comprendre qu'elle est gravement atteinte sur le plan psychique, et qu'elle a besoin de soins et d'assistance de la part de la société.

— Je vais vous aider, dit Annika Giannini aimablement. Vous avez peur que je n'assure pas à Lisbeth Salander une défense satisfaisante.

— Il n'y a rien de dégradant dans mes propos, dit Ekström. Je ne remets pas en question votre compétence. Je pointe seulement le fait que vous manquez d'expérience.

— Je vois. Laissez-moi dire alors que je suis entièrement d'accord avec vous. Je manque énormément d'expérience d'affaires criminelles.

— Et pourtant vous avez systématiquement décliné l'aide qui vous a été offerte de la part d'avocats beaucoup plus expérimentés...

— Selon les désirs de ma cliente. Lisbeth Salander me veut comme avocate et j'ai l'intention de la représenter à la cour dans deux jours.

Elle sourit poliment.

— Bon. Mais puis-je savoir si vous avez sérieusement l'intention de présenter le contenu de cette rédaction devant la cour ?

— Evidemment. C'est l'histoire de Lisbeth Salander.

Ekström et Faste se consultèrent du regard. Faste haussa les sourcils. Il ne comprenait pas pourquoi Ekström insistait autant. Si Giannini ne comprenait pas qu'elle allait totalement saborder sa cliente, ce n'étaient vraiment pas les oignons du procureur. Il n'y avait qu'à accepter, dire merci et puis classer l'affaire.

Il ne doutait pas une seconde que Salander était folle à lier. Il avait mobilisé tous ses talents pour essayer de lui faire dire au moins où elle habitait. Pourtant, au fil des interrogatoires, cette foutue fille était restée muette comme une carpe à contempler le mur derrière lui. Elle n'avait pas bougé d'un millimètre. Elle avait refusé les cigarettes qu'il lui proposait, tout comme le café ou les boissons fraîches. Elle n'avait pas réagi quand il l'avait suppliée, ni aux moments de grande irritation quand il avait haussé la voix.

C'était probablement les interrogatoires les plus frustrants que l'inspecteur Hans Faste ait jamais menés.

Il soupira.

— Madame Giannini, finit par dire Ekström. J'estime que votre cliente devrait être dispensée de ce procès. Elle est malade. Je me base sur un examen psychiatrique extrêmement qualifié. Elle mériterait de recevoir enfin les soins psychiatriques dont elle a eu besoin pendant toutes ces années.

— Dans ce cas, je suppose que vous allez en informer la cour.

— Je vais le faire. Il ne m'appartient pas de vous dire comment mener sa défense. Mais si c'est cela la ligne que vous avez sérieusement l'intention de suivre, la situation est totalement absurde. Cette autobiographie contient des accusations parfaitement insensées et sans fondements contre plusieurs personnes… surtout contre son ancien tuteur, maître Bjurman, et contre le Dr Peter Teleborian. J'espère que vous ne croyez pas sérieusement que la cour va accepter des raisonnements qui sans la moindre preuve mettent en cause Teleborian. Ce document va constituer le dernier clou dans le cercueil de votre cliente, si vous me passez l'expression.

— Je comprends.

— Vous pouvez nier, au cours du procès, qu'elle est malade et exiger une expertise psychiatrique complémentaire, et l'affaire peut être confiée à la direction de la Médecine légale pour évaluation. Mais, très franchement, avec ce compte rendu de Salander, il ne fait aucun doute que tous les autres psychiatres assermentés arriveront à la même conclusion que Peter Teleborian. Son récit ne fait que renforcer les évidences qui indiquent qu'elle souffre de schizophrénie paranoïde.

Annika Giannini sourit poliment.

— Il existe cependant une autre possibilité, dit-elle.

— Et qui serait laquelle ? demanda Ekström.

— Eh bien, que son compte rendu dit la vérité et que la cour choisira de le croire.

Le procureur Ekström eut l'air surpris. Puis il sourit poliment et se caressa la barbiche.

FREDRIK CLINTON S'ÉTAIT ASSIS devant la fenêtre de sa chambre. Il écoutait attentivement ce que lui racontaient Georg Nyström et Jonas Sandberg. Son visage était creusé de rides mais ses yeux étaient attentifs et concentrés.

— Nous avons une surveillance des appels téléphoniques et du courrier électronique des employés principaux de *Millénium* depuis le mois d'avril, dit Clinton. Nous avons constaté que Mikael Blomkvist, Malou Eriksson et ce Cortez sont quasiment résignés. Nous avons lu le synopsis du prochain numéro de *Millénium*. On dirait que Blomkvist lui-même a fait marche arrière vers une position où il considère qu'après tout, Salander est folle. S'il défend Lisbeth Salander, c'est sur un plan social – il argumente qu'elle n'a pas reçu le soutien de la société qu'elle aurait dû avoir et qu'en quelque sorte ce n'est donc pas sa faute si elle a essayé de tuer son père... mais c'est une opinion qui ne signifie absolument rien. Il n'y a pas un mot sur le cambriolage dans son appartement, ni sur l'agression de sa sœur à Göteborg, ni sur la disparition des rapports. Il sait qu'il ne peut rien prouver.

— C'est ça, le problème, dit Jonas Sandberg. Blomkvist devrait raisonnablement savoir que quelque chose cloche. Mais il ignore systématiquement tous ces points d'interrogation. Pardonnez-moi, mais ça ne ressemble pas du tout au style de *Millénium*. De plus, Erika Berger est de retour à la rédaction. Tout ce numéro de *Millénium* est tellement vide et sans contenu que ça a tout d'une blague.

— Alors, tu veux dire... que c'est une feinte ?

Jonas Sandberg hocha la tête.

— Le numéro d'été de *Millénium* aurait en fait dû sortir la dernière semaine de juin. D'après nos interprétations des mails de Malou Eriksson à Mikael Blomkvist, ce numéro sera imprimé par une entreprise à Södertälje. Mais j'ai vérifié avec la boîte aujourd'hui, et ils n'ont pas encore reçu de maquette. Tout ce qu'ils ont, c'est une demande de devis datée d'il y a un mois.

— Hmm, dit Fredrik Clinton.

— Où ont-ils imprimé avant ?

— Dans une boîte qui s'appelle Hallvigs Reklam à Morgongåva. J'ai appelé pour demander où ils en étaient de l'impression – j'ai fait semblant de travailler à *Millénium*. Le chef de Hallvigs n'a pas voulu dire un mot. Je me disais que j'irais y faire un tour ce soir pour jeter un coup d'œil.

— Je te suis. Georg ?

— J'ai examiné tous les appels téléphoniques disponibles de cette semaine, dit Georg Nyström. C'est étrange, mais aucun des employés de *Millénium* ne discute de quoi que ce soit touchant au procès ou à l'affaire Zalachenko.

— Rien ?

— Non. Les seules mentions, c'est lorsqu'un employé discute avec des gens extérieurs à *Millénium*. Ecoutez ça, par exemple. Mikael Blomkvist reçoit l'appel d'un reporter d'*Aftonbladet* qui demande s'il a des commentaires à faire sur le procès imminent.

Il sortit un magnétophone.

— *Désolé, mais je n'ai pas de commentaires.*

— *Tu participes à cette histoire depuis le début. C'est toi qui as trouvé Salander à Gosseberga. Et tu n'as pas encore publié un mot là-dessus. Quand est-ce que tu as l'intention de le faire ?*

— *Au moment propice. A condition que j'aie quelque chose à publier.*

— *Est-ce que c'est le cas ?*

— *Eh bien, je suppose qu'il te faudra acheter* Millénium *pour le savoir.*

Il arrêta le magnétophone.

— C'est vrai qu'on n'y a pas pensé auparavant, mais je suis remonté dans le temps et j'ai écouté un peu au hasard. C'est comme ça sans arrêt. Il ne discute presque jamais l'affaire Zalachenko, autrement que dans des termes très généraux. Il n'en parle même pas avec sa sœur qui est l'avocate de Salander.

— Mais si ça se trouve, il n'a rien à dire.

— Il refuse systématiquement de spéculer sur quoi que ce soit. Il semble habiter à la rédaction vingt-quatre heures sur vingt-quatre et il n'est presque jamais chez lui à Bellmansgatan. S'il travaille jour et nuit, il aurait dû pondre quelque chose de mieux que ce qu'il y a dans le prochain numéro de *Millénium*.

— Et nous n'avons toujours aucune possibilité de mettre la rédaction sur écoute ?

— Non, dit Jonas Sandberg intervenant dans la conversation. Il y a toujours quelqu'un de présent à la rédaction, de jour comme de nuit. Ça aussi, c'est révélateur.

— Hmm.

— Depuis le moment où on s'est introduit dans l'appartement de Blomkvist, il y a constamment eu quelqu'un de présent à la rédaction. Blomkvist s'y précipite tout le temps et l'éclairage de son bureau est allumé en permanence. Si ce n'est pas lui, c'est Cortez ou Malou Eriksson ou ce pédé… euh, Christer Malm.

Clinton se frotta le menton. Il réfléchit un moment.

— OK. Vos conclusions ?

Georg Nyström hésita un instant.

— Eh bien… si on ne me donne pas d'autre explication, je pourrais croire qu'ils nous jouent la comédie.

Clinton sentit un frisson lui parcourir la nuque.

— Comment ça se fait qu'on ne l'ait pas remarqué plus tôt ?

— Nous avons écouté ce qui se dit, pas ce qui ne se dit pas. Nous nous sommes réjouis d'entendre leur trouble ou de le constater dans leurs mails. Blomkvist comprend que quelqu'un a volé le rapport Salander de 1991, à lui et à sa sœur. Mais que voulez-vous qu'il y fasse, bordel de merde ?

— Ils n'ont pas porté plainte pour l'agression ?

Nyström secoua la tête.

— Giannini a participé aux interrogatoires de Salander. Elle est polie mais elle ne dit rien d'important. Et Salander ne dit rien du tout.

— Mais c'est à notre avantage, ça. Plus elle ferme sa gueule, mieux c'est. Qu'en dit Ekström ?

— Je l'ai rencontré il y a deux heures. Il venait de recevoir le récit de Salander.

Il montra la copie sur les genoux de Clinton.

— Ekström est perturbé. Pour le non-initié, ce compte rendu a tout de la théorie du complot totalement démente avec des touches pornographiques. Mais elle tire vraiment très près de la cible. Elle raconte exactement comment ça s'est passé quand elle a été enfermée à Sankt Stefan, elle soutient que Zalachenko travaillait pour la Säpo et des choses comme ça. Elle dit qu'il s'agit probablement d'une petite secte au sein de la Säpo, ce qui indique qu'elle soupçonne l'existence de quelque chose comme la Section. Globalement, c'est une description très exacte de nous. Mais elle n'est pas crédible, comme je le disais. Ekström est perturbé par ce qui semble être la défense que Giannini va présenter à l'audience.

— Merde ! s'écria Clinton.

Il inclina la tête en avant et pensa intensément pendant plusieurs minutes. Finalement, il leva la tête.

— Jonas, va à Morgongåva ce soir vérifier si quelque chose est en route. S'ils impriment *Millénium*, je veux une copie.

— Je prends Falun avec moi.

— Bien. Georg, je veux que tu ailles prendre le pouls d'Ekström cet après-midi. Tout a marché comme sur des roulettes jusqu'à maintenant, mais là, je ne peux pas faire abstraction de ce que vous venez de me dire.

— Non.

Clinton se tut encore un moment.

— Le mieux, ce serait qu'il n'y ait pas de procès…, finit-il par dire.

Il leva la tête et regarda Nyström droit dans les yeux. Nyström hocha la tête. Sandberg hocha la tête. Ils se comprenaient mutuellement.

— Nyström, vérifie donc ce qu'on a comme possibilités.

JONAS SANDBERG ET LE SERRURIER LARS FAULSSON, plus connu sous le nom de Falun, laissèrent la voiture un peu avant le chemin de fer et traversèrent Morgongåva à pied. Il était 20 h 30. Il y avait encore trop de lumière et il était trop tôt pour entreprendre quoi que ce soit, mais ils voulaient effectuer une reconnaissance du terrain et avoir une vue d'ensemble.

— Si cet endroit est sous alarme, je ne m'y attaque pas, dit Falun.

Sandberg hocha la tête.

— Alors il vaut mieux juste regarder par les fenêtres. S'il y a quelque chose en vue, tu balances une pierre par la vitre, tu attrapes ce qui t'intéresse, puis tu cavales comme un fou.

— C'est bien, dit Sandberg.

— Si tu as seulement besoin d'un exemplaire du journal, on peut vérifier s'il y a des bennes à ordures derrière le bâtiment. Il y a forcément des chutes et des épreuves et ce genre de choses.

L'imprimerie Hallvigs était installée dans un bâtiment bas en brique. Ils s'approchèrent côté sud de l'autre côté de la rue. Sandberg était sur le point de traverser la rue lorsque Falun le prit par le bras.

— Continue tout droit, dit-il.

— Quoi ?

— Continue tout droit comme si on se baladait.

Ils passèrent devant l'imprimerie et firent un tour dans le quartier.

— Qu'est-ce qu'il se passe ? demanda Sandberg.

— Il faut que tu ouvres les yeux. Cet endroit n'est pas seulement sous alarme. Il y avait une voiture garée à côté du bâtiment.

— Tu veux dire qu'il y a quelqu'un ?

— C'était une voiture de Milton Security. Putain ! Cette imprimerie est sous surveillance béton.

— MILTON SECURITY ! s'exclama Fredrik Clinton. Il accusa le choc en plein ventre.

— S'il n'y avait pas eu Falun, je serais allé droit dans le piège, dit Jonas Sandberg.

— Quelque chose de pas catholique est en train de se tramer, je vous le dis, dit Georg Nyström. Il n'y a aucune raison valable qu'une petite imprimerie dans un patelin perdu engage Milton Security pour une surveillance permanente.

Clinton hocha la tête. Sa bouche formait un trait rigide. Il était 23 heures et il avait besoin de se reposer.

— Et cela veut dire que *Millénium* a quelque chose sur le feu, dit Sandberg.

— Ça, j'ai compris, dit Clinton. OK. Analysons la situation. Quel est le pire des scénarios imaginables ? Qu'est-ce qu'ils peuvent savoir ?

Il regarda Nyström en l'exhortant des yeux à répondre.

— Ça doit être lié au rapport Salander de 1991, dit-il. Ils ont augmenté la sécurité après qu'on avait volé les copies. Ils ont dû deviner qu'ils étaient sous surveillance. Au pire, ils ont une autre copie du rapport.

— Mais Blomkvist s'est montré désespéré de l'avoir perdu.

— Je sais. Mais il a pu nous rouler. Faut pas ignorer cette possibilité-là.

Clinton hocha la tête.

— Partons de ça. Sandberg ?

— On a l'avantage de connaître la défense de Salander. Elle raconte la vérité telle qu'elle la vit. J'ai relu sa prétendue autobiographie. En fait, elle nous arrange. Elle contient des accusations de viol et d'abus de pouvoir judiciaire tellement énormes que tout ça va prendre l'allure d'élucubrations d'une mythomane.

Nyström hocha la tête.

— De plus, elle ne peut prouver aucune de ses affirmations. Ekström va retourner son compte rendu contre elle. Il va anéantir sa crédibilité.

— OK. Le nouveau rapport de Teleborian est excellent. Ensuite, il reste évidemment la possibilité que Giannini sorte son propre expert qui affirme que Salander n'est pas folle et alors toute l'affaire atterrira à la direction de la Médecine légale. Mais je le redis : si Salander ne change pas de tactique, elle refusera de leur parler, à eux aussi, et alors ils en tireront la conclusion que Teleborian a raison et qu'elle est dingue. Elle est son propre pire ennemi.

— Ce serait quand même mieux s'il n'y avait pas de procès, dit Clinton.

Nyström secoua la tête.

— C'est pratiquement impossible. Elle est bouclée à la maison d'arrêt de Kronoberg et elle n'a pas de contact avec d'autres prisonniers. Elle a droit à une heure d'exercice physique par jour dans la cour de promenade en terrasse, mais nous n'avons aucun accès à elle là non plus. Et nous n'avons pas de contact parmi le personnel de la maison d'arrêt.

— Je comprends.

— Si nous voulions agir contre elle, nous aurions dû le faire quand elle était à Sahlgrenska. Maintenant il faudrait s'y prendre au grand jour. L'assassin se ferait coincer à tous les coups, c'est sûr à pratiquement cent pour cent. Et où trouver un tireur qui accepte ça ? En si peu de temps, il est impossible d'organiser un suicide ou un accident.

— C'est ce que je me suis dit. Sans compter que les décès inattendus ont tendance à soulever des questions. OK, on verra bien ce qui va se passer au tribunal. Concrètement, rien de changé. Nous nous sommes tout le temps attendus à une contre-attaque de leur part et apparemment c'est maintenant cette prétendue autobiographie.

— Le problème, c'est *Millénium*, dit Jonas Sandberg.

Tous les trois hochèrent la tête.

— *Millénium* et Milton Security, dit Clinton pensivement. Salander a travaillé pour Armanskij, et Blomkvist a eu une aventure avec elle. Doit-on en tirer la conclusion qu'ils font cause commune maintenant ?

— C'est une pensée plausible du moment où Milton Security surveille l'imprimerie où *Millénium* doit passer sous presse. Cela ne peut pas être un hasard.

— OK. Quand ont-ils l'intention de publier ? Sandberg, tu disais qu'ils ont bientôt dépassé la date de deux semaines. Si nous supposons que Milton Security surveille l'imprimerie pour veiller à ce que personne ne mette la main sur *Millénium* avant l'heure, ça veut dire d'une part qu'ils ont l'intention de publier quelque chose qu'ils ne veulent pas révéler avant l'heure, d'autre part que la revue est probablement déjà imprimée.

— En même temps que le procès, dit Jonas Sandberg. C'est la seule possibilité qui tienne la route.

Clinton hocha la tête.

— Qu'est-ce qu'il y aura dans leur revue ? Quel est le pire scénario ?

Tous les trois réfléchirent un long moment. Ce fut Nyström qui rompit le silence.

— Donc, au pire ils ont une autre copie du rapport de 1991.

Clinton et Sandberg hochèrent la tête. Ils en étaient arrivés à la même conclusion.

— La question est de savoir ce qu'ils peuvent en faire, dit Sandberg. Le rapport met en cause Björck et Teleborian. Björck est mort. Ils vont cuisiner Teleborian, mais il peut revendiquer qu'il n'a fait qu'une expertise médicale tout à fait ordinaire. Ça sera sa parole contre la leur, et il saura évidemment se montrer parfaitement consterné face à toutes ces accusations.

— Comment allons-nous agir s'ils publient le rapport ? demanda Nyström.

— Je crois que nous avons un atout, dit Clinton. Si le rapport crée des remous, le focus sera mis sur la Säpo, pas sur la Section. Et quand les journalistes commenceront à poser des questions, la Säpo sortira le rapport des archives…

— Et ce ne sera pas le même rapport, dit Sandberg.

— Shenke a mis la version modifiée dans les archives, c'est-à-dire la version que le procureur Ekström a lue. Il l'a pourvue d'un numéro de rôle. Nous pouvons assez rapidement faire passer de la désinformation aux médias… Nous avons l'original que Bjurman avait dégoté et *Millénium* n'a qu'une copie. Nous pouvons même balancer une info qui suggère que Blomkvist a falsifié le rapport original.

— Bien. Qu'est-ce qu'ils peuvent savoir d'autre à *Millénium* ?

— Ils ne peuvent pas connaître la Section. C'est impossible. Ils vont donc se concentrer sur la Säpo, ce qui va faire paraître Blomkvist obnubilé par les conspirations et la Säpo va soutenir qu'il est complètement cinglé.

— Il est assez connu, dit Clinton lentement. Depuis l'affaire Wennerström, il jouit d'une grande crédibilité.

Nyström hocha la tête.

— Est-ce qu'il y aurait un moyen de diminuer cette crédibilité ? demanda Jonas Sandberg.

Nyström et Clinton échangèrent des regards. Puis ils hochèrent la tête tous les deux. Clinton regarda Nyström.

— Tu penses que tu pourrais mettre la main sur… disons cinquante grammes de coke ?

— Peut-être chez les Yougos.

— OK. Essaie toujours. Mais ça urge. Le procès commence dans deux jours.

— Je ne comprends pas…, dit Jonas Sandberg.

— C'est une astuce aussi vieille que notre métier. Mais toujours particulièrement efficace.

— MORGONGÅVA ? demanda Torsten Edklinth en fronçant les sourcils. Il était en robe de chambre, assis dans le canapé de son séjour, en train de relire pour la troisième fois l'auto-biographie de Salander quand Rosa Figuerola l'avait appelé. Minuit étant largement dépassé, il avait compris que quelque chose de pas très net se passait.

— Morgongåva, répéta Rosa Figuerola. Sandberg et Lars Faulsson s'y sont rendus vers 19 heures. Curt Bolinder et la bande de Bublanski les ont filés tout le long, d'autant plus facilement que nous avons un mouchard dans la voiture de Sandberg. Ils se sont garés près de l'ancienne gare, puis ils se sont promenés un peu dans le quartier, avant de revenir à la voiture pour retourner à Stockholm.

— Je vois. Ils ont rencontré quelqu'un ou… ?

— Non. C'est ça qui est étrange. Ils sont descendus de la voiture, ont fait leur tour, puis ils sont retournés à la voiture et revenus à Stockholm.

— Ah bon. Et pourquoi est-ce que tu m'appelles à minuit et demi pour me raconter ça ?

— Il nous a fallu un petit moment pour comprendre. Ils sont passés devant un bâtiment qui abrite l'imprimerie Hall-vigs Reklam. J'en ai parlé avec Mikael Blomkvist. C'est là que *Millénium* est imprimé.

— Oh putain ! fit Edklinth.

Il comprit immédiatement les implications.

— Comme Falun était de la partie, je suppose qu'ils avaient l'intention de faire une petite visite à l'imprimerie, mais ils ont interrompu leur expédition, dit Rosa Figuerola.

— Et pourquoi ?

— Parce que Blomkvist a demandé à Dragan Armanskij de surveiller l'imprimerie jusqu'au moment de la distribution du journal. Ils ont probablement vu la voiture de Milton Security. Je me suis dit que tu aimerais avoir cette information tout de suite.

— Tu avais raison. Ça signifie qu'ils commencent à se dire qu'il y a anguille sous roche…

— En tout cas, les sonnettes d'alarme ont dû commencer à retentir dans leur tête quand ils ont vu la voiture. Sandberg a déposé Falun au centre-ville et ensuite il est revenu à l'immeuble dans Artillerigatan. Nous savons que Fredrik Clinton se trouve là. Georg Nyström est arrivé à peu près en même temps. La question est de savoir comment ils vont agir.

— Le procès débute mardi… Il faudra que tu appelles Blomkvist pour lui dire de renforcer la sécurité à *Millénium*. Pour parer à toute éventualité.

— Ils ont déjà une sécurité assez solide. Et leur façon de souffler des ronds de fumée autour de leurs téléphones piégés n'a rien à envier aux pros. Le fait est que Blomkvist est tellement parano qu'il a développé des méthodes pour détourner l'attention qui pourraient même nous servir.

— OK. Mais appelle-le quand même.

ROSA FIGUEROLA FERMA SON TÉLÉPHONE PORTABLE et le posa sur la table de chevet. Elle leva les yeux et regarda Mikael Blomkvist à moitié allongé, adossé au montant du pied du lit, tout nu.

— Je dois t'appeler pour te dire de renforcer la sécurité à *Millénium*, dit-elle.

— Merci pour le tuyau, dit-il laconiquement.

— Je suis sérieuse. S'ils commencent à se douter de quelque chose, il y a un risque qu'ils agissent sans réfléchir. Et alors un cambriolage est vite arrivé.

— Henry Cortez y dort cette nuit. Et nous avons une alarme d'agression directement reliée à Milton Security qui est à trois minutes de distance.

Il resta silencieux pendant une seconde.

— Ah oui, parano…, marmonna-t-il.

24

LUNDI 11 JUILLET

IL ÉTAIT 6 HEURES LE LUNDI lorsque Susanne Linder de Milton Security appela Mikael Blomkvist sur son T10 bleu.

— Tu ne dors jamais ? demanda Mikael à peine réveillé.

Il lorgna vers Rosa Figuerola qui était déjà debout et avait enfilé un short de sport, mais n'avait pas encore eu le temps de mettre le tee-shirt.

— Si. Mais j'ai été réveillée par la garde de nuit. L'alarme muette que nous avons installée dans ton appartement s'est déclenchée à 3 heures.

— Ah bon ?

— Alors j'ai dû m'y rendre pour voir ce qui s'était passé. Ce n'est pas évident comme truc. Est-ce que tu pourrais passer à Milton Security ce matin ? Tout de suite, en fait.

— LÀ, ÇA DEVIENT GRAVE, dit Dragan Armanskij.

Il était peu après 8 heures quand ils se retrouvèrent devant un écran dans une salle de réunion à Milton Security. Il y avait là Armanskij, Mikael Blomkvist et Susanne Linder. Armanskij avait aussi fait venir Johan Fräklund, soixante-deux ans, ancien inspecteur criminel de la police de Solna qui dirigeait l'unité d'intervention de Milton, et l'ancien inspecteur criminel Steve Bohman, quarante-huit ans, qui avaient suivi l'affaire Salander depuis le début. Tous cogitaient sur la vidéo que Susanne Linder venait de leur montrer.

— Ce que nous voyons, c'est Jonas Sandberg qui ouvre la porte de l'appartement de Mikael Blomkvist à 3 h 17. Il a ses propres clés… Vous vous rappelez que Faulsson, qui est serrurier, a pris des empreintes des clés de Blomkvist il y a plusieurs semaines quand lui et Göran Mårtensson sont entrés dans l'appartement par effraction.

Armanskij hocha la tête, la mine sévère.

— Sandberg reste dans l'appartement un peu plus de huit minutes. Pendant ce temps, voilà ce qu'il fait. Il va chercher dans la cuisine un sachet en plastique qu'il remplit. Ensuite il dévisse la plaque arrière d'une enceinte que tu as dans le séjour, Mikael. C'est là qu'il place le sachet.

— Hmm, dit Mikael Blomkvist.

— Le fait qu'il va prendre un sachet dans ta cuisine est très révélateur.

— C'est un sachet de mini-baguettes de chez Konsum, dit Mikael. Je les garde toujours pour le fromage et des trucs comme ça.

— Je fais pareil chez moi. Et ce qui est révélateur, c'est évidemment que le sachet porte tes empreintes digitales. Ensuite il va prendre un vieux *SMP* dans ta corbeille à papier dans le vestibule. Il utilise une page du journal pour envelopper un objet qu'il place en haut dans ta penderie.

— Hmm, fit Mikael Blomkvist de nouveau.

— C'est pareil. Le journal a tes empreintes.

— Je comprends, dit Mikael Blomkvist.

— Je suis entrée dans ton appartement vers 5 heures. J'ai trouvé ceci. Dans l'enceinte chez toi il y a en ce moment cent quatre-vingts grammes de cocaïne. J'ai pris un échantillon d'un gramme que voici.

Elle plaça un petit sachet à conviction sur la table de conférence.

— Qu'est-ce qu'il y a dans la penderie ? demanda Mikael.

— Environ 120 000 couronnes en espèces.

Armanskij fit signe à Susanne Linder d'arrêter la bande. Il regarda Fräklund.

— Mikael Blomkvist est donc mêlé à du trafic de cocaïne, dit Fräklund avec bonhomie. Ils ont apparemment commencé à s'inquiéter de ce que fabrique Blomkvist.

— Ça, c'est une contre-attaque, dit Mikael Blomkvist.

— Contre-attaque ?

— Ils ont découvert les gardiens de Milton à Morgongåva hier soir.

Il raconta ce que Rosa Figuerola lui avait appris sur l'expédition de Sandberg à Morgongåva.

— Un méchant petit coquin, dit Steve Bohman.

— Mais pourquoi maintenant ?

— Ils se font manifestement du mouron pour ce que *Millénium* peut provoquer quand le procès va commencer, dit Fräklund. Si Blomkvist est arrêté pour trafic de drogue, sa crédibilité va considérablement diminuer.

Susanne Linder hocha la tête. Mikael Blomkvist eut l'air hésitant.

— Alors comment va-t-on gérer ça ? demanda Armanskij.

— On ne fait rien pour l'instant, proposa Fräklund. On dispose de plusieurs atouts. On a une excellente documentation qui démontre comment Sandberg place les preuves dans ton appartement, Mikael. Laissons le piège se refermer. On pourra immédiatement prouver ton innocence et, de plus, ça sera une autre preuve du comportement criminel de la Section. J'aimerais bien être procureur quand ces zigotos passeront devant la barre.

— Je ne sais pas, dit Mikael Blomkvist lentement. Le procès commence après-demain. *Millénium* sort vendredi, au troisième jour de l'audience. S'ils ont l'intention de m'épingler pour trafic de cocaïne, ça se fera avant… et je ne vais pas pouvoir m'expliquer avant que le journal soit publié. Ça veut dire que je risque d'être arrêté et que je loupe le début du procès.

— Autrement dit, tu as de bonnes raisons de rester invisible cette semaine, proposa Armanskij.

— Ben… j'ai du boulot à faire pour TV4 et j'ai quelques autres préparatifs en cours aussi. Ce n'est vraiment pas le moment…

— Pourquoi maintenant précisément ? demanda soudain Susanne Linder.

— Qu'est-ce que tu veux dire ? demanda Armanskij.

— Ils ont eu trois mois pour traîner Blomkvist dans la boue. Pourquoi est-ce qu'ils agissent maintenant précisément ? Quoi qu'ils fassent, ils ne vont pas pouvoir empêcher la publication.

Ils restèrent en silence autour de la table un moment.

— Ça peut être parce qu'ils n'ont pas compris ce que tu vas publier, Mikael, dit Armanskij lentement. Ils savent que tu trames quelque chose… mais ils croient peut-être que tu ne disposes que du rapport de Björck de 1991.

Mikael hocha lentement la tête.

— Ils n'ont pas compris que tu as l'intention de dévoiler toute la Section. S'il s'agit uniquement du rapport de Björck, il suffit de créer une méfiance autour de toi. Tes révélations éventuelles vont se noyer dans ton arrestation et ta mise en examen. Gros scandale. Le célèbre journaliste Mikael Blomkvist arrêté pour trafic de drogue. Six à huit ans de prison.

— Est-ce que je peux avoir deux copies du film de la caméra de surveillance ? demanda Mikael.

— Qu'est-ce que tu as l'intention de faire ?

— Une copie pour Edklinth. Ensuite, je dois rencontrer TV4 dans trois heures. Je crois que ce serait bien si nous étions préparés à balancer ça à la télé quand la tempête va se déchaîner.

ROSA FIGUEROLA ARRÊTA LE LECTEUR DVD et posa la télécommande sur la table. Ils se voyaient dans le bureau temporaire à Fridhemsplan.

— De la cocaïne, dit Edklinth. Ils n'emploient pas les petits moyens !

Rosa Figuerola eut l'air hésitant. Elle lorgna sur Mikael.

— Je n'aime pas ça, dit-elle. Ça révèle une précipitation irréfléchie. Ils devraient bien comprendre que tu ne vas pas te laisser faire sans protester s'ils te jettent au trou pour trafic de drogue.

— Si, dit Mikael.

— Même si tu étais condamné, il y a un grand risque pour eux que les gens croient quand même ce que tu dis. Et tes collègues à *Millénium* ne vont pas se taire.

— De plus, tout ça n'est pas donné, dit Edklinth. Ils ont donc un budget qui signifie qu'ils peuvent sans sourciller sortir 120 000 couronnes en plus de ce que coûte la coke.

— Je sais, dit Mikael. Mais leur plan est carrément bon. Ils se disent que Lisbeth Salander va se retrouver à l'HP et que je vais disparaître dans un nuage d'accusations. Ils s'imaginent aussi que toute l'attention éventuelle va se concentrer sur la Säpo – pas sur la Section. C'est pas mal comme situation de départ.

— Mais comment vont-ils pouvoir persuader la brigade des stups de faire une perquisition chez toi ? Je veux dire, il ne suffit pas d'un tuyau anonyme pour que quelqu'un vienne défoncer la porte d'un journaliste-vedette. Et pour que ça fonctionne, il faut que tu sois rendu suspect dans les jours à venir.

— Eh bien, nous ne savons rien sur leur planning, dit Mikael.

Il se sentait fatigué et aurait voulu que tout soit terminé. Il se leva.

— Tu vas où maintenant ? demanda Rosa Figuerola. J'aimerais savoir où tu vas te trouver ces jours-ci.

— Je passe à TV4 en début d'après-midi. Et à 18 heures, je retrouve Erika Berger pour un sauté d'agneau au *Samirs Gryta*. On va peaufiner des communiqués de presse. Le reste de la soirée, je serai à la rédaction, je suppose.

Les yeux de Rosa Figuerola s'étrécirent un peu quand elle entendit mentionner Erika Berger.

— Je veux que tu gardes le contact pendant la journée. De préférence, je voudrais que tu restes en contact proche jusqu'à ce que le procès ait démarré.

— OK. Je peux peut-être venir m'installer chez toi pendant quelques jours, dit Mikael en souriant comme s'il plaisantait.

Rosa Figuerola s'assombrit. Elle jeta un rapide coup d'œil sur Edklinth.

— Rosa a raison, dit Edklinth. Je crois qu'il vaudrait mieux que tu te rendes relativement invisible jusqu'à ce que tout ça soit terminé. Si tu te fais coincer par la brigade des stups, garde le silence jusqu'à ce que le procès ait démarré.

— Du calme, dit Mikael. Je n'ai pas l'intention de paniquer et de gâcher quoi que ce soit. Occupez-vous de votre part, et je m'occuperai de la mienne.

LA FILLE DE TV4 avait du mal à dissimuler son excitation devant le matériel vidéo que Mikael Blomkvist lui livrait. Mikael sourit de son appétit. Pendant une semaine, ils s'étaient escrimés comme des bêtes à assembler un matériel compréhensible sur la Section pour un usage télévisé. Aussi bien le producteur pour qui elle travaillait que le chef des Actualités à TV4 avaient compris le scoop que ça allait être. L'émission serait produite dans le plus grand secret avec seulement quelques rares initiés. Ils avaient accepté les exigences de Mikael de ne diffuser l'histoire que le soir du troisième jour du procès. Ils avaient décidé de lancer ça dans une édition spéciale du journal.

Mikael lui avait fourni une grande quantité d'images fixes pour qu'elle puisse jouer avec, mais rien ne vaut des images qui bougent à la télé. Et cette vidéo d'une netteté absolue montrant un policier identifié en train de planquer de la cocaïne dans l'appartement de Mikael Blomkvist la faisait carrément grimper aux rideaux.

— Ça, c'est de la télé de première, dit-elle. En vignette : Ici la Säpo planque de la cocaïne dans l'appartement du journaliste.

— Pas la Säpo… la Section, rectifia Mikael. Ne commets pas l'erreur de confondre les deux.

— Mais Sandberg bosse bien à la Säpo, protesta-t-elle.

— Oui, mais concrètement, il faut le considérer comme un agent infiltré. Tu dois maintenir la limite au poil près.

— OK. C'est la Section qui est à l'affiche ici. Pas la Säpo. Mikael, peux-tu m'expliquer comment ça se fait que tu sois toujours mêlé à ce genre de brûlot ? Tu as raison. Ceci va faire plus de bruit que l'affaire Wennerström.

— J'ai du talent, j'imagine. Ironie du sort, mais cette histoire aussi commence avec une affaire Wennerström. L'affaire d'espionnage dans les années 1960, je veux dire.

A 16 heures, Erika Berger appela. Elle se trouvait à une réunion avec *Tidningsutgivarna* pour communiquer aux patrons de la presse sa vision des licenciements de personnel prévus à *SMP*, opération qui avait mené à un sérieux conflit syndical depuis sa démission. Elle expliqua qu'elle serait en retard pour leur rendez-vous au *Samirs Gryta*, elle ne pensait pas pouvoir venir avant 18 h 30.

JONAS SANDBERG AIDA FREDRIK CLINTON à passer du fauteuil roulant à la couchette de la chambre de repos qui constituait le centre de commandement du QG de la Section à Artillerigatan. Clinton venait de rentrer de sa dialyse qui avait duré tout l'après-midi. Il se sentait centenaire et incommensurablement fatigué. Il n'avait guère dormi ces derniers jours et souhaitait que tout soit bientôt fini. Il

venait à peine de s'installer dans le lit quand Georg Nyström les rejoignit.

Clinton concentra ses forces.

— Tout est en place ? demanda-t-il.

Georg Nyström hocha la tête.

— Je viens de rencontrer les frères Nikolić, dit-il. Ça va
coûter 50 000.

— On peut les payer, dit Clinton.

Putain alors, si j'avais été jeune.

Il tourna la tête et examina Georg Nyström et Jonas Sandberg à tour de rôle.

— Pas de scrupules ? demanda-t-il.

Tous deux secouèrent la tête.

— Quand ? demanda Clinton.

— Dans les vingt-quatre heures, dit Nyström. C'est vachement difficile de trouver où Blomkvist se niche, mais au pire
ils le feraient devant la rédaction.

Clinton hocha la tête.

— On a une possible ouverture dès ce soir, dans deux
heures, dit Jonas Sandberg.

— Ah bon ?

— Erika Berger l'a appelé il y a pas très longtemps. Ils
vont dîner ensemble au *Samirs Gryta* ce soir. C'est un resto
du côté de Bellmansgatan.

— Ber-ger…, dit Clinton en étirant le nom.

— J'espère surtout qu'elle…, dit Georg Nyström.

— Ça ne serait pas forcément un mal, l'interrompit Jonas
Sandberg.

— Nous sommes d'accord : c'est Blomkvist qui constitue
la plus grande menace contre nous et il est vraisemblable
qu'il publiera quelque chose dans le prochain numéro de
Millénium. Nous ne pouvons pas empêcher la publication.
Donc il nous faut anéantir sa crédibilité. S'il est tué dans ce
qui semble être un règlement de comptes du milieu et
qu'ensuite la police trouve de la drogue et de l'argent dans
son appartement, l'enquête en tirera certaines conclusions.

Clinton hocha la tête.

— Il se trouve qu'Erika Berger est la maîtresse de Blomkvist, dit Sandberg en appuyant sur les mots. Elle est mariée
et infidèle. Si elle aussi meurt brutalement, cela mènera à un
tas d'autres spéculations.

Clinton et Nyström échangèrent un regard. Sandberg était un génie-né pour créer des rideaux de fumée. Il apprenait vite. Mais aussi bien Clinton que Nyström ressentirent un instant d'hésitation. Sandberg était toujours aussi insouciant quand il devait décider de la vie ou de la mort. Ce n'était pas bien. Le meurtre était une mesure extrême qui ne devait pas être appliquée uniquement parce que l'occasion se présentait. Ce n'était pas une solution toute faite, mais une mesure à utiliser exclusivement lorsqu'il n'y avait pas d'autres alternatives.

Clinton secoua la tête.

Dégâts collatéraux, pensa-t-il. Il était soudain dégoûté de la gestion de tout ça.

Après une vie au service de la nation, nous voici comme de vulgaires assassins. Zalachenko avait été nécessaire. Björck avait été… regrettable, mais Gullberg avait eu raison. Björck aurait cédé. Blomkvist était… probablement nécessaire. Mais Erika Berger n'était qu'un témoin innocent.

Il lorgna sur Jonas Sandberg. Il espérait que le jeune homme n'allait pas évoluer pour devenir un psychopathe.

— Les frères Nikolić, que savent-ils exactement ?

— Rien. Sur nous, je veux dire. Je suis le seul qu'ils aient rencontré, j'ai utilisé une autre identité et ils ne peuvent pas remonter à moi. Ils pensent que le meurtre a quelque chose à voir avec le trafic de femmes.

— Que se passera-t-il pour les frères Nikolić après le meurtre ?

— Ils quittent la Suède immédiatement, dit Nyström. Exactement comme après Björck. Si ensuite l'enquête de police ne donne pas de résultat, ils peuvent revenir en douceur quelques semaines plus tard.

— Et le plan ?

— Modèle sicilien. Ils s'approcheront tout simplement de Blomkvist, videront le chargeur et dégageront.

— Arme ?

— Ils ont un automatique. Je ne sais pas quel type.

— J'espère qu'ils n'ont pas l'intention d'arroser tout le restaurant…

— Ne crains rien. Ils sont du genre posé et savent ce qu'ils ont à faire. Mais si Berger est assise à la même table que Blomkvist…

Dégâts collatéraux.

— Ecoutez, dit Clinton. Il est important que Wadensjöö n'apprenne pas qu'on est mêlé à ça. Surtout pas si Erika Berger est une des victimes. Il est déjà tendu à la limite de craquer. J'ai peur qu'on soit obligé de le mettre à la retraite quand ce sera fini.

Nyström hocha la tête.

— Ça signifie que quand on aura le message nous annonçant que Blomkvist s'est fait tuer, il faut qu'on joue la comédie. On convoquera une réunion de crise et on semblera totalement abasourdis par les événements. On spéculera sur qui pourrait être derrière ce meurtre mais on ne dit rien sur la drogue et autres avant que la police trouve les pièces à conviction.

MIKAEL BLOMKVIST QUITTA la Fille de TV4 peu avant 17 heures. Ils avaient passé tout l'après-midi à passer en revue des points peu clairs dans le matériel et ensuite Mikael avait été maquillé puis filmé dans une longue interview.

Ils lui avaient posé une question à laquelle il avait eu du mal à répondre de façon cohérente et ils avaient redemandé plusieurs fois.

Comment se fait-il que des fonctionnaires de l'Etat soient allés jusqu'à commettre des assassinats ?

Mikael s'était posé cette question bien avant que la Fille de TV4 la pose. La Section avait dû voir Zalachenko comme une menace incroyable, mais ce n'était quand même pas une réponse satisfaisante. La réponse qu'il finit par donner n'était pas satisfaisante non plus.

— La seule explication plausible que je voie, c'est qu'au fil des ans, la Section a évolué pour devenir une secte au vrai sens du terme. Ils sont devenus comme la secte de Knutsby ou comme le pasteur Jim Jones ou des gens comme ça. Ils écrivent leurs propres lois dans lesquelles les notions de bien ou de mal cessent d'être pertinentes et ils semblent complètement isolés de la société normale.

— On dirait une sorte de maladie mentale ?

— Ce n'est pas une description totalement erronée.

Il prit le métro pour Slussen et constata qu'il était trop tôt pour aller au *Samirs Gryta*. Il traîna un moment sur la place de Södermalm. Il se sentait soucieux, mais d'un autre côté la vie avait retrouvé son sens. Ce n'était que lorsque Erika Berger était revenue à *Millénium* qu'il avait réalisé à quel point catastrophique elle lui avait manqué. Et qu'elle reprenne la barre n'avait pas mené à un conflit interne, bien au contraire. Malou était ravie d'avoir retrouvé son poste de secrétaire de rédaction, elle débordait de joie que la vie (comme elle le disait) retrouve son cours normal.

Le retour d'Erika avait aussi révélé le net déficit de personnel pendant les trois mois passés. Erika avait dû faire son retour à *Millénium* sur les chapeaux de roues, et avec l'aide de Malou Eriksson elle avait réussi à maîtriser une bonne partie du travail d'organisation accumulé et plus ou moins laissé en plan. D'une bonne réunion de rédaction était sortie la décision que *Millénium* devait s'agrandir et recruter au moins un et probablement deux nouveaux collaborateurs. Ils n'avaient cependant aucune idée de la manière dont ils allaient trouver les fonds nécessaires.

Finalement, Mikael alla acheter les journaux du soir et entra prendre un café au Java dans Hornsgatan, pour passer le temps jusqu'à ce que vienne l'heure de retrouver Erika.

LA PROCUREUR RAGNHILD GUSTAVSSON du ministère public posa ses lunettes de lecture sur la table de conférence et contempla l'assemblée. Elle avait cinquante-huit ans, et des cheveux grisonnants coupés court encadraient un visage joufflu parcouru de rides. Elle avait été procureur pendant vingt-cinq ans et travaillait au ministère public depuis le début des années 1990.

Trois semaines seulement s'étaient écoulées depuis qu'elle avait soudain été appelée au bureau officiel du procureur de la nation pour rencontrer Torsten Edklinth. Ce jour-là, elle bouclait quelques affaires de routine et s'apprêtait à partir pour un congé de six semaines dans sa maison de campagne sur Husarö. Au lieu de cela, elle avait reçu mission de mener l'enquête contre un groupe de fonctionnaires de l'Etat ayant autorité et pour l'instant regroupés sous le terme de "la Section". Tous ses projets de vacances avaient rapidement été abandonnés. Elle avait appris que ceci allait être sa tâche principale pour un temps indéterminé et on lui avait laissé les mains quasiment libres pour organiser elle-même son travail et prendre les décisions nécessaires.

— Cette affaire va être une des investigations criminelles les plus sensationnelles de l'histoire suédoise, avait dit le procureur de la nation.

Elle ne pouvait qu'être d'accord avec lui.

Puis elle était allée de surprise en surprise en écoutant le résumé que faisait Torsten Edklinth de l'affaire et de l'enquête qu'il avait réalisée sur ordre du Premier ministre. L'enquête n'était pas terminée, mais il estimait être arrivé au point où il lui fallait présenter la chose à un procureur.

Elle avait commencé par se faire une vue d'ensemble du matériel que Torsten Edklinth lui livrait. Mais lorsque l'étendue des crimes commis avait commencé à se préciser, elle avait réalisé que tout ce qu'elle faisait et toutes les décisions qu'elle prendrait allaient être passés au crible dans les livres d'histoire futurs. Dès lors, elle avait consacré chacune de ses minutes éveillées à essayer d'obtenir une vue d'ensemble cohérente de la liste de crimes quasi inconcevable qu'elle devait traiter. Le cas était unique dans l'histoire du droit suédoise et, puisqu'il était question de débusquer des actes criminels qui se commettaient depuis au moins trente ans, elle comprit le besoin d'une organisation très stricte du travail. Ses pensées allaient aux enquêteurs officiels antimafia en Italie, qui avaient dû travailler presque clandestinement pour survivre dans les années 1970 et 1980. Elle comprenait pourquoi Edklinth avait été obligé d'œuvrer en secret. Il ne savait pas en qui il pouvait avoir confiance.

La première mesure de Ragnhild Gustavsson fut de s'adjoindre trois collaborateurs du ministère public. Elle choisit des personnes qu'elle connaissait depuis de nombreuses années. Ensuite, elle engagea un historien connu du Conseil de prévention de la criminalité pour qu'il l'éclaire avec ses connaissances sur l'apparition des polices de sûreté au fil des décennies. Pour finir, elle désigna formellement Rosa Figuerola comme chef des investigations.

L'enquête sur la Section avait ainsi acquis une forme constitutionnellement valable. On pouvait maintenant la considérer comme n'importe quelle enquête de police, même si l'interdiction totale de révélation avait été décrétée.

Au cours des deux dernières semaines, la procureur Gustavsson avait convoqué un grand nombre de personnes à des interrogatoires formels mais très discrets. Mis à part Edklinth et Figuerola, il s'agissait des inspecteurs Bublanski, Sonja Modig, Curt Bolinder et Jerker Holmberg. Ensuite elle avait rencontré Mikael Blomkvist, Malou Eriksson, Henry Cortez, Christer Malm, Annika Giannini, Dragan Armanskij, Susanne Linder et Holger Palmgren. A part les représentants de *Millénium*, qui par principe ne répondaient pas aux questions susceptibles d'identifier leurs sources, tous avaient obligeamment fourni des comptes rendus détaillés et des preuves.

Ragnhild Gustavsson n'avait pas du tout apprécié le fait qu'on lui présente un calendrier déterminé par *Millénium* et qui impliquait qu'elle décide l'arrestation d'un certain nombre de personnes à une date déterminée. Elle estimait pour sa part avoir besoin de plusieurs mois de préparation avant que l'enquête arrive à ce stade. Pourtant, dans le cas présent, elle n'avait pas eu le choix. Mikael Blomkvist de la revue *Millénium* avait été intraitable. Il n'était soumis à aucun décret ou règlement officiel et il avait l'intention de publier l'article au troisième jour du procès contre Lisbeth Salander. Ragnhild Gustavsson fut ainsi obligée de s'adapter et de frapper simultanément pour que des suspects et éventuellement des preuves n'aient pas le temps de disparaître. Blomkvist bénéficiait, cela dit, de l'étonnant soutien d'Edklinth et de Figuerola, et peu à peu la procureur avait réalisé que le modèle blomkvistien avait certains avantages évidents. En tant que procureur, elle pourrait compter sur le coup de pouce médiatique bien agencé dont elle avait besoin pour mener l'accusation. De plus, le processus allait se dérouler si vite que l'enquête périlleuse n'aurait pas le temps de fuiter dans les couloirs de l'administration pour arriver aux oreilles de la Section.

— Pour Blomkvist, il s'agit avant tout de rendre justice à Lisbeth Salander. Epingler la Section n'est que la conséquence qui en découle, constata Rosa Figuerola.

Le procès contre Lisbeth Salander allait débuter le mercredi, deux jours plus tard, et la réunion de ce lundi avait eu pour but de passer en revue tout le matériel disponible et de distribuer les tâches.

Treize personnes avaient participé à la conférence. Du ministère public, Ragnhild Gustavsson avait amené ses deux collaborateurs les plus proches. De la Protection de la Constitution, la chef des investigations, Rosa Figuerola, était présente, avec ses collègues Stefan Bladh et Niklas Berglund. Le directeur de la Protection de la Constitution, Torsten Edklinth, avait participé en tant qu'observateur.

Ragnhild Gustavsson avait cependant décidé qu'une affaire de cette importance ne pourrait pas, question de crédibilité, se limiter à la Säpo. Raison pour laquelle elle avait appelé l'inspecteur Jan Bublanski et son équipe, Sonja Modig, Jerker Holmberg et Curt Bolinder, de la police ordinaire. Ceux-ci avaient travaillé sur l'affaire Salander depuis Pâques et connaissaient parfaitement l'histoire. De plus, elle avait requis la présence de la procureur Agneta Järvas et de l'inspecteur Marcus Ackerman de Göteborg. L'enquête sur la Section avait un lien direct avec l'enquête sur l'assassinat d'Alexander Zalachenko.

Lorsque Rosa Figuerola mentionna que l'ancien Premier ministre, Thorbjörn Fälldin, devrait éventuellement être appelé comme témoin, Jerker Holmberg et Sonja Modig se tortillèrent avec gêne.

Pendant cinq heures, on avait examiné, les uns après les autres, les noms des personnes identifiées comme des actifs au sein de la Section, ce qui avait permis de constater que la loi était enfreinte et qu'il fallait procéder à des arrestations. En tout, sept personnes avaient été identifiées et mises en relation avec l'appartement dans Artillerigatan. Ensuite, neuf personnes avaient été identifiées qui étaient supposées avoir des liens avec la Section mais qui ne venaient jamais dans Artillerigatan. Elles travaillaient principalement à la Säpo sur Kungsholmen mais avaient rencontré l'un ou l'autre des actifs de la Section.

— Il est impossible pour l'instant de dire jusqu'où s'étend la conspiration. Nous ne savons pas dans quelles circonstances ces gens rencontrent Wadensjöö ou quelqu'un d'autre. Ils peuvent être informateurs ou on a pu leur faire croire qu'ils travaillent pour des enquêtes internes ou ce genre de choses. Il existe donc une incertitude quant à leur implication qui ne pourra être levée que lorsque nous aurons eu l'occasion de les entendre. De plus, il s'agit uniquement de personnes que nous avons remarquées au cours des semaines où la surveillance a eu lieu ; il peut y avoir d'autres personnes impliquées que nous ne connaissons pas encore.

— Mais le secrétaire général et le chef du budget…

— Nous pouvons dire avec certitude qu'ils travaillent pour la Section.

Il était 18 heures le lundi quand Ragnhild Gustavsson décida de faire une pause d'une heure pour se restaurer avant de reprendre les débats.

Ce fut au moment où tout le monde se levait et commençait à bouger que le collaborateur de Rosa Figuerola à l'unité d'intervention de la Protection de la Constitution, Jesper Thoms, demanda son attention pour lui faire part de ce qui était apparu au cours de ces dernières heures d'investigation.

— Clinton a été en dialyse une grande partie de la journée, il est revenu dans Artillerigatan vers 15 heures. Le seul qui a fait quelque chose de particulier est Georg Nyström, sauf que nous ne sommes pas très sûrs de ce qu'il a fait.

— Ah bon, dit Rosa Figuerola.

— A 13 h 30 aujourd'hui, Nyström s'est rendu à la gare centrale où il a rencontré deux individus. Ils sont allés à pied à l'hôtel Sheraton où ils ont pris un café au bar. La rencontre a duré un peu plus de vingt minutes, après quoi Nyström est retourné dans Artillerigatan.

— Hm. Et qui a-t-il rencontré ?

— Nous ne le savons pas. Ce sont des visages nouveaux. Deux hommes dans les trente-cinq ans qui physiquement semblent originaires de l'Europe de l'Est. Mais notre enquêteur les a malheureusement perdus quand ils ont pris le métro.

— Ah bon, dit Rosa Figuerola fatiguée.

— Voici leurs photos, dit Jesper Thoms et il lui donna une série de photos standard.

Elle regarda des agrandissements de visages qu'elle voyait pour la première fois.

— OK, merci, dit-elle, puis elle posa les photos sur la table de conférence et se leva pour aller trouver quelque chose à manger.

Curt Bolinder était juste à côté d'elle, il baissa les yeux sur les photos.

— Oh putain ! dit-il. Les frères Nikoliç, ils trempent là-dedans ?

Rosa Figuerola s'arrêta.

— Qui ?

— Ces deux-là, des vrais méchants, dit Curt Bolinder. Tomi et Miro Nikoliç.

— Tu les connais ?

— Oui. Deux frères de Huddinge. Des Serbes. On les a eus sous surveillance à plusieurs reprises quand ils avaient la vingtaine, j'étais à la brigade antigang à cette époque-là. Miro Nikoliç est le plus dangereux des deux. Il est d'ailleurs recherché depuis un an pour violences aggravées. Je les croyais tous les deux repartis en Serbie pour devenir politiciens ou quelque chose de ce genre.

— Politiciens ?

— Oui. Ils sont allés en Yougoslavie dans la première partie des années 1990 pour donner un coup de main au nettoyage ethnique. Ils travaillaient pour le patron de la mafia, Arkan, qui entretenait une sorte de milice fasciste privée. Ils avaient la réputation d'être des *shooters*.

— *Shooters* ?

— Oui, des tueurs à gages. Ils allaient et venaient entre Belgrade et Stockholm. Leur oncle a un restaurant à Norrmalm où ils travaillent officiellement de temps à autre. Nous avons eu plusieurs indications comme quoi ils ont participé à au moins deux assassinats liés à des règlements de comptes internes dans la prétendue guerre des cigarettes parmi les Yougos, mais nous n'avons jamais pu les coincer pour quoi que ce soit.

Rosa Figuerola regarda les photos d'investigation, muette. Puis elle devint livide. Elle fixa Torsten Edklinth.

— Blomkvist, s'écria-t-elle, paniquée. Ils ne vont pas se contenter de bousiller sa réputation. Ils vont le tuer et laisser la police trouver la cocaïne au cours de l'enquête pour en tirer ses propres conclusions.

Edklinth la regarda tout aussi fixement.

— Il devait retrouver Erika Berger au *Samirs Gryta*, dit Rosa Figuerola. Elle toucha l'épaule de Curt Bolinder. Tu es armé ?

— Oui…

— Viens avec moi.

Rosa Figuerola sortit en trombe de la salle de réunion. Son bureau se trouvait trois portes plus loin dans le couloir. Elle déverrouilla la porte et prit son arme de service dans le tiroir du bureau. Contre tout règlement, elle laissa la porte de son bureau grande ouverte en fonçant vers les ascenseurs. Curt Bolinder resta indécis une seconde.

— Va, dit Bublanski à Curt Bolinder. Sonja… accompagne-les.

MIKAEL BLOMKVIST ARRIVA au *Samirs Gryta* à 18 h 20. Erika Berger venait de s'installer à une table libre à côté du bar près des portes d'entrée. Il lui fit la bise. Ils commandèrent chacun une bonne bière et un sauté d'agneau, et la bière leur fut servie tout de suite.

— Comment elle était, la Fille de TV4 ? demanda Erika Berger.

— Aussi pimpante que d'habitude.

Erika Berger rit.

— Si tu ne fais pas attention, elle va finir par devenir une obsession. Tu te rends compte, une fille qui résiste au charme de Blomkvist !

— Il se trouve qu'il y a plein de filles qui ont résisté au fil des années, dit Mikael Blomkvist. Comment a été ta journée ?

— Gaspillée. Mais j'ai accepté de participer à un débat sur *SMP* au Club des publicistes. Ça sera ma dernière contribution à cette histoire.

— Merveilleux.

— Tu ne peux pas savoir à quel point c'est génial d'être de retour à *Millénium*, dit-elle.

— Tu n'imagines pas à quel point je trouve génial que tu sois de retour. J'en suis encore tout remué.

— C'est redevenu sympa d'aller au boulot.

— Mmm.

— Je suis heureuse.

— Et moi, je dois aller aux toilettes, dit Mikael et il se leva.

Il fit quelques pas et faillit bousculer un homme d'une trentaine d'années qui venait d'entrer dans le restaurant. Mikael nota qu'il avait un physique d'Europe de l'Est et qu'il le dévisageait. Ensuite il vit le pistolet-mitrailleur.

ILS PASSAIENT RIDDARHOLMEN, quand Torsten Edklinth les appela pour dire que ni Mikael Blomkvist, ni Erika Berger ne répondaient à leur portable. Ils les avaient sans doute coupés pour dîner en paix.

Rosa Figuerola lâcha un juron et traversa la place de Södermalm à près de quatre-vingts kilomètres à l'heure, la main en permanence enfoncée sur le klaxon. Quand elle tourna brutalement dans Hornsgatan, Curt Bolinder fut obligé de se retenir à la portière avec la main. Il avait sorti son arme de service et contrôlait qu'elle était armée. Sonja Modig faisait pareil sur la banquette arrière.

— Il faut qu'on demande des renforts, dit Curt Bolinder. On ne joue pas avec les frères Nikoliç.

Rosa Figuerola hocha la tête.

— Voici ce qu'on va faire, dit-elle. Sonja et moi, on entrera directement au *Samirs Gryta* en espérant qu'ils y sont. Toi, Curt, tu sais reconnaître les frères, tu resteras dehors et tu ouvres les yeux.

— OK.

— Si tout est calme, on embarque Blomkvist et Berger dans la voiture tout de suite et on les conduit à Kungsholmen. Si on flaire quoi que ce soit, on reste dans le resto et on demande des renforts.

— OK, dit Sonja Modig.

Rosa Figuerola se trouvait toujours dans Hornsgatan lorsque la radio sous le tableau de bord se mit à crépiter.

A toutes les unités. Fusillade rapportée dans Tavastgatan à Södermalm. L'alerte concerne le restaurant Samirs Gryta*.*

Rosa Figuerola sentit brusquement une crampe lui nouer le ventre.

ERIKA BERGER VIT Mikael Blomkvist heurter un homme dans les trente-cinq ans alors qu'il se rendait aux toilettes près de l'entrée. Elle fronça les sourcils sans vraiment savoir pourquoi. Elle avait l'impression que l'inconnu fixait Mikael avec une expression de surprise. Elle se demanda si c'était une de ses connaissances.

Puis elle vit l'homme faire un pas en arrière et lâcher un sac par terre. Tout d'abord, elle ne comprit pas ce qu'elle voyait. Elle resta paralysée quand elle l'aperçut braquer une arme automatique sur Mikael.

MIKAEL BLOMKVIST RÉAGIT SANS RÉFLÉCHIR. Il avança sa main gauche, saisit le canon et le tourna vers le plafond. L'espace d'une microseconde, la gueule passa devant son visage.

Le crépitement du pistolet-mitrailleur fut étourdissant dans le local exigu. Une pluie de plâtre et de verre du plafonnier pulvérisé s'abattit sur Mikael tandis que Miro Nikoliç lâchait une rafale d'une dizaine de balles. Un bref instant, Mikael Blomkvist regarda les yeux de l'homme qui voulait sa mort.

Ensuite Miro Nikoliç fit un pas en arrière. Il arracha l'arme des mains de Mikael qui fut pris au dépourvu et lâcha le canon. Il réalisa subitement qu'il était en danger de mort. Sans réfléchir, il se jeta sur son agresseur au lieu de se mettre en sûreté. Plus tard, il allait comprendre que s'il avait réagi autrement, s'il s'était baissé ou s'il avait reculé, il aurait été tué sur le coup. Une nouvelle fois, il réussit à saisir le canon de l'arme. Il se servit de son poids pour acculer l'homme contre le mur. Il entendit encore six ou sept coups partir et il poussa désespérément sur le pistolet-mitrailleur pour diriger le canon vers le sol.

ERIKA BERGER S'ÉTAIT INSTINCTIVEMENT BAISSÉE lorsque la deuxième série de coups partit. Elle tomba et se cogna la tête contre une chaise. Puis elle se blottit par terre, leva les yeux et vit les trois trous que les balles avaient laissés dans le mur à l'endroit précis où elle était assise l'instant d'avant.

Choquée, elle tourna la tête et vit Mikael Blomkvist qui se battait avec l'homme près de l'entrée. Il était tombé à genoux et avait saisi la mitraillette des deux mains, et il essayait de s'en emparer. Elle vit l'agresseur lutter pour se dégager. Il ne cessait de frapper le visage et la tempe de Mikael avec son poing.

ROSA FIGUEROLA FREINA BRUTALEMENT en face du *Samirs Gryta*, arracha la portière et se rua vers le restaurant. Elle tenait son Sig Sauer à la main lorsqu'elle avisa la voiture qui était garée juste devant le restaurant.

Elle vit Tomi Nikolič derrière le volant et pointa son arme sur son visage de l'autre côté de la vitre.

— Police. Montre tes mains ! cria-t-elle.

Tomi Nikolič leva les mains.

— Sors de la voiture et couche-toi par terre, hurla-t-elle avec de la rage plein la voix. Elle tourna la tête et jeta un bref coup d'œil sur Curt Bolinder. Le restaurant, dit-elle.

Curt Bolinder et Sonja Modig traversèrent la rue au triple galop.

Sonja Modig pensa à ses enfants. C'était contre toutes les instructions policières de se ruer dans un bâtiment, l'arme à la main, sans avoir d'abord des renforts sérieux sur les lieux et sans gilet pare-balles et sans avoir une véritable vue d'ensemble de la situation…

Puis elle entendit la détonation d'un coup tiré dans le restaurant.

MIKAEL BLOMKVIST AVAIT RÉUSSI à introduire son majeur entre la détente et le pontet lorsque Miro Nikolič recommença à tirer. Il entendit du verre se briser derrière lui. Il ressentit une douleur épouvantable dans le doigt quand le tueur serra plusieurs fois de suite la détente et coinça son doigt, mais tant que le doigt était en place, les coups de feu ne pouvaient pas partir. Les coups de poing pleuvaient sur le côté de son visage et il sentit subitement qu'il avait quarante-cinq ans et qu'il était vraiment en très mauvaise condition physique.

Je m'en sortirai pas. Il faut en finir.

Ce fut sa première pensée rationnelle depuis qu'il avait vu l'homme au pistolet-mitrailleur.

Il serra les dents et enfonça davantage son doigt derrière la détente.

Puis il s'arc-bouta sur les pieds et appuya l'épaule sur le corps du tueur et poussa sur ses pieds. Il lâcha la mitraillette de la main droite et monta le coude pour se protéger des coups de poing. Miro Nikolič commença alors à le frapper à l'aisselle et sur les côtes. Pendant une seconde, ils furent de nouveau face à face.

L'instant d'après, Mikael sentit qu'on éloignait le tueur de lui. Il ressentit une dernière douleur fulgurante au doigt et vit l'immense stature de Curt Bolinder. Bolinder souleva littéralement Miro Nikolič par la peau du cou et lui écrasa la tête contre le mur. Miro Nikolič s'effondra comme un paquet flasque.

— Couche-toi, entendit-il Sonja Modig hurler. Police. Reste couché !

Il tourna la tête et la vit debout, les jambes écartées et tenant son arme des deux mains, tandis qu'elle essayait de se faire une idée de la situation chaotique. Pour finir, elle leva l'arme vers le plafond et tourna le regard vers Mikael Blomkvist.

— Tu es blessé ? demanda-t-elle.

Mikael la regarda, secoué. Ses sourcils et son nez saignaient.

— Je crois que j'ai un doigt cassé, dit-il et il s'assit par terre.

ROSA FIGUEROLA REÇUT l'assistance de la brigade de Södermalm moins d'une minute après avoir forcé Tomi Nikolič à s'allonger sur le trottoir. Elle s'identifia et laissa aux policiers en uniforme le soin de s'occuper du prisonnier, puis elle courut dans le restaurant. Elle s'arrêta à la porte pour essayer de se faire une idée de la situation.

Mikael Blomkvist et Erika Berger étaient assis par terre. Mikael avait du sang sur le visage et il semblait se trouver en état de choc. Rosa poussa un soupir de soulagement. Il était vivant. Ensuite elle fronça les sourcils quand Erika Berger passa son bras autour de son épaule.

Sonja Modig était accroupie en train d'examiner la main de Blomkvist. Curt Bolinder passait des menottes à Miro Nikolič, qui avait l'air d'avoir été heurté par un train express. Elle vit un PM de l'armée suédoise par terre.

Elle leva les yeux et vit le personnel du restaurant, choqué, des clients épouvantés et un tableau rassemblant de la vaisselle brisée, des chaises et des tables renversées et autres dégâts causés par de nombreux coups de feu. Elle sentit l'odeur de poudre. Mais elle ne voyait pas de mort ou de blessé dans le local. Des policiers du fourgon de renfort entrèrent, armes au poing. Elle tendit la main et toucha l'épaule de Curt Bolinder. Il se leva.

— Tu disais que Miro Nikolić était recherché ?

— Exact. Violences aggravées il y a environ un an. Une bagarre à Hallunda.

— OK. Voilà ce qu'on va faire. Je vais disparaître rapidos avec Blomkvist et Berger. Toi, tu restes. Version officielle : Sonja Modig et toi, vous êtes arrivés ici pour dîner ensemble, tu as reconnu Nikolić de ton passage à la brigade antigang. Comme tu essayais de l'interpeller, il a sorti son arme et tiré comme un fou. Tu l'as coffré.

Curt Bolinder eut l'air surpris.

— Ça ne tiendra pas... il y a des témoins.

— Les témoins vont raconter que des gens se sont bagarrés et qu'ils ont tiré. L'important, c'est que mon histoire tienne jusqu'aux journaux du soir demain. La version est donc que les frères Nikolić ont été arrêtés par hasard parce que tu les avais reconnus.

Curt Bolinder regarda le chaos autour de lui. Puis il hocha brièvement la tête.

ROSA FIGUEROLA SE FRAYA UN CHEMIN à travers la foule de policiers dans la rue et installa Mikael Blomkvist et Erika Berger à l'arrière de sa voiture. Elle se tourna vers le commandant et lui parla à voix basse pendant environ trente secondes. Elle fit un signe en direction de la voiture où se trouvaient Mikael et Erika. Le commandant sembla troublé mais finit par hocher la tête. Elle conduisit jusqu'à Zinkensdamm, se gara et se retourna.

— Tu es très amoché ?

— J'ai pris quelques marrons. Les dents sont toujours en place. Je me suis esquinté le doigt.

— On ira aux urgences de Sankt Göran.

— Que s'est-il passé ? demanda Erika Berger. Et qui es-tu ?

— Pardon, dit Mikael. Erika, voici Rosa Figuerola. Elle travaille à la Säpo. Rosa, je te présente Erika Berger.

— Je l'avais deviné, dit Rosa Figuerola d'une voix neutre. Elle ne regardait pas Erika Berger.

— On s'est rencontré au cours de l'enquête, Rosa et moi. Elle est mon contact à la Säpo.

— Je comprends, dit Erika Berger qui soudain se mit à trembler sous le choc.

Rosa Figuerola dévisagea Erika Berger.

— Qu'est-ce qui s'est passé ? demanda Mikael.

— On a mal interprété le but de la cocaïne, dit Rosa Figuerola. On pensait qu'ils avaient tendu un piège pour te compromettre. En réalité, ils avaient l'intention de te tuer pour laisser la police trouver la cocaïne lors de la perquisition de ton appartement.

— Quelle cocaïne ? demanda Erika Berger.

Mikael ferma les yeux un petit moment.

— Conduis-moi à Sankt Göran, dit-il.

— ARRÊTÉS ? S'EXCLAMA FREDRIK CLINTON. Il ressentit une légère pression, comme un papillon dans la région du cœur.

— On estime qu'il n'y a pas de danger, dit Georg Nyström. Il semblerait que ce soit un pur hasard.

— Un hasard ?

— Miro Nikoliç était recherché pour une vieille histoire de coups et blessures. Un flic de la Sécurité publique l'a reconnu et l'a arrêté quand il entrait au *Samirs Gryta*. Nikoliç a été pris de panique et a essayé de se dégager en tirant.

— Et Blomkvist ?

— Il n'a pas été mêlé à l'incident. Nous ne savons même pas s'il se trouvait au *Samirs Gryta* quand l'arrestation a eu lieu.

— Je n'y crois pas, putain de merde, dit Fredrik Clinton. Les frères Nikoliç, qu'est-ce qu'ils savent ?

— De nous ? Rien. Ils pensent que Björck et Blomkvist étaient des boulots liés au trafic de femmes.

— Mais ils savent que Blomkvist était la cible ?

— D'accord, mais ils ne vont pas aller raconter qu'ils ont accepté un contrat. Ils vont la fermer sur toute la longueur jusqu'au tribunal. Ils seront condamnés pour port d'arme illégal et, j'imagine, pour violence à l'encontre d'un fonctionnaire.

— De vrais débutants, dit Clinton.

— Oui, ils se sont vraiment plantés. Il n'y a plus qu'à laisser Blomkvist courir pour le moment, rien n'est encore perdu.

IL ÉTAIT 23 HEURES lorsque Susanne Linder et deux armoires à glace de la protection rapprochée de Milton Security vinrent chercher Mikael Blomkvist et Erika Berger à Kungsholmen.

— On peut vraiment dire que tu n'en loupes pas une, dit Susanne Linder à Erika Berger.

— Désolée, répondit Erika, d'une voix morne.

Le choc était tombé sur Erika Berger dans la voiture en route pour l'hôpital de Sankt Göran. Tout à coup, elle avait réalisé qu'aussi bien elle que Mikael Blomkvist avaient failli se faire tuer.

Mikael resta une heure aux urgences, le temps de se faire soigner le visage, de passer à la radio et de se faire empaqueter le majeur gauche. Il avait des contusions importantes au bout du doigt et allait probablement perdre l'ongle. La blessure la plus sérieuse s'était produite, ironie du sort, lors de l'intervention de Curt Bolinder, quand il avait tiré Miro Nikolić en arrière. Le majeur de Mikael était resté coincé dans le pontet de l'arme et le doigt avait cassé net. Ça faisait un mal infernal mais sa vie n'était certainement pas en danger.

Mikael ne ressentit le choc que près de deux heures plus tard, quand il était déjà arrivé à la Protection de la Constitution à la Säpo et avait laissé son compte rendu à l'inspecteur Bublanski et à la procureur Ragnhild Gustavsson. Tout à coup, il se mit à trembler de la tête aux pieds et se sentit si fatigué qu'il faillit s'endormir entre les questions. Suivit un moment de palabres.

— Nous ne savons pas ce qu'ils projettent de faire, dit Rosa Figuerola. Nous ne savons pas s'ils voulaient descendre seulement Blomkvist ou si Berger aussi devait mourir. Nous ne savons pas s'ils vont essayer à nouveau ni si quelqu'un d'autre à *Millénium* est menacé aussi... Et pourquoi ne pas tuer Salander qui représente la vraie menace sérieuse contre la Section ?

— J'ai déjà appelé les collaborateurs de *Millénium* pour les informer pendant que Mikael se faisait soigner, dit Erika Berger. Ils vont se faire tout petits jusqu'à ce que le journal paraisse. La rédaction sera vide.

La première réaction de Torsten Edklinth avait été qu'il fallait donner immédiatement une protection rapprochée à Mikael Blomkvist et à Erika Berger. Ensuite, aussi bien lui que Rosa Figuerola s'étaient dit que ce n'était peut-être pas très malin d'attirer l'attention en contactant la brigade de protection des personnalités de la Säpo.

Erika Berger résolut le problème en déclarant qu'elle ne voulait pas de protection policière. Elle prit le téléphone, appela Dragan Armanskij et expliqua la situation. Ainsi Susanne Linder fut-elle rappelée au service tard le soir au pied levé.

MIKAEL BLOMKVIST ET ERIKA BERGER furent installés à l'étage d'une *safe house* située un peu après Drottningholm, sur la route du centre d'Ekerö. C'était une grande villa datant des années 1930 avec vue sur la mer, un jardin impressionnant, dépendances et terres attenantes. La propriété appartenait à Milton Security, mais était occupée par Martina Sjögren, soixante-huit ans, veuve du collaborateur de longue date Hans Sjögren, mort dans un accident quinze ans plus tôt. Lors d'une mission, il était passé à travers le plancher pourri d'une maison abandonnée du côté de Sala. Après l'enterrement, Dragan Armanskij avait parlé avec Martina Sjögren et l'avait engagée comme intendante et gérante de la propriété. Elle habitait gratuitement une annexe au rez-de-chaussée et maintenait l'étage en état pour les occasions, quelques fois par an, où Milton Security avait besoin de planquer des personnes qui, pour des raisons réelles ou imaginaires, craignaient pour leur sécurité.

Rosa Figuerola les accompagna. Elle se laissa tomber sur une chaise dans la cuisine et laissa Martina Sjögren lui servir un café pendant qu'Erika Berger et Mikael Blomkvist s'installaient à l'étage et que Susanne Linder contrôlait les alarmes et l'équipement électronique de surveillance autour de la propriété.

— Il y a des brosses à dents et des articles de toilette dans la commode devant la salle de bains, cria Martina Sjögren dans l'escalier.

Susanne Linder et les deux gardes du corps de Milton Security s'installèrent dans une pièce au rez-de-chaussée.

— Je n'ai pas arrêté depuis qu'on m'a réveillée à 4 heures, dit Susanne Linder. Vous pouvez établir un tour de garde, mais laissez-moi dormir au moins une heure

— Tu peux dormir toute la nuit, on s'en occupe, dit une des gardes.

— Merci, dit Susanne Linder et elle alla se coucher.

Rosa Figuerola écouta distraitement pendant que les deux gardes du corps branchaient les détecteurs de mouvement dans le jardin et tiraient à la courte paille qui allait prendre le premier tour de garde. Le perdant se prépara un sandwich et s'installa dans un salon télé à côté de la cuisine. Rosa Figuerola étudia les tasses à café fleuries. Elle aussi était sur pied depuis tôt le matin, et elle aussi se sentait assez vannée. Elle envisageait de rentrer chez elle quand Erika Berger descendit et se versa une tasse de café. Elle s'assit de l'autre côté de la table.

— Mikael s'est endormi comme une masse, dès qu'il s'est allongé.

— Une réaction à l'adrénaline, dit Rosa Figuerola.

— Qu'est-ce qu'il va se passer maintenant ?

— Vous allez vous faire tout petits pendant quelques jours. Dans une semaine, ça sera terminé, quelle qu'en soit la conclusion. Comment tu te sens ?

— Bof. Toujours un peu secouée. Ce n'est pas tous les jours que des choses comme ça arrivent. Je viens d'appeler mon mari pour lui expliquer pourquoi je ne rentre pas ce soir.

— Hmm.

— Je suis mariée à…

— Je sais à qui tu es mariée.

Silence. Rosa Figuerola se frotta les yeux et bâilla.

— Il faut que je rentre me coucher, dit-elle.

— Je t'en prie, arrête tes bêtises et va te coucher avec Mikael, dit Erika.

Rosa Figuerola la dévisagea.

— Ça se voit tant que ça ? demanda-t-elle.

Erika hocha la tête.

— Est-ce que Mikael a dit quelque chose…

— Pas un mot. Il est en général assez discret quand il s'agit de ses copines. Mais des fois, il est comme un livre ouvert. Et toi, tu es ouvertement hostile quand tu me regardes. Vous essayez de cacher quelque chose.

— C'est mon chef, dit Rosa Figuerola.

— Ton chef ?

— Torsten Edklinth serait fou furieux s'il savait que Mikael et moi…

— Je comprends.

Silence.

— Je ne sais pas ce qui se passe entre toi et Mikael, mais je ne suis pas une rivale, dit Erika.

— Non ?

— Mikael est mon amant de temps en temps. Mais je ne suis pas mariée avec lui.

— J'ai cru comprendre que vous avez une relation spéciale. Il a parlé de vous quand nous étions à Sandhamn.

— Il t'a amenée à Sandhamn ? Alors c'est sérieux.

— Ne te fiche pas de moi.

— Rosa… j'espère que toi et Mikael… je vais essayer de rester à ma place.

— Et si tu n'y arrives pas ?

Erika Berger haussa les épaules.

— Son ex-femme a totalement flippé quand Mikael était infidèle avec moi. Elle l'a flanqué à la porte. C'était ma faute. Tant que Mikael est célibataire et accessible, je n'ai pas l'intention d'avoir de scrupules. Mais je me suis promis que s'il se mettait sérieusement avec quelqu'un, je resterais à l'écart.

— Je ne sais pas si j'ose m'investir.

— Mikael est spécial. Tu es amoureuse de lui.

— Je crois, oui.

— Alors, ne le coince pas tout de suite. Va te coucher maintenant.

Rosa réfléchit un instant. Puis elle monta à l'étage, se déshabilla et se glissa dans le lit tout près de Mikael. Il murmura quelque chose et posa son bras autour de sa taille.

Erika Berger resta seule avec ses réflexions un long moment dans la cuisine. Elle se sentit soudain profondément malheureuse.

25

MERCREDI 13 JUILLET – JEUDI 14 JUILLET

MIKAEL BLOMKVIST S'ÉTAIT TOUJOURS DEMANDÉ pourquoi les haut-parleurs dans les tribunaux d'instance étaient si bas et discrets. Il eut du mal à distinguer les mots annonçant que le procès contre Lisbeth Salander allait débuter dans la salle 5 à 10 heures. Il était cependant arrivé tôt et s'était posté devant les portes d'entrée de la salle d'audience. Il fut l'un des premiers à y entrer. Il s'installa dans les travées des auditeurs du côté gauche de la salle, d'où il aurait la meilleure vue sur la table de la défense. Les places des auditeurs se remplirent rapidement. L'intérêt des médias s'était graduellement accru à l'approche du procès, et cette dernière semaine, le procureur Richard Ekström avait été interviewé quotidiennement.

Ekström n'avait pas chômé.

Lisbeth Salander était accusée de violence et de violence aggravée contre Carl-Magnus Lundin ; de menace, tentative de meurtre et violence aggravée contre feu Karl Axel Bodin, alias Alexander Zalachenko ; de deux cambriolages – celui de la maison de campagne de feu maître Nils Bjurman, et celui de son appartement sur Odenplan ; de vol de véhicule motorisé – une Harley Davidson appartenant à un certain Benny Nieminen, membre du MC Svavelsjö ; de détention illégale de trois armes – une bombe lacrymogène, une matraque électrique et un pistolet Wanad P-83 polonais qui avaient été retrouvés à Gosseberga ; de vol et d'occultation de preuves – la formulation était vague mais elle visait la documentation qu'elle avait trouvée dans la maison de campagne de Bjurman, ainsi que d'un certain nombre de délits mineurs. Au total, Lisbeth Salander accumulait seize chefs d'accusation.

Ekström avait aussi laissé filtrer des insinuations sur l'état mental de Lisbeth Salander, qui laissait à désirer. Il s'appuyait d'une part sur l'expertise psychiatrique médico-légale du Dr Jesper H. Löderman qui avait été faite à sa majorité, d'autre part sur une expertise qui, sur décision du tribunal d'instance lors d'une audience préparatoire, avait été faite par le Dr Peter Teleborian. Cette malade mentale, fidèle à son habitude, refusant catégoriquement de parler aux psychiatres, l'analyse avait été faite à partir d'"observations" réalisées depuis son incarcération à la maison d'arrêt de Kronoberg à Stockholm le mois précédant le procès. Teleborian, qui avait de nombreuses années d'expérience de la patiente, établissait que Lisbeth Salander souffrait d'une grave perturbation psychique et il employait des mots tels que psychopathie, narcissisme pathologique et schizophrénie paranoïde.

Les médias avaient rapporté qu'à sept reprises, elle avait été interrogée par la police. Chaque fois, l'accusée avait refusé de dire ne fût-ce que bonjour à ceux qui la questionnaient. Les premiers interrogatoires avaient été menés par la police de Göteborg tandis que les autres s'étaient déroulés à l'hôtel de police à Stockholm. Les enregistrements du procès-verbal faisaient état de tentatives sympathiques d'entrer en contact, de persuasion en douceur et de questions répétées avec obstination, mais pas une seule réponse.

Même pas un raclement de gorge.

A quelques reprises, on percevait aussi la voix d'Annika Giannini sur les bandes magnétiques, lorsqu'elle constatait que sa cliente n'avait manifestement pas l'intention de répondre. L'accusation contre Lisbeth Salander reposait ainsi exclusivement sur des preuves techniques et sur les faits que l'enquête de police avait pu établir.

Le silence de Lisbeth avait par moments plongé son avocate dans une position embarrassante, puisqu'elle était forcée d'être pratiquement aussi silencieuse que sa cliente. Ce dont Annika Giannini et Lisbeth Salander discutaient en privé restait bien sûr confidentiel.

Ekström ne fit aucun secret de son intention de demander en premier lieu un internement en psychiatrie de Lisbeth Salander, et en second lieu une peine de prison conséquente. Normalement, ces demandes étaient formulées dans l'ordre inverse, mais il estimait qu'il y avait dans le cas de Lisbeth Salander des perturbations psychiques tellement évidentes qu'il n'avait pas le choix. C'était extrêmement inhabituel qu'un tribunal aille à l'encontre d'un avis médicolégal.

Il estimait également qu'il ne fallait pas lever la tutelle de Salander. Dans une interview, il avait déclaré, l'air soucieux, qu'en Suède il existait un certain nombre de personnes sociopathes souffrant de perturbations psychiques si importantes qu'elles constituaient un danger pour elles-mêmes et pour les autres, et que scientifiquement il n'y avait pas d'autre choix que de garder ces personnes sous les verrous. Il citait le cas d'Anette, une jeune fille violente dont la vie dans les années 1970 passait en feuilleton dans les médias et qui, trente ans plus tard, était toujours soignée en institution fermée. Chaque tentative d'alléger les restrictions avait pour résultat qu'elle s'en prenait violemment et de façon démentielle aux parents et au personnel soignant, ou qu'elle passait aux tentatives d'automutilation. Ekström prétendait que Lisbeth Salander souffrait d'une forme semblable de perturbation psychique.

L'intérêt des médias avait aussi augmenté pour la simple raison que l'avocate de Lisbeth Salander ne s'était pas prononcée. Elle avait systématiquement refusé les interviews lui offrant la possibilité d'exposer les points de vue de l'autre partie. Les médias se trouvaient donc dans une situation compliquée où la partie civile les submergeait d'informations tandis que la défense, fait inhabituel, ne donnait pas la moindre indication sur l'attitude de Salander ni sur la stratégie prévue par elle.

Cet état de fait était commenté par l'expert juridique engagé pour couvrir l'affaire pour le compte d'un journal du soir. Dans une chronique, l'expert constatait qu'Annika Giannini était une avocate respectée en droits de la femme, mais qu'elle manquait cruellement d'expérience d'affaires hors de ce champ d'application, et il en tirait la conclusion qu'elle était mal placée pour défendre Lisbeth Salander. Par sa sœur, Mikael Blomkvist avait appris que plusieurs avocats célèbres l'avaient contactée pour lui offrir leurs services. Sur injonction de sa cliente, Annika Giannini avait gentiment décliné toutes ces offres.

EN ATTENDANT LE DÉBUT DU PROCÈS, Mikael regarda les autres auditeurs. Il découvrit tout à coup Dragan Armanskij sur le banc près de la sortie.

Leurs regards se croisèrent un bref instant.

Ekström avait une pile de papiers importante sur sa table. Il hochait la tête en signe de reconnaissance à quelques journalistes.

Annika Giannini était assise à sa table face à Ekström. Elle triait des papiers et ne regardait personne. Mikael eut l'impression que sa sœur était légèrement nerveuse. Un léger trac, se dit-il.

Ensuite le président de la cour, l'assesseur et les jurés firent leur entrée dans la salle. Le président de la cour s'appelait Jörgen Iversen, un homme de cinquante-sept ans aux cheveux blancs, au visage maigre et à la démarche athlétique. Mikael avait retracé le passé d'Iversen et constaté qu'il était connu pour être un juge très expérimenté et correct, qui avait déjà présidé un certain nombre de procès très médiatisés.

En dernier, Lisbeth Salander fut amenée dans la salle.

Mikael avait beau être habitué à la capacité de Lisbeth Salander de s'habiller de façon choquante, il fut stupéfait de voir qu'Annika Giannini lui avait permis de se présenter à la salle d'audience vêtue d'une courte jupe en cuir noir, avec l'ourlet défait, et d'un débardeur noir portant l'inscription *I am irritated* et qui ne dissimulait pas grand-chose de ses tatouages. Elle portait des rangers, une ceinture cloutée et des chaussettes montantes rayées noir et lilas. Elle avait une dizaine de piercings dans les oreilles et des anneaux à la lèvre et aux sourcils. Ses cheveux avaient repoussé depuis son opération du crâne en une sorte de chaume noir et hirsute. De plus, elle était maquillée à outrance. Elle avait un rouge à lèvres gris, les sourcils accentués et davantage de mascara noir que ce que Mikael l'avait jamais vue utiliser. A l'époque où il la voyait, elle ne s'était pas particulièrement intéressée au maquillage.

En termes diplomatiques, elle avait l'air légèrement vulgaire. Gothique. Elle rappelait un vampire d'un film de série B des années 1960. Mikael remarqua que plusieurs des journalistes présents, surpris, en eurent le souffle coupé et affichèrent un sourire amusé quand elle fit son apparition. Maintenant qu'ils avaient enfin l'occasion de voir cette fille entourée de scandales, sur qui ils avaient tant écrit, elle correspondait amplement à leurs attentes.

Puis il se rendit compte que Lisbeth Salander était déguisée. En temps normal, elle s'habillait n'importe comment et manifestement sans le moindre goût. Mikael avait toujours pensé qu'elle ne s'attifait pas ainsi pour suivre la mode, mais pour indiquer une identité. Lisbeth Salander marquait son territoire privé comme étant un territoire hostile. Il avait toujours perçu les clous de son blouson de cuir comme le mécanisme de défense que sont les piquants pour un hérisson. C'était un signal à l'entourage. *N'essaie pas de me caresser. Ça va faire mal.*

Pour son entrée dans le tribunal, elle avait cependant tellement accentué son style vestimentaire qu'il paraissait quasiment parodique tant il était exagéré.

Mikael comprit brusquement ensuite que ce n'était pas un hasard mais une partie de la stratégie de défense d'Annika.

Si Lisbeth Salander était arrivée soigneusement coiffée, en chemise sage et petits souliers plats, elle aurait eu l'air d'un escroc qui essayait de vendre un baratin à la cour. C'était une question de crédibilité. Maintenant, elle arrivait telle qu'elle était, pas comme quelqu'un d'autre. Dans un état légèrement exagéré, pour que tout soit clair. Elle ne prétendait pas être ce qu'elle n'était pas. Son message à la cour était qu'elle n'avait aucune raison d'avoir honte ni de poser. Si la cour avait des problèmes avec son aspect physique, ce n'était pas le problème de Lisbeth. La société l'accusait d'un tas de choses et le procureur l'avait traînée en justice. Par sa simple apparition, elle avait déjà indiqué qu'elle avait l'intention d'expédier le raisonnement du procureur comme étant des foutaises.

Elle avança avec assurance et s'assit à la place désignée à côté de son avocate. Son regard balaya les auditeurs. Il n'y avait aucune curiosité dans ses yeux. On aurait plutôt dit qu'elle notait et enregistrait en rebelle les personnes qui l'avaient déjà condamnée dans les pages des médias.

C'était la première fois que Mikael la voyait depuis qu'il l'avait retrouvée telle une poupée de chiffon ensanglantée sur la banquette de cuisine à Gosseberga, et plus d'un an et demi était passé depuis qu'il l'avait vue dans des circonstances normales. Si toutefois l'expression "circonstances normales" était adéquate en parlant de Lisbeth Salander. Pendant quelques secondes, leurs regards se croisèrent. Elle s'attarda un court moment sur lui et ne montra aucun signe de reconnaissance. Par contre, elle observa les bleus marqués qui couvraient la joue et la tempe de Mikael, et le strip chirurgical qui était posé sur son sourcil droit. Une brève seconde, Mikael eut l'impression de voir l'esquisse d'un sourire dans ses yeux. Il n'aurait su dire si oui ou non il avait fantasmé. Puis le juge Iversen tapa de son marteau et l'audience commença.

LES AUDITEURS RESTÈRENT DANS LA SALLE du tribunal en tout et pour tout une demi-heure. Ils écoutèrent le procureur Ekström présenter les faits et exposer les points d'accusation.

Tous les reporters sauf Mikael Blomkvist notèrent assidûment même si tous savaient déjà largement de quoi Ekström avait l'intention d'accuser Lisbeth Salander. Pour sa part, Mikael avait déjà écrit son article et il était venu au tribunal uniquement pour marquer sa présence et pour croiser le regard de Lisbeth.

L'exposé d'introduction d'Ekström dura vingt-deux minutes. Vint ensuite le tour d'Annika Giannini. Sa réplique dura trente secondes. Sa voix était stable.

— La défense récuse tous les points d'accusation sauf un. Ma cliente se reconnaît coupable de détention illégale d'armes, en l'occurrence d'une bombe de gaz lacrymogène. Pour tous les autres points d'accusation, ma cliente nie toute responsabilité ou intention criminelle. Nous allons démontrer que les affirmations du procureur sont fausses et que ma cliente a été victime d'abus de pouvoir judiciaire aggravé. Je vais exiger que ma cliente soit déclarée non coupable, que sa tutelle soit levée et qu'elle soit remise en liberté.

On entendait les stylos gratter les blocs-notes des reporters. La stratégie de maître Giannini venait enfin d'être révélée, bien différente de celle à laquelle les reporters s'étaient attendus. La plupart s'étaient dit qu'Annika Giannini allait invoquer la maladie mentale de sa cliente et l'exploiter en sa faveur. Mikael ne put s'empêcher de sourire.

— Hm, dit le juge Iversen en notant quelque chose. Il regarda Annika Giannini. Vous en avez terminé ?

— Je viens de faire ma demande.

— Le procureur a-t-il quelque chose à ajouter ? demanda Iversen.

Ce fut dans cette situation que le procureur Ekström demanda que les délibérations se déroulent à huis clos, arguant qu'il était question de l'état psychique et du bien-être d'une personne éprouvée, ainsi que de détails qui pourraient toucher à la sûreté de la nation.

— Je suppose que vous voulez parler de la prétendue histoire Zalachenko ? demanda Iversen.

— C'est exact. Alexander Zalachenko est arrivé en Suède comme réfugié politique, essayant d'échapper ainsi à une terrible dictature. Certains aspects du traitement de l'affaire, des liens entre des personnes et autres éléments de ce genre sont encore sous le sceau du secret, même si M. Zalachenko est décédé. C'est pourquoi je demande que l'audience se déroule à huis clos et que le secret professionnel soit imposé pour les moments des délibérations qui s'avéreraient particulièrement sensibles.

— Je comprends, dit Iversen et son front se creusa de sillons profonds.

— De plus, une grande partie des délibérations va concerner la tutelle de l'accusée. Cela touche à des questions qui normalement sont confidentielles, de façon quasi automatique, et c'est par sympathie pour l'accusée que j'aimerais avoir le huis clos.

— Quelle est la position de maître Giannini par rapport à la demande du procureur ?

— En ce qui nous concerne, cela nous est égal.

Le juge Iversen réfléchit un court moment. Il consulta son assesseur et déclara ensuite, à la grande irritation des reporters présents, qu'il accédait à la demande du procureur. Mikael Blomkvist dut donc quitter la salle.

DRAGAN ARMANSKIJ ATTENDAIT MIKAEL BLOMKVIST en bas de l'escalier du palais de justice. Il faisait une chaleur torride ce jour de juillet et Mikael sentit que deux taches de sueur commençaient à se former aux aisselles. Ses deux gardes du corps le suivirent dehors. Ils saluèrent Dragan Armanskij d'un signe du menton et se mirent à étudier les environs.

— Ça fait bizarre de se balader avec des gardes du corps, dit Mikael. Et combien ça coûte, cette histoire ?

— C'est la boîte qui régale, dit Armanskij. J'ai un intérêt personnel à te maintenir en vie. Mais nous avons sorti l'équivalent de 250 000 couronnes ces derniers mois.

Mikael hocha la tête.

— Un café ? proposa Mikael en montrant le café italien dans Bergsgatan.

Armanskij acquiesça. Mikael demanda un *caffè latte* tandis qu'Armanskij choisissait un double espresso avec un nuage de lait. Ils s'installèrent à l'ombre sur la terrasse. Les gardes du corps s'assirent à une table voisine, un verre de Coca devant eux.

— Huis clos, constata Armanskij.

— On pouvait s'y attendre. Et c'est tant mieux, comme ça on maîtrise mieux le flot d'informations.

— Oui, ça n'a pas d'importance, mais je commence à apprécier de moins en moins ce Richard Ekström.

Mikael approuva. Ils burent leur café en regardant le palais de justice où se déciderait l'avenir de Lisbeth Salander.

— La contre-attaque est lancée, dit Mikael.

— Et elle est très bien préparée, dit Armanskij. Je dois dire que ta sœur m'impressionne. Quand elle a commencé à présenter sa stratégie, j'ai cru qu'elle plaisantait, mais plus j'y pense, plus ça me semble sensé.

— Ce procès ne va pas se régler là-dedans, dit Mikael.

Il avait répété ces mots comme un mantra depuis plusieurs mois.

— Tu seras appelé comme témoin, dit Armanskij.

— Je le sais. Je suis prêt. Mais ce ne sera qu'après-demain. En tout cas, on table là-dessus.

LE PROCUREUR RICHARD EKSTRÖM avait oublié ses lunettes à double foyer chez lui et il fut obligé de repousser ses lunettes de vue sur le front et de plisser les yeux pour pouvoir lire ses notes écrites petit. Il frotta rapidement sa barbiche blonde avant de remettre les lunettes en place et de regarder la salle.

Lisbeth Salander était assise le dos droit et contemplait le procureur d'un regard insondable. Son visage et ses yeux étaient immobiles. Elle ne paraissait pas tout à fait présente. L'heure était venue pour le procureur d'entamer son interrogatoire.

— Je voudrais vous rappeler, mademoiselle Salander, que vous parlez sous serment, finit par dire Ekström.

Lisbeth Salander ne broncha pas. Le procureur Ekström semblait s'attendre à une sorte de réaction et patienta quelques secondes. Il leva les yeux.

— Vous parlez donc sous serment, répéta-t-il.

Lisbeth Salander inclina un peu la tête. Annika Giannini était occupée à lire quelque chose dans le compte rendu de l'enquête préliminaire et n'avait pas l'air de s'intéresser à ce que disait le procureur Ekström. Il rassembla ses papiers. Après un instant d'un silence inconfortable, il se racla la gorge.

— Eh bien, dit Ekström sur un ton raisonnable. Allons directement aux événements qui se sont déroulés dans la maison de campagne de feu maître Bjurman à Stallarholmen le 6 avril de cette année, événements au point de départ de ma présentation des faits ce matin. Nous allons essayer d'éclaircir les raisons pour lesquelles vous vous êtes rendue à Stallarholmen et avez tiré une balle sur Carl-Magnus Lundin.

Ekström exhorta Lisbeth Salander du regard. Elle ne bronchait toujours pas. Le procureur parut soudain excédé. Il écarta les mains et tourna le regard vers le président de la cour. Le juge Jörgen Iversen sembla hésitant. Il lorgna en direction d'Annika Giannini, toujours accaparée par un document, totalement fermée à l'entourage.

Le juge Iversen se racla la gorge. Il reporta ses yeux sur Lisbeth Salander.

— Devons-nous prendre votre silence comme un refus de répondre aux questions ? demanda-t-il.

Lisbeth Salander tourna la tête et rencontra le regard du juge Iversen.

— Je veux bien répondre aux questions, répondit-elle.

Le juge Iversen hocha la tête.

— Alors vous pouvez peut-être répondre à la question, glissa le procureur Ekström.

Lisbeth Salander tourna à nouveau les yeux vers Ekström. Elle garda le silence.

— Auriez-vous l'obligeance de répondre à la question ? dit le juge Iversen.

Lisbeth tourna de nouveau le regard vers le président de la cour et haussa les sourcils. Sa voix fut nette et distincte.

— Quelle question ? Pour l'instant, ce monsieur – elle hocha la tête en direction d'Ekström – a lancé un certain nombre d'affirmations sans aucune preuve. Je n'ai pas entendu de question.

Annika Giannini leva les yeux. Elle posa ses coudes sur la table et appuya le menton sur la paume, un soudain intérêt dans les yeux.

Le procureur Ekström perdit le fil pendant quelques secondes.

— Pouvez-vous répéter la question ? avança le juge Iversen.

— Je demandais... êtes-vous allée à la maison de campagne de maître Bjurman à Stallarholmen dans l'intention de tirer sur Carl-Magnus Lundin ?

— Non, vous avez dit : "Nous allons essayer d'éclaircir les raisons pour lesquelles je suis allée à Stallarholmen tirer sur Carl-Magnus Lundin." Ce n'était pas une question. C'était une affirmation anticipant sur ma réponse. Je ne suis pas responsable de vos affirmations.

— Ne soyez pas impertinente. Répondez à la question.

— Non.

Silence.

— Comment ça, non ?

— C'est la réponse à la question.

Le procureur Richard Ekström soupira. La journée allait être longue. Lisbeth Salander le regarda, attendant la suite.

— Il vaut peut-être mieux reprendre dès le début, dit-il. Vous vous êtes trouvée dans la maison de campagne de feu maître Bjurman à Stallarholmen dans l'après-midi du 6 avril cette année ?

— Oui.

— Comment y êtes-vous allée ?

— J'ai pris le train de banlieue pour Södertälje, puis le bus de Strängnäs.

— Pour quelle raison êtes-vous allée à Stallarholmen ? Y aviez-vous fixé rendez-vous avec Carl-Magnus Lundin et son ami Benny Nieminen ?

— Non.

— Comment se fait-il qu'ils soient venus ?

— C'est à eux qu'il faut le demander.

— Maintenant, c'est à vous que je le demande.

Lisbeth Salander ne répondit pas.

Le juge Iversen se racla la gorge.

— Je suppose que Mlle Salander ne répond pas parce que sémantiquement vous lancez à nouveau une affirmation, dit Iversen plein de bonne volonté.

Annika Giannini pouffa soudain de rire, suffisamment fort pour que ça s'entende. Elle se tut immédiatement et se replongea dans ses papiers. Ekström lui lança un regard irrité.

— A votre avis, pourquoi Lundin et Nieminen se sont-ils rendus à la maison de campagne de Bjurman ?

— Je ne sais pas. J'imagine qu'ils sont venus pour mettre le feu. Lundin avait un litre d'essence dans une bouteille plastique dans la sacoche de sa Harley Davidson.

Ekström fit la moue.

— Pourquoi êtes-vous allée à la maison de campagne de maître Bjurman ?

— Je cherchais des informations.

— Quelle sorte d'informations ?

— Les informations que je suppose que Lundin et Nieminen étaient venus pour détruire, et qui donc pouvaient contribuer à élucider qui avait tué l'autre fumier.

— Vous estimez que maître Bjurman était un "fumier" ? Ai-je bien compris ?

— Oui.

— Pourquoi cette appréciation de votre part ?

— Cet homme-là était un porc sadique, un salaud et un violeur, donc un fumier.

Elle cita exactement le texte qui était tatoué sur le ventre de feu maître Bjurman et, ce faisant, elle reconnaissait indirectement qu'elle était à l'origine de ce texte. Ceci n'entrait cependant pas dans les accusations contre Lisbeth Salander. Bjurman n'avait jamais signalé ces violences à la police, et il était impossible de déterminer s'il s'était laissé tatouer volontairement ou si cela avait été fait sous la contrainte.

— Vous prétendez donc que votre tuteur aurait abusé de vous. Pourriez-vous nous dire quand ces abus auraient eu lieu ?

— Ils ont eu lieu le mardi 18 février 2003 et à nouveau le vendredi 7 mars de la même année.

— Vous avez refusé de répondre à toutes les questions des policiers qui ont tenté de communiquer avec vous pendant les interrogatoires. Pourquoi ?

— Je n'avais rien à leur dire.

— J'ai lu la prétendue autobiographie que votre avocate a subitement présentée il y a quelques jours. Je dois dire qu'il s'agit d'un document étrange, nous y reviendrons. Mais dedans, vous affirmez que maître Bjurman, à la première occasion, vous aurait obligée à faire une fellation et qu'à la seconde occasion, il vous aurait violée à plusieurs reprises, et cela en utilisant la torture pendant une nuit entière.

Lisbeth ne répondit pas.

— Est-ce vrai ?

— Oui.

— Avez-vous dénoncé ces viols à la police ?

— Non.

— Pourquoi pas ?

— La police ne m'a jamais écoutée quand j'ai essayé de lui raconter quelque chose. Cela n'avait donc aucun sens de lui dénoncer quoi que ce soit.

— Avez-vous parlé de ces abus à quelqu'un ? à une amie ?

— Non.

— Pourquoi pas ?

— Parce que ça ne regardait personne.

— D'accord, avez-vous consulté un avocat ?

— Non.

— Etes-vous allée voir un médecin pour faire soigner les blessures qui vous auraient été infligées ?

— Non.

— Et vous n'êtes pas allée voir SOS-Femmes battues.

— A nouveau vous lancez une affirmation.

— Pardon. Etes-vous allée voir une antenne de SOS-Femmes battues ?

— Non.

Ekström se tourna vers le président de la cour.

— Je voudrais attirer l'attention de la cour sur le fait que la prévenue a déclaré avoir été victime de deux abus sexuels, dont le deuxième est à considérer comme extrêmement grave. Elle affirme que l'auteur de ces viols était son tuteur, feu maître Nils Bjurman. Parallèlement, il faut prendre en considération les faits suivants…

Ekström tripota ses papiers.

— L'enquête de la brigade criminelle ne relève rien dans le passé de maître Bjurman qui conforte la véracité du récit de Lisbeth Salander. Bjurman n'a jamais été condamné. Il n'a jamais été l'objet d'une dénonciation, ni d'une enquête de police. Il a déjà été tuteur ou gérant légal de plusieurs autres jeunes et aucun de ceux-ci ne veut faire valoir qu'il ou elle ait été victime d'une quelconque forme d'abus. Au contraire, ils affirment en insistant que Bjurman s'est toujours comporté correctement et gentiment envers eux.

Ekström tourna la page.

— Il est aussi de mon devoir de rappeler que Lisbeth Salander a été diagnostiquée schizophrène paranoïde. De nombreux documents sont là pour attester que cette jeune femme a une inclination à la violence, et que depuis le début de l'adolescence elle a eu des problèmes dans ses contacts avec la société. Elle a passé plusieurs années dans un établissement de pédopsychiatrie et elle est sous tutelle depuis qu'elle a dix-huit ans. Même si cela est regrettable, il y a des raisons. Ma conviction est qu'elle n'a pas besoin de la prison, mais qu'elle a besoin de soins.

Il fit une pause oratoire.

— Discuter l'état mental d'une jeune personne est un exercice répugnant. Tant de choses portent atteinte à la vie privée, et son état mental devient l'objet d'interprétations. Dans le cas présent, nous pouvons cependant nous baser sur l'image du monde confuse de Lisbeth Salander elle-même. Une image qui ne se manifeste on ne peut plus clairement dans cette prétendue autobiographie. Nulle part son manque d'ancrage dans la réalité n'apparaît aussi nettement qu'ici. Nul besoin ici de témoins ou d'interprétations qui jouent sur les mots. Nous avons ses mots à elle. Nous pouvons nous-mêmes juger de la crédibilité de ses affirmations.

Son regard tomba sur Lisbeth Salander. Leurs yeux se rencontrèrent. Elle sourit. Elle avait l'air malveillant. Le front d'Ekström se plissa.

— Madame Giannini, avez-vous quelque chose à dire ? demanda le juge Iversen.

— Non, répondit Annika Giannini. A part que les conclusions du procureur Ekström sont fantaisistes.

L'AUDIENCE DE L'APRÈS-MIDI débuta avec l'interrogatoire d'un témoin, Ulrika von Liebenstaahl de la commission des Tutelles, qu'Ekström avait appelée pour essayer d'élucider s'il y avait eu des plaintes envers maître Bjurman. Ceci fut rejeté avec force par Liebenstaahl. Elle estimait une telle affirmation offensante.

— Il existe un contrôle rigoureux des affaires de tutelle. Maître Bjurman accomplissait des missions pour la commission des Tutelles depuis près de vingt ans avant d'être si honteusement assassiné.

Elle lança sur Lisbeth Salander un regard méchant, bien que Lisbeth ne soit pas accusée de ce meurtre et qu'il était déjà établi que Bjurman avait été tué par Ronald Niedermann.

— Durant toutes ces années, il n'y a pas eu de plaintes contre maître Bjurman. C'était un homme consciencieux qui a souvent fait preuve d'un profond engagement auprès de ses clients.

— Vous ne trouvez donc pas vraisemblable qu'il ait exposé Lisbeth Salander à une violence sexuelle aggravée ?

— Je trouve cette affirmation absurde. Nous disposons des rapports mensuels envoyés par maître Bjurman et je l'ai rencontré personnellement à plusieurs reprises pour débattre de ce cas.

— Maître Giannini a présenté des revendications pour que la tutelle de Lisbeth Salander soit levée avec effet immédiat.

— Personne n'est aussi heureux que nous, à la commission des Tutelles, quand une tutelle peut être levée. Malheureusement, nous avons une responsabilité qui implique de suivre les règles en vigueur. La commission a posé l'exigence que Lisbeth Salander soit déclarée guérie par une expertise psychiatrique, suivant l'ordre établi, avant qu'il puisse être question de modifier sa tutelle.

— Je comprends.

— Cela signifie qu'elle doit se soumettre à des examens psychiatriques. Ce qu'elle refuse, comme vous le savez.

L'interrogatoire d'Ulrika von Liebenstaahl se poursuivit pendant plus de quarante minutes, pendant lesquelles les rapports mensuels de Bjurman furent examinés.

Annika Giannini posa une seule question juste avant que l'interrogatoire se termine.

— Vous trouviez-vous dans la chambre à coucher de maître Bjurman la nuit du 7 au 8 mars 2003 ?

— Bien sûr que non.

— Autrement dit, vous ignorez donc totalement si les affirmations de ma cliente sont vraies ou fausses ?

— L'accusation contre maître Bjurman est insensée.

— Cela reste votre avis. Pouvez-vous lui fournir un alibi ou prouver d'une autre manière qu'il n'a pas abusé de ma cliente ?

— C'est évidemment impossible. Mais la vraisemblance…

— Merci. C'était tout, coupa Annika Giannini.

MIKAEL BLOMKVIST RENCONTRA SA SŒUR dans les bureaux de Milton Security près de Slussen vers 19 heures, pour faire le bilan de la journée.

— Ça s'est déroulé à peu près comme prévu, dit Annika. Ekström a avalé l'autobiographie de Salander.

— Bien. Comment elle s'en tire ?

Annika éclata de rire.

— Elle s'en tire à merveille et apparaît comme une parfaite psychopathe. Elle ne fait que se comporter avec naturel.

— Hmm.

— Aujourd'hui, il a principalement été question de Stallarholmen. Demain ça sera Gosseberga, avec interrogatoires des gens de la brigade technique et des trucs comme ça. Ekström va essayer de prouver que Salander y est allée pour assassiner son père.

— OK.

— Mais on aura peut-être un problème technique. Cet après-midi, Ekström a appelé une Ulrika von Liebenstaahl de la commission des Tutelles. Elle s'est mise à rabâcher que je n'ai pas le droit de représenter Lisbeth.

— Comment ça ?

— Elle prétend que Lisbeth est sous tutelle et qu'elle n'a pas le droit de choisir son avocat.

— Ah bon ?

— Donc, techniquement, je ne peux pas être son avocat si la commission des Tutelles ne m'a pas approuvée.

— Et ?

— Le juge Iversen se prononcera là-dessus demain matin. Je lui ai parlé en coup de vent après les délibérations. Mais je crois qu'il va décider que je continue à la représenter. Mon argument était que la commission des Tutelles a eu trois mois pour protester et que c'est un peu gonflé de présenter une telle requête quand le procès a déjà commencé.

— Teleborian va témoigner vendredi. Il faut que ce soit toi qui l'interroges.

APRÈS AVOIR PASSÉ LE JEUDI à étudier des cartes et des photographies et à écouter des conclusions techniques verbeuses sur ce qui s'était passé à Gosseberga, le procureur Ekström avait pu établir que toutes les preuves indiquaient que Lisbeth Salander était allée chez son père dans le but de le tuer. Le maillon le plus fort dans la chaîne de preuves était qu'elle avait emporté à Gosseberga une arme à feu, un Wanad P-83 polonais.

Le fait qu'Alexander Zalachenko (selon le récit de Lisbeth Salander) ou à la rigueur l'assassin d'un policier Ronald Niedermann (selon le témoignage que Zalachenko avait fait avant d'être assassiné à l'hôpital Sahlgrenska) aient essayé de tuer Lisbeth Salander et qu'elle ait été enterrée dans un trou dans la forêt n'atténuait en aucune façon le fait qu'elle ait pisté son père jusqu'à Gosseberga dans l'intention de le tuer. Elle avait de plus failli réussir en le frappant au visage avec une hache. Ekström exigea que Lisbeth Salander soit condamnée pour tentative d'assassinat, préparatifs d'assassinat, ainsi que, de toute manière, pour violences aggravées.

La version de Lisbeth Salander était qu'elle était allée à Gosseberga pour affronter son père et lui faire avouer les meurtres de Dag Svensson et de Mia Bergman. Cette donnée était d'une importance capitale pour la question de la préméditation.

Ekström ayant terminé l'interrogatoire du témoin Melker Hansson de la brigade technique de Göteborg, maître Annika Giannini avait posé quelques brèves questions.

— Monsieur Hansson, y a-t-il quoi que ce soit, dans votre enquête et dans toute la documentation technique que vous avez réunie, qui permette d'établir que Lisbeth Salander ment au sujet de la préméditation de sa visite à Gosseberga ? Pouvez-vous prouver qu'elle y est allée dans le but de tuer son père ?

Melker Hansson réfléchit un instant.

— Non, finit-il par répondre.

— Vous ne pouvez donc rien affirmer par rapport à sa préméditation ?

— Non.

— La conclusion du procureur Ekström, fût-elle éloquente et loquace, n'est donc qu'une spéculation ?

— Je suppose que oui.

— Y a-t-il quoi que ce soit dans les preuves techniques qui contredise Lisbeth Salander quand elle dit avoir emporté par hasard le pistolet polonais, un Wanad P-83, tout simplement parce que l'arme se trouvait dans son sac et qu'elle ne savait pas quoi en faire depuis qu'elle l'avait pris à Benny Nieminen à Stallarholmen la veille ?

— Non.

— Merci, dit Annika Giannini et elle se rassit. Ce furent ses seules paroles au cours du témoignage de Hansson qui avait duré une heure.

BIRGER WADENSJÖÖ QUITTA L'IMMEUBLE de la Section dans Artillerigatan vers 18 heures le jeudi avec le sentiment d'être cerné par des nuages menaçants et d'avancer vers un naufrage imminent. Il avait réalisé depuis plusieurs semaines que son titre de directeur, patron donc, de la Section d'analyse spéciale n'était qu'une formule dépourvue de sens. Ses opinions, ses protestations et ses supplications n'avaient aucun poids. Fredrik Clinton avait repris toutes les commandes. Si la Section avait été une institution ouverte et officielle, ceci n'aurait eu aucune importance – il se serait simplement tourné vers son supérieur direct pour présenter ses réclamations.

Dans la situation actuelle, cependant, il n'existait personne auprès de qui se plaindre. Il était seul et dépendant des bonnes grâces d'un homme qu'il considérait comme un malade mental. Et le pire, c'est que l'autorité de Clinton était absolue. Morveux du style Jonas Sandberg ou fidèles comme Georg Nyström, tous semblaient immédiatement rentrer dans le rang et obéir au doigt et à l'œil au vieillard mourant.

Il admettait que Clinton était une autorité discrète qui ne travaillait pas pour son propre enrichissement. Il voulait bien admettre aussi que Clinton travaillait avec en tête le seul bien de la Section, ou en tout cas ce qu'il estimait être le bien de la Section. Mais c'était comme si toute l'organisation se trouvait en chute libre, un état de suggestion collective où des collaborateurs chevronnés refusaient de comprendre que chaque mouvement qu'ils faisaient, chaque décision prise et concrétisée ne faisait que les rapprocher du gouffre.

Wadensjöö sentit un poids dans la poitrine lorsqu'il tourna dans Linnégatan où il avait trouvé une place pour garer sa voiture. Il coupa l'alarme, sortit les clés et il était sur le point d'ouvrir la portière lorsqu'il entendit des mouvements derrière lui et se retourna. Il fut gêné par le contre-jour. Il lui fallut quelques secondes avant de reconnaître l'homme de haute taille sur le trottoir.

— Bonsoir, monsieur Wadensjöö, dit Torsten Edklinth, directeur de la Protection de la Constitution. Cela fait dix ans que je ne suis pas allé sur le terrain, mais aujourd'hui j'ai senti que ma présence s'imposait.

Wadensjöö regarda, troublé, les deux policiers en civil qui flanquaient Edklinth. Il s'agissait de Jan Bublanski et de Marcus Ackerman.

Brusquement il comprit ce qui allait se passer.

— J'ai le triste devoir d'annoncer que sur décision du ministère public, vous êtes en état d'arrestation pour une suite de délits et d'infractions si longue qu'il faudra sans doute des semaines pour établir le catalogue complet.

— Qu'est-ce que ça signifie ? dit Wadensjöö hors de lui.

— Ça signifie que vous êtes arrêté, soupçonné sur de bonnes bases de complicité de meurtre. Vous êtes aussi soupçonné de chantage, de corruption, d'écoute illégale, de plusieurs cas de falsification de documents aggravée et de malversation aggravée, de complicité de cambriolage, d'abus d'autorité, d'espionnage et autres petites bricoles. A présent, nous allons nous rendre à Kungsholmen tous les deux et avoir tranquillement un entretien sérieux dès ce soir.

— Je n'ai pas commis de meurtre, dit Wadensjöö dans un souffle.

— Ce sera à l'enquête de le dire.

— C'était Clinton. C'était Clinton tout le temps, dit Wadensjöö.

Torsten Edklinth hocha la tête, satisfait.

N'IMPORTE QUEL POLICIER sait très bien qu'il existe deux façons classiques de mener l'interrogatoire d'un suspect. Le policier méchant et le policier gentil. Le policier méchant menace, jure, frappe du poing sur la table et se comporte globalement à la hussarde dans le but d'effrayer l'accusé, de le soumettre et de l'amener aux aveux. Le policier gentil, de préférence un petit vieux grisonnant, offre des cigarettes et du café, il hoche la tête avec sympathie et utilise un ton raisonnable.

La plupart des policiers – mais pas tous – savent aussi que la technique d'interrogatoire du policier gentil est la plus efficace pour obtenir des résultats. Le criminel vétéran dur à cuire n'est pas le moins du monde impressionné par le policier méchant. Et l'amateur peu sûr de lui, qui est effrayé par un méchant policier et avoue, aurait probablement avoué quelle que soit la technique utilisée.

Mikael Blomkvist écouta l'interrogatoire de Birger Wadensjöö d'une pièce adjacente. Sa présence avait fait l'objet de certaines disputes internes avant qu'Edklinth décide qu'il pourrait peut-être tirer profit des observations de Mikael.

Mikael put voir que Torsten Edklinth utilisait une troisième variante d'interrogatoire de police, le policier indifférent, qui dans ce cas précis semblait fonctionner encore mieux. Edklinth entra dans la salle d'interrogatoire, servit du café dans des mugs en porcelaine, alluma le magnétophone et s'inclina dans le fauteuil.

— Il se trouve que nous avons déjà toutes les preuves techniques imaginables contre toi. Nous n'avons d'une manière générale aucun intérêt à entendre ton histoire autrement que pour confirmer ce que nous savons déjà. Mais nous aimerions avoir la réponse à une question : pourquoi ? Comment avez-vous pu être assez fous pour prendre la décision de liquider des gens, ici en Suède, comme si on se trouvait au Chili de Pinochet ? Le magnétophone est branché. Si tu veux dire quelque chose, c'est le moment. Si tu ne veux pas parler, j'arrête le magnétophone et ensuite nous te retirerons la cravate et les lacets, et nous te logerons en maison d'arrêt dans l'attente de ton avocat, du procès et de la condamnation.

Edklinth prit une gorgée de café et ne dit plus rien. Lorsque deux minutes se furent écoulées sans que rien soit dit, il tendit la main et arrêta le magnétophone. Il se leva.

— Je vais demander qu'on vienne te chercher d'ici quelques minutes. Bonsoir.

— Je n'ai tué personne, dit Wadensjöö alors qu'Edklinth avait déjà ouvert la porte. Edklinth s'arrêta.

— Ça ne m'intéresse pas de parler de la pluie et du beau temps avec toi. Si tu veux t'expliquer, je m'assieds et je mets le magnétophone en marche. Toutes les autorités suédoises – et surtout le Premier ministre – sont impatientes d'entendre ce que tu as à dire. Si tu racontes, je peux me rendre chez le Premier ministre dès ce soir et lui donner ta version de ce qui s'est passé. Si tu ne racontes pas, tu seras de toute façon traduit en justice et condamné.

— Assieds-toi, dit Wadensjöö.

Sa résignation n'échappa à personne. Mikael respira. Il était accompagné de Rosa Figuerola, de la procureur Ragnhild Gustavsson, de Stefan, collaborateur anonyme de la Säpo, ainsi que de deux autres personnes inconnues. Mikael se doutait qu'au moins une de ces deux personnes représentait le ministre de la Justice.

— Je n'ai rien à voir avec ces assassinats, dit Wadensjöö une fois qu'Edklinth eut rebranché le magnétophone.

— *Les* assassinats, dit Mikael Blomkvist à Rosa Figuerola.

— Chhhht, répondit-elle.

— C'étaient Clinton et Gullberg. J'ignorais tout de ce qu'ils allaient faire. Je le jure. J'ai été sous le choc quand j'ai entendu que Gullberg avait tué Zalachenko. J'ai eu du mal à croire que c'était vrai… j'ai eu du mal à le croire. Et quand j'ai entendu ce qui était arrivé à Björck, j'ai failli faire un infarctus.

— Parle-moi de l'assassinat de Björck, dit Edklinth sans changer le ton de sa voix. Ça s'est passé comment ?

— Clinton a engagé quelqu'un. Je ne sais même pas comment ça s'est passé, mais c'étaient deux Yougoslaves. Des

Serbes, je crois. C'est Georg Nyström qui les a briefés et payés. Quand je l'ai appris, j'ai compris qu'on allait vers la catastrophe.

— Si on reprenait au début ? dit Edklinth. Quand as-tu commencé à travailler pour la Section ?

Une fois que Wadensjöö eut commencé à raconter, il fut impossible de l'arrêter. L'interrogatoire dura près de cinq heures.

26

VENDREDI 15 JUILLET

DANS LE BOX DES TÉMOINS AU TRIBUNAL le vendredi après-midi, le Dr Peter Teleborian s'avéra être un homme inspirant la confiance. Il fut interrogé par le procureur Ekström pendant plus de quatre-vingt-dix minutes et il répondit avec calme et autorité à toutes les questions. Par moments, son visage prenait une expression soucieuse, à d'autres moments il paraissait amusé.

— Pour résumer…, dit Ekström en feuilletant ses notes, votre sentiment, en tant que psychiatre bénéficiant de nombreuses années d'expérience, est que Lisbeth Salander souffre de schizophrénie paranoïde ?

— J'ai toujours dit qu'il est extrêmement difficile de faire une évaluation exacte de son état. La patiente, comme vous le savez, est à considérer comme pratiquement autiste dans sa relation avec les médecins et les autorités. J'estime qu'elle souffre d'une maladie psychique grave, mais à l'heure actuelle je ne peux pas fournir un diagnostic exact. Je ne peux pas non plus déterminer à quel stade de psychose elle se trouve, sans procéder à des examens considérablement plus étendus.

— Vous estimez en tout cas qu'elle n'est pas en bonne santé psychique.

— Toute son histoire personnelle est la preuve très éloquente que tel n'est pas le cas.

— Vous avez pu lire la prétendue autobiographie que Lisbeth Salander a écrite et qu'elle a fait parvenir à la cour pour s'expliquer. Comment pourriez-vous la commenter ?

Peter Teleborian écarta les mains et haussa les épaules mais resta silencieux.

— Disons, quelle crédibilité accordez-vous à ce récit ?

— Aucune crédibilité. C'est une suite d'affirmations concernant différentes personnes, des histoires plus fantaisistes les unes que les autres. Globalement, son explication écrite renforce les soupçons qu'elle souffre de schizophrénie paranoïde.

— Pourriez-vous nous en donner quelques exemples ?

— Le plus flagrant est le récit du prétendu viol dont elle accuse son tuteur Bjurman.

— Pourriez-vous développer ?

— Tout le récit est extrêmement détaillé. C'est un exemple classique du type d'imagination délirante dont les enfants peuvent faire preuve. Il y a une foule de cas similaires dans des affaires d'inceste, où l'enfant donne des descriptions récusées par leur propre impossibilité et où toutes les preuves font défaut. Il s'agit là, disons, de fantasmes érotiques que même des enfants en très bas âge peuvent développer... Un peu comme s'ils regardaient un film d'horreur à la télé.

— Aujourd'hui, Lisbeth Salander n'est pas exactement un enfant, c'est une femme adulte, dit Ekström.

— Oui, et il reste sans doute à déterminer exactement à quel niveau mental elle se trouve. Mais sur le fond, vous avez raison. Elle est adulte et elle croit probablement au récit qu'elle a donné.

— A votre avis, ce sont des mensonges.

— Non, si elle croit à ce qu'elle dit, ce ne sont pas des mensonges. C'est une histoire qui démontre qu'elle ne sait pas faire la distinction entre imagination et réalité.

— Elle n'a donc pas été violée par maître Bjurman ?

— Non. La vraisemblance doit être considérée comme inexistante. Lisbeth Salander a besoin de soins spécialisés.

— Vous figurez personnellement dans le récit de Lisbeth Salander...

— Oui, et le détail ne manque pas de piquant. Mais, encore une fois, c'est son imagination qui s'exprime. Si nous devions croire cette pauvre fille, je serais quasiment un pédophile...

Il sourit et poursuivit :

— Mais elle exprime ici ce dont je ne cesse de parler. La biographie de Salander nous apprend qu'elle a été maltraitée en étant maintenue en contention le plus clair de son temps à Sankt Stefan et que je venais dans sa chambre la nuit. Voilà un cas presque classique de son incapacité à interpréter la réalité. Ou, plus exactement, c'est ainsi qu'elle interprète la réalité.

— Merci. A la défense maintenant, si maître Giannini a des questions…

Annika Giannini n'ayant pratiquement pas eu de questions ou d'objections au cours des deux premiers jours d'audience, tout le monde s'attendait à ce qu'elle pose à nouveau quelques questions par acquit de conscience avant d'interrompre l'interrogatoire. *La prestation de la défense est si lamentable que ça commence à devenir pénible*, pensa Ekström.

— Oui, j'en ai, dit Annika Giannini. J'ai un certain nombre de questions et cela risque de prendre un peu de temps. Il est maintenant 11 h 30. Je propose que nous fassions une pause pour que je puisse mener mon interrogatoire du témoin sans interruption après le déjeuner.

Le juge Iversen décida que la cour irait déjeuner.

CURT BOLINDER ÉTAIT ACCOMPAGNÉ de deux policiers en uniforme lorsque, à midi pile, il posa son énorme poigne sur l'épaule du commissaire Georg Nyström devant le restaurant *Mäster Anders* dans Hantverkargatan. Nyström regarda, stupéfait, Curt Bolinder qui lui brandit sa plaque de policier sous le nez.

— Bonjour. Je vous arrête pour complicité d'assassinat et tentative d'assassinat. Les points d'accusation vous seront communiqués par le procureur de la nation cet après-midi même. Je vous conseille de nous suivre de votre plein gré, dit Curt Bolinder.

Georg Nyström eut l'air de ne pas comprendre la langue que parlait Curt Bolinder. Mais il constata que Curt Bolinder était quelqu'un qu'il fallait suivre sans protester.

L'INSPECTEUR JAN BUBLANSKI était accompagné de Sonja Modig et de sept policiers en uniforme lorsque son collègue Stefan Bladh à la Protection de la Constitution les fit entrer, à midi pile, dans le département confidentiel qui constituait les domaines de la Säpo sur Kungsholmen. Ils passèrent dans les couloirs jusqu'à ce que Stefan s'arrête et indique un bureau. La secrétaire du secrétaire général eut l'air totalement ahurie lorsque Bublanski brandit sa plaque de police.

— Restez assise, s'il vous plaît. Ceci est une intervention de la police.

Il poursuivit jusqu'à la porte intérieure et interrompit le secrétaire général Albert Shenke au beau milieu d'une conversation téléphonique.

— C'est quoi, tout ça ? demanda Shenke.

— Je suis l'inspecteur Jan Bublanski. Vous êtes en état d'arrestation pour infraction à la Constitution suédoise. Les différents points d'accusation vous seront communiqués au cours de l'après-midi.

— Ceci dépasse les bornes, dit Shenke.

— Oui, absolument, dit Bublanski.

Il fit mettre des scellés au bureau de Shenke et détacha deux policiers comme gardiens devant la porte, avec ordre de ne laisser entrer personne. Ils avaient autorisation d'utiliser leur matraque et même leur arme de service si quelqu'un essayait de passer en force.

Ils continuèrent la procession à travers les couloirs jusqu'à ce que Stefan indique une autre porte, et ils répétèrent la procédure avec le chef comptable Gustav Atterbom.

JERKER HOLMBERG ÉTAIT ASSISTÉ de la brigade d'intervention de Södermalm lorsque, à midi pile, il frappa à la porte d'un bureau temporairement loué au deuxième étage d'un immeuble face à la rédaction du magazine *Millénium* dans Götgatan.

Comme personne ne venait ouvrir la porte, Jerker Holmberg ordonna que la brigade l'ouvre de force mais, avant que le pied-de-biche ait pu servir, la porte s'entrouvrit.

— Police, dit Jerker Holmberg. Mets tes mains bien en vue.

— Je suis de la police, dit l'inspecteur Göran Mårtensson.

— Je le sais. Et tu détiens des licences pour un paquet d'armes à feu.

— Oui, mais je suis policier en service.

— Tu parles ! dit Jerker Holmberg.

On l'aida à appuyer Mårtensson contre le mur et à lui prendre son arme de service.

— Je t'arrête pour écoutes illégales, faute professionnelle grave, plusieurs violations de domicile chez le journaliste Mikael Blomkvist dans Bellmansgatan et probablement bien d'autres points d'accusation. Passez-lui les menottes.

Jerker Holmberg procéda à une rapide inspection du bureau et constata qu'il y avait suffisamment d'électronique pour monter un studio d'enregistrement. Il détacha un policier pour garder le local, avec instruction de rester assis sur une chaise et de ne pas laisser d'empreintes digitales.

Lorsqu'on fit sortir Mårtensson par la porte d'entrée de l'immeuble, Henry Cortez leva son Nikon numérique et prit une série de vingt-deux photos. Il n'était certes pas un photographe professionnel et ses photos laissèrent pas mal à désirer côté qualité. Mais le cliché fut vendu le lendemain à un tabloïd pour une somme d'argent véritablement indécente.

ROSA FIGUEROLA FUT LA SEULE des policiers qui participaient aux razzias de la journée à connaître un incident non prévu. Elle était assistée par la brigade d'intervention de Norrmalm et trois collègues de la Säpo lorsque, à midi pile, elle entra dans l'immeuble d'Artillerigatan et monta les escaliers menant à l'appartement au dernier étage, dont le propriétaire était la société Bellona.

L'opération avait été mise sur pied dans un délai très court. Dès que la force d'intervention fut rassemblée devant la porte de l'appartement, elle donna le feu vert. Deux solides policiers en uniforme de la brigade de Norrmalm levèrent un bélier en acier de quarante kilos et ouvrirent la porte en deux coups bien placés. La force d'intervention, pourvue de gilets pare-balles et d'armes en conséquence, occupa l'appartement dans les dix secondes après que la porte avait été forcée.

La surveillance mise en place depuis l'aube indiquait que cinq individus identifiés comme collaborateurs de la Section avaient franchi la porte dans la matinée. Tous les cinq furent retrouvés en quelques secondes et menottés.

Rosa Figuerola portait un gilet pare-balles. Elle traversa l'appartement qui avait été le QG de la Section depuis les années 1960 et ouvrit brutalement les portes les unes après les autres. Elle constata qu'elle aurait besoin d'un archéologue pour l'aider à trier la quantité de dossiers qui remplissaient les pièces.

Quelques secondes seulement après qu'elle était passée par la porte d'entrée, elle ouvrit la porte d'une petite pièce assez loin dans l'appartement et découvrit une chambre pour passer la nuit. Elle se trouva subitement face à face avec Jonas Sandberg. Il avait constitué un point d'interrogation lorsque les tâches avaient été réparties au matin. La veille au soir, l'investigateur qui devait surveiller Sandberg l'avait perdu. Sa voiture était garée sur Kungsholmen et il n'avait pas été repéré à son domicile pendant la nuit. Au matin, on n'avait pas su comment le localiser et l'arrêter.

Ils ont une équipe de nuit pour des raisons de sécurité. Evidemment. Et Sandberg est resté dormir là, une fois sa garde finie.

Jonas Sandberg ne portait que son slip et il semblait à peine réveillé. Il se tourna pour attraper son arme de service sur la table de chevet. Rosa Figuerola se pencha en avant et balaya l'arme par terre, loin de Sandberg.

— Jonas Sandberg, je t'arrête pour complicitié dans les assassinats de Gunnar Björck et d'Alexander Zalachenko, ainsi que de complicité dans la tentative d'assassinat de Mikael Blomkvist et d'Erika Berger. Enfile ton pantalon.

Jonas Sandberg balança son poing en direction de Rosa Figuerola. Elle para le coup par pur réflexe et sans lui accorder un centième de seconde d'attention.

— Tu plaisantes ? dit-elle. Elle lui prit le bras et lui tordit le poignet si violemment que Sandberg bascula en arrière par terre. Elle le roula sur le ventre et lui planta son genou dans le bas du dos. Elle le menotta elle-même. Ce fut la première fois depuis qu'elle travaillait à la Säpo qu'elle utilisait les menottes dans le service.

Elle laissa Sandberg aux bons soins d'un policier en uniforme et continua. Pour finir, elle ouvrit la dernière porte tout au fond de l'appartement. Selon les plans qu'avaient fournis les services de la mairie, il s'agissait d'un petit réduit donnant sur la cour. Elle s'arrêta sur le seuil et contempla l'épouvantail le plus décharné qu'elle ait jamais vu. Elle comprit immédiatement qu'elle se trouvait en face d'une personne mourante.

— Fredrik Clinton, je t'arrête pour complicité d'assassinat, tentative d'assassinat et toute une série d'autres crimes, dit-elle. Ne bouge pas de ton lit. Nous appelons une ambulance pour te transporter à Kungsholmen.

CHRISTER MALM S'ÉTAIT POSTÉ juste à côté de l'entrée de l'immeuble d'Artillerigatan. Contrairement à Henry Cortez, il savait manier son Nikon numérique. Il utilisa un petit téléobjectif et les photos furent très professionnelles.

Elles montraient les membres de la Section sortir de l'immeuble encadrés par des policiers, un par un, et fourrés dans des voitures de police, et finalement une ambulance venant chercher Fredrik Clinton. Ses yeux rencontrèrent l'objectif de l'appareil photo juste au moment où Christer appuyait sur le déclencheur. Il avait un air inquiet et troublé.

Plus tard, cette photo fut désignée "photo de l'année".

27

VENDREDI 15 JUILLET

LE JUGE IVERSEN LAISSA RETOMBER son marteau sur la table à 12 h 30 et déclara que l'audience du tribunal correctionnel venait de reprendre. Il remarqua tout de suite la troisième personne apparue à la table d'Annika Giannini. Holger Palmgren, assis dans un fauteuil roulant.

— Bonjour, Holger, dit le juge Iversen. Ça fait un bail que je ne t'ai pas vu dans une salle d'audience.

— Bonjour, monsieur le juge Iversen. Certaines affaires, tu sais, sont tellement complexes que les juniors ont besoin d'un peu d'assistance.

— Je croyais que tu avais cessé ton activité professionnelle.

— J'ai été malade. Mais maître Giannini a fait appel à moi pour être son assesseur dans cette affaire.

— Je comprends.

Annika Giannini se racla la gorge.

— Il faut dire aussi que, pendant de nombreuses années, Holger Palmgren a représenté Lisbeth Salander.

— Laissons cela de côté, dit le juge Iversen.

D'un signe de tête, il indiqua à Annika Giannini qu'elle pouvait commencer. Elle se leva. Elle n'avait jamais aimé la mauvaise habitude suédoise de mener des audiences sur un ton informel, assis autour d'une table intime, presque comme s'il s'agissait d'un dîner. Elle se sentait beaucoup mieux quand elle pouvait parler debout, elle se leva donc.

— Je pense que nous pourrions commencer par les commentaires qui ont clos la séance de ce matin. Monsieur Teleborian, pourquoi désapprouvez-vous systématiquement toutes les affirmations qui viennent de Lisbeth Salander ?

— Parce qu'elles sont manifestement inexactes, répondit Peter Teleborian.

Il était calme et détendu. Annika Giannini hocha la tête et se tourna vers le juge Iversen.

— Monsieur le juge, Peter Teleborian affirme que Lisbeth Salander ment et affabule. La défense va maintenant démontrer que chaque mot dans l'autobiographie de Lisbeth Salander est véridique. Nous allons montrer des preuves. Ecrites et relevant de témoignages. Nous sommes à présent arrivés au stade de ce procès où le procureur a présenté les grandes lignes de son réquisitoire. Nous avons écouté et nous savons maintenant à quoi ressemblent les accusations exactes contre Lisbeth Salander.

Annika Giannini eut subitement la bouche sèche et elle sentit que sa main tremblait. Elle respira à fond et but une gorgée d'eau minérale. Ensuite elle saisit fermement le dossier de la chaise pour que le tremblement de ses mains ne révèle pas sa nervosité.

— Du réquisitoire du procureur, nous pouvons tirer la conclusion qu'il dispose d'une profusion d'opinions mais de très peu de preuves. Il pense que Lisbeth Salander a tiré sur Carl-Magnus Lundin à Stallarholmen. Il affirme qu'elle est allée à Gosseberga pour tuer son père. Il suppose que ma cliente souffre de schizophrénie paranoïde et qu'elle est malade mentale de toutes les manières qu'on puisse imaginer. Et il bâtit cette supposition sur les données d'une seule source, en l'occurrence le Dr Peter Teleborian.

Elle fit une pause et chercha sa respiration. Elle se força à parler lentement.

— La situation des preuves est maintenant telle que l'avis du procureur repose exclusivement sur Peter Teleborian. Si ce dernier a raison, tout va pour le mieux ; et dans ce cas, ma cliente se porterait mieux si elle pouvait recevoir l'aide psychiatrique adéquate que lui-même et le procureur réclament.

Pause.

— Mais si le Dr Teleborian a tort, l'affaire prend tout de suite une autre tournure. Si, de plus, il ment sciemment, nous sommes dans la situation où ma cliente est victime d'un abus de pouvoir judiciaire, un abus qui se déroule depuis de nombreuses années.

Elle regarda Ekström.

— Au cours de cet après-midi, nous allons démontrer que votre témoin a tort et que vous, en tant que procureur, vous avez été abusé et entraîné à accepter ces fausses conclusions.

Peter Teleborian arborait un sourire amusé. Il écarta les mains et adressa un hochement de tête à Annika Giannini, l'invitant à commencer. Elle se tourna de nouveau vers Iversen.

— Monsieur le juge. Je vais démontrer que la prétendue expertise psychiatrique médicolégale de Peter Teleborian est un bluff du début à la fin. Je vais démontrer qu'il ment sciemment au sujet de Lisbeth Salander. Je vais démontrer que ma cliente a été victime d'un abus de pouvoir judiciaire aggravé. Et je vais démontrer qu'elle est aussi intelligente et sensée que quiconque dans cette salle.

— Pardon, mais…, commença Ekström.

— Un instant. Elle leva un doigt. Je vous ai laissé parler sans vous déranger pendant deux jours. Maintenant, c'est mon tour.

Elle se tourna de nouveau vers le juge Iversen.

— Je ne prononcerais pas des accusations aussi graves devant un tribunal si je ne disposais pas des preuves irréfutables.

— Je vous en prie, continuez, dit Iversen. Mais je ne veux pas entendre d'histoires de grand complot. Gardez en tête que vous pouvez être poursuivie pour diffamation même pour des affirmations prononcées devant la cour.

— Merci. Je le garderai en tête.

Elle se tourna vers Teleborian. La situation semblait toujours l'amuser.

— La défense a plusieurs fois demandé à pouvoir consulter le dossier de Lisbeth Salander datant de l'époque où, jeune adolescente, elle était enfermée chez vous à Sankt Stefan. Pourquoi n'avons-nous pas obtenu ce dossier ?

— Parce que le tribunal d'instance a décidé qu'il est confidentiel. C'est une décision qui a été prise par égard pour Lisbeth Salander, mais si une cour de cassation revenait là-dessus, je vous ferais évidemment passer le dossier.

— Merci. Pendant les deux années que Lisbeth Salander a passées à Sankt Stefan, combien de nuits est-elle restée en contention ?

— Je ne m'en souviens pas comme ça de but en blanc.

— Elle soutient pour sa part qu'il s'agit de trois cent quatre-vingts des sept cent quatre-vingt-six nuits qu'elle a passées à Sankt Stefan.

— Je ne peux pas donner le nombre exact de nuits, mais ce chiffre est considérablement exagéré. D'où sort-il ?

— De son autobiographie.

— Et vous voulez dire qu'elle se souviendrait aujourd'hui exactement de chaque nuit passée en contention ? C'est impossible.

— Ah bon ? Vous avanceriez quel chiffre ?

— Lisbeth Salander était une patiente très agressive et encline à la violence, et il était indéniablement nécessaire de la mettre dans une pièce à privation sensorielle un certain nombre de fois. Peut-être devrais-je expliquer quel est le but d'une telle pièce…

— Merci, mais ce ne sera pas nécessaire. C'est une pièce où un patient n'aura aucune stimulation sensorielle supposée pouvoir l'inquiéter. Combien de jours et de nuits Lisbeth Salander a-t-elle passées en contention dans une telle pièce quand elle avait treize ans ?

— Il s'agit de… approximativement, peut-être une trentaine de fois au cours de son hospitalisation.

— Trente. C'est une infime partie des trois cent quatre-vingts fois dont elle parle.

— Indéniablement.

— Moins de dix pour cent du chiffre qu'elle donne.

— Oui.

— Son dossier pourrait-il nous renseigner de façon plus exacte ?

— C'est possible.

— Excellent, dit Annika Giannini et elle sortit une grosse liasse de papiers de son porte-documents. Alors je voudrais donner à la cour une copie du dossier de Lisbeth Salander à Sankt Stefan. J'ai compté le nombre de notes relatives à la contention et je suis arrivée au chiffre de trois cent quatre-vingt-une, plus donc que ce que ma cliente affirme.

Les yeux de Peter Teleborian s'agrandirent.

— Hé là… il s'agit d'informations confidentielles. D'où est-ce que vous tenez ça ?

— Un journaliste du magazine *Millénium* me l'a donné. Il n'est donc pas si confidentiel que ça s'il peut traîner dans des rédactions de journaux au milieu d'un tas d'autres dossiers. Je dois peut-être dire aussi que la revue *Millénium* publie aujourd'hui même des extraits de ce dossier. Je pense que ce tribunal doit avoir l'occasion d'y jeter un coup d'œil.

— Tout cela est illégal…

— Non. Lisbeth Salander a donné son accord pour la publication de ces extraits. Car ma cliente n'a rien à cacher.

— Votre cliente est déclarée incapable et elle n'a pas le droit de prendre ce genre de décisions toute seule.

— Nous reviendrons sur la déclaration d'incapacité de Lisbeth Salander. Nous allons d'abord étudier ce qui lui est arrivé à Sankt Stefan.

Le juge Iversen fronça les sourcils et prit le dossier qu'Annika Giannini lui tendait.

— Je n'ai pas fait de copie pour le procureur Ekström. De toute façon, il a déjà reçu ces documents qui violent l'intégrité de ma cliente il y a un mois.

— Vous dites ? demanda Iversen.

— Le procureur Ekström a reçu une copie de ce dossier confidentiel des mains de Teleborian lors d'une rencontre dans son bureau à 17 heures le samedi 4 juin de cette année.

— Est-ce vrai ? demanda Iversen.

La première impulsion de Richard Ekström fut de nier. Ensuite il réalisa qu'Annika Giannini avait peut-être des preuves.

— J'ai demandé à pouvoir lire des parties du dossier, sous le secret professionnel, reconnut Ekström. J'étais obligé de m'assurer que l'histoire de Salander était bien celle qu'elle prétend avoir.

— Merci, dit Annika Giannini. Cela signifie que nous avons une confirmation non seulement que le Dr Teleborian débite des mensonges mais qu'il a aussi enfreint la loi en livrant un dossier qu'il affirme lui-même être frappé du sceau du secret.

— Nous consignons cela, dit Iversen.

LE JUGE IVERSEN SE SENTAIT maintenant tout à fait éveillé. D'une façon très inhabituelle, Annika Giannini venait de s'attaquer à un témoin et elle avait déjà réduit en miettes un élément important dans son témoignage. *Et elle affirme qu'elle peut prouver tout ce qu'elle dit.* Iversen ajusta ses lunettes.

— Docteur Teleborian, à partir de ce dossier que vous avez personnellement établi, pouvez-vous me dire maintenant combien de nuits Lisbeth Salander est restée en contention ?

— Je n'ai aucun souvenir d'une telle fréquence, mais si c'est ce que dit le dossier, je suis obligé de le croire.

— Trois cent quatre-vingt-une nuits. N'est-ce pas une fréquence exceptionnelle ?

— C'est effectivement beaucoup.

— Comment vivriez-vous ces choses si vous aviez treize ans et que quelqu'un vous attachait pendant plus d'un an au cadre métallique de votre lit avec des sangles en cuir ? Comme de la torture ?

— Il faut comprendre que la patiente représentait un danger pour elle-même et pour autrui...

— D'accord. Un danger pour elle-même – Lisbeth Salander s'est-elle jamais blessée elle-même ?

— On pouvait le craindre...

— Je répète la question : Lisbeth Salander s'est-elle jamais blessée elle-même ? Oui ou non ?

— En tant que psychiatres, nous devons apprendre à interpréter l'image dans son ensemble. En ce qui concerne Lisbeth Salander, vous pouvez par exemple voir sur son corps un certain nombre de tatouages et de piercings, qui sont aussi un comportement autodestructeur et une manière de blesser son corps. Nous pouvons interpréter cela comme une manifestation de haine envers soi-même.

Annika Giannini se tourna vers Lisbeth Salander.

— Est-ce que tes tatouages sont une manifestation de haine envers toi-même ?

— Non, dit Lisbeth Salander.

Annika Giannini regarda vers Teleborian.

— Vous voulez donc dire que moi, qui porte des boucles d'oreilles et qui d'ailleurs ai également un tatouage à un endroit hautement intime, je représente un danger pour moi-même ?

Holger Palmgren pouffa, mais réussit à transformer le rire en un raclement de gorge.

— Non, il ne s'agit pas de ça... les tatouages peuvent aussi faire partie d'un rituel social.

— Vous voulez donc dire que Lisbeth Salander n'est pas concernée par ce rituel social ?

— Vous pouvez vous-même constater que ses tatouages sont grotesques et couvrent de grandes parties de son corps. Ce n'est pas un fétichisme esthétique normal ni une décoration corporelle.

— Combien de pour cent ?

— Pardon ?

— A partir de quel pourcentage une surface tatouée du corps cesse-t-elle d'être un fétichisme relevant de l'esthétique pour devenir une maladie mentale ?

— Vous dénaturez mes paroles.

— Ah bon ? Comment se fait-il que d'après vous, ce soit un rituel social tout à fait acceptable quand il s'agit de moi ou d'autres jeunes, mais que ça devienne une charge contre ma cliente quand il s'agit d'évaluer son état psychique ?

— En tant que psychiatre, je me dois, comme je le disais, de regarder l'image dans son ensemble. Les tatouages ne sont qu'un marqueur, un des nombreux marqueurs que je dois prendre en compte lorsque j'évalue son état.

Annika Giannini se tut quelques secondes et fixa Peter Teleborian. Elle parla lentement.

— Mais, docteur Teleborian, vous avez commencé à attacher ma cliente lorsqu'elle n'avait pas encore treize ans. Et à cette époque-là, elle n'avait pas un seul tatouage, n'est-ce pas ?

Peter Teleborian hésita quelques secondes. Annika reprit la parole.

— Je suppose que vous ne l'avez pas attachée parce que vous prédisiez qu'elle allait se tatouer un jour dans l'avenir.

— Non, évidemment pas. Ses tatouages n'ont rien à faire avec son état en 1991.

— Ainsi nous sommes de retour à ma question initiale. Lisbeth Salander s'est-elle jamais blessée d'une manière qui puisse justifier que vous l'avez gardée attachée dans un lit pendant un an ? S'est-elle par exemple coupée avec un couteau ou une lame de rasoir ou quelque chose de semblable ?

Peter Teleborian eut l'air peu sûr de lui pendant une seconde.

— Non, mais nous avions toutes les raisons de croire qu'elle était un danger pour elle-même.

— Raisons de croire. Vous voulez donc dire que vous l'avez attachée parce que vous supposiez quelque chose...

— Nous faisons des évaluations.

— Cela fait maintenant environ cinq minutes que je pose la même question. Vous affirmez que le comportement auto-destructeur de ma cliente était une des raisons pour lesquelles vous l'avez maintenue en contention pendant au total plus d'un an sur les deux où elle s'est trouvée sous vos soins. Auriez-vous la gentillesse de me donner enfin quelques exemples du comportement autodestructeur qu'elle avait à l'âge de douze ans ?

— La fille était par exemple extrêmement sous-alimentée. Cela venait entre autres du fait qu'elle refusait de manger. Nous avons suspecté de l'anorexie. Nous avons été obligés de la nourrir de force à plusieurs reprises.

— Et pour quelle raison ?

— Parce qu'elle refusait de manger, bien sûr.

Annika Giannini se tourna vers sa cliente.

— Lisbeth, est-il vrai que tu as refusé de manger à Sankt Stefan ?

— Oui.

— Pourquoi ?

— Parce que cette ordure mélangeait des psychotropes à ma nourriture.

— Aha. Le Dr Teleborian voulait donc te donner des médicaments. Pourquoi ne voulais-tu pas les prendre ?

— Je n'aimais pas ces médicaments. Ils me rendaient amorphe. Je n'arrivais plus à penser et j'étais dans les vapes une grande partie de mon temps éveillé. C'était désagréable. Et cette ordure refusait de me dire ce qu'il y avait dans les psychotropes.

— Et donc tu refusais de les prendre ?

— Oui. Alors il a commencé à introduire cette saleté dans ma nourriture. Donc, j'ai cessé de manger. Chaque fois qu'il y avait quelque chose dans ma nourriture, je refusais de manger pendant cinq jours.

— Tu avais faim, alors.

— Pas toujours. Quelques-uns des soignants m'ont donné des sandwiches en douce à plusieurs reprises. Il y en avait un en particulier qui me donnait à manger tard le soir. Ça s'est reproduit plusieurs fois.

— Tu veux dire que le personnel soignant à Sankt Stefan comprenait que tu avais faim et te donnait à manger pour que tu ne sois pas affamée ?

— C'était pendant la période où je me battais avec cette ordure au sujet des psychotropes.

— Il y avait donc une raison tout à fait rationnelle à ton refus de manger ?

— Oui.

— Ce n'était donc pas parce que tu refusais la nourriture ?

— Non. J'avais souvent faim.

— Est-il correct d'affirmer qu'il y a eu un conflit entre toi et le Dr Teleborian ?

— On peut le dire.

— Tu t'es retrouvée à Sankt Stefan parce que tu avais lancé de l'essence sur ton père et mis le feu.

— Oui.

— Pourquoi avais-tu fait cela ?

— Parce qu'il maltraitait ma mère.

— Est-ce que tu as expliqué cela à quelqu'un ?

— Oui.

— A qui ?

— Je l'ai dit aux policiers qui m'ont interrogée, aux services sociaux, à la commission pour l'Enfance, aux médecins, à un pasteur et à cette ordure.

— En disant *cette ordure*, tu parles de… ?

— Ce type, là.

Elle indiqua le Dr Peter Teleborian.

— Pourquoi le traites-tu d'ordure ?

— Quand je suis arrivée à Sankt Stefan, j'ai essayé de lui expliquer ce qui s'était passé.

— Et qu'a dit le Dr Teleborian ?

— Il n'a pas voulu m'écouter. Il prétendait que j'affabulais. Et comme punition, je serais mise en contention jusqu'à ce que je cesse mes affabulations. Et ensuite il a essayé de me bourrer de psychotropes.

— Ce sont des inepties, dit Peter Teleborian.

— C'est pour ça que tu ne lui parles pas ?

— Je ne lui ai pas dit un seul mot depuis la nuit où j'ai eu treize ans. J'étais attachée cette nuit-là aussi. C'était mon cadeau d'anniversaire à moi-même.

Annika Giannini se tourna de nouveau vers Teleborian.

— Docteur Teleborian, on dirait que la raison du refus de manger de ma cliente est qu'elle n'acceptait pas que vous lui donniez des psychotropes.

— Il est possible que ce soit ainsi qu'elle voyait les choses.

— Et vous, vous les voyiez comment ?

— J'avais une patiente extrêmement difficile. Je prétends que son comportement montrait qu'elle était un danger pour elle-même, mais il se peut que cela soit une question d'interprétation. En revanche, elle était violente et elle avait un comportement psychotique. Il ne fait aucun doute qu'elle était un danger pour autrui. N'oubliez pas qu'elle s'est retrouvée à Sankt Stefan après avoir essayé de tuer son père.

— Nous allons y arriver. Vous avez été responsable de son traitement pendant deux ans. Pendant trois cent quatre-vingt-une nuits, vous l'avez maintenue en contention. Peut-on envisager que vous utilisiez la contention comme punition quand ma cliente n'obéissait pas à vos ordres ?

— Cela n'a pas de sens.

— Ah bon ? Je note cependant que, d'après le dossier que vous avez constitué sur votre patiente, la plus grande partie des contentions a eu lieu au cours de la première année... trois cent vingt sur trois cent quatre-vingt-une. Pourquoi les contentions ont-elles cessé ?

— La patiente a évolué et elle est devenue plus équilibrée.

— Ne serait-ce pas parce que vos mesures étaient jugées inutilement brutales par le personnel soignant ?

— Qu'est-ce que vous voulez dire ?

— Ne serait-ce pas que le personnel s'est plaint entre autres de l'alimentation forcée de Lisbeth Salander ?

— Il peut évidemment toujours y avoir des divergences dans les façons de voir les choses. Ça n'a rien d'inhabituel. Mais c'était devenu une charge de la nourrir de force parce compte tenu de sa violente résistance...

— Parce qu'elle refusait de prendre des psychotropes qui l'abrutissaient et la rendaient passive. Elle n'avait pas de problèmes pour manger quand elle n'était pas sous l'influence de médicaments. N'aurait-il pas été plus raisonnable, dans le cadre d'une méthode de traitement, de ne pas passer tout de suite aux mesures coercitives ?

— Sauf votre respect, madame Giannini. Il se trouve que je suis médecin. Je suppose que ma compétence médicale est supérieure à la vôtre. C'est à moi qu'il revient de juger de l'opportunité des mesures médicales à appliquer.

— C'est vrai que je ne suis pas médecin, docteur Teleborian. Par contre, je ne suis pas entièrement sans compétence. En parallèle avec mon titre d'avocat, je suis aussi psychologue diplômée de l'université de Stockholm. C'est une compétence indispensable dans ma profession de juriste.

On aurait entendu une mouche voler dans la salle d'audience. Sidérés, Ekström et Teleborian fixaient Annika Giannini. Elle poursuivit impitoyablement.

— N'est-il pas vrai que vos méthodes de traitement de ma cliente ont fini par mener à de fortes discordes entre vous-même et votre supérieur, le médecin-chef de l'époque, Johannes Caldin ?

— Non… ce n'est pas vrai.

— Johannes Caldin est décédé depuis plusieurs années et il ne peut pas témoigner ici. Mais nous avons aujourd'hui dans la salle d'audience une personne qui à plusieurs reprises a rencontré le Dr Caldin. Je veux parler de mon assesseur, Holger Palmgren.

Elle se tourna vers lui.

— Pourrais-tu nous éclaircir sur ce point ?

Holger Palmgren se racla la gorge. Il souffrait encore des suites de son hémorragie cérébrale et il était obligé de se concentrer pour formuler les mots sans bafouiller.

— J'ai été désigné gérant légal de Lisbeth après que sa mère, à la suite des mauvais traitements infligés par son père au point d'en rester handicapée, devint incapable de s'occuper de sa fille. Elle souffrait de lésions cérébrales persistantes et faisait des hémorragies cérébrales à répétition.

— Tu parles donc d'Alexander Zalachenko ?

Le procureur Ekström se pencha en avant, attentif.

— C'est exact, dit Palmgren.

Ekström s'éclaircit la gorge.

— Je voudrais signaler que nous avons maintenant entamé un sujet qui est classé secret-défense.

— Il ne peut guère être un secret qu'Alexander Zalachenko a maltraité la mère de Lisbeth Salander pendant de nombreuses années.

Peter Teleborian leva la main.

— La chose n'est sans doute pas aussi évidente que Mme Giannini la présente.

— Comment ça ?

— Il ne fait aucun doute que Lisbeth Salander a été témoin d'une tragédie familiale, qu'il y a eu quelque chose qui a déclenché une maltraitance inouïe en 1991. Mais il n'y a aucune documentation pour étayer que cette situation se serait poursuivie pendant de nombreuses années, comme Mme Giannini le prétend. Il peut s'agir d'un fait unique ou d'une dispute qui a dégénéré. Pour dire toute la vérité, il n'y a même pas de documentation qui prouve que c'était M. Zalachenko qui maltraitait la mère. Selon certaines de nos informations, elle se prostituait, et il peut y avoir d'autres coupables possibles.

ANNIKA GIANNINI REGARDA Peter Teleborian, surprise. Elle sembla sans voix pendant un court instant. Ensuite son regard s'affuta.

— Pourriez-vous développer, demanda-t-elle.

— Ce que je veux dire, c'est que dans la pratique, nous n'avons que les affirmations de Lisbeth Salander comme base.

— Et ?

— Premièrement, il y avait deux sœurs. Camilla, la sœur de Lisbeth, n'a jamais avancé ce genre d'accusations. Elle a nié que de telles choses aient eu lieu. Ensuite il faut prendre en considération que s'il y avait réellement eu maltraitance dans l'étendue évoquée par votre cliente, cela aurait évidemment été consigné dans des enquêtes sociales.

— Y a-t-il un interrogatoire de Camilla Salander que nous pouvons consulter ?

— Interrogatoire ?

— Avez-vous un document qui démontre qu'on a posé des questions à Camilla Salander sur ce qui se passait chez elles ?

Lisbeth Salander se tortilla quand le nom de sa sœur fut prononcé. Elle regarda Annika Giannini.

— Je pars du principe que les services sociaux ont fait une enquête…

— A l'instant, vous venez d'affirmer que Camilla Salander n'a jamais avancé d'accusations contre Alexander Zalachenko, qu'au contraire elle a nié qu'il ait maltraité sa mère. Votre déclaration était catégorique. D'où tenez-vous cette information ?

Peter Teleborian resta silencieux pendant quelques secondes. Annika Giannini vit son regard changer quand il réalisa qu'il avait commis une erreur. Il comprit sur quoi elle allait enchaîner mais il n'y avait aucune manière d'éviter la question.

— Il me semble que c'était dans l'enquête de police, finit-il par dire.

— Il vous semble… Pour ma part, j'ai cherché partout une enquête de police concernant les événements dans Lundagatan lorsque Alexander Zalachenko a été grièvement brûlé. Tout ce que j'ai trouvé, ce sont les maigres rapports écrits par les policiers dépêchés sur les lieux.

— C'est possible…

— Alors j'aimerais savoir comment il se fait que vous ayez lu un rapport de police qui n'est pas disponible pour la défense.

— Je ne peux pas répondre à cette question, dit Teleborian. J'ai pu consulter le rapport lorsque, en 1991, j'ai réalisé une expertise médicolégale de Lisbeth Salander après la tentative d'assassinat de son père.

— Le procureur Ekström a-t-il pu consulter ce rapport ?

Ekström se tortilla et se caressa la barbiche. Il avait déjà compris qu'il avait sous-estimé Annika Giannini. En revanche, il n'avait aucune raison de mentir.

— Oui, j'ai pu le consulter.

— Pourquoi la défense n'a-t-elle pas eu accès au matériel ?

— Je ne l'ai pas jugé d'intérêt pour le procès.

— Pouvez-vous me dire comment vous avez pu avoir accès à ce rapport ? Chaque fois que je me suis adressée à la police, on m'a répondu qu'un tel rapport n'existait pas.

— L'enquête a été menée par la Säpo. C'est un rapport confidentiel.

— La Säpo a donc enquêté sur une affaire de maltraitance aggravée d'une femme et a décidé de classer l'affaire secret-défense ?

— C'est à cause de l'auteur… Alexander Zalachenko. Il était réfugié politique.

— Qui a fait l'enquête ?

Silence.

— Je n'entends rien. Quel nom y avait-il sur la première page ?

— Elle a été faite par Gunnar Björck de la brigade des étrangers à la Säpo.

— Merci. Est-ce le même Gunnar Björck dont ma cliente affirme qu'il collabora avec Peter Teleborian pour truquer le rapport médicolégal de 1991 la concernant ?

— Je suppose que oui.

ANNIKA GIANNINI REPORTA son attention sur Peter Teleborian.

— En 1991, un tribunal d'instance a pris la décision d'enfermer Lisbeth Salander dans une clinique de pédopsychiatrie. Pourquoi le tribunal a-t-il pris cette décision ?

— Le tribunal d'instance a fait une évaluation soigneuse des actes et de l'état psychique de votre cliente – elle avait après tout essayé de tuer son père avec un cocktail Molotov. Ce n'est pas une occupation que pratiquent des adolescents normaux, qu'ils soient tatoués ou pas.

Peter Teleborian sourit poliment.

— Et sur quoi le tribunal d'instance a-t-il basé son évaluation ? Si j'ai bien compris, ils n'avaient qu'un seul avis médicolégal pour s'orienter. Il avait été rédigé par vous-même et un policier du nom de Gunnar Björck.

— Madame Giannini, nous sommes maintenant en plein dans les théories de conspiration qu'avance Mlle Salander. Ici, je dois…

— Excusez-moi, rassurez-vous, je ne vais pas m'égarer, dit Annika Giannini en s'adressant à Holger Palmgren. Holger, nous venons de dire que tu as rencontré le supérieur du Dr Teleborian, le médecin-chef Caldin.

— Oui. J'avais été désigné gérant légal de Lisbeth Salander. Je ne l'avais alors même pas rencontrée, à peine croisée. J'avais comme tout le monde l'impression qu'elle était gravement atteinte sur le plan psychique. Cependant, puisqu'il s'agissait de ma mission, je me suis renseigné sur son état de santé général.

— Et qu'a dit le médecin-chef Caldin ?

— Elle était la patiente du Dr Teleborian, et le Dr Caldin ne lui avait pas prêté attention outre mesure, à part ce qui est d'usage lors des expertises. Ce n'est que plus d'un an plus tard que j'ai commencé à discuter de la manière dont on pourrait la réintégrer dans la société. J'ai proposé une famille d'accueil. Je ne sais pas exactement ce qui s'est passé derrière les murs de Sankt Stefan, mais à un moment donné, alors que Lisbeth y était depuis plus d'un an, le Dr Caldin a commencé à s'intéresser à elle.

— Intérêt qui s'est manifesté de quelle manière ?

— J'ai eu le sentiment qu'il avait fait une évaluation différente de celle du Dr Teleborian. Il m'a dit un jour qu'il avait décidé de modifier certaines choses dans son traitement. J'ai compris plus tard seulement qu'il s'agissait de la contention. Caldin a purement et simplement décidé qu'elle ne serait pas attachée. Il disait que rien ne le justifiait.

— Il allait à l'encontre du Dr Teleborian ?

— Excusez-moi, mais il ne s'agit là que de ouï-dire, protesta Ekström.

— Non, dit Holger Palmgren. Pas uniquement. J'ai demandé un avis sur différentes façons de réintégrer Lisbeth Salander dans la société. Le Dr Caldin a écrit cet avis. Je l'ai encore.

Il tendit un papier à Annika Giannini.

— Peux-tu nous dire ce qui est écrit ?

— C'est une lettre que le Dr Caldin m'a adressée. Elle est datée d'octobre 1992, donc quand Lisbeth se trouvait à Sankt Stefan depuis vingt mois. Ici le Dr Caldin écrit, je cite : "Ma décision que la patiente ne soit pas maintenue en contention ni nourrie de force a aussi eu pour résultat notable qu'elle est calme. Les psychotropes ne sont pas nécessaires. La patiente est cependant extrêmement refermée sur elle-même et peu communicative, et elle a besoin d'un soutien suivi." Fin de citation.

— Il écrit donc expressément que la décision vient de lui.

— C'est exact. C'est également le Dr Caldin qui a personnellement pris la décision que Lisbeth serait réinsérée dans la société via une famille d'accueil.

Lisbeth hocha la tête. Elle se souvenait du Dr Caldin tout comme elle se souvenait du moindre détail de son séjour à Sankt Stefan. Elle avait refusé de parler avec le Dr Caldin, il était un docteur pour les fous, un de plus parmi toutes les blouses blanches qui voulaient farfouiller dans ses sentiments.

Mais il avait été aimable et bienveillant. Elle l'avait écouté dans son bureau quand il lui avait expliqué comment il la voyait.

Il avait paru blessé qu'elle ne veuille pas parler avec lui. Pour finir, elle l'avait regardé droit dans les yeux et lui avait révélé sa décision. "Je ne vais jamais parler ni avec toi ni avec un autre psy. Vous n'écoutez pas ce que je dis. Vous pouvez me garder enfermée ici jusqu'à ma mort. Ça n'y changera rien. Je ne parlerai pas avec vous." Il l'avait regardée avec des yeux étonnés. Puis il avait hoché la tête comme s'il avait compris quelque chose.

— Docteur Teleborian… J'ai constaté que c'est vous qui avez fait enfermer Lisbeth Salander dans une clinique de pédopsychiatrie. C'est vous qui avez fourni au tribunal d'instance le rapport qui constituait la seule base pour émettre un jugement. Est-ce correct ?

— C'est correct en soi. Mais j'estime…

— Vous aurez tout le temps d'expliquer ce que vous estimez. A la majorité de Lisbeth Salander, vous êtes encore intervenu dans sa vie et avez essayé de la faire interner une nouvelle fois.

— Cette fois-là, ce n'est pas moi qui ai fait l'expertise médicolégale…

— Non, elle a été faite par un certain Dr Jesper H. Löderman. Comme par hasard, il passait son doctorat sous votre direction à cette époque-là. C'était donc vos évaluations qui prévalaient pour que l'expertise soit acceptée.

— Il n'y a rien d'incorrect ou qui va à l'encontre de l'éthique dans ces expertises. Elles ont été faites dans les règles de l'art.

— A présent, Lisbeth Salander a vingt-sept ans et pour la troisième fois nous nous trouvons dans la situation où vous essayez de persuader un tribunal qu'elle est malade mentale et qu'elle doit être placée en institution fermée.

LE DR PETER TELEBORIAN respira à fond. Annika Giannini était bien préparée. Elle l'avait surpris avec quelques questions perfides qui l'avaient obligé à déformer ses réponses. Elle n'était pas réceptive à son charme et elle ignorait totalement son autorité. L'homme avait l'habitude que les gens hochent la tête quand il parlait.

Qu'est-ce qu'elle sait, au juste ?

Il jeta un regard sur le procureur Ekström, mais comprit qu'il ne pouvait pas attendre d'aide de sa part. Il fallait qu'il s'en sorte tout seul.

Il se rappela que malgré tout il était un ponte avec beaucoup d'autorité.

Peu importe ce qu'elle dit. C'est mon évaluation qui l'emporte.

Annika Giannini ramassa sur la table son rapport d'expertise psychiatrique médicolégale.

— Examinons d'un peu plus près votre dernière expertise. Vous consacrez beaucoup de temps à analyser la vie spirituelle de Lisbeth Salander. Une bonne part traite des interprétations que vous faites de sa personne, de son comportement et de ses habitudes sexuelles.

— Dans cette enquête, j'ai essayé de donner une image complète.

— Bien. Et en partant de cette image complète, vous arrivez à la conclusion que Lisbeth Salander souffre de schizophrénie paranoïde.

— Je préfère ne pas m'attacher à un diagnostic exact.

— Mais vous n'êtes pas arrivé à cette conclusion en parlant avec Lisbeth Salander, n'est-ce pas ?

— Vous savez très bien que votre cliente refuse systématiquement de répondre aux questions lorsque moi-même ou une autre personne ayant autorité essayons de lui parler. Ce seul comportement est éloquent. Une interprétation possible est que les tendances paranoïdes de la patiente se manifestent de façon si forte qu'elle est littéralement incapable de mener une conversation avec une personne ayant autorité. Elle croit que tout le monde cherche à lui nuire et elle ressent une telle menace qu'elle s'enferme derrière une carapace impénétrable et devient littéralement muette.

— Je note que vous vous exprimez avec une grande prudence. Vous avez dit : "une interprétation possible"...

— Oui, en effet. Je m'exprime avec prudence. La psychiatrie n'est pas une science exacte et je me dois d'être prudent dans mes conclusions. Il se trouve aussi que nous, les psychiatres, nous n'avançons pas de suppositions à la légère.

— Vous faites très attention à vous protéger. En réalité, vous n'avez pas échangé un seul mot avec ma cliente depuis la nuit de ses treize ans, puisqu'elle a systématiquement refusé de vous parler.

— Pas seulement à moi. Elle n'est pas en état de mener une conversation avec un psychiatre, quel qu'il soit.

— Cela veut dire que, comme vous l'écrivez ici, vos conclusions reposent sur votre expérience et sur des observations de ma cliente.

— C'est exact.

— Que peut-on apprendre en observant une fille qui reste assise les bras croisés sur une chaise et refuse de parler ?

Peter Teleborian soupira et eut l'air de trouver fatigant d'avoir à expliquer des évidences. Il sourit.

— D'un patient qui ne dit pas un mot, on peut apprendre que c'est un patient qui sait très bien faire cela, ne pas dire un mot. En soi, cela représente déjà un comportement perturbé, mais ce n'est pas là-dessus que je base mes conclusions.

— Cet après-midi, je vais appeler un autre psychiatre à témoigner. Il s'appelle Svante Brandén, il est médecin-chef à la direction de la Médecine légale et spécialiste en psychiatrie légale. Le connaissez-vous ?

Peter Teleborian se sentit rassuré. Il sourit. Il avait effectivement prévu que Giannini allait ressortir un autre psychiatre de sa manche pour essayer de remettre en question ses conclusions. Il s'était préparé à cette situation, et il saurait faire face à chaque objection mot pour mot. Il serait plus simple de gérer un collègue universitaire dans une chamaillerie amicale que quelqu'un comme cette Giannini qui n'avait aucune retenue et qui était prête à détourner ses propos et les mettre en boîte.

— Oui. C'est un psychiatre de médecine légale reconnu et compétent. Mais vous comprenez bien, madame Giannini, que faire une expertise de ce genre est un processus académique et scientifique. Vous pouvez être en désaccord avec moi sur mes conclusions et un autre psychiatre peut interpréter des agissements ou un événement d'une autre manière que la mienne. Il s'agit alors de différentes manières de voir les choses ou peut-être même de la connaissance qu'a le médecin de son patient. Le Dr Brandén aboutira peut-être à une tout autre conclusion en ce qui concerne Lisbeth Salander. Cela n'a rien d'inhabituel au sein de la psychiatrie.

— Ce n'est pas pour ça que je l'appelle. Il n'a pas rencontré ni examiné Lisbeth Salander et il ne tirera aucune conclusion sur son état psychique.

— Ah bon…

— Je lui ai demandé de lire votre rapport et toute la documentation que vous avez formulée concernant Lisbeth Salander et de regarder son dossier des années qu'elle a passées à Sankt Stefan. Je lui ai demandé de faire une évaluation – non pas de l'état de santé de ma cliente, mais pour voir s'il existe, d'un point de vue scientifique, une base solide à vos conclusions telles que vous les présentez dans votre évaluation.

Peter Teleborian haussa les épaules.

— Avec tout mon respect… je pense que je connais mieux Lisbeth Salander qu'aucun autre psychiatre de ce pays. J'ai suivi son évolution depuis qu'elle avait douze ans et malheureusement il faut constater que son comportement est sans cesse venu confirmer mes conclusions.

— Tant mieux, dit Annika Giannini. Alors nous allons regarder vos conclusions. Dans vos rapports, vous écrivez que le traitement a été interrompu quand elle avait quinze ans et qu'elle a été placée dans une famille d'accueil.

— C'est exact. C'était une grave erreur. Si nous avions poursuivi le traitement jusqu'au bout, nous ne serions peut-être pas ici aujourd'hui.

— Vous voulez dire que, si vous aviez eu la possibilité de la garder en contention encore une année, elle aurait peut-être été plus docile ?

— Voilà un commentaire assez gratuit.

— Je vous présente mes excuses. Vous citez abondamment l'expertise qu'a réalisée votre élève Jesper H. Löderman juste avant la majorité de Lisbeth Salander. Vous écrivez que "son comportement autodestructeur et antisocial est confirmé par les abus et la débauche qu'elle affiche depuis qu'elle a été libérée de Sankt Stefan". A quoi faites-vous allusion ?

Peter Teleborian garda le silence quelques secondes.

— Eh bien… maintenant il me faut retourner un peu en arrière. Après sa sortie de Sankt Stefan, Lisbeth Salander a eu – comme je l'avais prédit – des problèmes d'abus d'alcool et de drogues. Elle a été appréhendée par la police à plusieurs reprises. Une enquête sociale a aussi établi qu'elle avait des rapports sexuels incontrôlés avec des hommes âgés et qu'elle s'adonnait probablement à la prostitution.

— Essayons de tirer cela au clair. Vous dites qu'elle est devenue alcoolique. A quelle fréquence était-elle ivre ?

— Pardon ?

— Etait-elle ivre tous les jours depuis qu'elle avait été relâchée et jusqu'à ses dix-huit ans ? Etait-elle ivre une fois par semaine ?

— Je ne peux évidemment pas répondre à cela.

— Mais vous avez pourtant établi qu'elle abusait d'alcool ?

— Elle était mineure et elle a été appréhendée par la police à plusieurs reprises pour ivresse.

— C'est la deuxième fois que vous employez l'expression "appréhendée à plusieurs reprises". Cela veut dire à quelle fréquence ? Etait-ce une fois par semaine ou une fois toutes les deux semaines… ?

— Non, ce n'était pas aussi souvent que ça…

— Lisbeth Salander a été arrêtée pour ivresse sur la voie publique à deux reprises quand elle avait seize et dix-sept ans. A une de ces deux occasions, elle était tellement ivre qu'on l'a envoyée à l'hôpital. Voilà donc les plusieurs reprises que vous indiquez. Avez-vous connaissance d'autres occasions où elle aurait été en état d'ébriété ?

— Je ne sais pas, mais on peut craindre que son comportement…

— Pardon, ai-je bien entendu ? Vous ne savez donc pas si elle a été ivre plus de deux fois dans son adolescence, mais vous craignez que tel ait été le cas. Et pourtant vous établissez que Lisbeth Salander est embarquée dans un cercle infernal d'alcool et de drogues ?

— Il appartient aux services sociaux de gérer tout cela. Pas à moi. Il s'agissait de la situation globale de Lisbeth Salander. Comme on s'y était attendu, et selon le pronostic pessimiste prévu après l'interruption du traitement, toute sa vie est devenue un cercle d'alcool, d'interventions de la police et de débauche incontrôlée.

— Vous employez l'expression "débauche incontrôlée".

— Oui… c'est un terme qui indique qu'elle n'avait pas le contrôle sur sa propre vie. Elle avait des rapports sexuels avec des hommes plutôt âgés.

— Ce n'est pas contraire à la loi.

— Non, mais c'est un comportement anormal chez une fille de seize ans. On peut donc se poser la question de savoir si elle participait à cela de son plein gré ou si elle se trouvait dans une situation de contrainte.

— Mais vous avez soutenu qu'elle se prostituait.

— C'était peut-être une conséquence naturelle de son manque de formation, de son incapacité de suivre l'enseignement à l'école et de poursuivre ses études, et du chômage qui s'ensuivait. Elle voyait peut-être des pères dans ces hommes âgés et le dédommagement économique pour des services sexuels était un bonus. En tout cas, pour moi cela est un comportement névrotique.

— Vous voulez dire qu'une fille de seize ans qui fait l'amour est névrosée ?

— Vous déformez mes paroles.

— Mais vous ne savez pas si elle a jamais été payée pour des services sexuels ?

— Elle n'a jamais été arrêtée pour prostitution.

— Ce qui peut difficilement lui arriver puisque la prostitution n'est pas interdite par la loi.

— Euh, en effet. Dans le cas de Lisbeth Salander, il s'agit d'un comportement névrotique compulsif.

— Et vous n'avez pas hésité à tirer la conclusion que Lisbeth Salander est malade mentale à partir de ce mince matériel. Quand j'avais seize ans, je me suis soûlée à en rouler par terre avec une demi-bouteille de vodka que j'ai volée à mon père. Diriez-vous que je suis malade mentale ?

— Non, évidemment que non.

— Est-il exact que vous-même, lorsque vous aviez dix-sept ans, vous avez participé à une fête où vous vous êtes soûlé au point de partir avec toute une bande casser des vitrines dans le centre-ville d'Uppsala ? Vous avez été arrêté par la police et mis en cellule de dégrisement, et vous avez écopé d'une amende.

Peter Teleborian eut l'air stupéfait.

— N'est-ce pas ?

— Oui… on fait tant de bêtises quand on a dix-sept ans. Mais…

— Mais cela ne vous a pas amené à en tirer la conclusion que vous souffriez d'une maladie psychique grave ?

PETER TELEBORIAN ÉTAIT IRRITÉ. Cette foutue avocate déformait sans cesse ses paroles et se focalisait sur des détails particuliers. Elle refusait de voir l'image d'ensemble. Et, totalement hors de propos, elle balançait au su de tout le monde que lui-même un jour s'était soûlé... *comment a-t-elle fait pour savoir ça ?*

Il s'éclaircit la gorge et haussa la voix.

— Les rapports des services sociaux étaient sans équivoque et confirmaient sur tous les points essentiels que Lisbeth Salander menait une vie concentrée sur l'alcool, les drogues et la débauche. Les services sociaux ont également établi que Lisbeth Salander se prostituait.

— Non. Les services sociaux n'ont jamais affirmé qu'elle se prostituait.

— Elle a été arrêtée à...

— Non. Elle n'a pas été arrêtée. Elle a été interpellée dans le parc de Tantolunden quand elle avait dix-sept ans et se trouvait en compagnie d'un homme beaucoup plus âgé qu'elle. La même année, elle a été contrôlée pour ivresse, également en compagnie d'un homme beaucoup plus âgé. Les services sociaux craignaient peut-être qu'elle se prostitue. Mais il n'y a jamais eu de preuves le confirmant.

— Sa vie sexuelle était très étendue et elle avait des relations avec un grand nombre de personnes, aussi bien des garçons que des filles.

— De votre propre rapport, je cite la page 4, vous vous attardez sur les habitudes sexuelles de Lisbeth Salander. Vous soutenez que sa relation avec son amie Miriam Wu confirme les craintes d'une psychopathie sexuelle. Pourriez-vous nous expliquer ?

Peter Teleborian se tut soudain.

— J'espère très sincèrement que vous n'avez pas l'intention de prétendre que l'homosexualité est une maladie. Ce genre d'affirmation peut mener à des poursuites.

— Non, évidemment que non. Je veux parler des touches de sadisme sexuel dans leur relation.

— Vous voulez dire que c'est une sadique ?

— Je...

— Nous disposons du témoignage de Miriam Wu à la police. Il n'y avait aucune violence dans leur relation.

— Elles s'adonnaient au bondage, au sadomaso et...

— Je préfère me dire que vous avez trop lu les tabloïds. Lisbeth Salander et son amie Miriam Wu ont quelquefois joué à des jeux érotiques où Miriam Wu attachait ma cliente et lui donnait une satisfaction sexuelle. Ce n'est ni particulièrement inhabituel, ni interdit. C'est pour cela que vous voulez enfermer ma cliente ?

Peter Teleborian agita la main pour dire non.

— Permettez-moi quelques confidences. Quand j'avais seize ans, je me suis soûlée à mort. J'ai été ivre plusieurs fois pendant mes années de lycée. J'ai essayé des drogues. J'ai fumé du shit et j'ai même essayé de la cocaïne à une occasion il y a environ vingt ans. J'ai fait mes débuts sexuels quand j'avais quinze ans avec un copain de classe, et j'avais environ vingt ans quand j'ai eu une relation avec un garçon qui attachait mes mains aux montants du lit. J'en avais vingt-deux quand j'ai eu pendant plusieurs mois une relation avec un homme âgé de quarante-sept ans. Autrement dit, suis-je malade mentale ?

— Madame Giannini... vous jouez de l'ironie, mais vos expériences sexuelles n'ont rien à voir avec l'affaire qui nous occupe.

— Pourquoi cela ? Quand je lis votre prétendue expertise de Lisbeth Salander, je trouve beaucoup de points qui, si on les sort du contexte, s'appliquent à moi-même. Pourquoi suis-je saine d'esprit et Lisbeth Salander une dangereuse sadique ?

— Ce ne sont pas ces détails qui déterminent. Vous n'avez pas essayé de tuer votre père à deux reprises...

— Docteur Teleborian, la réalité est que les partenaires sexuels de Lisbeth ne concernent personne. Le sexe de son partenaire ne vous concerne pas, ni sous quelles formes elle mène sa vie sexuelle. Mais pourtant vous sortez des détails de sa vie et les utilisez pour étayer la thèse qu'elle serait malade.

— Toute la vie de Lisbeth Salander depuis l'école primaire n'est qu'une suite d'annotations dans des dossiers médicaux et sociaux, qui attestent des accès de rage violents à l'encontre des instituteurs et de ses camarades de classe.

— Un instant...

La voix d'Annika Giannini fut subitement comme une raclette à givre sur le pare-brise gelé d'une voiture.

— Regardez ma cliente.

Tout le monde regarda Lisbeth Salander.

— Elle a grandi dans une situation familiale exécrable, avec un père qui pendant de nombreuses années a systématiquement fait subir de graves violences à sa mère.

— C'est…

— Laissez-moi terminer. La mère de Lisbeth Salander avait une peur bleue d'Alexander Zalachenko. Elle n'osait pas protester. Elle n'osait pas consulter un médecin. Elle n'osait pas contacter SOS-Femmes battues. Elle a été brisée et finalement battue si grièvement qu'elle a eu des lésions cérébrales permanentes. La personne qui a eu la responsabilité de la famille, la seule personne qui a essayé de prendre la responsabilité de la famille, avant même d'être une adolescente, est Lisbeth Salander. C'est une responsabilité qu'elle a dû endosser toute seule parce que l'espion Zalachenko était plus important que la mère de Lisbeth.

— Je ne peux pas…

— Nous voilà confrontés à une situation où la société a abandonné la mère de Lisbeth et ses enfants. Vous vous étonnez que Lisbeth ait eu des problèmes à l'école ? Mais regardez-la. Elle est petite et maigre. Elle a toujours été la plus petite fille de la classe. Elle était renfermée et différente, et elle n'avait pas d'amies. Savez-vous comment les enfants traitent en général ceux dans la classe qui sont différents ?

Peter Teleborian hocha la tête.

— Je peux reprendre ses dossiers scolaires et cocher l'une après l'autre les situations où Lisbeth s'est montrée violente, dit Annika Giannini. Il y avait eu auparavant provocations. Je reconnais parfaitement les signes de persécution. Voulez-vous que je vous dise une chose ?

— Quoi ?

— J'admire Lisbeth Salander. Elle a plus de cran que moi. Si on m'avait attachée avec des sangles de contention quand j'avais treize ans, je me serais probablement effondrée totalement. Elle a riposté avec la seule arme dont elle disposait. En l'occurrence son mépris pour vous.

LA VOIX D'ANNIKA GIANNINI ENFLA brusquement. Toute nervosité s'était envolée depuis longtemps. Elle sentait qu'elle avait le contrôle.

— Dans votre témoignage plus tôt dans la journée, vous avez beaucoup parlé d'affabulations, vous avez par exemple établi que sa description du viol par maître Bjurman est une invention.

— C'est exact.

— Sur quoi basez-vous cette conclusion ?

— Sur mon expérience de ses habitudes d'affabuler.

— Votre expérience de ses habitudes d'affabuler… Comment est-ce que vous déterminez qu'elle affabule ? Quand elle dit qu'elle a été sous contention pendant trois cent quatre-vingts nuits, d'après vous il s'agit d'une affabulation, bien que votre propre dossier démontre que c'est vrai.

— Il s'agit de tout autre chose ici. Il n'y a pas l'ombre d'une preuve que Bjurman aurait violé Lisbeth Salander. Je veux dire, des épingles dans le téton et des violences tellement poussées qu'elle aurait sans hésitation dû être conduite en ambulance à l'hôpital… De toute évidence, de tels faits n'ont pu avoir eu lieu.

Annika Giannini s'adressa au juge Iversen.

— J'ai demandé à pouvoir disposer d'un vidéoprojecteur pour présenter un DVD…

— Il est en place, dit Iversen.

— Pouvons-nous tirer les rideaux ?

Annika Giannini ouvrit son PowerBook et brancha les câbles. Elle se tourna vers sa cliente.

— Lisbeth. Nous allons regarder un film. Es-tu préparée à cela ?

— Je l'ai déjà vécu, répondit Lisbeth Salander sèchement.

— Et j'ai ton accord pour montrer ce film ?

Lisbeth Salander hocha la tête. Elle garda tout le temps le regard fixé sur Peter Teleborian.

— Peux-tu nous dire quand ce film a été tourné ?

— Le 7 mars 2003.

— Qui a tourné ce film ?

— Moi. J'ai utilisé une caméra cachée qui fait partie de l'équipement standard de Milton Security.

— Un instant, s'écria le procureur Ekström. Ceci commence à ressembler à un véritable cirque.

— Qu'allons-nous regarder ? demanda le juge Iversen d'une voix acérée.

— Peter Teleborian prétend que le récit de Lisbeth Salander est une invention. Je vais vous montrer la preuve qu'il est véridique mot pour mot. Le film dure quatre-vingt-dix minutes, je vais vous en montrer certains passages. Je vous avertis qu'il contient des scènes désagréables.

— Il s'agit d'une sorte de coup monté ? demanda Ekström.

— Il n'y a qu'une façon de le savoir, dit Annika Giannini et elle lança la projection.

— *Tu ne sais pas lire l'heure ?* salua Bjurman hargneusement. La caméra entra dans son appartement.

Au bout de neuf minutes, le juge Iversen frappa la table de son marteau, à l'instant où maître Nils Bjurman était immortalisé en train d'enfoncer de force un godemiché dans l'anus de Lisbeth Salander. Annika Giannini avait réglé le volume assez fort. Les cris à moitié étouffés de Lisbeth à travers le ruban adhésif qui couvrait sa bouche résonnaient dans toute la salle d'audience.

— Arrêtez le film, dit Iversen d'une voix très forte et déterminée.

Annika Giannini appuya sur Stop. L'éclairage de la salle fut allumé. Le juge Iversen était rouge. Le procureur Ekström était pétrifié. Peter Teleborian était blême.

— Maître Giannini, combien de temps dure ce film, disiez-vous ? demanda le juge Iversen.

— Quatre-vingt-dix minutes. Le viol proprement dit s'est déroulé en plusieurs fois pendant environ six heures, mais ma cliente n'a qu'une vague idée de la violence des dernières heures. Annika Giannini se tourna ensuite vers Teleborian. Par contre, on y trouve la scène où Bjurman perce le téton de ma cliente avec une épingle, ce que le Dr Teleborian soutient être une expression de l'imagination débridée de Lisbeth Salander. Cela se passe à la soixante-douzième minute, et je me propose de montrer l'épisode ici et maintenant.

— Merci, mais ce ne sera pas nécessaire, dit Iversen. Mademoiselle Salander…

Il perdit le fil un instant et ne sut pas comment poursuivre.

— Mademoiselle Salander, pourquoi avez-vous tourné ce film ?

— Bjurman m'avait déjà violée une fois et il exigeait davantage. Au premier viol, j'ai été obligée de sucer ce gros dégueulasse. Je croyais qu'il allait me rejouer ça, et que j'allais donc disposer de preuves suffisamment bonnes pour pouvoir le faire chanter et l'éloigner de moi. Je l'avais sousestimé.

— Mais pourquoi ne pas avoir porté plainte pour viol aggravé du moment que vous aviez des preuves... aussi convaincantes ?

— Je ne parle pas aux policiers, dit Lisbeth Salander sur un ton monocorde.

ALORS, BRUSQUEMENT, HOLGER PALMGREN se leva de son fauteuil roulant. Il prit appui sur le bord de la table. Sa voix était très distincte.

— Par principe, notre cliente ne parle pas aux policiers et aux autres personnes ayant autorité, et encore moins aux psychiatres. La raison en est simple. Depuis son enfance, elle n'a cessé d'essayer de parler aux policiers et aux assistants sociaux et aux autorités pour expliquer que sa mère était martyrisée par Alexander Zalachenko. Le résultat fut que chaque fois elle a été punie parce que des fonctionnaires de l'Etat avaient décidé que Zalachenko était plus important que Salander.

Il se racla la gorge et continua.

— Et quand elle a fini par réaliser que personne ne l'écouterait, sa seule issue a été d'essayer de sauver sa mère en usant de violence envers Zalachenko. Et alors ce salaud qui se dit docteur – il indiqua Teleborian – a écrit un diagnostic psychiatrique médicolégal truqué qui la déclarait malade mentale et lui permettait de la maintenir en contention à Sankt Stefan pendant trois cent quatre-vingts nuits. Eh ben merde ! Voilà ce que je dis !

Palmgren s'assit. Iversen eut l'air surpris de l'éclat de Palmgren. Il s'adressa à Lisbeth Salander.

— Vous désirez peut-être faire une pause...

— Pourquoi ? demanda Lisbeth.

— Bon, alors nous poursuivons. Maître Giannini, cette vidéo sera examinée, je veux un avis technique sur son authenticité. Mais continuons maintenant l'audience.

— Volontiers. Moi aussi, je trouve ceci désagréable. Mais la vérité est que ma cliente a été victime d'abus physiques, psychiques et judiciaires. Et la personne responsable de ce déplorable état de fait est Peter Teleborian. Il a trahi son serment de médecin et il a trahi sa patiente. Avec Gunnar Björck, collaborateur d'un groupe irrégulier au sein de la police de sûreté, il a fabriqué une expertise psychiatrique pour pouvoir boucler un témoin gênant. Je crois que ceci doit être un cas unique dans l'histoire juridique suédoise.

— Il s'agit d'accusations inouïes, dit Peter Teleborian. J'ai de mon mieux essayé d'aider Lisbeth Salander. Elle a tenté de tuer son père. Il est évident qu'elle avait quelque chose qui clochait...

Annika Giannini l'interrompit.

— Je voudrais maintenant attirer l'attention de la cour sur d'autres expertises psychiatriques médicolégales de ma cliente réalisées par le Dr Teleborian. L'expertise qui a été citée à l'audience aujourd'hui. Je prétends qu'elle est fausse, tout aussi fausse que celle de 1991.

— Mais enfin, tout ça, c'est...

— Monsieur le juge, pourriez-vous demander au témoin de cesser de m'interrompre ?

— Monsieur Teleborian...

— Je vais me taire. Mais il s'agit d'accusations inouïes. C'est normal que je m'insurge...

— Monsieur Teleborian, taisez-vous jusqu'à ce qu'on vous pose une question. Poursuivez, maître Giannini.

— Voici le rapport de psychiatrie légale que le Dr Teleborian a présenté à la cour. Il est basé sur de prétendues observations de ma cliente qui auraient eu lieu depuis son transfert à la maison d'arrêt de Kronoberg le 6 juin, et cette enquête se serait déroulée jusqu'au 5 juillet.

— C'est ce que j'ai compris, dit le juge Iversen.

— Docteur Teleborian, est-il vrai que vous n'avez pas eu de possibilités d'entreprendre de tests ou d'observations de ma cliente avant le 6 juin ? Avant cette date, nous savons qu'elle était en chambre isolée à l'hôpital Sahlgrenska.

— Oui, dit Teleborian.

— A deux reprises vous avez tenté d'avoir accès à ma cliente à Sahlgrenska. Les deux fois, l'accès vous a été refusé. Est-ce correct ?

— Oui.

Annika Giannini ouvrit son porte-documents de nouveau et en sortit un document. Elle contourna la table et alla le donner au juge Iversen.

— Oui, bon, dit Iversen. Ceci est une copie de l'expertise du Dr Teleborian. Qu'est-ce que c'est censé prouver ?

— Je voudrais appeler deux témoins qui attendent à l'extérieur de la salle d'audience.

— Qui sont ces témoins ?

— Ce sont Mikael Blomkvist du magazine *Millénium* et le commissaire Torsten Edklinth, directeur de la Protection de la Constitution à la police de sûreté, autrement dit la Säpo.

— Et ils attendent là ?

— Oui.

— Faites-les entrer, dit le juge Iversen.

— Ceci n'est pas régulier, dit le procureur Ekström qui s'était tu depuis un long moment.

QUASIMENT EN ÉTAT DE CHOC, Ekström avait réalisé qu'Annika Giannini était en train de réduire en miettes son témoin principal. Le film était écrasant. Iversen ignora Ekström et fit signe à un huissier d'ouvrir la porte. Mikael Blomkvist et Torsten Edklinth entrèrent.

— Je voudrais d'abord appeler Mikael Blomkvist.

— Je demande à Peter Teleborian de se retirer un instant.

— En avez-vous terminé avec moi ? demanda Teleborian.

— Oh non, loin de là, dit Annika Giannini.

Mikael Blomkvist remplaça Teleborian dans le box des témoins. Le juge Iversen passa rapidement sur les formalités et Mikael fit le serment de dire la vérité.

Annika Giannini s'approcha d'Iversen et lui demanda de reprendre un instant le rapport psychiatrique médicolégal qu'elle venait de lui présenter. Elle tendit la copie à Mikael.

— As-tu déjà vu ce document ?

— Oui, en effet. J'en ai trois versions en ma possession. J'ai eu la première aux alentours du 12 mai, la deuxième le 19 mai et la troisième – celle-ci donc – le 3 juin.

— Peux-tu dire comment tu es entré en possession de cette copie ?

— Je l'ai eue en ma qualité de journaliste par une source que je n'ai pas l'intention de nommer.

Lisbeth Salander avait les yeux rivés sur Peter Teleborian. Il devint subitement blême.

— Qu'as-tu fait de ce rapport ?

— Je l'ai donné à Torsten Edklinth à la Protection de la Constitution.

— Merci, Mikael. J'appelle maintenant Torsten Edklinth, dit Annika Giannini en reprenant le rapport. Elle le donna à Iversen qui le prit, pensif.

La procédure du serment fut répétée.

— Commissaire Edklinth, est-il exact que vous avez reçu un rapport médicolégal concernant Lisbeth Salander de la part de Mikael Blomkvist ?

— Oui.

— Quand l'avez-vous reçu ?

— Il est enregistré à la DGPN/Säpo le 4 juin.

— Et c'est la même expertise que je viens de donner au juge Iversen ?

— Si ma signature figure au dos du rapport, alors c'est la même expertise.

Iversen tourna le document et constata que la signature de Torsten Edklinth figurait au dos.

— Commissaire Edklinth, pourriez-vous m'expliquer comment il se fait que vous ayez reçu une expertise psychiatrique médicolégale concernant une personne qui se trouvait en isolement à l'hôpital Sahlgrenska ?

— Oui.

— Racontez.

— L'expertise médicolégale de Peter Teleborian est un faux qu'il a rédigé avec une personne du nom de Jonas Sandberg, tout comme en 1991 il a produit un faux semblable avec Gunnar Björck.

— C'est un mensonge, dit Teleborian faiblement.

— Est-ce un mensonge ? demanda Annika Giannini.

— Non, pas du tout. Je dois peut-être mentionner que Jonas Sandberg est l'une des quelque dix personnes arrêtées aujourd'hui sur décision du procureur de la nation. Il est arrêté pour complicité dans l'assassinat de Gunnar Björck. Il fait partie d'un groupe irrégulier opérant au sein de la police de sûreté et qui a protégé Alexander Zalachenko depuis les années 1970. On retrouve ce même groupe derrière la décision d'enfermer Lisbeth Salander en 1991. Nous avons profusion de preuves ainsi que les aveux du chef de ce groupe.

Un silence de mort s'abattit sur la salle.

— Peter Teleborian, voulez-vous commenter ce qui vient d'être dit ? demanda le juge Iversen.

Teleborian secoua la tête.

— Dans ce cas, je peux annoncer que vous risquez d'être poursuivi pour parjure et éventuellement pour d'autres points d'accusation, dit le juge Iversen.

— Si vous permettez…, dit Mikael Blomkvist.

— Oui ? dit Iversen.

— Peter Teleborian a des problèmes autrement plus importants. Derrière la porte se trouvent deux policiers qui aimeraient l'interroger.

— Vous voulez dire que je devrais les faire entrer ?

— Ce serait sans doute une bonne idée.

Iversen fit signe à l'huissier qui laissa entrer l'inspectrice Sonja Modig et une femme que le procureur Ekström reconnut immédiatement. Elle s'appelait Lisa Collsjö, inspectrice à la brigade de protection des mineurs, l'unité de la police nationale qui entre autres avait pour mission de gérer les abus sexuels envers des enfants ainsi que la pornographie mettant en scène des enfants.

— Pourquoi êtes-vous ici ? demanda Iversen.

— Nous sommes ici pour arrêter Peter Teleborian dès que notre intervention ne gênera pas les délibérations de la cour.

Iversen regarda Annika Giannini.

— Je n'en ai pas tout à fait terminé avec lui, mais bon, d'accord.

— Allez-y, dit Iversen.

Lisa Collsjö s'approcha de Peter Teleborian.

— Je vous arrête pour violation aggravée de la législation sur la pédopornographie.

Peter Teleborian ne respirait plus. Annika Giannini constata que toute lumière semblait avoir déserté ses yeux.

— Plus précisément pour détention de plus de huit mille photos pornographiques d'enfants dans votre ordinateur.

Elle se pencha et souleva la sacoche avec laquelle Peter Teleborian était venu et qui contenait son ordinateur.

— L'ordinateur est saisi, dit-elle.

Tandis qu'on l'embarquait hors de la salle du tribunal, le regard de Lisbeth Salander ne cessa de brûler comme du feu dans le dos de Peter Teleborian.

28

VENDREDI 15 JUILLET – SAMEDI 16 JUILLET

LE JUGE IVERSEN TAPOTA du stylo sur le bord de la table pour faire taire le murmure qui était apparu dans le sillage de l'arrestation de Peter Teleborian. Ensuite, il resta sans rien dire pendant un long moment, manifestement peu sûr de la manière de poursuivre la procédure. Il s'adressa au procureur Ekström.

— Avez-vous quelque chose à ajouter à ce qui s'est déroulé cette dernière heure ?

Richard Ekström n'avait pas la moindre idée de ce qu'il pourrait dire. Il se leva et regarda Iversen puis Torsten Edklinth avant de tourner la tête et de croiser le regard impitoyable de Lisbeth Salander. Il comprit que la bataille était déjà perdue. Il déplaça le regard sur Mikael Blomkvist et se rendit compte, soudain terrorisé, qu'il risquait lui-même d'apparaître dans la revue *Millénium*... Ce qui signifierait une catastrophe épouvantable.

Par contre, il ne comprenait pas ce qui s'était passé, lui qui était arrivé au procès en étant sûr de connaître les différents éléments de l'affaire.

Il avait compris l'équilibre délicat nécessaire à la sûreté de la nation après les nombreux entretiens sincères avec le commissaire Georg Nyström. On lui avait assuré que le rapport Salander de 1991 était faux. Il avait reçu toute l'information confidentielle dont il avait besoin. Il avait posé des questions – des centaines de questions – auxquelles il avait reçu toutes les réponses. Du bluff. Et maintenant il était réduit à zéro, à en croire ce que disait maître Giannini. Il avait fait confiance à Peter Teleborian qui semblait si... si compétent et si avisé. Si convaincant.

Mon Dieu. Dans quoi est-ce que je me suis fourré ?

Et ensuite :

Comment vais-je faire pour me sortir de ce merdier ?

Il passa la main sur sa barbiche. Il se racla la gorge. Il ôta lentement ses lunettes.

— Je regrette, mais il me semble que j'ai été mal informé sur bon nombre de points dans cette instruction.

Il se demanda s'il pouvait incriminer les enquêteurs et soudain vit en pensée l'inspecteur Bublanski. Jamais Bublanski ne le soutiendrait. S'il franchissait la ligne blanche, Bublanski convoquerait illico une conférence de presse. Il le torpillerait.

Ekström croisa le regard de Lisbeth Salander. Elle attendait patiemment avec un regard chargé à la fois de curiosité et de soif de vengeance.

Aucun compromis possible.

Il pourrait encore la faire tomber pour les violences aggravées à Stallarholmen. Il pourrait probablement la faire tomber pour la tentative d'assassinat de son père à Gosseberga. Cela voulait dire qu'il devrait modifier toute sa stratégie au pied levé et lâcher tout ce qui touchait à Peter Teleborian. Cela signifiait que toutes les explications qui la faisaient passer pour une psychopathe s'écrouleraient, mais cela signifiait aussi que la version de Lisbeth se renforcerait en amont jusqu'en 1991. Toute la mise sous tutelle s'écroulerait et puis aussi…

Et elle avait ce foutu film qui…

Puis la certitude le frappa.

Mon Dieu. Elle est innocente !

— Monsieur le juge… je ne sais pas ce qui s'est passé, mais je réalise que je ne peux plus me fier aux papiers que j'ai en main.

— C'est ça, effectivement, dit Iversen d'une voix sèche.

— Je crois qu'il me faut demander une pause ou l'interruption du procès jusqu'à ce que j'aie pu élucider exactement ce qui s'est passé.

— Maître Giannini ? dit Iversen.

— Je demande que ma cliente soit acquittée sur tous les points d'accusation et immédiatement remise en liberté. Je demande aussi que le tribunal d'instance se prononce sur la tutelle de Mlle Salander. J'estime qu'elle doit être dédommagée pour les violations dont elle a été victime.

Lisbeth Salander tourna les yeux vers le juge Iversen.

Pas de compromis.

Le juge Iversen regarda l'autobiographie de Lisbeth Salander. Il déplaça son regard sur le procureur Ekström.

— Moi aussi, je crois que c'est une bonne idée d'élucider exactement ce qui s'est passé. Mais j'ai peur que vous ne soyez pas la bonne personne pour mener cette instruction.

Il réfléchit un moment.

— Pendant toutes mes années comme magistrat et juge, je n'ai jamais vécu quelque chose qui s'approche un tant soit peu de la situation judiciaire de cette affaire. Je dois reconnaître que je me sens acculé. Je n'ai jamais entendu parler d'un témoin principal du procureur qui se fait arrêter devant la cour alors qu'elle siège. Je n'ai jamais vu des preuves qui semblaient assez convaincantes se révéler être des faux. Très franchement, je ne sais pas ce qui reste des points d'accusation du procureur dans cette situation.

Holger Palmgren se racla la gorge.

— Oui ? demanda Iversen.

— En tant que représentant de la défense, je ne peux que partager tes sentiments. Parfois on est obligé de faire un pas en arrière et de laisser le bon sens prendre le dessus. Je voudrais souligner qu'en tant que juge, tu n'as vu que le début d'une affaire qui va ébranler la Suède jusqu'au plus haut de ses institutions. Au cours de la journée, une dizaine de policiers de la Säpo ont été arrêtés. Ils seront inculpés d'assassinats et d'une liste de crimes tellement longue qu'il va falloir un temps considérable pour terminer l'instruction.

— Je suppose qu'il me faut décider d'une pause dans le procès.

— Sauf ton respect, je pense que ce serait une mauvaise décision.

— Je t'écoute.

Palmgren avait manifestement du mal à articuler ses mots. Mais en parlant lentement, il réussit à ne pas bafouiller.

— Lisbeth Salander est innocente. Son autobiographie fantaisiste, comme disait M. Ekström avec tant de mépris, est véridique. Et cela peut être prouvé. Elle a été victime d'un abus de pouvoir judiciaire scandaleux. En tant que tribunal, nous pouvons soit nous en tenir à la forme et poursuivre le procès un certain temps avant d'arriver à l'acquittement.

L'alternative est évidente. Il faut laisser une nouvelle instruction prendre la relève de tout ce qui touche à Lisbeth Salander. Cette enquête-là se déroule déjà dans le bourbier que le procureur de la nation doit nettoyer.

— Je comprends ce que tu veux dire.

— En tant que juge, tu peux maintenant faire un choix. Le plus sage dans ce cas serait de rejeter l'ensemble de l'enquête préliminaire du procureur et de l'inciter à refaire sa copie.

Le juge Iversen contempla pensivement Ekström.

— Justice serait de remettre immédiatement en liberté notre cliente. Elle mérite aussi des excuses, mais la réhabilitation va prendre du temps et dépendra du reste de l'enquête.

— Je comprends tes points de vue, maître Palmgren. Mais avant de pouvoir déclarer ta cliente innocente, il me faut avoir compris toute l'histoire. Cela prendra sans doute un petit moment…

Il hésita et regarda Annika Giannini.

— Si je décide de suspendre le procès jusqu'à lundi, et si j'accède à vos demandes en décidant qu'il n'y a plus de raisons de maintenir votre cliente en détention, ce qui signifie que vous pouvez vous attendre à ce qu'elle ne soit pas condamnée à une peine de prison, pouvez-vous alors garantir qu'elle se présentera aux délibérations quand elle sera appelée ?

— Evidemment, dit Holger Palmgren rapidement.

— Non, dit Lisbeth Salander d'une voix tranchante.

Les regards de tous se tournèrent vers la personne centrale du drame.

— Que voulez-vous dire ? demanda le juge Iversen.

— A l'instant même où vous me relâchez, je partirai en voyage. Je n'ai pas l'intention de consacrer encore une minute de mon temps à ce procès.

Le juge Iversen regarda, stupéfait, Lisbeth Salander.

— Vous refusez de vous présenter ?

— Exactement. Si vous voulez que je réponde à d'autres questions, il vous faudra me garder en maison d'arrêt. Dès l'instant où vous me relâchez, cette affaire devient de l'histoire ancienne pour moi. Et cela n'inclut pas de rester à votre disposition pour un temps indéterminé, ni à celle d'Ekström ou de la police.

Le juge Iversen soupira. Holger Palmgren eut l'air secoué.

— Je suis d'accord avec ma cliente, dit Annika Giannini. Ce sont l'Etat et les autorités qui ont des torts envers Lisbeth Salander, pas l'inverse. Elle mérite de sortir de cette salle avec un acquittement dans le bagage et de pouvoir oublier toute l'histoire.

Pas de compromis.

Le juge Iversen jeta un regard à sa montre.

— Il est bientôt 15 heures. Cela signifie que vous me forcez à garder votre cliente en détention.

— Si telle est votre décision, nous l'acceptons. En tant que représentant de Lisbeth Salander, je réclame qu'elle soit acquittée des accusations que le procureur Ekström porte contre elle. Je réclame que vous libériez ma cliente avec effet immédiat. Et je réclame que l'ancienne tutelle la concernant soit levée et qu'elle retrouve immédiatement ses droits civiques.

— La question de la tutelle est un processus considérablement plus long. Je dois obtenir les avis des experts en psychiatrie qui l'examineront. Je ne peux pas statuer là-dessus en un tour de main.

— Non, dit Annika Giannini. Nous n'acceptons pas cette proposition.

— Comment cela ?

— Lisbeth Salander a les mêmes droits civiques que n'importe quel Suédois. Elle a été victime d'un crime. Elle a été déclarée incapable sur des bases falsifiées. Cette falsification est prouvable. La décision de la mettre sous tutelle n'a donc plus aucune base juridique et doit être levée sans condition. Il n'y a aucune raison pour ma cliente de se soumettre à un examen psychiatrique médicolégal. Personne n'a besoin de prouver qu'il n'est pas fou quand il a été victime d'un crime.

Iversen réfléchit un court instant.

— Maître Giannini, dit Iversen. Je me rends compte qu'il s'agit là d'une situation exceptionnelle. Je décrète une pause de quinze minutes pour nous permettre de nous étirer les jambes et de nous ressaisir. Je n'ai aucun désir de conserver votre cliente en maison d'arrêt cette nuit si elle est innocente, mais cela signifie que cette journée d'audience va continuer jusqu'à ce que nous ayons terminé.

— Cela me semble parfait, dit Annika Giannini.

MIKAEL BLOMKVIST fit la bise à sa sœur.

— Comment ça s'est passé ?

— Mikael, je crois bien que j'ai été brillante face à Teleborian. Je l'ai littéralement anéanti.

— Je te l'avais dit, que tu allais être imbattable dans ce procès. Tout compte fait, cette histoire n'a pas pour sujet principal des espions et des sectes secrètes dans l'Etat, mais la violence ordinaire exercée contre des femmes, et les hommes qui rendent cela possible. Du peu que j'ai vu, j'ai bien compris que tu étais fantastique. Elle sera donc acquittée.

— Oui. Il n'y a plus aucun doute là-dessus.

APRÈS LA PAUSE, le juge Iversen frappa de nouveau la table.

— Puis-je vous demander de me raconter l'histoire du début à la fin pour que je puisse me faire une opinion sur ce qui s'est réellement passé ?

— Volontiers, dit Annika Giannini. Commençons par l'histoire stupéfiante d'un groupe de policiers de la Säpo qui se donnent le nom de "la Section" et qui ont été chargés d'un transfuge russe au milieu des années 1970. Toute l'histoire se trouve dans le livre publié par *Millénium* qui est sorti aujourd'hui. Je parie que ça sera la principale nouvelle de toutes les émissions de ce soir.

VERS 18 HEURES, le juge Iversen décida de remettre Lisbeth Salander en liberté et de lever sa tutelle.

Cela cependant à une condition. Le juge Jörgen Iversen exigea que Lisbeth se soumette à un interrogatoire pour témoigner formellement de ses connaissances de l'affaire Zalachenko. Lisbeth commença par refuser net. D'où un échange de propos énervés jusqu'à ce que le juge Iversen hausse la voix. Il se pencha en avant et la regarda sévèrement.

— Mademoiselle Salander, si je lève votre tutelle, cela signifie que vous avez exactement les mêmes droits que tous les autres citoyens. Mais cela signifie aussi que vous avez les mêmes devoirs. Il est de votre devoir de gérer votre budget, de payer des impôts, d'obéir à la loi et d'assister la police dans les enquêtes sur des crimes graves. Vous serez donc appelée à être interrogée comme n'importe quel citoyen qui a des renseignements à donner dans le cadre d'une enquête.

La logique du raisonnement parut avoir de l'effet sur Lisbeth Salander. Elle avança la lèvre inférieure et eut l'air mécontente, mais elle cessa d'argumenter.

— Lorsque la police aura entendu votre témoignage, le directeur de l'enquête préliminaire – dans ce cas précis, le procureur de la nation – appréciera s'il faut vous appeler à témoigner dans un éventuel futur procès. Comme n'importe quel citoyen suédois, vous pouvez refuser d'obéir à une telle convocation. Ce que vous ferez ne me regarde pas, mais il y aura une addition à payer. Si vous refusez de comparaître, vous pourrez, comme toutes les personnes majeures, être condamnée pour entrave au bon déroulement de la justice ou parjure. Il n'y a pas d'exceptions.

Lisbeth Salander s'assombrit encore davantage.

— Qu'est-ce que vous décidez ? demanda Iversen.

Après une minute de réflexion, elle hocha brièvement la tête.

D'accord. Un petit compromis.

Au cours de la soirée, en passant en revue l'affaire Zalachenko, Annika Giannini malmena sévèrement le procureur Ekström. Peu à peu, Ekström en vint à admettre que les choses s'étaient passées à peu près comme Annika Giannini les décrivait. Il avait reçu l'assistance du commissaire Georg Nyström pour l'enquête préliminaire et il avait accepté des informations de Peter Teleborian. En ce qui concernait Ekström, il n'y avait aucune conspiration. S'il avait joué le jeu de la Section, c'était de toute bonne foi en sa qualité de chef de l'enquête préliminaire. Lorsque l'étendue de ce qui s'était réellement passé lui apparut, il décida d'abandonner le procès contre Lisbeth Salander. Cette décision signifia que beaucoup de formalités administratives pouvaient être écartées. Iversen eut l'air soulagé.

Holger Palmgren était exténué après sa première journée au tribunal depuis de nombreuses années. Il fut obligé de retourner dans sa chambre au centre de rééducation d'Ersta. Un garde en uniforme de Milton Security l'y conduisit. Avant de partir, il posa sa main sur l'épaule de Lisbeth Salander. Ils se regardèrent. Au bout d'un moment, elle hocha la tête et sourit légèrement.

A 19 HEURES, ANNIKA GIANNINI pianota vite le numéro de Mikael Blomkvist pour lui annoncer que Lisbeth Salander avait été relaxée sur tous les points d'accusation, mais qu'elle resterait encore quelques heures à l'hôtel de police pour interrogatoire.

L'annonce arriva lorsque tous les collaborateurs de *Millénium* se trouvaient à la rédaction. Le téléphone n'avait cessé de sonner depuis que les premiers exemplaires avaient commencé à être distribués par porteur spécial à d'autres rédactions à Stockholm. Au cours de l'après-midi, TV4 avait diffusé les premières émissions spéciales sur Zalachenko et la Section. Ça devenait un véritable réveillon médiatique.

Mikael se mit au milieu de la pièce, porta les doigts à la bouche et siffla comme un voyou.

— On vient de m'apprendre que Lisbeth a été entièrement acquittée.

Les applaudissements furent spontanés. Ensuite, chacun continua à parler dans son téléphone comme si rien ne s'était passé.

Mikael leva les yeux et observa la télé allumée au milieu de la rédaction. *Nyheterna* sur TV4 venait de commencer. Le sujet incluait un petit extrait du film montrant Jonas Sandberg en train de planquer de la cocaïne dans l'appartement de Bellmansgatan.

— Ici, un employé de la Säpo dissimule de la cocaïne chez le journaliste Mikael Blomkvist du magazine *Millénium*.

Ensuite, le journal télévisé démarra.

— Une dizaine d'employés de la police de sûreté ont été arrêtés aujourd'hui pour criminalité aggravée, incluant entre autres des assassinats. Au programme de ce soir, une longue édition spéciale, soyez les bienvenus.

Mikael coupa le son lorsque la Fille de TV4 apparut et qu'il se vit lui-même dans le fauteuil d'un studio. Il savait déjà ce qu'il avait dit. Son regard se porta sur le bureau que Dag Svensson avait utilisé pour travailler. Les traces de son reportage sur le trafic de femmes avaient disparu et le bureau était redevenu un dépôt pour des journaux et des piles de papiers en vrac que personne ne venait récupérer.

C'était à ce bureau-là que l'affaire Zalachenko avait commencé pour Mikael. Il aurait tant aimé que Dag Svensson pût vivre la fin. Quelques exemplaires de son livre sur le trafic de femmes, l'encre encore fraîche, étaient disposés là avec le livre sur la Section.

Tu aurais aimé tout ça, Dag.

Il entendit le téléphone sonner dans son bureau, mais n'eut pas la force de répondre. Il referma la porte et entra chez Erika Berger où il se laissa tomber dans un des fauteuils confortables devant la fenêtre. Erika parlait au téléphone. Il regarda autour de lui. Cela faisait un mois qu'elle était de retour, mais elle n'avait pas encore eu le temps d'encombrer la pièce de tous les objets personnels qu'elle avait enlevés à son départ en avril dernier. Les étagères de la bibliothèque étaient nues et elle n'avait pas accroché de tableaux aux murs.

— Ça fait comment ? demanda-t-elle quand elle eut raccroché.

— Je crois que je suis heureux, dit-il.

Elle rit.

— *La Section* va faire des ravages. Ils sont super-speedés dans toutes les rédactions. Ça te dit de passer à *Aktuellt* à 21 heures ?

— Non.

— C'est ce que je me disais.

— On va devoir parler de tout ça pendant des mois. Il n'y a pas le feu.

Elle hocha la tête.

— Qu'est-ce que tu vas faire, ce soir ?

— Je ne sais pas.

Il se mordit la lèvre inférieure.

— Erika… je…

— Figuerola, dit Erika Berger en souriant.

Il hocha la tête.

— C'est sérieux ?

— Je ne sais pas.

— Elle est vachement amoureuse de toi.

— Je crois que je suis amoureux d'elle aussi, dit-il.

— Je vais garder mes distances jusqu'à ce que tu saches.

Il hocha la tête.

— Peut-être, dit-elle.

A 20 HEURES, DRAGAN ARMANSKIJ et Susanne Linder frappèrent à la porte de la rédaction. Ils estimaient que l'occasion exigeait du champagne et ils apportaient un sac rempli de bouteilles. Erika Berger serra Susanne Linder dans ses bras et lui fit faire le tour de la rédaction tandis qu'Armanskij s'installait dans le bureau de Mikael.

Ils burent. Personne ne parla pendant un moment. Ce fut Armanskij qui rompit le silence.

— Tu sais quoi, Blomkvist ? Quand on s'est rencontré la première fois avec l'histoire à Hedestad, je te détestais cordialement.

— Ah bon.

— Vous êtes venus quand tu as engagé Lisbeth pour faire des recherches.

— Je m'en souviens.

— Je crois que j'ai été jaloux de toi. Tu la connaissais depuis quelques heures seulement. Elle riait avec toi. J'ai essayé d'être l'ami de Lisbeth pendant plusieurs années, mais je n'ai jamais réussi à la dérider.

— Ben… je n'ai pas réussi tant que ça non plus.

Ils gardèrent le silence un moment.

— C'est bon que ça soit fini, dit Armanskij.

— Amen, dit Mikael.

L'INTERROGATOIRE FORMEL de Lisbeth Salander fut mené par les inspecteurs Jan Bublanski et Sonja Modig. Ils venaient juste de retrouver leurs familles respectives après une journée de travail particulièrement longue et furent obligés de retourner à l'hôtel de police sur Kungsholmen presque aussitôt.

Salander était assistée par Annika Giannini, qui n'eut cependant aucune raison de faire beaucoup de remarques. Lisbeth Salander formulait de manière très précise ses réponses à toutes les questions posées par Bublanski et Modig.

Elle mentit, fidèle à elle-même, sur deux points centraux. Dans sa description de ce qui s'était passé lors de la bagarre à Stallarholmen, elle soutint obstinément que c'était Benny Nieminen qui par erreur avait tiré une balle dans le pied de Carl-Magnus "Magge" Lundin au moment même où elle l'avait touché avec sa matraque électrique. D'où tenait-elle

655

cette matraque électrique ? Elle l'avait arrachée à Magge Lundin, disait-elle.

Bublanski et Modig eurent tous deux l'air fort sceptique. Mais il n'y avait aucune preuve et aucun témoin pour contredire son explication. Benny Nieminen aurait à la rigueur pu protester, mais il refusait de parler de l'incident. Le fait était qu'il ignorait tout de ce qui s'était passé dans les secondes qui avaient suivi sa mise KO par la matraque électrique.

En ce qui concernait le voyage de Lisbeth à Gosseberga, elle expliqua que son but avait été de rencontrer son père et de le persuader de se livrer à la police.

Pour dire cela, Lisbeth Salander prit un air candide.

Personne ne pouvait déterminer si elle disait la vérité ou pas. Annika Giannini n'avait aucune idée là-dessus.

Le seul qui savait que Lisbeth Salander était allée à Gosseberga dans la ferme intention de mettre un terme définitif à ses rapports avec son père était Mikael Blomkvist. Mais il avait été exclu de la salle d'audience peu après la reprise du procès. Personne ne savait que lui et Lisbeth Salander avaient mené de longues conversations nocturnes via Internet pendant son séjour à Sahlgrenska.

LES MÉDIAS LOUPÈRENT TOTALEMENT la libération. Si l'heure en avait été connue, il y aurait eu un rassemblement monstre devant l'hôtel de police. Mais les reporters étaient épuisés après le chaos qui avait éclaté pendant cette journée de parution de *Millénium*, qui avait aussi vu certains policiers de la Säpo arrêter d'autres policiers de la Säpo.

La Fille de TV4 fut la seule journaliste qui, comme toujours, savait de quoi il retournait. Son sujet d'une heure devint un classique qui, quelques mois plus tard, obtint un prix du meilleur reportage d'information à la télé.

Sonja Modig fit sortir Lisbeth Salander de l'hôtel de police en la descendant tout simplement dans le garage avec Annika Giannini pour les conduire au cabinet de l'avocate à Kungsholms Kyrkoplan. Là, elles changèrent de voiture et prirent celle d'Annika Giannini. Annika attendit que Sonja Modig ait disparu avant de démarrer le moteur. Elle se dirigea vers Södermalm. En passant à hauteur du palais du Parlement, elle rompit le silence.

— Où va-t-on ? demanda-t-elle.

Lisbeth réfléchit pendant quelques secondes.

— Tu peux me déposer quelque part dans Lundagatan.

— Miriam Wu n'est pas là.

Lisbeth jeta un regard en coin à Annika Giannini.

— Elle est allée en France peu de temps après sa sortie de l'hôpital. Elle habite chez ses parents si tu veux la contacter.

— Pourquoi tu ne me l'as pas dit ?

— Tu n'as pas demandé.

— Hmm.

— Elle avait besoin de prendre du recul. Mikael m'a donné ça pour toi ce matin, il a dit que tu avais sans doute envie de les récupérer.

Elle lui tendit un trousseau de clés. Lisbeth le prit sans un mot.

— Merci. Tu peux me déposer quelque part dans Folkungagatan, alors.

— Tu ne veux pas dire où tu habites, même à moi ?

— Plus tard. Maintenant, je veux qu'on me laisse tranquille.

— D'accord.

Annika avait allumé son portable quand elles quittaient l'hôtel de police après l'interrogatoire. Il se mit à piailler du côté de Slussen. Elle regarda l'écran.

— C'est Mikael. Il a appelé en gros toutes les dix minutes ces dernières heures.

— Je ne veux pas lui parler.

— D'accord. Est-ce que je peux te poser une question personnelle ?

— Oui ?

— Qu'est-ce que Mikael t'a fait pour que tu le haïsses aussi fort ? Je veux dire, sans lui tu aurais probablement été enfermée à l'HP ce soir.

— Je ne hais pas Mikael. Il ne m'a rien fait. Je ne veux simplement pas lui parler pour le moment.

Annika Giannini regarda sa cliente du coin de l'œil.

— Je n'ai pas l'intention de me mêler de tes relations, mais tu as succombé à son charme, n'est-ce pas ?

Lisbeth regarda par la vitre latérale sans répondre.

— Mon frère est totalement irresponsable quand il s'agit de relations. Il trace son chemin dans la vie en baisant les femmes sans comprendre que ça peut faire mal à celles qui le voient comme quelque chose de plus qu'un mec occasionnel.

Lisbeth croisa son regard.

— Je ne veux pas discuter de Mikael avec toi.

— OK, dit Annika. Elle se gara au bord du trottoir peu avant Erstagatan. Ça te va ici ?

— Oui.

Elles gardèrent le silence. Lisbeth ne fit aucun geste pour ouvrir la portière. Au bout d'un moment, Annika coupa le moteur.

— Qu'est-ce qui va se passer maintenant ? finit par demander Lisbeth.

— Ce qui se passe maintenant, c'est qu'à partir d'aujourd'hui tu n'es plus sous tutelle. Tu peux faire ce que tu veux. Même si nous avons été très fermes aujourd'hui au tribunal, il reste quand même pas mal de paperasserie à faire. Il va y avoir des enquêtes de responsabilité au sein de la commission des Tutelles et il va y avoir des questions de compensation et ce genre de choses. Et l'instruction va suivre son chemin.

— Je ne veux pas de compensation. Je veux qu'on me foute la paix.

— Je comprends. Mais ce que tu penses n'a pas beaucoup d'importance. Ce processus se déroule au-delà de toi. Je propose que tu te trouves un avocat qui puisse défendre tes intérêts.

— Tu ne veux pas continuer à être mon avocate ?

Annika se frotta les yeux. Après la décharge de la journée, elle se sentait vidée. Elle voulait rentrer chez elle, prendre une douche et laisser son mari lui masser le dos.

— Je ne sais pas. Tu ne me fais pas confiance. Et je ne te fais pas confiance. Je n'ai pas envie d'être entraînée dans un long processus où tout ce que je reçois est un silence frustrant quand je propose quelque chose ou que je veux discuter quelque chose.

Lisbeth se tut un long moment.

— Je... je ne suis pas très bonne en relations. Mais il se trouve que je te fais confiance.

Ça ressemblait presque à une excuse.

— C'est possible. Mais ce n'est pas mon problème si tu es nulle en relations. Ça le devient si je dois te représenter.

Silence.

— Veux-tu que je continue à être ton avocate ?

Lisbeth hocha la tête. Annika soupira.

— J'habite dans Fiskargatan, au numéro 9. Au-dessus de la place de Mosebacke. Tu pourrais m'y conduire ?

Annika regarda sa cliente du coin de l'œil. Pour finir, elle démarra le moteur. Elle laissa Lisbeth la guider à la bonne adresse. Elles s'arrêtèrent à quelque distance de l'immeuble.

— Bon, dit Annika. On va faire un essai. Voici mes conditions. Je vais te représenter. Quand j'ai besoin de te joindre, je veux que tu répondes. Quand j'ai besoin de savoir comment tu veux que j'agisse, je veux des réponses claires. Si je t'appelle pour dire qu'il faut que tu voies un policier ou un procureur ou je ne sais qui en rapport avec l'enquête, c'est parce que j'estime que c'est nécessaire. Alors j'exige que tu te présentes au lieu et à l'heure convenus sans faire d'histoires. Peux-tu vivre avec ça ?

— C'est bon.

— Et si tu commences à faire des histoires, je cesse d'être ton avocate. Tu as compris ?

Lisbeth fit oui de la tête.

— Autre chose. Je ne veux pas me retrouver dans un drame entre toi et mon frère. Si tu as des problèmes avec lui, à toi de les régler. Mais il se trouve qu'il n'est pas ton ennemi.

— Je sais. Je vais régler ça. Mais j'ai besoin de temps.

— Qu'as-tu l'intention de faire maintenant ?

— Je ne sais pas. Tu peux me joindre via les mails. Je promets de répondre aussi vite que je peux, mais je ne les vérifierai peut-être pas tous les jours…

— Tu ne deviens pas esclave parce que tu as une avocate. On se contente de ça pour l'instant. Sors de ma voiture maintenant. Je suis épuisée et je veux rentrer chez moi dormir.

Lisbeth ouvrit la portière et descendit de la voiture. Elle s'arrêta au moment de refermer la portière. Elle sembla vouloir formuler quelque chose, mais sans trouver les mots. Pendant un instant, Annika lui vit un petit air presque vulnérable.

— C'est bon, dit Annika. Rentre chez toi te coucher. Et ne va pas te fourrer dans des histoires dans les semaines qui viennent.

Lisbeth Salander resta sur le trottoir et regarda Annika Giannini jusqu'à ce que les feux arrière disparaissent au coin.

— Merci, dit-elle finalement.

29

ELLE TROUVA SON PALM sur la commode de l'entrée. Il y avait aussi ses clés de voiture et le sac qu'elle avait perdu le soir où Magge Lundin l'avait agressée devant l'immeuble de Lundagatan. Il y avait du courrier ouvert et non ouvert que quelqu'un était allé chercher dans la boîte postale dans Hornsgatan. *Mikael Blomkvist.*

Elle fit lentement un tour dans la partie meublée de son appartement. Partout elle trouva ses traces. Il avait dormi dans son lit et travaillé à son bureau. Il avait utilisé son imprimante, et dans la corbeille à papier elle trouva ses brouillons du texte sur la Section et des notes et gribouillages rejetés.

Il a acheté un litre de lait, du pain, du fromage, de la pâte de poisson et dix paquets de Billys Pan Pizza qu'il a mis dans le frigo.

Sur la table de la cuisine, elle trouva une petite enveloppe blanche portant son nom. C'était un petit mot de lui. Le message était bref. Son numéro de téléphone portable. Rien d'autre.

Lisbeth Salander comprit tout à coup que la balle était dans son camp. Il n'avait pas l'intention de prendre contact avec elle. Il avait terminé l'article, lui avait rendu ses clés et ne pensait pas lui donner de ses nouvelles. *Putain, ce qu'il peut être buté, ce mec !*

Elle lança la cafetière et se prépara quatre tartines, puis elle s'installa dans le recoin de la fenêtre et contempla Djurgården. Elle alluma une cigarette et réfléchit.

Tout était fini et pourtant sa vie lui semblait encore plus fermée que jamais.

Miriam Wu était partie en France. *C'est ma faute si tu as failli mourir.* Elle avait appréhendé l'instant où elle serait obligée de rencontrer Miriam Wu, et elle avait décidé que ce serait sa toute première halte quand elle serait libre. *Et Miriam n'est pas chez elle mais en France. Merde !*

Elle se sentait soudain redevable à plein de gens.

Holger Palmgren. Dragan Armanskij. Il faudrait qu'elle les contacte pour les remercier. Paolo Roberto. Et Plague et Trinity. Même ces foutus flics, Bublanski et Modig, avaient pris son parti, si on était vraiment objectif. Elle n'aimait pas être redevable à qui que ce soit. Elle se sentait comme un pion dans un jeu sur lequel elle n'avait aucun contrôle.

Foutu Super Blomkvist. Et peut-être même Foutue Erika Berger, avec ses jolies fossettes et ses belles fringues et son assurance.

C'est fini, avait dit Annika Giannini quand elles quittaient l'hôtel de police. Oui. Le procès était fini. C'était fini pour Annika Giannini. Et c'était fini pour Mikael Blomkvist qui avait publié son texte et qu'on allait voir à la télé et qui allait sûrement gagner un foutu prix ou deux au passage.

Mais ce n'était pas fini pour Lisbeth Salander. C'était seulement le premier jour du restant de sa vie.

A 4 HEURES, elle cessa de réfléchir. Elle jeta sa panoplie de punk par terre dans la chambre et passa à la salle de bains prendre une douche. Elle nettoya tout le maquillage qu'elle avait porté à l'audience et enfila un léger pantalon de lin sombre, un débardeur blanc et une veste légère. Elle prépara un baise-en-ville avec de quoi se changer, des sous-vêtements et quelques débardeurs, et choisit des chaussures plates simples.

Elle prit son Palm, puis elle commanda un taxi. Elle se rendit à l'aéroport d'Arlanda où elle arriva peu avant 6 heures. Elle étudia le panneau des départs et acheta un billet pour la première destination qui lui tomba sous les yeux. Elle utilisa son propre passeport avec son propre nom. Elle fut épatée que personne à la réservation ni à l'enregistrement ne semble la reconnaître ni ne réagisse à son nom.

Elle avait trouvé une place dans un vol du matin pour Málaga, où elle atterrit vers midi sous un soleil de plomb.

Elle resta un instant au terminal, hésitante. Puis elle se décida à consulter une carte en se demandant ce qu'elle allait faire en Espagne. Une minute plus tard, elle avait pris sa décision. Elle n'avait aucune envie de consacrer du temps à réfléchir aux bus ou autres moyens de transport. Elle s'acheta une paire de lunettes de soleil dans une boutique de l'aéroport, puis elle sortit du terminal et s'installa sur la banquette arrière du premier taxi libre.

— Gibraltar. Je paie avec une carte de crédit.

Le trajet dura trois heures en suivant la nouvelle autoroute qui longe la côte sud. Le taxi la laissa au poste-frontière du territoire britannique et elle rejoignit à pied Europa Road et le Rock Hotel, situé dans la montée du rocher haut de quatre cent vingt-cinq mètres, où elle demanda s'ils avaient une chambre de libre. Ils avaient une chambre double. Elle réserva pour deux semaines et tendit sa carte de crédit.

Elle prit une douche et s'assit, entourée d'un drap de bain, sur la terrasse, et contempla le détroit de Gibraltar. Elle vit des cargos et quelques voiliers. Elle distinguait vaguement le Maroc de l'autre côté du détroit. Un paysage paisible.

Au bout d'un moment, elle entra se coucher, et s'endormit.

LE LENDEMAIN, LISBETH SALANDER se réveilla à 5 h 30. Elle se leva, se doucha et prit un café dans le bar de l'hôtel au rez-de-chaussée. A 7 heures, elle quitta l'hôtel et alla acheter des mangues et des pommes, puis elle prit un taxi pour *The Peak* et alla voir les singes. Elle arriva tôt, il y avait très peu de touristes, si bien qu'elle se retrouva presque seule avec les bêtes.

Elle aimait bien Gibraltar. C'était sa troisième visite à l'étrange rocher sur la Méditerranée avec sa ville anglaise à la densité de population absurde. Gibraltar ne ressemblait à rien d'autre. La ville avait été isolée pendant des décennies, une colonie qui persévérait à refuser d'être annexée à l'Espagne. Les Espagnols protestaient évidemment contre l'occupation. Lisbeth estimait cependant qu'ils feraient mieux de fermer leur gueule, tant qu'ils occupaient l'enclave de Ceuta en territoire marocain de l'autre côté du détroit. C'était un drôle d'endroit retranché du reste du monde, une ville d'un peu plus de deux kilomètres carrés, constituée d'un rocher singulier et d'un aéroport gagné sur la mer. La colonie était tellement petite que chaque centimètre carré était utilisé, et l'expansion se faisait forcément sur la mer. Pour pouvoir entrer dans la ville, les visiteurs étaient obligés de traverser la piste d'atterrissage de l'aéroport.

Gibraltar était l'exemple parfait de la notion de *compact living*.

Lisbeth vit un gros singe mâle grimper sur un muret près du sentier de promenade. Il la regardait du coin de l'œil. Un *Barbary ape*. Elle savait qu'il ne fallait pas essayer de caresser ces bestioles.

— Salut mon pote, dit-elle. C'est moi, je suis revenue.

Avant son premier passage à Gibraltar, elle n'avait jamais entendu parler de ces singes. Elle était montée au sommet du Rocher seulement pour admirer la vue et elle avait été totalement prise au dépourvu, en suivant un groupe de touristes, de se retrouver au milieu d'une bande de singes qui grimpaient partout de part et d'autre du passage.

Ça faisait bizarre d'avancer sur un sentier et d'avoir tout à coup deux douzaines de singes autour de soi. Elle les regarda avec la plus grande méfiance. Ils n'étaient ni dangereux, ni agressifs. Par contre, ils étaient assez costauds pour mordre sévèrement s'ils étaient énervés ou s'ils se sentaient menacés.

Elle trouva l'un des gardiens, montra son sac et demanda si elle pouvait donner les fruits aux singes. L'homme n'y vit pas d'objection.

Elle prit une mangue et la plaça sur le muret à quelque distance du mâle.

— Petit-déjeuner, dit-elle, et elle s'appuya contre le muret pour croquer une pomme.

Le singe mâle la regarda, montra les dents puis s'empara de la mangue, tout content.

VERS 16 HEURES, cinq jours plus tard, Lisbeth Salander tomba d'un tabouret du *Harry's Bar* dans une rue latérale de Main Street, à deux pâtés de maisons de son hôtel. Elle avait été constamment ivre depuis qu'elle avait quitté le mont des singes, et la plus grande partie de sa beuverie s'était déroulée chez Harry O'Connell, le propriétaire du bar qui parlait avec un accent irlandais acquis de haute lutte alors qu'il n'avait jamais mis le pied en Irlande de toute sa vie. Il l'avait observée avec une mine préoccupée.

Quand elle avait commandé le premier verre dans l'après-midi quatre jours plus tôt, la prenant pour une gamine, il avait demandé à voir son passeport. Il savait qu'elle s'appelait Lisbeth et il lui donnait du Liz. Elle venait en général vers l'heure du déjeuner, s'asseyait sur un tabouret au fond du bar et s'adossait au mur. Ensuite, elle consacrait son temps à écluser un nombre considérable de bières ou de whiskys.

Quand elle buvait de la bière, elle ne prêtait aucune attention à la marque ; elle prenait ce qu'il lui servait. Quand elle commandait du whisky, elle choisissait toujours du Tullamore Dew, sauf une fois quand elle avait étudié les bouteilles derrière le comptoir et voulu essayer du Lagavulin. Elle avait reniflé le verre, haussé les sourcils et pris ensuite une très petite gorgée. Elle avait reposé le verre et continué à le fixer ensuite pendant une minute avec une expression qui sous-entendait qu'elle en considérait le contenu comme un ennemi dangereux.

Elle avait fini par repousser le verre et dit à Harry de lui donner autre chose qui ne soit pas destiné au calfatage d'une barque. Il lui avait servi du Tullamore Dew de nouveau et elle avait repris sa beuverie. Au cours des quatre derniers jours, elle avait vidé une bouteille à elle seule. Il n'avait pas comptabilisé les bières. Harry était plus que surpris qu'une fille avec sa modeste masse corporelle puisse en absorber autant, mais il se disait que si elle avait l'intention de boire, elle le ferait, que ce soit dans son bar ou ailleurs.

Elle buvait lentement, ne parlait avec personne et ne faisait pas d'histoires. Sa seule occupation, à part la consommation d'alcool, semblait être de jouer avec un ordinateur de poche qu'elle branchait de temps à autre sur son téléphone portable. Il avait essayé à quelques reprises d'engager une conversation avec elle, mais avait été accueilli par un silence renfrogné. Elle semblait éviter toute compagnie. Certaines fois, quand il y avait trop de monde à l'intérieur du bar, elle avait émigré sur la terrasse, et à d'autres occasions elle était allée manger dans un restaurant italien deux portes plus loin, puis elle était revenue chez Harry commander à nouveau du Tullamore Dew. En général, elle quittait le bar vers 21 heures et s'en allait en direction du nord.

Ce jour précis, elle avait bu plus et plus vite que les autres jours, et Harry avait commencé à la surveiller. Elle avait déjà ingurgité sept verres de Tullamore Dew en deux heures quand il décida de refuser de lui en servir davantage. Il n'eut pas le temps de mettre en œuvre sa décision, un grand bruit lui annonça qu'elle tombait du tabouret.

Il posa le verre qu'il était en train d'essuyer, passa de l'autre côté du comptoir et la souleva. Elle eut l'air offensée.

— Je crois que tu as eu ton compte, dit-il.

Elle le regarda avec des yeux flous.

— Je crois que tu as raison, répondit-elle avec une voix étonnamment distincte.

Elle s'accrocha au comptoir d'une main et fouilla la poche de poitrine de sa veste pour en sortir quelques billets, puis elle tangua en direction de la sortie. Il la prit doucement par l'épaule.

— Attends un moment. J'aimerais que tu ailles aux toilettes vomir les derniers verres d'alcool, ensuite tu resteras un moment au bar. Je ne veux pas te laisser partir dans cet état.

Elle ne protesta pas quand il l'accompagna aux toilettes. Elle enfonça ses doigts dans la gorge et fit ce qu'il avait dit. Quand elle revint au bar, il lui avait servi un grand verre d'eau minérale. Elle le but en entier et rota. Il lui en servit un autre.

— Tu vas te payer une de ces gueules de bois demain, dit Harry.

Elle hocha la tête.

— Ça ne me regarde pas, mais si j'étais toi, je me tiendrais à sec quelques jours.

Elle fit oui de la tête. Puis elle retourna aux toilettes vomir.

Elle resta au *Harry's Bar* encore une heure avant que son regard soit devenu suffisamment net pour que Harry ose la laisser partir. Elle le quitta sur des jambes instables, marcha en direction de l'aéroport puis longea le bord de mer et la marina. Elle se promena jusqu'à 20 h 30, heure à laquelle le sol avait fini de tanguer. Alors seulement elle retourna à son hôtel. Elle rejoignit directement sa chambre, se lava les dents et se rinça le visage, changea de vêtements et descendit au bar de l'hôtel où elle commanda une tasse de café noir et une bouteille d'eau minérale.

Elle restait assise en silence et sans se faire remarquer à côté d'un pilier et étudiait les clients du bar. Elle vit un couple d'une trentaine d'années qui se parlait à voix basse. La femme était vêtue d'une robe d'été claire. L'homme lui tenait la main sous la table. Deux tables plus loin, il y avait une famille africaine, l'homme avec les tempes grisonnantes, la femme portant une belle robe bariolée en jaune, noir et rouge. Ils avaient deux enfants pas encore adolescents. Elle étudia un groupe d'hommes d'affaires en chemise blanche et cravate, la veste posée sur le dossier de leur chaise. Ils buvaient de la bière. Elle vit un groupe de retraités qui sans le moindre doute étaient des touristes américains. Les hommes portaient des casquettes de baseball, des polos et des pantalons décontractés. Les femmes avaient des jeans de marque, des hauts rouges et des lunettes de soleil avec des cordelettes. Elle vit un homme en veste de lin claire, chemise grise et cravate sombre, qui entrait à la réception chercher ses clés avant de mettre le cap sur le bar et de commander une bière. Elle était assise à trois mètres de lui et son regard se focalisa quand il prit son portable et commença à parler en allemand.

— *Salut, c'est moi… tout va bien ?… ça va, le prochain rendez-vous est demain après-midi… non, je pense que ça ira… je reste encore au moins cinq-six jours, puis je vais à Madrid… non, je ne rentrerai qu'à la fin de la semaine prochaine… moi aussi… je t'aime… bien sûr… je te rappelle dans la semaine… bisous.*

Il mesurait un mètre quatre-vingt-cinq, avait dans les cinquante, cinquante-cinq ans, il avait des cheveux poivre et sel un peu plus longs que coupés court, un menton fuyant et trop de poids autour de la taille. Relativement bien conservé pourtant. Il lisait le *Financial Times*. Quand il eut fini sa bière et se dirigea vers l'ascenseur, Lisbeth Salander se leva et le suivit.

Il appuya sur le bouton du cinquième étage. Lisbeth se mit à côté de lui et renversa la tête contre le panneau du fond.

— Je suis ivre, dit-elle.

Il la regarda.

— Ah bon ?

— Oui. Je n'ai pas arrêté de la semaine. Laisse-moi deviner. Tu es une sorte d'homme d'affaires, tu viens de Hanovre ou quelque part dans le Nord de l'Allemagne. Tu es marié. Tu aimes ta femme. Et tu dois rester ici à Gibraltar encore quelques jours. C'est ce que j'ai compris en écoutant ton coup de fil dans le bar.

Il la regarda, stupéfait. Elle reprit :

— Moi, je viens de Suède. Je ressens une envie irrésistible de faire l'amour avec quelqu'un. Je m'en fous que tu sois marié et je ne veux pas ton numéro de téléphone.

Il leva les sourcils.

— J'habite chambre 711, l'étage au-dessus du tien. Je vais rejoindre ma chambre, me déshabiller, prendre un bain et m'allonger dans le lit. Si tu veux me tenir compagnie, tu peux venir frapper dans une demi-heure. Sinon, je vais m'endormir.

— C'est une sorte de blague ou quoi ? demanda-t-il quand l'ascenseur s'arrêta.

— Non. J'ai la flemme de sortir draguer dans les bars. Soit tu viens frapper à ma porte, soit tant pis.

Vingt-cinq minutes plus tard, on frappa à la porte de la chambre de Lisbeth. Elle avait un drap de bain autour du corps en ouvrant.

— Entre, dit-elle.

Il entra et jeta un regard méfiant dans la chambre.

— Il n'y a que moi ici, dit-elle.

— Tu as quel âge, en fait ?

Elle tendit la main pour prendre son passeport sur une commode et le lui donna.

— Tu fais plus jeune.

— Je sais, dit-elle, et elle enleva le drap de bain pour le jeter sur une chaise. Elle retourna au lit et replia le couvre-lit.

Il fixa ses tatouages. Elle le regarda par-dessus l'épaule.

— Ce n'est pas un piège. Je suis une nana, je suis célibataire et je reste ici pour quelques jours. Ça fait des mois que je n'ai pas fait l'amour.

— Pourquoi est-ce que tu m'as choisi, moi précisément ?

— Parce que tu étais le seul dans le bar qui semblait ne pas être accompagné.

— Je suis marié…

— Et je ne veux pas savoir qui elle est, ni même qui tu es. Et je ne veux pas discuter de sociologie. Je veux baiser. Déshabille-toi ou retourne dans ta chambre.

— Comme ça, directement ?

— Pourquoi pas ? Je suis adulte et tu sais ce que tu es supposé faire.

Il réfléchit pendant trente secondes. Il eut l'air d'être sur le point de partir. Elle s'assit sur le bord du lit et attendit. Il se mordit la lèvre inférieure. Puis il ôta son pantalon et sa chemise, et resta à hésiter en slip.

— Tout, dit Lisbeth Salander. Je n'ai pas l'intention de baiser avec quelqu'un qui garde son slip. Et il faut que tu mettes une capote. Je sais ce que j'ai fait, mais je ne sais pas ce que tu as fait.

Il ôta son slip, s'approcha d'elle et posa la main sur son épaule. Lisbeth ferma les yeux quand il se pencha en avant et l'embrassa. Il avait bon goût. Elle le laissa l'incliner dans le lit. Il était lourd sur elle.

JEREMY STUART MACMILLAN, avocat, sentit les cheveux se dresser sur sa tête à l'instant où il ouvrit la porte de son bureau de Buchanan House sur Queensway Quay, au-dessus de la marina. Il sentit une odeur de cigarette et entendit une chaise grincer. Il était peu avant 7 heures et sa première pensée fut qu'il avait surpris un cambrioleur.

Puis il sentit une odeur de café provenant de la kitchenette. Au bout de quelques secondes, il entra prudemment, traversa le vestibule et regarda dans son bureau vaste et élégant. Lisbeth Salander était assise dans son fauteuil, lui tournant le dos, les talons posés sur le rebord de la fenêtre. Son ordinateur était allumé et elle n'avait apparemment pas eu de problème pour trouver le mot de passe. Elle n'avait pas non plus eu de problème pour ouvrir son armoire sécurisée. Elle avait étalé sur ses cuisses un dossier contenant sa correspondance privée et sa comptabilité.

— Bonjour, mademoiselle Salander, finit-il par dire.

— Mmm, répondit-elle. Il y a du café chaud et des croissants dans la kitchenette.

— Merci, dit-il avec un soupir résigné.

Il avait certes acheté ce bureau avec l'argent de Lisbeth Salander et sur sa demande, mais il ne s'était pas attendu à ce qu'elle se matérialise sans prévenir. De plus, elle avait trouvé et manifestement feuilleté un magazine porno hard qu'il gardait dans un tiroir de son bureau.

Vraiment gênant.

Ou peut-être pas.

En ce qui concernait Lisbeth Salander, il avait l'impression qu'elle était la personne la plus sévère qu'il ait rencontrée en matière de gens qui l'énervaient, mais qu'elle ne levait pas un sourcil devant les faiblesses personnelles des individus. Elle savait qu'officiellement il était hétérosexuel mais que son secret était d'être attiré par des hommes et que, depuis son divorce quinze ans plus tôt, il s'était mis à réaliser ses fantasmes les plus personnels.

Bizarre. Je me sens en sécurité avec elle.

PUISQUE DE TOUTE FAÇON elle se trouvait à Gibraltar, Lisbeth avait décidé de rendre visite à maître Jeremy MacMillan qui s'occupait de ses finances. Elle n'avait eu aucun contact avec lui depuis le Nouvel An et elle tenait à savoir s'il avait profité de l'occasion pour la ruiner pendant son absence.

Mais rien ne pressait et ce n'était pas pour cela qu'elle était allée directement à Gibraltar après sa libération. Elle l'avait fait parce qu'elle avait ressenti un besoin impérieux de changer d'air, et pour ça, Gibraltar était excellent. Elle avait passé presque une semaine en état d'ivresse, puis encore quelques jours à faire l'amour avec l'homme d'affaires allemand qui avait fini par dire qu'il s'appelait Dieter. Elle doutait que ce soit son véritable nom mais n'avait pas cherché à en savoir plus. Il passait les journées en réunion et les soirées à dîner avec elle avant qu'ils se retirent dans la chambre, la sienne ou celle de Lisbeth.

Il n'était pas mauvais au lit, constata Lisbeth. Pas très exercé, peut-être, et parfois inutilement brutal.

Dieter avait semblé sincèrement surpris qu'elle ait dragué, tout simplement sur une impulsion, un homme d'affaires allemand avec une surcharge pondérale, qui, lui, n'avait même pas été à la recherche d'une aventure. Il était marié et n'avait pas l'habitude d'être infidèle ou de chercher de la compagnie féminine lors de ses voyages d'affaires. Mais quand la possibilité lui fut servie sur un plateau sous forme d'une fille frêle et tatouée, il n'avait pas su résister à la tentation. Disait-il.

Lisbeth Salander se souciait assez peu de ce qu'il disait. Elle n'avait rien d'autre en vue que quelques bons moments sexuels, mais elle avait été surprise de voir qu'il faisait de réels efforts pour la satisfaire. Au cours de la quatrième nuit, leur dernière ensemble, il avait soudain été pris d'un accès de panique angoissée et avait commencé à se demander ce que sa femme dirait. Lisbeth Salander estimait qu'il devait la fermer et ne rien raconter à sa femme.

Mais elle n'avait pas dit ce qu'elle pensait.

Il était adulte et il aurait pu refuser son offre. Elle se fichait de savoir s'il était frappé de culpabilité ou s'il avouait à sa femme. Elle lui avait tourné le dos et l'avait écouté pendant un quart d'heure, puis, agacée, elle avait levé les yeux au ciel, s'était retournée et assise à califourchon sur lui.

— Tu crois que tu pourrais faire une pause avec ton angoisse et me satisfaire encore une fois ? demanda-t-elle.

Jeremy MacMillan était une tout autre histoire. Il n'exerçait absolument aucun pouvoir d'attraction sur Lisbeth Salander. Il était un escroc. Etrangement, il ressemblait un peu à Dieter. Il avait quarante-huit ans, du charme, un peu de surcharge pondérale lui aussi, il avait des cheveux cendrés grisonnants qu'il coiffait en arrière. Il portait de minces lunettes cerclées de métal jaune.

Autrefois il avait été juriste d'affaires, diplômé d'Oxbridge et basé à Londres. Son avenir était prometteur, il était associé dans un cabinet d'avocats que consultaient de grosses entreprises et des yuppies pleins aux as qui faisaient joujou dans l'immobilier et la fiscalité. Il avait passé les joyeuses années 1980 à fréquenter des nouveaux riches jouant les stars. Il avait beaucoup picolé et sniffé de la coke avec des gens qu'en réalité il aurait préféré ne pas retrouver dans son lit au réveil le lendemain matin. Il n'avait jamais été inculpé mais il avait perdu sa femme et ses deux enfants, puis il avait été viré après avoir mal géré les affaires et s'être présenté en état d'ivresse à un procès de conciliation.

Sans trop réfléchir, une fois dégrisé il avait fui Londres, plutôt honteux. Il ne savait pas pourquoi il avait choisi

Gibraltar précisément, mais en 1991 il s'était associé avec un juriste local et avait ouvert un modeste cabinet de seconde zone qui officiellement s'occupait de successions et de testaments pas très glamour. De façon un peu moins officielle, le cabinet MacMillan & Marks établissait aussi des sociétés fictives et faisait fonction de sparring-partner pour divers individus en Europe choisissant l'ombre. L'activité se maintenait tant bien que mal jusqu'à ce que Lisbeth Salander choisisse Jeremy MacMillan pour gérer les 2,4 milliards de dollars qu'elle avait volés à l'empire en ruine du financier Hans-Erik Wennerström.

MacMillan était sans conteste un filou. Mais Lisbeth le considérait comme *son* filou, et il s'était surpris lui-même en restant d'une honnêteté irréprochable envers elle. Elle l'avait engagé la première fois pour une mission simple. Moyennant une somme modeste, il avait établi un certain nombre de sociétés fictives qu'elle pouvait utiliser et dans lesquelles elle avait placé 1 million de dollars. Elle l'avait contacté au téléphone et n'avait été qu'une voix lointaine. Il n'avait jamais demandé d'où venait l'argent. Il s'était contenté d'agir selon ses instructions en se réservant cinq pour cent. Peu de temps après, elle avait injecté une somme d'argent plus importante qu'il devait utiliser pour établir une société, Wasp Enterprises, afin d'acheter un appartement en droit coopératif à Stockholm. La relation avec Lisbeth Salander était ainsi devenue lucrative, même si pour lui il s'agissait de petits montants.

Deux mois plus tard, elle était subitement venue lui rendre visite à Gibraltar. Elle l'avait appelé et avait proposé un dîner en tête-à-tête dans sa chambre au Rock, l'hôtel sinon le plus grand, du moins le plus distingué sur le Rocher. Il ne savait pas très bien à quoi il s'était attendu, mais certainement pas à ce que sa cliente soit une fille aux allures de poupée, à qui on n'aurait pas donné quinze ans. Un moment, il s'était dit qu'on lui faisait une sorte de blague bizarre.

Il avait vite changé d'avis. L'étrange fille lui parlait avec insouciance sans jamais sourire ni montrer de chaleur personnelle. Ni d'ailleurs de distance. Il était resté comme paralysé lorsque en quelques minutes, elle avait fait s'effondrer la façade professionnelle de respectabilité mondaine qu'il tenait tant à afficher.

— Qu'est-ce que tu veux ? demanda-t-il.

— J'ai volé une somme d'argent, répondit-elle du ton le plus sérieux. J'ai besoin d'un filou pour la gérer.

Il s'était demandé si elle avait toute sa tête, mais il joua poliment le jeu. Elle était une cible potentielle d'un tour de passe-passe qui pourrait rapporter de petits revenus. Ensuite, il avait été comme frappé par la foudre quand elle avait expliqué à qui elle avait volé cet argent, comment cela s'était passé et le montant du butin. L'affaire Wennerström était le sujet de conversation le plus brûlant dans le monde de la finance international.

— Je vois.

Les possibilités fusèrent dans son cerveau.

— Tu es un bon juriste d'affaires et un bon investisseur. Si tu avais été un imbécile, tu n'aurais jamais eu les missions qu'on t'a confiées dans les années 1980. Par contre, tu t'es comporté comme un imbécile au point de te faire virer.

Il haussa les sourcils.

— A l'avenir, je serai ta seule cliente.

Elle l'avait regardé avec les yeux les plus innocents qu'il ait jamais vus.

— J'ai deux exigences. L'une, c'est que tu ne dois jamais commettre de crime ou être mêlé à quoi que ce soit qui pourrait nous créer des problèmes et focaliser l'intérêt des autorités sur mes sociétés et mes comptes. L'autre, c'est que tu ne dois jamais me mentir. Jamais, tu entends. Pas une seule fois. Et pour aucune raison. Si tu mens, notre relation d'affaires cesse immédiatement et, si tu m'irrites suffisamment, je te ruinerai.

Elle lui versa un verre de vin.

— Il n'y a aucune raison de me mentir. Je sais déjà tout ce qu'il y a à savoir sur ta vie. Je sais combien tu gagnes les bons mois et les mauvais mois. Je sais combien tu dépenses. Je sais que tu es souvent à court d'argent. Je sais que tu as 120 000 livres de dettes, à longue échéance comme à courte, et que tu dois sans cesse prendre des risques et filouter pour trouver de l'argent pour les amortissements. Tu t'en tires avec élégance et tu essaies de garder les apparences, mais tu es en train de plonger et tu n'as pas acheté une veste neuve depuis des mois. En revanche, tu en as déposé une vieille il y a deux semaines pour faire raccommoder la doublure. Autrefois, tu collectionnais des livres rares mais tu les as vendus progressivement. Le mois dernier, tu as vendu une édition ancienne d'*Oliver Twist* pour 760 livres.

Elle se tut et le fixa. Il déglutit.

— La semaine dernière, tu as malgré tout tiré un lot gagnant. Une escroquerie assez astucieuse contre la veuve que tu représentes. Tu as raflé 6 000 livres qui ne lui manqueront sans doute pas beaucoup.

— Merde, comment tu peux savoir ça ?

— Je sais que tu as été marié, que tu as deux enfants en Angleterre qui ne veulent pas te voir et que tu as sauté le pas depuis le divorce, si bien qu'aujourd'hui tu as surtout des relations homosexuelles. Tu en as probablement honte, puisque tu évites les boîtes gay et que tu évites d'être vu en ville avec un de tes petits amis, et puisque tu franchis souvent la frontière espagnole pour rencontrer des hommes.

Le choc avait rendu Jeremy MacMillan muet. Il fut soudain saisi de terreur. Il ignorait totalement comment elle avait fait pour apprendre tout cela, mais elle détenait suffisamment d'informations pour l'anéantir.

— Et je ne le dirai qu'une seule fois. Je me fous complètement de savoir avec qui tu baises. Ça ne me regarde pas. Je veux savoir qui tu es, mais je ne vais jamais tirer profit de ce savoir. Je ne compte ni te menacer ni te faire chanter.

MacMillan n'était pas un imbécile. Il réalisa évidemment que la connaissance qu'elle avait de lui représentait une menace. Elle avait le contrôle. Il avait envisagé un instant de la soulever et la balancer par-dessus le bord de la terrasse, mais il se maîtrisa. Jamais auparavant il n'avait eu aussi peur.

— Qu'est-ce que tu veux ? réussit-il à articuler.

— Je veux une association avec toi. Tu vas mettre fin à toutes les autres affaires en cours et travailler exclusivement pour moi. Tu vas gagner plus d'argent que ce que tu as jamais pu rêver d'en gagner.

Elle expliqua ce qu'elle voulait qu'il fasse et comment elle voyait les grandes lignes.

— Je veux rester invisible, expliqua-t-elle. Tu gères mes affaires. Tout sera légitime. Ce que je trafique de mon côté ne te touchera jamais et ne sera jamais mis en relation avec nos affaires.

— Je comprends.

— Je serai donc ta seule cliente. Tu as une semaine pour liquider tes autres clients et cesser toutes tes petites entourloupes.

Il réalisa aussi qu'il venait d'avoir une offre qui ne se représenterait jamais. Il réfléchit soixante secondes, puis il accepta. Il avait seulement une question.

— Comment tu sais que je ne vais pas t'arnaquer ?

— Fais ça et tu le regretteras pendant le restant de ta misérable vie.

Il n'y avait aucune raison de tricher. Lisbeth Salander lui avait proposé une mission qui potentiellement était tellement bordée d'or qu'il aurait été absurde de la mettre en danger pour des clopinettes. Tant qu'il restait à peu près sans prétentions et n'allait pas faire des conneries, son avenir était assuré.

Il n'avait pas l'intention d'arnaquer Lisbeth Salander.

Il était donc devenu honnête, ou au moins aussi honnête qu'un avocat véreux peut l'être en gérant un butin de proportions astronomiques.

Gérer ses finances n'intéressait absolument pas Lisbeth. La tâche de MacMillan était de placer son argent et de veiller à ce qu'il y ait assez de provision sur les cartes bancaires qu'elle utilisait. Ils avaient discuté pendant plusieurs heures. Elle avait expliqué comment elle voulait voir fonctionner ses finances. Son boulot à lui était de veiller à ce fonctionnement.

Une grande partie de la somme volée avait été placée dans des fonds stables qui la rendaient économiquement indépendante pour le restant de son existence, même s'il lui prenait la fantaisie de se mettre à flamber et de vivre une vie outrageusement dépensière. Ces fonds devaient servir à renflouer les comptes de ses cartes de crédit.

Le reste de l'argent, il pourrait jouer avec et l'investir à sa guise, à condition de ne pas investir dans quoi que ce soit qui signifierait des problèmes avec la police. Elle lui interdisait de commettre des larcins ridicules et des escroqueries à la petite semaine qui – si la malchance était au rendez-vous – mèneraient à des enquêtes qui à leur tour pourraient la mettre dans le collimateur.

Restait à établir combien il gagnerait dans l'affaire.

— Je te paie 500 000 livres en honoraires d'entrée. Ainsi tu pourras payer tes dettes et quand même te retrouver avec une somme coquette. Ensuite, tu gagneras ton propre argent. Tu vas fonder une société avec nous deux comme propriétaires associés. Tu auras vingt pour cent sur tous les profits. Je veux que tu sois suffisamment riche pour ne pas être tenté de faire des conneries, mais pas assez riche pour ne pas t'activer.

Il commença son nouveau travail le 1er février. Fin mars, il avait payé toutes ses dettes personnelles et stabilisé sa trésorerie. Lisbeth avait insisté pour qu'en priorité il mette de l'ordre dans ses finances, histoire d'être solvable. En mai, il rompit l'association avec son confrère alcoolisé George Marks, l'autre moitié de MacMillan & Marks. Il ressentit une pointe de mauvaise conscience vis-à-vis de son ancien partenaire, mais mêler Marks aux affaires de Lisbeth Salander était exclu.

Il discuta la chose avec Lisbeth Salander quand elle fut de retour à Gibraltar pour une visite spontanée début juillet et qu'elle découvrit que MacMillan travaillait dans son appartement au lieu du petit bureau dans une rue écartée qui avait été son lot jusque-là.

— Mon partenaire est alcoolique et il aurait du mal à se dépatouiller dans nos histoires. Au contraire, il serait même un énorme facteur de risque. Mais il y a quinze ans, quand je suis arrivé à Gibraltar, il m'a sauvé la vie en me prenant comme associé.

Elle réfléchit deux minutes tout en étudiant le visage de MacMillan.

— Je comprends. Tu es un filou loyal. C'est sans doute une qualité louable. Je propose que tu lui crées un petit compte pour qu'il puisse s'amuser à sa guise. Veille à ce qu'il gagne quelques billets de 1 000 par mois, assez pour vivre.

— J'ai ton feu vert ?

Elle avait hoché la tête et regardé son appartement de vieux garçon. Il habitait un studio avec kitchenette dans une des ruelles près de l'hôpital. La seule chose agréable était la vue. Cela dit, il était difficile d'éviter cette vue-là à Gibraltar.

— Tu as besoin d'un bureau et d'un autre appartement, dit-elle.

— Je n'ai pas eu le temps, répondit-il.

— OK, dit-elle.

Sur quoi elle l'emmena faire du shopping pour lui procurer un bureau de cent trente mètres carrés avec une petite terrasse donnant sur la mer dans Buchanan House sur Queensway Quay, ce qui constituait définitivement le haut du pavé à Gibraltar. Elle engagea un architecte d'intérieur pour rénover et meubler le local.

MACMILLAN SE SOUVENAIT que, pendant qu'il était occupé par la paperasserie, Lisbeth avait personnellement surveillé l'installation du système d'alarmes, l'équipement informatique et l'armoire sécurisée, celle donc qu'elle avait fouillée quand il arriva au bureau ce matin-là.

— Je suis en disgrâce ? demanda-t-il.

Elle reposa le classeur de correspondance qu'elle était en train d'examiner.

— Non, Jeremy. Tu n'es pas en disgrâce.

— Tant mieux, dit-il et il alla chercher du café. Tu as vraiment le don de surgir quand on t'attend le moins.

— J'ai été occupée ces derniers temps. Je voulais simplement me mettre au courant des dernières nouvelles.

— Si j'ai bien compris toute l'histoire, tu as été recherchée pour triple meurtre, tu as pris une balle dans la tête et tu as été inculpée pour un tas de crimes. J'étais vraiment inquiet à un moment donné. Je croyais que tu étais toujours sous les verrous. Tu t'es évadée ?

— Non. J'ai été acquittée sur tous les points d'accusation et on m'a remise en liberté. Tu as entendu quoi exactement ?

Il hésita une seconde.

— OK. Je ne vais pas mentir. Quand j'ai compris que tu étais dans la merde, j'ai engagé les services d'une agence de traduction qui a épluché tous les journaux suédois et qui m'a informé au fur et à mesure. Je suis relativement bien au courant.

— Si tu bases tes connaissances sur ce qu'il y a eu dans les journaux, tu n'es certainement pas au courant. Mais je suppose que tu as découvert quelques secrets me concernant.

Il hocha la tête.

— Que va-t-il se passer maintenant ?

Elle le regarda avec surprise.

— Rien. On continue comme avant. Notre relation n'a rien à voir avec mes problèmes en Suède. Raconte ce qui s'est passé pendant mon absence. Tu t'es débrouillé comment ?

— Je ne bois pas, dit-il. Si c'est ça que tu veux dire.

— Non. Ta vie privée n'est pas mes oignons, tant que ça n'interfère pas avec les affaires. Je veux dire : suis-je plus ou moins riche qu'il y a un an ?

Il tira la chaise des visiteurs et s'assit. En soi, ça n'avait aucune importance qu'elle occupe sa place à lui. Il n'y avait aucune raison d'entrer dans des luttes de prestige avec elle.

— Tu m'as livré 2,4 milliards de dollars. Nous avons investi 200 millions dans des fonds pour toi. Tu m'as donné le reste pour faire joujou.

— Oui.

— Tes fonds personnels n'ont varié que des intérêts. Je peux augmenter le profit si…

— Ça ne m'intéresse pas d'augmenter le profit.

— OK. Tu as dépensé une somme ridicule. Les plus gros postes de dépense ont été l'appartement que je t'ai acheté et le fonds de bienfaisance pour cet avocat, Palmgren. Pour le reste, tu as eu une consommation normale, pas très importante même. Les intérêts ont été avantageux. Tu te situes à peu près au stade initial.

— Bien.

— J'ai investi le reste. L'année dernière nous n'avons pas engrangé de grosses sommes. J'étais un peu rouillé et j'ai mis du temps à réapprendre le marché. Nous avons eu des dépenses. Ce n'est que cette année que nous avons commencé à générer des recettes. Pendant que tu étais bouclée, nous avons fait rentrer un peu plus de 7 millions. De dollars, je veux dire.

— Dont vingt pour cent te reviennent.

— Dont vingt pour cent me reviennent.

— Tu en es satisfait ?

— J'ai gagné plus de 1 million de dollars en six mois. Oui. Je suis satisfait.

— Tu sais… ne sois pas trop gourmand. Tu pourras te retirer quand tu seras satisfait. Mais continue à gérer mes affaires quelques heures de temps en temps.

— 10 millions de dollars, dit-il.

— Comment ?

— Quand j'aurai ramassé 10 millions de dollars, j'arrête. C'est bien que tu sois venue. On a des choses à discuter.

— Vas-y.

Il écarta les mains.

— Tout ça représente tant d'argent que ça me fout une trouille bleue. Je ne sais pas comment m'y prendre. Je ne sais pas quel est le but des opérations, à part en gagner davantage. A quoi va servir tout cet argent ?

— Je ne sais pas.

— Moi non plus. Mais l'argent peut devenir son propre but. Et ça, c'est pas bon. C'est pourquoi j'ai décidé d'arrêter quand j'aurai ramassé 10 millions. Je ne veux plus de cette responsabilité.

— OK.

— Avant de me retirer, je voudrais que tu aies décidé comment tu veux que cette fortune soit gérée à l'avenir. Il doit y avoir un but et des lignes directrices et une organisation à qui confier la responsabilité.

— Mmm.

— Il est impossible pour une seule personne de brasser des affaires de cette façon. J'ai réparti la somme d'une part en investissements fixes à long terme – de l'immobilier, des titres et ce genre de choses. Tu as une liste complète dans l'ordinateur.

— Je l'ai lue.

— Je consacre l'autre moitié à la spéculation, mais ça fait tant d'argent à gérer que je ne m'en sors pas. C'est pourquoi j'ai fondé une société d'investissements à Jersey. Pour l'instant, tu as six employés à Londres. Deux jeunes investisseurs compétents et du personnel de bureau.

— Yellow Ballroom Ltd ? Je me demandais justement ce que c'était.

— C'est notre société. Ici à Gibraltar, j'ai engagé une secrétaire et un jeune juriste prometteur… ils vont d'ailleurs arriver d'ici une petite demi-heure.

— Aha. Molly Flint, quarante et un ans, et Brian Delaney, vingt-six ans.

— Tu veux les rencontrer ?

— Non. Brian, c'est ton amant ?

— Quoi ? Non !

Il parut choqué.

— Je ne mélange pas…

— Bien.

— D'ailleurs… les mecs jeunes ne m'intéressent pas… je veux dire, les mecs sans expérience.

— Je sais, tu es attiré par les mecs d'allure plus musclée que ce que peut offrir un morveux. Ça ne me regarde toujours pas. Cela dit, Jeremy…

— Oui ?

— Fais attention.

LISBETH N'AVAIT PAS VRAIMENT PRÉVU de rester à Gibraltar plus de deux semaines pour redonner une orientation à sa vie. Elle découvrit subitement qu'elle n'avait aucune idée de ce qu'elle allait faire ni de quelle direction prendre. Elle resta douze semaines. Elle vérifiait son courrier électronique une fois par jour et répondait docilement aux mails d'Annika Giannini les quelques rares fois où elle donnait de ses nouvelles. Elle ne disait pas où elle se trouvait. Elle ne répondait pas aux autres mails.

Elle continuait à se rendre au *Harry's Bar*, mais désormais elle n'y faisait un saut que pour boire une bière le soir. Elle passait la plus grande partie de ses journées au Rock, soit sur la terrasse, soit au lit. Elle eut encore une relation occasionnelle, avec un officier trentenaire de la marine britannique, mais cela resta une *one night stand* et fut globalement une expérience sans intérêt.

Elle comprit qu'elle s'ennuyait.

Début octobre, elle dîna avec Jeremy MacMillan. Ils ne s'étaient vus qu'à de rares occasions au cours de son séjour. La nuit était tombée et ils buvaient un vin blanc fruité et discutaient de la manière d'utiliser les milliards de Lisbeth. Soudain, il la surprit en demandant ce qui lui pesait.

Elle l'avait contemplé en réfléchissant. Puis, de façon tout aussi surprenante, elle avait parlé de sa relation avec Miriam Wu, comment celle-ci avait été tabassée et presque tuée par Ronald Niedermann. Par sa faute. A part un bonjour transmis par Annika Giannini, Lisbeth n'avait eu aucune nouvelle de Miriam Wu. Et maintenant elle s'était installée en France.

Jeremy MacMillan était resté sans rien dire un long moment.

— Tu es amoureuse d'elle ? demanda-t-il soudain.

Lisbeth Salander réfléchit avant de répondre. Pour finir, elle secoua la tête.

— Non. Je ne pense pas être le genre qui tombe amoureuse. Elle était une amie. Et elle faisait bien l'amour.

— Personne ne peut éviter de tomber amoureux, dit-il. On a peut-être envie de le nier, mais l'amitié est sans doute la forme la plus fréquente de l'amour.

Elle le regarda, stupéfaite.

— Tu te fâcheras si je dis un truc personnel ?

— Non.

— Fonce à Paris, bon sang, dit-il.

ELLE ATTERRIT A CHARLES-DE-GAULLE à 14 h 30, prit la navette pour l'Arc de Triomphe et consacra deux heures à sillonner les alentours à la recherche d'une chambre d'hôtel libre. Elle se dirigea vers le sud et la Seine, et longtemps plus tard trouva finalement une chambre dans le petit hôtel Victor-Hugo dans la rue Copernic.

Elle prit une douche et appela Miriam Wu. Elles se retrouvèrent vers 21 heures dans un bar près de Notre-Dame. Miriam Wu portait une chemise blanche et une veste. Elle était sublime. Lisbeth fut immédiatement gênée. Elles se firent la bise.

— Je suis désolée de ne pas avoir donné de mes nouvelles et de ne pas être venue au procès, dit Miriam Wu.

— C'est bon. Le procès s'est déroulé à huis clos, de toute façon.

— J'ai passé trois semaines à l'hôpital et ensuite tout n'était que chaos quand je suis rentrée à Lundagatan. Je n'arrivais pas à dormir. Je faisais des cauchemars avec ce salopard de Niedermann. J'ai appelé maman et dit que je voulais venir chez eux.

Lisbeth hocha la tête.

— Pardonne-moi.

— Ne sois pas idiote. Je suis venue, moi, pour te demander pardon.

— Pourquoi ?

— J'ai été débile. Pas une seconde je n'ai pensé que je te mettais en danger de mort quand je t'ai laissé mon appart tout en y restant domiciliée. C'est ma faute si tu as failli te faire tuer. Je comprends que tu me haïsses.

Miriam Wu eut l'air stupéfait.

— Ça ne m'a même pas traversé l'esprit. C'est Ronald Niedermann qui a essayé de me tuer. Pas toi.

Elles gardèrent le silence un moment.

— Bon, finit par dire Lisbeth.

— Oui, dit Miriam Wu.

— Je ne t'ai pas suivie parce que je suis amoureuse de toi, dit Lisbeth.

Miriam hocha la tête.

— Tu étais vachement bonne au lit, mais je ne suis pas amoureuse de toi, souligna-t-elle.

— Lisbeth… je crois…

— Ce que je voulais dire, c'est que j'espère que… merde.

— Quoi ?

— Je n'ai pas beaucoup d'amis…

Miriam Wu hocha la tête.

— Je vais rester à Paris quelque temps. Mes études en Suède ont merdé et je me suis inscrite à l'université ici. Je vais rester au moins un an.

Lisbeth fit oui de la tête.

— Ensuite je ne sais pas. Mais je vais revenir à Stockholm. Je paierai les charges de Lundagatan, je voudrais garder l'appartement. Si ça te va.

— C'est ton appartement. Tu en fais ce que tu veux.

— Lisbeth, tu es vraiment spéciale, dit-elle. Je veux vraiment continuer à être ton amie.

Elles parlèrent pendant deux heures. Lisbeth n'avait aucune raison de cacher son passé à Miriam Wu. L'affaire Zalachenko était connue de tous ceux qui avaient accès aux journaux suédois et Miriam Wu l'avait suivie avec grand intérêt. Elle raconta en détail ce qui s'était passé à Nykvarn la nuit où Paolo Roberto lui avait sauvé la vie.

Ensuite elles gagnèrent la chambre d'étudiante de Miriam près de l'université.

ÉPILOGUE

INVENTAIRE DE SUCCESSION

VENDREDI 2 DÉCEMBRE – DIMANCHE 18 DÉCEMBRE

ANNIKA GIANNINI RENCONTRA LISBETH au bar de Södra Teatern vers 21 heures. Lisbeth buvait de la bière et était en train de finir son deuxième verre.

— Désolée d'être en retard, dit Annika en jetant un regard à sa montre. J'ai eu un pépin avec un autre client.

— Ah bon, fit Lisbeth.

— Qu'est-ce que tu fêtes ?

— Rien. J'ai simplement envie de me soûler la gueule.

Annika la contempla avec scepticisme et s'installa.

— Ça te prend souvent comme envie ?

— Je me suis soûlée à mort quand ils m'ont libérée, mais je n'ai pas de dispositions pour l'alcoolisme, si c'est ça qui te tracasse. Seulement, j'ai pris conscience que, pour la première fois de ma vie, je suis majeure et que j'ai le droit légal de me bourrer ici en Suède.

Annika commanda un Campari.

— Bon, dit-elle. Tu veux boire seule ou tu veux de la compagnie ?

— Seule, de préférence. Mais si tu ne parles pas trop, tu peux rester avec moi. Je suppose que tu n'as pas envie de venir chez moi pour baiser un peu ?

— Pardon ? dit Annika Giannini.

— Non, c'est bien ce que je pensais. Tu fais partie de ces hétéros invétérés.

Annika Giannini eut l'air amusée, tout à coup.

— C'est la première fois qu'un de mes clients me propose de baiser.

— Tu es intéressée ?

— Désolée. Pas le moins du monde. Mais merci pour l'offre.

— Alors, qu'est-ce que tu me voulais, madame l'avocate ?

— Deux choses. Soit je renonce au boulot d'être ton avocate ici et maintenant, soit tu commences à répondre au téléphone quand j'appelle. Nous avons eu cette discussion au moment de ta libération.

Lisbeth Salander regarda Annika Giannini.

— Ça fait une semaine que j'essaie de te joindre. J'ai appelé, écrit et envoyé des mails.

— J'étais en voyage.

— Tu as été injoignable la plus grande partie de l'automne. Ça ne peut pas fonctionner. J'ai accepté d'être ton représentant juridique pour tout ce qui concerne tes démêlés avec l'Etat. Cela implique des formalités et des documents. Des papiers à signer. Des questions auxquelles il faut répondre. Je dois pouvoir te trouver, et ça ne m'amuse pas d'être là comme une idiote sans savoir où tu te trouves.

— Je comprends. J'ai été à l'étranger pendant deux semaines. Je suis rentrée hier et je t'ai appelée dès que j'ai compris que tu cherchais à me joindre.

— Ce n'est pas bon. Tu dois me tenir au courant de l'endroit où tu te trouves et donner de tes nouvelles au moins une fois par semaine jusqu'à ce que toutes les questions de dédommagement et ce genre de choses soient réglées.

— J'en ai rien à cirer d'un dédommagement. Je veux que l'Etat me foute la paix.

— Mais l'Etat ne va pas te foutre la paix, ça ne dépend pas de toi. Ton acquittement au tribunal a une longue chaîne de conséquences. Tu n'es pas la seule concernée. Peter Teleborian sera traduit en justice pour ce qu'il t'a fait. Cela veut dire que tu devras témoigner. Le procureur Ekström fait l'objet d'une enquête pour faute professionnelle et il pourra aussi être mis en examen s'il se révèle qu'il a sciemment négligé son devoir de fonctionnaire à la demande de la Section.

Lisbeth leva les sourcils. Pendant une seconde, elle eut l'air presque intéressée.

— Je ne pense pas que cela mènera à une mise en examen. Il s'est laissé embobiner et en réalité il n'a rien à voir avec la Section. Mais pas plus tard que la semaine dernière, un procureur a engagé une enquête préliminaire sur la commission des Tutelles. Plusieurs plaintes ont été déposées à l'ombudsman et une au médiateur.

— Je n'ai porté plainte contre personne.

— Non. Mais il est évident que de graves fautes professionnelles ont été commises et tout cela doit être instruit. Tu n'es pas la seule personne que la commission a sous sa responsabilité.

Lisbeth haussa les épaules.

— Je ne me sens pas concernée. Mais je promets de garder un contact plus soutenu avec toi. Ces deux dernières semaines étaient une exception. Je travaillais.

Annika Giannini regarda sa cliente avec méfiance.

— Tu as travaillé sur quoi ?

— Du boulot de consultant.

— D'accord, finit-elle par dire. Le deuxième point, c'est que l'inventaire de la succession est fini.

— Quel inventaire ?

— L'inventaire des biens de ton père. L'avocat de l'Etat m'a contactée vu que personne ne semble savoir comment te trouver. Toi et ta sœur, vous êtes les seules héritières.

Lisbeth Salander contempla Annika sans broncher. Puis elle capta le regard de la serveuse et indiqua son verre.

— Je ne veux pas d'héritage de mon père. Tu peux en faire ce que tu veux.

— Erreur. *Tu* peux faire ce que tu veux de cet héritage. Mon boulot est de veiller à ce que tu aies une possibilité de le faire.

— Je ne veux pas un *öre* de ce porc.

— OK. Fais don de l'argent à Greenpeace ou à qui tu veux.

— Rien à foutre des baleines.

La voix d'Annika se fit soudain autoritaire.

— Lisbeth, si tu tiens à être majeure, il serait temps que tu te comportes en conséquence. Je me fous de ce que tu fais de ton argent. Signe ici que tu l'as reçu, ensuite tu pourras picoler en paix.

Lisbeth regarda Annika par en dessous, puis elle regarda la table. Annika supposa que c'était une sorte de geste de regret qui correspondait éventuellement à une excuse dans le registre de mimiques limité de Lisbeth Salander.

— OK. Ça représente combien ?

— C'est plutôt correct. Ton père avait un peu plus de 300 000 couronnes en titres. La propriété à Gosseberga est estimée à environ 1,5 million de couronnes à la vente – il y a quelques hectares de forêt avec. De plus, ton père était propriétaire de trois autres biens immobiliers.

— Des biens immobiliers ?

— Oui. Il semblerait qu'il ait investi un peu d'argent. Ce ne sont pas des propriétés d'une valeur extraordinaire. Il possédait un petit immeuble de rapport à Uddevalla avec en tout six appartements qui procurent quelques revenus en loyers. Mais l'immeuble est en mauvais état, l'entretien a été négligé. Sa vétusté a même été évoquée à la commission des Locations. Ça ne te rendra pas riche, mais la vente générera une petite somme. Il possédait une maison de campagne dans le Småland estimée à 250 000 couronnes.

— Ah bon.

— Puis il possèdait un local industriel délabré à côté de Norrtälje.

— Pourquoi est-ce qu'il s'est encombré de toute cette merde ?

— Je n'en ai pas la moindre idée. Grosso modo, une fois les ventes réalisées, l'héritage pourrait être de 4 millions et quelques après les impôts et ces trucs-là, mais…

— Oui ?

— Ensuite, il faut le répartir en parts égales entre toi et ta sœur. Le problème est que personne ne semble savoir où se trouve ta sœur.

Lisbeth contempla Annika Giannini dans un silence inexpressif.

— Alors ?

— Alors quoi ?

— Où se trouve ta sœur ?

— Aucune idée. Ça fait dix ans que je ne l'ai pas vue.

— Elle détient des informations protégées par le secret-défense, mais on a quand même bien voulu m'indiquer qu'elle ne figure pas comme résidant dans ce pays.

— Ah bon, dit Lisbeth avec un intérêt maîtrisé.

Annika soupira avec résignation.

— D'accord. Alors je propose que nous liquidions tous les actifs et consolidions la moitié de la somme en banque jusqu'à ce que ta sœur soit localisée. Je peux entamer les démarches si tu me donnes le feu vert.

Lisbeth haussa les épaules.

— Je n'en veux pas, de son argent.

— Je peux le comprendre. Mais il faut établir le bilan, quoi qu'il en soit. Ça fait partie de ta responsabilité en tant que majeure.

— Vends toute cette merde, alors. Dépose la moitié à la banque et fais don du reste à qui tu veux.

Annika Giannini courba un sourcil. Elle avait compris que Lisbeth Salander avait de l'argent de côté mais n'avait pas réalisé que sa cliente était suffisamment pourvue pour se permettre d'ignorer un héritage de près de 2 millions de couronnes et peut-être plus. Elle n'avait aucune idée d'où Lisbeth tenait son argent ni de quel montant il s'agissait. Par contre, elle aurait aimé arriver à boucler toute cette procédure administrative.

— S'il te plaît, Lisbeth… Lis l'inventaire de la succession et donne-moi le feu vert pour que cette affaire soit réglée.

Lisbeth marmonna un instant mais finit par céder et glissa le dossier dans son sac. Elle promit de le lire et de donner des instructions à Annika Giannini pour agir en son nom. Ensuite elle se consacra à sa bière. Annika Giannini lui tint compagnie pendant une heure en se limitant à l'eau minérale.

CE NE FUT QUE PLUSIEURS JOURS PLUS TARD, lorsque Annika Giannini appela pour relancer Lisbeth Salander au sujet de l'inventaire, qu'elle sortit les papiers froissés et les déplissa. Elle s'assit à la table de cuisine dans son appartement de Fiskargatan et lut les documents.

L'inventaire de la succession comprenait plusieurs pages et contenait toutes sortes de données hétéroclites – le service de table qu'il y avait eu dans l'armoire de cuisine à Gosseberga, des vêtements, la valeur d'appareils photo et autres effets personnels. Alexander Zalachenko n'avait pas laissé beaucoup de choses de valeur et aucun des objets n'avait la moindre valeur affective pour Lisbeth Salander. Elle réfléchit un instant et décida ensuite qu'elle n'avait pas changé d'attitude depuis sa rencontre avec Annika au bar. *Vends tout le bazar et brûle le fric.* Dans le genre. Elle était absolument certaine de ne pas vouloir un *öre* de son père, mais elle avait aussi de bonnes raisons de soupçonner que les véritables possessions de Zalachenko se trouvaient enterrées quelque part où aucun huissier n'avait cherché.

Ensuite, elle ouvrit le descriptif du local industriel à Norrtälje.

Il s'agissait d'une propriété répartie en trois bâtiments, totalisant vingt mille mètres carrés près de Skederid, entre Norrtälje et Rimbo.

L'huissier chargé de l'inventaire avait fait une rapide visite sur les lieux pour constater qu'il s'agissait d'une briqueterie désaffectée restée plus ou moins à l'abandon depuis sa fermeture dans les années 1960 et qui avait été utilisée pour stocker du bois dans les années 1970. Il avait constaté que les locaux étaient dans un *très mauvais état*, et ne pouvaient pas être rénovés pour une autre activité. Par mauvais état, il entendait entre autres que ce qui était appelé "le bâtiment nord" avait été ravagé par le feu et s'était effondré. Certaines réparations avaient cependant été entreprises dans le "bâtiment principal".

Ce qui intrigua Lisbeth Salander, ce fut l'historique. Alexander Zalachenko s'était procuré ce bien immobilier pour une bouchée de pain le 12 mars 1984, mais c'était Agneta Sofia Salander qui était mentionnée comme acheteur.

La mère de Lisbeth Salander avait donc été le propriétaire foncier. Dès 1987, sa participation avait cependant cessé. Zalachenko avait racheté l'ensemble pour une somme de 2 000 couronnes. Ensuite, les bâtiments étaient apparemment restés à l'abandon pendant plus de quinze ans. L'inventaire de la succession indiquait que le 17 septembre 2004, la société KAB avait engagé l'entreprise en bâtiment NorrBygg SA pour des travaux de rénovation qui comprenaient la réfection des sols et du toit, ainsi que des améliorations des réseaux d'eau et d'électricité. Les réparations avaient duré près de deux mois jusqu'au 30 novembre 2004, puis elles avaient été interrompues. NorrBygg avait envoyé une facture qui avait été réglée.

Ce bien que son père lui avait laissé était troublant. Lisbeth Salander fronça les sourcils. Il aurait été compréhensible que son père possède un local industriel s'il avait voulu indiquer que sa société légale KAB avait une activité quelconque ou certaines possessions. Il était compréhensible aussi qu'il ait utilisé la mère de Lisbeth Salander comme prête-nom ou façade lors de l'achat pour ensuite s'accaparer le contrat de vente.

Mais pourquoi diantre avait-il payé en 2004 près de 440 000 couronnes pour rénover une baraque délabrée prête à s'effondrer, qui, selon l'agent de l'inventaire, n'était toujours pas utilisée en 2005 ?

Lisbeth Salander était déconcertée mais pas plus intéressée que ça. Elle ferma le dossier et appela Annika Giannini.

— J'ai lu l'inventaire. Ma décision reste la même. Vends tout le bazar et fais ce que tu veux de l'argent. Je ne veux rien garder de lui.

— Entendu. Alors je veillerai à ce que la moitié de la somme soit placée pour le compte de ta sœur. Ensuite je te proposerai quelques possibilités de donations.

— Aha, dit Lisbeth et elle raccrocha sans rien dire de plus.

Elle s'assit dans le recoin de la fenêtre, alluma une cigarette et contempla le bassin de Saltsjön.

LISBETH SALANDER PASSA LA SEMAINE SUIVANTE à assister Dragan Armanskij dans une affaire urgente. Il s'agissait de pister et d'identifier une personne soupçonnée d'avoir été engagée pour enlever un enfant dans un conflit sur sa garde lors du divorce entre une Suédoise et un citoyen libanais. La contribution de Lisbeth Salander se limitait à contrôler les mails de la personne qu'on pensait être le commanditaire. La mission prit fin quand les deux parties, réconciliées, acceptèrent un règlement devant la cour.

Le 18 décembre était le dimanche avant Noël. Lisbeth se réveilla à 6 h 30 et se dit qu'elle devait aller acheter un cadeau de Noël pour Holger Palmgren. Elle réfléchit un moment à la possibilité de faire d'autres cadeaux – peut-être à Annika Giannini. Elle ne se pressait pas en se levant et en prenant sa douche, et elle prit tranquillement son petit-déjeuner, café et pain grillé avec du fromage et de la marmelade d'oranges.

Elle n'avait pas de projets particuliers pour la journée et passa un moment à libérer son bureau d'un tas de papiers et de journaux. Puis son regard tomba sur le dossier de l'inventaire. Elle l'ouvrit et relut la page avec le descriptif du local industriel à Norrtälje. Pour finir, elle poussa un soupir. *Bon, d'accord. Il faut que je sache ce qu'il était en train de foutre.*

Elle enfila des vêtements chauds et des chaussures montantes. Il était 8 h 30 quand elle sortit du garage sous l'immeuble de Fiskargatan, 9, dans sa Honda bordeaux. Il faisait un froid glacial, mais le temps était ensoleillé et le ciel bleu pastel. Elle passa par Slussen et la rocade de Klaraberg, et slaloma sur l'E18 en direction de Norrtälje. Elle n'était pas pressée. Il était près de 10 heures lorsqu'elle s'arrêta à une station-service à quelques kilomètres de Skederid pour demander la route de l'ancienne briqueterie. A l'instant même où elle se garait, elle réalisa qu'elle n'aurait pas besoin de demander.

Elle se trouvait sur une petite hauteur dominant un vallon de l'autre côté de la route. A gauche, sur la route de Norrtälje, se dressait une entreprise de peinture et de matériel de construction, ainsi qu'une aire de garage pour des engins de terrassement. A droite, en bordure de la zone industrielle, à environ quatre cents mètres de la route principale, s'élevait un triste bâtiment de brique avec une cheminée écroulée. L'usine apparaissait comme une dernière sentinelle dans la zone industrielle, un peu isolée de l'autre côté d'une route et d'un vague ruisseau. Elle contempla pensivement le bâtiment et se demanda ce qui l'avait amenée à consacrer sa journée à une visite dans la commune de Norrtälje.

Elle tourna la tête et regarda du côté de la station-service où un poids lourd avec des plaques TIR venait de s'arrêter. Et elle se rendit subitement compte qu'elle se trouvait sur l'artère principale du port marchand de Kapellskär, où passait une grande partie des marchandises entre la Suède et les Etats baltes.

Elle démarra la voiture et reprit la route, pour tourner tout de suite vers la briqueterie abandonnée. Elle se gara au milieu de la cour et descendit de voiture. La température était au-dessous de zéro et elle enfila un bonnet noir et des gants en cuir noir.

Le bâtiment principal avait un étage. Au rez-de-chaussée, toutes les fenêtres avaient été condamnées avec du contre-plaqué. A l'étage, elle nota un grand nombre de vitres cassées. La briqueterie était bien plus grande que ce qu'elle avait imaginé et paraissait infiniment délabrée. Lisbeth n'arrivait pas à distinguer la moindre trace d'une réparation. Elle ne voyait pas âme qui vive, mais nota que quelqu'un avait jeté une capote usagée au milieu de la cour et qu'une partie de la façade avait été la cible d'attaques d'artistes du graffiti.

Pourquoi Zalachenko tenait-il à être propriétaire de ce bâtiment ?

Elle fit le tour de la briqueterie et trouva l'aile effondrée à l'arrière. Elle constata que toutes les portes du bâtiment principal étaient fermées avec des chaînes et des cadenas. Finalement, elle examina, frustrée, une porte sur le petit côté. A toutes les portes, les cadenas étaient fixés avec des vis solides et des plaques anti-effraction. Le cadenas sur le petit côté semblait plus faiblard et n'était fixé qu'avec un gros clou. *Et puis merde, après tout c'est moi la propriétaire.* Elle regarda autour d'elle et trouva un bout de tuyau métallique sur un tas de fatras, et l'utilisa comme levier pour briser l'attache du cadenas.

Elle entra dans une cage d'escalier avec ouverture vers l'espace au rez-de-chaussée. Les fenêtres étant condamnées, il régnait ici une obscurité quasi totale, à l'exception de quelques stries de lumière éparses qui filtraient par les bords des plaques de contreplaqué. Elle resta immobile pendant plusieurs minutes pour laisser ses yeux s'habituer au noir, et distingua progressivement un monceau de vieilleries, de tabourets abandonnés, de vieilles pièces de machine et de bois de charpente dans une salle qui mesurait quelque chose comme quarante-cinq mètres de long et peut-être vingt de large, au plafond soutenu par des piliers massifs. Les vieux fours de la briqueterie semblaient avoir été démontés et enlevés. Les assises s'étaient transformées en bassins remplis d'eau et il y avait de grandes flaques et des moisissures par terre. De ce fourbi se dégageait une odeur de renfermé et de pourriture. Elle fronça les narines.

Lisbeth fit demi-tour et monta l'escalier. L'étage était sec et comportait deux salles en enfilade, d'un peu plus de vingt mètres sur vingt, avec au moins huit mètres de hauteur. De hautes fenêtres se trouvaient inaccessibles près du toit. Elles ne permettaient donc pas de voir dehors mais apportaient une lumière agréable à l'étage. Ici aussi régnait le plus invraisemblable bric-à-brac. Elle passa devant des douzaines de caisses d'emballage de un mètre de haut empilées les unes sur les autres. Elle essaya d'en soulever une. La caisse ne bougea pas. Elle lut *Machine parts 0-A 77* inscrit sur le bois. Au-dessous, il y avait le même texte en russe. Elle remarqua un monte-charge au milieu de la longueur dans la première pièce.

Une sorte de stock de machines qui ne pouvait guère générer de fortune tant qu'il restait là à rouiller dans la vieille briqueterie.

Elle passa dans la salle du fond et comprit qu'elle se trouvait dans l'endroit où avaient été réalisées les réparations. La pièce était pleine de vieilleries, de caisses et de vieux meubles de bureau placés dans une sorte d'ordre labyrinthique. Une section du sol avait été dégagée et de nouvelles lames de plancher insérées. Lisbeth remarqua que le travail de rénovation semblait avoir été interrompu brutalement. Les outils, une scie circulaire et une scie à ruban, une cloueuse, un pied-de-biche, une barre à mine, et des boîtes à outils étaient toujours là. Elle fronça les sourcils. *Même si le travail avait été interrompu, l'entreprise de travaux aurait dû emporter son matériel.* Mais cette question aussi reçut sa réponse lorsqu'elle ramassa un tournevis et constata que l'inscription sur le manche était en russe. Zalachenko avait importé les outils et peut-être aussi les ouvriers.

Elle s'approcha de la scie circulaire et tourna le bouton. Une lampe verte s'alluma. Il y avait de l'électricité. Elle coupa le contact.

Tout au fond de la pièce, trois portes donnaient manifestement sur de petits locaux, peut-être les anciens bureaux. Elle vérifia la poignée de la porte la plus au nord. Fermée à clé. Elle regarda autour d'elle et retourna aux outils chercher un pied-de-biche. Il lui fallut un moment pour forcer la porte.

La pièce était totalement obscure et sentait le renfermé. Elle tâta avec la main et trouva un interrupteur qui alluma une ampoule nue au plafond. Lisbeth fut stupéfiée.

L'ameublement de la pièce consistait en trois lits avec des matelas sales et trois autres matelas placés directement par terre. Des draps souillés un peu partout. A droite il y avait une plaque électrique et quelques casseroles à côté d'un robinet rouillé. Dans un coin, un seau en tôle et un rouleau de papier-toilette.

Quelqu'un avait habité ici. Plusieurs personnes.

Elle nota soudain qu'il n'y avait pas de poignée à la porte côté chambre. Un frisson glacial lui parcourut le dos.

Une grande armoire à linge était installée tout au fond de la pièce. Elle en ouvrit la porte et trouva deux valises. Elle sortit celle du dessus. La valise contenait des vêtements.

Elle fouilla dedans et en tira une jupe dont l'étiquette était écrite en russe. Elle trouva un sac à main et renversa le contenu par terre. Parmi du maquillage et d'autres bricoles, elle trouva un passeport établi pour une femme brune d'une vingtaine d'années. Le texte était en russe. Elle déchiffra le prénom : Valentina.

Lisbeth Salander sortit lentement de la pièce. Elle ressentait une impression de déjà-vu. Elle avait fait le même examen d'une scène de crime dans une cave à Hedestad deux ans et demi plus tôt. Des vêtements de femme. Une prison. Elle resta immobile à réfléchir un long moment. Que le passeport et les vêtements soient toujours là l'inquiétait. C'était de mauvais augure.

Puis elle retourna aux outils et fouilla jusqu'à ce qu'elle trouve une lampe torche puissante. Elle vérifia les piles, puis elle descendit au rez-de-chaussée et entra dans la grande pièce. L'eau des flaques pénétra dans ses chaussures.

Plus elle avançait dans la pièce, plus l'odeur de putréfaction devenait insupportable. La puanteur semblait atteindre un maximum au milieu de la salle. Elle s'arrêta devant l'assise d'un des anciens fours à briques. L'eau emplissait le trou presque à ras bord. Elle éclaira l'eau noire avec la torche mais ne put rien distinguer. La surface était en partie couverte d'algues qui formaient un magma vert. Elle regarda autour d'elle et trouva un fer à béton armé de trois mètres de long. Elle l'enfonça dans le bassin et touilla. L'eau n'était profonde que d'une cinquantaine de centimètres. Presque immédiatement elle rencontra une résistance. Elle força pendant quelques secondes avant que le corps remonte à la surface, le visage en premier, un masque grimaçant de mort et de décomposition. Elle respira par la bouche et contempla le visage à la lueur de la torche, et constata que c'était une femme, peut-être la femme du passeport à l'étage. Elle ne connaissait rien à la vitesse de décomposition dans de l'eau froide stagnante, mais le corps semblait se trouver dans le bassin depuis un certain temps.

Elle vit soudain quelque chose bouger sur la surface de l'eau. Des espèces de larves.

Elle laissa le corps retourner sous l'eau et continua à chercher avec la ferraille. Au bord du bassin, elle toucha ce qui semblait être un autre corps. Elle le laissa, sortit la barre métallique de l'eau, la lâcha par terre et resta immobile devant le bassin, plongée dans ses pensées.

LISBETH SALANDER RETOURNA A L'ÉTAGE. Elle utilisa le pied-de-biche pour ouvrir la porte du milieu. La pièce était vide et ne semblait pas avoir été utilisée.

Elle s'approcha de la dernière porte et mit le pied-de-biche en place mais, avant même qu'elle se mette à forcer, la porte s'entrouvrit. Elle n'était pas fermée à clé. Elle l'ouvrit grande en poussant avec le pied-de-biche et regarda autour d'elle.

La pièce mesurait environ trente mètres carrés. Les fenêtres étaient situées à une hauteur normale, avec vue sur la cour devant la briqueterie. Elle aperçut la station-service sur la hauteur au-dessus de la route. Il y avait un lit, une table et une paillasse avec de la vaisselle. Puis elle vit un sac polochon ouvert par terre. Elle vit des billets de banque. Perplexe, elle fit deux pas avant de réaliser qu'il y faisait chaud. Son regard fut attiré par un radiateur électrique au milieu de la pièce. Elle vit une cafetière électrique. La lampe rouge était allumée.

C'est habité. Je ne suis pas seule ici.

Elle s'arrêta net et refit en sens inverse le chemin à travers la pièce du fond, passa par les portes intermédiaires et se rua sur la sortie dans la première pièce. Elle freina à cinq pas de la cage d'escalier en voyant que la porte de sortie avait été fermée et pourvue d'un cadenas. Elle était enfermée. Elle se retourna lentement et regarda autour d'elle. Elle ne voyait rien.

— Salut frangine, fit une voix claire sur le côté.

Elle tourna la tête et vit l'immense stature de Ronald Niedermann se matérialiser en bordure de quelques caisses.

Il avait une baïonnette à la main.

— J'espérais bien te revoir, dit Niedermann. Ça a été trop rapide la dernière fois.

Lisbeth regarda autour d'elle.

— Inutile, dit Niedermann. Il n'y a que toi et moi ici, et il n'y a pas d'autre issue que la porte verrouillée derrière toi.

Lisbeth tourna le regard vers son demi-frère.

— Comment va ta main ? demanda-t-elle.

694

Niedermann lui souriait toujours. Il leva la main droite et la lui montra. Le petit doigt avait disparu.

— Ça s'est infecté. J'ai été obligé de l'amputer.

Ronald Niedermann souffrait d'analgésie congénitale et ne pouvait pas ressentir de douleur. Lisbeth avait fendu sa main d'un coup de pelle à Gosseberga, quelques secondes avant que Zalachenko lui tire une balle dans la tête.

— J'aurais dû viser ton crâne, dit Lisbeth Salander d'une voix neutre. Qu'est-ce que tu fous ici ? Je croyais que tu t'étais tiré à l'étranger depuis des mois.

Il lui sourit.

MÊME S'IL AVAIT VOULU RÉPONDRE à la question de Lisbeth Salander, il n'aurait pas pu. Il ne savait pas lui-même ce qu'il faisait dans cette briqueterie à l'abandon.

Il avait laissé Gosseberga derrière lui avec une sensation de délivrance. Il pensait que Zalachenko était mort et que lui-même allait reprendre l'entreprise. Il savait qu'il était un excellent organisateur.

Il avait changé de voiture à Alingsås, où il avait fourré Anita Kaspersson, l'assistante dentaire terrorisée, dans le coffre, et s'était dirigé vers Borås. Il n'avait aucun plan. Il improvisait au fur et à mesure. Il n'avait pas eu une pensée pour le sort d'Anita Kaspersson. Ça lui était égal qu'elle soit morte ou vivante, et il se disait qu'il allait devoir se débarrasser d'un témoin encombrant. Quelque part du côté de Borås, il avait soudain réalisé qu'il pouvait l'utiliser autrement. Il avait continué vers le sud et avait trouvé un secteur forestier isolé près de Seglora. Il avait attaché la femme dans une grange et l'avait abandonnée là. Il escomptait qu'elle allait pouvoir se libérer en quelques heures et ensuite mener la police vers le sud dans ses recherches. Et si elle n'arrivait pas à se libérer et restait là à mourir de faim ou de froid, ce n'était pas son problème.

En réalité, il était retourné à Borås et avait pris vers l'est et Stockholm. Il était allé tout droit au MC Svavelsjö tout en évitant soigneusement le local du club. C'était énervant que Magge Lundin soit coffré. A la place, il était allé trouver chez lui le *sergeant at arms* du club, Hans-Åke Waltari. Il avait demandé de l'aide et une planque, ce que Waltari avait arrangé en l'envoyant chez le trésorier et responsable des finances du club, Viktor Göransson. Il n'y était cependant resté que quelques heures.

Théoriquement, Ronald Niedermann n'avait pas de gros soucis d'argent. Il avait certes laissé près de 200 000 couronnes en espèces à Gosseberga, mais il avait des sommes bien plus considérables placées dans des fonds à l'étranger. Son problème était qu'il manquait cruellement d'espèces. Göransson gérait l'argent du MC Svavelsjö et Niedermann avait compris qu'une heureuse occasion venait de se présenter. Ç'avait été un jeu d'enfant de convaincre Göransson de lui montrer le chemin du coffre-fort dans la grange et de se munir de 800 000 couronnes en espèces.

Niedermann croyait se rappeler qu'il y avait eu une femme aussi dans la maison, mais il n'était pas très sûr de ce qu'il avait fait d'elle.

Göransson avait aussi été le propriétaire d'une voiture qui n'était pas encore recherchée par la police. Niedermann partit plein nord. Il prévoyait en gros d'embarquer sur un des ferries pour Tallinn qui partait de Kapellskär.

Il s'était rendu à Kapellskär et avait coupé le moteur sur le parking. Il était resté trente minutes à observe͏͏   vi-rons. Ça grouillait de flics.

Il avait redémarré le moteur et continu͏͏ hasard. Il lui fallait une cachette où il pourr͏͏ dant quelque temps. Du côté de Norrtälje terie lui était venue à l'esprit. Cela faisa n'y avait pas pensé, depuis les répara͏͏ et Atho Ranta utilisaient ce local co͏͏ pour des marchandises en direct͏͏ pays baltes, mais les frères Ra depuis plusieurs semaines,   ͏͏g Svensson de *Millénium* avait   ͏͏s le commerce des putes. La briq͏͏

Il avait caché la Saab de Gö͏͏   gar der-rière l'usine et s'y était introduit. Il ͏͏   de forcer une porte au rez-de-chaussée, puis u͏͏   ͏͏ premières mesures avait été de s'aménager une issue   secours, une plaque de contreplaqué amovible sur le petit côté du rez-de-chaussée. Plus tard, il avait remplacé le cadenas fracturé. Puis il s'était installé dans la chambre douillette à l'étage.

Un après-midi entier s'était écoulé avant qu'il entende le bruit dans les murs. D'abord il avait cru que c'étaient ses fantômes habituels. Il était resté tendu à l'extrême à écouter pendant une heure, puis il s'était levé, était allé dans la grande salle pour écouter. Il n'avait rien entendu mais il avait patienté jusqu'à ce qu'il entende un raclement.

Il avait trouvé la clé sur la paillasse.

Ronald Niedermann avait rarement été aussi surpris qu'en ouvrant la porte et en trouvant les deux putes russes. Elles étaient décharnées faute de nourriture, à ce qu'il avait pu comprendre, depuis qu'elles avaient fini le dernier paquet de riz. Elles avaient survécu avec du thé et de l'eau.

L'une des putes était tellement épuisée qu'elle n'avait pas la force de se redresser dans le lit. La deuxième était en meilleur état. Elle ne parlait que russe mais il avait suffisamment de connaissance de cette langue pour comprendre qu'elle remerciait Dieu et lui-même de les avoir sauvées. Il l'avait repoussée, stupéfait, avait reculé et refermé la porte à clé.

Il n'avait pas su quoi faire d'elles. Il avait préparé une soupe avec les conserves trouvées dans la cuisine et la leur avait servie en réfléchissant. La femme la plus épuisée sur le lit semblait reprendre des forces. Il avait passé la soirée à les questionner. Il lui avait fallu un moment avant de comprendre que les deux femmes n'étaient pas des putes mais des étudiantes qui avaient payé les frères Ranta pour les faire entrer en Suède. On leur avait promis des permis de séjour et de travail. Elles étaient arrivées à Kapellskär en février et avaient été conduites directement à ce dépôt où on les avait enfermées.

Niedermann s'était rembruni. Ces foutus frères Ranta avaient donc eu une activité annexe non déclarée à Zalachenko. Ensuite ils avaient tout bonnement oublié les femmes ou les avaient peut-être sciemment abandonnées à leur sort lorsqu'ils avaient quitté la Suède en toute hâte.

La question était de savoir quoi faire de ces femmes. Il n'avait aucune raison de leur faire du mal. Il ne pouvait pas se permettre de les libérer, elles allaient de toute vraisemblance guider la police jusqu'à la briqueterie. Tout simplement. Il ne pouvait pas les renvoyer en Russie puisqu'il lui faudrait alors aller à Kapellskär avec elles. Cela paraissait trop risqué. La fille brune, qui s'appelait Valentina, lui avait proposé son corps en échange de son aide. Il n'avait pas la moindre envie de faire l'amour ni avec l'une ni avec l'autre, mais l'offre avait transformé la fille en pute. Toutes les femmes étaient des putes. C'était aussi simple que ça.

Au bout de trois jours, il s'était lassé de leurs perpétuelles supplications, de leurs appels et de leurs coups frappés contre le mur. Il ne voyait aucune autre issue. Pour sa part, il aspirait seulement à la tranquillité. Il avait donc ouvert la porte une dernière fois et rapidement mis fin au problème. Il avait demandé pardon à Valentina avant de tendre les mains et d'un seul geste lui tordre le cou entre la deuxième et la troisième vertèbre. Ensuite il s'était attaqué à la blonde sur le lit dont il ne connaissait pas le nom. Elle était restée allongée, passive et sans résister. Il avait porté les corps au rez-de-chaussée et les avait cachés dans un bassin rempli d'eau. Enfin il avait pu ressentir une sorte de paix.

SON INTENTION N'ETAIT PAS DE RESTER à la briqueterie. Il avait seulement pensé attendre là que le gros de la mobilisation policière se soit calmé. Il se rasa la tête et laissa sa barbe pousser d'un centimètre. Cela changea sa physionomie. Il trouva une combinaison qui avait appartenu à l'un des ouvriers de NorrBygg et qui était presque de sa taille. Il enfila la combinaison et une casquette oubliée de chez Beckers Färg, glissa un mètre de menuisier dans sa poche et alla faire des courses à la station-service sur la hauteur au-dessus de la route. Il avait plein d'argent liquide raflé au MC Svavelsjö. Il s'y rendit en fin de journée. Il ressemblait à un ouvrier ordinaire qui s'arrêtait avant de rentrer chez lui. Personne ne parut le remarquer. Il prit l'habitude d'aller faire des courses une ou deux fois par semaine. A la station-service, on le saluait gentiment et on le reconnaissait rapidement.

Dès le début, il avait consacré beaucoup de temps à se protéger des êtres qui peuplaient le bâtiment. Ils nichaient dans les murs et sortaient la nuit. Il les entendait se balader dans la salle.

Il se barricada dans sa chambre. Au bout de quelques jours, il en eut assez. Il s'arma d'une baïonnette trouvée dans un tiroir de cuisine et sortit se confronter à ses monstres. L'heure était venue de leur régler leur compte.

Tout à coup, il se rendit compte qu'ils reculaient. Pour la première fois de sa vie, il avait le pouvoir de décision sur leur présence. Les créatures fuyaient quand il s'approchait. Il put voir leur queue et leur corps déformés se faufiler derrière les caisses et les armoires. Il hurla après elles. Elles s'enfuirent.

Stupéfait, il retourna dans sa chambre douillette et resta éveillé toute la nuit, attendant que les monstres reviennent. Ils renouvelèrent l'attaque à l'aube et il dut les affronter encore une fois. Une nouvelle fois ils s'enfuirent.

Il oscillait entre panique et euphorie.

Toute sa vie, il avait été pourchassé par ces créatures des ténèbres et, pour la première fois, il sentait qu'il maîtrisait la situation. Il ne faisait rien. Il mangeait. Il dormait. Il réfléchissait. Une vie paisible.

LES JOURS DEVINRENT DES SEMAINES et l'été arriva. A la radio et dans les journaux du soir, il put suivre le déclin de la chasse à Ronald Niedermann. Il nota avec intérêt les comptes rendus de l'assassinat d'Alexander Zalachenko. *De quoi se marrer, quand même ! Un fêlé qui met un point final à la vie de Zalachenko.* En juillet, son intérêt se ranima avec le procès contre Lisbeth Salander. Il fut stupéfait de la voir acquittée. Un truc clochait. Elle était libre alors que lui était obligé de se cacher.

Il acheta *Millénium* à la station-service et lut le numéro à thème sur Lisbeth Salander, Alexander Zalachenko et Ronald Niedermann. Un journaliste du nom de Mikael Blomkvist avait dressé un portrait de Ronald Niedermann en assassin malade mental et psychopathe. Niedermann fronça les sourcils.

Soudain, l'automne fut là, et il n'était toujours pas parti. Quand le froid arriva, il acheta un radiateur électrique à la station-service. Il n'arrivait pas à s'expliquer pourquoi il ne quittait pas l'usine.

Quelquefois, des jeunes étaient arrivés en voiture et s'étaient garés dans la cour devant la briqueterie, mais personne n'avait dérangé son existence ni essayé d'entrer dans le bâtiment. En septembre, une voiture s'était garée dans la cour et un homme en parka bleu avait tâté les poignées des

portes et s'était baladé sur le terrain en fouinant. Niedermann l'avait observé de la fenêtre à l'étage. De temps en
temps, l'homme prenait des notes dans un carnet. Il était
resté vingt minutes, puis avait jeté un dernier coup d'œil
autour de lui, était remonté dans sa voiture et avait quitté les
lieux. Niedermann avait respiré. Il n'avait aucune idée de
qui était cet homme ni de ce qu'il cherchait, mais il avait l'air
de faire une sorte d'évaluation des bâtiments. Niedermann
n'avait pas fait le lien entre la mort de Zalachenko et la
nécessité d'un inventaire de la succession.

Il pensait beaucoup à Lisbeth Salander. Il ne s'était pas
attendu à la croiser à nouveau, jamais, mais elle le fascinait
et l'effrayait. Ronald Niedermann n'avait pas peur des vivants.
Mais sa sœur – sa demi-sœur – lui avait fait une impression
extraordinaire. Personne ne l'avait vaincu comme elle l'avait
fait. Elle était revenue bien qu'il l'ait enterrée. Elle était revenue et l'avait pourchassé. Il rêvait d'elle toutes les nuits. Il se
réveillait inondé de sueur froide, et il réalisait qu'elle avait
remplacé ses fantômes habituels.

En octobre, il se décida. Il ne quitterait pas la Suède avant
d'avoir retrouvé sa sœur et de l'avoir anéantie. Il n'avait
aucun plan, mais sa vie avait retrouvé un but. Il ne savait
pas où elle se trouvait ni comment il pourrait la pister. Il restait assis dans la pièce à l'étage de la briqueterie à regarder
par la fenêtre, jour après jour, mois après mois.

Jusqu'à ce que la Honda bordeaux vienne soudain se
garer devant le bâtiment et qu'à son immense surprise, il
voie Lisbeth Salander en descendre. *Dieu est miséricordieux*,
pensa-t-il. Lisbeth Salander allait prendre le même chemin
de les deux femmes dont il avait oublié les noms, dans le
bassin au rez-de-chaussée. Son attente était terminée et il
allait enfin pouvoir poursuivre sa vie.

LISBETH SALANDER ÉVALUA LA SITUATION et la trouva loin
d'être sous contrôle. Son cerveau travaillait sous pression.
Clic, clic, clic. Elle tenait toujours le pied-de-biche à la main,
mais comprit que c'était une arme bien trop frêle contre un
homme qui ne ressentait aucune douleur. Elle était enfermée dans environ mille mètres carrés avec un robot assassin sorti tout droit de l'enfer.

Lorsque Niedermann se mit tout à coup en mouvement vers elle, elle balança le pied-de-biche sur lui. Il esquiva tranquillement. Lisbeth Salander s'élança. Elle mit le pied sur un tabouret et se hissa sur une caisse d'emballage et continua à grimper comme une araignée sur deux autres caisses. Elle s'arrêta et regarda Niedermann, un peu plus de quatre mètres au-dessous d'elle.

— Descends, dit-il calmement. Tu ne peux pas t'enfuir. La fin est inévitable.

Elle se demanda s'il avait une arme à feu. Ce serait indéniablement un problème.

Il se pencha en avant et souleva une chaise qu'il lança. Elle se baissa.

Niedermann eut soudain l'air irrité. Il mit le pied sur le tabouret et commença à grimper vers elle. Elle attendit qu'il soit presque tout en haut avant de prendre son élan en deux vives enjambées, sauta par-dessus l'allée centrale et atterrit sur le haut d'une caisse quelques mètres plus loin. Elle descendit ramasser le pied-de-biche sur le sol.

Niedermann n'était pas véritablement balourd. Mais il savait qu'il ne pouvait pas sauter des caisses et risquer de se fracturer un pied. Il serait contraint de descendre tout doucement et de poser le pied par terre. Il était tout simplement obligé de bouger lentement et méthodiquement, et il avait consacré sa vie entière à maîtriser son corps. Il était presque arrivé en bas lorsqu'il entendit des pas derrière lui et il eut juste le temps de tourner le corps pour parer le coup du pied-de-biche avec l'épaule. Il perdit la baïonnette.

Lisbeth lâcha le pied-de-biche au moment même où elle porta le coup. Elle n'eut pas le temps de ramasser la baïonnette et la repoussa du pied le long des tabourets, évita un revers de sa poigne immense et battit en retraite en haut des caisses de l'autre côté de l'allée centrale. Du coin de l'œil, elle vit Niedermann se tendre pour l'attraper. Vive comme l'éclair, elle remonta les jambes. Les caisses d'emballage formaient deux rangs, empilées sur trois étages de part et d'autre de l'allée centrale et sur deux du côté extérieur. Elle descendit au deuxième étage et, en s'arc-boutant avec le dos, elle utilisa toute la force de ses jambes. La caisse devait peser au moins deux cents kilos. Elle la sentit bouger, puis tomber dans l'allée centrale.

Niedermann vit la caisse arriver et eut juste le temps de se jeter sur le côté. Un coin de la caisse le frappa à la poitrine mais il s'en tira sans gros dégâts. Il s'arrêta. *Mais c'est qu'elle résiste vraiment !* Il grimpa vers elle. Sa tête venait d'arriver à hauteur du troisième étage quand elle lui balança un coup de pied. Sa grosse chaussure le frappa au front. Il grogna et se hissa en haut des caisses. Lisbeth Salander s'enfuit en sautant de nouveau sur les caisses de l'autre côté de l'allée centrale. Elle se laissa tout de suite tomber par-dessus bord et disparut de son champ de vision. Il entendit ses pas et l'aperçut alors qu'elle passait la porte vers la salle du fond.

LISBETH SALANDER JETA UN REGARD évaluateur autour d'elle. *Clic clic.* Elle savait qu'elle n'avait aucune chance. Tant qu'elle arriverait à éviter les énormes paluches de Niedermann et à le tenir à distance, elle allait survivre, mais dès qu'elle commettrait une erreur – ce qu'elle ferait tôt ou tard –, elle serait morte. Elle devait à tout prix l'éviter. S'il mettait la main sur elle, ne serait-ce qu'une seule fois, le combat serait terminé.

Elle avait besoin d'une arme.

Un pistolet. Une mitraillette. Un obus perforant éclairant. Une mine antipersonnel.

N'importe quelle putain d'arme, merde !

Mais il n'y avait pas d'armes ici.

Elle regarda autour d'elle.

Aucune arme ici.

Seulement des outils. *Clic clic.* Son regard tomba sur la scie à ruban, mais il lui faudrait user de beaucoup de persuasion pour qu'elle arrive à le faire s'allonger sur l'établi. *Clic.* Elle vit une barre à mine qui pourrait faire fonction de lance, mais trop lourde pour être maniée d'une façon efficace. *Clic.* Elle jeta un coup d'œil par la porte et vit que Niedermann était descendu des caisses quinze mètres plus loin. Il se dirigeait de nouveau vers elle. Elle commença à s'éloigner de la porte. Il lui restait peut-être cinq secondes avant que Niedermann arrive. Elle jeta un dernier regard sur les outils.

Une arme... ou une cachette. Tout à coup elle s'arrêta.

NIEDERMANN NE SE PRESSAIT PAS. Il savait qu'il n'existait pas d'issue et que tôt ou tard, il atteindrait sa sœur. Mais elle était indéniablement dangereuse. Après tout, elle était la fille de Zalachenko. Et il ne voulait pas être blessé. Mieux valait la laisser épuiser toutes ses forces.

Il s'arrêta à la porte donnant sur la salle du fond et examina le tas d'outils, de lattes de plancher à moitié installées et de meubles. Elle était invisible.

— Je sais que t'es là. Je vais te trouver.

Ronald Niedermann ne bougea plus et écouta. La seule chose qu'il entendit fut sa propre respiration. Elle se cachait. Il sourit. Elle le défiait. Sa visite s'était soudain muée en un jeu entre frère et sœur.

Puis il entendit un froissement imprudent d'un endroit indéterminé au milieu de la salle. Il tourna la tête, mais n'arriva tout d'abord pas à déterminer d'où venait le bruit. Puis il sourit encore. Au milieu de la salle, un peu isolé du reste du fatras, se trouvait un meuble de travail de cinq mètres de long, en bois, avec une rangée de tiroirs et des portes coulissantes dessous.

Il s'approcha du rangement par le côté et regarda derrière pour s'assurer qu'elle n'essayait pas de le tromper. Vide.

Elle s'est cachée dans le meuble. Quelle connerie.

Il arracha la première porte de placard dans la section à gauche.

Il entendit immédiatement le bruit de quelqu'un se déplaçant à l'intérieur du meuble. Le bruit venait de la section du milieu. Il fit deux pas rapides et ouvrit la porte d'un air triomphant.

Vide.

Puis il entendit une série de détonations sèches qui ressemblaient à des coups de pistolet. Le bruit arriva si vite qu'il eut tout d'abord du mal à comprendre d'où ça venait. Il tourna la tête. Puis il sentit une pression étrange contre son pied gauche. Il ne ressentit aucune douleur. Il regarda en bas juste à temps pour voir la main de Lisbeth Salander déplacer la cloueuse vers son pied droit.

Elle est sous le meuble !

Il resta comme paralysé pendant les secondes qu'il fallut à Lisbeth Salander pour viser le bout de sa chaussure et faire partir encore cinq clous à charpente à travers son pied.

Il essaya de bouger.

Il lui fallut de précieuses secondes pour comprendre que ses pieds étaient cloués au plancher récemment refait. La main de Lisbeth Salander déplaça la cloueuse vers le pied gauche. On aurait dit une arme automatique qui crachait ses projectiles l'un après l'autre. Elle eut le temps de tirer encore quatre clous à charpente en renfort avant qu'il ait la présence d'esprit d'agir.

Il commença à se pencher en avant pour attraper la main de Lisbeth Salander mais perdit immédiatement l'équilibre. Il réussit à se stabiliser en prenant appui sur le meuble de rangement, tandis qu'il entendait la cloueuse cracher des clous, *cla-blam, cla-bam, cla-bam.* Elle revenait à son pied droit. Il vit qu'elle faisait partir les clous de biais par le talon dans le plancher.

Ronald Niedermann hurla, soudain fou de rage. Il se tendit encore une fois vers la main de Lisbeth Salander.

De sa place sous le meuble, Lisbeth Salander vit la jambe de son pantalon remonter, signalant qu'il était en train de se pencher en avant. Elle lâcha la cloueuse. Ronald Niedermann vit sa main disparaître sous le meuble avec la vitesse d'un reptile avant qu'il ait pu l'atteindre.

Il avança la main pour attraper la cloueuse mais, à l'instant où il l'atteignit du bout d'un doigt, Lisbeth Salander la tira sous le meuble par le fil électrique.

L'espace entre le sol et le meuble était d'un peu plus de vingt centimètres. Avec toute la force dont il était capable, il renversa le meuble de rangement. Lisbeth Salander le regarda avec de grands yeux et une expression offensée. Elle fit pivoter la machine et la déchargea à cinquante centimètres de distance. Le clou se planta au milieu du tibia.

L'instant d'après, elle lâcha la cloueuse et s'éloigna vivement de lui en roulant, et se releva hors d'atteinte. Elle recula de deux mètres et s'arrêta.

Ronald Niedermann essaya de se déplacer et perdit à nouveau l'équilibre, il tanguait en avant, en arrière, les bras brassant de grands moulinets. Il retrouva l'équilibre et se pencha en avant, fou furieux.

Cette fois-ci, il réussit à attraper la cloueuse. Il la leva et la dirigea sur Lisbeth Salander. Il appuya sur le bouton.

Mais rien ne se passa. Confondu, il regarda l'engin. Puis il leva les yeux sur Lisbeth Salander. Avec un visage neutre, elle lui indiquait la prise. De rage, il lança la cloueuse sur elle. Elle esquiva vivement.

Puis elle rebrancha la fiche et tira la cloueuse vers elle.

Il croisa les yeux inexpressifs de Lisbeth Salander et sentit un soudain étonnement. Il savait déjà qu'elle l'avait vaincu. *Elle est surnaturelle.* D'instinct, il essaya de dégager son pied du sol. *Elle est un monstre.* Il eut la force de le soulever de quelques millimètres avant que les têtes des clous le bloquent. Les clous s'étaient enfoncés par des angles différents et, pour se dégager, il aurait été obligé de littéralement déchirer ses pieds. Même en mobilisant sa force quasi surhumaine il ne put se dégager du sol. Il resta quelques secondes à tanguer comme s'il était sur le point de s'évanouir. Il restait cloué. Il vit une flaque de sang se former lentement entre ses chaussures.

Lisbeth Salander s'assit devant lui sur une chaise dont il manquait le dossier pendant qu'elle essayait de distinguer des signes indiquant qu'il allait avoir la force d'arracher ses pieds du sol. Comme il ne ressentait pas la douleur, ce n'était qu'une question de force qu'il puisse tirer les têtes des clous à travers ses pieds. Elle resta sans bouger un muscle et contempla sa lutte pendant dix minutes. Durant tout ce temps, ses yeux restèrent totalement inexpressifs.

Elle finit par se lever et se placer derrière lui, puis elle dirigea la cloueuse contre sa colonne vertébrale juste en bas de la nuque.

LISBETH SALANDER RÉFLÉCHIT INTENSÉMENT. L'homme devant elle avait importé, drogué, maltraité et vendu des femmes en gros et au détail. Il avait tué au moins huit personnes, y compris un policier à Gosseberga et un membre du MC Svavelsjö. Elle ignorait totalement combien d'autres vies son demi-frère avait sur la conscience, mais à cause de lui, elle avait été pourchassée à travers tout le pays comme un chien enragé, accusée de trois de ses meurtres à lui.

Son doigt reposait lourdement sur le bouton.

Il avait tué Dag Svensson et Mia Bergman.

Avec Zalachenko, il l'avait aussi tuée, *elle*, et l'avait enterrée, *elle*, à Gosseberga. Et maintenant il avait à nouveau eu l'intention de la tuer.

Il y avait de quoi devenir irritée.

Elle ne voyait aucune raison de le laisser vivre. Il la haïssait avec une intensité qu'elle ne comprenait pas. Qu'allait-il se passer si elle le livrait à la police ? Un procès ? Prison à vie ? Quand allait-il bénéficier d'une permission ? Quand allait-il s'évader ? Et maintenant que son père était enfin parti, pendant combien d'années allait-elle devoir regarder derrière elle et attendre le jour où son frère réapparaîtrait ? Elle sentit le poids de la cloueuse. Elle pouvait mettre une fin définitive à tout ça.

Analyse des conséquences.

Elle se mordit la lèvre inférieure.

Lisbeth Salander n'avait peur ni des êtres humains ni des choses. Elle savait qu'elle manquait de l'imagination nécessaire à cela – une preuve comme une autre que son cerveau était parfaitement normal.

Ronald Niedermann la haïssait et elle répondait avec une haine tout aussi immodérée. Il devenait l'un de tous ces hommes du style Magge Lundin et Martin Vanger et Alexander Zalachenko et des douzaines d'autres salopards qui à son sens n'avaient aucune excuse pour se trouver parmi les vivants. Si elle avait pu les rassembler tous sur une île déserte et faire exploser une bombe nucléaire dessus, elle aurait été satisfaite.

Mais un meurtre ? Est-ce que le jeu en valait la chandelle ? Qu'allait-il lui arriver, à elle, si elle le tuait ? Quelles étaient ses chances de ne pas se faire prendre ? Qu'était-elle prête à sacrifier pour la satisfaction de déclencher la cloueuse une dernière fois ?

Elle pourrait évoquer la légitime défense... non, pas vraiment avec ses pieds cloués au sol.

Elle pensa soudain à Harriet Vanger qui avait également été harcelée par son père et son frère. Elle se rappela l'échange qu'elle avait eu avec Mikael Blomkvist, où elle avait condamné Harriet Vanger dans des termes très durs. C'était la faute de Harriet Vanger si son frère Martin avait pu continuer à tuer, tout au long des années.

— *Qu'est-ce que tu ferais ?* avait demandé Mikael.

— *Je massacrerais cette ordure,* avait-elle répondu avec une conviction sortie des profondeurs de son âme glaciale.

Et voilà maintenant qu'elle se trouvait exactement dans la même situation que Harriet Vanger. Combien de femmes Ronald Niedermann allait-il tuer encore si elle le laissait courir ? Elle était majeure et socialement responsable de ses actes. Combien d'années de sa vie était-elle prête à sacrifier ? Combien d'années Harriet Vanger avait-elle voulu sacrifier ?

ENSUITE, LA CLOUEUSE DEVINT TROP LOURDE pour qu'elle arrive à la maintenir pointée sur sa nuque, même des deux mains.

Elle baissa l'arme et eut l'impression de revenir dans la réalité. Elle découvrit que Ronald Niedermann murmurait des paroles incohérentes en allemand. Il parlait d'un diable qui était venu pour l'emporter.

Elle se rendit soudain compte qu'il ne lui parlait pas à elle. Il semblait voir quelqu'un à l'autre bout de la pièce. Elle tourna la tête et suivit son regard. Il n'y avait rien. Elle sentit ses cheveux se dresser.

Elle fit volte-face, alla chercher la barre à mine et sortit dans la première salle trouver son sac. En se penchant pour l'attraper, elle vit la baïonnette par terre. Elle avait toujours ses gants aux mains et elle prit l'arme.

Elle hésita un instant, puis elle la plaça bien en vue dans l'allée centrale entre les caisses. Elle se servit de la barre à mine et s'activa pendant trois minutes sur le cadenas qui bloquait la sortie.

ELLE RESTA IMMOBILE DANS SA VOITURE à réfléchir un long moment. Pour finir, elle ouvrit son téléphone portable. Il lui fallut deux minutes pour trouver le numéro de téléphone du local du MC Svavelsjö.

— Oui, fit une voix à l'autre bout.

— Nieminen, dit-elle.

— Attendez.

Elle attendit trois minutes avant que Benny Nieminen, président en exercice du MC Svavelsjö, réponde.

— C'est qui ?

— T'inquiète, dit Lisbeth d'une voix si basse qu'il put à peine distinguer les mots. Il n'aurait même pas su dire si c'était un homme ou une femme qui appelait.

— Aha. Et qu'est-ce que tu veux ?

— Toi, je crois que tu aimerais bien avoir un tuyau sur Ronald Niedermann.

— Ah ouais ?

— Arrête tes conneries. Tu veux savoir où il se trouve ou pas ?

— J'écoute.

Lisbeth décrivit le trajet pour se rendre à la briqueterie abandonnée à côté de Norrtälje. Elle dit que Niedermann y resterait suffisamment longtemps pour que Nieminen ait le temps d'y arriver, à condition de se remuer.

Elle ferma son portable, démarra la voiture et monta jusqu'à la station-service de l'autre côté de la route. Elle se gara de façon à avoir la briqueterie juste en face d'elle.

Elle dut patienter plus de deux heures. Il était un peu plus de 13 h 30 quand elle remarqua un break roulant lentement sur la route en contrebas. Il s'arrêta sur une place de parking, attendit cinq minutes, fit demi-tour et s'engagea sur le chemin d'accès à la briqueterie. Le jour commençait à décliner, le ciel gris n'arrangeait pas les journées de décembre.

Elle ouvrit la boîte à gants et sortit des jumelles Minolta 2 x 8, et vit le break se garer. Elle identifia Benny Nieminen, puis Hans-Åke Waltari et trois personnes qu'elle ne reconnaissait pas. *Restructuration. Ils sont obligés de changer le personnel.*

Lorsque Benny Nieminen et ses acolytes eurent trouvé l'entrée sur le petit côté du bâtiment, elle ouvrit à nouveau son portable. Elle composa un message qu'elle envoya par mail au centre des opérations de la police à Norrtälje.

[L'ASSASSIN DE POLICIER R. NIEDERMANN SE TROUVE DANS L'ANCIENNE BRIQUETERIE PRÈS DE LA STATION-SERVICE DE SKEDERID. EN CE MOMENT, IL EST EN TRAIN DE SE FAIRE TUER PAR B. NIEMINEN & DES MEMBRES DU MC SVAVELSJÖ. FEMME MORTE DANS LE BASSIN AU RDC.]

Elle ne vit rien bouger du côté de l'usine.

Elle prit son temps.

En attendant, elle sortit la carte SIM de son téléphone et la détruisit en la coupant en morceaux avec des ciseaux à ongles. Elle baissa la vitre et jeta les morceaux. Puis elle sortit une carte SIM neuve de son portefeuille et l'inséra dans le portable. Elle utilisait les cartes rechargeables Comviq qui étaient pratiquement impossibles à localiser. Elle appela Comviq et chargea 500 couronnes sur la carte neuve.

Onze minutes s'écoulèrent avant qu'un fourgon de police sans sirène mais avec le gyrophare branché arrive à l'usine en provenance de Norrtälje. Le fourgon se gara dans le chemin d'accès. Il fut suivi, une minute plus tard, par deux voitures de police. Les policiers se concertèrent, puis ils avancèrent jusqu'à la briqueterie en groupe et se garèrent à côté du break de Nieminen. Elle leva les jumelles. Elle vit un des policiers parler au micro d'un radiotéléphone tout en regardant la plaque d'immatriculation du break. Les policiers regardèrent autour d'eux, mais ne bougèrent pas. Deux minutes plus tard, elle vit un autre fourgon s'approcher à grande vitesse.

Elle comprit soudain que tout était enfin fini.

L'histoire qui avait commencé le jour de sa naissance venait de prendre fin dans cette briqueterie.

Elle était libre.

Lorsque les policiers sortirent un arsenal considérable du fourgon, enfilèrent des gilets pare-balles et commencèrent à prendre position partout autour de l'usine, Lisbeth Salander entra dans la station-service et acheta un café à emporter et un sandwich sous plastique. Elle mangea debout à une table haute dans le magasin.

Il faisait nuit quand elle retourna à sa voiture. Elle en ouvrait la porte quand elle entendit deux détonations lointaines, des coups de pistolets très certainement, de l'autre côté de la route. Elle vit plusieurs silhouettes noires qui étaient des policiers en faction serrés contre la façade près de l'entrée du petit côté. Elle entendit les sirènes d'un autre fourgon d'intervention arrivant en renfort d'Uppsala. Quelques voitures particulières s'étaient arrêtées sur le bord de la route en contrebas pour voir ce qui se passait.

Elle démarra la Honda bordeaux, s'engagea sur l'E18 et rentra chez elle à Stockholm.

IL ÉTAIT 19 HEURES lorsque Lisbeth Salander, très irritée, entendit la sonnette de la porte d'entrée. Elle était dans la baignoire dans une eau qui fumait encore. Globalement, il n'existait qu'une seule personne qui pouvait avoir une raison de venir frapper à sa porte.

Elle avait tout d'abord pensé ignorer la sonnette mais, à la troisième sonnerie, elle soupira et s'entoura d'un drap de bain. Elle avança la lèvre inférieure et fit tomber des gouttes d'eau par terre dans le vestibule.

— Salut, dit Mikael Blomkvist quand elle ouvrit.

Elle ne répondit pas.

— Tu as écouté les informations ?

Elle secoua la tête.

— Je pensais que tu aimerais peut-être savoir que Ronald Niedermann est mort. Il a été tué par une bande du MC Svavelsjö à Norrtälje aujourd'hui.

— Tiens donc, dit Lisbeth Salander d'une voix maîtrisée.

— J'ai parlé avec un policier de garde à Norrtälje. Ça ressemble à un règlement de comptes. Niedermann a apparemment été torturé et éventré avec une baïonnette. Il y avait un sac avec plusieurs centaines de milliers de couronnes sur les lieux.

— Ah bon.

— La bande de Svavelsjö a été coincée en flagrant délit. En plus, ils ont résisté. Il y a eu une fusillade et la police a dû appeler du renfort de la police nationale à Stockholm. Svavelsjö a capitulé vers 18 heures.

— Aha.

— Ton vieux copain Benny Nieminen de Stallarholmen est tombé. Il a complètement flippé, il tirait comme un fou pour s'en sortir.

— Tant mieux.

Mikael Blomkvist garda le silence pendant quelques secondes. Ils se regardèrent par l'entrebâillement de la porte.

— Je te dérange ? demanda-t-il.

Elle haussa les épaules.

— J'étais dans mon bain.

— C'est ce que je vois. Tu veux de la compagnie ?

Elle lui jeta un coup d'œil acéré.

— Je ne veux pas dire dans la baignoire. J'ai apporté des bagels, dit-il en présentant un sachet. J'ai aussi acheté du café pour espresso. Dans la mesure où tu as une Jura Impressa X7 dans ta cuisine, tu devrais au moins apprendre à t'en servir.

Elle haussa les sourcils. Elle ne savait pas si elle devait se sentir déçue ou soulagée.

— Seulement de la compagnie ? demanda-t-elle.

— Seulement de la compagnie, confirma-t-il. Je suis un bon ami qui rend visite à une bonne amie. C'est-à-dire si je suis le bienvenu.

Elle hésita quelques secondes. Pendant deux ans, elle était restée aussi loin que possible de Mikael Blomkvist. Pourtant il semblait tout le temps revenir coller à sa vie comme un chewing-gum sous la chaussure, soit sur le Net, soit dans la vie réelle. Sur le Net, ça pouvait aller. Là, il n'était que des électrons et des lettres. Dans la vie réelle devant sa porte, il était toujours ce putain d'homme attirant. Et il connaissait tous ses secrets, de la même manière qu'elle connaissait les siens.

Elle l'observa et constata qu'elle n'avait plus de sentiments pour lui. En tout cas, pas ce genre de sentiments.

Il avait réellement été son ami tout au long de cette année.

Elle lui faisait confiance. Peut-être. Cela l'agaçait que l'une des rares personnes en qui elle avait confiance soit un homme qu'elle évitait tout le temps de croiser.

Elle se décida subitement. C'était idiot de faire comme s'il n'existait pas. Ça ne faisait plus mal de le voir.

Elle ouvrit la porte et l'admit à nouveau dans sa vie.

TABLE

Ouvrage réalisé
par l'atelier graphique Actes Sud.
Reproduit et achevé d'imprimer
en août 2008
par Normandie Roto Impression s.a.s.
61250 Lonrai
pour le compte des éditions
Actes Sud
Le Méjan
Place Nina-Berberova
13200 Arles.

Dépôt légal
1re édition : septembre 2007
N° d'impression : 082506
(Imprimé en France)